COLLECTION

FOLIO / ESSAIS

Élie Faure

Histoire de l'art

L'ART MODERNE

II

Le merveilleux nous enveloppe et nous abreuve comme l'atmosphère : mais nous ne le voyons pas.

CH. BAUDELAIRE

Établissement du texte
et dossier critique par
Martine Chatelain-Courtois

Denoël

A Renoir.

Introduction
A L'ART CONTEMPORAIN
1923

*Trois phénomènes paradoxaux en apparence caractérisent l'art français du XIX*e *siècle et des premières années du XX*e *— ce mouvement qui va de David au cubisme et qui est égal ou supérieur aux plus puissants en Italie, aux Pays-bas, en Allemagne, en France même depuis cinq siècles, par l'ampleur, la force expressive, la richesse en personnalités grandioses, le rayonnement au dehors. Car je n'en vois aucun, sauf en Italie, à condition d'y réunir Florence, Rome et Venise, qui absorbe à ce point et force l'attention du monde et transforme ainsi une ville — en l'espèce Paris — en un foyer d'activité spirituelle hors duquel l'initiation aux problèmes de l'heure est impossible, la plus belle imagination pittoresque condamnée à végéter sur place, la plus forte tradition rejetée dans la stérilité et la tristesse des formules. En l'espace de cent ans, David, Prud'hon, Rude, Géricault, Ingres, Corot, Delacroix, Barye, Daumier, Chassériau, Millet, Courbet, Carpeaux, Monticelli, Constantin Guys, Manet, Pissarro, Claude Monet, Puvis de Chavannes, Rodin, Degas, Cézanne, Renoir, Georges Seurat ont rénové, rajeuni, rendu plus anxieux certes, mais aussi plus mûr et riche en* *nuances le visage ancien de la France, où tous les étrangers de marque, Whistler, Jongkind, Sisley, Vincent van Gogh, Picasso, Modigliani n'ont pu qu'accuser ici un plan, ajouter là une meurtrissure, amener parfois une larme, un sourire, à condition d'en accepter d'abord la masse et l'harmonie au point d'en constituer l'un des accents les plus indispensables. Ce dernier trait n'est pas absolument nouveau, mais il est caractéristique : Théotocopuli, un Grec, n'appartient-il pas tout entier à l'art espagnol, Memling, un Rhénan, tout entier à l'art brugeois, Michel-Ange, un Florentin, tout entier à l'art romain, Jean Bologne, un Flamand, tout entier à l'art florentin ?*

*Le premier phénomène paradoxal qui frappe, si l'on considère en son ensemble ce grand mouvement, est celui-ci, qui, il me semble, domine et détermine en partie les deux autres. Alors que l'architecture a été, pendant huit cents ans — du commencement du XI*e *siècle à la fin du XVIII*e*, — l'expression à peu près constante de la France, la plus haute en Europe depuis les Grecs, la plus unanime et soutenue, au point de passer avec ses cadences et ses rythmes dans toutes les manifestations de l'esprit français, théâtre, poésie, éloquence, musique, danse, jardins — et même philosophie, théologie, économique, stratégie, politique — , elle commence à s'effondrer dès le début du XIX*e *siècle pour tomber très vite en ruines, aux heures où la peinture amorce et réalise sa plus brillante époque entre Rhin, Océan, Alpes et Pyrénées. Sa plus cohérente en tout cas, et valable à la fois par son ensemble, la signification de cet ensemble, le nombre des personnalités de premier plan qui constituent cet ensemble. Si l'on admet, comme je ne cesse de le répéter, que l'architecture et la peinture* *occupent les deux pôles de l'intelligence plastique, l'une exprimant avec le maximum de moyens les rythmes collectifs, ou sociaux, ou rationnels de l'esprit, l'autre ses rythmes individuels, ou révolutionnaires, ou imaginatifs, — la sculpture se tenant à mi-chemin des deux —, on remarquera tout de suite qu'avec la Renaissance, entre les premières manifestations italiennes de l'individualisme européen et les premières manifestations françaises du rationalisme cartésien, un phénomène analogue apparaît en France : alors que les supports de la cathédrale fléchissent, que ses plans et profils se noient sous la profusion du détail, que l'ornementation et le maniérisme italiens envahissent l'architecture pour énerver, surcharger, déséquilibrer bientôt tous les édifices français, la peinture et le dessin de France développent leurs recherches individuelles avec l'école d'Avignon, Fouquet, Jean Perréal, les Clouet, l'école de Fontainebleau. C'est aux seuls siècles français, le XV*e *et le XVI*e, *où l'architecture est discutable, que la peinture s'affirme comme un art assez vivant pour tendre à la remplacer. Au contraire, si l'on excepte au XVII*e *siècle Claude Lorrain et Poussin dont la peinture obéit, d'ailleurs, à des rythmes architecturaux et se peuple d'architectures, et au XVIII*e *Watteau et Chardin qui annoncent l'individualisme renaissant d'après la Révolution, — on remarque qu'au cours de la restauration de l'architecture française, de Pierre Lescot à Gabriel, avec Hardouin-Mansard au centre, tout l'art de France se subordonne aux ensembles et tend à la décoration. Là du château et du jardin, ici du boudoir, sans doute, et du carrosse. Mais tout de même, ici et là, pour remplir des obligations morales et sociales analogues à celles qui soumettaient, au XII*e, *au XIII*e, *au XIVe siècle la statuaire, le vitrail, la tapisserie, quelquefois la fresque, aux exigences de l'ensemble monumental. J'imagine que les soucis de construction qui prédominent de nos jours chez tous les peintres après l'extrême dissociation de l'impressionnisme et de ses successeurs immédiats, Bonnard et Vuillard, n'ont pas une autre origine que le besoin social de restaurer l'architecture aussi bien dans la société que dans la mystique et l'art.*

Le second phénomène paradoxal qui caractérise la peinture française depuis la Révolution, c'est qu'elle n'a jamais été aussi brillante, aussi personnelle, et n'a jamais exercé une fascination devenue de nos jours plus universelle, que depuis qu'elle s'est montrée précisément moins française en son essence, moins classique si l'on veut — romantique pour dire le mot. A part Corot, Ingres par quelques côtés, Barye par un plus grand nombre, plus tard Renoir, Seurat — j'hésite à écrire Cézanne —, jamais les plus puissantes individualités de cette école tumultueuse, ne se sont montrées moins spécifiquement françaises qu'au cours de ce mouvement. Je ne voudrais pas trop tenir compte de ce fait, que la plupart des artistes du XIXe et du XXe siècle, sauf précisément Corot, Barye, Seurat et, il faut l'avouer, Delacroix, sont nés hors de la région classique des cathédrales et des châteaux cartésiens, — Ile-de-France, Champagne, Normandie, Picardie —, Daumier, Monticelli, Cézanne en Provence, Ingres en Languedoc, Courbet en Franche-Comté — si espagnolisée — Chassériau et Pissarro aux Antilles, et ce dernier de sang juif, Sisley en Angleterre, Picasso en Andalousie. Cependant, je suis forcé de constater que ceux-ci, précisément, ont exercé les plus décisives influences, amenant avec eux des dons, des principes, des caprices dont ni la lettre ni l'esprit ne peuvent passer pour français. Courbet, et pour cause, fait avant tout songer aux Espagnols, Ingres aux Romains, Monticelli, Cézanne aux Vénitiens, Daumier à Michel-Ange, à Rubens, à Tintoret. Chose plus singulière, la plupart des Français de langue d'oil — sans même en excepter complètement Corot, si imprégné de Canaletto, de Guardi —, ont subi ou dicté la loi commune, Delacroix se réclamant sans cesse de Constable, de Véronèse, de Michel-Ange, de Rubens, Manet de Velazquez, de Frans Hals, de Goya, Claude Monet de Turner, des Japonais, Matisse des Chinois, des Persans, Derain, à ses débuts, des nègres. Au risque d'être accusé de généraliser trop facilement, je ferai remarquer que, là encore, la Renaissance française essayant d'affranchir la peinture de ses attaches architecturales, a ressemblé à notre temps : non seulement Jehan Fouquet, chose rare au XVe siècle, avait fait le voyage d'Italie, non seulement l'école d'Avignon introduisait comme aujourd'hui la Provence dans les déterminations du mouvement pictural où d'autre part Fontainebleau faisait entrer la culture transalpine, mais les Clouet, si Français d'accent, arrivaient des Pays-Bas.

Quant au troisième phénomène, il accuse un caractère encore plus paradoxal, sinon plus essentiel que les deux autres : alors que la France, oubliant son propre passé à peu près complètement, et offrant en holocauste sa grande architecture à la maîtrise picturale dont elle s'empare brusquement, subit l'action de toute la peinture européenne depuis trois siècles pour y renouveler les sources de son génie, les peuples d'Europe, ses initiateurs, méconnaissent ou oublient le leur. Au

XIXe siècle, l'Europe n'a pas un nom en Italie, ni en Espagne, ni en Hollande — à part Vincent van Gogh —, ni en Allemagne où un didactisme affreux traîne sans se lasser sa rogue et plate suffisance, ni en Angleterre où — à part tout au début, Constable, Turner, Bonington — le préraphaélisme poursuit avec obstination la ruine des moyens picturaux de la race, à opposer à ceux d'Ingres et de Delacroix, de Corot et de Daumier, de Barye et de Rodin, de Courbet et de Manet, de Cézanne et de Renoir. C'est en France que les génies italien, espagnol, allemand, hollandais, flamand, anglais se rencontrent et fusionnent en un organisme dont l'unité n'apparaît pas du premier coup, aussi riche et généreux qu'il soit, mais dont la complexité commence à révéler la cohésion et l'harmonie de ses tendances et définira la France du XIXe siècle avec autant de force que Versailles définit celle du XVIIe et Chartres celle du XIIe. Car le paradoxe continue, et l'avenir s'habituera à considérer cette extraordinaire expansion lyrique dont presque tous les éléments sont empruntés au dehors, comme un témoignage du génie propre de la France aussi décisif que la cathédrale, où l'esprit structural des Latins et l'esprit musical des Germains ont épousé une heure, dans un équilibre étonnant, l'esprit poétique, familier, narquois, primesautier des Celtes. La France ne serait pas la France sans le romantisme français.

L'École française du XIXe et même du début du XXe siècle est en effet, en son ensemble, la plus vivante et la plus cohérente expression du romantisme européen, qui ne s'est manifesté qu'isolément et sporadiquement dans la musique par Schumann et Schubert, Mendelssohn et Wagner, Berlioz et Chopin, et auquel le langage *écrit, obligé de serrer et de préciser l'idée, ne convient guère. La peinture, où l'idée peut être vague si le sentiment est puissant, l'ordonnance sommaire si l'expression est saisissante, le sujet imprécis si l'objet est fortement rendu, la dialectique embarrassée si l'imagination est ardente et libre, est le langage qui convient à l'esprit romantique, dont le lyrisme est la loi. La peinture est romantique par définition : Michel-Ange et Greco, Tintoret et Zurbaran, Rembrandt et Velazquez, Rubens et Goya sont déjà des romantiques. La couleur, à qui appartient la faculté de suggestion pathétique, par la qualité propre des tons aussi bien que par leurs rapports, les oppositions de lumière et d'ombre qui créent le drame visuel, le dessin qui exprime, par le moyen de la saillie, la vie intérieure des objets, sont les instruments essentiels et permanents de la peinture, et c'est précisément ceux-là dont s'est servi le romantisme, aussi bien en littérature qu'en musique, en philosophie qu'en politique, dans tous les pays d'Europe que le romantisme a touchés. Est-il besoin de démontrer que les États et les sociétés du XIX*e *siècle ont été conduits tour à tour par les idées romantiques unilatérales d'égalité, de démocratisme sentimental, d'impérialisme économique ou guerrier dont je ne prétends d'ailleurs pas discuter ici la valeur absolue ni relative ? Que le rationalisme issu de Kant s'est affirmé romantique en prétendant remplacer le sentiment par la raison qui, lors de sa jeunesse classique, n'avait jamais prétendu que discipliner le sentiment ? Que les restaurateurs de l'intuition ne se sont pas montrés moins romantiques en diminuant la part de l'intelligence jusqu'à presque la supprimer ? Que la science elle-même, enfin, en affirmant son pouvoir de résoudre tous les problèmes de la vie morale, psycho-*

logique et sociale, et pour tout dire de remplacer Dieu, n'a pas été la dernière à substituer à l'équilibre classique une passion unilatérale qui a pu lui ouvrir d'ailleurs le chemin d'immenses conquêtes au risque de la dévoyer? Et que dès lors la peinture française, parce qu'elle est — de loin — la plus grande école de peinture du siècle, et la seule, et parce qu'elle est peinture, représente l'expression la plus nécessaire et la plus juste du romantisme tout entier?

En effet, de David au cubisme inclus, la peinture française entière, ou presque entière est romantique, même dans ceux de ses mouvements intérieurs qui sont nés dans le but avoué de s'opposer au romantisme. N'avons-nous pas vu récemment un jeune peintre qui se pose en adversaire du romantisme, se faire l'apôtre de la déformation, laquelle est précisément le phénomène romantique essentiel, significatif et constant? Le romantisme a eu ses flux et reflux, qu'on a trop vite et superficiellement opposés les uns aux autres, alors qu'ils ne sont que pulsations d'une même force centrale libérée par la Révolution, mise en contact avec l'Europe entière par les guerres de l'Empire et la littérature germanisante et médiévalisante, et brûlant de se manifester sous tous ses aspects et par tous les moyens en son pouvoir. Je ne nie pas que certains de ces reflux — le naturalisme par exemple — n'aient eu l'intention et l'illusion d'être en opposition radicale avec le romantisme, mais ils restaient à tel point imprégnés de romantisme qu'à distance, on le sait, ils font étroitement partie de lui. L'aventure psychologique de Zola, le plus romantique non seulement des détracteurs mais des tenants du romantisme, est encore présente à l'esprit de tous. Celle de Courbet, soutenu par Prud'hon et convaincu qu'il trouverait dans son mépris des sujets nobles et son enthousiasme éperdu pour les réalités les plus terre à terre de la « nature », l'instrument qui mettrait fin à l'illusion romantique, est à peu près analogue. Il est romantique, et l'un des plus grands entre les romantiques, non seulement par le développement hypertrophique de sa vision unilatérale du « sujet », mais par ses propres dons de peintre, larges oppositions dramatiques, faculté de déformer et de grossir pour exprimer avec plus de puissance, formes sortant souvent d'une ombre opaque, sens funèbre ou heureux prêté à la couleur.

Ces caractéristiques se retrouvent précisément d'un bout à l'autre du XIXe *siècle, et même encore de nos jours, dans toutes les expressions les plus diverses, et même les plus opposées en apparence, de la peinture des Français. Les jeux tragiques de la lumière et de l'ombre, des oppositions de tons, des sonorités renforcées, et plus tard, à partir de Delacroix, des modulations contrastées, se retrouvent aussi bien chez Prud'hon que chez Gros, chez Géricault que chez Rousseau, chez Courbet que chez Daumier, chez Monticelli que chez Cézanne — où la puissance du contraste prend sa valeur et son accent définitifs — et, naturellement à un degré grandiose chez Delacroix lui-même, centre auquel aboutissent et de qui partent tous les courants du romantisme français. La saillie romantique type, le besoin d'accumuler dans une déformation expressive de la musculature ou du squelette les courants intérieurs de spiritualité qui déterminent le geste et le mouvement, est commune à Rude, à Géricault, à Delacroix, à Millet, à Daumier, à Rodin, à Carrière, et — prenez-y bien garde — à Degas et à Lautrec. Elle vient de David d'ailleurs, autant par réaction contre son immobilité que par imprégnation de sa science anatomique, et sa* Mort de Marat *pourrait en être le départ. On la reconnaît chez Barye, si classique d'ailleurs par l'équilibre de la structure et de la masse, la mesure et la dignité. Elle est frappante et souvent choquante chez Ingres, chef et drapeau de ceux qui combattaient le romantisme, mais soumis plus que quiconque au romantisme par le choix de ses sujets. L'unilatéralité de l'inspiration impressionniste, sacrifiant tout à l'impression instantanée, et surtout de la systématisation néo-impressionniste, en est une survivance certaine. Elle persiste de nos jours dans la déformation cherchée et organisée par les « fauves », Matisse au premier rang et tous ceux qu'il a inspirés. Je la retrouve chez le fantaisiste et déconcertant Picasso, qui tord les membres à sa guise, et jusque dans le cubisme, systématisée même, ici, au point de rechercher la forme type, indépendante de l'objet, dans une construction imaginaire où les dimensions de l'espace, même ses dimensions hypothétiques entrent, pour démontrer une idée sans contrepoids — préoccupation dont ici encore, je trouve l'origine non directe, mais spécifique, dans l'académisme davidien. De ce point de vue, je ne vois guère que Corot, Seurat, Renoir, surtout après la soixantaine, Derain de nos jours et... le douanier Rousseau qui aient échappé en tout ou en partie au romantisme. Encore n'en suis-je pas très sûr pour ce dernier, dont les préoccupations de forme sont plus que discutables et qui cultive un romantisme primaire tout à fait touchant, drapeaux et lanternes de fête, fleurs et guirlandes, surtout exotisme très accentué, tigres, serpents, oiseaux de feu au milieu des lianes et des palmes.*

Il faut, à son propos, remarquer que ce goût d'exotisme, d'aventure et d'histoire étrangère au milieu et au temps dans lequel on vit, est l'un des caractères les plus constants du romantisme tout entier après avoir marqué son origine. Il est commun à Gros et à Géricault, à Ingres et à Delacroix, à Chassériau et à Barye, au Daumier des Don Quichotte *et au Redon des symboles alambiqués. Je ne suis pas très sûr que Corot lui-même y échappe complètement et que les nymphes qui peuplent ses paysages ne témoignent d'un remords furtif d'être doué d'une vision à ce point miraculeuse d'exactitude pourtant poétique, d'absence de littérature et de simplicité. Et je suis très sûr que c'est ce sentiment, où la haine du bourgeois et l'esprit de contradiction entrent pour une part très large, qui a poussé Rousseau et Millet à fuir la ville, Manet, Pissarro, Sisley, Monet à fuir l'atelier, Gauguin à s'exiler jusqu'en Polynésie. L'immense rupture d'équilibre social qui a suivi la Révolution et s'est traduite, sur le terrain du « métier », par la suppression des corporations, et dont témoigne par ailleurs la ruine de l'architecture, a poursuivi sur tous les terrains extérieurs où ils cherchaient à se réfugier les peintres du XIX*e *siècle, jusqu'à l'anarchisme délicieux de Bonnard, les obligeant en fin de compte, quand vraiment ils avaient quelque chose à dire, à réaliser en eux-mêmes un équilibre pathétique purement individuel, que leur lyrisme a soutenu.*

C'est cet individualisme lyrique, l'un des plus unanimes, des plus profonds et des plus enivrés dans l'histoire de la peinture, qui a fait si généreuse et si grande l'expansion ininterrompue de couleurs et de formes qui dure en France depuis plus de cent ans. Lui-même contraction de l'univers et de l'histoire dans les intelligences et les sens des Français, il y a fait entrer un tel flot d'air, de lumière, d'espace. de sensations et de sentiments confondus, qu'il est devenu à son tour, pour l'univers et l'histoire, un centre de rayonnement nécessaire, selon un rythme comparable au double mouvement du cœur.

1) subversivité 3' de son siècle (?) s'émancipe
2) esthétique - vivante
- rayonnante
- mystique

Le romantisme et le matérialisme

I

Quand s'ouvre le XIXe siècle, deux forces maintiennent le monde : la pensée allemande, la Révolution française. Hors de là, Allemagne politique, Russie, Angleterre, Italie, Espagne, tout est confusion, irrésolution, intérêt sordide, balbutiement, stagnation ou demi-sommeil. Et, dans la France même, l'action est trop puissante pour que l'esprit se fasse jour. La voix de Lamarck étouffée, il n'est en Occident qu'une pensée, celle de Kant, un verbe, celui de Gœthe, un cri, celui de Beethoven. Le seul homme qui leur réponde, le seul dont l'imagination soit assez vaste pour donner à l'action la face grandiose du rêve, l'ordre intérieur assez maître de lui pour rassembler dans une symphonie vivante tous les cœurs heureux d'obéir, l'esprit assez impérieux et rapide pour infliger aux marches stratégiques et aux mouvements des armées la continuité des lignes et l'harmonie de groupement des masses qui définissent un tableau, efface, en France, autour de lui, tous ceux qui tentent d'être par eux-mêmes et fait autant de demi-dieux de tous ceux qui d'habitude sont les plus humbles des gens. D'ailleurs, Beethoven s'irrite, mais admire, Gœthe comprend, et consent, Byron vole dans le sillage de la foudre, Goya grince sous sa brûlure, mais,

 1

pour la vaincre, monte plus haut. Les grondements du tonnerre ne s'éteindront pas d'un siècle, souderont les lambeaux des peuples, briseront les derniers liens du Moyen Age, enfonceront dans l'âme des grands pessimistes d'Europe, Chateaubriand, Stendhal, Schopenhauer, Delacroix, Wagner, Dostoïewsky, Nietzsche, l'image de la seule puissance, depuis la puissance du Christ, capable d'orienter le monde. Le poète Napoléon, conduisant les foules soulevées, détermine le siècle, et, s'il vide de sang les peuples, met de tels ferments en leurs âmes, qu'ils semblent dater de lui.

Romantique par sa culture première, son amour

1. Gros. Bonaparte à Arcole (Louvre). *Ph. Hachette.*

pour Rousseau, pour Gœthe, pour les poèmes ossianiques, son besoin de tourner les regards vers l'Orient, l'Égypte, les Indes, tout l'Empire du Soleil, son grand songe impitoyable qui manie les multitudes et les âmes comme des clartés et des ombres sur une surface à sculpter, son lyrisme violent qui précipite la conquête sur les pas du désir, sa vision du néant final qui lui fait traverser la vie avec sa seule passion pour objet et la fatalité pour loi, il déchaîne le romantisme. Les mères le maudissent. Mais leur ventre tressaille dès l'instant où il apparaît. Tout ce qui sera grand en France dans le siècle, Corot, Vigny, Delacroix, Michelet, Balzac, Hugo, Berlioz, Daumier — pour ne parler que des artistes, et qui donc compte entre un tel homme et les artistes ? — naît et grandit entre l'Iliade italienne de 1796 et l'heure où il touche au sommet.

Quand ils atteignent l'âge d'homme, le sentimentalisme de Rousseau a mûri dans tous les cœurs et la littérature entière, à qui Chateaubriand apporte l'art du Moyen Age, l'Orient, la forêt et le fleuve vierges, le christianisme légendaire, Mme de Staël l'âme inconnue du Nord avec son tourment métaphysique, son vertige de la couleur, de l'exception, de la vague ivresse religieuse, se précipite dans les voies de la passion lyrique où l'individu indifférent à tout ce qui n'est pas lui-même s'abandonne au torrent des forces et des images éternelles de l'univers et de l'amour. L'étiquette catholique, la réaction de forme et de désir contre le rationalisme abstrait du siècle précédent n'importent guère. Par sa puissance passionnelle, sa ruée enivrée vers la conquête de la terre, de l'Histoire, de la lumière et de la mort, le romantisme contribue à briser les formes anciennes

2. Gros. Eylau; *détail* (Louvre). *Ph. Hachette.* ▶

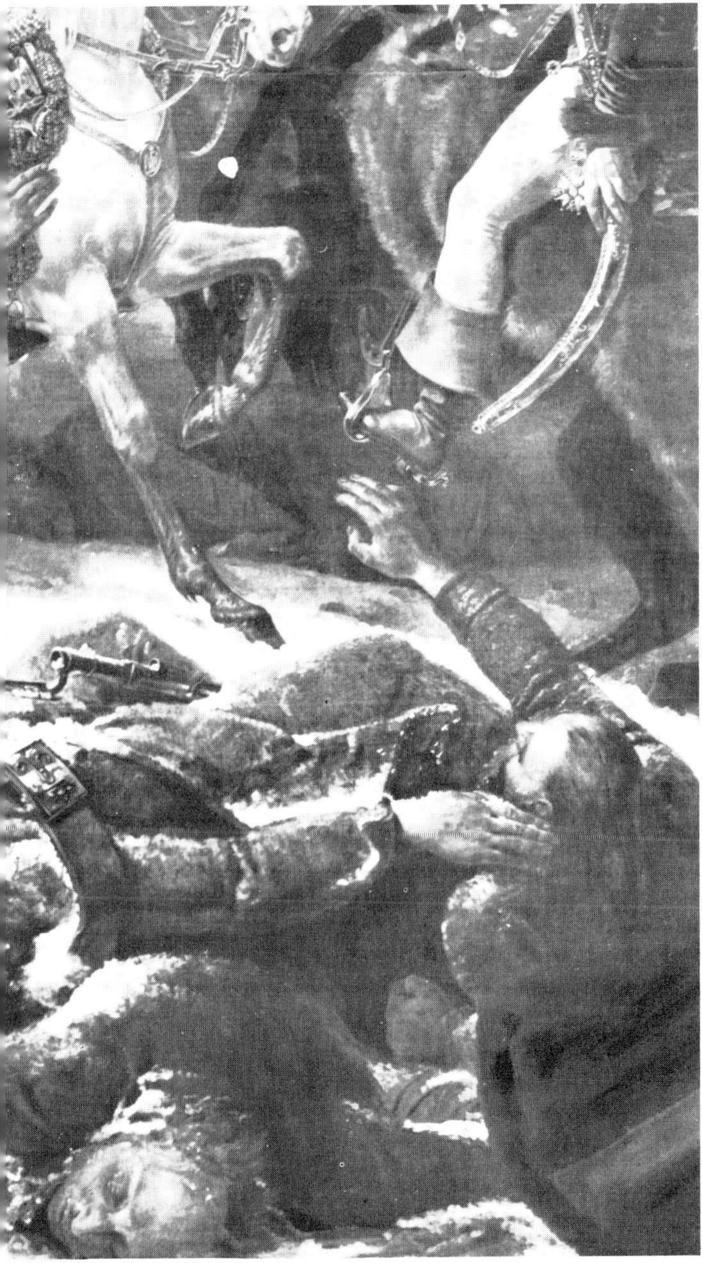

de la religion et de la loi que la science, d'une marche plus lente et plus dissimulée, attaque en même temps que lui. La France, raisonneuse depuis deux siècles, redevient brusquement artiste et s'élance éperdue vers la vie qui révèle les rythmes neufs et fait éclater les vieux moules. Elle accomplit dans le domaine de la sensation l'effort de l'âge précédent dans la guerre et la liberté. L'enquête philosophique des Français, l'analyse métaphysique des Allemands, l'impuissance d'agir après le plus grand moment d'action de l'Histoire, ont apporté le désespoir intellectuel. A la sensation de l'accroître par son indifférence au problème moral, mais aussi de le bercer par sa splendeur innombrable. La France a inondé le monde, qui reflue de toutes parts. Voici tout l'univers terrestre et tous les ciels et tous les océans, toutes les aventures des hommes d'autrefois et d'aujourd'hui, tous les mythes anciens ou lointains du soleil et de la brume, l'Enfer de Dante, la clairvoyance impitoyable de Gœthe, l'immense rêverie enchantée et déchirante de Shakespeare. Sébastien Bach, Mozart, Gluck et le dernier venu, Beethoven, apportent en tumulte à la profondeur trouble de l'être, les grandes harmonies de la nature qui deviennent confusément de nouveaux éléments expressifs du délire des intelligences et de la tragédie des cœurs.

La peinture s'offre à l'artiste. Elle est musique par son pouvoir d'exprimer dans la couleur, ses reflets multipliés qui se répondent, ses dégradations, ses passages, son immense clavier depuis l'ombre noire ou colorée tout au fond des abîmes jusqu'aux sommets éclatants des saillies les plus accusées, la forme du sentiment. La sensation sonore et la sensation colorée s'y confondent, l'orage instrumental y déchaîne un tumulte rythmé d'impressions sensuelles subtiles où l'on perçoit des clameurs, des gémissements, des cris de colère et des soupirs de volupté, comme on voit s'élever des architectures grandioses et des formes monter et descendre ainsi qu'une mer quand la puissance d'un orchestre vous force à fermer les yeux. En ce siècle, les poètes seront des peintres. La surface entière du monde éclate et fourmille et remue dans l'œuvre de Hugo, et dans l'œuvre de Baudelaire, tout le brûlant esprit de la matière, des parfums et des couleurs s'épanche du cœur, suivant le sursaut des artères, en laves de sang. Dans la musique de Berlioz, le visage de la nature apparaît comme un dessin violent où des traits nets croisent leurs flammes ou rampent comme des reptiles en laissant des sillons de feu. Mais la peinture est objet elle-même, objet que la France a gardé constamment sous son regard trois cents ans, alors que l'Allemagne qui ne l'a jamais réellement aimé, ne sait plus le voir depuis deux siècles, qu'il tombe en poudre en Italie, et que l'Espagne ne l'aperçoit plus qu'à la lueur d'un seul

3

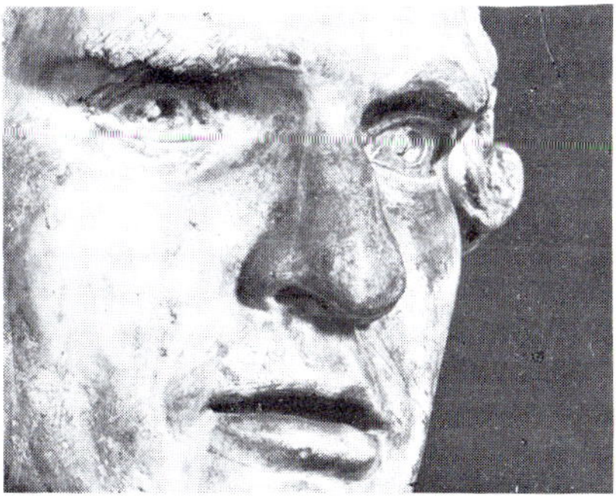

3. Rude. Portrait de Monge, marbre (Louvre). *Ph. Giraudon.*

éclair. La dictature de David porte ses fruits tout de suite. Tandis que l'Académiste s'en réclame pour traîner encore pendant deux générations une misère insolente et servile, tout ce qui est fort et vert y va chercher la charpente que Delacroix brisera par endroits, tordra brutalement, combinera de cent façons pour soutenir la chair ardente et le mouvement de sa fièvre, qu'Ingres épurera et vivifiera peu à peu pour y enfermer l'objet concret et défini de son désir. Jusqu'à Courbet — et Courbet y compris — il régentera la peinture. Le sculpteur Rude a étudié chez lui le nu anatomique et appris à mettre un corps violent en équilibre sur les jambes qui semblent s'attacher comme des troncs de chêne au sol, pour précipiter dans la pierre son enthousiasme démocratique un
3 peu creux, mais vivant, qui fait frémir le front des murs. Le *Radeau de la Méduse* de Géricault, la *Barricade* de Delacroix, les premières estampes de Daumier portent des traces aussi manifestes des leçons du vieux régicide qui eût reconnu son esprit dans leur modelé montueux où les muscles et le squelette saillent et qui les fait plus proches de lui qu'Ingres ne le fut jamais.
1 Et c'est à lui que Gros empruntera, pour ses poèmes
2 militaires, l'architecture solide mais trop raide et trop figée qui finira par paralyser leur mouvement et étouffer leur flamme.

En effet, celui-ci était né grand peintre. Alors que le feu de Watteau ne jetait plus que quelques lueurs intermittentes dans la peinture de Greuze et de Fragonard, alors que la discipline davidienne s'attachait tout entière à rendre la matière brute et à suivre les còntours des sculptures romaines, il sentait brûler ses veines de l'énergie guerrière de son temps. Rubens, l'homme qui lança sa propre vie comme un grand fleuve dans tous les temps futurs, l'avait ébloui. Il avait suivi Bonaparte du pied des Alpes au Tyrol, vécu dans la cohue des camps et les marches foudroyantes, vu le maigre enfant aux yeux de fièvre saisir un drapeau sous les balles et traverser la mort pour s'emparer du droit de commander aux hommes et de subjuguer l'avenir. Nulle abstraction dans son désir. Il peignait les chevaux de guerre les naseaux ouverts, l'œil sanglant, les poils collés par le sang et la poussière, l'haleine et la sueur mêlées au brouillard roussi de fumée des champs de bataille du Nord. Il copiait des cadavres dans la neige ensanglantée. Tandis que Bonaparte annexait au domaine moral de l'Europe le désert peuplé de sphinx et de tombeaux et la plus vieille aventure du monde, Gros désolé restait en exil en France, imaginait le sable ardent, la nappe plombée des mirages, les ouragans de cavaliers dans le vent des burnous, et sous l'ombre moite et puante d'une mosquée où les lampes se sont éteintes, où les faïences ternies sont éclaboussées de pus, des moribonds qui rampent, la face verte, des linges souillés de sang noir autour des bubons ouverts. Il avait acquis le pouvoir d'organiser, avec l'acier bleu des cuirasses, le drap multicolore et le velours des uniformes, la lueur des coups de feu, les coins de ciel aperçus entre les crinières volantes, des drames colorés mouvants où la guerre exaltait la vie et transportait son mouvement brutal dans les jeunes âmes lyriques qui s'ouvraient de toutes parts.

S'il eût été déjà maître de projeter hors de lui-même ses gestes furieux et ses puissantes harmonies comme un symbole libre et un des orages de son cœur, la peinture romantique était achevée d'un seul coup. Mais il hésitait. Il hésitait entre l'objet trop étroitement poursuivi et la doctrine magistrale trop servilement écoutée. L'une allait au-devant de l'autre. Un réalisme trop direct enchaînait la tragédie. Trop tendu, le dessin d'École arrêtait le sentiment vivant prêt à bondir hors de l'âme et paralysait son élan en des formes enchevêtrées de façon bizarre et factice. C'était un passage angoissé de l'immobilité de David au tumulte de Delacroix. Jusqu'à la fin il s'entêta, sembla même comprendre de moins en moins. Alors qu'autour de lui, avec Géricault, et bientôt Delacroix, montait la flamme de révolte, il mettait son point d'honneur à défendre l'École du vieux maître exilé à Bruxelles par la Restauration. Or le vieux maître, en même temps, lui avouait dans ses lettres son admiration

4. Géricault. Étude (Bayonne). *Ph. Giraudon.*

pour Rubens. Contre les jeunes gens qui se réclamaient de lui, presque contre David et surtout contre lui-même, Gros s'entêta à s'établir aux antipodes de son être. Un jour, désespéré de l'oubli où il s'enfonçait, tout saignant des blessures que l'art qu'il avait révélé lui infligeait à chaque exposition nouvelle, incapable de briser la gangue qui durcissait autour de son génie et l'écrasait peu à peu, il se tua. Mort romantique, au moment même où par Hugo, par Berlioz, par Delacroix, le romantisme s'affirmait.

II

La mort et la vie de tous les êtres est enchaînée l'une à l'autre. Une harmonie invincible règne dans le destin des hommes et jusqu'après leurs jours. En plein triomphe, méconnu et seul, Delacroix, lion malade, vomit son sang au fond de l'antre. Vieil aigle aux plumes arrachées, Berlioz, pour mourir, se retire dans l'aire haute où la glace et le soleil des cimes achèvent de brûler les nerfs de ceux qui ont trop aimé. Hugo, démagogue géant, Empereur des mots et des planches, s'éteint bercé par la rumeur d'un peuple immense, qui voudrait le retenir. Baudelaire finit gâteux, empoisonné par le parfum de ses grandes fleurs vénéneuses, mêlant sa pourriture sublime à la fermentation de l'univers sensuel. Quand son rêve social mystique croule sous les incendies de la Commune, les artères de Michelet se déchirent dans son cerveau. Wagner, au centre de la ville ardente du décor et de la peinture, s'endort dans les bras d'Isolde, entre l'espace et la mer. Vigny meurt sans parler. Corot ôte sa pipe de la bouche et rend son dernier souffle entre quelques bons amis. Musset, cet ivrogne du sentiment, est tué par l'ivrognerie. Dostoïewsky est emporté au cimetière par la cohue des filles, des princes, des prêtres et des forçats. Tolstoï, pour vivre tout son cœur, meurt de froid au seuil du pauvre.

4 La vie, la fin de Géricault symbolisent le romantisme. Elles ont son esprit de conquête violent, absolu, sans retour, sans regard sur le lendemain, son indifférence à la morale et son goût amer de la mort. Il est à l'avant-garde, se disant venu de Prud'hon, entre Gros, dont il ramasse les armes contre David, et Delacroix qui s'emparera de son mouvement passionné pour y mettre plus de flamme et de mystère en y faisant entrer sa marée de matière ardente et de mouvante couleur. Trop de noir, trop de statues nues, mais un modelé accusé par l'ombre tragique, partout des morts, un tas de cadavres livides roulés par l'océan, une fougue forcenée à envahir par tous les sens le monde de la sensation. Quand sa brève tâche est finie, que son jeune ami Delacroix a exposé la *Barque de Dante* et commencé le *Massacre de Scio*, cri de guerre du romantisme, il meurt consumé de phtisie pour être tombé d'un cheval furieux et avoir trop fait l'amour. Delacroix n'achèvera pas cette tâche, car il est trop puissant pour jamais accepter des frontières entre la vie toujours inachevée et son œuvre toujours montante, mais quand il disparaîtra, le monde se trouvera devant un nouveau mystère. Un homme aura possédé
5 à l'état de germination incessante l'orgueil silencieux
6 de Vigny, la richesse plastique innombrable de Hugo,
7 l'éternelle vibration sensuelle de Baudelaire, une
8 aspiration tourmentée à la profondeur de Shakes-

peare, et, dans un cœur sautant de fièvre, l'harmonie volontaire puisée dans la fréquentation constante de Racine et de Poussin. La plus forte et la plus grande âme de peintre depuis Rembrandt.

Quelques heures lui avaient suffi, alors que l'Exposition s'organisait derrière les portes officielles, pour repeindre le *Massacre de Scio* après avoir vu les toiles de Constable qui lui apprirent la force rayonnante qu'on tire des tons séparés. La peinture anglaise, si superficielle, mais d'une surface si riche et que n'avait pas vue la France depuis quarante ans à cause des guerres incessantes, entrait en lui au moment nécessaire, à la fois par l'autorité des maîtres et l'insistance de l'amitié, Bonington lui confiant ses dons et ses rêves et travaillant près de lui. Il tient presque tout de suite sa technique qu'il perfectionnera jusqu'à la fin. Il s'est fait un cadre chromatique où les couleurs sont disposées selon des oppositions diamétrales réunies les unes aux autres par leurs tons intermédiaires (1). Voilà déjà les tons outrés, les glacis translucides en longues hachures distinctes pour faire vibrer la peinture, la transparence colorée des ombres, l'emploi des couleurs pures et des touches séparées pour chasser le neutre et le gris. Mais misères que tout cela! Sa petite main maigre brandit comme une flèche cet instrument si lourd pour ceux qu'inquiète le poids de l'arme à soulever. Il lit Dante. Il lit Shakespeare. Il lit *Faust* et l'illustre et le vieux Gœthe est effrayé d'être compris par cet enfant. Il écoute Gluck et

(1) Rapporté dans ses *Artistes français* par Th. SILVESTRE, le seul écrivain, après Baudelaire, qui ait eu le sens de la grande peinture au XIXe siècle. Fromentin, petit peintre et littérateur éminent, la comprend moins et s'hypnotise — d'ailleurs avec sagacité — sur des questions de métier. Il est et doit rester l'idole des grammairiens de la peinture.

5. Delacroix. Les massacres de Scio, *détail* (Coll. particulière) ▶
Ph. Giraudon.

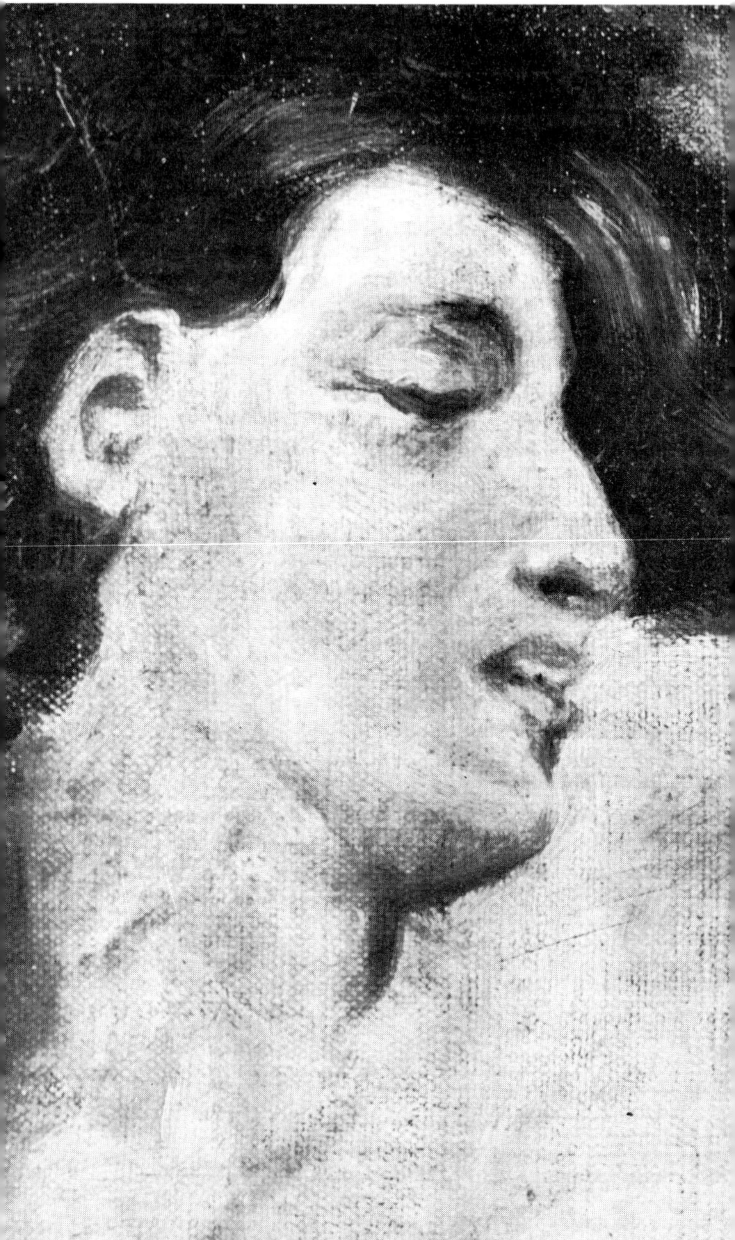

Mozart. Il écrit beaucoup, pour lui seul presque toujours, et son tourment métaphysique fait penser quelquefois à Pascal. Il médite et tremble de fièvre devant Michel-Ange. Il moissonne Véronèse à pleines mains. La force de Rubens l'emplit de son grand flot continu. Sa vie extérieure est digne, assez distante, un vernis mondain impeccable sous qui gronde le volcan. Dans la rue, il regarde marcher les femmes, le roulement de leurs hanches, leurs seins tremblants et le mat éclat de leur cou solide comme une colonne, il aime les chevaux, les arbres, le grand ciel nuageux ou crépusculaire et la venue de la nuit. Voilà ses éléments, voilà sa langue. Qu'il l'aiguise et l'assouplisse, la rende plus ferme et plus directe, soit. Elle lui sert à pousser hors de lui les symboles de sa pensée, comme le geste d'un chef d'orchestre arrache aux flancs des boîtes d'harmonie silencieuses et des cuivres endormis le chant de tous les rossignols des bois mêlé aux voix de tous les fleuves et toutes les paroles des hommes emportées par tous les vents.

Car, de tous les musiciens de la peinture, peut-être est-il le plus complexe, le plus poignant. Il fait souvent penser à Beethoven, souvent à Wagner, parfois à Berlioz. Malingre et nerveux, avec sa face de lion malade, il a les traits tirés, les yeux brûlants et le teint pâle de ceux dont un orage symphonique, chaotique et contradictoire habite le cœur contracté, mais qui ont la force muette de lui imposer l'ordre et la maîtrise de l'esprit. Un désaccord singulier règne entre son tempérament et sa culture, mais s'il met la brosse à la main tout obéit à l'instant même et les cris de passion roulent sous l'harmonie sourde, comme ces bouillonnements d'eau chaude dont les éruptions

◂ 6. *Détail* de 5.

7

sous-marines soulèvent par endroits la surface sombre de la mer. Son âme est réunie à l'univers par les vibrations lumineuses que son œil est seul à percevoir et qui ont la sonorité, le mystère et l'infini de la musique. L'espace entier résonne comme une lyre immense des colorations et des lumières qui le rendent solidaire de son propre drame intérieur.

Qu'importent ses sujets, ceux de tous les hommes de son temps, l'Histoire, parfois le mythe, les tragédires des dramaturges du Nord, l'Orient que les conquêtes et les voyages ouvrent et qu'une longue

8

excursion qu'il fait lui-même au Maroc lui révèle avec son embrasement morne, sa couleur saignante et tragique, ses hommes et ses animaux indolents et convulsifs, le fatalisme antique et l'implacable esprit nomade qui continuent et se prolongent dans son immobilité sournoise, son silence et sa cruauté? Ce qu'il peint, c'est l'agitation d'une âme hallucinée qu'une grande harmonie déchirante mais acceptée domine, des régions de l'invisible pressenti. Tout exprime le mouvement, les ruelles lointaines d'une ville qui se tordent comme des paquets de serpents,

Delacroix. 7. Les femmes d'Alger (Louvre). *Ph. Musées nationaux.* — 8. Médée (Louvre). *Ph. Hachette.*

les nuages et les fumées emportées par le même vent qui fait claquer les banderoles, les flammes secouées des torches, les chênes sillonnés par les ornières de la foudre, le galop ascendant et centripète des chevaux qui traînent le char du soleil, la torsion des troncs et des membres qu'une tragédie centrale précipite autour du même point ou distribue d'un bout à l'autre de la toile selon les rythmes bondissants de la fuite, de l'attaque, de la défense ou de la volupté.

Ce qu'il exprime, c'est plus encore l'esprit que la forme du mouvement. Ou plutôt son esprit même détermine le mouvement. Il dessine d'après l'objet, mais dès qu'il prend la brosse, il s'enferme tout seul, sans modèle, il attaque son tableau de tous les côtés ensemble, précipite sa marche entière vers l'horizon de son désir, voit la vie environnante comme une sphère pleine et confuse et y va demander l'expression des accidents de sa surface à la densité spirituelle de ses secrètes profondeurs. Voici la faim, des pattes monstrueuses crispées sur des bras déchirés, sur des poitrails saignants, des mufles contractés aux yeux de braise et des épieux sanglants qui traversent des poumons. Voici la colère, voici les épaules et les seins et les bras nus des mères irritées, l'enfant pendu à leur étreinte et le poignard dans leur main. Voici la guerre, le sang rouge comme le ciel et l'incendie, des yeux mangés de pleurs, des cheveux noirs ou roux tordus comme des vipères, les bras d'un cadavre étendu sur les genoux d'une mourante, les chevaux reniflant la mort. Voici l'amour, avec le sens tragique qu'il prend chez quiconque est grand, les sombres fleurs au fond de l'ombre parfumée, les colliers sonnant sur la peau brûlante, les ventres ambrés qui fuient

9. Delacroix. Prise de Constantinople, *détail* (Louvre). *Ph. Hachette.* ▶

10. Delacroix. Andromède (Coll. particulière). *Ph. Musées nationaux.*

sous l'ombre des cuisses secrètes, l'épouvantable attrait des fruits profonds où le fort puise la force, où le faible boit du poison, mais au bord de qui nul ne sait d'avance s'il est faible ou s'il est fort. Voici la mort, les lèvres des enfants tâtonnant autour des mamelles durcies par le gonflement froid de la pourriture prochaine, les flots roulant sous des nuages bas des cadavres décomposés, des bras raidis, des bouches blanches, des lèvres retroussées sur les dents. La forme et la couleur sont une pensée en action. On ne peut plus parler d'elles, mais d'un bondissement rythmique continu où l'imagination du peintre, en proie au lyrisme ordonné de ceux qui absorbent le monde pour lui donner la forme de leur crâne et le mouvement de leur cœur, livre ses sensations, ses idées et ses sentiments confondus. Que signifie le mot dessin dans ces surfaces remuantes que le drame tord, convulse et bossèle par le dedans pour amener l'expression spirituelle à quelques saillies dominantes qui font rugir, soupirer, rire ou chanter la couleur? La couleur elle-même bouge. Elle vibre, elle hésite ou s'affaisse, monte et descend comme la mer. Le ton local, le reflet, le passage, la valeur sont les acteurs mêmes du drame. Ce rouge qui s'enfonce et s'assombrit dans le carnage pousse une clameur continue, ce rose rit sinistrement dans ces cheveux sombres, ce bleu fait passer dans les cœurs en révolte le mirage des paradis qu'on croit à portée de la main, cet or et ce carmin ondoient et brûlent dans la tiédeur énervante d'une chambre de volupté, ce vert livide est pris aux mers d'orage et aux chairs en putréfaction pour exprimer le passage ou l'empire de la mort. Le ton qui naît et meurt et renaît sous les yeux des hommes soixante ans après la mort du peintre traduit le mouvement profond de son émotion dramatique que le trait haletant poursuit pour l'enfermer dans le réel. Et quelle que soit l'énergie de ce trait qui bondit et tressaute aux brûlures répétées de la flamme créatrice, la tragédie colorée semble s'échapper de lui, le dépasser et l'entraîner dans sa tourmente pour rejoindre les profondeurs mystiques où l'univers paraît réunir sa force confuse à l'âme des grands inspirés. Delacroix est probablement le seul qui, sans pouvoir être vaincu, soit allé chercher hors des symboles éternels du mythe grec et de la Bible, dans la littérature et l'Histoire moderne mêmes, des prétextes continus à manifester sa passion. Ce débordement des langages de la foi les uns sur les autres, musique, poésie, peinture est un phénomène nouveau où le romantisme rencontre la plupart du temps son écueil, mais aussi, chez deux ou trois hommes, Delacroix, Baudelaire, Wagner, parfois Hugo, parfois Berlioz, le sommet d'où il peut prétendre atteindre la région invisible où habitent et se confondent dans le plus haut symbolisme, toutes les formes de la foi. De tous, c'est à coup sûr le peintre qui court le plus de dangers, car s'il perd de vue l'objet une seconde, l'architecture plastique de la terre et du ciel, l'enfoncement des volumes dans la profondeur des plans, l'échelonnement des valeurs, la solidarité des lignes, tout le monde sentimental où la littérature se meut à l'aise le complique, l'affadit, le submerge, égare son esprit hors des régions concrètes où son imagination doit chercher tous ses aliments. La réalité, pour le peintre, c'est bien la vision intérieure qu'il possède de l'univers. Mais toute vision dont les racines matérielles ne

11

plongent pas de partout dans la substance illimitée de la vie sensuelle du peintre, n'appartient pas à la peinture. Les préraphaélites anglais, les nazaréens et didactiques allemands, le Suisse Bœcklin, le Français Gustave Moreau l'apprendront à leurs dépens, non à ceux de la peinture qui n'a rien à voir avec eux.

Il est donc le seul sur cette cime, parce que ses yeux savent voir, qui soit maître de transposer ses émotions littéraires, ses tortures métaphysiques, ses aspirations sentimentales et les visions confuses que la musique met en lui, dans le monde réel des couleurs et des formes auquel, du même coup, il impose un

11. Delacroix. Portrait de George Sand (Coll. particulière). *Ph. Hachette.*

élargissement divin. Voici donc l'histoire des hommes et sa fatalité que nous nommons amour, ou volonté, et sa sérénité impitoyable que nous appelons cruauté. Voici les visages extasiés ou douloureux sous lesquels chemine indifférente la marche des événements. Voici le docteur Faust. Voici la connaissance exacte arrivée au bord du néant et se penchant épouvantée sur son abîme où le vide et la nuit s'enfoncent sous une nappe de fleurs. Voici la rêverie d'Hamlet. Voici l'invincible mystère, l'immensité sans bornes de l'espace et du sentiment qui a tenu tout entière dans une boîte osseuse moins longtemps que vit une plante, et d'où elle disparaît pour jamais durant le moment d'un éclair. Et voici la seule image pour la possession de laquelle il importe que nous vivions : celle qu'une grande âme réalise pour éprouver la valeur de son enthousiasme et qui se trouve correspondre à tant d'indications indécises et balbutiantes dans les objets fuyants de notre amour, qu'elle devient peu à peu pour nous plus réelle que le monde et nous rend une foi plus jeune après chacune de nos crises de désespoir.

« Ce qu'il y a de plus réel en moi, ce sont les Illusions, que je crée... » Oui. Et par ces Illusions qu'il crée, Eugène Delacroix s'entretient, comme le veut Baudelaire, avec le « surnaturel ». Sa religion est un foyer brûlant inépuisable que tous les drames, tous les visages de la nature, tout ce qu'il y a de tragique et de charmant dans la courte aventure humaine alimentent, et sur qui il verse son feu. Il est peut-être dans la peinture avec Rembrandt, Rubens et Michel-Ange celui qui a le plus et le mieux travaillé à arracher le grand mystère au domaine théologique et à l'installer au plus profond du cœur humain qui sans cesse l'emprunte à l'immensité impassible pour l'animer confusément et le lui rendre, accru de l'immensité de ce cœur.

III

Aucun d'entre ceux-là, qui furent sans doute les plus grands parmi les grands peintres, aucun semble-t-il ne l'égale — Rembrandt excepté — pour la profondeur et la force sentimentale, aucun — Rubens excepté — pour la puissance torrentielle du mouvement expressif, aucun — Michel-Ange excepté — pour le pouvoir de transporter dans la peinture ce qui semble appartenir au domaine de la méditation abstraite et du prophétisme moral. Mais peut-être lui manque-t-il parfois ce qui ne manque jamais à aucun d'eux : la faculté de supprimer et de choisir. Il a l'ordre dans le cerveau, et même une sorte de calme impressionnant sous l'agitation apparente, mais pas toujours dans le cœur. Il sent trop, veut trop dire et si l'ensemble vit toujours, il vit trop quelquefois, il titube, le silence lui pèse trop. Les romantiques construisent organiquement, partent de l'impulsion interne, déploient leurs surfaces expressives avec tant de hâte et de violence que trop souvent le mouvement paraît confus et surchargé. La contemplation de l'objet enivre tant l'individu que l'objet devient aussi vivant que l'individu lui-même mais que ses lignes flottent et que le morceau expressif surgit seul, éclatant, hallucinatoire, rayonnant la force et l'amour. Hugo abonde en trous, en vides pleins de fumée et de vent. Wagner est souvent flou, prolixe, et sa poitrine de colosse suffoque sous l'amoncellement des fleurs. La mélodie grandiose de Berlioz plane un moment, ses deux grandes ailes ouvertes, puis tombe à pic, dans un fracas de bruits vulgaires et de cris assourdissants. Delacroix, le plus maître de sa puissance, bondit parfois hors de son propre rythme qu'il s'essouffle à rattraper. Rodin, le dernier de tous en date, possède une puissance monstrueuse à exprimer, par les vibrations de sa surface, la vie profonde de l'objet. Mais c'est aux dépens de son équilibre et de ses relations avec tous ceux qui l'environnent : nul ensemble monumental qui tienne du haut en bas.

C'est là sans doute la rançon de toute force expressive trop exceptionnelle, aussi nécessairement éloignée du grand calme architectural que les raisons du cœur sont distantes de la raison. Depuis les peintres de cercueils de l'Égypte chrétienne, les Indous, Rabelais, Tintoret, Shakespeare, nul n'a possédé au degré des grands romantiques le pouvoir d'exprimer ce qu'il y a dans le mouvement interne de la vie de plus irrésistible et de plus enivrant. Le procédé ne change guère, mais ce qui le rend tout-puissant et impossible à imiter, c'est qu'il n'est pas un procédé mais une façon de voir, une façon d'agir, une façon de vivre. Le peintre ou le sculpteur ou le poète romantique trouve dans l'objet, avec une sûreté fulgurante, le sommet de son expression. Alors il environne ce sommet de sa fièvre créatrice et tout y court, de toutes parts. Il naît du dedans de l'objet, le soulève, le dirige d'un seul côté, il défonce sa surface. Il jaillit dehors, au-devant de la clarté, rejetant en arrière dans le vague ou la nuit même tout ce qui est hostile, secondaire, ou seulement indifférent. Hugo, qu'il

12

écrive ou dessine, conduit son tyrannique désir
jusqu'à l'opposition diamétrale : les ruines sur les
promontoires, l'orage, l'océan, la montagne, tout ce
qui est démesuré, tout ce qui est fatal s'indique et se
modèle violemment par la lutte antithétique de l'ombre
et du jour. Raffet pousse d'un bloc des vols recti- 13
lignes d'aigrettes, des murailles d'acier, de longues
crinières flottantes, mille sabots silencieux, et le
roulement du destin gronde dans l'obscurité. Baude-
laire accumule dans le centre de sa vision toutes les
impressions sensorielles éparses qu'une sensibilité
fanatique et dévoratrice lui a permis de recueillir

12. Delacroix. Le char du soleil, dessin (Bayonne, Musée Bonnat). *Ph. Musées nationaux.*

13

16 dans cent mille objets pareils. Constantin Guys allonge les yeux peints des filles, rougit leurs bouches saignantes, alourdit leurs mamelles dures, fait plus pesants et plus sonores leurs bijoux, masse plus haut sur leur nuque les cheveux sombres tordus avec des peignes et des fleurs, et l'odeur de l'amour emplit les bals et les spectacles, rôde le long des rues ardentes, énerve les soirs d'été et l'attente anxieuse des nuits. Barye concentre tout l'esprit de l'attaque et de la défense dans les grosses pattes des fauves, les bosses musculaires de leurs épaules, les plans vibrants et bandés de leurs cuisses et de leurs reins. Daumier

13. Raffet. Défilé nocturne, eau-forte (Lille). *Ph. Gérondal.* — Barye. 14. Lions près de leur antre (Louvre). *Ph. Archives photographiques.* — 15. Jaguar dévorant un lièvre (Louvre). *Ph. Giraudon.*

14

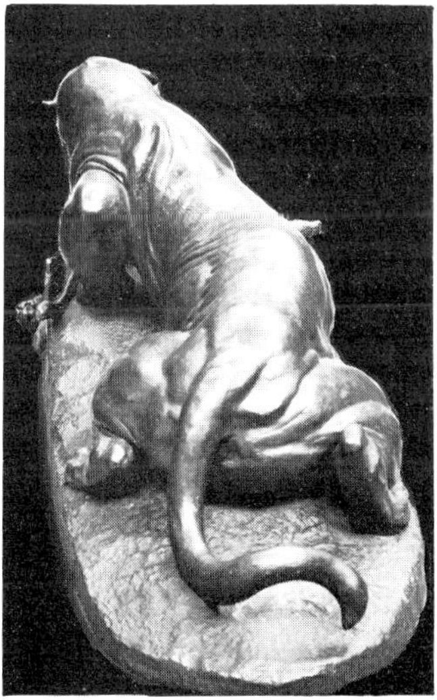

15

16. Guys. Femme assise, aquarelle (Coll. particulière). *Ph. Druet.*

saisit le cœur du drame et noue autour de lui tous les nœuds expressifs qu'une science grandiose et intuitive de la forme en action lui révèle incessamment.

Il suffirait à définir cette aspiration commune à tous les romantiques de concentrer l'expression tout entière dans une saillie éclatante où toutes les lignes et toutes les lumières accourent de toutes parts, enthousiastes et obéissantes comme autant de coordonnées vers une force centrale qu'il s'agit
de manifester. Millet, en même temps, l'essaie, et 50
quelquefois y touche presque, quand il lâche le pinceau 51
pour la plume ou le crayon. Mais la forme, qu'il veut simple et naïve, définie par quelques plans nus,
reste presque toujours vide. Plus tard, à l'autre extré- 67
mité du romantisme, Carrière exprime avec ce moyen- 68
là moins un désir plastique qu'un besoin sentimental. 69

Chez Daumier, au contraire, la forme qu'une
arabesque de lumière sculpte, décrit, dirige par ses 17
dégradations et ses progrès dans la surface, ses coulées 18
dans la profondeur, tourne et se tord, pleine comme 19
un bronze vivant, se noue et se dénoue sous l'impul- 20
sion de l'effort, du désir ou de la faim, ainsi que des 21
troncs de vigne et de lierre entrelacés et puisant au 22
cœur de la terre leur nourriture et leur appui. On 23
pense toujours à son propos à plusieurs des maîtres les plus pathétiques de la forme humaine en action. Cet homme simple et rond est le fruit naturel d'une culture européenne intense et non encore déviée et tous les vieux classiques se reconnaissent en lui. Il est du Midi et du Nord. Né à Marseille, là où l'ombre et le soleil sculptent les montagnes et les rivages par larges plans expressifs et solides comme des ossements nus, il vit dans la rue de Paris, au centre

le plus bouillonnant de la tragédie et de la comédie quotidiennes qu'on aperçoit dès qu'on suspend sa marche automatique pour arrêter une minute son regard. Il vit dans la rue de Paris. Il connaît certainement Rembrandt et Rubens et Tintoret et Michel-Ange. Mais il ne pense pas à eux quand il éclaire avec le jour vivant que Rembrandt maniait à sa guise des êtres qui manifestent leur action par des volumes en saillie que Michel-Ange eût reconnus et des enla-

17

Daumier. 17. Le haleur (Coll. particulière). *Ph. Musées nationaux.* — 18. Le fardeau (Coll. particulière). *Ph. Giraudon.*

cements de membres où Rubens et Tintoret eussent retrouvé leur pouvoir à faire retentir tous les mouvements de la vie dans la continuité des lignes et l'enfoncement des plans.

On dirait qu'il peint avec une argile enflammée. C'est une sculpture du drame où les os et les muscles ramassent tout l'esprit du drame dont la pénombre reprend peu à peu ou soudainement les péripéties antérieures ou actuelles qui ne sont pas son point d'attache

18

19

20

21

même et son sens spirituel. Une expression sentimentale sublime naît des moyens plastiques seuls, et s'il est bon comme un saint, c'est qu'il est fort comme un héros. L'épaule et le bras tirés de cette femme qui porte un panier et qu'un petit pas trottinant poursuit au bout d'un petit poing noué expriment l'effort d'un levier trop faible pour soulever un poids trop lourd. Mais la pitié monte du fond des siècles pour

Daumier. 19. La baignade (Coll. particulière). *Ph. Musées nationaux.* — 20. La soupe, dessin (Louvre). *Ph. Hachette.* — 21. *Détail* de 19.

22. Daumier. La famille sur les barricades (Copenhague).

accompagner ces passants. L'énorme sein gonflé où boit un petit être, la tête et le cou musculeux penchés vers la soupe que la cuiller de fer porte aux lèvres tendues, tout cela exprime, sans doute, un double repas. Mais la tragédie de la faim y gronde comme un orage. Cette femme puissante qui presse entre ses bras et ses mamelles de beaux enfants nus, exprime la santé physique et la force au repos. Mais l'esprit de révolte y plane avec majesté. Ce petit âne écrasé sous le poids de ce gros paysan, ce cheval squelettique qui ne pourrait porter plus lourd que ce maigre chevalier, expriment la misère et la vulgarité physiques traversant un désert de cendre. Mais l'homme intérieur y marche à la conquête de Dieu.

Voilà l'artiste. Et voilà l'œuvre. Il est inutile de raconter le paradoxe de sa carrière. Pris pour un caricaturiste, il est mort très pauvre, très célèbre, et totalement inconnu. Il était caricaturiste, et ceci n'est pas sérieux. Delacroix fut assez avisé pour se faire élire — difficilement — à l'Institut, pour aller dîner dans le monde et porter l'habit noir. Et Corot avait la chance d'être le fils de commerçants à leur aise. Mais celui-là vivait entre la barricade, sa mansarde et la salle de rédaction des petites feuilles avancées. Il se contentait de posséder la rue et de conquérir le futur. On dit qu'il l'ignorait. J'en doute. La marque d'un homme puissant, c'est de connaître sa puissance. Quand on a ce beau front, ces yeux perçants, cette bouche vaillante, cette face pleine et large comme celle de Rabelais, quand on pétrit la forme comme on veut avec ce bon pouce-là, on n'ignore pas qu'on est roi. Et si l'on se tait, et si même on parvient à ne pas souffrir de ce que nul ne s'en doute, c'est qu'on se

23. Daumier. La parade foraine (Louvre). *Ph. Bulloz.* ▸

trouve assez récompensé de savoir modeler la vie pour la rendre semblable à soi. Toute la coulée sombre des hommes obéissait à son premier appel. Il régnait sur la rue, il s'en sentait le seul maître dès qu'il y mettait le pied. Rien de ce qui remuait dans la rue ne lui était étranger et il introduisait dans ce formidable désordre, l'ordre despotique que tous les mouvements et les passions de la rue organisaient dans son émoi. La vision épique des choses n'est qu'une soumission superbe de la sensation et de l'esprit à la force vivante de tout ce que les infirmes de la sensation et les pontifes de l'esprit négligent comme inférieur à leur vie abstraite ou machinale. Il s'arrêtait toutes les fois qu'un geste éloquent perçait l'uniformité confuse de la foule en action. Il connaissait les carrefours où l'hercule forain soulève les poids de fonte et harangue un cercle attentif. A l'heure où les ateliers versent sur les trottoirs visqueux leur fleuve dramatique, il se mêlait aux groupes passionnés qui entonnent autour du chanteur des rues et de l'orgue de barbarie les dernières strophes où l'idéalisme populaire exprime sa révolte ou son espoir. On le voyait au premier rang, dans les foires de quartier, quand le tapin battait sa caisse et que le bonisseur sublime déclamait. Il aimait ces êtres puissants qui remuent l'âme du peuple, simple comme eux, et comme lui. L'athlète croise les bras sur ses pectoraux gigantesques, demi-dieu pacifique de la force et du droit. Celui qui chante a la face fatale de l'aède dans la bouche duquel les religions primitives s'affirment victorieuses dès leur premier cri. Et ce pitre à la face peinte avec son grand geste vivant a quelque chose d'un archange qui ouvre et ferme les portes du paradis et de l'enfer... C'est avec un esprit semblable que Michel-Ange a tracé les symboles bibliques sur les plafonds du Vatican. Daumier, s'il est moins tourmenté, est probablement aussi grave, et si sa verve gronde avec l'accent du faubourg, chaque fois qu'elle illumine ou frappe, c'est un éclair prophétique qui porte et signale le choc.

Car c'est un juste, un vrai. La loi lui importe très peu, et moins encore la justice. C'est un Juste. Il en a la gaîté puissante, la force irrésistible, l'indulgence, la mesure et la charité. L'amende, la prison renouvellent sa virulence. Les blancs et les noirs de l'estampe à qui quelques pauvres masures dans un coin, quelques troncs nus sur une rive, un ciel où circule le vent, une forte indication de campagne ou de cité donnent une grandeur de fresque, ont des sonorités veloutées et profondes où sa piété vengeresse prend l'amour du monde vivant comme prétexte à s'épancher. Partout où se trouve un vaincu qui ne méritait pas de l'être, où un pauvre est humilié, partout où un faible crie à l'aide, partout où la vulgarité et la bassesse triomphent, il est là pour couvrir tout seul qui veut être protégé et faire front tout seul contre qui ne veut pas comprendre. Il est présent dans le prétoire, où il cingle de coups de fouet, avec un rire magnifique, le juge injuste et l'avocat menteur. Il sculpte du haut des tribunes, à coups de poing, les trognes, les genoux et les ventres législatifs. Il apporte des cartouches dans les taudis ouvriers où le dernier visiteur avait mis du sang par terre et de la cervelle sur le mur. Il fait le coup de feu avec l'armée des misérables sur les pavés entassés. Ce bonhomme a dans le cœur toutes les forces innocentes qui, par les insurrections serves et communales, la cathédrale, la Fronde, les journées révolutionnaires de 89 et de 1830, ouvrirent à la canaille les routes de l'avenir. Le pharisien et l'hypocrite se cachent sur son passage, le mauvais riche grince et le mauvais berger blêmit. Et puisque, de son temps, c'est le bourgeois qui règne, il tape sur le bourgeois.

IV

La haine du bourgeois est un phénomène romantique, excessif, comme tous les phénomènes romantiques, mais très sain. Berlioz la clame avec fureur dans ses mémoires. On en trouve la trace dans le journal de Delacroix, trop gentilhomme pour la négation ou l'invective publiques. L'exode des paysagistes à Fontainebleau en est une manifestation active. Gautier et Baudelaire l'affichent sur leurs vêtements. Un peu plus tard, Flaubert y cherche le prétexte, et Zola l'un des motifs les plus répétés de leur art. L'esthétique de Ruskin presque entière part d'une protestation sentimentale contre l'ordre social imposé par le bourgeois. Ibsen oppose aux vallées fangeuses où il règne par le consentement du nombre, la solitude des sommets dans la glace et le soleil. Une pareille unanimité a ses raisons nécessaires. Ce qui aime proteste contre ce qui réalise, ce qui est généreux s'élève contre ce qui est intéressé. Le seul Balzac voit la beauté de la conquête, mais, hélas! dans ses procédés les plus bas. Il ne se contente pas de chanter les affaires, il en fait. L' « enrichissez-vous » de Guizot, la férocité étriquée et pontifiante de Thiers ne sont pas seulement pour lui des phénomènes objectifs passionnants à décrire, mais des objets d'admiration devant qui sa force s'abaisse. Aucun d'entre tous ceux-là, ni lui qui admire, ni ceux qui protestent, aucun n'est capable de sentir ce qu'il y a de vigoureux et de grandiose dans cette prise de possession des richesses de la planète par une classe arrivée à la liberté politique en même temps qu'ils s'emparaient eux-mêmes de la libre sensation.

Ce sont des hommes un peu plus âgés qu'eux, nés dans les familles aisées du Tiers touchant au triomphe, élevés par conséquent pour la conquête positive de la liberté et de l'action et non pas transportés comme eux par la victoire, qui représentent dans le domaine de l'esprit la beauté de cette conquête. Méridionaux d'ailleurs, aussi éloignés de l'idéalisme sentimental où l'art du Nord puise tous ses prétextes, que les soldats réalistes du Midi, aimant la guerre pour son enivrement terrible et ses avantages immédiats, étaient éloignés des guerriers idéalistes du Nord, n'acceptant la guerre que pour délivrer, par elle, les peuples d'Europe opprimés. Entre eux, certes, des traits d'union, Bonaparte, Berlioz, Daumier, chez lesquels la ligne mélodique et l'éclair méridional entrent dans la matière du Nord pour la modeler profondément comme une argile colorée. Mais Berlioz, à Rome, se détourne avec dégoût de Stendhal, qui n'a eu que le tort de naître vingt ans plus tôt à une heure moins enthousiaste et dans le même pays que le sien. Et quand Ingres, arrivant de Rome, tombe au milieu de la bataille romantique, tout ce qui est de près ou de loin romantique fait front d'instinct contre lui, et toutes les médiocrités que choque le romantisme, alors seul à combattre pour la vie et la liberté passionnelles se groupent autour de lui qui, par faiblesse et vanité, se laisse lier les mains. Le romantique et le bourgeois ne haïssaient ou ne louaient chez Stendhal et Ingres que leur sécheresse linéaire, leur froideur apparente devant l'objet, cette application étroite et directe à le rendre tel qu'il est. L'esprit académique chancelant cherche dans la pureté du trait d'Ingres la justification des doctrines davidiennes sur lesquelles il étaie tant bien que mal son classicisme essoufflé. Et malgré l'effacement de Stendhal, le paradoxe bruyant de la carrière d'Ingres — qui hait l'École et les Jurys et qu'on fait chef de l'École et président des Jurys, qui proclame son dégoût pour l'anatomie et dont on oppose le dessin anatomique à la forme disloquée de Delacroix — c'est, envers tous deux et de la part de tous, amis et ennemis, la même erreur : nul n'aperçoit à ce moment la flamme sous la glace, le ferment de révolte et le pessimisme implacable sous la forme décolorée et le calme traditionnel.

Ingres est un bourgeois de son temps, rué à l'assaut de la forme, comme le notaire ou le banquier à l'assaut de l'argent. Mais c'est un grand bourgeois. Il a l'intelligence nette, rigoureuse et limitée, l'autoritarisme brutal, la probité spécialisée de ces solides conquérants qui, dans un but de lucre et de domination positive, creusaient des canaux, traçaient des routes, couvraient l'Europe de voies ferrées, lançaient des flottes et échangeaient sur leurs comptoirs du papier contre de l'or. Il a d'ailleurs fait de ces hommes des portraits qui semblent coulés dans le bronze et creusés avec de l'acier. C'est parce qu'il correspond étroitement à ceux qui sont de son époque et de sa classe qu'il est,

24 

en France, le dernier à tracer d'un crayon aigu et dur comme une pointe, net, ne laissant rien dans l'ombre du caractère intérieur, supprimant tout détail qui ne souligne pas ce caractère, ces images psychologiques de l'homme et de la femme qui sont tant de ce pays. Elles ne s'interrompent guère, de Fouquet et des Clouet à lui-même en passant par Lagneau, Sébastien Bourdon, Coyzevox, Le Brun, Perronneau, La Tour, Drouais, Houdon, vingt

24. Ingres. Portrait du peintre Granet (Aix-en-Provence). *Ph. Bulloz.*

25

26

autres, et, de Montaigne à Stendhal, tous les moralistes français, La Rochefoucauld, La Bruyère, Saint-Simon, Voltaire, Chamfort, leur apportent l'appui de leur clairvoyant témoignage. Le Français est né psychologue, il est lyrique par accès quand, au XIIIe, au XIXe siècles, quelque grand événement social — la Commune, la Révolution — vient agiter avec un bruit d'orage les sources de son sentiment.

27

Stendhal et Ingres, à l'heure où le poème renaissait dans le cœur des écrivains, des musiciens et des peintres, devaient fatalement rester ignorés ou méconnus, l'un ne pas trouver d'éditeur, l'autre vendre vingt francs ces figures pénétrantes, grandes comme un portrait chinois, pures comme une mélodie, spirituelles et vivantes comme une lettre ou un conte du siècle vers l'apogée duquel il était né.

Ingres. 25. Portrait, dessin (Montauban). *Ph. Hachette.* — 26. Madame Devauçay (Bayonne). *Ph. Bulloz.* — 27. Monsieur Bertin (Louvre). *Ph. Giraudon.*

24 C'est un réaliste volontaire qui n'apporte, dans
25 un pays de réalistes très subtils et très nuancés, rien
26 de neuf autre qu'une forme renouvelée et raffermie
27 au contact passionnément recherché des Antiques et
28 des Italiens. Avant que naisse Delacroix, il est déjà
29 à l'atelier de David, étudiant sur l'ordre du despote
30 les statues et les bas-reliefs romains, s'enthousiasmant
31 en cachette devant les dessins du sculpteur anglais
32 Flaxmann qui lui révèlent les gravures des vases grecs dans le langage de son temps, et ne pouvant qu'admirer les portraits de son maître, solides, autoritaires, pleins d'amour rabroué, où le respect de la charpente interne s'affirme pour prêter son appui à tout le siècle montant. L'Italie, où Ingres passera presque toute la première moitié de ce siècle et où l'étude ardente de l'antiquité hellénique, du gothique italien et de Raphaël lui fera très vite apparaître, comme un visage de femme sous un voile soulevé, le frisson continu de la vie dans la fresque et le marbre, le délivrera presque tout à fait de l'attirail archéologique et du dogmatisme étroit contre lesquels le romantisme est lui-même en train de lutter. Deux victoires, dont ni Delacroix, ni lui-même ne voudront voir la solidarité, et qui précipiteront leur action réconciliée dans les formes de l'avenir.

Il a failli saisir l'âme antique à ses sources, et, tandis que Delacroix apporte aux hommes la liberté sentimentale dans le mouvement et la couleur, il leur prépare, avec la liberté formelle, la révélation de la vraie pensée grecque qui s'attachait à embrasser le bloc vivant dans son ensemble et à l'exprimer, sans souci du détail pittoresque, par la rondeur et la plénitude du contour. Que sa couleur, d'où le reflet

28. Ingres. Mademoiselle Rivière, *détail* (Louvre). *Ph. Bulloz.* ▶

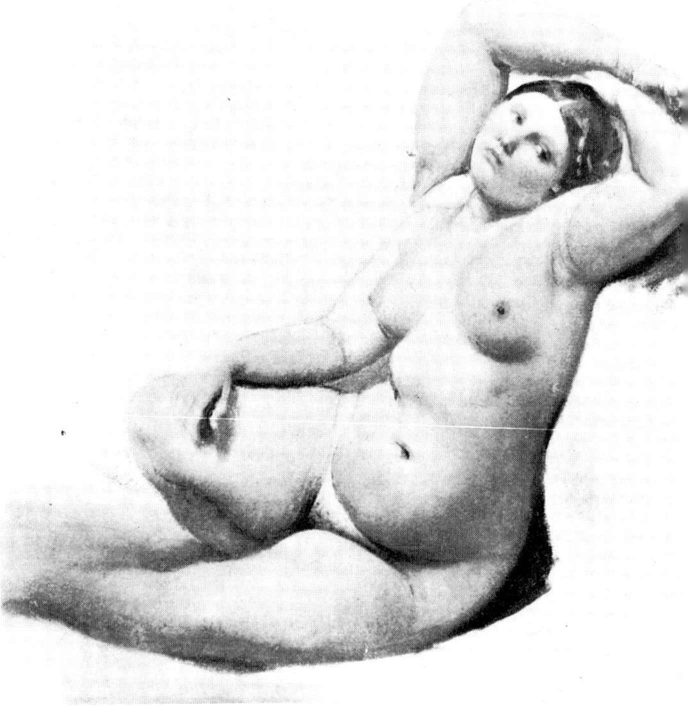

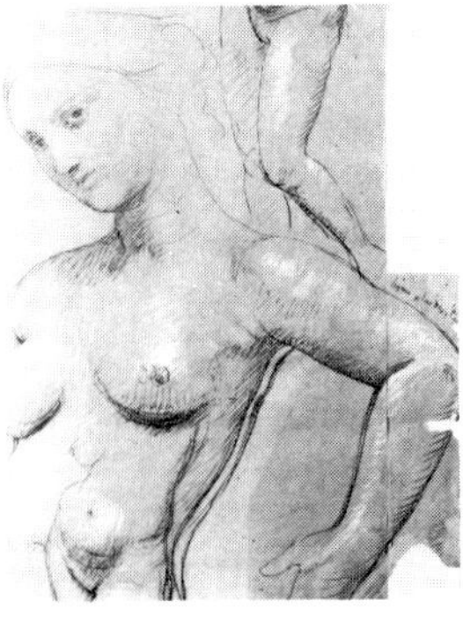

30

s'exile volontairement, ne soit le plus souvent qu'un attribut inhérent à la forme — bien que, dans la plupart de ses portraits, des harmonies discrètes, noirs profonds, gris ardoisés et bleutés des fonds ondulant à peine, blancs mêlés de perle, de bleu et d'or, lui donnent une place sûre entre Chardin et Corot — il n'importe. La musique est dans le trait où Gluck et Mozart et Beethoven, qu'il aime avec intransigeance, reconnaîtraient leur ligne mélodique non encore attirée vers le tourbillon romantique pour être entraînée par Berlioz et submergée par Wagner dans l'orage instrumental de la symphonie conquise.

La musique est dans le trait. Selon la formule d'École, selon David même, il « dessine mal ». On trouve à tout moment chez lui des pieds infirmes, des mains de travers, des cous goitreux, des jointures déboîtées, des jambes et des bras d'un tiers trop longs ou trop courts. Mais c'est toujours à l'avantage de la puissance expressive du trait qui s'insinue, s'élance ou se replie pour donner la sensation globale que son modèle éveille en lui. Il effile des doigts, arrondit

31

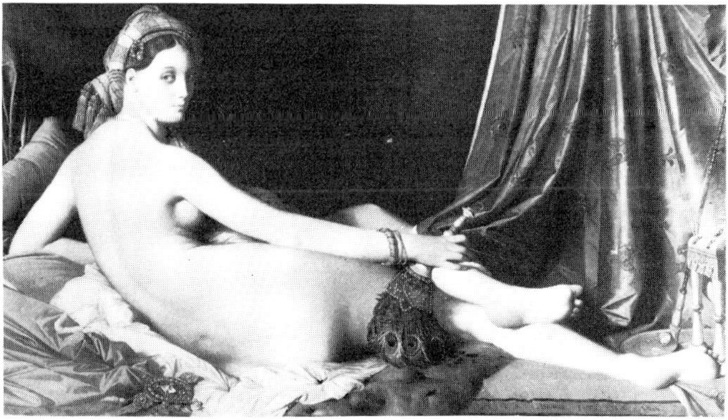

Ingres. 29. Étude pour Le bain turc (Montauban). *Ph. Giraudon.* — 30. Études, dessin (Montauban). *Ph. Resseguié.* — 31. La grande odalisque (Louvre). *Ph. Bulloz.*

des membres, creuse des reins, épaissit des lèvres, allonge ou relève des yeux. Dessin, portrait, grand ou petit tableau, tout est mélodie linéaire qui suit la forme avec naïveté dans son ondulation continue, mais, quand elle reçoit le choc de l'idée qu'elle lui suggère, enfle ou prolonge ou caresse ou retient cette ondulation pour en imposer le sens. On pourrait surprendre ici la trace de la déformation romantique, s'il ne considérait d'abord l'ensemble, non du point de vue d'une impression dramatique à rendre, mais du point de vue d'une idée générale, objective et païenne où son âme latine et sa culture antique l'ont conduit. Un bras de femme sur le dos d'un fauteuil, une belle main pendante, deux genoux croisés, un torse sinueux qui s'affaisse ou s'avance n'attirent jamais seuls le regard, ils ne sont qu'un des sommets d'une onde ferme et progressive, dont tous les contours répondent à la sensation qu'il cherche volontairement et trouve au cœur de tout objet.

Le désir du corps féminin, rond, plein, gonflé de force comme un monde le hante. C'est en lui que s'affirme prêt à se répandre, cet hymne à la femme que les peintres du XVIIIe siècle avaient ébauché avec plus de verve que d'amour mais qui va prendre au XIXe, par Delacroix, par Chassériau, par Corot, par Courbet, par Carpeaux, par Puvis, par Renoir, par Rodin, un caractère d'ardeur quelquefois adorable et quelquefois tragique. On l'entend gronder partout dans son œuvre où il revêt, parce qu'il a plus de volonté que de lyrisme, un sens nettement érotique, et presque bestial. S'il était plus spontanément peintre, on penserait à Goya. Là surtout, son âme bourgeoise éclate, avec ses appétits sans frein et sans lutte inté-

32. *Détail* de 31. ▶

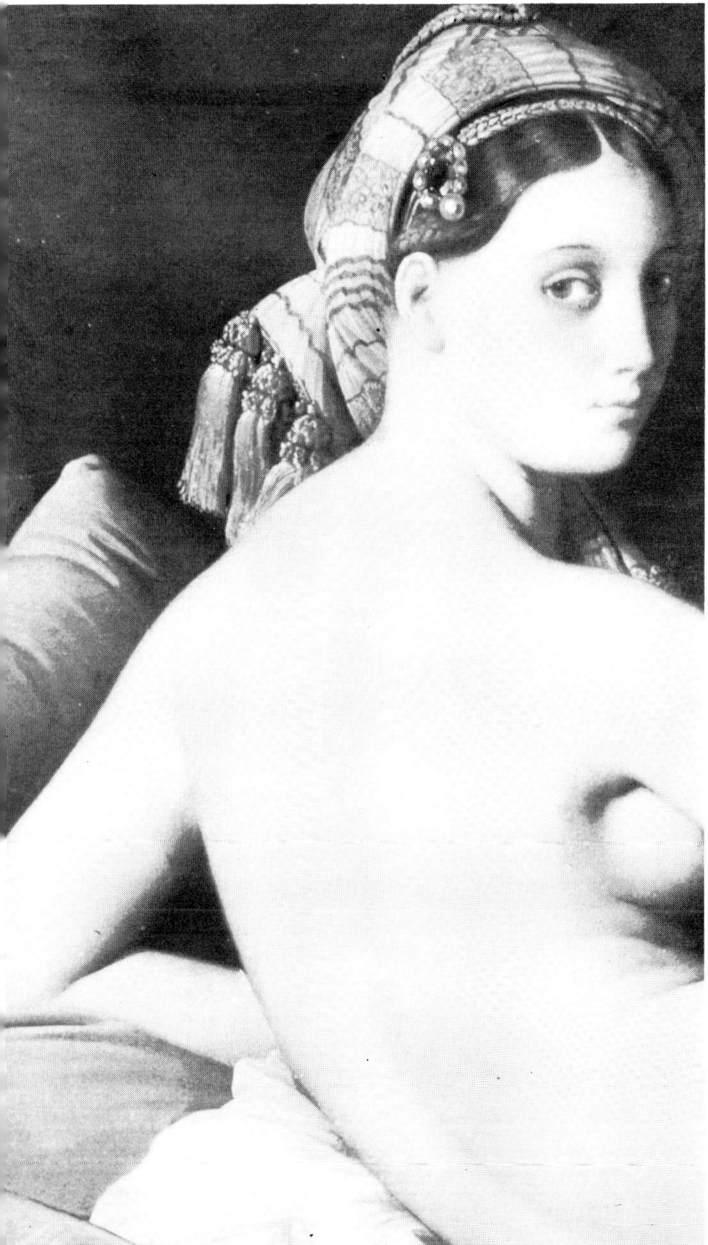

rieure que ni les dentelles sur la peau, ni les fanfreluches et les boucles autour des cous, ni les robes amples autour des tailles et des jambes, ni les prétextes religieux ou mythologique n'arrivent à dissimuler. Ses saintes vierges, il les a d'abord peintes nues, et quand elles ont les deux mains croisées sur le cœur, on aperçoit quand même la courbe fléchissante du sein et la ligne qui s'arrondit sur le ventre mûrissant. Certes, devant ses dessins poussés et ses tableaux allégoriques, on pourrait croire, et on l'a cru, que la forme dite idéale a seule un intérêt pour lui. Mais ses milliers de croquis le dénoncent, et c'est là qu'il est grand. On y voit des torses ravinés, des poitrines qui s'affaissent. On y voit des flancs larges avec des plis profonds comme une écorce d'arbre et qui sont lourds et brûlants comme un fruit. Et quand il jette les yeux sur quelque illustre modèle, aussi voulue que soit l'austérité de son costume, il est déjà déshabillé. Comme l'homme est défini pour lui par la fortune, la femme l'est par l'amour. Il pèse le ventre des bourgeois et la poitrine des bourgeoises. Que de beaux bras lourds hors des châles avec de grasses mains pendantes, aux doigts écartés comme pleins de gouttes de sève que les bagues pressent au bout! Que de regards mouillés sous des paupières pesantes, que de bouches humides où tremble la volupté! Que de tièdes chairs satisfaites sous le velours froid, le satin raide, l'écharpe de gaze inerte qui ne parvient pas à masquer l'affaissement languide du tronc, la taille grasse, le cou plein de murmures et de sanglots évanouis! Quelques grandes esquisses peintes cueillent à fleur de peau la chaleur que les seins exhalent et l'écho des profonds soupirs.

Isolés, ces portraits, ces études sont parmi les

belles choses que la France ait produites. Mais s'il veut imaginer, composer, prendre la trompette héroïque, monter plus haut que sa nature, il apparaît ce qu'il serait toujours si son génie sensuel n'était là pour sauver son âme : un esprit assez vulgaire, peut-être même un peu bas. Dès qu'il s'attaque aux grands symboles, aux grands mythes, il est glacial, ou ridicule. Dès qu'il tente de les forcer dans leur sens même, de créer avec une assemblée de femmes de harem ou de divinités amoureuses le poème de volupté que sa moindre étude réalise, ses fêtes charnelles sont sans noblesse. Il ne fait qu'entasser des viandes. Tous ces flancs gras, tous ces seins élastiques, toutes ces cuisses dodues font un tas de choses tremblantes, comme des larves qui grouillent. Si l'on n'en isole un fragment, rien ne les relie à l'esprit.

Par là encore, par cette étroitesse de nature, très audacieuse, très puissante, très honnête certes, mais limitée, il est bourgeois. Il représente le rationalisme du XVIIIe siècle arrivé enfin au pouvoir et décidé à y rester, fût-ce par la force brutale, et considérant le lyrisme des romantiques comme une sorte de chancre démagogique et révolutionnaire qu'il faut extirper à tout prix, même en s'appuyant sur des institutions et des formules qu'il ne se cache pas de mépriser. Positivisme artistique, contemporain à peu près du positivisme philosophique et scientifique, aussi restreint et aussi nécessaire qu'eux. Il va vite porter ses fruits et prendre même à la fois contre l'imagination romantique et la raison bourgeoise, un caractère d'opposition populacière, socialisante, anarchiste, antichrétienne, soumise aveuglément à la religion du « fait ».

V

Mais ce ne sera pas sans résistance. La France a deux visages, dont les différences et les contrastes s'atténuent quand on les regarde de loin. C'est au sein même de ce rationalisme positif que naît le courant qui va s'annexer les vastes apports sensoriels du romantisme pour aller demander à la science pure de lui ouvrir le monde de la matière brute même. Et c'est de lui que descend le courant qui s'écartera de la science pure ou l'ignorera totalement pour continuer à demander à des constructions à peine imaginaires, très équilibrées, très solides, très vraisemblables, d'exprimer cet idéalisme français qui reste si près des choses réelles et ne diffère d'elles que par les nuances insensibles d'une transposition continue qui les spiritualise sans avoir l'air de les toucher. Taine et Renan sortent des mêmes sources, travaillent en somme au même œuvre, mais semblent incarner l'antagonisme des deux tendances de l'esprit. On verra Courbet et Puvis, l'un toujours les yeux vers le sol, l'autre toujours vers la ligne de l'horizon, révéler de telle sorte son âme plastique à la France de leur époque, que si l'un d'eux n'était pas né, elle ne se connaîtrait pas.

C'est ainsi qu'entre Ingres et Delacroix, entre la bourgeoisie dominatrice et conquérante et l'emportement prophétique d'un peuple qui dépasse toujours dans son désir les réalisations amenées par l'idéalisme des générations précédentes, Corot apparaît comme le représentant le plus fidèle et le plus pur de leur élan. Ni l'enthousiasme de la victoire, ni l'égoïsme puissant de ses résultats positifs. Le désir spirituel qui l'a

33. Corot. Autoportrait (Louvre). *Ph. Giraudon.*

34

35

Corot. 34. Le Colisée (Coll. particulière). *Ph. Musées nationaux.* — 35. L'île du Tibre à Rome (Coll. particulière). *Ph. Musées nationaux.*

préparée s'épure encore chez certains êtres. En lui la France continue, plus ailée après son essor, mais restée dans la ligne droite qu'elle a suivie jusqu'à Chardin, depuis que Poussin et Claude Lorrain ont offert à l'âme charmante et pénétrante de Fouquet l'architecture de la méthode. Sans le savoir peut-être, il garde leur paysage historique, ou plutôt le donne vaguement pour cadre à ses idylles ingénues, anachroniques, sans symboles et sans prétention. A travers Chardin même, sa trace est facile à relever dans Vernet, dans Ollivier, dans Louis-Gabriel Moreau, dans tous ces petits-maîtres délicats du siècle à la fin duquel il est né pour centupler en lui leur force et leur charme de toute la poussée vivante de ses grands événements. Il a la même joie qu'ils eurent à regarder trembler dans l'eau les maisons et les arbres, les coteaux boisés limitant une plaine calme, et de légers nuages dans un de ces ciels roses frottés d'ambre et d'argent où la France du Nord reconnaît le sourire de la lumière à la grâce de ses cours d'eau et à la fraîcheur de ses champs. Parfois, le plus subtil esprit du plus délicat romantisme rôde dans le jour éclatant qu'il aperçoit à travers les fûts noirs des arbres, s'élance dans leurs branches pures qui serpentent comme des flammes, circule dans leur masse bruissante et bourdonnante de lumière, d'air et d'oiseaux. Comme Delacroix, comme Ingres, il aime la musique, et la même musique qu'eux, mais c'est surtout à Gluck qu'il va demander ce qu'elle peut donner à l'esprit de plus mesuré et au cœur de plus pur et de plus touchant. Comme Chardin, Parisien lui aussi, et fils de petits bourgeois, comme La Fontaine, il sera toute sa vie un vieil enfant amusé, sans relations intimes avec les écrivains et les artistes — le bon et sublime Daumier excepté —, fidèle aux relations familiales, n'aimant pas parler peinture, faisant chaque soir sous la lampe, jusqu'à près de soixante ans, la partie du vieux papa et de la vieille maman. Il court les provinces françaises, où il a partout des amis modestes dont on ne connaît plus les noms, s'installe des semaines chez eux où il ne gêne personne, étant sorti tout le jour, sauf à l'heure des fins repas, avec son chevalet et sa pipe. Il est reçu régulièrement aux Salons, car rien ne choque le public ni ne l'attire dans cette pureté sans éclat, cette fermeté sans violence, cette apparente impersonnalité qui continue et couronne le vieux classicisme français. Il est assez ignorant, mais d'un jugement exquis, bonhomme, la main et la bourse ouvertes, sans fiel, sans amertume, sans envie, fin, et passant inaperçu. En faisant ses petites toiles il chante, comme un peintre en bâtiment. Les orages de son cœur — il en eut — ne descendent pas dans ses doigts. Il aime, il admire, mais il ne le crie jamais, et si l'on parle devant lui de Delacroix, par exemple, qui représente alors l'effort le plus élevé du génie plastique de sa race, il dit avec son bon sourire, dans sa bonne, large et puissante face rasée : « C'est un aigle, et je ne suis qu'une alouette. Je pousse de petites chansons dans mes nuages gris. »

En effet. Il se levait à l'aube pour étudier les champs, car « le soleil éteint tout ». Sitôt tombée la brume matinale, les valeurs s'affirmaient dans la transparence aérienne avec leur maximum d'exactitude, de finesse et de pureté. La lumière du matin, vermeille, et si subtile dans cette Ile-de-France où une vapeur impalpable persiste jusqu'aux crépuscules

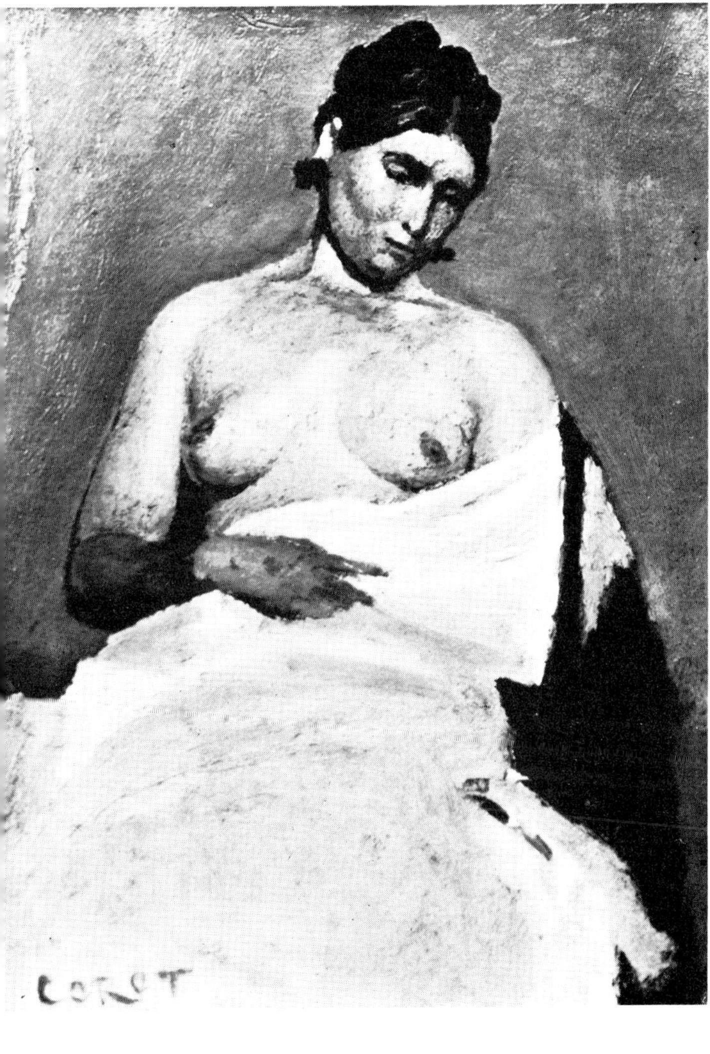

36. Corot. Le torse (Coll. particulière). *Ph. Musées nationaux.*

37

38

dorés, faisant de tout l'espace un prisme nuancé et blondissant suspendu sur toutes choses, inondait le ciel et la campagne et ruisselait sur les eaux. Avec le moment qui précède la tombée du soir, c'est l'heure où l'air semble condenser sa couleur fruitée dans les arbres et les pierres, pénétrer la fermeté tremblante des murailles, marier à celui du sol le ton des nuages légers. L'œil de Corot était comme un miroir liquide qui reflétait fidèlement la poésie de ces temps lumineux et calmes de la France où les rivières argentées sous la pluie d'argent du feuillage des peupliers et des saules, l'air serein, la ligne à peine ondulée des collines, paraissent une cristallisation d'harmonies impondérables que le moindre élan lyrique, la moindre ivresse mystique briserait. Il copiait ce qu'il voyait, mais sa vision était d'une qualité divine. C'est la rencontre à moitié route du monde objectif dans ce

39

Corot. 37. Rêverie (Chicago Art Institute). *Ph. Bulloz.* — 38. Maternité (Coll. particulière). *Ph. Musées nationaux.* — 39. La route (Coll. particulière). *Ph. Musées nationaux.*

qu'il a de plus unanimement accepté et d'une âme attentive à en recevoir les enseignements les plus discrets et les plus rares. Si l'objectif du photographe — pardon ô Corot! — avait un cœur, c'est ainsi qu'il verrait sans doute le monde. Le monde est, en effet, d'une ressemblance étroite, il semble que le peintre n'y ait rien ajouté, rien retranché. Il semble... Car le miracle, c'est précisément le travail invisible de l'esprit transposant sur la toile les éléments de l'objet avec tant de tact et de mesure qu'ils ne paraissent modifiés ni dans leur matière, ni dans leur ton local, ni dans leurs proportions et leurs rapports. Pas de combinaisons imaginaires, mais l'association subtile, aux centres délicats d'une intelligence exquise, des révélations les plus pures de la sensibilité.

Il avait fait en Italie trois longs voyages, que nul n'utilisa mieux. Avant qu'une production trop hâtive et trop recherchée, vers l'automne de sa carrière, ne lui fît oublier l'enseignement de ses paysages limpides pour trop d'arbres cotonneux et d'étangs embrumés, il avait compris combien la structure de la terre italienne et de ses cités, précise, serrée, tranchante, claire comme un théorème, lui pourrait servir lorsqu'il voudrait faire tenir la douceur, la fraîcheur paisible, la lumière opalescente du pays français, entre des lignes assez fermes pour le révéler à l'esprit. Il avait dessiné les vertèbres dénudées de l'Italie, les contours abrupts de ses promontoires, ses arbres droits ou tordus, mais purs comme des épées, les arêtes rectilignes des maisons et des citadelles, la crête continue des montagnes de marbre découpées par le feu du ciel. Il avait médité devant les visions de Canaletto et de Guardi, tout aussi émouvantes qu'un chant de violoncelle par leur profonde pureté. Entre ses voyages, chaque fois qu'à Fontainebleau, à Ville-d'Avray, à Mantes-la-Jolie, à La Rochelle, à Avignon, à Douai, à Rouen, à Arras, à Chartres, en Bretagne, il retrouva l'union étroite et mystérieuse de la ligne sans accident, de la valeur impeccable et du ton à la fois le plus exact, le plus voilé et le plus rare, il se souvint. Partout où une rue s'enfonce entre deux masures, partout où des tuiles rouges se montrent derrière la lisière d'un bois, partout où une route ferme court entre deux rangs d'ormeaux, partout où une vieille ville profile sur le ciel ses pignons et ses cheminées, où les flèches d'une cathédrale pointent dans la brume argentée, il se souvint des étages de la terre où les maisons et les tours roulent comme des perles d'ambre, de l'immobilité des pierres sous la flamme incandescente, de l'étalement des pins au-dessus des toits et des coupoles,

40. Corot. Le pont de Mantes (Louvre). *Ph. Hachette.*

des ruines dorées par le soir. L'intime poésie des choses entrait dans la netteté et la force du souvenir. Je crois bien qu'il n'oublie ni une lézarde sur une façade écaillée, ni une lucarne sous une gouttière, ni le dernier bouquet de feuilles qui tremble à la dernière branche, mais la lézarde ou la façade arrête un plan, la lucarne apparaît comme une tache nécessaire, bleuâtre ou perlée, dans le mauve ou l'or d'un vieux mur, les feuilles suspendues entre le ciel et l'eau définissent l'espace immense. Une harmonie de fruit de France mûrissant où les gris et les bleus, les rouges dorés, les roses se pénètrent et se répondent dans un tremblement nacré, s'inscrit entre des ondes mélodiques aussi limpides que les notes d'une flûte de cristal.

De ce chant admirable et doux au ton de l'idylle antique, la distance est vite franchie. Voici des nymphes sous les branches et des silhouettes divines penchées sur les lacs assombris où les rameaux qui s'élancent renversent la première ou la dernière étoile avec la coupole du ciel. Que de figures immortelles
41 il a rencontrées près des sources et sous les arbres profonds tout chargés de gouttes d'eau, de murmures aériens, de gazouillis et de bruits d'ailes! Comme il faisait son pas léger pour les regarder à son aise, songeuses ou dansantes, la lyre ou le thyrse à la main! Et avec quelle adoration muette il contemplait leur sommeil ou leurs jeux quand il les surprenait nues, derrière quelque buisson frémissant d'abeilles ou sur le bord de quelque ruisseau accoutumé à refléter dans ses eaux pures des têtes couronnées de fleurs! Depuis Watteau, il n'y avait pas eu dans la peinture un être aussi profondément épris de l'émouvante et ferme chair des femmes, qu'il peignait comme lui,

41

de loin, avec une réserve troublée, cherchant le volume ondulant, l'arabesque sans saillies, des membres et des flancs pétris dans le sang et la pulpe fruitée, et caressés d'ambre et d'argent. Hymne chaste comme l'amour, où le désir prend sa forme sacrée. L'ardente gravité des pays du Sud, ici encore, quand la femme est devant lui, assombrit ou calme le visage, croise les belles mains sur la ceinture, donne à la poitrine et au cou la fermeté des colonnes de marbre et des boucliers ronds. Sous la jupe de bure et le fichu croisé de la paysanne italienne, sous la robe grise où courent des rouges éteints et des bleus pâles de la jeune femme française, dans tous ces petits tableaux qui hantent

41. Corot. Danse des nymphes (Louvre). *Ph. Bulloz.*

le souvenir comme des sons voilés et confondus de violons, de hautbois, de harpes, la forme antique se devine, étreinte par l'âme moderne et toute ranimée et tremblante de son émoi.

VI

Voilà donc l'idéalisme français dans ce qu'il a de plus concret mais aussi de plus spirituel. Inutile, pour y atteindre, de repousser le désir et la possession de la matière comme indignes de lui. Inutile, pour empêcher son rajeunissement irrésistible, de se ruer sur la matière en fermant son âme et son cœur à ses plus hauts enseignements. C'est cependant à ces deux mouvements simultanés et parallèles qu'au moment de la maturité de Delacroix et de Corot, mais au moment aussi où la civilisation scientifique s'affirme, les écrivains et les artistes vont obéir. En Angleterre, par exemple, la protestation des peintres contre la science et ses aspects industriels prendra, sous l'influence de Ruskin, un caractère abstrait et littéraire qui lui fera méconnaître et oublier la peinture. En France, ce siècle est par bonheur trop peintre pour trébucher en chemin. A peine si, à l'extrémité dernière du prétendu symbolisme français, si balbutiant, si pauvre et submergé sous la puissance plastique du siècle, une œuvre frêle apparaîtra, fleur suprême d'une culture n'ayant plus grand-chose de vivant et sans vertu de révélation, sans force de renouvellement : comme il arrive aux temps tragiques où l'on hésite entre deux fois, Redon, si rare cependant, manquera, par excès d'*art*, la grande maîtrise. Les autres acceptent la vie et ne vont pas chercher hors d'elle le mystère, sachant que la connaissance recule ses frontières et l'élargit. Corot qui maintient haute et pure la flamme de l'esprit dans la matière reconquise et sollicitée par l'esprit, était bien aise, j'imagine, de disposer du chemin de fer pour aller plus vite au motif. Courbet n'aura pas tort de rire lourdement quand on lui parlera de l'âme : mais il y aura tout de même plus « d'âme » dans un centimètre carré de la plus matérielle des peintures de Courbet que dans toutes les œuvres réunies des préraphaélites d'Angleterre, de Gustave Moreau et de Boecklin. Puvis aura beau s'inspirer des légendes idéalistes de la Grèce et du Moyen Age, les poteaux télégraphiques ne l'effaroucheront pas.

Aussi Puvis reste-t-il, au milieu du courant qui 42
pousse la peinture à demander à la philosophie posi- 43
tive du temps et bientôt à la science elle-même une technique après un appui moral, le seul qui maintienne, avec une intelligence plastique suffisante, l'idéalisme français dans ses moyens et ses conquêtes. A dire vrai, il est beaucoup moins peintre que Corot qui le rattache, par Poussin, à la tradition française. Son maître Delacroix ne lui a pas transmis le sens pathétique et mystique de la peinture, sans doute parce que ce sens-là est le plus personnel et le plus vivant de tous. Le mouvement et l'harmonie ne coulent pas chez lui d'un bloc, et du dedans, l'unité de l'œuvre est extérieure et volontaire, la haute culture crée seule entre tous les éléments de la vision une solidarité suffisante à satisfaire le goût, insuffisante à le dompter. Mais il n'y a pas, dans toute l'œuvre, soupçon d'intentions littéraires ou symboliques étrangères

42

aux sentiments que la langue plastique est capable d'exprimer. Et si l'instinct du peintre est moins vaste que son esprit, son sentiment décoratif lui prête une force morale que les gothiques italiens paraissaient avoir épuisée.

Il ne pouvait s'arrêter très longtemps à Courbet, son aîné de quelques années, dont l'effort commençant l'intéressa dès sa sortie de l'atelier de Delacroix et qu'il respecta toujours. Cette puissance un peu bestiale dut même lui livrer, par contraste, le secret de son désir. Un autre peintre, en outre, du même âge que Courbet, lui révéla, à l'heure décisive, le grand

43

style décoratif. Fougueux, sensuel, enivré d'amour et de peinture, le créole Chassériau, célèbre à vingt ans 44
et à qui ne manqua peut-être, pour être le plus grand 45
peintre de son siècle, que d'avoir vécu, était au centre même du tourbillon où le lyrisme emporté de Delacroix et le style volontaire d'Ingres se heurtaient, agissant sur tous les artistes, le secouant lui-même et le ballottant sans répit jusqu'à sa mort, qui survint dès qu'il eut atteint l'âge de Raphaël et de Watteau. Vie trop brève, surtout si l'on pense à ses ambitions grandioses, fresques où les formes humaines marient leurs ondulations de fleuves et leurs balancements de

Puvis de Chavannes. 42. Le pauvre pêcheur (Musée d'Orsay). *Ph. Hachette.* — 43. L'Été, *détail* (Musée d'Orsay). *Ph. Bulloz.*

fleurs aux fleurs elles-mêmes, aux fleuves, aux algues, aux rameaux, aux pampres, aux gerbes, poème français de Goujon, de Poussin, de Girardon et de Watteau éclos dans l'ombre brûlante de la forêt équatoriale et la frénésie romantique de mort et de volupté. Vie trop frêle, santé trop chancelante pour la robustesse imprévue d'une intelligence plastique capable d'infliger à l'ivresse de son siècle la discipline structurale et la grâce héroïque du génie gréco-latin. Vie

44

trop passionnée, peut-être, d'où s'échappait un feu qui revenait sur elle et la brûlait, laissant surgir des cendres retombées l'éclat géant de ces corolles qui poussent sur quelque roche embrasée et qu'on aperçoit de très loin, étranges, hallucinantes, seules. Du moins, quand il disparut, avait-il ébauché dans quelques compositions ardentes, pleines du sens des grands symboles naturels — larges flancs, splendeur des bras et des genoux, bijoux et médailles sonnantes, femmes

45

pareilles à quelques grands fruits des tropiques, pesants, mûrs, gonflés de sucs et d'odeur, arbres géants déployant leurs troncs et leurs branches ainsi que des flammes tordues, — la conciliation, possible seulement dans un organisme spirituel nouveau et fort comme le sien, entre les deux maîtres ennemis où le siècle eût trouvé son expression décorative. Ingres, en effet, dès son retour de Rome, avait été par sa méconnais-

Chassériau. 44. Les vendanges, *détail* (Ancienne décoration de la Cour des Comptes, Louvre). *Ph. Coll. Jean Ségalat.* — 45. L'Histoire (Ancienne décoration de la Cour des Comptes). *Ph. Coll. Jean Ségalat.*

sance du reflet, ses tons locaux, ses fonds unis, ses rythmes linéaires, l'initiateur d'une peinture murale que ni lui, ni ses élèves ne réalisèrent jamais. Delacroix était trop peintre, trop musicien, trop épris de nuances subtiles et de passages fulgurants, pour subordonner ses grandes fresques épiques à l'unité solennelle et au ton austère des murs.

Puvis de Chavannes, avec beaucoup moins de génie, mais peut-être plus de patience, et dans tous les cas plus de temps que Chassériau, tenta du moins le miracle que nul, depuis Giotto, n'a tout à fait accompli. Avec un peu plus d'ivresse sensuelle dans la coloration trop soumise à la nudité de la pierre, un peu plus de plénitude, de vie et d'accent dans les lignes grandioses qui tentaient de ramener au rythme architectural le plus simple la forme et le geste en action, il eût touché par ses paysages synthétiques, par la pâle perfection de ses harmonies volontaires, le plus haut accord qui se puisse atteindre entre la peinture vivante et le monument idéal. Le noble esprit est à peu près seul sur la cime que parsèment quelques fleurs pâles et où les bruits du monde n'arrivent qu'atténués. Ce Bourguignon haut en couleur, sensuel, mais gentilhomme, qui aimait les femmes, la campagne et le bon vin, s'élève toujours à des constructions imaginaires qui résument notre univers en des formes majestueuses et des mélodies épurées. Nul abandon à la sensation de l'instant. Tout est évocation magistrale des aspects spirituels de l'événement et du lieu. La lune se lève à son heure pour prêter sa lueur à la sainte qui veille au-dessus des toits endormis. La mer est morte pour le pauvre qu'elle nourrit, et le rivage ne lui montre que les fleurs anémiques de l'espoir et du souvenir. Quand il le veut, toutes les civilisations disparues ou agonisantes se lèvent des océans battus, pour offrir au monde moderne leur soumission. Les anges volent dans un ciel conquis par l'industrie des hommes. Tout accepter, pour tout comprendre, et ouvrir ses deux grandes ailes au-dessus des querelles misérables du doute et de la négation... Les arbres isolés et droits avec leurs feuilles étendues, les plaines nues, les fleuves calmes, l'écume et l'azur de la mer, les ciels que l'aurore ou le soir éclaircissent ou assombrissent lentement, les troupeaux immobiles dans l'attente de la nuit, les groupes dispersés par le travail, le jeu, l'étude, la guerre, ont la grandeur d'une prière offerte par un incroyant à la vie universelle pour la remercier de l'aimer. C'est Renan entre l'Église et l'athéisme, la double et sereine protestation d'une nature un peu trop volontairement spirituelle contre l'abstraction littéraire excessive et le sensualisme envahissant. Il n'a pas la foi, mais il la comprend et l'exprime. Et puis, il a une vision noble des choses, qui est aussi une foi. Et l'épopée intellectuelle de la France, avec ses calmes harmonies, son architecture mesurée et son limpide idéalisme se déploie sur tous ses murs entre des théories de muses blanches qui portent l'épée et la lyre, et de sombres bois de lauriers.

A l'autre extrémité du mouvement unanime qui entraîne la peinture française vers la rénovation de
ses moyens, Courbet relève le nom de *réaliste*, qu'on 46
lui donne par dérision. Il crie ce mot comme un défi, 47
avec son accent traînard. Chaque fois qu'on parle 48
devant lui d'idéal, ou d'imagination, ou de beauté, 49
ou de poésie, ou de mystère, il hausse ses grosses

47

épaules, prend sa brosse et peint un étron. Il a raison. Seulement il a trop raison. Presque pas de culture générale, nul apprentissage fervent chez un maître de son métier. Il copie au Louvre ceux chez lesquels il trouve les qualités directes qu'il comprend seules et veut pousser plus loin qu'eux, les Vénitiens, les Flamands, les Espagnols. Anarchiste et autodidacte, il fonde naturellement une École, c'est-à-dire une religion. Il se dit homme libre et débarrassé du préjugé de l'éducation esthétique, étant lui-même à la recherche d'une culture et d'un gouvernement. Et il calque les fautes et les tares des cultures et des gouvernements déchus. Il copie les tableaux des maîtres aussi fidèlement qu'il croit copier la nature et transporte dans son art les fonds noircis des toiles de musée, leurs ombres opaques, tout ce que l'âge et la crasse ont déposé sur elles d'étranger.

Par bonheur, c'est un praticien formidable. Il copie les chairs éclatantes, les grands ciels gris, les ruisseaux sous les feuilles, les vastes arbres, la mer

Courbet. 46. L'enterrement à Ornans, *détail* (Musée d'Orsay). *Ph. Hachette.* — 47. Baudelaire (Montpellier, Musée Fabre). *Ph. Hachette.*

brumeuse et déferlante, avec autant d'application, d'exactitude et de force que le bitume et l'huile rance des chefs-d'œuvre qu'il comprend mal. Il ne compose pas, il ne transpose pas, il maçonne, avec une truelle, du noir, du blanc, du sang, un peu d'or et d'argile, l'objet qu'il a sous ses larges yeux de bête somnolente et sensuelle, qui rumine lentement, avec quelques idées obscures, de puissantes sensations. Il met à triturer sa pâte épaisse une volupté goulue et construit des histoires rudimentaires — un enterrement de campagne, des buveurs autour d'une table, des casseurs de cailloux, des cribleuses de blé — qui laissent un souvenir massif, mais très tenace et parfois très émouvant. Du romantisme, qu'il croit clore brutalement, il a gardé l'antithèse intransigeante, les noirs et les blancs qui s'opposent, procédé facile à concevoir, difficile à exécuter, mais dont il joue, lui seul depuis Frans Hals, avec une largeur grandiose. Ils ont parfois des profondeurs qui se prolongent en sonorités voilées, sourdes, comme les notes les plus basses et les plus pures où le violoncelle et la voix humaine réuniraient leur passion, jusqu'au centre des sentiments éternels et simples du cœur. Il sait faire un drame direct, actuel, d'une gravité sombre et nue, avec un mouchoir qu'une main de veuve tient devant son visage en pleurs et qui tache ses voiles noirs. Il sait réunir à cela de grands nuages livides, une falaise basse et grise, quelques rouges puissants, quelques insignes mortuaires qui mettent dans la morne assemblée provinciale l'écho somptueux des symboles mystiques et des fêtes funèbres de l'amour et du souvenir. Il ne le fait pas exprès, je le pense. Il copie. Mais il écrit peut-être ce jour-là — rien qu'avec des vêtements sombres, un peu de linge blanc, quelques femmes à la face inclinée qui pleurent, des spectateurs vulgaires, un fossoyeur, une fosse argileuse, un paysage triste et plombé, — l'épopée familière la plus forte de la peinture.

Tel est cet homme sans nuances, et presque grossier, bien qu'il ait des éclairs étranges, et — ses portraits de Proudhon, de Berlioz, de Baudelaire, de Vallès en font foi — qu'il soit attiré vers l'esprit comme un gros insecte des bois qui entre en bourdonnant par la fenêtre ouverte dans les chambres illuminées. Tel est ce peintre magnifique. Tout ce qui est animal, près de la terre, et la terre elle-même dans sa vie obscure, torpide, il le raconte avec une puissance unique, certaine, et qui ne bougera plus. Une joie sensuelle vulgaire, mais mille fois plus forte que la grâce, plus forte que le goût, plus forte que la pudeur pèse sur l'œuvre, allant souvent jusqu'à en étouffer l'air, parfois la matière elle-même, les rendre irrespirables, indigestes, éteints et sans reflets comme le plomb. Les feuilles des arbres sont presque toujours sans frémissements, les troncs sans humidité nourrissante, mais ils répandent autour de leur robustesse trapue des ombrages épais où la chaleur du jour s'accumule sur les sources immobiles et les bestioles endormies. Les bœufs sont enfoncés dans les herbes brûlantes, les yeux mi-clos, de belles femmes étendues ont de gros plis de chair moite aux poignets, au cou blanc qui fuit dans l'échancrure du corsage, et des jambes puissantes sous la robe quelquefois relevée jusqu'au genou. Quand la femme est tout à fait nue, une sorte de lyrisme massif et rayonnant le soulève. Il poursuit ses courbes fermes avec l'ombre et la

48. Courbet. Femme endormie, étude (Coll. particulière). *Ph. Galerie Bernheim-Jeune.* ▶

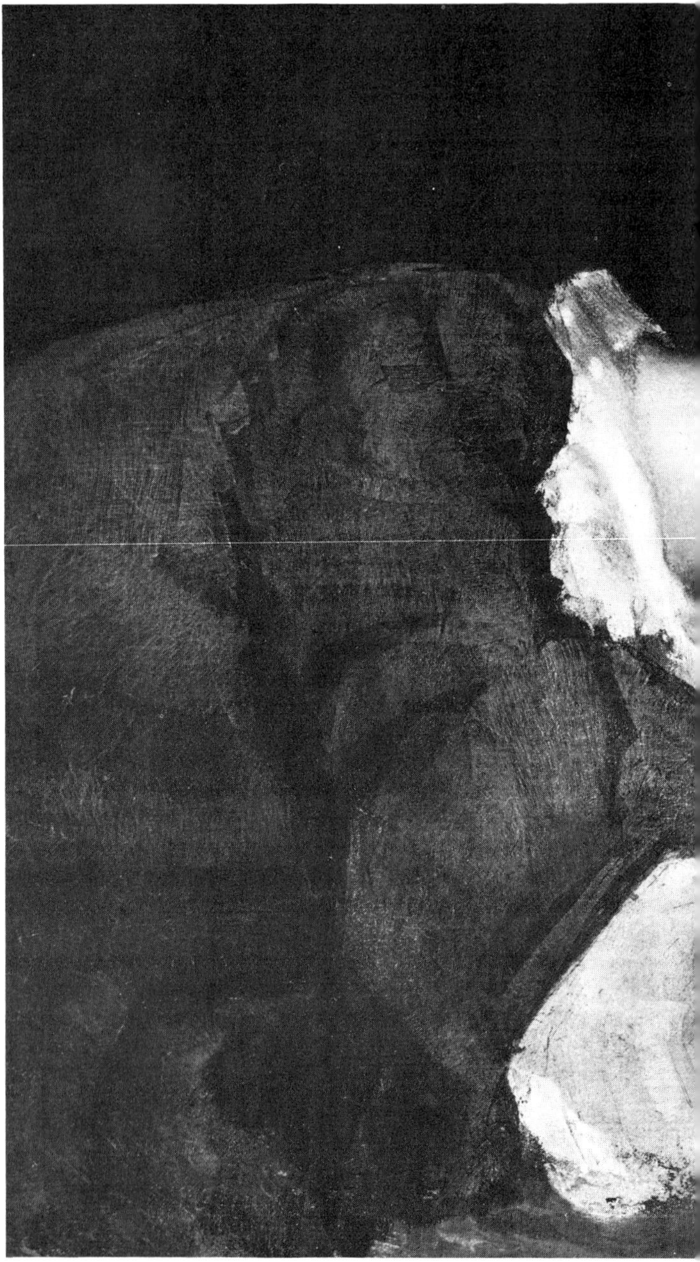

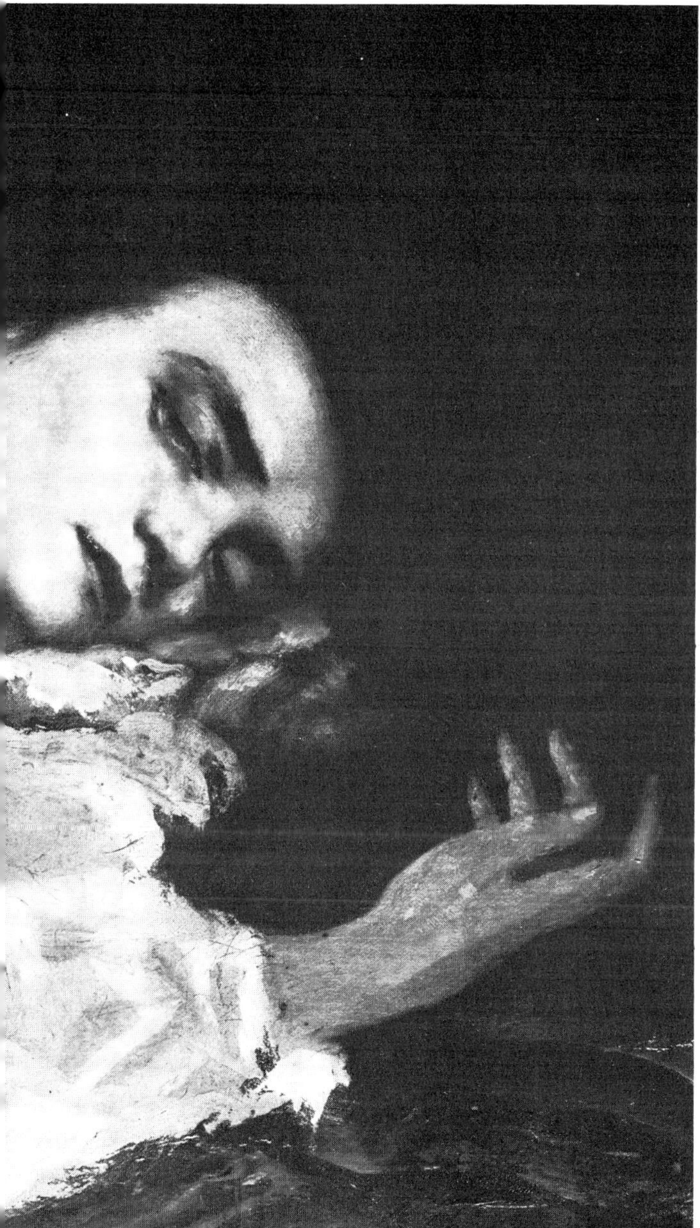

49. Courbet. La baigneuse (Coll. particulière). *Ph. Musées nationaux.*

lumière pour en faire un seul bloc solide et plein comme un marbre vivant. Les ventres éclatants et les poitrines dures y respirent entre les bras blancs et les cheveux roux épars, avec le calme d'une plaine montueuse étalée dans le sommeil. D'autres bêtes d'amour cherchent sous les rameaux touffus l'eau connue des bêtes des bois, pour y tremper leur peau où les moires de la chair grasse appellent le regard du mâle avec placidité. Le poème de la matière marche, lourd et lent comme une charrue. Courbet la poussera jusqu'à l'extrémité de son large sillon unique, qui luit mornement comme un sol humide et chauffé. Au passage, il aura fauché toute l'Illusion romantique vécue par deux ou trois grands peintres, mais qui s'affaisse dès qu'ils meurent parce qu'elle ne s'étayait pas sur une masse suffisante de réalité. La réalité qu'il apporte à sa place sombrera avec lui parce qu'elle ne fait pas à l'Illusion une part suffisante, et qu'en allant jusqu'au bout d'elle, l'art disparaît.

Prisonnier d'une autre Illusion, l'Illusion matérialiste, Courbet confondait constamment le réalisme du langage — qui appartient à tous les maîtres capables de remodeler dans leur esprit le monde pour le projeter hors d'eux-mêmes comme son symbole vivant — avec le réalisme du motif. Et pour ne pas devenir l'esclave de l'Idéal, il devenait « l'esclave du modèle (1) ». Cet athée s'interdisait avec un ascétisme d'ailleurs peu douloureux, parce qu'il était naturel, la transposition qui délivre et fait entrer le génie créateur dans le plan de l'univers. Il ignorait que la réalité est beaucoup plus dans la nature de

(1) Th. Silvestre, *loc. cit.*

l'artiste que dans la nature de son sujet. Il ne savait pas que la vie n'est pas seulement dans l'époque, mais aussi dans la faculté d'incorporer au souvenir, à l'imagination et au savoir, les caractères de l'époque. Il ne savait pas que la vie n'est pas seulement dans l'objet, mais dans tous les rapports sensibles de tous les objets entre eux et dans leurs rapports intuitifs avec celui qui les contemple. Il ne savait pas que c'est là précisément que la peinture prend son caractère lyrique, ou, comme le dit Baudelaire, « surnaturel ». Mais, par cette ignorance même, il fécondait l'avenir.

VII

La science avait marché depuis un demi-siècle. Le « fait » même était dépassé. Elle avançait profondément dans l'analyse de la matière et apportait chaque jour quelque miracle positif. L'esprit mène d'un bloc tous ses éléments ensemble. La science et l'art d'un même temps ne sont jamais qu'une façon particulière de parler, distincte par ses caractères, mais commune par son esprit à tous les hommes de ce temps. Les résultats inattendus de l'application à l'industrie et à la vie sociale des découvertes de la chimie, de l'électricité, de la mécanique, frappaient avant toutes les autres les imaginations mobiles des artistes d'habitude très éloignés du mouvement utilitaire de leur siècle et se montrant cette fois disposés à y chercher leur chemin. Les littérateurs se rencontrent au cours de Claude Bernard. Les peintres s'intéressent aux découvertes de Chevreul qui ne fait en somme que prouver ce qu'avaient déjà deviné Titien,

Tintoret, Véronèse, Greco, Rubens, Rembrandt, Velazquez, Watteau, Chardin, Reynolds, Goya, ce que savaient Constable et Delacroix, mais dont la démonstration rigoureuse va séduire l'esprit français épris jusque dans le domaine de l'imagination créatrice, de raisons claires et de visibles vérités. La contrainte littéraire à laquelle obéissaient les romantiques cède le pas, après Courbet, à la contrainte scientifique, et l'artiste passe presque sans transition de la prison du sujet dans la prison de l'objet.

Cet essai de retour aux sources n'avait de nouveau que son prétexte scientifique, qui le rendit à la vérité décisif. Déjà, et du temps même des triomphes antagonistes d'Ingres et de Delacroix, des peintres avaient quitté les ateliers et les Écoles pour revenir à « la nature » avec un élan sentimental dont il faut chercher l'origine première dans l'action de la *Nouvelle Héloïse*, des *Confessions* et du *Contrat social*. La ville était un lieu de perdition pour l'homme sensible. Il ne pouvait renouveler l'innocence de sa vision qu'au contact même de la terre, source de la jeunesse éternelle des formes en métamorphoses et du cœur auquel elle rend le calme et la pureté. Excès contraire à l'abus du Musée et de l'excitation créatrice des villes, consentement ascétique à tourner dans le même cercle, à ne rien voir des désirs et des élans de son époque, à s'assoupir lentement dans la formule personnelle, l'ombre croissante de l'habitude et de l'oubli. Delacroix est bien plus seul au centre des villes brutales qu'il contraint à graviter autour de son propre esprit, que ces paysans romantiques s'exilant eux-mêmes dans la solitude des bois et l'étouffant désert d'un sentiment qui tarit d'avance les sources que la fièvre

50

de vivre ouvrirait en eux chaque jour. Un paysagiste — Michel — est si seul, que sa vie même est presque inconnue, bien que l'âme de Rembrandt traverse parfois son chemin. Deux peintres restent à Barbizon toute leur vie. Rousseau — si émouvant parfois quand il ne tient que la plume et note ses impressions directes, celles qu'on garde pour soi, mesurées, équilibrées, nettes, musicales et composées comme toutes celles que les maîtres du dessin français nous laissèrent, de Claude et de Poussin à Vernet et à Corot —,Rousseau s'endort au bord de ses éternels marécages dont il retrouve la couleur violâtre et suspecte dans les chênes solitaires et les crépuscules humides où sa tristesse cherche un enivrement poétique n'aboutis-
50 sant qu'à l'ennui. Millet croit — ou plutôt on croit
51 depuis Millet — que la lecture de la Bible suffit à leur donner le sens du monde, et que la misère simplement et stoïquement supportée le rendra digne de chanter l'existence des misérables au milieu desquels il vit. Double erreur, dont ni son sentiment tantôt épique

Millet. 50. La fenaison (Louvre). *Ph. Roger-Viollet.* — 51. Baigneuses (Louvre). *Ph. Hachette.*

et tantôt virgilien de la campagne, ni son culte pour Michel-Ange, pour Poussin, ni son admiration pour Delacroix, ni son amitié pour Daumier qui vient seul de Paris, de temps à autre, secouer sur ses habitudes têtues la flamme de son génie, ne pourront le libérer. Il est vrai qu'il a labouré dans son enfance, qu'il vit en blouse et en sabots, mais cela nous est égal. Il est vrai qu'au cours d'un voyage dans l'Auvergne aride, austère, tachée comme un vieux manteau, il a scrupuleusement étudié la structure interne de la terre et qu'il en a donné d'admirables images, pures comme un dessin japonais, fermes comme un dessin allemand. Il est vrai qu'il a eu, dans ses géorgiques paysannes, ses moissonneurs penchés d'un même mouvement, ses semeurs dont l'ombre s'allonge, ses bêcheurs calés sur l'outil, toutes ces figures simples de la fatalité grandiose et triste du travail, le sentiment de l'expression sculpturale des formes, enlevées dans l'espace par leurs seules grandes surfaces et leurs seuls plans expressifs. Mais ce sentiment est, chez lui, plus poétique que plastique, et trop souvent, sous le plan idéal, la forme sonne creux. Et si son dessin toujours est sobre et quelquefois décisif, sa peinture est — sauf quelques exceptions superbes, l'*Arc-en-ciel*, l'*Église*, la *Herse*, deux ou trois splendides portraits, — boueuse et terne. De tous ces troupeaux au clair de lune, de toutes ces fumées de villages perdus, de toutes ces voix étouffées qui courent au ras des sillons, de toutes ces rumeurs lointaines d'*Angelus* et de clochettes, peut-être ne restera-t-il un jour que quelques larges éclairs arrêtés dans quatre traits de plume et le souvenir d'une puissance dévoyée au service d'une sensibilité respectable et d'un caractère touchant.

Si Daubigny, bon paysagiste, n'avait été s'initier aux beautés de la campagne auprès de Rousseau et de Millet, ils n'eussent exercé aucune action sur les peintres venus à la vie au confluent de Courbet et du matérialisme scientifique et littéraire. Encore cette action est-elle plus morale que sensuelle. Les hommes décidés à tourner le dos à l'École et à l'atelier pour nettoyer leur œil de la suie des musées et demander à la lumière du dehors les secrets de l'harmonie, ne pouvaient pas ne pas entendre cette longue protestation contre la peinture doctrinaire qui montait du siècle entier, d'Ingres, de Daumier, de Delacroix, de Courbet, mais que les paysagistes purs élevaient avec plus d'ingénuité sinon de force que les autres. Pissarro, épris de théories et de systèmes, suit Corot et Millet avant tous les autres, et c'est parce qu'il va planter son chevalet dans un sillon, devant un laboureur à sa charrue ou un troupeau de bêtes, qu'il découvre peu à peu la nature de la lumière et la qualité de l'ombre et construit sur ces découvertes la peinture du lendemain.

L'atelier, la chambre où l'on peint, même le jour faussé de la rue, tout cela masque l'objet. Le monde extérieur seul existe, hors de l'homme, et la lumière du dehors seule le révèle tel qu'il est. Delacroix, sans doute, est un maître, il a retrouvé les lois presque perdues de contraste et d'association des couleurs, mais son imagination l'entraîne trop haut et trop loin, conduit la peinture à ne plus être qu'une expression symbolique — un pas de plus, littéraire — de l'univers. Et puis il peint dans l'atelier, et de mémoire. Courbet aussi, qui lui du moins, va vers le fait et l'exprime sans commentaires. Millet, Rousseau vont bien chercher leurs motifs en pleins champs, en pleine lumière, mais ils se bornent à prendre des croquis, rentrent chez eux et maçonnent dans le jour triste d'une chaumière ou sous la lampe, leurs géorgiques chrétiennes et leurs chênes idéalisés. Paul Huet ne voit les champs, la forêt et le ciel qu'au travers d'un sentiment volontairement dramatique dont la mélancolie majestueuse et grandiloquente exaspère les jeunes gens élevés dans l'idolâtrie de la vérité nue et dans la rumeur croissante de la science victorieuse du mystère, du doute, du lyrisme subjectif, et même du lyrisme tout court. Corot, sans doute, a le sentiment passionné de l'espace et de la lumière, mais il peint, lui aussi, d'après des croquis au crayon ou à la plume qu'il combine dans sa maison. D'ailleurs, on voit fort peu de sa peinture, il garde chez lui la meilleure, l'autre va chez le marchand. Et puis tous ont des habitudes dont les plus grands même n'ont pu se débarrasser et que la nature directement interrogée ne justifie que rarement hors des éclairages artificiels et des atmosphères confinées : ils opposent partout l'ombre à la lumière et réunissent tous leurs tons par une gamme de demi-tons intermédiaires insaisissables au jour.

Pissarro, qui commence à ne plus vouloir peindre qu'au grand air, et qui entraîne à sa suite quelques amis (1), Claude Monet, Renoir, Sisley, Bazille, plus tard Cézanne, découvre un jeune peintre, Édouard Manet, qui ne peint pas toujours dehors mais qui a — le premier en Europe — l'audace de mettre un ton clair sur un autre ton clair, de réduire à leur minimum

(1) Vers 1862.

les demi-teintes, ou même de les ignorer, de supprimer presque le modelé en juxtaposant ou en superposant des taches que cerne une ligne très ferme, mais enlevée sur un fond débarrassé d'ombres complices. Peinture primitive en un sens, avec un éclairage brutal, de face, une nappe de lumière diffuse tombant d'aplomb et révélant les objets en silhouettes éclatantes, placées les unes sur les autres ou les unes à côté des autres comme de grands morceaux de carton ou d'étoffe découpés dans le plein jour. Peinture crue, violente, intransigeante, qui contrarie toute l'éducation routinière donnée à l'œil depuis la Renaissance par les musées fuligineux, et provoque des émeutes chaque fois qu'elle paraît en public. Peinture révolutionnaire osant, pour revenir aux sources et y retremper l'art de peindre, supprimer quelques-unes de ses plus profondes conquêtes afin de l'établir dans des positions plus neuves et de renouer la tradition.

Parisien de Paris, et de famille très bourgeoise, élève de Thomas Couture — peintre sans intelligence, mais doué, quelquefois puissant — nourri d'Ingres et de Delacroix et salué par eux à ses débuts, il connaissait parfaitement les maîtres, mais il était allé d'instinct vers ceux en qui il retrouvait la justification anticipée de sa hardiesse, les Espagnols, les Flamands, Frans Hals surtout, qui, pour la seule joie de l'œil, sans nul prétexte anecdotique ou pittoresque ou littéraire, associait les couleurs avec les gestes prestes et la sûreté infaillible d'une femme assemblant des fleurs ou chiffonnant des étoffes pour une robe ou un chapeau. Goya aussi, le magicien qui, par l'union de quelques tons limpides, fait surgir en une seconde du néant un bras, une main, un regard, une fleur, une halluci-

52

nation violente. Manet va les voir chez eux, et depuis il connaît sa voie. Rose sur rose, blanc sur blanc, taches vivantes, cela brille comme un bouquet, tout chante, rien n'accuse en saillie la forme, parce que rien ne s'oppose à elle dans l'espace empli de tons clairs qui l'environne ou s'échelonne derrière elle dans les fonds. Cela chante un peu fort parfois, mais jamais faux.

Cette suppression presque complète du passage, du retentissement intime du ton dans le ton voisin, cette vision pure et cruelle qui présente le monde comme une gerbe de fleurs vives, donne à la peinture de Manet

53

quelque chose de discontinu, de heurté, comme un large morceau d'étoffe claire où des pièces différentes, mais aussi claires, seraient cousues çà et là. La chair, même celle qui porte la bouche et les yeux, n'a pas pour lui d'autre importance que le rose de la cravate enlevé sur le veston noir, la tranche rouge du livre qui saigne sur le tapis jaune, le drap du lit à reflets bleus, les reflets tremblés dans la glace des verres et des couteaux. Nature morte immense, un peu dispersée, décousue, mais d'une puissance telle qu'elle détermine encore, après quarante ans, l'invasion de la couleur dans la peinture et, derrière elle, toutes les

Manet. 52. Le déjeuner sur l'herbe, *détail* (Musée d'Orsay). *Ph. Hachette.* — 53. Le bar (Londres, Courtauld Institute). *Ph. Hachette.*

audaces, toutes les splendeurs, tous les éclats rutilants et farouches de l'Orient.

Et puis, le premier des grands peintres depuis les essais trop rares de Watteau et de Chardin, — car Debucourt n'est qu'un chroniqueur pénétrant, spirituel, acerbe, et Boilly un nouvelliste bourgeois plein de bonhomie et de nuances, portraitiste étonnant, d'ailleurs, dont les petites toiles font songer aux plus fermes des Corneille de Lyon ou des Clouet — il cherche dans la rue même, dans les cafés, dans les jardins publics, l'émotion plastique et vivante qu'il traduira directement. Et comme il flâne les trois quarts du jour et travaille l'autre, en bon Parisien improvisateur et badaud, il trouve à chaque instant ce qu'il ne cherche même pas. Ce n'est plus du tout la rue dramatique que Daumier suscite puissamment dans la boue brûlante qu'il sculpte, c'est la rue sans transposition avec sa lumière diffuse, ses couleurs vives, le papillotement de ses drapeaux et de ses étalages, c'est le café avec ses tables et ses vitres, ses fumeurs, ses femmes fardées, le jardin avec ses groupes sous les arbres, taches bruyantes où les vêtements, les mains, les cheveux, les visages rompent et renouent l'harmonie dans un désordre vigoureux. Eugène Lami, sans doute, est un beau peintre du mouvement des rues, des courses, des jardins, mais l'apparat et le décor le guindent. Constantin Guys, à cette époque, est le seul qui sache aussi voir les formes passant comme un songe dans la poussière, le frémissement du soleil, la scintillation des joyaux et des lampes et laissant des images éternelles de l'instant fixé au vol. Mais l'art de Manet, qui a moins de profondeur, moins de style, moins de mystère, a plus de singularité, plus

54. *Détail* de 53. ▶

d'audace novatrice et exerce sur son époque infiniment plus d'action. Et puis, ça n'est pas des croquis d'album, c'est de la grande peinture. Peinture limpide et lavée comme une aquarelle, dure et fraîche comme une faïence, échantillonnée comme une corbeille de laines, vivante comme un champ de fleurs, et de forme ferme et pure comme un laque japonais.

VIII

Manet révèle à Pissarro la peinture franche et sans ombres, Pissarro entraîne Manet à sa suite dans les champs et lui montre, par son exemple, et surtout celui du virtuose du groupe, Claude Monet, que le grand air supprime non seulement le modelé, mais le contour même des formes et substitue au ton local un échange infini de reflets dansants, enchevêtrés et solidaires où la forme hésite et se noie dans le flottement universel. Manet, suivant ses nouveaux amis, ne peindra plus guère qu'en plein air. Plus d'études à combiner dans l'atelier dont le jour atténué et triste étouffe les vibrations du libre espace, change les rapports colorés, accuse les formes arrêtées au détriment de leurs surfaces remuantes, condamne l'œil à revenir peu à peu à ses vieilles habitudes de dégradations progressives du jour trop artificiel à la trop morne obscurité. On va planter son chevalet dans les champs mêmes, et découper dans la nature son tableau, qu'on peindra tout entier dehors. Voici le bois de Courbet, avec sa pénombre verte, ses sombres feuilles étendues sur les cailloux et les ruisseaux. Mais le soleil perce les branches, met sur le sol et la chair des taches claires qui bougent, et l'ombre s'évanouit. Puis l'œil du peintre, d'abord ébloui par l'illumination solaire, se fixe, insiste, se rééduque peu à peu, distingue un fantôme d'ombre, là où d'abord il ne voyait plus rien. L'ombre même est de la lumière, elle est transparente, elle est aérienne, et les couleurs du prisme, selon les mille tons voisins, l'incidence de l'éclairage, s'y décomposent et s'y transmuent en gammes de plus en plus nuancées et subtiles que nul n'avait jamais observées auparavant. L'objet, bientôt, n'a plus sa couleur personnelle, le soleil et l'ombre qui jouent, tous les reflets errants qui s'entre-croisent, les variations de la saison, de l'heure, de la seconde impressionnés par le passage du vent, l'interposition d'un nuage, promènent sur sa surface mille tons changeants et mobiles qui font de l'écorce du monde un vaste drame mouvant.

Quand les jeunes gens auront vu les peintures de Boudin, où l'espace marin brouille les agrès, les voiles, tremble avec la vapeur et l'embrun, les aquarelles
du Hollandais Jongkind, où l'air, l'eau, la glace, les 55
nuées sont un même abîme liquide aussi profond que l'océan, aussi transparent que le ciel, quand Claude Monet et Pissarro auront découvert, à Londres, la féerie dansante des noces du soleil, du crépuscule, du brouillard et de la mer dont les toiles de Turner aveuglent les regards, la rénovation de la peinture sera faite dans leur instinct. Pendant que Pissarro s'évertue à en formuler les principes, à recommander de choisir les seules couleurs du spectre, à en proscrire le mélange, à conseiller de les juxtaposer ou de les entre-croiser par virgules séparées, Sisley, Claude Monet, Renoir, Cézanne exercent leur œil à découvrir

le mouvement incessant de la surface de la vie, ses changements de minute en minute suivant la marche du soleil, le gouffre infini et tremblant de subtils passages, de reflets complexes, d'échanges lumineux et de colorations fuyantes dont l'univers aérien est le théâtre continu.

56 Pissarro promène son apostolat dans les campagnes habitées. Il démontre, en peignant les toits rouges entrevus derrière les pommiers, les coteaux bas que le rideau des peupliers et la rivière bordent, que même quand on réalise, par une technique rigoureuse, le maximum du frémissement aérien et de l'éclat lumineux, on peut rester le poète le plus discret de

55

55. Jongkind. Marine, aquerelle (Coll. particulière) *Ph. Druet.* — 56. Pissarro. Le pont Boieldieu à Rouen, temps mouillé (Coll. particulière). *Ph. Durand-Ruel.*

l'intimité des choses, l'ami des pauvres maisons, celui qui sait que les arbres ont mille aventures admirables depuis leur pauvreté d'hiver jusqu'à leur richesse d'été, celui qui déroule avec tendresse l'humble mouvement des cultures sur les pentes, leur harmonie spontanée et mobile, toujours d'accord avec la lumière et le temps. Plus tard, quand il y voit moins bien, il peint de haut les grandes villes, les façades derrière les feuilles où mille tons vifs et subtils bougent dans l'argent diffus, la vapeur dorée sur le fleuve, le fourmillement lointain de la chaussée et du trottoir. Frédéric Bazille, le plus près de Manet dont il eût, sans doute, sans sa mort prématurée, étoffé et conso-

56

lidé la vision en somme assez superficielle, rapporte de son Midi méditerranéen, comme pour introduire dans l'effort de ses amis un élément complémentaire, des paysages fermes et durs, baignés de clarté précise, et de sévères effigies. Renoir s'amuse à décomposer l'atmosphère la plus grise, la lumière la plus neutre, en prismes opalescents où les carmins, les rouges vifs, les roses, les bleus et les violets d'orfèvrerie et les gemmes réduits en poudre jouent avec le soleil sur la chair nue, pour poursuivre ses contours dans les ombres transparentes et redécouvrir peu à peu ses
57 volumes profonds avec un émoi grandissant. Sisley dit les fêtes sur l'eau, les ciels floconneux où l'orage couve, le vaste frisson de l'air et des rivières autour

57. Sisley. Les moulins, hiver (Coll. particulière). *Ph. Durand-Ruel.*

des mâts à banderoles, les régates de banlieue, le passage du vent léger dans les feuilles et les herbes de la rive, et le tremblement moléculaire de l'espace
uniforme et gris. Claude Monet est enivré par la 58
lumière, et, à deux siècles de distance, répond par son 59
lyrisme exaspéré d'étendue libre, au lyrisme de Claude Lorrain enfermé dans l'architecture rigoureuse de la volonté et de la raison.

Il aperçoit le soleil avant tous les autres, même quand il n'est pas encore levé, même quand le ciel est couvert. A travers les nuages ou d'au delà la courbe de la terre, le soleil inonde l'univers d'une pluie pulvérulente de rayons que son œil est seul à voir. La nappe de clarté que le soleil répand sur le monde est pour lui une foule innombrable où errent et s'entre-croisent cent mille atomes colorés que les autres hommes voient d'un bloc. Il distingue du soleil d'été le soleil d'hiver, le soleil de printemps du soleil d'automne. Le soleil de l'aube et le soleil du crépuscule ne sont pas le même soleil que celui des dix ou quinze heures qui se sont écoulées entre son lever et sa chute. De minute en minute, il suit son apparition, sa croissance, sa décroissance, ses éclipses soudaines et ses brusques retours sur la surface immense de la vie dont chaque saison, chaque mois, chaque semaine et le vent et la pluie et la poussière et la neige et le gel changent le caractère et le timbre et l'accent. Voici cent images de la même eau, cent images des mêmes arbres et ce sont comme le rire et le sourire et la souffrance et l'espoir et l'inquiétude et la terreur sur la même face humaine, suivant que le plein jour ou la grande ombre y règne ou tous les degrés qui séparent la grande ombre du plein jour. Certes, la forme est là encore, mais elle fuit et se dérobe comme celle de ces visages si mobiles que l'expression de leurs yeux et de leurs lèvres semble flotter devant eux. Quelle est, chez cet homme si vivant, la part de la théorie? Nulle. Elle s'adapte étroitement au besoin de la minute et utilise, pour justifier la forme d'art que, chez Pissarro par exemple, elle prétend régenter, les systèmes scientifiques en vogue à ce moment-là. Mais qu'importe. Ce qui est là, c'est de l'eau, c'est du ciel, c'est une immense et changeante lumière où apparaissent vaguement des palais, des ponts, des arbres, des falaises, des tours qui tremblent dans la mer et la rivière en un échange universel, subtil et dansant de reflets tous teintés d'autres reflets, d'ombres mouvantes et transparentes, de brusques coins inattendus de ténèbre et de clarté. Voici des étendues marines, voici des voiles, voici des nuages qui flottent entre le ciel et la mer. Voici la morne profondeur et l'écume illuminée, voici des fantômes de fleurs sous la surface des étangs. Voici l'ombre des feuilles mêlée dans les ruisseaux vivants à l'ondulation des algues. Voici tout ce qui passe et tremble et ne pouvait s'arrêter avant lui et qui continue à passer et à trembler quand il l'arrête. Voici le brouillard. Voici le verglas et le givre. Voici les fumées traînantes des trains et des bateaux. Voici l'odeur des herbes brûlées, des herbes fleuries, des herbes humides. Voici le brusque frisson froid qui glace les couleurs du monde avec le vent. Quand il peint les pierres des façades, les jeux du soleil et de l'ombre et de la brume et des saisons les font remuer comme la surface des arbres, comme les nuées de l'air, comme le visage des eaux. Il est le peintre des eaux, le peintre de l'air, le peintre des miroitements de l'air dans l'eau, de l'eau

58

59

Monet. 58. Paquet de mer à Étretat (Coll. particulière). *Ph. Bulloz.* — 59. Londres (Coll. particulière). *Ph. Musées nationaux.*

dans l'air et de tout ce qui flotte, oscille, rôde, hésite, va et vient entre l'air et l'eau. Une ombre passe, on ne voit plus palpiter au fond d'elle qu'une vague lueur, une flèche lointaine, la crête d'un petit flot, une illumination survient, tout réapparaît une seconde pour se dissocier tout de suite et se noyer dans le soleil. Ici c'est Venise, ici Londres, ici quelque fleuve français, quelque canal de Hollande, ici la mer de Normandie, partout l'empire illimité de l'air, de la lumière, du crépuscule et de l'eau.

Claude Monet a vu, certes, les estampes des Japonais qu'Ingres recherchait déjà et dont l'influence, manifeste chez Manet, chez Guys, chez Whistler, chez Degas, chez Redon, chez Lautrec, grandit d'année en année en Europe à partir du milieu du siècle jusque vers sa fin. Comme elles, il tend à exprimer les jeux de physionomie du visage de la terre et les reflets de l'espace dans ses yeux qui sont les fleuves et la mer. Mais, tandis qu'Hieroshigé ou Hokusaï réunit, dans une image unique, cent mille impressions dispersées d'un bout à l'autre de ses jours, Claude Monet, dans l'impression d'une seconde, donne cent mille images possibles de la saison et de l'heure où cette seconde a sonné. Et le schéma oriental et l'analyse occidentale arrivent au même résultat.

Pour la première et seule fois, sans doute, dans l'histoire de la peinture, le nom qu'on a donné à ce mouvement (1) lui convient, si du moins on le limite aux œuvres de Claude Monet et de Sisley, à la plus grande partie de celles de Pissarro et aux premiers

(1) En 1874, le public lui-même, dans son indignation, créa spontanément le mot d'*Impressionnisme*, d'après le titre d'une étude de Claude Monet : *Impression*, titre suggéré par Renoir.

essais de Cézanne et de Renoir. Il est la sensation visuelle fulgurante de l'Instant, qu'une longue et patiente analyse de la qualité de la lumière et des éléments de la couleur a permis à trois ou quatre hommes de fixer au vol dans leur complexité infinie et changeante. Il néglige la forme des choses, il perd de vue, dans sa recherche des échanges universels, la ligne qui les délimite et le ton qui les définit. Il ne voit plus que la vibration lumineuse et colorée de l'écorce de la nature. Mais, quand il décroît et se transforme, il a nettoyé l'œil des peintres, enrichi leurs sens d'un énorme trésor de sensations directes que personne n'avait éprouvées aussi subtiles, aussi complexes, aussi vivantes auparavant, doué leur technique d'un instrument ferme et neuf et travaillé, par son intransigeance même, à la libération future de l'imagination jusqu'alors prisonnière d'un idéalisme plastique et d'une contrainte littéraire qui avaient donné tous leurs fruits depuis quatre ou cinq cents ans.

IX

C'est immense. Et pendant trente ans, tous les yeux, pour cela, se sont fixés sur lui. Tandis que les Impressionnistes poursuivaient, à travers les résistances les plus aveugles et les plus intéressées leur conquête de la lumière, les mouvements antérieurs ou parallèles au leur s'achevaient, se continuaient ou s'ébauchaient à côté d'eux ou en eux-mêmes sans qu'on s'en aperçût. C'était la conséquence irrésistible de la dissociation sociale qui marchait du même pas.

Entre la construction solide des artistes issus de la Révolution et de son expression romantique et la fragmentation infinie des recherches qui se tentaient, il y avait la distance même qui sépare l'idéal moral de la conquête bourgeoise, des besoins naissants qu'elle-même avait délivrés. Corot, Daumier, Millet, Courbet, Puvis de Chavannes vivants semblaient morts depuis des années. Tout ce qui était nouveau, tout ce qui était inattendu ou personnel, on le nommait *Impressionnisme* pour exprimer sa haine ou son amour. Lépine, si classique par ses notations fines et nettes des aspects moyens de la nature, et d'ailleurs influencé par le groupe, fut confondu avec lui. On s'obstina, même après leur évolution dernière, à ranger dans l'Impressionnisme Cézanne et Renoir. On confondit ses visions de grand jour et ses analyses de lumière avec les symphonies obscures et les analyses de ténèbres de l'Américain Whistler, amateur adroit et subtil épris de mystère et de lueurs dans l'ombre, mais comme lui issu de Delacroix, de Courbet, de Manet, des paysagistes du Japon. En marge de lui, et l'annonçant quelques années d'avance, on ne vit pas bouger, dans la pénombre, les jets de flamme
60 courts et confus de Monticelli. On rangea sous sa bannière Degas et Toulouse-Lautrec qui n'avaient, le premier surtout, à peu près rien de commun avec lui.

Cependant ces confusions s'expliquent. Le naturalisme des dernières écoles du siècle, dont Courbet est l'initiateur apparent, dont le mouvement scientifique est le prétexte certain mais dont on peut trouver les origines multiples et le cheminement secret dans tous les rêves sociaux et toutes les réalisations plastiques qui, depuis la Révolution, ont remué

60. Monticelli. Femme se coiffant (Coll. particulière). — 61. Georges Seurat. Les banquistes, dessin (Coll. particulière). *Ph. Coll. Jean Ségalat.* ▶

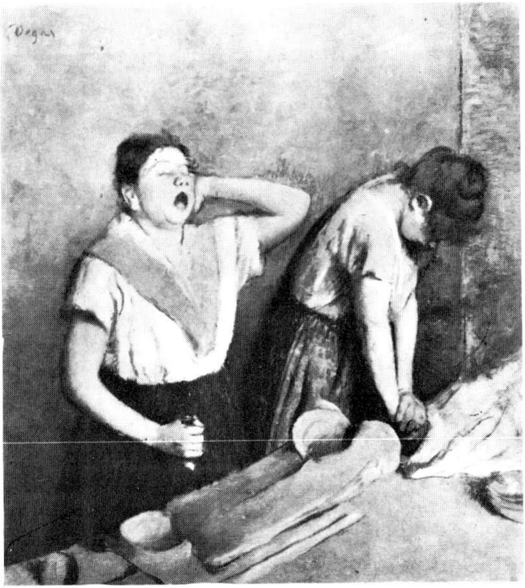

62

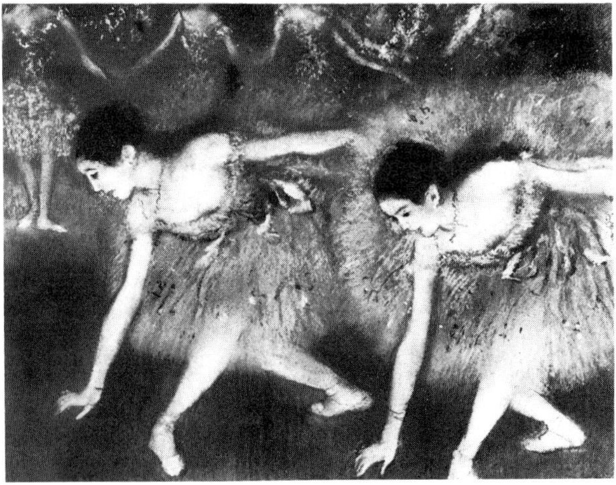

63

les sources du sentiment et de l'action, se présente, dans son ensemble, comme une conquête ardente des éléments du réel. Mais, sous l'écorce des théories et des systèmes, sous la surface ondoyante des aventures et des mœurs, ce qui persiste, c'est le tempérament de l'homme, le mode suivant lequel chacun prend possession, en traversant la vie de son époque, de l'esprit qui circule et se fixe dans les formes de l'univers. Le naturalisme, sans doute, ne connaîtra plus que l'objet, se soumettra trente ans de plus en plus étroitement à son empire, il s'interdira de transposer, d'imaginer, de composer, d'inventer, de réclamer au mythe et à l'Histoire des motifs, il ne voudra plus qu'ouvrir la fenêtre, copier la rue et ceux qui la traversent, le ciel, les arbres, les marchés, les assemblées, ce qui se passe et ce qui passe. Seulement on verra celui-ci, dans ce monde concret, saisir la matière elle-même, la densité, la saveur, la nature extérieure évidente de l'objet. Un autre sa couleur, les reflets qu'elle accueille et renvoie, les combinaisons, sur sa surface nuancée, de l'ombre et du soleil. Celui-là sa forme, la ligne qui la décrit et l'isole, son caractère, son accent. Et, dans la forte unité naturaliste qui délivrera la peinture du boulet des recettes et des dogmes, du carcan de l'idéal abstrait, celui-ci suivra les traces d'Ingres, celui-là de Delacroix, cet autre de Daumier ou de Corot et cet autre de Courbet, et tous l'ardent mouvement vers la couleur et la forme vivantes qui caractérise la peinture depuis David.

C'est ce qui donne aux derniers mouvements du naturalisme cette allure dissociée, à la fois analytique dans ses directions et ses recherches, lyrique dans son sentiment, comme toute prise de possession de quelque

Degas. 62. Les repasseuses (Musée d'Orsay). *Ph. Musées nationaux.* — 63. Danseuses (Coll. particulière). *Ph. Bulloz.*

Degas

chose d'inconnu. De Delacroix à Seurat, Signac, H.-E. Cross, par les Impressionnistes, il n'y a pas d'interruption. Mais tandis que la joie paraît monter et s'élargir à mesure que se rapproche la conquête du soleil, avec la vibration des paysages du Sud portée à son apogée de violence, d'éclat, de fourmillement et de mouvement lumineux, la dissociation s'accentue et d'analyse en analyse aboutit à l'impasse d'une technique picturale d'où elle ne peut s'évader (*a*). D'Ingres à Toulouse-Lautrec, par Manet et Degas, à Seurat, le puissant et musical et grave initiateur du pointillisme, le poète des formes silencieuses errant dans le frisson des airs, au bord des eaux ensoleillées et à ses successeurs, nulle déviation de direction et d'influence. Mais le réalisme passionné et sensuel d'Ingres, coloriste et plastique de Manet, s'affirme chez Degas documentaire, frise l'anecdote chez Toulouse-Lautrec et tourne, chez leurs successeurs, à l'illustration, à la chronique quotidienne et même à la caricature.

Du moins, dans ce sens-là, l'étude de la forme et du geste en action dans la rue, l'atelier, le café, le théâtre, les courses et les bals a-t-elle atteint le plus aigu de la vérité immédiate et du caractère concret. Nulle volupté, nulle ivresse à rejoindre, par delà la forme et l'objet, l'espace errant, le domaine infini de la communion musicale où l'intuition fait converger toutes les lignes, tous les volumes, toute la succession des plans, tous les rapports, tous les échos de l'harmonie. Mais, chez Degas, une volonté sèche, un trait
62 tranchant comme un couteau. Qu'il s'agisse d'une
63 blanchisseuse pesant sur le fer des deux mains, ses
64 épaules et ses bras nus, d'un groupe de danseuses

(a) Les lettres entre parenthèses renvoient à l'Appendice, page 273.

◀ 64. Degas. Devant les tribunes (Louvre). *Ph. Giraudon.*

s'entraînant au foyer pour assouplir leurs jointures, de longs chevaux de course rentrant à l'écurie par la pelouse, le geste est tellement exact bien que le muscle ne soit pas visible, qu'il semble suivi et disséqué selon le fluide qui le sculpte, avec une pointe d'acier. Tout, dans le jour diffus, paraît livide, tout prend l'aspect meurtrier des accessoires de verre et de métal que la vie moderne impose à ceux qui en cherchent l'oubli dans le plaisir machinal. Les faces semblent éclairées par les reflets hâves des tables de café, des cuillers, des soucoupes, des absinthes sur les comptoirs. Les corps anguleux et flasques accroupis dans le tub blafard où l'eau ruisselle rendent l'hygiène triste comme un vice caché. Maigres formes, où les os saillent, pauvre aspect, aigu et disloqué de la machine animale quand elle est vue de trop près, sans amour, avec le seul souci impitoyable de la décrire en son action précise qu'aucune pudeur ne surveille et qu'aucun élan lyrique n'héroïse derrière des yeux trop clairvoyants. Haute tenue dans la vision sans innocence, détachée du souci de plaire, avide de savoir pour décrire, de décrire pour savoir. Sacrifice constant à l'expression du geste, obstinément cherché dans les actes les plus précis de la toilette, l'enjambement de la baignoire, les bras levés pour tordre ou peigner les cheveux, la pression de la serviette ou de l'éponge sur les seins. Dès que ses yeux aigus surprennent la maigreur des coudes, la dislocation des épaules, le brisement des cuisses et l'aplatissement des hanches, il dit tout cela sans pitié. Il est cependant étrange que cet Occidental épris de la vérité la plus désintéressée, fasse songer souvent à quelque peintre oriental cherchant à noyer dans les tons les plus riches et les plus rares,

65 66

à tout instant rompus, chatoyants, mourants, renaissants, le désenchantement de son esprit. Art cruel, que les flammes et les ombres promenées sur la chair par les feux de la rampe rendent plus cruel en accusant les creux, les bosses mais où parfois, quand le pastel s'allume et flambe, un éclair poétique brille, évoquant, avec ses ballerines emportées par le tourbillon de la danse dans leurs gazes et leurs fards étincelants, quelque songe trop bref où l'âme d'un Watteau aigri revenue rôder sous les lustres y verrait voler et se casser les ailes des papillons phosphorescents.

Toulouse-Lautrec. 65. La danse mauresque (Musée d'Orsay). *Ph. Musées nationaux.* — 66. *Détail* de 65.

65 Chez Toulouse-Lautrec, ce sec éclair paraît
66 s'éteindre. La cruauté insiste, tourne au sadisme, fait saigner les bouches flétries, meurtrit les paupières, huile les pauvres cheveux plats, rend plus maigres et plus blafardes les misérables chairs qu'on achète et qu'on vend sur le marché. Buveurs blêmes, pâles femelles, éclat morne des zincs, tristesse mécanique des concerts et des bals, dessous moisis, odeurs de pharmacies et de pommades, tout ce qu'un siècle fort traîne après son armée conquérante de bêtes d'amour efflanquées pour consoler de vivre ses blessés et ses malades, Toulouse-Lautrec l'évoque violemment avec son trait soubresautant, sa couleur aigre, sa composition disloquée. Face sinistre du plaisir, dernière protestation instinctive du christianisme à l'agonie contre l'ivresse montante d'un univers accepté.

X

C'est donc à cette œuvre âcre et suraiguë que l'analyse aboutit. Le pessimisme romantique, avec sa puissance lyrique qui s'enorgueillit de souffrir, magnifie la volupté. Mais, comme il appuie trop fort sur ses conclusions amères, il mène droit à ces images après lesquelles il n'y aura plus d'espoir que dans une Illusion nouvelle. Voici Renoir, voici Cézanne qui préparent un monde inconnu. On dirait, bien qu'ils soient à peine plus jeunes que le dur Manet, que le cruel Degas, et plus vieux que le sinistre Lautrec, on dirait qu'ils appartiennent, Renoir surtout, à un siècle nouveau. Le monde accepté dans sa force indifférente, la joie sensuelle reconquise, tout cela qui est contemporain de ces œuvres nettes et sombres, ne mûrira dans les esprits que vingt ou trente ans plus tard. Ce que l'âme française de leur époque, fatiguée par cent années d'un des plus puissants efforts de l'Histoire, pénétrée par le désenchantement tragique de Schopenhauer, par le christianisme sensuel de Wagner, par l'immense rumeur désespérée du roman russe, sent à cet instant de plus rapproché d'elle, ce sont les suprêmes sursauts de la souffrance romantique qui accroît son amertume au contact du réalisme clairvoyant dont le développement l'accompagne et lui fournit des aliments nouveaux. Même et peut-être surtout quand il sait et raisonne, le cœur aime l'Illusion. Pendant que les écrivains et les peintres documentaires poursuivent dans la solitude leur enquête sans pitié, le romantisme de Carrière et de Rodin absorbe dans le bruit de son essor lyrique la voix de la vérité qu'ils savent, et fait un passage héroïque entre la connaissance où leur temps s'enfonce et s'acharne et l'ivresse du futur qu'ils sentent grandir en eux.

A leurs débuts, Carrière et Rodin sont des réalistes exacts, l'un assez hésitant, un peu trop moral et mou, l'autre pénétré par le double courant d'une pratique sobre de tailleur de pierre et d'une éducation académique qu'il n'est pas assez cultivé pour approfondir ou repousser. Et voici les premiers portraits collectifs de la famille et de l'enfance où la technique de Whistler sans doute, de Courbet probablement, à coup sûr du bon peintre Fantin-Latour et surtout de Renoir dont Carrière a vu les mères et les enfants nus, les chairs pulpeuses et brouillées, laisse des traces, et le jeune *Age d'airain* dressé au seuil des temps nouveaux comme une image antique à peine effleurée par leur inquiétude

énervée. Puis, chez le sculpteur, avec l'esprit qui s'élève et le savoir qui s'élargit, grandit un mouvement lyrique qui va faire éclater la forme ancienne pour libérer des rythmes neufs. Chez le peintre, la pensée
67 sentimentale que Millet a mise en chemin et qui, après
68 s'être affermie dans l'esprit sculptural de Daumier
69 aboutira, en traversant l'idéalisme social du siècle,
aux formes parfois épiques mais presque toujours théâtrales et creuses du sculpteur belge Constantin Meunier, prend un accent didactique et métaphysique qui la fera trop vite accepter par les littérateurs et oublier par les peintres. Il sait par Daumier, par Rodin, la puissance des volumes expressifs où toute la lumière tombe, il a découvert l'esprit qui circule de forme en forme et du dedans les rétracte, les bossèle, les frappe comme un métal. Alors il suit cet esprit seul, la forme n'est plus qu'un signe symbolique qu'il n'a pas assez étudié et dans lequel il veut précipiter, avec l'amour qui soude et noue, le torrent de la vie universelle roulant de son âme à son cœur. Dans sa vague arabesque, dans ses courbes sinueuses et continues qui font de ses groupes enlacés comme un seul bloc de vie où le lait et le sang, l'ivresse charnelle des mères, l'avidité gloutonne des enfants coulent sans interruption pour arrondir les poitrines offertes, sculpter les crânes blottis, réunir les bras qui se cherchent, la grande idée transformiste apparaît pour la première fois volontaire et consciente dans la peinture. Trop volontaire, trop consciente, car il ne voit plus qu'elle, veut l'exposer et l'imposer et ne pétrit plus que trop mollement autour d'elle son argile à peine animée de rouges et de gris où les ombres parfois sont creuses, où les saillies parfois sont gauches et les

67. Eugène Carrière. Son portrait (Coll. particulière). *Ph. Bulloz,*

68

69

Eugène Carrière. 68. Le sommeil (Coll. particulière). *Ph. Coll. Jean Ségalat.* — 69. Le baiser (Coll. particulière). *Ph. Bulloz.*

étreintes souvent ballonnées comme une matière inconnue d'où le squelette et les muscles seraient absents. En outre, on y devine un irrésistible besoin de subordonner au sentiment moral l'ivresse plastique qui chez les héros de la peinture subjugue, domine et entraîne à sa suite le plus haut sentiment moral. Mais une grande idée y veille, qu'on voit tâtonner dans les mouvements ataxiques des nouveau-nés, monter dans la croissance des enfants, s'allumer dans l'ouverture sur le monde de leurs yeux étonnés et qui éclate avec noblesse dans les images qu'il a données du visage de quelques hommes et de son propre regard. Pensée puissante, œuvre incertaine, très haute par le sentiment, mais que d'inconciliables forces désagrègent et d'où quelques sommets lointains seuls émergent de la brume accumulée dans les fonds.

Chez Rodin, le dernier des grands romantiques, 70
qui semble réunir en lui, multipliées, la puissance 71
lyrique des plus hautes natures du romantisme et 72
l'impuissance structurale de ses plus pauvres inspirés, 73
le souci d'exprimer l'esprit qui circule dans tous les 74
éléments d'un groupe baisse, au contraire, d'œuvre 77
en œuvre, à mesure que s'accentue la force du morceau vivant, du volume déterminé par le sommet du mouvement, du jeu des clartés et des ombres sur la surface vibrante où l'onde musculaire court. Souvent — trop souvent, hélas! — les gestes se contorsionnent, la préoccupation fâcheuse d'aller plus loin que la plastique, de courir après le symbole, crée des étreintes disloquées, des volumes désorbités, des attitudes impossibles, tout un désordre littéraire où l'énergie du praticien fond comme une cire au feu. Même dans ses meilleurs jours, il vit et crée par paroxysmes brefs

qui le traversent en éclairs avec la sensation brûlante. Il y a de l'Impressionnisme chez lui. Il ne s'attarde pas à relier le centre de sa vision à tout ce qui la prépare ou la propage autour d'elle par des lignes sinueuses et des passages continus. Elle est là, seule, tragique, comme un cri dans le silence. Il n'est pas même nécessaire, pour l'exprimer, d'ajouter une tête ou des bras à un torse, ou, sous une face et un cou, d'établir un torse qui les porte. Un ventre frissonnant, une poitrine remuante, une tête tourmentée, bosselée, creusée, impérieusement vivante où le sang, le fluide nerveux, la pensée battent, faisant paraître toutes choses neutres et mornes alentour, cela suffit. Une indication de mouvement, une tache sur un dessin, une vibration colorée qui déborde ou laisse déborder ses lignes, comme une éclaboussure de flamme qui se tord, s'affaisse ou s'élance, et voici le frisson de ce qu'il y a de plus furtif et de plus fulgurant dans l'esprit même de la forme par qui sa vie mystérieuse nous pénètre incessamment.

L'expression. Tout est sacrifié à cette indéfinissable chose. Jamais Rodin n'a tout à fait compris les sculpteurs français du Moyen Age dont il s'est réclamé longtemps et qui manifestaient tant d'équilibre et de mesure dans leur souci dominant de dire ce qu'ils sentaient, pas plus qu'il n'a saisi tout à fait le sens de la sculpture philosophique de la Grèce vers laquelle il ira plus tard, dans ce qui la prolonge au delà de l'instant qui passe et ce qui fait retentir ses échos par delà l'espace où elle vit. Et cela n'est pas nécessaire, et cette préoccupation de chercher dans le passé des répondants est peut-être ce qu'il y a en lui de plus petit et de moins pur et ce qui l'a trop souvent poussé

70. Rodin. Frère et sœur (Musée Rodin). *Ph. Hachette.* ▶

à des supercheries plastiques où sombrerait son œuvre, si une force sensuelle et spirituelle supérieure à sa culture ne la soulevait presque toujours.

Au fond, comme tous les romantiques, ce sculpteur est peintre avant tout, et plus qu'aucun d'entre les romantiques impropre à dresser un ensemble monumental où l'architecture du monde apparaisse en résumé. Toutes les palpitations, tous les soubresauts intérieurs de la vie expressive font une ondulation sonore que recueille la lumière à la surface de la forme pour la faire vibrer comme une corde sous les doigts. La danse y fait entrer ses frémissements musculaires, les sanglots de la musique convulsent ses profondeurs. Depuis Rembrandt, nul n'avait fait si puissamment monter du dedans des masses vivantes l'esprit vivant qui tend ou brise ou relâche les muscles, gonfle et fait remuer les seins, roule et ravine les ventres, arrête les os du visage et s'échappe des yeux ouverts.

C'est ainsi que la force souterraine modèle irrégulièrement la face ravagée du sol. La sculpture de tout le siècle a assez travaillé pour porter au point culminant des attitudes en action, le fluide interne qui les sculpte. Tandis que Pradier, l' « Athénien de la rue Bréda », continue Falconet, Clodion, Chinard en déshabillant dans son entresol parisien des déesses faciles, Rude transporte dans la pierre le mouvement.
Le grand Barye qui, près de Rodin, semble calme 14
comme un antique parce qu'il conçoit la forme par 15
l'ensemble, en architecte, et construit organiquement, le répand et le distribue par les muscles et le squelette, l'accumulant dans les mâchoires et les pattes, tendant sous les plans qui vibrent son énergie entassée. Le

71. Rodin. Ève, *détail* (Musée Rodin). *Ph. Hachette.*

mouvement se ramasse et bondit, craque dans les os broyés, se fronce au mufle des fauves, brille au ras de leurs têtes plates avec leurs yeux de pierre ardente, couche leurs oreilles droites sous la colère ou la peur. On dirait que l'artiste en capte toutes les sources éparses et cachées ou frémissantes dans le monde, pour les concentrer dans la masse agissante ou au repos, battante de palpitations et parcourue d'ondes de force, comme les Égyptiens concentrent dans leurs monstres composites la lumière et l'esprit errants. David d'Angers l'enferme violemment dans ses puissantes médailles. Dalou, — d'abord trop vanté, ensuite trop oublié pour des raisons politiques, — le surprend quelquefois dans les plis d'un torse de femme, les creux douillets, les fossettes, les courbes
75 grasses de sa chair. Carpeaux le voit jaillir de toutes
76 les surfaces, le fait éclater dans les dents, les bouches,

72

73

les regards, les pieds, les mains, les genoux, les cheveux, toute la peau nue, arrachant des flammes dansantes à son tourbillon frénétique où roulent les membres nerveux, les torses dodus, les poitrines rondes, au son des musiques de fête qui mènent un monde brillant, léger et cynique jusqu'au fossé plein de sang. Le mouvement y tourne en cercle, vivifiant tout, mais ne sachant où se fixer. Rodin vient l'y recueillir aux seuls sommets qu'il anime, et, pénétrant par eux jusqu'à son centre, jusqu'au foyer brûlant d'où il s'épanche, il les y rattache directement, n'apercevant plus sur toute l'écorce de la vie que l'impulsion vivante qui sourd de ses profondeurs.

C'est par là qu'il exprime, avec un lyrisme dramatique, ce qu'il y a en elle de plus insaisissable et aussi de plus permanent. L'amour le hante, parce que c'est l'amour qui réalise dans les formes qui se cherchent

74

Rodin. 72. Le bon génie. *Ph. Hachette*. 73. Le Penseur (Musée Rodin) *Ph. Bulloz*. — 74. *Détail* de 73.

75

et se soudent à son appel, la plus forte expression des formes rendues à leur fatalité tragique et roulées dans l'indifférence à la morale et à la mort par une puissance plus haute que la morale et la mort. *Ève* a beau cacher son visage entre ses bras, elle est victorieuse, elle traîne après sa chair déjà affaissée et flétrie les hommes, les bêtes, les plantes, les océans, les astres, tout un troupeau d'esclaves obéissant à son odeur, comme le flot des feuilles mortes court dans le sillage du vent. Voici des couples pitoyables, soudés par la ventouse de l'amour. L'homme veut fuir les lèvres qui se tendent, arracher sa peau dévorée à l'autre peau dévorante, élever son torse d'athlète au-dessus des seins qui ondulent et respirent comme la mer. Il ne peut pas. Il y tient par son âme même dont le lyrisme et la révolte confondus bouillonnent à tous les contacts des couples éperdus qui cherchent, dans leur fusion commune, l'oubli de la pensée et du néant. Quand l'étreinte se dénoue, il y a du sang caillé sur les ventres qui retombent et les membres ouverts et mous comme ceux des suppliciés. Les corps roulant à tous les flux et les reflux du spasme sont comme des damnés de Dante qu'une brûlure centrale attire et repousse à la fois. Il est impossible à l'esprit de s'arracher de la chair et du sol parce qu'il y a, dans la chair et le sol, un esprit plus universel dont il n'est qu'un fragment

76

Carpeaux. 76. Flore, haut-relief (Musée d'Orsay). *Ph. Hachette.* 75 *Détail* de 76.

tournant dans l'étendue autour de sa force immobile
et cherchant à lui échapper. La *Main de Dieu* où
dort la forme embryonnaire n'aurait qu'à se fermer
pour écraser la larve intelligente qui palpite et s'ébauche
73 dans le limon primitif. Le *Penseur* qui se crispe au
74 sommet de la porte par laquelle on entre aux Enfers
est animé de la même étincelle qui convulse autour
de lui la naissance, la jeunesse, l'amour, l'agonie
et la mort. La volonté n'étant pas aussi puissante
que la faim, *Ugolin* rampe, comme une bête immonde,
sur les poings et les genoux. Les portraits tiennent
à la terre qui monte en eux de toutes parts avec l'âme
77 et sa majesté. Le *Balzac* est pareil à ces menhirs que
les forces élémentaires semblent dresser sur nos
chemins. Le *Claude Lorrain* a des bottes éculées, un
maintien balourd, des gestes gauches, mais son visage
est ébloui. Et si l'*Apollon* dont chaque pas fait sourdre
le soleil a vaincu l'hydre, ses deux bras restent cloués
à la pierre d'un piédestal.

On dirait que Rodin est monté du sol et de la chair pour atteindre le point tragique où Michel-Ange descendait des cimes de l'intelligence et pousser le cri de la terre au-devant de celui qui apportait le cri du ciel. Qu'ils partent des sens ou de l'esprit, le pessimisme matérialiste et le pessimisme chrétien se rencontrent à moitié route pour enseigner, par l'orgie ou la connaissance, le désespoir. Obstination incroyable des natures les plus grandioses à n'accepter ni leurs sens ni leur âme. Sublime aussi, puisqu'il semble que ce conflit soit nécessaire, tous les mille ou deux mille ans, à la conquête d'un équilibre plus haut entre les sens et les âmes, et de la résignation à l'ivresse de vivre multipliée par leur accord.

77. Rodin. Balzac. *Ph. Bulloz.* ▸

La genèse contemporaine

I

Si l'œuvre de Cézanne ne traduisait avec une 78
puissance singulière un désir et une volonté de carac- 79
tère tout à fait général, elle n'aurait pas conquis 80
soudain cet ascendant qui a dépassé la France et fait 81
refluer vers elle l'Europe, en quête d'un ordre intel- 82
lectuel nouveau. Alors que l'impression fugitive et le 83
fait non commenté constituaient autour d'elle le 84
motif innombrable et pourtant si vite épuisé de la 85
littérature et de la peinture, elle apparut comme un refuge grossièrement, mais solidement édifié, éclatant de sombre harmonie, où l'artiste pourrait trouver des éléments de généralisations nouvelles et qu'il était contraint de traverser. Elle présentait avec l'Impressionnisme un caractère d'opposition trop radical pour qu'on n'ait pas été tenté de condamner, au nom de Cézanne, ce mouvement de purification et de recherche qui nous fut si nécessaire. C'est le jeu de bascule ordinaire d'action et de réaction. En réalité, l'œuvre du maître aixois continuait, complétait et terminait l'Impressionnisme et rassemblait, en vue d'une construction neuve, les matériaux de choix qu'il avait apportés.

L'œuvre de Paul Cézanne a même été longtemps confondue avec celle des maîtres de l'Impressionnisme. Il occupait au sein du groupe une place secondaire, y figurait un peu à l'arrière-plan, entre Guillaumin et la charmante Berthe Morisot. C'était bien naturel. Il avait leur âge. Il était devenu, aux temps difficiles, leur compagnon. Il exposait avec eux. On l'englobait dans la même réprobation, bien qu'il fût déjà en avance, et que le Philistin de 1875, qui condamnait Claude Monet au nom de Delacroix ou de Courbet, ne pût prévoir que le Philistin de 1900 condamnerait Paul Cézanne au nom de Claude Monet. Il avait connu les fondateurs du groupe vers 1862, où il rencontra, à l'atelier Suisse, le bouillant Pissarro qui l'initia à la peinture de Courbet. Zola, son camarade d'enfance, l'amena chez Manet. Sa sensibilité tendue et farouche aima l'indépendance d'allure de ses nouveaux amis, leur ardeur passionnée, la force d'enthousiasme que dégageaient leurs propos. Il les suivit à Auvers-sur-Oise, où ils lui révélèrent le jeu des reflets sur les surfaces, où il surveillait avec eux le passage du vent sur l'eau, l'ondulation éternelle des feuilles, l'ombre que les nuages promènent sur le sol et les toits rouges des maisons à travers le tremblement des pommiers et des cerisiers en fleur. Il leur dut de conquérir sur l'éducation et l'habitude la propreté de l'œil, la probité de l'intelligence, la force originelle et inconnue du sang. Avec leur aide il secoua les influences qui le tyrannisaient depuis quinze ans, Courbet, puis Daumier, puis Delacroix, puis, bien qu'on l'ait moins vu, Corot, puis, en remontant plus haut sur la trace des âmes, Rubens, Véronèse, Michel-Ange. Il leur fut redevable de la liberté qu'il conquit péniblement et lentement sur la séduction despotique des grandes œuvres, de considérer les héros de la peinture non comme des guides qu'on a le devoir de suivre, mais comme des témoins qu'on a le droit d'invoquer. Quand il revint à Aix-en-Provence en 1879, il était encore loin de percevoir en lui-même le choc régulier et puissant des rythmes inconnus qu'il nous apporta plus tard. Mais il avait du moins une palette claire et pure, la face mouvante du monde imprimait dans sa sensibilité ses images les plus fuyantes, les plus vivantes, les plus libres d'interprétation littéraire ou sentimentale. Cela c'est à Claude Monet, à Pissarro qu'il le devait. Jamais il ne l'oublia.

C'est à Aix même qu'il était né, quarante ans auparavant. C'est à Aix qu'il avait vécu une enfance studieuse et sauvage, qu'il avait appris de Virgile l'amour du sol classique et de la mesure dans l'art, qu'il avait, avec le jeune Zola, dépensé ses jours de vacances en petit faune ivre de soleil et d'eau fraîche, passant des nuits au fond des bois, des heures brûlantes dans les rivières, séchant sa peau écorchée au vent éternel qui roule dans le couloir du Rhône la poussière des routes et le marbre pulvérisé des cirques et des aqueducs. Quand il y revint, il était seul. Plus d'illusions païennes, plus d'amis. Une arme certes resplendissante, mais maniée maladroitement. Autour de lui l'indifférence, la médisance, la sottise, le préjugé, l'incompréhension totale de ce qu'il était, de ce qu'il voulait, de la sensibilité torturante qui le poussait à se réfugier en lui-même, à éviter les visages connus, à fuir les conversations et les visites obligées qui forment les trois quarts de l'aventure provinciale. Ce rentier sauvage et mal vêtu qui faisait de la peinture était décidément un fou. On en parlait avec sévérité. Il était d'ailleurs ridicule, propre certes, mais l'habit taché, et son nez rouge, ses paupières larmoyantes, sa barbiche tordue, ses allures pourchassées ameutaient les polissons. Les pauvres l'aimaient, car il tenait ses mains ouvertes. Mais nul ne le prenait au sérieux. Quelques-uns l'exploitaient. Et d'ailleurs, comme il ne voulait pas qu'on lui mît « le grappin dessus », il se contractait comme de la vie trop sensible que tout choc extérieur hostile ou trop rude blesse jusqu'en ses profondeurs.

Il souffrit. On ne le sut pas. Il tint bon jusqu'à la fin. Il eût pu vivre à Paris, retrouver des amis, des admirateurs, chercher des encouragements. Il ne le voulut pas. Il s'enferma dans sa force, fixa ses images internes, chercha autour de lui ce qui les confirmait. Il revint parfois à Paris, où il passait les trois quarts de son temps au Louvre de Véronèse, de Courbet et de Rubens. Il fit deux ou trois courts séjours en Flandre, en Hollande. Il voulut ignorer l'Italie, comme s'il avait eu peur de corrompre, au contact des grandes œuvres qui l'attiraient par-dessus toutes, sa volonté grandissante de parvenir jusqu'à lui. Et c'est tout. Quand il regagna le pays natal, l'histoire de sa vie était finie. Celle de son esprit s'ouvrait.

Ces campagnes de Provence, nues et rigides, ces terres rouges semées d'arbres maigres qui montent vers des collines rocailleuses d'un profil si pur sur le ciel foncé, cet or rougeoyant qui les baigne au crépuscule sans voiler leurs lignes arrêtées, devaient très vite lui fournir les éléments d'une vision plastique qu'il n'aurait peut-être jamais découverte dans la luxuriance noyée d'eau des vallées du Nord. Les

78

78. Cézanne. Portrait de Mme Cézanne. (Stockholm Nationalmuseum).
Ph. Musées nationaux.

79

maisons y sont tassées comme des pierres, les feuilles ne les cachent pas, les angles des toits et des murs arrêtent dans la lumière des figures géométriques qui ramènent naturellement l'esprit à des simplifications dont il retrouve le prétexte dans la nudité sèche et dure des rochers qui barrent l'horizon, du ciel généralement sans nuages, des troncs dépouillés de feuilles qui s'élancent droits et nets, découpant l'espace à intervalles réguliers. Nulle part ailleurs il n'eût pu puiser

79. Cézanne. Nature morte (Musée d'Orsay). *Ph. Musées nationaux.*

mieux que là le désir d'une forme sobre, débarrassée d'ornements, de boursouflures, d'incidentes, fortement posée sur le sol, pesante, enracinée, réduite aux seules masses, aux seules lignes qui définissent ses rapports. Chaque fois qu'il se trouvait en présence d'un mur nu, d'une route, d'un étang immobile entre des berges de pierre, d'un vaste espace décrit par la chaîne granitique des montagnes du pays, quelque chose de droit, de rigoureux et de catégorique, il tenait le motif central du poème coloré qui flottait dans sa vision intérieure et qu'il cherchait à confronter sans cesse avec la nature sensible pour le justifier et le bâtir. Les maisons, les chemins, les collines provençales apportaient au lyrisme massif du peintre le rythme monotone, mais serré, sonore et plein où sa phrase sommaire s'enfermait volontairement pour exprimer la conception ordonnée qu'il avait du monde. C'était comme de grands vers qui se déroulaient avec force, chargés d'esprit, durs de matière condensée, allant d'un mouvement puissant frapper la rime comme pour faire pénétrer plus profondément l'image en la réduisant aux seuls sommets du souvenir et de la sensation.

L'aspect inachevé des toiles de Cézanne donne à ceux qui n'ont pas fait le tour de sa pensée l'impression d'une nature fruste, se bornant à prendre sur le monde des notes, essentielles sans doute, mais sommaires, et instinctivement saisies au vol. Chacune, en réalité, représente un travail énorme, et une spiritualisation progressivement et péniblement obtenue des seuls éléments sensuels qui constituent leur origine. Il avait coutume de dire que toutes les formes de la nature se peuvent ramener au cône, au cylindre et à la

80. Cézanne. Paysage (Cardiff, National Museum of Wales). *Ph. Musées nationaux.*

sphère, et ce mot a fait des victimes. Au fond, ce n'était là qu'une manière symbolique d'exprimer l'apparence dernière que les formes *tendaient* à prendre dans un univers abstrait dont il se gardait bien, quand il avait la palette à son poing gauche et le pinceau dans sa main droite, de franchir les bornes idéales. Il déployait en profondeur une imagination tout à fait inapte à s'étendre en surface, aussi faiblement que ce fût. Jamais artiste ne fut moins capable que lui d'inventer et de combiner des figures, de trouver dans le mythe, l'événement quotidien ou le rêve personnel un prétexte à magnifier et à transformer les images. Les Espagnols eux-mêmes, Velazquez, Zurbaran, le Greco, — pour ne pas parler de Goya, poète satanique de la luxure et de la mort, — peut-être aussi les Hollandais, surent moins mal que lui transporter le monde extérieur immédiat dans un monde imaginaire. Il paraissait copier ce qu'il voyait, il tentait de retrouver cette innocence des premiers âges de la vie où la curiosité s'éveille et qui, chez l'homme sachant beaucoup, ayant beaucoup pensé, ayant beaucoup souffert, emprunte le langage de la volonté la plus consciente pour prendre la majesté et la puissance de la loi dépouillée de tout commentaire. Sa candeur était une conquête. Son impuissance à imaginer prenait des apparences singulières, qui feraient douter de sa force de création si la qualité plastique même de son œuvre, comparable à celle des plus grands, n'était là pour nous rassurer. Il cherchait sur les livres illustrés, *l'Histoire* de Charles Blanç, le *Magasin pittoresque*, jusque dans les journaux de mode, des silhouettes extérieures qu'il agrandissait et coloriait comme un enfant, incapable d'inventer un geste ou une attitude

81

qui se combinât harmonieusement avec les attitudes et les gestes d'alentour. Il n'inventait pas, il ne pouvait pas inventer. C'est seulement « sur le motif » qu'il savait abstraire et simplifier jusqu'à la limite possible de l'abstraction et de la simplification, restant uniquement et malgré tout un peintre, et rien qu'un peintre, peut-être à la vérité le plus intense et le plus solidaire de la matière même des choses qui fût jamais.

L'univers n'est en effet pour lui qu'un prétexte à faire tenir dans une architecture réduite à sa plus sobre, mais à sa plus solide expression une matière

81. Cézanne. Sainte-Victoire (Londres, Courtauld Institute) *Ph. Galerie Bernheim-Jeune.*

82

83

magnifique, dense, où tous les rochers qui percent l'écorce de la terre semblent avoir été pulvérisés pour durcir, agglomérer, condenser le sol rouge et le sombre feuillage, et l'azur épais et les mers mates des pays méridionaux. Il prenait pour prétexte les grands paysages dénudés, les figures quelconques qu'il rencontrait sur sa route, dans son entourage, dans les auberges de l'endroit, paysans, enfants, joueurs autour d'une table grossière, femmes vêtues de robes de chambre passées, ou bien ces fruits ronds et lourds qu'il jetait parmi les verres malpropres et les litres à demi pleins. Quoi qu'il peignît, il savait bien qu'en partant des matières somptueuses et d'un éclat obscur qu'il tirait indifféremment de tous les visages de la vie, et en ne perdant jamais de vue les grandes lignes sommaires entre lesquelles il les apercevait, il aboutirait peu à peu à donner à sa forme le volume le plus puissant, à la faire tourner dans l'espace comme ces figures géométriques qui exprimaient en langage spiritualisé les directions de son regard. « Quand la couleur est à sa richesse, disait-il, la forme est à sa plénitude (1). » L'une allait au-devant de l'autre, la cherchait, la définissait peu à peu à mesure qu'elle gagnait en opulence, en lumière assombrie, en pesante maturité. Le ton lui apparaissait réellement comme une sécrétion de la forme, qui lui apparaissait elle-même comme une dégradation du ton... J'imagine qu'au fond des cœurs silencieux des vieux sculpteurs de la Moyenne Égypte, ceux qui dressaient des statues denses, définies par des plans fuyants, et saturaient d'indigo, d'ocre rouge et d'émeraude le grain

(1) Cité par Émile BERNARD.

Cézanne, 82. L'Estaque (Musée d'Orsay). *Ph. Musées nationaux.* — 83. Paysage (Coll. particulière). *Ph. Musées nationaux.*

compact de leur granit, quelque chose devait trembler de la courte ferveur suivie d'inquiétude désespérée qui battait au cœur de Cézanne quand, après des semaines d'efforts épuisants, il avait pu arracher au mystère une de ces sombres harmonies architecturées comme un temple qui ont révélé la peinture à ceux qui sont dignes de l'aimer.

Il n'y a pour lui, dans la nature, pas d'autre « sujet » que le plan. Il importe peu que l'objet soit exactement suivi dans tous ses contours et fini dans tous ses détails. Il faut qu'il soit à sa place dans la profondeur de l'étendue vis-à-vis des autres objets, que les dégradations de ses bords lui donnent en même temps son existence propre, que l'objet par rapport au monde, le monde par rapport à l'objet soient étroitement solidaires. Il laisse à ceux qui viendront après lui le soin de polir la phrase, d'arrondir la période et d'animer le récit. Il a mis à leur place les surfaces droites ou courbes, en maçon dont les mains sont rudes, mais l'esprit fait d'équilibre conquis,

85

Cézanne. 84. Les joueurs de cartes (Musée d'Orsay). *Ph. Musées nationaux.*
— 85. Détail de 84.

de calme volontaire et de subtilité. Ses paysages ont l'apparence d'un pan de la planète vu d'assez loin, dépouillé de vie locale, réduit aux seules masses essentielles définissant sa construction. Ses personnages sont posés comme des statues vivantes, souvent gauches et mal équarries, mais définies avec force par des plans soutenus et des profils dont aucun accident inutile n'interrompt la netteté. Ses natures mortes ont la splendeur rudimentaire des amas de fruits qui concentrent en eux toute la vie environnante et semblent projeter du dedans même de leur matière, leur forme pleine et sphérique et leur couleur arrivée à saturation. La sensation la plus immédiate et la plus matérielle toujours présente, est toujours portée par l'esprit du peintre à son maximum de rigueur, de pureté et de compréhension.

« Je reste, écrivait Cézanne au déclin de sa carrière, je reste le primitif de la voie que j'ai découverte (1). » « L'archaïque » eût-il pu dire. Il y a dans l'œuvre de ce maître un caractère impersonnel et général très différent de l'esprit minutieux que les primitifs manifestent et qui donne à son œuvre un sens dont il n'a lui-même jamais soupçonné l'importance. Comme le primitivisme annonce l'avènement de l'individu dans l'histoire, l'archaïsme est au commencement des grands rythmes collectifs... Quand on présentait à Cézanne un de ses tableaux d'autrefois, il ne voulait pas le voir et jugeait à part lui fort mal ceux qui aimaient ces choses. Il oubliait ses toiles dès qu'elles étaient sorties de lui. Elles traînaient partout, sous les armoires, derrière les meubles, on

(1) Émile Bernard.

essuyait avec elles les poêles et les parquets. Son fils y découpait en jouant les fenêtres et les portes. Il les abandonnait quelquefois en plein champ. Jamais il ne les signait. Il exprimait, comme tous les grands anonymes, une sorte de besoin social dépassant l'individu pour dresser un de ces essais grandioses d'architecture rudimentaire qui annoncent dans la société un mouvement unanime de concentration en profondeur. Il allait régulièrement à l'église. Catholique sincère, fuyant le prêtre et le cagot, il cherchait évidemment dans le passé l'abri d'une de ces constructions sociales imposantes qu'il ne trouvait pas dans le présent et ne soupçonnait pas dans l'avenir. Rien de moins sentimental et de moins moral que son œuvre. Nulle anecdote. Nul souci de plaire ou seulement d'intéresser. C'est un monument métaphysique pur, bâti avec les matériaux sensibles les plus éprouvés et les mieux choisis, mais les plus sommairement taillés du monde. Même quand il essaie de composer, comme dans ces extraordinaires réunions de personnages nus où, visiblement hanté par le souvenir de Poussin, il tente de bâtir gauchement, au milieu du grand chœur des arbres, du vaste ciel, des eaux courantes, une large mélodie sensuelle, même alors il est absolument débarrassé de toute espèce d'intention psychologique ou littéraire. Et même alors son classicisme, ce besoin d'ordre et de mesure qui le poursuivait depuis l'enfance, se méprend sur son propre sens. Il est, lui provincial, lui catholique, d'accord avec le rythme secret de son siècle, il est poussé vers l'organisme inconnu qui hésite, par des forces profondes dont il n'a pas plus conscience que les maçons des dernières églises romanes dont la nef allait bondir soudain, s'alléger, s'allonger, planer comme une aile avec la génération qui montait. Haute intelligence lucide tant qu'il s'agit de construire avec la matière incomparable que la générosité de sa nature lui permit de découvrir et d'isoler dans le monde, il est tout de même dépassé par la grandeur de son action. Et c'est pour cela que cette action ne pourra s'épuiser qu'avec la réalisation de l'organisme attendu.

On sait la fin de ce grand homme. Il prit du mal, un jour qu'il travaillait dans la campagne, à arrêter sur une toile l'inépuisable mouvement qui lui révélait, par sa perpétuité et sa constance même, quelques directions concordantes et quelques aspects éternels. Il s'éteignit deux jours après. Et personne, en dehors de quelques douzaines d'artistes, ne le sut. Et c'était bien ainsi. Il avait toujours dédaigné l'hommage et méprisé ceux qui s'abaissent pour le surprendre ou le forcer. Il avait voulu cette vie solitaire qu'il protégea jusqu'à la fin contre les attentats des sots par des accès d'une pudeur exaltée et sauvage dont personne ne comprenait la nécessité et la raison. L'ombre qui rôde autour de nous dès la quarantième année, même si elle effleura son cœur, ne le détourna pas d'une mission dont il sentait l'importance et dont sa gloire tardive et restreinte, mais si haute, ne le détourna pas. Il se savait le plus grand peintre de l'Europe. Quand on a cette force en soi, on peut s'en aller tout seul.

II

En effet, on est innombrable. On est le centre d'un tourbillon de puissances éparses qui s'ignorent et dont il faut chercher les témoignages dans les phénomènes sociaux. Quand l'artiste veut composer, son désir répond à coup sûr à ces désirs généraux qu'on appelait autrefois religieux ou métaphysiques et que la plupart du temps il ignore lui-même parce qu'ils ne l'intéressent pas. La composition, la subordination de toutes les parties d'une œuvre d'art à quelque idée de rythme et d'ordre n'est pas une chose extérieure qu'il dépend d'un caprice individuel ou d'une mode passagère de rejeter ou d'adopter. Le sentiment mystique d'une œuvre commune à entreprendre déborde l'individu. Et la peinture, le plus individuel, le plus intellectuel des arts, ou flotte à toutes ses frontières, ou se concentre en quelque forme anonyme et sommaire où l'ébauche archaïque d'une architecture inconnue apparaît. L'amour d'un ordre ancien, classique ou religieux, n'est que la manifestation la plus puérile de ce besoin universel. C'est le rôle et le destin du plus innocent des hommes — celui qui peine ou celui qui pense — de l'assouvir.

Ainsi, tandis que le matérialisme formel de Courbet et de Manet touchait, par les impressionnistes et les néo-impressionnistes, à l'extrémité de son enquête, tandis que le courant moral né de ses constatations impitoyables introduisait dans la peinture, par Degas, par Toulouse-Lautrec, par le féroce Forain, l'acide et le vitriol, au cœur du mouvement lui-même s'organisait une force inconnue qui tentait, par Cézanne, d'architecturer l'univers hors de tout sentimentalisme

86

87

et, par Renoir, de recréer un sentiment indifférent aux fins morales en cherchant dans les jeux des reflets et des lignes révélés par la matière même, une harmonie sans objet. Car il ne faut pas s'y tromper. Il n'est pas d'œuvres qui soient plus éloignées d'aspect, mais d'essence et de direction plus près l'une de l'autre, que celle de ce volontaire amenant la nature à obéir à ses propres systèmes pour réagir contre le désordre du temps, et celle de cet instinctif trouvant sans efforts apparents dans la nature des formes qui s'épousent et des couleurs qui se pénètrent, pour réagir contre son désespoir. L'anarchie est pessimiste, et plus encore, triste. Ceux qui ont traversé son enfer ne trouvent le repos que dans la force de créer pour eux-mêmes de l'ordre et de la santé, ou dans la mort.

88

Gauguin. 86. Ia Orana Maria (Coll. particulière). *Ph. Bulloz.* — 87. I raro te oviri (Coll. particulière). *Ph. Bulloz.* — 88. Van Gogh. Rue à Arles (Coll. particulière). *Ph. Musées nationaux.*

L'homme puissant, pour retrouver la joie, n'a pas
86 besoin de fuir les villes, d'aller vivre, avec Gauguin,
87 chez les primitifs d'aujourd'hui — comme les préra-
89 phaélites, victimes du même mal, vivaient chez les
primitifs d'autrefois, — et d'édifier dans les îles lointaines des paysages brûlants dont la sensualité tendue et confuse ne dissimule ni la minceur ni la mollesse et qui s'arrêtent à la façade des édifices cézanniens. Il ne se laisse pas vaincre avant l'heure, à la façon du
88 Hollandais Van Gogh, grand cœur brûlé par sa terre
90 qui flambe, ses eaux électriques, ses arbres et ses herbes
crépitantes comme des langues de feu, ses routes, ses maisons, ses moissons, ses figures, tous les visages de l'homme bouleversés, gondolés, bossués, comme s'ils exprimaient quelque incendie souterrain ou senti-

89

mental, cette peinture de pierres précieuses et d'or jaune, ces dessins dont la vie fourmillante accable, cette pluie d'acides rongeants où l'âme et les sens se corrodent, cette joie voulue et forcenée d'ascète apostat. Il n'est pas fou. Et il est simple. Il chantonne en peignant et s'ennuie quand il ne peint pas. Certes

89. Gauguin. La vague (Coll. particulière). *Ph. Musées nationaux.* — 90. Van Gogh. Autoportrait (Coll. particulière). *Ph. Giraudon.*

90

il souffre, comme un pauvre homme, dans son cœur, dans ses os, il est douloureux et tordu. Mais il ne se plaint jamais. Il se dit trop heureux d'avoir gardé sa vue, ses yeux miraculeux, miroirs du monde, gris et doux, tristes, parfois pétillant d'une malice de rapin dans son visage décharné, courbe, allongé par sa barbe blanche, et si noble, qui rappelle celui de Titien presque centenaire. « C'est lui, dit-il, qui me ressemble. Il m'a chipé mes trucs. » Il souffre, en effet. Mais la joie mystérieuse habite sa nature, qu'il retrouve instantanément au fond de ses organes racornis, de ses jointures disloquées, dès qu'il saisit le pinceau, immense, pure, mouvante, ondoyante, se renouvelant par nappes de fond comme la source d'un grand fleuve, débordant de formes sinueuses et de vagues de tons changeants qui se pénètrent l'un l'autre, obéissant aux rythmes féconds d'un sensualisme devenu plus riche, plus émouvant et plus complexe à mesure que la maladie et l'âge le dessèchent et le ruinent un peu plus. Comme il est loin le temps où, un peu étonné, un peu respectueux, un peu goguenard, il écoutait les démonstrations passionnées de Pissarro et guettait, aux côtés de Claude Monet, sur les bords de Seine ou de Marne, les moires de l'eau, les moires des feuilles sous le vent, les ronds de soleil sur la chair et la terre, la vibration de l'air dans le silence de l'été! Il avait alors des mains musclées, qui caressaient la surface du monde. Maintenant, de ses mains débiles, il le tord en profondeur.

L'histoire de Renoir — né à Limoges, pays des maçons, des potiers et des émailleurs — a moins d'importance encore que celle de Cézanne, car il ne semble pas avoir lutté pour découvrir son innocence.

Il n'a peut-être rien eu, ou presque rien, à éliminer de factice. Il n'a pas retranché sans cesse, comme Cézanne, mais plutôt constamment ajouté. Il a appartenu, comme Cézanne, au groupe impressionniste et partagé son impopularité, puis sa fortune. Il a continué, comme Cézanne, à subir la haine ou l'admiration collective vouées à ceux qui le composaient, par un public épris de classifications aussi définitives qu'imprécises. Il doit, pour le public, toujours comme Cézanne, y appartenir encore, bien qu'ils en soient l'un et l'autre sortis au point de pouvoir passer tous deux pour les prophètes du mouvement en sens inverse qui l'a suivi. En effet, c'est en surveillant les reflets sur l'écorce des peupliers et des chênes, sur le moutonnement des nuages, sur la peau des femmes nues, sur les pétales étalés des anémones et des roses, en les poursuivant dans la fuite des plans et l'enfoncement des ombres lumineuses, qu'il a tourné autour des formes avec ces reflets et ces ombres et relié à son émoi lyrique la masse de l'univers. Il a subi l'évolution fatale des plus grands entre les plus grands peintres, Masaccio, Titien, Tintoret, Velazquez, Rembrandt, Watteau, Delacroix et, parti de Claude Monet, rejoint Rubens en traversant le monde charnel et remuant des sensations, pour le soumettre à sa force croissante et le contraindre à rejaillir de lui avec la régularité, la simplicité et la constance des moissons surgissant du sol. Tandis que Claude Monet partait de la forme immédiate, réalisée par Courbet, par Manet, pour poursuivre et subtiliser de plus en plus les frissons mouvants de la lumière sur son écorce
changeante, Renoir, parti de cette écorce même, 91
suivait le chemin opposé et entraînait avec lui les 92

91

93 frissons de l'air et de l'eau, les frissons du sang sous
94 les veines bleues, les frissons des fleurs sous le soleil
95 et la rosée, jusque dans la substance même de l'air,
96 de l'eau, du sang, des fleurs. Et tandis que l'Impres-
97 sionnisme se refusait de plus en plus à recomposer
le monde dans l'esprit et à le transposer dans la peinture, Renoir, avec une imagination d'ailleurs presque aussi rudimentaire que celle de ses amis, le recomposait et le transposait dans son instinct même, voyant naître spontanément la vie, l'harmonie, la forme cohérente, solide et continue là où ne sont,

Renoir. 91. Femme au chapeau de paille (Coll. particulière). *Ph. Durand-Ruel.* — 92. Femme se coiffant, pastel (Coll. particulière). *Ph. Galerie Bernheim-Jeune.*

92

pour tous les hommes, que l'apparence, le désaccord, la surface creuse et le chaos.

Qu'on se représente une salle entière ornée de tableaux de Renoir. C'est comme un ruissellement rouge, des fruits, du sang, des fleurs écrasés contre les murs. D'un peu plus près, une confusion orientale, comme un tapis miraculeux, plusieurs études sur le même morceau de toile, femme nue, fillette en chapeau rose ou rouge, bouquet de roses, de coquelicots, d'œillets, de géraniums ou de sauges, paysage grand comme la main, cercle de mer et d'étendue. Mais, de la masse rouge même émergent, comme ces poussées de sève qui montent du centre des fruits pour colorer leur pellicule, des gris cendrés infinis où tremblent l'argent et la nacre, où l'émeraude, la turquoise, la perle et le diamant noir pénètrent l'opale, où la moindre palpitation colorée de la moindre tache de peinture retentit doucement dans les plus éloignées d'elle par des ondes subtiles impossibles à suivre de l'œil. Et de plus près encore ce sont la plage et l'océan, les arbres qui tordent leur flamme, les fleuves roulant, dans le ciel renversé, les rubans, les chapeaux, les robes, les cheveux dénoués des femmes, toutes les rosées de la terre mêlées à tous les prismes de l'air pour pétrir des troncs et des branches gonflés de sucs, des chairs tendues par le sang, des seins frais, des bras ronds, des ventres durs, des hanches moites, de lourdes eaux translucides où scintille le rubis.

C'est une transposition lyrique, ingénue, spontanée, dans une forme qui semble naître et renaître incessamment d'un foyer sensuel inépuisable, de tout ce qui a dans le monde du rayonnement et de

93

l'éclat, la pulpe duvetée des pêches, les cerises, les grenades, l'écorce des citrons et des oranges, les roses ambrées, les roses sanglantes et les champs de trèfle incarnat, de bleuets et de boutons d'or, et les bouches et les rires et les regards, et le feu des pierres ardentes dans les rides des ruisseaux, et le soleil couchant sur les nuées et ses irisations autour des feuilles. Réellement, il y a dans cette source où bouge de l'argent un peu du sang de ces seins nus, un peu du sang de ces œillets, il y a de l'argent de cette source dans ces œillets et ces seins nus dont elle livre à l'air les reflets

93. Renoir. La loge (Coll. particulière). *Ph. Galerie Bernheim-Jeune.*

94

95

96 ▶

rouges en lui prenant de son feu. Ces formes massives qui tournent dans un espace transparent définissent la peinture même exprimant, dans la moindre d'entre elles, la gloire de la vie et la puissance de l'été.

Quand un peintre a ce pouvoir-là, tout ce que son œil rencontre est instantanément transfiguré. Une main sur une gaze, un collier autour d'un cou, une rose dans des cheveux font penser confusément à une aile de papillon sur le pollen de quelque fleur géante, à un fruit sur du marbre blond, à une lueur de gemme inconnue dans l'obscurité. Tout est frisson, tout est

94. Renoir. Baigneuses (Coll. particulière). *Ph. Coll. Jean Ségalat.* — 95. Enfant tétant, sanguine (Coll. particulière). *Ph. Durand-Ruel.* — 96. Femme nue, buste (Coll. particulière). *Ph. Durand-Ruel.*

caresse, les soies sont comme de la chair et gardent leur légèreté, les chairs comme de la soie et gardent leur pesanteur. Un bras qui sort du satin et se pose sur le velours emprunte au satin et au velours de la perle et de la pourpre pour leur rendre sa chaleur, des visages dans la pénombre ardente d'une loge continuent la pénombre et l'éclairent, la vie des fleurs et des lumières rôde dans les salles de fête pour se mêler aux regards, errer sur les poitrines nues, frémir sur les corsages, les parures, les rubans. On pense ici à un Velazquez vieux de trois siècles, ayant reçu cent affluents et dont l'âme aurait emprunté aux brumes légères de la France plus de maturité et de fraîcheur à la fois.

Et là à un Rubens descendu vers la mer latine, plus abreuvé de soleil. Surtout quand cette peinture fleurie, nacrée, où la pulpe des fruits et la sève des corolles se mêlent spontanément, descend jusqu'aux plages embrasées d'où les arbres semblent jaillir comme des flammes souterraines, où les golfes et le ciel s'unissent dans l'or épandu. Au-dessus des villas bleues et roses aperçues entre les branches des pins et des oliviers, au-dessus des murailles rousses des vieux châteaux sur la hauteur, surgissent les montagnes lointaines dont les glaciers jettent des feux, amoncelant entre les vagues et les nues, des flammes mauves de diamants taillés dans l'azur par le crépuscule ou le matin. Alors, toutes les eaux chantent, les pommes vont tomber de l'arbre, les anémones se pâment, l'orgie resplendissante des colorations, des odeurs, des murmures tourne autour des larges chairs nues étalées dans la chaleur. La forme des bras et des seins, des torses et des jambes se fait sommaire et circulaire, comme ces organismes végétaux où regorge le sang des lourdes saisons. Le poème charnel se spiritualise au contact d'un admirable amour qui l'embrasse en son ensemble, ne voit plus un détail, plus un accident, plus un geste isolé ou rare, mais seulement des masses pleines dont la force intérieure modèle le mouvement. Mouvement héroïque, résumé, avec des bosses et des creux, des allongements, des déformations, des raccourcis de torses, de bras, de jambes volontaires et profondément expressifs. Comme la première évolution de Renoir faisait songer à Velazquez, la seconde à Rubens, la troisième, je ne sais pourquoi, me fait songer à Michel-Ange. Il n'en sait rien, il peint avec une liberté absolue, la sensation directe repasse dans la main infirme qui la traduit ingénument, après l'avoir trempée à la flamme du pur esprit. Les formes naturelles se rejoignent et se marient toutes, avec des courbes analogues, des volumes gonflés par les mêmes forces internes, un mouvement que découvre et recrée le même cœur.

Ces jambes et ces bras ondulent à la façon de ce ruisseau, ce torse est rond comme cet arbre, ces seins pèsent et se gonflent comme ces fruits mûrissants. Le chant de joie qui crie dans les ombres brûlantes, dans le frisclis des ondes et le ruissellement des fleurs, fait comme un silence pâmé autour de ces femmes couchées, ou assises, ou s'ébattant dans une eau vive, et dont les formes ondoyantes se continuent et s'équilibrent avec une aisance supérieure à celle de Raphaël et une plénitude supérieure à celle de Jean Goujon. Plénitude mouvante, qui bat dans sa profondeur même et tremble dans la lumière où l'air, les reflets,

97. Renoir. Enfant écrivant (Coll. particulière). *Ph. Bulloz.* ▶

la sueur qui perle l'épousent pour la sculpter sommairement. Plénitude où frémit le sang, où germe le lait, où, sur les visages brouillés, sur les lèvres charnues, sous toute la peau tendue et vibrante, affluent la vie animale et tout l'esprit qu'elle contient en devenir. Jamais, peut-être, le plus profond et le plus simple instinct de vivre n'était passé des chairs et des regards dans l'âme d'un grand peintre pour qu'elle la fît repasser dans les chairs et les regards. Ces enfants pendus aux seins lourds, ces bras vivants qui les soutiennent, ces petits êtres encore hésitants dans leur forme qui se penchent sur la page d'écriture ou le jouet, ces fillettes à cheveux rouges dont les yeux étonnés s'ouvrent si grands à l'émerveillement du monde, ces jeunes mères appesanties expriment la majesté paisible et la circulation interne et machinale de la vie avec une intensité telle qu'ils semblent au plan de la vie, mêlés à elle, jaillissant des mêmes foyers. La grandiose animalité y respire dans sa paix et sa puissance. Les gestes et les visages familiaux, les attitudes éternelles de la danse, de la toilette, de la méditation distraite, de l'abandon, de la joie, du repos y vivent innocemment. Carrière a vu ces toiles-là, et les grandes sanguines semblables à des antiques éveillés d'un long sommeil, et les profonds fusains où les formes enfantines et maternelles se pénètrent, et malgré sa volonté trop didactique de transposition spirituelle, il n'a jamais atteint la puissance expressive de leur structure formelle, même indépendamment des harmonies miraculeuses dont Renoir les environne et les pétrit. La vie universelle inonde, sans le besoin métaphysique de la dire, les gestes les plus furtifs du jeu dans le soleil et les herbes, de la maternité, de l'amour, de l'enfance. Voici le mystère le plus secret de la plus grande peinture, une substance pulpeuse et fruitée que n'arrêtent pas des lignes vives, que des masses tournantes et des volumes remuants délimitent, et qu'une infinie circulation de molécules colorées apparente à l'espace entier.

III

Igor Strawinsky a sacré le printemps. La jeune peinture française témoignait déjà avant lui de la décomposition des vieux rythmes et voyait naître du chaos de troubles harmonies, des rapports à la fois touchants et incertains, des lignes, des sons, des formes qui se cherchaient à tâtons. Comme elle commençait à peine à soupçonner la puissance de l'édifice élevé par Cézanne, comme elle n'éprouvait encore qu'incomplètement l'influence de la transposition lyrique imaginée par Renoir, elle manifestait une liberté d'intelligence et d'impressions singulière. On eût dit qu'elle substituait ainsi à l'impressionnisme raisonné de la sensation visuelle transcrite avec fidélité, une sorte d'impressionnisme de la sensation globale transposée avec innocence. Encore insuffisamment armée pour cette tâche, elle revenait de la sorte à la tradition de la plus grande peinture par le chemin des écoliers. En continuant, même alors que Cézanne et Renoir achevaient leur tâche, l'effort impressionniste de recherche dans la liberté de la sensation, elle restaurait les droits de l'imagination et préparait les esprits à recevoir, avec une impartialité ardente, l'apport imprévu des écoles et des époques qui n'avaient rien à voir avec la tradition européenne et brisaient ainsi les dernières résistances de l'académisme gréco-latin.

Chez tous les décorateurs passionnés et confus de ce temps de passion confuse, Vuillard, Bonnard, Valtat, Roussel, d'Espagnat, Albert André, on assistait, vers la fin du dernier siècle, à quelque chose qui rappelle une floraison très brève entre un hiver et un été, un être sortant du sommeil. Titubant chez Valtat, sans doute, et obscur à force d'éclat, mais évoquant l'organisation primitive d'un monde où la plus pure essence de la plus profonde couleur émanerait de la matière même pour la définir sommairement, rouge du feu central, bleu de la haute mer, rose des cimes dans la neige ensoleillée... Trop averti chez Roussel, trop imprégné de culture... Rayonnant, généreux, lyrique, mais peut-être un peu trop lâché, trop abondant chez d'Espagnat... Serré au contraire, direct, mesuré, discret, savoureux, mais un peu timide chez Albert André. Et, chez Vuillard, brodeur minutieux
98 de symphonies intimes — satin, velours broché, plumes versicolores, fils de soie poudrés de pollen, — poète attendri, imprécis et souvent même irrésolu de l'atmosphère morale qui rôde autour des êtres et des choses, un peu trop soucieux d'environner les intérieurs intellectuels et mondains de discrets accords psychologiques où l'esprit de la peinture est parfois trop soumis aux fantômes et aux fantoches qui les habitent un jour. Mais vivant, jaillissant et symbolique
99 à force d'innocence chez Bonnard, illustrateur mira-
101 culeux de la vie antique et moderne, poète imprévu,
102 chercheur étonné, conteur extravagant de la monotone aventure où notre propre incertitude intellectuelle

98. Vuillard. La copiste (Coll. particulière). *Ph. Galerie Bernheim-Jeune.*

100

se déroule entre les lignes fantasques d'un instinct toujours amusé.

Devant ces décorations singulières, qui paraissent secouées et confondues par quelque tremblement de terre, on a la sensation d'un monde décomposé en tons diffus d'où émergent çà et là des formes embryonnaires qui tendent à se grouper et à s'organiser selon
100 des aspects inconnus. L'art distant d'Odilon Redon, de spiritualité si rare, moire tremblante à la surface d'une eau transparente et suspecte dont le fond serait de nacre et de corail et qui symbolise assez bien, à la manière littéraire, ces fermentations obscures,

◀ 99. Bonnard. Le Paradis terrestre (Coll. particulière). *Ph. Galerie Bernheim-Jeune*. — 100. Odilon Redon. Fleurs (Coll. particulière). *Ph. Druet.*

est à l'opposé de leur tâche, puisqu'il tente de contenir, dans l'éclat cristallisé de ses bijoux et de ses fleurs, ce qui n'est qu'hésitation, frisson, passage, mouvement indéterminé. Mais le ballet russe fait entrer dans les rythmes plastiques la formidable orgie des colorations orientales, mêle le geste passionné à la couleur du son et l'ivresse des yeux à l'emportement du désir. Mais Debussy introduit le parfum des jardins dans le bruit des gouttes de pluie, berce les pollens éclatants dans le murmure des arbres, chuchote avec l'aveu, sur les lèvres qui tremblent, le souvenir et le secret. L'univers tourne sur un rythme de plus en plus précipité. La danse et la musique se transposent dans la peinture. Et Bonnard est peut-être la sensibilité centrale où s'opère la confusion.

J'ignore sa vie. Elle s'efface. Si je la connaissais dans tous ses gestes, je saurais moins qui il est. Je ne puis pas ne pas l'aimer à travers le frémissement universel et continu qui me la livre. Elle est de celles qui passent sans arrêt de l'acte quotidien et du monde intérieur à la forme mouvante et multiple qui constitue son visage et son aveu de chaque jour. Regardez ce qu'il vous apporte. Ne le trouvez-vous pas lui-même dans ces masses boisées que trouent des allées lumineuses et ces pelouses fleuries où courent et folâtrent des enfants et des animaux? C'est son émoi qui se révèle en ces bouquets tremblants, ces tiges grêles, tout ce fragile éclat de fleurs dans l'eau pure et les verres transparents. Fleurs semées, étoffes légères, glaces reflétant des apparitions amusantes, c'est par vous que je le connais. Sur la route qu'il a suivie pour arriver à cette chambre où vos harmonies se pénètrent, se frôlent, m'enchantent de leurs reflets emmê-

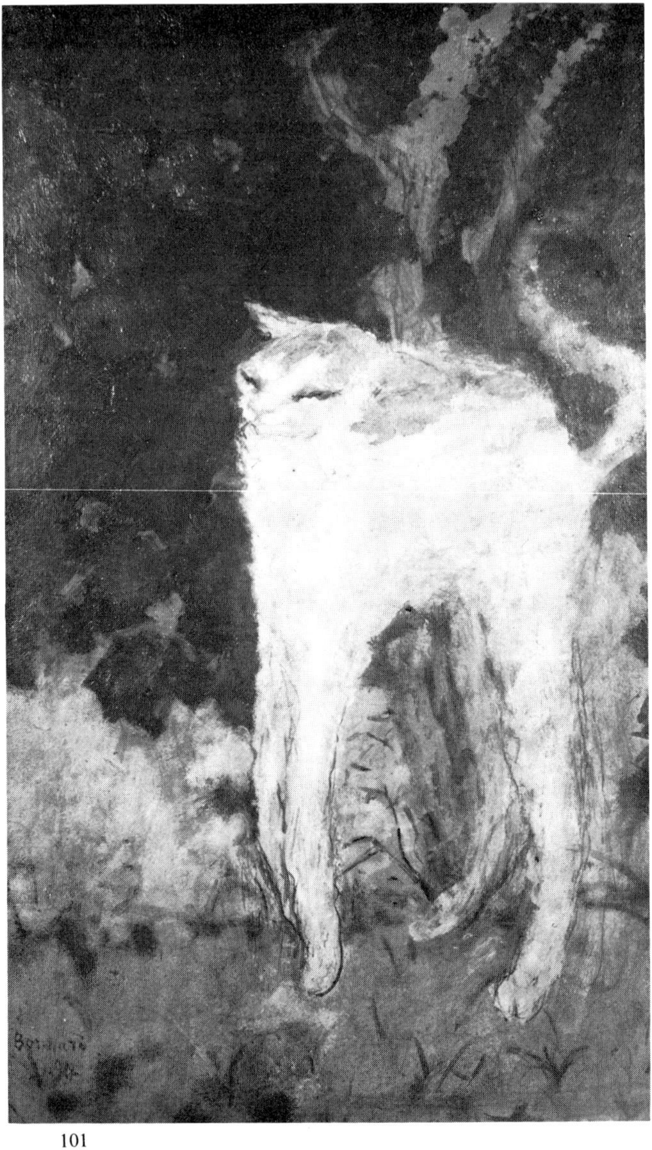

101

102

lés et furtifs comme une musique imprécise, il s'est arrêté partout. Il s'est accoudé sur ce pont pour regarder la rivière recueillir un ciel d'argent trouble où courent des frissons de turquoise et de saphir. Je l'ai surpris au coin d'une ruelle mauve où il observait avec une joie enfantine qu'une lanterne disloquée, un petit étalage, une boîte à ordures, le pavé visqueux, la rigole et les plus humbles bêtes et les plus pauvres gens participent à la gloire de la brume et du soleil. Par le geste comique ou las, le bijou, la loque terne, la moire du pelage ou le plumage floconneux, l'oreille qui frémit, la queue qui frétille, la gambade, l'ébrouement, tout obéit et, sans effort, entre au tourbillon de son âme. Tout obéit joyeusement, comme pour

Bonnard. 101. Le chat blanc (Musée d'Orsay). *Ph. Galerie Bernheim-Jeune.* — 102. En route pour l'école (Coll. particulière). *Ph. Coll. Jean Ségalat.*

mériter la tendresse enchantée qui l'attache à quiconque vit. Irisations d'opales, d'émeraudes et de jais, limpidité des pierres translucides où pénètrent confondus le plus léger duvet des fleurs et le pollen envolé des corolles, vos voyages aériens m'ont fait apprécier son cœur. Ce qu'il y a de plus spontané, de plus fugitif, de plus flou sur toutes les surfaces remuantes, c'est cela qu'il ramasse et brouille pour modeler ses formes qui flottent et se dérobent, faire enfoncer ses ciels et broder son monde diffus en harmonies impondérables où la goutte d'eau, le brin d'herbe, l'aile du papillon, l'élytre de l'insecte fournissent, s'il le veut, le motif coloré central autour duquel tout son univers tourne.

Peut-être en a-t-on fait un « intimiste »? C'est bien possible. Et si c'est vrai, la trouvaille est comique. Il est dans l'intimité de la vie générale. Il est fluide et fuyant ainsi que la force secrète qui circule au dedans des choses. Je ne puis arrêter son esprit insaisissable dans les cheveux soulevés par la danse ou la course d'une fillette, la pelote de laine échappée du panier, le galop raide d'un poulain, le cercle qui se fait sur l'eau, la poussée des petites plantes. Il erre dans la nature comme ce mouvement sourd qui manifeste le printemps et se révèle partout avec la montée dans les êtres des liquides nourriciers. Et d'ailleurs il est le printemps. Comme les plus rares artistes, il donne l'impression d'avoir inventé la peinture. Et cela non seulement parce que tout dans le monde, et tous les jours, étant nouveau pour lui, il l'exprime de façon neuve, mais aussi parce qu'il vient à l'aube d'un nouvel ordre intellectuel et qu'il est le premier à ordonner suivant un rythme que tous ignoraient avant lui, les bonnes vieilles harmonies qui nous ont fait ce que nous sommes. On m'a dit que Bonnard était une expression de décadence. Les décadences fermentent, et le ferment des décadences construit le monument futur.

J'aperçois d'autant moins cette opposition irréductible qu'on dénonce entre Vuillard et Bonnard et les peintres qui disent, aujourd'hui, édifier ce monument en réagissant contre eux, que, du temps même
de Vuillard et de Bonnard, Matisse, moins spontané, 103
plus réfléchi, plus doctrinaire, mais comme eux déri- 104
vant de l'impressionnisme, tentait de tirer de l'impressionnisme même les moyens d'élever une construction systématique de la couleur. Action inséparable de la leur, comme est inséparable de l'impressionnisme l'action de Cézanne et de Renoir dont il fut le point de départ. L'avenir se charge en général de réconcilier les contraires qui ne sont que visages de la même réalité. L'orgie disciplinée où les natures mortes somptueuses, les étendues enflammées du Maroc et de l'Espagne saturent de sombres accords et de cris éclatants le portrait le plus bref, le paysage le plus sommaire, la décoration la plus fortement inscrite dans quelques lignes directrices et quelques tons dominants, témoigneraient chez Matisse d'une volonté didactique qui manque tout à fait à Bonnard, si l'on ne découvrait en lui, en fin de compte, une seconde ingénuité qui n'est qu'une conquête progressive de ses éléments d'équilibre personnels. Sans doute, ici, la gaucherie semble voulue. Mais c'est qu'elle exprime un désir à la fois lucide et passionné de réunir les matériaux harmoniques dispersés dans nos besoins. Toutes choses, ici, sont réduites à l'indi-

cation essentielle de leur structure colorée, ce qui fait qu'elles prennent, dans le silence unanime, un éclat inattendu. Chacune devient un symbole direct, concret et volontaire d'une idée centrale qui préside au choix et à l'association des tons, à la disposition et à la direction des lignes. Que ce soit un portrait, une nature morte, un paysage, ou bien des femmes nues dansant, l'arabesque est toujours là, dominatrice, pour diriger, maîtriser, nuancer ou subtiliser l'harmonie qu'elle rythme, et dont elle joue comme un archet de la sono-

103

103. Matisse. Étretat (Coll. particulière). *Ph. Galerie Bernheim-Jeune.*

rité des ondes sur la corde qu'il renfle et tend. « La nature » est assez loin. L'artiste impose son système avec une telle rigueur, tant d'exactitude et de logique dans les rapports de ses somptueux éléments, qu'il crée un univers plastique du plus riche accent.

Le reproche capital qu'on peut adresser à l'art de Matisse, c'est qu'il ignore presque la troisième dimension. Ce sont des surfaces peintes — non pas en teintes plates, certes, car rien n'est plus subtil que ses modulations et ses passages colorés, mais qui ne se soucient guère des matières, des contours et des profondeurs. C'est en somme l'aboutissant extrême — et logique — de la peinture de Manet. Celui-ci se soumettait encore sinon au ton local, du moins aux masses harmoniques qui traduisent l'expression colorée donnée par l'objet. Matisse est parti des tons clairs, sans ombres ni demi-teintes, dont le peintre de l'*Olympia* révélait la force, pour substituer à l'impression colorée qu'ils donnent une expression chromatique arbitraire, en poussant chacun des éléments qui y concourent à leur degré le plus haut de saturation. Peinture substituant partout le plan intellectuel au plan sensible et instaurant les méthodes des décorateurs asiatiques parmi nous.

Du moins, en ce sens-là, ne pouvait-on aller plus loin. Ce sont des harmonies magiques, dont le caractère absolu n'admet pas de résistance. C'est peut-être bien là ce qu'on a apporté de plus neuf, depuis l'impressionnisme, dans la peinture d'Occident. Cet art a exercé une grande influence, non seulement en préparant l'entrée des harmonies orientales dans l'habitude européenne, mais aussi, et surtout, en substituant dans sa plastique, à l'humble étude du motif, un apriorisme harmonique déterminé. Le cubisme, à mon sens, n'est que le transport dans le raisonnement qui s'applique à la forme, des idées de Matisse sur la couleur. Ou plutôt, avec Picasso, Braque et leurs imitateurs plus ou moins heureux, il a obéi, peut-être à son insu, à des préoccupations analogues. Puisqu'il s'agit de « construire » même la couleur, à plus forte raison la forme aura-t-elle ses exigences. En ce sens, Matisse s'est montré un précurseur. Non seulement le cubisme, mais même, me semble-t-il, le purisme, le surréalisme et, en fin de compte les idées nouvelles en architecture, lui doivent autant qu'aux ingénieurs de tous pays, aux architectes abstracteurs d'Autriche et d'Allemagne, aux praticiens des Pays-Bas. Les besoins de l'œil peuvent engendrer des besoins de l'intelligence.

Je crois bien que ce peintre est, pour cela, depuis Cézanne, celui dont les productions font le moins penser au sujet qu'elles représentent. Elles tendent sans lassitude à organiser son univers sous l'angle de la seule peinture, absolument débarrassée de l'attrait sentimental ou pittoresque de l'objet. Au fond, elles n'expriment nul objet. Du moins l'objet n'est-il plus qu'un prétexte à faire naître les organismes neufs qu'un puissant amour de la couleur seul est capable d'imaginer. Et par là, l'objet recréé atteint à une vie infiniment plus générale d'abord, mais aussi, chose inattendue, infiniment plus directe que ce qu'il est censé représenter... Voyez se concentrer sur un fond rouge le jeu des noirs, des gris, des jaunes, ou le jeu des gris, des jaunes, des rouges sur un fond noir, là, étendue abstraite, plane comme une atmosphère liquide, ici miroir où la lumière est absorbée. L'uniformité de ce

104. Matisse. Anémones au miroir noir (Coll. particulière). *Ph. Galerie Bernheim-Jeune.*

fond qui serait, chez un mauvais peintre, le plus banal des procédés connus pour masquer son indigence, devient, entre les mains de Matisse, le plus rare instrument pour manifester la plus volontaire et la plus haute distinction. On croirait *voir* de la musique. Les plus décisives peintures de Matisse me font penser, je le répète, à des porcelaines chinoises, à de durs laques japonais, comme immobilisés sous une eau profonde. Je songe à ces surfaces mates, presque noires ou rouges, où quelque apparition solide surgit

104

105

du silence, fleurs ou visages, dans la solitude ardente de sa propre réalité. Il est bien évident que cela seul, peut-être, je veux dire la lointaine impression qu'il donne de didactisme chromatique à la manière orientale, il ne l'a pas voulu. Mais les formes de sensibilité que l'art d'Extrême-Orient exprime sont entrées si avant dans la raison occidentale, qu'elles déterminent aujourd'hui l'un des aspects les plus splendides de son symbolisme régénéré. Si je connaissais les frontières de l'objet et du sujet, la curiosité du monde s'éteindrait en moi. Le grand style est précisément dans leur rencontre secrète et l'impossibilité où nous

106

sommes d'en situer le lieu. Et c'est cela, je le crois bien, qui donne à la peinture de Matisse une majesté décorative qu'elle est à peu près la seule, alors que presque toute la peinture de son époque tendait à la décoration, à posséder aujourd'hui. Le pittoresque et l'anecdote s'en écartent. La musique s'en élève, dans un silence absolu.

Grande leçon, qui commence à Cézanne, et que
bien peu ont su entendre. La peinture de Dunoyer de 105
Segonzac, sombre et sourde, et d'ailleurs moins déco-
rative, surtout celle de Charles Pequin, plus tradi- 106
tionnelle d'apparences, me donnent seules aujour-

105. Dunoyer de Segonzac. Les buveurs (Musée national d'Art moderne). *Ph. Musées nationaux.* — 106. Charles Pequin. Nature morte (Coll. particulière).

107

d'hui cette impression immédiatement musicale, mais alors moins éclatante, voilée comme une musique de chambre que le premier fait serpenter en arabesques sensuelles et où montent, chez le second, les puretés et les sonorités du violoncelle sur une masse harmonique solide comme un monument. Avec celui-là, une matière ardente, mêlée de boue et d'un peu d'or, tord l'expression comme une argile que l'encre de Chine effile en longues flammes grêles dans les rameaux d'hiver. Avec celui-ci, une émouvante qualité qui paraissait presque perdue depuis Chardin et qu'on ne retrouve à ce degré que chez Cézanne, reparaît dans

107. Despiau. Jeune femme. Bronze, *détail* (Coll. particulière). *Ph. Bulloz.*

la peinture : on dirait que la couleur, en mûrissant, sature du dedans la forme qui de son côté modèle, pour ainsi dire, la couleur. La lumière, les reflets, les ombres jouent dans l'épaisseur même de la matière pour l'incorporer au mouvement des masses cherchant leur propre profondeur. Échanges intérieurs, presque poignants dans leur intensité sans défaillance, qui maintiennent les droits de l'imagination sensuelle dans cette forme « construite » que tous cherchent de nos jours, et dont le rôle récent du cubisme est d'entretenir le besoin dans les intelligences. Charles Pequin, comme Segonzac, représente la mesure française, dont nous ignorons l'avenir devant la présente invasion des idées et des sensibilités étrangères. Si l'art français ne retrouve pas son chemin, il conviendra de chercher ailleurs les responsabilités d'une catastrophe dont l'impressionnisme et ses suites sont à la source, malgré leur séduction particulière et leur nécessité générale, ce que Cézanne, Renoir, Seurat, parce qu'issus de lui, ont parfaitement aperçu. Le même danger, avec Rodin, avait menacé la sculpture, d'ailleurs plus apte à réagir, par sa faculté de limitation d'une vision nécessairement objective, contre les dangers de l'impression pure — et ce fut le rôle de Maillol, surtout de Despiau, ce pur imagier
de France, résumant dans ses visages denses où 107
l'expression typique seule survit à l'impression première et à l'analyse la plus minutieuse, la tendance constructive du monde nouveau qui s'annonce dans les événements et les esprits. Avant eux, le sculpteur Pompon avait fourni le témoignage de cette vertu que possèdent les hommes simples ou ceux qui parviennent à conquérir la simplicité sur la culture, et

quelquefois par la culture, de remonter aux sources de l'émotion vivante et de les soumettre à la mesure de l'intelligence et du bon sens. Sa vision par masses expressives, succédant aux plans expressifs de Barye, dénonce une étape essentielle, le passage du dynamisme dramatique qui définit l'individu à la stabilité sociale, et pour tout dire de la peinture introduite par Rodin dans les surfaces de la pierre et du bronze, aux rythmes architecturaux.

108 L'art de Marquet, sur qui Matisse a si fortement pesé, tout au moins à ses débuts, avait peut-être été le premier pas dans cette direction qui tend à rejoindre, par le redressement révolutionnaire du vaisseau désemparé, la tradition nationale de mesure dans le lyrisme et de simplicité dans l'expression qu'on retrouve en ce pays chez les grands comme chez les petits maîtres, de Fouquet à Corot en passant par Ingres parfois, par Joseph Vernet, Chardin, Louis-Gabriel Moreau, Claude Lorrain et Poussin toujours. Si l'on tenait absolument à découvrir les origines de Marquet, c'est là qu'il faudrait les chercher. Mais l'art classique est dans l'accord de la faculté de sentir et de la faculté de comprendre, et non dans telle ou telle façon de peindre ou de dessiner. Les origines de Marquet, ce sont les quais, les ponts, la rivière, les rues monotones qui s'ouvrent avec leurs étalages, leurs enseignes, leurs drapeaux et la route du ciel entre les berges des toitures. Est-ce ingénuité, est-ce adresse? Paysage de terre, ou de ville, ou de mer, le moyen est toujours si simple qu'il disparaît. S'il supprime ce qui le gêne ou accentue ce qui le touche, nul ne le voit.

On sent bien qu'une pareille intelligence des choses ne va pas sans une profonde, intime, vivante

108

108. Marquet. Notre-Dame (Coll. particulière). *Ph. Musées nationaux.*

culture. Mais il ne la livre jamais. Pas plus que ses goûts pittoresques. Il semble plus épris des ciels de brume et de fumée, de la neige, de l'eau dormante, des lieux où l'aventure de l'homme moderne se déroule entre la porte de l'usine et celle de l'assommoir. Mais il est aussi chez lui dans ce Paris de la Cité où Notre-Dame et son chevet, les quais, les ponts, le fleuve canalisé semblent imposer au ciel même, aux nuages, à la lumière aérienne et dorée partout répandue, l'harmonie, la clarté concrète, la distribution logique et la mesure sans apprêt. Et il a pénétré avec autorité dans l'opale blonde qui enferme les mers du Nord. Et il est fort à l'aise dans la flamme qui tremble autour des mâts, des cheminées, des oriflammes sur les rades du soleil. Aisance trop souvent faite, je sais bien, d'une méconnaissance désinvolte des dessous architectoniques, mais qu'excuse la justesse saisissante de la vision. Les valeurs balbutient, mais elles sont si sûres qu'elles transportent dans la peinture, exacts, l'enfoncement de la ville et de la planète et la dégradation du ciel. Quelquefois les maisons chancellent, les routes vont de travers. Un brusque changement de ton sur le même quai, le même pont, le même fleuve, crèverait la toile s'il n'y jetait précisément la vie et si la construction approximative et l'impeccable valeur ne lui imposaient l'unité. On dirait que des éléments naturels se cherchent, se soudent gauchement les uns aux autres et s'essaient, comme étayés et rivés par une force intérieure, à quelque équilibre naissant. L'art d'Utrillo, je pense, dérive d'une vision voisine de celle-là, mais plus primitive, plus ignorante des traditions et des influences ambiantes, singulière de spontanéité, de familiarité, et, sinon de fraîcheur, du moins d'innocence. Innocence symptomatique, au plus haut degré, de cet instinct de « l'humain » qui lutte aujourd'hui, sur tous les terrains, avec l'intelligence trop aiguë et trop subtile qui régnait sur les cénacles artistiques depuis le début de ce siècle-ci.

Il peint des maisons, humbles le plus souvent, et les premières venues, celles devant lesquelles il passe au cours de ses vagabondages. Car c'est un vagabond, comme Modigliani. Et il les peint avec une application ingénue, et il se dégage de là une pureté étrange. La matière, attentive et tendre, la couleur discrète, l'harmonie effacée, parfois relevée d'accents vifs, hommages d'une âme chaste au fond, mais impulsive, à la vie sensuelle du monde, s'organisent spontanément en mélodies d'une saveur mystérieuse, comme si quelque chœur de vierges montait de derrière ces murs blanchâtres ou barbouillés de vert-de-gris où des enseignes naïves mettent des taches bleues ou rouges. Innocence, ai-je dit, qui offre un contraste extraordinaire, et par là significatif, avec l'acuité intellectuelle et l'adresse de la plupart des hommes d'aujourd'hui et dont Picasso et ses disciples, le cubisme, Matisse et ses émules, le surréalisme, le purisme forment le pôle opposé. Fatigué d'abstraire, l'homme se cherche aux profondeurs de son instinct, et laisse l'inconscient parler. L'homme de France comme celui d'ailleurs. De là le succès du Douanier, et le douanier lui-même, et son réel génie. De là Modigliani, dont quelque breuvage frelaté, pourtant, semble alimenter parfois l'ivresse ingénue et sauvage. De là la suave Marie Laurencin, la charmante Thérèse Debains, Maria Blanchard et ses visions aussi directes que tragiques, beaucoup d'autres peintres femmes dont, par malheur, il convient trop souvent de considérer avec circonspection l'affectation de pureté. De là, dans une certaine mesure Soutine, qu'on a rapproché de Rouault et qui est assez exactement, pour qui sait voir, à ses antipodes.

Ce sont les plus purs d'entre les êtres qui retrouvent, par le chemin de la matière, l'horizon de l'Esprit. Ils peignent ce qu'ils voient, avec une sincérité parfois poignante. Et celui-là, en vivant dans la rue, en ne peignant qu'elle, a peut-être montré la voie plus directement que Rousseau, vieux romantique qui s'ignore, plus ingénument que Cézanne, cet archange de la peinture portant l'Esprit comme une épée, et dont la volonté transforme une pomme en quelque substance surnaturelle où la matière n'est plus que le signe de l'universel, et avec moins de virtuosité que Renoir qui recrée, comme en se jouant, un univers inédit. La vie et la peinture d'Utrillo ne font qu'une, par bonheur souvent, par malheur parfois.

IV

Voici donc quelques œuvres authentiques que les tendances intellectualistes prétendaient déposséder de la direction des esprits — je parle des plus directement issus de l'impressionnisme, car il me semble que pour des isolés tels que Charles Pequin ou Segonzac, Pompon ou Despiau, aucune des critiques qu'adressent à ces œuvres les « constructeurs » les plus intransigeants ne peut les atteindre, et les laisse sur la route qui va de Cézanne à Derain. En effet, toute la peinture, toute la sculpture depuis vingt ans, tourne

autour de l'indifférence de Cézanne et de Renoir à ce qui n'est pas l'expression plastique pour elle-même, premier degré d'un sentiment de subordination générale à quelque monument impersonnel que nous n'apercevons pas, mais qu'avec eux et en même temps qu'eux, en plein impressionnisme, en plein natu-
ralisme, d'autres, comme Henri Rousseau, ébauchaient 109
grossièrement sans s'en rendre compte, ou comme 110
Georges Seurat, essayaient déjà, avec une conscience 111
aiguë, de bâtir sous tous ses profils. La candeur 112
intacte de l'un, la souveraine intelligence qui ne cesse, 61
chez l'autre, d'organiser et de spiritualiser ses dons, semblent pénétrer, de nos jours, l'action commune des deux maîtres en qui se résume l'effort du XIXe siècle français pour donner, avec elle, une forte ossature plastique à ce sentiment : je persiste à croire que ni Bonnard, ni surtout Matisse n'en contrarient la manifestation et qu'ils ont, au contraire, en achevant de libérer la sensation poétique et la sensation chromatique, contribué à déblayer la route aux plus singuliers novateurs. Ne considérait-on pas hier encore, en effet, Seurat comme un dissociateur néo-impressionniste, dont quelques-uns à peine — et je n'étais pas du nombre — apercevaient la pureté et le calme des rythmes, libres et cadencés comme des figures de danse, le génie de transposition qui assure à une époque particulièrement dénuée de bon sens, d'équilibre et d'harmonie une unité décorative et plastique où l'événement disparaît, et la puissance mâle à se représenter l'univers le plus pittoresque, et même le plus vulgaire, sous des aspects monumentaux?

Ce sentiment-là n'a de nouveau que son unanimité. La renaissance, depuis un siècle, de la grande

109

décoration, l'annonçait à l'insu de tous. Et de ce que les peintres d'aujourd'hui repoussent toute intention décorative, il ne faut pas en conclure que ces deux mouvements s'opposent. Le décor, lui aussi, est subordination. Mais les décorateurs du dernier siècle n'avaient pas compris et n'eussent pu comprendre que les édifices contemporains n'étaient pas bâtis pour eux, qu'ils survivaient à une époque périmée et précédaient une autre époque dont le style, aujourd'hui même, n'est pas né : noble ambition, portant à faux, tentative isolée, non pas extérieure à la peinture — il suffit de citer Delacroix et Chassériau — mais étrangère aux préoccupations et aux moyens de la plupart des peintres d'alors. Cependant la peinture allait prendre, indépendamment même de sa destination, des allures décoratives. L'objet pour l'objet reculait, restât-il le seul prétexte de la sculpture ou du tableau. Et c'est surtout, phénomène essentiel, chez les plus frustes et les plus cultivés des artistes qu'on trouvait ces tendances-là. On les surprenait déjà il y a trente ou quarante ans chez Henri Rousseau lui-même, contemporain sans le savoir de Puvis, de

110

Redon, de Cézanne, vieil innocent, vrai primitif, Giotto sans métier ni culture, douanier certes, et sans doute aussi inapte à bien tenir cette fonction que celle d'académicien, mais hanté de paysages tropicaux si drus, si purs, si frais, si pleins d'éclat et de candeur, si loin de nous, si proches des paradis imaginaires et des jardins miraculeux que tout pâlit parfois devant leur humilité, peintures outrancières, plantes vertes, tapis d'Orient. Elles éclataient chez tous les néo-impressionnistes obstinés ou repentants, chez Seurat le premier avec sa faculté grandiose d'imprimer à ses

Henri Rousseau. 109. Pastorale (Coll. particulière). *Ph. Druet.* — 110. Le pont de Grenelle (Coll. particulière). *Ph. Musées nationaux.*

« sujets » naturalistes un aspect architectural, chez H.-E. Cross, de si charmante et poétique ferveur, chez Signac, tapissier prestigieux tissant, avec la lumière solaire, les ciels, les airs, les vagues et les mâts, et qui ne craignait pas de voir, dans la division des

112

touches, l'instrument même de la décoration. Chez J.-P. Lafitte, une gangue dure étouffait leur sève brûlante, que la guerre a tarie. Chez La Fresnaye, chez La Patellière, on suivait leur désir d'introduire dans les rythmes décoratifs les réalisations classiques de la matière et de la forme, avec plus d'invention chez l'un, plus de réminiscences, mais aussi de sensualité chez l'autre. On les respectait chez Maurice Denis, didactiques, autoritaires, décidées à recréer de toutes pièces un classicisme, obstinément tournées vers la culture alors que partout éclatent l'inquiétude et

Seurat. 111. Le quai, dessin (Coll. particulière). *Ph. Galerie Bernheim-Jeune.* — 112. L'île de la Grande-Jatte (Chicago, Art Institute). *Ph. Musées nationaux.*

l'invention. On les a vues, chez Pierre Fauconnet, résolues à quitter les cadres de la toile, à faire appel aux accessoires de théâtre, à envahir le costume, à répandre sur la vie sociale et mondaine que Raoul
113 Dufy, de son côté, impressionne de son lyrisme à la fois profus et serré, une fantaisie tournoyante et

113

ordonnée comme une danse. On les retrouve chez les plus novateurs des jeunes peintres, ce sont elles qui donnent aux peintures de Dufresne leur aspect de tapis fourmillants et somptueux. On les accepte, aboutissant ici à un archaïsme voulu, obsédantes, douloureuses presque, acharnées à introduire le roman-
114 tisme dans la nouvelle maison, chez Bourdelle, le
115 seul artiste d'aujourd'hui à posséder l'instinct du
116 symbolisme supérieur, plein de flamme, mais de fumée
117 et s'exprimant dans une langue qui n'est pas toujours à lui, errant, dans son tourment intime, des gothiques

113. Raoul Dufy. Maisons (Coll. particulière). *Ph. Galerie Bernheim-Jeune.* — Bourdelle. 114. Panneau décoratif, *détail* (Théâtre des Champs-Élysées). *Ph. Musées nationaux.* — 115. Léda, fresque (Théâtre des Champs-Élysées). *Ph. Coll. Jean Ségalat.*

114

115

116

117

116, 117. Bourdelle. Panneau décoratif, *détails* (Théâtre des Champs-Élysées). *Ph. Marc Lavrillier et Musées nationaux.* — 118. Joseph Bernard. Bacchante. *Ph. Giraudon.*

à Michel-Ange, d'Ingres et de Carpeaux à Rodin, des Assyriens aux Indous, et des Égyptiens aux Grecs : cependant, ici, — fresque ou sculpture — d'une force lyrique où la pensée, en général accoutumée à se servir d'une autre langue, se tord ou se raidit pour être entendue et donne à l'œuvre entière une tension ardente qui finit par s'imposer. On les surprend dans les lourdes statues de Joseph Bernard, 118
pierres enivrées d'entraîner dans leur ascension la densité et la gaucherie de la pierre, dressant une ébauche archaïque des images du jeu, de l'innocence et de l'amour. On les admire, robustes, sortant de terre avec des fruits au creux des mains, dures et rondes, modelées comme une colonne, dans la sculpture de Maillol, qui symboliserait assez fidèlement la 119
naissance d'une saison, si l'indéterminé, la rumeur 120
indécise, l'amour imprécis et sensuel des colorations orientales, de la musique et de la danse, ne l'exprimaient d'une manière plus directe et plus diffuse à la fois (*b*).

118

120

Maillol. 119. Vénus, bronze (Marly-le-Roi). *Ph. Brassaï.* — 120. L'Isle de France.

V

L'imagination des peuples énervés tourne, en effet, autour d'une invisible flamme dont le foyer est à Paris et où chacun d'eux jette fiévreusement les trésors et les déchets de sa vieille âme. En dehors de quelques apports étrangers dont la Hollande — depuis bien des années déjà avec Jongkind, surtout avec Van Gogh, aujourd'hui avec le bestial et resplendissant Van Dongen — et l'Espagne — naguère avec le sauvage et solitaire Regoyos avec Julio Antonio, Romain de Sagonte, mort presque enfant, vaincu par le poids de ses bronzes, plus tard avec le monotone, candide, âpre et pervers Iturrino, avec le tantôt génial et tantôt adroit Picasso — , ont fourni la meilleure part, la peinture française seule persistait hier dans la dispute des écoles. Mais, malgré les efforts héroïques des derniers d'entre ceux qui, justement, avaient attiré l'attention sur elle, elle perdait pied peu à peu. Il est bien évident que si un art mondial surgit, c'est à Paris que le noyau s'y sera formé et nourri, mais non moins évident qu'il absorbera la substance de ce que notre XIXe siècle lui aura fourni. Hors lui, il n'y a rien eu, ou à peu près rien, en Europe. L'art allemand qui a compté, à la fin du dernier siècle quelques peintres intéressants comme Blechen, Leibl, Lugo, Liebermann — feudataire de l'impressionnisme français — , Marées, s'est développé seul, guindé et didactique, hors du mouvement symphonique dont la France était le centre, et son « expressionnisme » (1) ne dénonce qu'un mouvement social

(1) Le dit « expressionnisme » n'est peut-être qu'une transposition de l'état d'esprit impressionniste passant, si l'on me pardonne ces termes barbares, de l'objectivisme français dans le subjectivisme

où le seul Kokoschka semble ébaucher, dans sa 121
matière boueuse, des réalisations qui comptent —
caractère exaspéré, violence chaotique, « expression »
forcée certes, mais dont la fougue offre une assez
forte saveur. Le Suisse Hodler fut un vigoureux pro-
fesseur. L'art belge, depuis Meunier, n'a guère donné
qu'un isolé, James Ensor, qui ressuscite, en formes 122
grêles et en pâles harmonies, l'esprit funambulesque
de Breughel et de Jérôme Bosch. L'art italien semble
attendre, pour refleurir, le plein effet de l'élan que
prend l'Italie et qui se manifeste surtout par le carac-
tère tranchant des formes de son architecture indus-
trielle ou navale telles que l'Amérique seule en trouve
d'aussi décisives. Modigliani, poète fiévreux des mains, 123
des corps, des visages de femmes saisis en coulées 124
ardentes, légères, — torsions, déformations, chairs,
regards hallucinatoires, énergique grâce italienne resur-
gissant, décomposée par le ferment sémite, après deux
siècles de sommeil, — est mort trop tôt pour qu'on
puisse tirer de son apparition furtive un enseignement
positif.

Au fond, dans le monde entier comme en France, on ne peut plus guère observer pour le moment, en matière artistique, que des manifestations individuelles reflétant l'anarchie totale des esprits. La peinture, expression individualiste par excellence, attend, pour repartir sur des bases nouvelles ou faire place à des formules plus directement exigées par l'évolution

allemand, et du plan plastique dans le plan musical. L'impressionnisme, du moins à ses débuts, prétendait s'exprimer n'importe comment, pourvu que l'impression fût juste. L'expressionnisme enseigne qu'il faut s'exprimer n'importe comment, pourvu que l'expression soit personnelle. Le surréalisme allemand et, après lui, le photo-montage d'Heartfield, semble être né de son confluent avec le cinématographe.

sociale où l'individu tend à se soumettre à l'intérêt général, la transformation radicale de l'ordre économique. Chez certains peuples particulièrement novateurs en ces matières, un art populaire paraît sur le point de surgir. Au Mexique, par exemple, un peintre
125 formé à Paris, Diego Rivera, couvre les murs de fresques rutilantes où éclate une imagination inépuisable, une abondance d'invention, une richesse de sujets et de symboles dont on pourrait comparer la vigueur aux compositions d'un Moyen Age italien dont les valeurs morales seraient tout à fait renversées. Sous son influence grandit une école d'artisans décorateurs, issus des milieux ouvriers et indiens, d'une extrême fraîcheur et vivacité de sentiments qu'un autre fresquiste puissant, Orozco, inspire aussi pour un avenir qui sera sans doute fécond, si l'évolution sociale le favorise. C'est une question de terrain. Les essais russes de cubisme collectif eux-mêmes n'ont pas encore trouvé dans la nouvelle organisation politique des

121

122 ▸

121. Kokoschka. Son portrait (Avec l'autorisation de Paul Cassirer, Berlin). — 122. James Ensor. Masques (Bruxelles, Musée royal des Beaux-Arts). *Ph. A. C. I.*

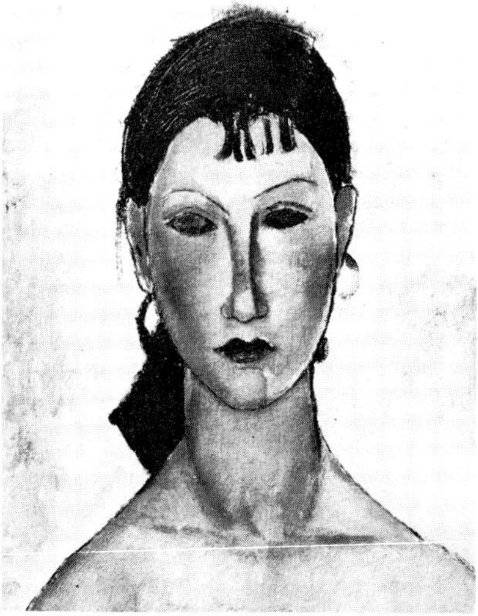

123

124

cadres assez profondément fixés dans les mœurs et les âmes pour donner naissance à des constructions vraiment originales. La preuve en est dans les réalisations architecturales actuelles qui ne sont, comme à l'époque de la Révolution française, que des hybrides grandiloquents où l'antiquité, la renaissance et l'idéologie courante sont mises à contribution. On ne peut douter qu'une destinée artistique attende ce grand peuple, dont le passé musical et littéraire est si émouvant, mais il n'est pas d'exemple qu'un mouvement aussi unanime et aussi profond que celui qui le soulève n'exige deux ou trois générations pour s'organiser vraiment dans les esprits et se manifester dans les œuvres. Peut-être est-on en droit de s'attendre, sur ce terrain-là, à un essai d'accord entre l'Europe et l'Asie, entre la musique et la forme, entre les mouvements secrets d'un dynamisme psychologique inépuisable et les abstractions les plus arides des sciences de la mécanique et de la construction. Dostoïewsky pénètre de partout l'inconnu prodigieux du devenir *cinégraphique*, danse silencieuse des rythmes de la durée et de l'espace, de la lumière désormais maniée comme un être vivant et de la forme réelle en mouvement normal, ou accéléré, ou ralenti, nous révélant sans arrêt des aspects de l'univers et de nous-mêmes que nous ne soupçonnions pas. Comme jadis par ses musiciens nostalgiques et ses romanciers immenses, comme naguère par les ballets et Strawinsky, l'âme russe nous atteint non seulement par le document cinégraphique et l'écho d'une idée sociale formidable en voie de réalisation, mais aussi par des missionnaires en peinture qui jouent, dans le foyer parisien, un rôle de ferment insinuant, presque inaperçu, du moins

Modigliani. 123. Jeune fille, *détail* (Coll. particulière). *Ph. Giraudon.* — 124. Nu (Coll. particulière). *Ph. Laniepce.*

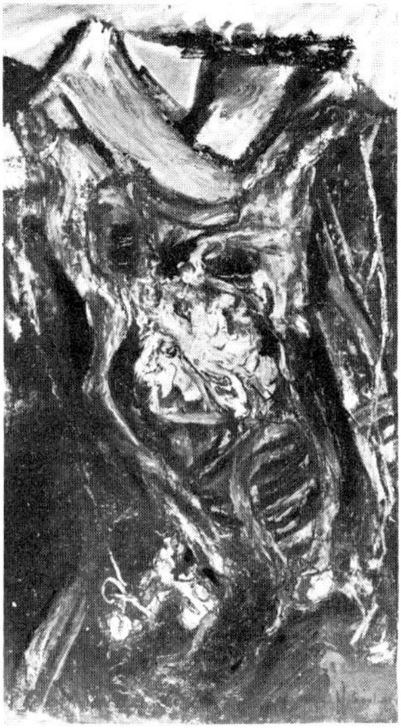
126

de la grande majorité des peintres inaptes à comprendre leur art quand il ne répond pas à quelque recette commode qui leur épargne les angoisses de la pensée et les expériences de l'émotion.

Je songe à cet étrange Soutine, ivre et tâtonnant 126
éperdu dans son univers coloré où la forme, en appa- 127
rence chaotique, s'organise peu à peu dans la vision 128
encore trouble d'un des plus puissants génies symphoniques qui furent sans doute jamais. Peinture semblable à du feu, terres, ciels, arbres, viandes écorchées pareils à des joyaux broyés, pourtant de profonde matière, gorgée de sang, gonflée de sucs en fermentation crépi-

125. Diego Rivera. Fresque, *détail* (Mexico). — 126. Soutine. Bœuf écorché (Coll. particulière). *Ph. Giraudon.*

127

tante, mais spiritualisée sans effort du fait de sa réalité même transposée par la passion. Réapparition sur la toile ignorant les valeurs et les perspectives, les proportions, la mise en page, des épaisseurs palpitantes de la troisième dimension. Peinture sombre, qui détruit l'équivoque sur laquelle nous vivons depuis cinquante ans, et qui accordait aux seuls tons clairs le rayonnement et l'éclat. Peinture sombre, mais qui illumine l'obscurité de coruscations et de flammes. L'antithèse de Matisse, je le crois bien. Et beaucoup plus démonstrative que l'œuvre de cet inquiétant
129 Chagall, Russe comme Soutine, Juif comme Soutine

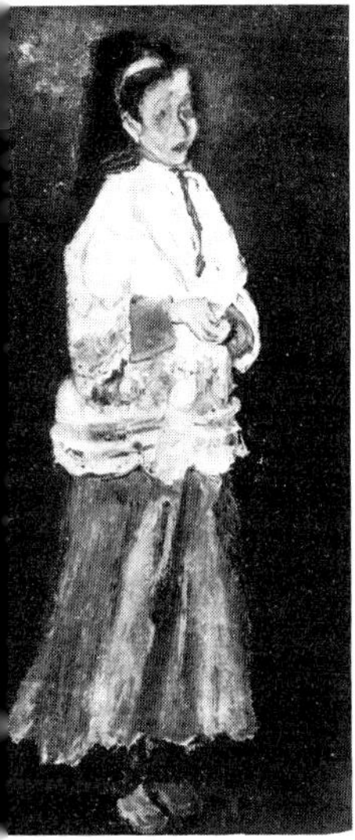

128

129

et Modigliani, apportant comme eux dans la peinture ce génie de dissociation qui fait le Juif si utile et si redoutable et transportant dans un plan imaginaire les images mêlées de la durée et de l'espace : gageure réussie, mais à la vérité bien plus sur le mode littéraire que sur le mode plastique, et qui remédie à la destruction de la composition ancienne et des vieux symboles formels par les rapports chromatiques de ses gouaches, surtout de ses eaux-fortes où déferlent des harmonies chatoyantes que ses origines orientales expliquent suffisamment. C'est à ces mêmes besoins de dissociation des éléments harmoniques désuets qu'il faut

Soutine. 127. Paysage de Céret (Coll. particulière). *Ph. Giraudon.* — 128. L'enfant de chœur (Coll. particulière). *Ph. Giraudon.* — 129. Chagall. Le violoniste vert (New York). *Ph. Giraudon.*

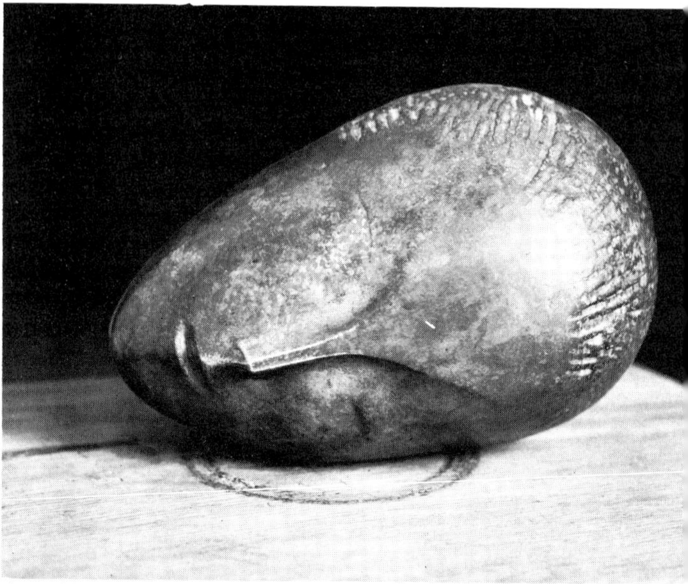

130

131

rattacher les œuvres de certains sculpteurs, Brancusi, par exemple, ou Lipchitz — Juif aussi — dont les conceptions de la forme, vue là par les volumes globaux et ici par les arêtes dynamiques que ses fonctions et ses mouvements déterminent, ont exercé un rôle si important dans l'orientation des esprits.

C'est assez pour qu'on surprenne à chaque pas, dans la peinture des artistes étrangers éduqués par l'école française du XIXe siècle et réagissant à leur tour sur les artistes français, tant de phénomènes contradictoires, mais communs. La forme, chez les plus inquiets, prend une instabilité qui fait penser à celle des organismes primitifs (*c*). Chez les plus volontaires, une rigidité correspondante aux images arrêtées de l'abstraction géométrique (*d*). Là, il s'agit de faire entrer l'expression de la durée dans l'unique plan de l'espace dont la peinture dispose. Ici, d'exprimer sur ce seul plan toutes les dimensions
de l'espace... Braque, Français de France, qui tire 136
de ses associations rythmiques de noirs, de gris, de 137
verts, des sonorités admirables, Picasso, Espagnol 132
d'Andalousie, en qui dure le rêve arabe et sa pour- 133
suite de la forme idéographique à travers les formes 134
naturelles réduites à leur figuration géométrique, 135
tentent pour la première fois, en Europe, de créer un univers sans contact avec le réel, sous prétexte de mettre en évidence une dimension dont la « valeur », si je conçois bien les choses, exprime déjà ce qui peut s'en exprimer sur une surface plane. L' « équivalence plastique » existe depuis longtemps. C'est d'abord l'architecture, puis le meuble, le pot, puis le décor géométrique, l'arabesque, le tapis. Elle peut coexister avec la « transposition » plastique, l'encadrer, la

130. Brancusi. La muse endormie (Musée national d'Art moderne). *Ph. Marc Vaux.* — 131. Lipchitz. La jeune fille à la tresse (Coll. particulière). *Ph. Giraudon.*

132

compléter, l'influencer. Elle ne peut la remplacer

Cependant, avec Picasso qui ne s'y cantonne pas, tourne autour, en sort, y revient, s'en sert comme d'un instrument de plus dans son orchestre, et qui s'est gardé de la commenter et même de la baptiser — *cubisme*, comme *impressionnisme*, fut tout d'abord un sarcasme —, le mouvement a rompu ses digues étroites pour retentir de proche en proche sur toute la sensibilité, toute la pensée, toute l'énergie d'aujourd'hui. L'inquiétude de Picasso est l'un des plus ardents levains de la fièvre contemporaine. Inquiétude nomade, mais féconde, qui agite toutes les sources,

Picasso. 132. L'athlète. (Coll. particulière). *Ph. Giraudon.* — 133. Danseuses, dessin (Coll. particulière). *Ph. Rosenberg.* — 134. Repos des moissonneurs, dessin (New York, Museum of Modern Art). *Ph. Rosenberg.*

133

134

135

136

et leurs vases, et leurs algues fleuries, danse périlleuse de l'intelligence cherchant des équilibres inouïs sur les sommets les plus aigus de la sensation, renonçant soudain à tel jeu pour se lancer dans tel autre, œuvre incertaine et par là même dramatique, admirable par éclairs, décevante assez souvent. Impressionnante toujours, par son souci du caractère, sa tension constante vers le style et la pureté de la forme débarrassée d'incidentes, son désir désintéressé de trouver dans les ondulations, les renflements, les effilements, les contrastes des lignes, la loi de structure des masses qu'elles symbolisent, la loi de continuité des ensembles

137

monumentaux que leur assemblage constitue pour la danse, le jeu, la nage, le repos au bord de la mer. D'une importance singulière, puisqu'elle démontre en jouant que ce qu'on appelait jadis « composition » est un système d'équilibre, une forme générale que les lignes ondulantes ramènent constamment autour d'un point central qui est le « sujet » véritable, langues et couronnes de flammes issues d'un même foyer. Confiantes, ouvrant l'espoir à tant de peintres, par sa réhabilitation si libre de la fantaisie, de l'invention, de la poésie dans la peinture, ses voltes ivres et lucides sur la pointe du crayon, ses édifices imprévus

135. Picasso. Femme à la guitare (New York, Museum of Modern Art). *Ph. Giraudon.* — Braque. 136. Jeune fille à la guitare (Musée national d'Art moderne.) *Ph. Giraudon.* — 137. Port (Coll. particulière). *Ph. Giraudon.*

mais logiques comme une danse. Inattendue, d'ailleurs, ne laissant pas à l'attention une seconde de répit par son évolution sans arrêt, ses sautes brusques, ses bizarreries, ses gageures, ses fantasques lubies et son inflexible raison. Essentielle pourtant par sa rupture définitive avec l'impressionnisme que Cézanne, Renoir, Seurat avaient fait rentrer dans la grande tradition picturale en gardant toutes ses conquêtes, mais qui empêchait encore chez tous ses descendants l'invention architectonique et l'imagination plastique de se manifester. Dangereuse aussi, par son errance infatigable entre la peinture de musée et l'illustration de magazine, — spectacles de cirque ou de bohème, visions lugubres, parfois cocasses, fantômes, pantins désossés, faces de fièvre et de famine, formes surprenantes mais savantes qui se sont écartées très vite, par leur souci constant de style et d'écriture, de la ligne funambulesque ouverte en France par Daumier, effleurée par Manet, Cézanne, reprise par Degas, Toulouse-Lautrec, Seurat, portée de nos jours par
138 Rouault, dans la boue sanglante de ses peintures, à son paroxysme de caractère, de tragique sombre et burlesque, de tristesse et d'horreur. Dangereuse pour ceux que fascinent les tours de force, dangereuse peut-être pour celui qui les exécute et semble — je dis semble — avoir quelquefois renoncé à n'être qu'un grand peintre pour suivre l'imitation dans les gestes et la surprise dans les yeux.

Car voici qu'autour d'elle on anathématise, on prêche, on didactise, on dogmatise. On apporte la vérité. On se querelle, comme aux plus beaux temps de l'École, sur la prééminence de la forme ou de la couleur. On perd son temps à maudire ou à travestir

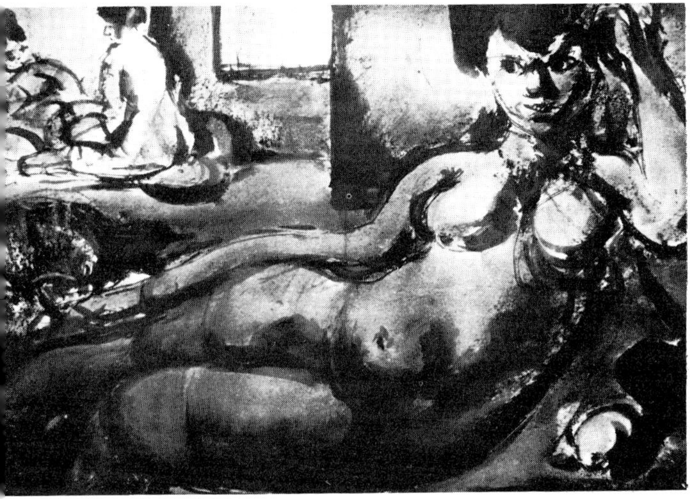

138

l' « impressionnisme », qui n'est que cendre cependant. Et comme on dit qu'il faut « construire », chacun propose son plan. On déforme systématiquement, comme, autrefois, on idéalisait systématiquement, substituant de la sorte avec ingénuité, même alors qu'on maudit le romantisme, un académisme romantique à l'académisme classique. On épuise tour à tour, en quelques mois, l'enseignement des grandes choses mortes qui mirent vingt siècles à évoluer. Le Nègre remplace le Grec dans les préoccupations d'un doctrinarisme nouveau. Le pompier héroïque jette le casque avec dégoût pour saisir gravement le tam-tam. On se déclare primitif par réaction contre l'adresse uni-

138. Rouault. Femme (Coll. particulière). *Ph. Druet.*

verselle, archaïsant pour obéir aux exigences d'une culture à la fois lasse de sa science et avide d'en tirer des conclusions synthétisées. On oublie qu'un système ne suffit pas à créer un grand art, encore moins un grand artiste. Quand on cherche l'ordre, on s'exprime, on ne démontre pas aux autres la manière de l'exprimer.

Il faut ne retenir, de tous ces mouvements confus, que les désirs collectifs qu'ils dénoncent. L'art d'aujourd'hui, malgré les artistes eux-mêmes, encore trop portés à se singulariser malgré tout, proteste à son

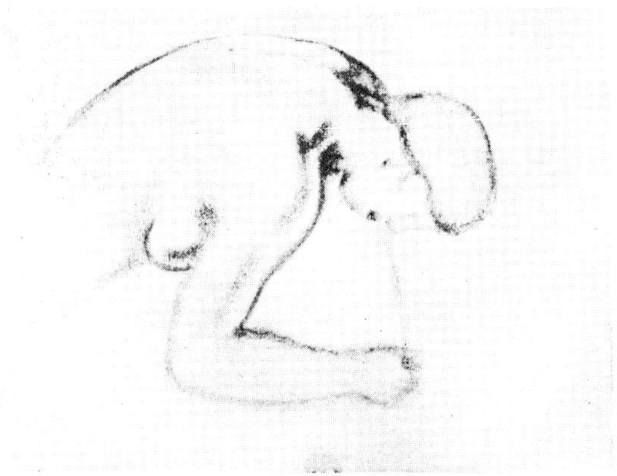

139

insu contre cet individualisme échappé à sa propre discipline, où sombre une partie de l'Europe moderne après y avoir trouvé l'un de ses plus beaux élans. Un ordre intellectuel nouveau s'annonce. Et l'effort « constructif » du cubisme peut être regardé, en ce sens, comme un symptôme émouvant. Décoratif en soi,

il ruine la décoration pour instaurer l'architecture.
Là est le vrai nœud du problème, que l'architecte résoudra, mais que quelques œuvres peintes, ou sculptées, après avoir assimilé, en quelques années redoutables, l'immense apport des arts orientaux qui voient par grandes masses et purs profils, posent déjà dans la conscience devenante de l'humanité européenne avec une puissance qui ne laisse pas d'impressionner. La « nature » recule désormais au second plan. Elle n'est décidément plus qu'un « dictionnaire », comme

140

Derain. 139. Nu, sanguine (Coll. particulière). *Ph. Coll. Jean Ségalat.* — 140. Paysage (Coll. particulière). *Ph. Giraudon.*

le voulait Delacroix. Le conceptualisme renaît. Ce n'est pas ici le lieu de dire si l'Europe est dans son rôle et n'est pas trop épuisée pour reprendre l'immense travail asiatique de construction d'un univers monumental dressant la forme en soi comme une justification suffisante de la destinée et de l'effort. En tout cas elle le tente, et elle le tente à Paris.

139 André Derain, qui est au centre de ce mouvement
140 décisif, semble réconcilier, dans la durée et l'étendue,
141 les mondes les plus lointains et les plus antagonistes :

141

décors hallucinants, noirs saturés, orangés troubles, 142
nus massifs, portraits profonds et lourds (*e*), paysages vigoureux où se rencontrent et commencent à fusionner le sentiment tragique de l'espace de Sesshiu et des Chinois, le lyrisme attentif du Siennois Lorenzetti, l'imagination ingénue du douanier Rousseau, la densité géologique qui caractérise Corot, tout cela vu comme au travers d'une couche d'eau transparente, un monde madréporique, corallin, cristallisé. C'est à ce peintre puissant, il me semble, qu'aboutit de nos jours non pas seulement l'exemple de Cézanne et de Renoir, mais tout l'effort décoratif qui l'a suivi, tout l'effort constructif surtout, ce sentiment à la fois irrésistible et vague autour duquel Picasso déroulait ses arabesques précises, mais qui toujours, de toutes parts, et chez Picasso lui-même, rencontrait la préoccupation centrale, obsédante, invincible, de subordonner la plastique entière à quelque idée monumentale de la forme, où le souci de l'imiter faisait place à la résolution de comprendre sa structure, sa norme et son sens. Prenez garde d'ailleurs qu'André Derain a eu la force exceptionnelle, dans le tourbillon des systèmes, des influences croisées, des révélations innombrables où nous vivons depuis vingt ans, de ramener tout cela, par un effort lent et large, aux aspects extérieurs et spirituels de son pays où Corot, Delacroix, Barye, Renoir, Claude, Poussin, Fouquet se reconnaîtraient sans peine.

Une unité majestueuse caractérise aujourd'hui la peinture d'André Derain. Elle résout les contradictions incessantes de l'apparence dans l'intuition et la mise en valeur de ce que Baudelaire appelait l'analogie universelle. Un crâne, une contrée où le

141. Derain. Portrait (Coll. particulière, anciennement collection Elie Faure). *Ph. Giraudon.*

squelette du sol se dessine, un arbre, un torse humain nu ou vêtu, obéissent aux mêmes forces, dont l'union de la lumière caressant et de la couleur saturant la surface de leurs volumes, nous révèlent la direction, la simplicité et l'accent. Ses tableaux, maintenant, semblent coulés d'un bloc dans un métal inconnu, coloré du dedans par quelque puissance profonde qui répandrait à la surface de ce bloc son onde sourde pour saturer d'or sombre cette épaule, ce cou, ce front, éclairer cet œil d'une lueur de pierre, faire couler quelque épais flot nocturne dans ces cheveux pesants, parcourir ces rameaux tordus ou cette plaine montueuse du feu central passé dans la sève et dans le rocher. On les dirait sortis d'une forge souterraine, où quelque lave ardente mêlée de bronze roux et d'argent en fusion prendrait, sous le choc des marteaux et le travail des limes, la forme sommaire et compacte qu'aucun accident, aucun incident n'est capable de dissocier. Il y a encore, chez Matisse lui-même, des préoccupations extérieures à la forme, comme on doit l'attendre d'un aussi prestigieux coloriste, quelque pur et désintéressé qu'il soit. Ici, la concentration est devenue presque tragique, et, bien que très française par la mesure, l'harmonie sobre, l'équilibre spontané, — rude, brève, massive comme une idole primitive découverte dans le sol. L'éclectisme qu'on pourrait reprocher à Derain risque peut-être d'atteindre son prestige dans le classement automatique des œuvres que l'avenir effectuera. Il ne diminue pas son rôle dans le mouvement actuel. Il lui donne, au contraire, toute sa signification.

142. Derain. Jeune fille (Coll. particulière). *Ph. Giraudon.* ▸

VI

Certes, il y a un printemps nouveau pour les hommes. Printemps tragique, comme tous les printemps, où le meurtre et le rut agissent afin d'accroître et de multiplier l'énergie de fécondation. J'aperçois dans ces valeurs qui se chevauchent, dans cette peinture brouillée où les formes confusément entraînent les fonds avec elles, où les fonds ne rejoignent l'espace qu'après s'être frottés aux formes pour y recueillir leur écho, comme une genèse ingénue. Nos souvenirs de l'art indou, du *Paradis* de Tintoret, de l'œuvre entière de Rubens, du mythe de l'évolution, l'avènement dans notre amour de la grande musique, Dostoïewsky, Nietzsche, Whitman, et l'architecture essentielle et gauche de Cézanne, et la symphonie peinte reconquise par Renoir, tout signifie l'approche de quelque grand accord inconnu dans ses modes dont ces formes dispersées qui cherchent à se rejoindre sont un appel primitif. L'univers se refait. Le flottement de la valeur plastique correspond à l'indécision de la science, à l'instabilité fondamentale de la vie que les biologistes nous révèlent, et son essai de fixation dans un rythme architectonique, à une défense collective contre cette instabilité. Quoi qu'en dise une école éphémère — comme toute école qui se respecte — la peinture garde l'espace pour domaine et ne s'en évadera pas. Mais l'importance peu à peu grandissante que nous donnons à la durée s'est sournoisement introduite dans notre ancienne notion de l'espace. Le cinéma l'y fait naître et mourir, renaître et mourir de nouveau sous nos yeux en précipitant dans le contrepoint du mouvement universel et continu ce que la peinture, jadis, figeait sur la toile, volumes, passages, valeurs, associations, oppositions, contrastes qui se modifient, se répondent, s'interpénètrent et s'enchevêtrent sans arrêt dans toutes les dimensions. Voici que s'ébauchent de toutes parts et chaque jour des rapports devenants et vagues, d'un irrésistible accent.

Épuisé de solitude, l'homme, en un mot, appelle l'homme pour bâtir la maison commune, et les décorateurs inemployés consentent à l'immolation pour faire converger leurs forces spirituelles vers l'édification d'un temple qu'ils ne verront pas. L'ordre nouveau, créant l'architecture nouvelle, simple et nue comme tout organisme jeune, détruira la décoration, ou la transformera de telle sorte que ses essais actuels ne peuvent rien nous apprendre sur la forme qu'elle prendra. Imagine-t-on, par exemple, la puissance d'exaltation lyrique que pourrait donner à l'esprit une succession d'images colorées peintes par un Michel-Ange, ou un Tintoret, ou un Rubens, ou un Rembrandt, ou un Goya, ou un Delacroix et précipitées dans le drame du mouvement et la durée par un appareil enregistreur? Toutes choses que nous considérions, depuis vingt ans, comme des réalisations, ne sont peut-être bien que des symptômes. Symptômes de ralliement. Symptômes de concentration (*f*). Le plus visible est la croissance de l'esprit d'association d'où l'armature sociale sortira probablement. La guerre est le plus cruel. Mais peut-être aussi celui qui a le plus agi pour nous contraindre à nous regarder face à face et à regarder en nous. Au fond, il importe assez peu qu'un grand nombre de ceux qui éprouvent l'universel besoin de communion aillent demander à des constructions politiques mortes le secret de l'ordre nouveau. Symptôme. Symptôme aussi, et l'un des plus impressionnants, cet effort de l'Allemagne acharnée depuis un tiers de siècle à faire entrer sa triple hégémonie militaire, industrielle et intellectuelle dans le cadre commun d'un style architectural volontaire dont la simplicité est une acquisition pédagogique qui a pris ses éléments dans l'abstraction et le passé (*g*). Symptôme encore, cette audace américaine à élever de monstrueuses constructions utilitaires brisant tous les styles connus dans l'élan brutal vers le ciel de leurs charpentes de métal et leur effort continu de monter plus haut sur les villes. Et symptômes surtout ces formes rationnelles, issues de la science appliquée, qui refoulent allégrement dans les ruines toutes les habitudes désordonnées et soi-disant traditionnelles de l'art de bâtir. Un grand mystère s'accomplit. Nul ne sait où il nous mène.

Voici les hautes cheminées comme des colonnes de temple, les vivantes bêtes d'acier avec un cœur, un intestin, des nerfs, des yeux, des membres, les os de fer articulés comme un squelette, le tournement, le glissement, le va-et-vient mathématique des courroies, des poulies, des bielles, des pistons, les routes rigides qui luisent et s'étendent et s'entrecroisent à l'infini, la ronde silencieuse des coupoles astronomiques suivant le mouvement des cieux, les halls géants, les façades nues des usines, cathédrales dédiées au dieu cruel qui ne connaît pas d'autre loi que la production à outrance. Voici les industries de guerre d'accord avec les industries de paix, et bouillant avec elles dans le creuset sanglant de l'avenir, les monstres marins de métal, les insectes gigantesques qui volent avec un bourdonnement dur, les canons qui jettent le drame à vingt lieues, les dragons cuirassés qui rampent comme des chenilles, crachant la flamme et le poison... Tout cela net, sans ornements, tranchant, catégorique, ayant la pureté et l'innocence de la fonction indifférente au bien, au mal, à la morale, de la fonction naissante douée d'un appétit féroce, inassouvissable et joyeux.

Post-scriptum
1935

Un mien ami m'accusait, il y a peu de temps, d'être le théâtre d'un désordre intellectuel irrémédiable parce que je ne savais trop quel journal lire et que j'en changeais à tout instant : je lui avouai humblement que je croyais assister en moi-même à l'apparition d'une forme nouvelle, qui pouvait lui paraître étrange, certes, mais dont je discernais parfaitement, si lui ne la voyait pas, l'ossature embryonnaire. Et que cette ossature n'était même pas soupçonnée des journaux qu'il lisait et prétendait me faire lire. L'ordre trop clair, trop accusé n'est peut-être bien, la plupart du temps, qu'une ornière, dont les parois à pic cachent, à qui la suit, le mobile univers.

Ceci dit, j'avouerai volontiers que l'art d'aujourd'hui, qui s'efforce d'effondrer, sous la poussée de ses germes encore hésitants, l'écorce d'un sol durci par trop d'hivers, uniformisé et tassé par trop de rouleaux et de meules, vit plutôt dans les théories et dans les intentions que dans les cœurs. C'est un art sinon didactique, sinon même philosophique, du moins intellectualiste, il ne faut pas se le dissimuler : ce qui ne signifie nullement qu'il soit sans puissance expressive, ni même sans humanité. Mais il est vrai qu'il est dépourvu d'innocence, et peut-être un peu trop conscient des émotions qu'il prétend éveiller. Tel est le rythme de notre évolution morale que ce qui vit surtout en nous, après l'enquête immense poussée, par le siècle précédent, dans toutes les directions de l'activité mentale, c'est avant tout l'intelligence, et une intelligence acharnée à découvrir ses sources et même à démontrer ses fins. Ce qui l'a nécessairement conduite à concevoir une telle passion pour elle-même, qu'elle en est arrivée à la connaissance la plus sensuelle et la plus concrète de ses propres moyens. De sorte qu'elle se permet, par une marche inverse à celle que provoque en nous d'habitude le choc de l'œuvre d'art, d'éveiller la sensation en partant de la raison pure. Je ne vois guère, au premier abord, dans la peinture d'aujourd'hui que Bonnard qui parte de l'émotion spontanée pour réaliser ses harmonies imprévues au fond de qui la vie la plus tressaillante, la plus surprise, erre et tremble comme des herbes et des fleurs et des ailes au milieu des gemmes écrasées et des pollens tournoyants. Et cependant, l'unité de l'esprit vivant est telle que Bonnard n'est pas dépaysé dans le mouvement d'apparence anarchique qui nous emporte tous nous ne savons pas trop où. Au contraire, les préoccupations constantes de démonstration et d'expérience qui marquent ce mouvement, semblent placer leur légitimité sous la sauvegarde des découvertes charmantes et des caprices qui animent son voyage constamment amusé à travers un monde qu'il avoue ne jamais connaître et dans les sentiers duquel il rôde sans le moindre préjugé.

Cette vie de l'intelligence, qui anime aujourd'hui l'art le plus libre du vieux monde, s'explique si l'on remonte à l'impressionnisme français, dont Bonnard a parcouru les ruines pour y surprendre la poussée des graminées, y découvrir les lézards dans les interstices des pierres, y obliger les papillons et les abeilles à s'envoler des corolles qui les couvrent de leur tapis. Après l'impressionnisme, la dissociation était complète. Oubliant les muscles des choses, et sous eux leurs viscères et leur squelette, il avait exploré, en analyste passionné, les plus extrêmes réduits de la sensation colorée errant et chatoyant sur les surfaces où tremblent les reflets et les ombres transparentes. Après lui, on ne pouvait plus que renoncer, ou rebâtir. Rebâtir, sur tous les terrains, car l'impressionnisme lui-même représentait, dans nos recherches visuelles, l'effort dernier de dissolution anarchique qu'accomplissait en même temps l'idéologie politique et sociale et que l'enquête de la science, n'entrevoyant encore aucune synthèse possible, encourageait. C'est ce qu'avaient compris les néo-impressionnistes, qui tentaient une construction chromatique je ne dis pas prématurée, mais trop abstraite et trop restreinte, où les profondeurs étaient sacrifiées aux surfaces, l'expression à la conception, la sensation à la démonstration, parce que les éléments d'une construction nouvelle, qui sont d'ordre social et économique, n'existaient pas encore dans les décombres qu'ils embrassaient du regard. La peinture matérialiste s'en tenait rigoureusement aux apparences de la matière et tentait de donner à ces apparences force de loi. Elle avait oublié la réalité de la forme, comme la science avait oublié la réalité de la force, comme la politique avait oublié la réalité de l'homme, devenu un être abstrait.

C'est donc un courant spirituel très profond et très large que la peinture tente aujourd'hui de remonter. Aussi profond et large que celui de la vieille statique scientifique ou de la vieille idéologie politique considérant les fins sociales des seuls points de vue du bien-être et de la moralité. L'idée de perfection anatomique qui régnait jusqu'ici, depuis Phidias, en Occident, et dont la Renaissance avait plus ou moins repris le programme à tout instant bousculé par ces hommes puissants, Michel-Ange, Titien, Tintoret, Greco, Rubens, Rembrandt, Velazquez, Watteau, Goya, Delacroix, Courbet, en dernier lieu Renoir et Cézanne, l'idée de perfection anatomique s'effaçait pour laisser le pas à l'idée d'une symbolique expressive qui ramène de nos jours l'art d'Europe aux origines orientales de la pensée. Mouvement qui a pris naissance en France. Que l'Allemagne, formée par sa philosophie et sa musique a suivi depuis longtemps, tenue en bride malheureusement par son invincible didactisme. Qui agite aussi l'Italie, trop hantée il est vrai par son passé incomparable pour ne pas essayer du paradoxe antithétique et opposer naïvement à ce passé un « futurisme » se bornant à en prendre le contre-pied. Que l'Europe orientale était préparée à suivre de par ses origines asiatiques. Et qui commence à émouvoir les peuples anglo-saxons — les moins asiatisés des nations blanches — à leur tour.

Il n'est pas douteux que les meilleurs entre les peintres français d'aujourd'hui participent tous, de près ou de loin, quelques-uns à leur insu, peut-être, à ce mouvement. Sinon, ils mentiraient à l'éternelle destinée de la France, qui s'efforce périodiquement de faire entrer d'abord dans la raison et passer ensuite dans le sentiment toutes les voix du dehors, qui est le monde maintenant, après avoir été l'Europe. Il n'est pas plus difficile, en effet, de discerner l'influence plus ou moins lointaine, plus ou moins consciente des Japonais sur Bonnard que des Hindous sur Segonzac, des Égyptiens, des Chinois sur Derain que des Polynésiens et des Nègres sur Braque, et un peu de tous ces exotiques sur chacun d'eux. Mais il ne faut surtout pas oublier, au moins de ce point de vue, que c'est Matisse et l'Espagnol francisé Picasso qui ont constitué, chez nous, depuis vingt ans, les deux pôles intellectuels de la peinture. L'un par sa poursuite acharnée de l'organisation des rythmes colorés, analogue à celle que la Chine et le Japon, l'Inde et la Perse pratiquent de toute éternité, peut-être, et qui a donné à leur art un accent si décisif, si résolu à s'écarter de la nature matérielle pour créer une nature spirituelle, plus résumée, plus essentielle, plus expressive et plus cadencée que celle-là. L'autre par sa recherche incessante d'une arabesque de plus en plus libérée de la servitude anatomique, comme si sa double ascendance andalouse et sicilienne introduisait les conseils de l'ancêtre arabe dans les mouvements secrets de son esprit. Là le céramiste, le laqueur, le tapissier groupés autour du caravansérail et de la pagode. Ici le décorateur des mosquées, le jongleur, le danseur des souks du proche Orient.

Il ne faut jamais perdre de vue les racines ethniques de l'artiste. Dans la fureur d'abstraire et de généraliser qui est la nôtre depuis le commencement de ce siècle, nous avons pris l'habitude de n'en plus tenir aucun compte. Picasso qui a eu sur l'art européen, depuis le même temps, l'influence que l'on sait, est donc un méditerranéen où le sang sémite l'emporte. Matisse est de Saint-Quentin, c'est-à-dire à mi-chemin entre l'érudition, le didactisme et l'esprit musical germaniques que de lointaines sources extrême-orientales pénètrent, et la passion flamande pour les belles matières et les riches colorations. Quiconque a aperçu l'homme et analysé sa peinture ne me démentira pas. Derain est Parisien, il ne faut pas l'oublier quand on rencontre sa sagesse à la recherche de cet équilibre parfait entre sa nature et sa culture que les Parisiens Chardin, Barye, Corot ont réalisé, sans doute, plus spontanément que lui, parce que le tourbillon des idées et des races n'avait pas, de leur temps, la même amplitude et ne donnait pas la même sensation d'ivresse et de vertige et de désespoir que du sien.

Quoi qu'il en soit, c'est évidemment cette recherche de l'expression symbolique absolue dans l'arabesque mouvante qui a conduit Picasso, d'autre part influencé par la brusque irruption, dans tous nos concepts, de la notion de durée — travaux des physiciens, des biologistes, géométrie à quatre dimensions, futurisme dynamique des Italiens, cinématographe, etc., — à imaginer le « cubisme » à peu près en même temps que Braque, et à revenir ainsi, par un chemin détourné, à la préoccupation essentielle de construction qui hante tous les cerveaux. Notez en passant que personne, à l'heure actuelle, — pas même ses fondateurs —, n'est d'accord sur la signification de ce mot, et que la quatrième dimension a repris sa place ancienne, qui est la projection dans le devenir, par le jeu des rythmes, des matières et des valeurs, de l'esprit de la peinture, — j'en appelle au cinéma. D'une confrontation entre Picasso et Braque ne jaillirait, si j'ose dire, qu'un peu plus d'obscurité. Il reste du cubisme — et c'est beaucoup — de belles manifestations, plus colorées que plastiques, chose assez paradoxale et qui me frappe plus encore chez Picasso, dont le génie d'abstraction linéaire nous avait donné d'autres habitudes, que chez Braque, coloriste profond dont on doit attendre, quel que soit le motif de l'arrangement de ses variations symphoniques, l'une des plus belles matières peintes que je sache — cet éclat grave et sourd qui tient le milieu entre le carton et la fresque et où jouent, sur des fonds terreux, des verts, des noirs puissants, labours jonchés de feuilles sombres. Il en reste aussi et surtout le souvenir d'un tumulte fécond, qui a animé, soulevé, révélé à eux-mêmes quelques peintres, au feu des échanges jaloux de l'intention et de l'idée. Toutes les Écoles en sont là, et Dieu sait si nous en avons eu, des Écoles, depuis un siècle, — je ne parle que de la France, négligeant volontairement les préraphaélites ou les nazaréens écrasés par leur didactisme, alors que la France traînait sur ses pas l'Académisme davidien, le romantisme, le réalisme, l'impressionnisme, le néo-impressionnisme, le cubisme, avec l'aisance d'un athlète dont on aurait lié les chevilles de quelques fils. Le cubisme, comme les autres Écoles, a représenté un instant les exigences de l'intelligence qui cherche dans l'univers sensible le symbole figuré des besoins sociaux et psychologiques de l'heure, et tend naïvement à la formule pour arriver plus vite au but. Le cubisme a préparé chez les peintres la renaissance de l'esprit architectonique, comme il annonçait dans la société la nécessité de bâtir, non pas tant des systèmes que des maisons. Il est extrêmement intéressant, il me semble, de constater qu'à l'heure où Matisse et Picasso s'enfonçaient davantage dans leur interprétation de l'âme asiatique et des signes figurés qui la manifestent, l'âme européenne retrouvait ses véritables racines dans l'architecture industrielle dont son évolution mécanique exigeait l'édification. Le cœur de métal des avions, des autos, des navires, leurs profils tranchants et sévères, la détermination fonctionnelle de la structure des garages et des usines, ramenaient dans le rationalisme occidental les rythmes chromatiques et les rythmes linéaires dont ces peintres cherchaient la justification dans l'art des Orientaux. Le cubisme, je le repète, est d'accord avec ce besoin de bâtir, et de bâtir logiquement par la subordination de l'organe architectonique et de ses apparences à la fonction la plus précise, qui caractérise la civilisation moderne en Europe, en Amérique et dans tous les pays plus ou moins occidentalisés. L'architecture industrielle des ingénieurs me semble constituer l'exemple le plus frappant de cette évolution universelle de l'intelligence vers la renonciation au sentimentalisme anecdotique, à l'ornement, au détail surabondant et inutile qui caractérisent la peinture et la sculpture actuelles et qui réconcilient peut-être pour une heure, peut-être pour un siècle, l'utilitarisme occidental décidé à atteindre ses fins par le chemin le plus direct et l'esthétisme oriental indifférent à ce qui n'est pas l'ensemble significatif dépouillé de toute incidente. Tels silos américains me font songer à des temples d'Égypte ou à des tours observatoires de Chaldée. Notez que nous assistons, dans cette mécanisation presque universelle de l'esprit, à un phénomène réconfortant pour l'avenir de ses forces sentimentales : l'ingénieur d'Amérique, ou d'Italie, ou de France, ou de Hollande, ou d'Allemagne, sont de très simples praticiens qui aboutissent à créer dans leurs édifices une impression irrésistible d'harmonie par une logique technicienne à laquelle l'instinct le plus pur de leur temps les conduit à leur insu. Et c'est par une marche inverse que les peintres ratiocinateurs et compliqués d'aujourd'hui retrouvent cette logique technicienne qui reconstruira leur instinct et rendra peut-être sa spontanéité à celui de leurs successeurs. Nous savons, il me semble, depuis Samuel Butler, que nous ne connaissons réellement la musique et l'orthographe qu'à partir du moment où nous les oublions et où elles montent d'un mouvement de flot des profondeurs de notre inconscient qui les a assimilées, à la fraîcheur incessamment renouvelée de notre langage naturel. Un petit poulet qui brise à coups de bec la paroi de sa prison est plus savant que Picasso, Matisse et Braque réunis.

Je ne fais pas ici le procès de l'intelligence, ce passage resplendissant des réalisations de ceux qui nous précèdent aux réalisations de ceux qui nous suivent, et qui rend si émouvante, par exemple, l'œuvre entière de Picasso, cette tragédie sans fin, cette danse périlleuse, les pieds et le cœur nus, sur des poignards acérés. S'il est toujours un peu en deçà de la forme cherchée, toujours un peu au delà de la forme dépassée, je sais bien, certes, que cela est commun à tous les créateurs et qu'en cela consiste précisément leur Passion. Mais chez lui, la fièvre intellectuelle est telle qu'il a l'air de le faire exprès, et de renverser d'une chiquenaude ses châteaux de cartes avant même de les avoir complètement édifiés. N'en croyez rien. Il n'en rit pas. Il en souffre. C'est visible dans son art même, le plus tourmenté que je sache, où le délire de l'intelligence tient la place des drames du cœur qui alimentèrent tant d'œuvres, au temps du romantisme par exemple. Je le répète donc. Je ne fais pas ici le procès de l'intelligence, ce merveilleux instrument d'angoisse créatrice et de conquête enivrée. Mais ce n'est pas elle qui possède la certitude. Tandis que l'instinct marche droit, c'est elle qui titube et fait des bâtonnets et des ronds en tirant la langue. Je rêve d'une exposition où l'une des deux ailes serait formée par Bonnard, l'autre par Picasso, avec Derain au centre et, dans les intervalles, en partant de Picasso, Braque, Matisse d'un côté, en partant de Bonnard, Dunoyer de Segonzac et Charles Pequin de l'autre. Je voudrais qu'on connût mieux ce dernier peintre, dans l'œuvre duquel, comme au centre d'un fruit, les harmonies chromatiques spontanées et les édifices formels peu à peu édifiés fusionnent, rencontre émouvante et de jour en jour plus intime de l'énergie sensuelle et de l'ordre conscient qui gouvernent l'univers en s'installant au cœur même de sa spiritualité. Et peut-être ajouterais-je à son extrême aile gauche la peinture de Soutine pour montrer qu'au cœur même de cette spiritualité reconquise germent, dans le chaos tourbillonnant des forces en lutte, les premiers balbutiements d'un lyrisme arraché aux hésitations et aux souffrances d'une nouvelle humanité.

Il ne faudrait pas que les apparences anarchiques de l'art français contemporain dans son ensemble, — apparences qui se retrouvent plus ou moins chez chacun de ceux qui m'occupent ici, si j'en excepte la marche ferme et sans à-coups de Pequin, le redressement impressionnant de Derain depuis quelques années — nous abusent sur la signification de ces œuvres singulières, qu'on croit beaucoup plus artificielles, beaucoup plus compliquées, beaucoup moins sincères, beaucoup moins humaines qu'elles ne le sont vraiment. Le dessin de Picasso lui-même, nous l'avons vu, qu'on croit si sûr et si savant, est un acrobate tremblant, qui ne peut se tenir de faire des sauts périlleux et de la voltige, mais que hante la peur de se rompre les os. Le dessin de Braque est la passion même, raviné, convulsif, tordu, circulant entre ses austères taches de couleur comme des ruisselets d'énergie quelque peu violente parmi des sentiments amers. Le dessin de Matisse, calculé, certes, mais attentif, autoritaire, dédaigneux, fait songer à l'archet attirant à sa guise sur les cordes du violon les harmonies ardentes qui somnolent dans la caisse de l'instrument. Le dessin désarticulé de Bonnard répond à une vision fugitive et furtive, primesautière, qui s'apparente à la chronique de journal, chronique où bruit la musique des rues et que la musique intérieure porte, enveloppe, aère, fait murmurer de toutes parts. Le dessin ondoyant de Segonzac est une façon de sentir nouvelle, imprévue, qui exprime un charmant amour pour la circulation invisible et fluide de la vie jusqu'à l'extrémité des branches et des gestes où elle erre et se précipite avec des frémissements frais. L'émotion directe, en vérité, va peut-être nous revenir. Et si Matisse et Braque, et Picasso lui-même ne sont pas loin, ou je me trompe fort, de nous l'avouer, si Bonnard n'a jamais eu d'effort à faire pour la rencontrer, l'œuvre de Segonzac — sensualité directe, totale, intelligente, éprise des arabesques expressives que chargent la sève et le sang, mouvement des fonds et des formes vers l'unité globale et remuante de l'objet — constitue peut-être en ce moment, avec celle de Pequin, et je le répète, à une étape plus aventureuse, de Soutine, l'indice capital de cette reprise d'instinct victorieuse de tous les systèmes, de toutes les controverses, qui accorde spontanément à l'interprétation personnelle du monde cette sorte d'impersonnalité traditionnelle par quoi se maintiennent la continuité et l'harmonie de l'art à travers l'histoire et à laquelle les peintres de la génération suivante, avec une modestie bien nouvelle dans leur art, semblent aujourd'hui se résigner. Impersonnalité que l'architecte, et plus encore l'ingénieur, ont peut-être la tâche de rappeler aux sculpteurs, aux peintres, sans doute aussi aux musiciens, aux littérateurs eux-mêmes, pour ne pas parler des philosophes et des bâtisseurs de sociétés. Il est d'autant plus émouvant de retrouver vivante la faculté d'aimer et d'étreindre ardemment les choses, après tant et tant d'années d'abstractions quintessenciées, chez un peintre tel que celui-là, que Derain retourne à la même heure avec puissance aux formes monumentales qui rattachent l'évolution de la peinture au mouvement général des esprits. Il ne faut pas oublier, en effet, que l'œuvre de Derain a oscillé longtemps, à la manière d'un pendule, entre les préoccupations de parti pris chromatique qui caractérisent l'art de Matisse, et les préoccupations de stylisation linéaire qui définissent celui de Picasso. Elle a traversé avec sûreté et lenteur ces deux affirmations énergiques mais peut-être trop cérébrales, s'enrichissant d'ailleurs en route, à leur exemple, des affluents exotiques que l'art de l'Asie, de l'Amérique médiévale, de la Polynésie et de l'Afrique nous apportent depuis vingt ans, pour chercher derrière elles les traces de la grande peinture européenne, qu'elle s'efforce d'incorporer à un instinct reconquis. Il est possible que l'avenir la considère comme la plus véridique synthèse spirituelle d'une époque écartelée entre un passé profondément conscient des apparences formelles, mais trop tyrannique, et un avenir débordant de formes mystérieuses, mais trop incertain.

Mais cela même, je n'en sais rien. Je puis me tromper. Du moins le sais-je. Et aussi, et surtout, que j'aime tels et tels peintres, ce qui devrait suffire largement à chacun de nous. Car si nous prétendons juger le temps où nous vivons à travers une seule de ses images, nous risquons fort de n'y pas comprendre grand-chose. Cette époque est par trop cruelle. Tiré à six chevaux par l'universalité de sa culture, la guerre, le renouvellement de toutes les données scientifiques, l'ébauche des métaphysiques qu'elles apportent nécessairement, l'entrée de la notion de durée dans les mesures de l'espace, la brusque substitution, avec de prodigieux moyens mécaniques, d'un dynamisme social trop confus à un statisme intellectuel trop arrêté, l'esprit européen est fort malade. Je ne crois pas au remède classique, ou dictatorial, ou confessionnel qu'on avale avec des mines héroïques et qui pourtant dénonce la peur des coups dans le domaine de l'esprit. D'ailleurs, il est éventé. Il serait par trop simple, quand le désordre règne, de revenir à l'ordre ancien. Où donc est l'ordre neuf, je veux dire le symbole de l'ordre neuf, parmi ces peintres qui sont à l'instant moyen de la vie et qui diffèrent, ou semblent différer si profondément d'apparences?

Derain, peut-être, et je l'ai dit. Mais le désordre de Bonnard n'a-t-il pas plus de vie, de charme, de fraîcheur spontanée, pareil à une herbe qui pousse, à la naissance qui bouge des mille bourgeons sur les branches ? Et la tension de Picasso n'a-t-elle pas plus de style, plus d'énergie anxieuse dans le désir et la conquête d'une méthode de savoir et d'expérience ? Oui, sans doute. Mais qu'est-ce que cela prouve ? Ingres et Delacroix ne sont-ils pas réconciliés dans les profondeurs de notre instinct même, ici le rythme obéissant au mouvement du cœur qui, pour mieux exprimer, déforme, ou, au contraire, là, à un apriorisme tourmenté qui cherche ses déformations dans l'objet même et y soumet tous les objets ? Et que fait donc Corot entre l'un et l'autre ? N'est-ce pas l'homme, en dernière analyse, qui reste, et en qui son époque elle-même bondit dans l'allégresse de découvrir la force intérieure de sa vie, ou bien se tend dans l'angoisse de fixer ses convulsions en un ordre idéographique, ou s'efforce de faire entrer les puissances de renouvellement qu'elle porte dans les cadres assouplis d'une tradition acceptée ? Il est singulièrement vain de donner aux moyens de l'homme le pas sur la qualité propre de son émotion en présence du monde et du caractère spécial qu'il apporte à l'exprimer. La sensualité de Segonzac, qui ruisselle dans sa matière peinte comme un fleuve de boue brûlante et crépite, dans ses dessins, jusqu'à l'extrémité craquante et flamboyante des rameaux échevelés, est un lien plus fort que tous les systèmes entre l'interprétation visuelle toujours animée de bruissements et de murmures que Bonnard donne de l'univers dans la moindre de ses toiles, et la danse tourmentée dont le crayon de

Picasso environne la forme, l'aborde et s'en éloigne tour à tour, — et les éclatantes généralisations colorées de Matisse peuvent s'accorder sans effort aux sombres méditations chromatiques de Braque, si même on soumet les unes et les autres à la lumière dont Derain sculpte et fait tourner dans l'espace ses blocs d'étain et d'argent à peine réchauffés de feu selon lesquels la forme se révèle à ses regards. Et qui peut prévoir les conséquences du spiritualisme de Soutine, tout entier contenu dans l'ivresse de ses matières, symbole inconscient des chaos de flamme, de fange, de pourriture et de sang où tout univers se construit ? La solidarité des formes et des idées d'une époque n'est pas, et n'a jamais été sensible dans l'uniformité des images qui nous la livrent, mais dans une sorte d'orchestre où chacun tient sa partie et où la variété des instruments et des voix traduit, par l'unité conquise de son rythme, la complexité de ses apparences. A nous de choisir ceux qui jouent juste et d'éliminer ceux qui jouent faux. Si nous nous sommes trompés, on le saura dans cinquante ans. Encore n'en suis-je pas très sûr. Car l'essentiel, il me semble, n'est pas de ne pas se tromper sur la valeur absolue de l'objet de son amour, mais d'aimer. Et ce sont là, précisément, les peintres que nous aimons.

Appendice

(*a*) On connaît le principe du *Néo-Impressionnisme* ou *Pointillisme* esquissé par Pissarro, développé par Seurat, exposé par Paul Signac dans son livre : *De Delacroix au Néo-Impressionnisme* avec une netteté magistrale, et porté à son plus haut point d'impression décorative par Signac lui-même et H.-E. Cross. Il ne s'agit plus de séparer seulement les tons, comme les Impressionnistes, qui d'ailleurs les mêlaient souvent sur leur palette pour en obtenir les effets voulus par la nature, mais bien d'isoler les touches mêmes sur la toile, afin d'en provoquer à distance le mélange optique et d'obtenir par ce procédé le maximum de pureté de coloration et d'intensité lumineuse. Dernier effort de l'esprit d'analyse, dernier terme de l'anarchie politique, principe scientifiquement juste, esthétiquement dangereux, comme tous les principes esthétiques. L'artiste prend *un moyen* de la peinture pour l'*unique but* de la peinture et reste prisonnier d'une technique qui ne peut plus subir de variations ni réaliser de progrès.

(*b*) Je pourrais multiplier les exemples. L'époque la plus anarchique, vue d'ensemble et de loin, est toujours une, car elle court dans le mouvement de la vie dont le langage de l'homme n'est que le vêtement, plus ou moins sévère et uniforme ou au contraire nuancé, surchargé, bariolé, hésitant suivant la diversité et le nombre des besoins, des goûts, des modes qui contribuent à la former. Nulle époque ne fut plus riche en artistes que la nôtre, et beaucoup d'entre eux, si les circonstances et la culture des maîtres de l'heure l'avaient permis, Manguin, Camoin, Jean Puy, Othon Friesz, Flandrin, Laprade, Luc-Albert Moreau, Lhote, Gernez, Portal, Coubine, Kisling, Vlaminck, eussent pu devenir d'excellents décorateurs. René Piot, Maxime Dethomas, l'Espagnol Sert resteront à des titres divers, à côté de Vuillard, de Bonnard, de Roussel, de Matisse, dans l'histoire de la décoration moderne. Les sculpteurs, à qui Rodin avait ouvert la voie avec sa *Porte de l'Enfer*, y ont participé à côté des peintres, Bourdelle, Maillol, Lipchitz, Duchamp-Villon au premier rang.

Ce mouvement, d'ailleurs, ne fait qu'atteindre sa période critique, d'où sortira son épanouissement si le terrain social s'y prête, ou sa fin. Dès le début du XIXe siècle, en effet, la grande décoration, si peu comprise au XVIIe et presque abandonnée au XVIIIe pour l'ornementation intime de la chambre à coucher et du boudoir, a tenté tous les grands peintres, à commencer par Delacroix. Mais le véritable initiateur, Maurice Denis l'a montré dans son livre *Théories*, c'est Ingres. Directement ou indirectement, presque tous procèdent de lui, d'abord ses médiocres élèves Hippolyte Flandrin, Jeanmot, le bon Amaury-Duval, etc., et, à l'extrémité du mouvement, Anquetin qui donna de si belles promesses et Maurice Denis lui-même. Puvis de Chavannes, qui s'est appuyé au début sur Delacroix, puis très vite sur Chassériau, a certainement subi son influence comme aussi celle de Corot. Mottez était l'élève d'Ingres, et c'est Ingres qui a fait porter à Paris son beau portrait de femme peint sur un mur de la Villa Médicis. Par ce portrait, Mottez réintroduisait en France la fresque italienne à peu près oubliée par les Italiens eux-mêmes et peut-être d'ailleurs peu faite pour les climats du Nord. Sa résurrection est néanmoins un symptôme passionnant du retour à l'art architectural impersonnel, collectif, bientôt anonyme. De nos jours, Paul Baudouin, qui n'avait pu convaincre son maître Puvis, a recréé la fresque, on peut le dire, théoriquement et pratiquement, après de longues années de recherches ardentes que la résurrection de l'admirable livre de Cennino Cennini a couronnées. A sa suite, parfois avec ses conseils, Maurice Denis, René Piot, J.-P. Lafitte, tombé depuis à la guerre, Dufrénoy, Alfred Lombard, Pierre Girieud, Bourdelle ont entrepris ou achevé de grandes décorations selon la méthode giottesque. Encore une fois, ce n'est qu'un symptôme, destiné peut-être à l'avortement, mais dont la signification est émouvante. Les « constructeurs » me semblent plus aptes à manier cet admirable instrument que des décorateurs tels que Bonnard ou Vuillard, ou Signac, ou Valtat, ou d'Espagnat, ou Friesz, ou Dufy, ou Dufresne, ou Lurçat, auxquels la tapisserie semblerait mieux convenir.

(On ne peut parler ici que pour mémoire des innombrables décorateurs officiels, de Louis-Philippe à M. Poincaré. Leurs productions n'appartiennent pas plus à la peinture que les livres scolaires ou les travaux d'archéologie à la littérature. Il y a eu parmi eux de bons illustrateurs d'histoire, dont le plus honnête paraît avoir été Jean-Paul Laurens en France, le mieux documenté Menzel en Allemagne, le plus pittoresque Veretschaguine en Russie, le plus ingénieux Brangwyn en Angleterre. Il y a beaucoup d'illustrateurs, en peinture et en sculpture, que l'on prend pour des peintres et des sculpteurs. C'est une affaire de définition... Le Musée de Versailles, à coup sûr, vaut une visite, et même plusieurs... Mais à la condition qu'on aille y chercher, non de la peinture, mais de l'histoire, ou plutôt de l'historiette. Le premier illustrateur d'histoire, c'est l'Espagnol Daniel Vierge qui fut parfois incomparable de fougue, d'horreur, de mystère, de violence évocatrice, et dont les compositions ont l'avantage de ne pas encombrer les murs. En France les illustrateurs, si nombreux et si intelligents en Angleterre et en Amérique, avaient à peu près disparu depuis les maîtres délicieux du XVIIIe siècle, Eisen, les Saint-Aubin, Moreau le Jeune, Gravelot, Prud'hon. Cependant, il y a eu Raffet, parfois Charlet et Tony Johannot, et la boursouflure de Doré ne peut faire oublier la magie fantastique de quelques-unes de ses planches. Le règne romantique de l'histoire ayant cessé, certains de nos contemporains ont tenté d'animer les marges des romans et des poèmes et l'illustration a connu grâce à eux, de nos jours même, un renouveau extrêmement brillant. Il suffit de citer, dans ce domaine, des hommes comme Bonnard qui y apporte sa liberté fantasque et sa poésie narquoise, Gus Bofa, dont la verve et la férocité prennent si souvent une allure apocalyptique, Georges Delaw, amuseur des petits enfants innocents et des grandes personnes cultivées,

Segonzac, Bernard Naudin, Laprade, Maxime Dethomas, Pascin, Laboureur, Chas-Laborde, L.-A. Moreau, Berthold Mahn. La résurrection de la gravure sur bois tend, en outre, à renouveler l'illustration.)

(*c*) Le *futurisme* italien n'est qu'une systématisation, d'ailleurs antiplastique, de ces tendances.

(*d*) Le *cubisme* n'est qu'une stylisation artificielle de la forme, s'appuyant sur le mot mal compris de Cézanne, auquel j'ai fait allusion plus haut, et qui n'avait d'autre prétention que de symboliser sa pensée. Indépendamment de ses prétentions à restituer d'un bloc la forme, sans tenir compte des reflets, sous toutes ses dimensions, c'est l'extrême synthèse succédant à l'extrême analyse des néo-impressionnistes. Comme tous les systèmes, il peut discipliner des peintres. Dunoyer de Segonzac, Ozenfant, Lhote, L.-A. Moreau, de La Fresnaye, Boussingault, Le Fauconnier, Metzinger l'ont traversé ou côtoyé, Braque, Picasso, Juan Gris lui doivent quelques-unes de leurs plus belles œuvres. Et tous, qui y étaient venus pour mieux obéir à Cézanne, s'en sont détachés grâce à lui.

(*e*) L'art du portrait a peut-être constitué la force la plus permanente de l'École française, — je dis « École » faute d'un meilleur mot. Il n'a presque pas connu de défaillances depuis sept siècles. Tous les imagiers gothiques furent des observateurs admirables du visage humain. Par les sculpteurs de tombes, ils ont donné la main aux peintres de la Renaissance, Froment d'Avignon, Fouquet, Jean Perréal, Malouel, les anonymes des XVe et XVIe siècles, les Clouet, Corneille de Lyon, si pénétrants, si sobres, si candidement malicieux, aigus et nets comme l'intelligence qui caractérise et dissèque sans se soucier de l'état social, de la fonction, des goûts de ceux qu'elle examine et qui ne pensent pas encore à prendre une attitude devant elle. Au XVIIe siècle, où Lagneau et Demonstier introduisent leur science, la puissance psychologique des vieux maîtres français entre avec Poussin, Claude Lefebvre, Sébastien Bourdon, Nanteuil, Le Brun, Coyzevox, dans le cadre architectural de la méthode. Le portrait prend dès lors une densité et une masse qui constituent, avec l'esprit entier du temps, le bloc imposant de l'époque classique où la ressemblance et la saveur de l'objet sont plus frappantes encore, pour qui sait les apprécier, que l'ordonnance majestueuse du langage qui le décrit. Rigaud et Largillière, les Coustou, font passer insensiblement la science structurale du grand siècle dans ces effigies étonnantes de causeurs, d'artistes, de philosophes, d'abbés d'alcôves et de cour, de favorites, de mondaines, par qui La Tour, Drouais, Perronneau, Houdon, Greuze, Pajou, le Genevois Liotard inclinent en souriant vers l'abîme qui s'ouvre une aristocratie fatiguée d'avoir trop d'esprit. David empêche leur acuité psychologique d'échouer dans la facilité mondaine et rétablit avec puissance, au seuil du XIXe siècle, par ses innombrables élèves, la solidité compromise du portrait. Ingres n'aura dès lors qu'à confier à cette armature la plénitude de sa vision sensuelle pour transmettre à la génération naturaliste la tradition des vieux Français.

Le XIXe siècle, comme toutes les grandes époques — et il est, sans aucun doute, la plus grande époque de notre peinture — n'a vu dans le portrait qu'un des aspects multiples de la vie à exprimer, et ses maîtres,

Delacroix, Rude, Millet, Courbet, surtout Corot et Carpeaux n'ont fait que suivre, en cela, avec une aisance grandiose, la pratique des héros, Raphaël, Titien, Tintoret, Greco, Rubens, Rembrandt, Velazquez, Goya. De ce qu'il y a peu de « portraitistes », bien qu'Ingres en soit un avant tout, bien qu'un peintre moindre, mais honorable, Fantin-Latour, ne soit guère autre chose, bien que quelques médaillons saisissants sauvent de l'oubli le nom de David d'Angers, bien que Rodin ait arraché à la matière les plus profonds accents du visage humain, que Cézanne ait découvert les plans les plus fermes de sa structure, Degas les traits les plus aigus de sa construction intellectuelle, il ne faudrait point en conclure que le XIXe siècle soit plus pauvre en portraits qu'un autre. Il en a trop, et trop « ressemblants », ce qui signifie peut-être qu'ils pourraient l'être davantage. Ils fourmillent, des effigies gracieuses du baron Gérard aux honnêtes photographies de M. Bonnat, des mannequins tout de neuf habillés de Winterhalter aux quelques élégances bourgeoises fixées par M. Carolus-Duran dans sa jeunesse, et des visages de Prud'hon émergeant d'une ombre amoureuse à ceux de Ricard qui s'y noient un peu, à ceux de Carrière qui parfois l'accumulent trop dans les creux pour en faire saillir les bosses. De nos jours, c'est Vuillard, sans doute, qui représente le plus spirituellement la tradition psychologique du portrait français. Derain lui rend peu à peu son assiette et ses profils monumentaux. Au reste, le portrait subit l'influence du courant impressionniste et musical et celle du courant architectural destinés à donner ensemble son accent à notre époque dans le futur : Bonnard, comme Vuillard, fait rôder autour de lui les colorations fugitives, les ombres, les nuances, les reflets et les murmures. Vallotton le maçonne avec une obstination morose, Matisse le ramène essentiellement aux lignes et aux tons décoratifs.

Hors de France, c'est surtout, semble-t-il, dans l'art du portrait, qu'Anglais et Américains ont déployé leur adresse superficielle, tons larges et crémeux en grandes coulées faussement robustes et franches où Sargent est passé maître et que Whistler réprouve, — heureusement pour sa mémoire, — en faisant rôder autour de ses effigies mystérieuses la musique imprécise des demi-teintes et des subtils arrangements de notes rares et de passages nuancés. La ressemblance étroite des figures à la fois creuses et massives du Prussien Lenbach ne parvient pas à dissimuler le truquage constant et méticuleux de sa puissance apparente. Les Espagnols Zuloaga, La Gandara, l'Italien Boldini guitarisent et vocalisent — force maquillée ou impuissance grimaçante, — art mondain qui laissera d'étranges documents psychologiques moins encore sur le compte de ses modèles que sur celui de ses auteurs.

(*f*) L'un des plus impressionnants témoignages de l'inquiétude des artistes, de leur besoin de rapprochement et d'entente, c'est leur disposition à écrire sur leur art et les tendances permanentes ou actuelles de leur art. Elle est commune à tous ceux des époques de changements de système décisifs, les universalistes italiens, les artistes français, anglais, allemands, de la fin du XVIIIe siècle, le passage du romantisme et du matérialisme aux orientations d'aujourd'hui. De Delacroix lui-même et Fromentin — voire Courbet! — à

Rodin, à Carrière, à Redon, il en est peu qui n'aient cédé au besoin d'exposer leurs intentions ou celles des autres. Il faut citer, de nos jours, Louise Hervieu, Maurice Denis, Émile Bernard, Bourdelle, Matisse, Signac, d'Espagnat, Albert André, Ozenfant, Jeanneret, Gleizes, Metzinger, Bissière, Lhote, Vlaminck et surtout J.-E. Blanche, écrivains d'art de haute qualité.

(*g*) Notamment les éléments du style perpendiculaire, empruntés en majeure partie aux palais achéménides et au gothique méridional français, le château des Papes d'Avignon par exemple.

DOSSIER

Élie Faure avait publié en un seul tome cet *Art moderne* que nous avons dédoublé pour des raisons pratiques. Mais dans une note de 1923, il avait lui-même envisagé de séparer un *Art moderne* qui aurait correspondu au précédent volume de notre édition, et un *Art contemporain* assez différent de celui-ci puisqu'il aurait comporté les chapitres suivants : « Introduction. – 1. Le romantisme. – 2. Le matérialisme. – 3. Hors de France. – 4. La genèse contemporaine. – 5. Divagations sur le futur. » Il n'a pas donné suite à ce projet qui aurait augmenté son livre de deux chapitres, le troisième et le cinquième, mais il en a dispersé les éléments, sans les développer, dans ses additions successives à « La genèse contemporaine ».

Cette dernière partie a subi en effet d'incessantes corrections, alors que « Le romantisme et le matérialisme » n'a presque pas changé de 1921 à 1935. C'est qu'il était difficile de situer l'art contemporain, en pleine mutation quand Élie Faure a commencé son livre vers 1913, dans la perspective nécessairement distante de l'histoire de l'art. Aussi recommence-t-il à la fin de la guerre, non sans éprouver « de véritables tortures, effaçant et réécrivant vingt fois les mêmes noms ». En 1920, alors que le volume est sous presse, il confie ses doutes à Walter Pach :

> Je me demande parfois si mon 4e volume ne vous semblera pas un peu réactionnaire, ou du moins trop indépendant des querelles actuelles qui divisent les milieux artistiques. Pour bien faire, j'aurais dû laisser de côté les peintres vivants et arrêter mon volume à Renoir (1). Mais j'ai cédé au besoin de donner mon avis sur l'art contemporain et je ne sais si mon choix vous agréera tout à fait. J'eusse été indigné, il y a seulement dix ans, d'entendre dire à quelqu'un ce que je vais vous dire moi-même. C'est que l'homme a besoin, pour apprécier définitivement (?) l'importance d'une œuvre, du recul du temps, comme il a besoin du recul dans l'espace pour juger de l'ensemble d'une statue ou d'un édifice. Nous sommes trop plongés dans l'orage des idées enchevêtrées et antagonistes pour juger avec sérénité et je me méfie de mes goûts actuels. Et je ne puis m'empêcher, pour me rassurer sur moi-même, quand ce doute me prend, de songer aux Salons de Baudelaire, qui a si admirablement parlé de Delacroix, d'Ingres, de Guys. Il groupe autour d'eux tant de médiocrités oubliées, comme Decamps et quelques autres (2) !

Le livre vient à peine de sortir en librairie, aux premiers jours de 1921, que Faure prépare déjà des modifications pour la seconde édition de cette année-là. Mais comme il a encore des repentirs, il propose à Pach, en avril 1922, d'ajouter une note à la traduction américaine pour expliquer que ses vues se sont modifiées, sinon sur la qualité des gens dont il parle, du moins sur la proportion de leur place. Le 4 mars 1923, il annonce la refonte de son dernier chapitre :

(1) Les tableaux synoptiques dressés par Élie Faure à la fin de son livre s'arrêtent sur Cézanne, Rodin et Renoir, qui étaient de la génération précédant la sienne.

(2) Lettre à Walter Pach, 20 juin 1920, p. 1019 du tome III des *Œuvres complètes,* éd. Jean-Jacques Pauvert, 1964. On désignera ce volume par l'abréviation *O.C.*

> J'ai refait aussi presque complètement, rendu plus clair et plus logique la *Genèse contemporaine,* dernier chapitre du 4e volume, et, comme votre traduction n'est pas encore faite, je tiens que pour celle-ci, vous donniez cette version-là, qui j'en suis convaincu, accroît la valeur de l'œuvre. Je n'ai pas touché à Bonnard, mais j'ai augmenté un peu Matisse et Picasso, diminué Marquet, donné une grosse importance à Derain, parlé de Rouault que j'avais méconnu... (1)

Il s'en félicite encore en avril, quand il envoie à Pach cette nouvelle version qui a « plus d'unité, d'harmonie, de cohésion et de clarté (2) », il en est toujours satisfait lorsqu'elle finit par paraître en juin 1924, et il ne la change guère en 1926. Mais en avril 1928, pris de nouveaux remords, il prévoit « des modifications très sérieuses (3) » ; la faillite de Crès l'oblige à reporter ce projet jusqu'en 1935, où il prépare l'édition définitive qui ne paraîtra qu'après sa mort.

Introduction à l'art contemporain

Prête en avril 1923, cette introduction donne un fil directeur à la seconde partie de *L'Art moderne* en reliant la peinture des débuts du XXe siècle – Picasso et le cubisme inclus – au romantisme. Elle fait pendant au « Post-scriptum », daté de 1935 mais écrit en 1924, car si elle enracine l'art contemporain dans le XIXe siècle alors que le texte final ouvre sur l'avenir, elle n'en suggère pas

(1) Lettre inédite à Walter Pach.
(2) Lettre à Walter Pach, 24 avril 1923, passage coupé dans *O.C.*
(3) Lettre à Pach, 22 avril 1928, *O.C.* p. 1072.

moins les mêmes conclusions : faire de la peinture l'art romantique par excellence revient à dire ce qu'Élie Faure proclame ailleurs – que la peinture appartient au passé et qu'elle sera bientôt révolue.

Sources du romantisme

L'Art moderne paraît en janvier 1921, au moment même où *La Grande Revue* commence à publier *Napoléon,* qui sort en volume un peu plus tard (1). En plaçant l'art romantique sous les auspices de l'Empereur, Élie Faure reprend la thèse principale du livre, qui fait de lui un poète ou un artiste dont l'influence sur les esprits aura eu beaucoup plus d'importance que son action politique. Ce sera le Napoléon d'Abel Gance, qui s'inspire d'Élie Faure et lui demande même, en 1926, de faire le commentaire de son film (2).

Sur les pas de Napoléon marche pourtant un peintre qui n'est pas encore tout à fait romantique, le baron Gros qu'Élie Faure laisse aux sources du mouvement parce qu'il reste trop proche du néo-classicisme davidien. Il ne l'en apprécie pas moins, puisqu'il possède une esquisse du *Général Murat à la bataille d'Aboukir* dont la vigueur l'enthousiasme. Et comme il ne cesse pas de lui vouer une grande admiration, il se réjouit en 1936 de l'exposition

(1) *La Grande Revue,* janvier à juin 1921. *Napoléon* paraît chez Crès fin avril.
(2) *Cf.* le dossier sur *Napoléon,* avec les lettres d'Abel Gance, dans le n° 1 des *Cahiers Élie Faure* (1981) ; et la préface de Norman King à la réédition de *Napoléon* dans la collection « Bibliothèque Médiations », Denoël, 1983.

qui lui est consacrée au Petit-Palais. L'article où il en rend compte souligne plus nettement que *L'Art moderne* les contradictions de Gros, mais lui rend hommage pour avoir ouvert la voie au romantisme (1) :

GROS, SES AMIS, SES ÉLÈVES

Tableaux d'apparat. Peinture tricolore. Tous ces artistes, grandis au cœur de l'aventure la plus surprenante qu'ait vécue une nation, se sont gonflés à bloc pour égaler les militaires que Plutarque leur enjoignait de regarder comme des héros mythiques. Ils ont lâché la proie pour l'ombre, soit la connaissance d'eux-mêmes pour la hantise du sujet. La plupart possédaient les dons les plus rares, mais ils restaient coincés entre deux despotismes dont l'intransigeance n'eut jamais d'égale, l'action de Napoléon et l'esthétique de David. L'une leur conseillait le mouvement, l'autre l'immobilité, l'une aussi leur dictait les abstractions impitoyables de l'autorité et de la force, l'autre l'amour concret des belles et denses matières et des ossatures sans défaut.

De là, chez presque tous, la culture obstinée de deux contradictions internes qui prend, avec le plus vivant du groupe, un caractère dramatique, car l'écartèlement, chez lui, n'est plus affaire de principe comme chez son maître David, mais bien chose innée, spirituelle. Il est poussé par son génie à obéir au torrent des batailles, à en respirer l'odeur, la fumée, à en écouter le tumulte, et retenu par une éducation qui comprime son lyrisme et lui souffle les gestes héroïques d'une antiquité mal comprise. De là sa défense entêtée de l'École, justement contre les peintres qui se reclament de lui. De là ces enchevêtrements quelque peu ridicules d'armes, de membres, d'attitudes, encore supportables chez lui parce que sa violence l'emporte, que ses chevaux nerveux piétinent dans la boue sanglante, qu'une haleine de flammes sort de leurs naseaux palpitants, que les morts sont saisis en tas par la glace, que les rythmes de la bataille emplissent l'horizon de feu, mais insuppor-

(1) « Gros, ses amis, ses élèves », *Commune,* n° 35, juillet 1936.

tables chez d'autres, Girodet par exemple, dont les gesticulations forcenées se figent dans la plus cocasse immobilité. De là son suicide à soixante-quatre ans, digne de cette vertu antique qu'il atteignait à ses moments les plus spontanés d'enthousiasme, qu'il manquait dès qu'il se forçait à la dire, et qui le fait renoncer à la vie quand il mesure la distance entre les impératifs de sa conscience et les aspirations de son cœur. De là l'offrande déposée sur sa tombe par ses fils spirituels, Géricault, Delacroix, Barye qui puisent dans son œuvre le sens tragique de l'esprit et libèrent le mouvement en l'unissant à la réalité du drame, en l'intégrant à l'espace, à la durée même, en le replongeant dans les limbes de la vie sentimentale et de la vie universelle.

Les matières splendides dont Gros avait puisé la passion chez David, les gammes opulentes de ton sur ton qui occupent chez lui le premier plan plastique et le premier plan affectif, s'harmonisent chez Delacroix à l'enveloppe, se subordonnent à la valeur, obéissent d'un seul élan à l'unité de l'action même où Géricault les a réintégrées. La pourpre des combats et le déferlement des vagues, la lumière tamisée par la poussière ou la brume domineront désormais uniformes, buffleteries, étincellement de métaux, et la pénombre sourde des vitraux d'Orient que Gros avait su deviner pour rendre plus suffocante l'atmosphère d'une mosquée encombrée d'agonisants, s'étendra maintenant aux crépuscules romantiques, aux frondaisons épaisses où Courbet surprend ses lourdes baigneuses, aux harmonies violentes de Manet – élève de Couture, lui-même élève de Gros – et jusqu'aux ombres chatoyantes, inondées de fleurs et de gemmes, qui rôdent autour des nudités pulpeuses de Renoir.

Au fond, la chaîne est ininterrompue, de Boucher et de Fragonard à Daumier, et, par Daumier justement, à Cézanne. Si vous en doutez, regardez l'étonnante petite toile où Gros a évoqué la *Mort d'Hector.* Voyez aussi la charmante esquisse que David a brossée du *Sacre,* et où vous retrouvez sans effort les foules papillotantes du délicieux coloriste Lami. Malgré la terrible contrainte qui pesait sur eux, les peintres de l'Empire ont maintenu la tradition française renouée par David dans ses matières et ses portraits dont il a transmis à Ingres – quoi qu'on en dise – le naturalisme puissant. Gros est le centre et le sommet du drame de la transmission. Cependant plaignez ses amis d'avoir été moins virils que lui-même, car, en des temps moins tyranniques, ils eussent sans doute réalisé de fort agréables ouvrages, et très français. Il y a là une image de jeune fille de Guérin, le maître de Géricault et de Delacroix, plusieurs portraits de Gérard, esprit d'une constante et désinvolte élégance, voir même un petit paysage italien de Girodet devant lequel on songe à Corot, à Barye, et qui ne sont point des œuvres négligeables. Le problème de l'évasion s'est par malheur posé pour eux, et ils n'avaient pas la puissance de le résoudre. Tandis que Gros l'a abordé de front. Il s'est ensanglanté les doigts aux barreaux de sa cage, il en a ployé quelques-uns. Il a permis à ses disciples de les forcer pour respirer l'air libre. Cela lui vaut notre respect, souvent même notre amour.

Eugène Delacroix

Consacré à Delacroix par son titre, ce chapitre ne laisse qu'une petite place à Géricault, qu'Élie Faure ne dédaignait pourtant pas. En mai 1924, il signale à Walter Pach une exposition Géricault, « émouvante de force et par la rencontre entre la conception sculpturale classique et le mouvement romantique qu'il y introduit (et quel beau portrait de Delacroix !) »; en 1927 il le trouve tout simplement « épatant » parmi tous les romantiques exposés au musée Hugo (1); et en juin 1937, à l'occasion d'une nouvelle exposition, il écrit dans *Commune* un article beaucoup plus élogieux que *L'Art moderne,* en se deman-

(1) Lettres à Pach : 18 mai 1924, *O.C.* p. 1049; 6 juillet 1927, passage coupé dans *O.C.*

dant même si Géricault n'est pas plus profond que Delacroix :

GÉRICAULT

Comme tous les grands cœurs, il a voulu connaître, dès ce monde, le paradis et l'enfer. Ou, plutôt, poursuivre l'enfer jusque dans le paradis. Les femmes, les chevaux, les armes. Il a ravagé sa vie, parce que la vie le ravageait. Il a grandi et médité dans l'un des plus grands drames de l'histoire. Il avait vingt-quatre ans quand Napoléon est tombé. Il est mort à trente-trois ans, plus jeune que Mozart, que Watteau, que Raphaël. A peine plus âgé que Masaccio ou Novalis. Après avoir furieusement aimé, après avoir épuisé, en des courses enragées, sa soif de l'orage, il s'est cassé les reins, désarçonné par un étalon furieux. Pour posséder un avant-goût de sa mort proche, il a fréquenté les aliénés, les moribonds. Il a fini paralysé, et son masque mortuaire ressemble à ces têtes de décapités, à ces visages verts aux narines rétractées, aux tempes sèches, aux orbites creuses, qu'il nous a laissés.

De lui sont sortis tout armés Delacroix, Daumier, Barye. Moins complexe sans doute, moins attaché que le premier aux grandes fréquentations littéraires du passé et du présent, moins peuple que le second, moins concentré que le troisième, mais le plus véhément et peut-être le plus profond. Il a ramassé, dans son œuvre, les vertus des grands classiques, énergie des saillies de Michel-Ange, violence expressive du Tintoret, arabesque tumultueuse de Rubens, structure héroïque de Poussin, éclairement sépulcral de Rembrandt descendu dans sa cave, entre sa servante chaude et sa bouteille de gin, pour en transmettre aux romantiques l'enseignement puisé dans l'amour qu'il avait pour le drame humain, le mouvement universel où se nourrit la tragédie de l'âme, l'infini moléculaire qui fermente dans la mort. Le dynamisme d'un cœur forcené, que tout ce qui est sensible bouleverse, dans l'une des formes les plus stables de la peinture. Figurez-vous un cavalier immobile comme un bronze sur un cheval emporté.

> Il y a en cet homme, resté pour nous mystérieux, une puissance sauvage qu'on n'avait jamais vue et ne reverra plus dans la peinture, et cela dans la rencontre la plus serrée qui se puisse concevoir entre la tradition anthropocentrique sur laquelle vivaient presque tous les artistes depuis la Renaissance italienne, et la conception panthéiste et lyrique ébauchée par les Vénitiens, humanisée par Rembrandt et lancée par lui-même et ses émules dans la décomposition d'un art abandonnant peu à peu les synthèses académiques pour chercher les échos que vient recueillir la musique au seuil des analyses de l'espace et de la lumière où la peinture aboutit. Il était de Normandie. J'ai souvent songé, devant son œuvre, aux drakkars éperonnés de fer qui déchiraient, entre deux murailles d'écume, la houle retentissante.

Mais en 1921, Géricault s'effaçait encore dans l'ombre de Delacroix, qu'Élie Faure vénérait depuis son adolescence. Les pages qui le concernent ont d'abord été publiées dans la revue *La Forge* en novembre 1919 ; quatre ans plus tard, quand il intègre à sa collection « Bibliothèque Dionysienne » les *Œuvres littéraires* d'Eugène Delacroix en deux volumes, Élie Faure présente chacun d'eux par un avant-propos où ses vues commencent à changer. Après l'avoir décrit comme le plus romantique des peintres dans *L'Art moderne,* il suggère ici, encore timidement, qu'il est un classique :

> Nous souhaitons que cet ouvrage révèle au grand public un aspect peu connu d'Eugène Delacroix – ce haut seigneur de la pensée, moins habitué à manier la plume que la brosse et paraissant ainsi un peu guindé, un peu convenu, un peu gêné aux entournures, mais pénétré de la mesure classique qu'il aimait. Peut-être objectera-t-on qu'il l'observait moins aisément quand il était aux prises avec sa forme d'expression la plus naturelle et qu'il brisait tous les cadres et disloquait tous les systèmes sous la poussée

impétueuse des mouvements du cœur et des flammes du cerveau pour précipiter son drame intérieur dans l'épopée lyrique la plus haute de la peinture. Ce n'est point sûr, et ce serait à discuter.

. . . .

Ces *Essais,* les premiers surtout, se ressentent de l'insuffisance des documents dont Delacroix disposait. La critique méthodique n'avait pas encore, à l'époque où il les écrivit, déblayé complètement le terrain du fatras anecdotique et légendaire sous lequel somnolait l'Histoire. En outre, Delacroix n'a pas fait le voyage d'Italie. Il n'a connu Raphaël et Michel-Ange qu'à travers des copies plus ou moins bonnes, des gravures médiocres ou des œuvres secondaires. De là, le ton gêné, quelque peu solennel et pour tout dire académique qu'il adopte pour parler d'eux, si l'on met à part une belle page, à propos de Michel-Ange, sur les conditions de travail qui caractérisent le génie.

Ce ton, on le verra, change sensiblement avec Prud'hon, surtout avec Gros, dont la biographie constitue le morceau capital du volume. Quand il l'écrivit, en 1848, il était au point culminant de sa puissante carrière, toujours attaqué, toujours à demi méconnu, mais glorieux, en pleine fièvre d'exécution de ses grandes œuvres décoratives, entouré d'amitiés fidèles et d'admirations passionnées. Il semble qu'il ait voulu incliner à ce moment-là son prestige si combattu vers l'homme qui avait le plus violemment agité les sources de son génie. Cela dénotait un beau courage. Delacroix, qui ambitionnait son admission à l'Institut, par une sorte de besoin d'équilibre entre l'élément extrémiste qu'il représentait malgré lui et l'élément traditionnel qu'on croyait encore, à cette époque, devoir tirer quelque consécration de l'Académie des Beaux-Arts, ne pouvait ignorer que les arguments sur lesquels s'appuyait son éloge de Gros, n'étaient pas de nature à lui en faciliter l'entrée. Il connaissait parfaitement la valeur d'une « consécration » pareille. Mais on voyait en lui un « révolutionnaire », le chef des révolutionnaires, et cela l'exaspérait. Il faut bien pénétrer, si l'on veut comprendre Delacroix, et particulièrement ses Écrits, ce besoin de mesure et d'ordre qui s'y révèle à tout instant, qui constitue la clef de ses préférences littéraires ou artistiques, de Rubens à Poussin, de Montaigne à Racine et de Mozart à Gluck, et qui est beaucoup moins absent de sa peinture que ne se l'imaginent ceux qui le connaissent mal ou qui ne la comprennent pas.

En 1930, le centenaire du romantisme inspire à Élie Faure des mises au point beaucoup plus fermes. Il préface d'abord un ouvrage de son ami Fernand Vallon, *Au Louvre avec Delacroix* (éditions B. Arthaud, Grenoble), en commençant par de sérieuses réserves sur le sort de ces tableaux dont la matière bitumineuse vieillit mal, et qu'un accrochage désastreux, dans « ce vaste massacre des innocents qu'est le Louvre », rend à peu près invisibles. Puis il relativise les notions de classicisme et de romantisme et, prenant le contre-pied des idées reçues, il montre un Delacroix bien plus classique que Ingres :

> D'abord, toute peinture, quelle qu'elle soit et où qu'elle se manifeste, est romantique d'essence. La peinture est l'art romantique proprement dit. C'est l'art dont la raison d'être consiste à jouer des contrastes, des saillies, des oppositions, du clair-obscur, de l'ombre, de la lumière, des déformations les plus osées dans le plus conventionnel des langages. Les Vénitiens, Michel-Ange, les Espagnols, Rembrandt, Rubens, Watteau ont tous usé de ces procédés que Delacroix n'a fait que retrouver et qu'a définis Cézanne et qui consistent, soit par le moyen de la masse, soit par celui de la ligne, soit par celui de la couleur, soit par celui de l'éclairage, à repousser de l'intérieur des formes vers leurs surfaces expressives le sentiment essentiel qu'il s'agit de manifester. L'existence même de la peinture est liée à cette exigence, que d'ailleurs toute forme d'art subit plus ou moins, même si la raison pure et le sens des proportions prétendent la guider exclusivement. L'eurythmie et la mesure ne sont, en dernière analyse, qu'une idée de l'universel qu'il faut mettre en évidence, ce à quoi ne parviendra le créa-

teur que par des sacrifices incessants à cette idée même, et par suite aux éléments d'expression que lui offre la forme choisie pour la communiquer.

En somme, c'est par le choix entre ces éléments et par la subordination de tous les autres à l'élément choisi que se définit l'œuvre d'art. Or, par la puissance à souligner ce choix et cette subordination, Pascal, Racine, La Fontaine, les plus grands de nos classiques, sont des romantiques avant la lettre, comme les bâtisseurs de cathédrales l'étaient quatre et cinq siècles auparavant. A mesure que les temps s'éloignent, on s'aperçoit que Stendhal et Baudelaire, Barye, Daumier, Balzac lui-même, Delacroix prennent naturellement leur place auprès d'eux. Le romantisme, en vérité, pourrait être réduit à ne se définir que par l'*excès* de la saillie, qui est le principe de l'art même, et de la peinture avant tout. Mais où commence cet excès, où cesse-t-il ? Avec le génie justement. Ce seraient donc les mauvais romantiques, du moins par leurs exagérations, car ils ont pris souvent de belles revanches sur eux-mêmes, Hugo, Wagner, Berlioz, le Michelet extérieur à l'histoire, Rodin ou plus complètement Delavigne, Eugène Sue, Préault, Chenavard, certains peintres allemands du XIXe siècle qui définiraient le romantisme proprement dit. Mais ne trouverait-on pas, à l'âge classique par excellence, côte à côte avec les accents qui exaltent le romantisme involontaire de La Fontaine, Racine ou Pascal, les excès qui le compromettent chez d'autres, Pierre Puget, d'Urfé ou Théophile, souvent même Corneille ? Et, à l'âge romantique par excellence, côte à côte avec les vertus qui affirment le classicisme chez Baudelaire ou Delacroix, la platitude qui le dévirilise chez d'autres, François Ponsard, par exemple, et les peintres académiques ? Il est aisé de montrer qu'Ingres, par ses déformations plus arbitraires qu'expressives et son peu d'intelligence de l'ordre rationnel d'une composition, est à la fois plus romantique et moins classique, en dépit de ses qualités réalistes et sensuelles, que Delacroix, Barye ou Daumier. En somme, il ne serait pas plus difficile de trouver les éléments de définition du bon et du mauvais classicisme chez les artistes du XIXe siècle que du bon et du mauvais romantisme chez les artistes du XVIIe siècle. Le temps use les saillies trop fortes et, au contraire, accuse les charpentes cachées dont la nécessité et la logique n'apparaissaient pas aux contemporains.

C'est l'aventure de Delacroix, qui n'aimait que les classiques dans tous les ordres d'expression et se défendait d'appartenir à une école dont il réprouvait l'esprit tapageur. Ses cadences violentes rentrent aujourd'hui sans efforts dans les lignes générales d'une composition parfois confuse – surtout aux débuts de sa carrière – mais profondément méditée, et où la domination de l'intelligence sur les impulsions du cœur est constante. Qu'il s'agisse des *Croisés,* du plafond d'*Apollon,* de la chapelle des *Saints-Anges,* il est désormais impossible de ne pas apercevoir, distribuant et hiérarchisant les saillies expressives, cette espèce de rythme dansant qui n'appartient qu'à lui dans la peinture et qu'on prenait jadis pour les contorsions de l'impuissance à extérioriser un sentiment trop littéraire, alors qu'il est l'indice et l'instrument d'un lyrisme dont la raison ordonnatrice maîtrise les élans. La *Lutte de Jacob avec l'ange* est peut-être le sommet de son art et de sa pensée et leur plus parfaite explication. Le contraste, qu'il a retrouvé avant Cézanne, ne s'y révèle pas dans la modulation de la matière peinte avec autant d'évidence que dans l'*Andromède,* par exemple. Mais la tendance qui l'a conduit à cette forme d'expression éclate dans la confrontation peut-être involontaire du sauvage caractère de la lutte et du calme environnant. Elle est dans la conscience même du peintre, qui oppose la musculature monstrueuse et la brutalité de l'homme à la grâce et à la structure héroïque de l'Ange, image et exaltation de l'Esprit. On retrouve tous ces caractères dans les *Chasses au lion,* dans la *Médée furieuse et ses enfants,* dans l'enfant du *Massacre de Scio* cherchant le sein du cadavre, dans le *Char du Soleil* survolant le chaos sinistre où siffle le serpent Python, dans le souci constant de faire exprimer à la couleur ou funèbre, ou sanglante, ou orageuse, le drame permanent de la vie intérieure dont il faut savoir envisager impartialement la complexité dramatique pour parvenir à l'objectiver. On

> reconnaît toujours en lui le lecteur de Montaigne, père des classiques du siècle de la tragédie, l'aristocrate spirituel du *Journal,* un sage altier. Devant un tableau de fleurs de Delacroix que je possède, j'ai entendu un enfant s'écrier : « On dirait une bataille. » Et c'est cela. Jusque dans la joie, jusque dans l'ivresse, porter le drame de l'Esprit. Jusque dans l'orgie et le massacre, garder la clarté de la conscience et l'impartialité de la vision.

Au début de juin 1930, le Louvre présente une exposition Delacroix : « un désastre », dit Élie Faure devant ce capharnaüm de toiles accrochées au hasard, et trop souvent discutables ou douteuses (1).

> Exposition Eugène Delacroix. Mauvais local. Je sais bien que ce n'est pas la faute des conservateurs du Louvre si les rois de France, qui l'ont bâti, ignoraient qu'on inventerait un jour « le Musée », et qu'on se servirait de leurs salons et de leurs chambres à coucher pour y installer le plus fameux de tous. Pièces mal orientées, éclairées de trop haut, au surplus par des vitres sales, ce qu'on sait depuis longtemps. Mais c'est encore moins la faute des rois si les conservateurs de ce musée ignorent – ou paraissent ignorer, ce qui est tout aussi grave, étant donné leurs fonctions – les expériences, sinon les lois les plus élémentaires du placement des tableaux. Ils en sont encore non seulement à la conception historique du Musée – thèse à l'extrême rigueur défendable – mais à la conception historique de l'Exposition, imagination qui dégoûterait de la peinture en général et de chaque maître en particulier si le privilège de faire valoir l'une et les autres leur était exclusivement réservé. Il fallait un œil de peintre pour découvrir dans ce capharnaüm de toiles, d'aquarelles, de dessins, de pantoufles et de palettes de toute époque, de toute dimension, de toute qualité accrochés au hasard, les pièces révélatrices,

(1) « Des monuments publics et des expositions posthumes (Eugène Delacroix) », *Ombres solides* (1934), *O.C.* p. 598.

celles qui situent un grand homme précisément dans l'histoire. Car l'histoire – toute l'histoire – n'est pas fonction de la chronologie ni de l'accumulation des événements, mais du choix de l'événement qui rend telle date illustre. Une exposition de peinture, surtout quand il s'agit de l'œuvre d'un seul maître, doit accueillir le visiteur comme si elle était elle-même un peintre qui montrât non pas tous, mais un seul de ses tableaux. Quel que soit le nombre des toiles, l'exposition est mauvaise si une harmonie générale, sans trous, sans taches, sans hiatus ne s'en dégage pas au premier coup d'œil. Ici, l'impression première était un sentiment d'écrasement devant l'abondance de l'œuvre, et de tristesse devant une anarchie harmonique dont les organisateurs de cette glorieuse, mais mauvaise exhibition, sont presque exclusivement responsables – réserve faite du local – mais pourquoi avoir sacrifié Delacroix au Louvre, au lieu d'avoir sacrifié le Louvre à Delacroix (est-ce encore une erreur d'historiens et de fonctionnaires ?). Trop, beaucoup trop de toiles, dont un trop grand nombre discutables du point de vue qualité – ou pas discutables du tout, hélas ! – ou même, ce qui est plus grave encore, toiles douteuses, aujourd'hui définitivement authentiquées par l'exposition elle-même dont le catalogue, dès son impression, a dû faire pousser un soupir de soulagement à certains « amateurs » qui songent à la vente future avant même de s'être donné le loisir de caresser à leur aise leur acquisition.

J'insiste, car le cas se répète trop souvent, et quand il s'agit d'une manifestation de cette envergure, c'est un désastre. J'ai parlé du placement. Le placement est un art, et très grand, qu'il faut laisser aux artistes, à UN artiste, et qui est fait d'une intuition fulgurante de l'harmonie, beaucoup plus que de science, voire de conscience. Un art de chef d'orchestre si vous voulez. Un art d'architecte. Un art de jardinier. Un art de couturière, de modiste, de bouquetière même. Un art de peintre simplement. Vigueur, douceur, hauteur, direction, diffusion, concentration de la lumière selon la qualité de la toile elle-même. Sens des contrastes et des alternances rythmiques entre des paysages qui doivent presque toujours fuir et des portraits qui doivent généralement avancer. Reprises périodiques des dominantes claires et des dominantes foncées. Arabesque des dimensions et des formes des tableaux, de l'enchaînement et du mouvement des figures – surtout quand il s'agit d'un peintre aussi véhément que Delacroix – des tons, des largeurs et des épaisseurs des cadres eux-mêmes. Groupement des masses orchestrales, déroulement des lignes mélodiques, dispersion tactique des rappels. Et d'abord, TOUT en cimaise, sauf exceptions déterminées précisément par les formes et les attitudes des tableaux.

Ici régnait, dans toute son innocence, la grosse, la constante erreur qui consiste à placer toujours le grand tableau au-dessus des petits. On m'objectera sans doute, que si le petit est au-dessus du grand on ne pourra pas le voir. Tant mieux s'il est mauvais. Mais en ce cas qui vous force à vous en encombrer comme d'ailleurs du mauvais tableau mesurant vingt mètres carrés ? De deux choses l'une : ou une toile ne vaut rien et alors pourquoi l'exposer ? Ou elle est belle et alors pourquoi s'ingénier à nous empêcher de la voir ? Pas de hiérarchie, sinon esthétique. C'est pour cela que la cimaise seule convient aux chefs-d'œuvre, quelle que soit leur dimension, et que le placement ne doit procéder que de juxtapositions linéaires et de contrastes alternants, presque jamais de superpositions [a]. Je songe en ce moment à la *Chasse au lion* à demi brûlée du musée de Bordeaux qui reste, malgré sa mutilation, la plus belle peut-être des grandes toiles de Delacroix par sa puissance polyphonique, son arabesque circulante en surface et en profondeur, la saveur fruitée des matières, les oppositions enchevêtrées, la sobriété grave des éléments dramatiques, dents et griffes, muscles saillants, fureur des mufles froncés, quelques gouttes de sang vermeil sur une croupe grise. Il fallait se donner des torticolis pour l'entrevoir au-dessus d'une étonnante ébauche – *Chasse* aussi – qui ne résistait à ce poids vertical que grâce à sa vive fraîcheur. TOUT doit être en

a. Il me semble que ces superpositions ne devraient être autorisées qu'à condition que le bas de la toile supérieure ne fût pas au-dessus de la hauteur des yeux.

cimaise. Et par surcroît, séparé par des distances suffisantes, proportionnées aux dimensions de chaque toile et des toiles voisines. Qu'est-ce qu'un tableau ? C'est une mesure de l'espace. Si vous empilez au hasard cent mesures différentes de l'espace, une cacochromie (pardon !) atroce en résultera. Il ne faut pas avoir à chercher le chef-d'œuvre dans une exposition magistrale. Je le répète : le chef-d'œuvre, c'est l'ensemble qui doit le réaliser.

Il est vrai qu'Élie Faure avait proposé de prêter deux toiles de sa collection, le tableau de fleurs et une étude pour les *Massacres de Scio,* et qu'il avait été très dépité qu'on ne les retînt pas.

Le chapitre d'*Ombres solides* où il critique cette exposition et quelques autres se poursuit par un long texte sur Delacroix :

Ces généralités exposées et ces mises au point tentées, sinon réussies, sans illusions d'aucune sorte sur les suites qu'elles pourraient comporter selon l'optimisme d'un homme plus jeune que moi, on pourrait se demander pourquoi il fut décidé par de graves personnages, que le centenaire du romantisme tombait en 1930. En souvenir des Trois Glorieuses, peut-être, qui marquent assez visiblement le passage en France, et en Europe, du monde féodal un peu trop violemment bousculé quarante ans auparavant au monde bourgeois assagi et ramassé sur lui-même pour les conquêtes du travail et de l'argent. Au fait, l'épanouissement romantique coïncide assez bien avec le règne de Louis-Philippe, et même avec l'esprit de ce règne, qui constitue le point culminant – ou pour mieux dire hypertrophique – de l'effort unilatéral, et poussé dans une direction exclusive – *romantique* – de la classe montée au pouvoir grâce à la Révolution. Balzac, Hugo, Dumas, Ingres, George Sand, Stendhal, Daumier, Michelet, Corot, Vigny, Gérard de Nerval, Musset, Delacroix y ont conçu et exécuté leurs travaux essentiels, et Chateaubriand lui-même y écrivit sa plus belle œuvre, je veux dire les *Mémoires d'outre-tombe.* Mais les *Méditations poétiques* sont de 1820, et la plus tapageuse des manifestations romantiques, la préface de *Cromwell,* de 1827. Et si l'on consent à accorder à la peinture, longtemps parente pauvre de la littérature, la place qui lui revient, il faut bien constater que la *Barque de Dante,* qui fit du bruit, et même beaucoup de bruit, est de 1822, et le *Radeau de la Méduse,* qui en fit plus encore, de 1819. Grand règne tout de même, et date bien choisie. La pieuvre romantique y est tapie au seuil de son antre, digérant par l'histoire un passé révolu avec le renoncement aux pouvoirs révélés et absorbant de tous ses tentacules l'avenir et le monde par les lointains récits et les lointaines aventures que l'expansion de la démocratie ouvrait de tous les côtés. Louis-Philippe, quoique plus intelligent – sinon plus représentatif – que son aïeul illustre de l'autre grand siècle, n'y fut sans doute pas pour grand-chose. Mais la seconde révolution, qui l'intronisa, y fut pour beaucoup. On dirait même que Delacroix, dont cependant les sentiments conservateurs ne semblent guère avoir varié, tint à exprimer le symbole de cette renaissance pour ainsi dire explosive quand il peignit, dans les quelques semaines qui suivirent l'insurrection, sa *Liberté guidant le Peuple.* Il ne la renia jamais. Quelles que fussent ses opinions politiques ou sociales, une fierté constante ne cessa de les dominer, celle du chef. Il exigeait, vingt-cinq ans plus tard, alors qu'on la cachait dans les greniers du Louvre, que cette toile figurât en bonne place à l'exposition de 55.

Malgré la bonne opinion qu'il avait de son génie – comme toutes les hautes natures qui, doutant sans cesse d'elles-mêmes, se rassurent dès qu'elles se comparent à la plupart de leurs contemporains – je doute que Delacroix ait prévu que, trois quarts de siècle après cette manifestation, qui fut pour lui l'occasion d'un triomphe retentissant, son œuvre pût servir de prétexte exclusif à la glorification de l'art romantique. Prétexte nécessaire d'ailleurs, car Delacroix, avant la commémoration récente, n'occupait pas dans les esprits sa vraie place, et je doute même qu'il y accède après. Degas, il y a vingt ans encore, l'appelait « le meilleur marché des grands peintres ». Beaucoup, même parmi les peintres, l'ignorent en tant que peintre, si tout le monde le connaît en tant qu'animateur. Les dégâts qu'ont malheureusement subi la plupart de ses toiles – surtout les grandes – la compétence en général douteuse des fonctionnaires chargés des achats de l'État, la dispersion de ses ouvrages, l'exceptionnelle et brusque faveur de la peinture impressionniste et post-impressionniste, la réaction fatale qui suit toujours les plus grandes actions, le néo-classicisme des années 1900, – autant de raisons pour qu'on le connût mal, même ceux qui aiment la peinture et devant qui les collections particulières, sans doute pour cette raison, s'ouvrent difficilement. On peut donc dire que l'exposition du Louvre, pour quelques-uns la consolation et la vengeance, a été pour la plupart bien plus qu'une révélation – une révision obligée de leurs préjugés, de leurs idées, voire de leur éducation, j'entends la seule qui compte, celle que nous demandons à notre curiosité de nous-mêmes. Ses aquarelles, notamment, joyaux vivants, infiltrations de coraux et d'émeraudes dans la matière succulente des terrains, des arbres, des ciels, des maisons et des fleurs, exactes notations transposées sans effort dans les profondeurs du plus riche esprit qui fut peut-être jamais dans la peinture, nous étaient presque inconnues avant cette exposition. Il faut en remercier ceux qui l'ont conçue, et même organisée, malgré les vices déplorables de cette organisation.

Plusieurs ont profité d'une manifestation contemporaine – l'exposition de quelques belles œuvres de Corot dans une galerie privée – pour instituer non pas un parallèle – le vieux parallèle classique – mais une distribution de prix entre ces deux maîtres. Manie singulière, et par malheur fort répandue. Pascal et La Fontaine ne sont ils pas contemporains ? Et qui songerait, aujourd'hui, à effacer l'un de ces noms de la littérature sous prétexte d'élargir la place de l'autre ? C'est le miracle de l'Esprit qu'une même époque puisse dessiner des images si différentes et si magistrales à la fois de ses mouvements intérieurs. Je n'ai pas écrit ces deux noms au hasard, car si Corot, par la fraîcheur intarissable du lyrisme, l'équilibre constant des éléments harmoniques, la pureté des impressions, la simplicité des réactions, cet accord miraculeux entre l'objet et le sujet, cette recréation en apparence aisée d'une nature qui ne ressemble tant à « la nature » que parce qu'elle en élimine tout ce qui n'est pas en elle facteur d'unité, de proportions mesurées et de continuité mélodique fait tant songer à La Fontaine, Delacroix est, de tous les peintres, celui qui rappelle le plus constamment Pascal.

Il est bien inutile de se reporter à son admirable *Journal* pour apercevoir une parenté qui s'affirme dès ses premières œuvres et qui s'accentuera jusqu'à la fin malgré l'intervention croissante d'une énergie intellectuelle de plus en plus décidée à accepter l'univers dans toutes ses contradictions à mesure que grandit en lui le drame du sentiment. Car si Montaigne, du propre aveu de Delacroix, semble avoir exercé sur son esprit une action plus continue, et même plus profonde, c'est bien au poète du drame qui gronde en ceux pour qui la vie puise son intérêt dans l'approfondissement de ses problèmes intérieurs, que Delacroix fait le plus constamment songer. Il n'y a d'ailleurs d'autre distance entre Pascal et Montaigne que celle de la révolte au consentement. La contradiction fondamentale est la même, et si l'un cultive un pessimisme héroïque qui la vainc par la résolution d'en tirer en cette vie même le plus noble usage humain, l'autre pourchasse avec douleur un optimisme rationnel qui cherche dans la culture d'un seul de ses termes une réponse impossible à trouver hors d'une hypothèse vérifiable uniquement dans la mort. J'ai écrit ailleurs que Delacroix mêlait, « dans l'unité vivante et mystérieuse du poème, le fatalisme profond des grandes âmes, le scepticisme universel des grandes intelligences, la foi invulnérable des grands cœurs ». Et il me semble que Pascal et Montaigne pourraient l'un et l'autre accepter sans déchoir ce programme. Delacroix – j'invoque ici toutes ses œuvres où, pour qui sait voir, le drame est toujours présent, et non pas seulement la *Lutte de Jacob avec l'Ange* – Delacroix est déchiré sans cesse par l'antagonisme où s'affrontent les deux forces impitoyables qui poussent l'homme à livrer au néant un combat que son idéalisme lui impose, en même temps que sa clairvoyance lui en montre la vanité. Montaigne ici, et là Pascal. Delacroix pensait que l'effort humain est un poème qui se suffit à lui-même, où la récompense de l'homme est d'agir dans le sens d'une illusion supérieure avec autant de ferveur que s'il devait un jour ou l'autre en être effectivement récompensé. Il conduit d'une main ferme l'attelage des passions furieuses – char du soleil vainqueur des puissances de l'ombre, qui mène le héros à participer, jusqu'à son dernier souffle, à l'édification de Dieu.

Si Montaigne est d'ailleurs un classique avant la lettre, Pascal est un romantique avant la création du mot. Comme Racine. Tout, en ces deux dernières œuvres, concourt à organiser une harmonie rationnelle et verbale autour de la saillie furieuse d'un sentiment exceptionnel. Or, c'est ici la raison d'être du romantisme, défini à son insu par Delacroix, quand il écrit de Rubens, autre romantique : « Sa principale qualité... c'est la prodigieuse saillie, c'est-à-dire la prodigieuse vie... C'est à réaliser le problème de la saillie... qu'arrivent seulement les plus grands artistes. » Mais justement, ils n'y parviennent qu'à condition d'employer à cette réalisation tous les autres éléments de leur art, c'est-à-dire en obéissant à un impératif de subordination hiérarchique qui définit le classicisme, et sans lequel le classicisme ne peut même être conçu. Ce qui revient à dire que tout créateur est nécessairement un romantique, puisque l'art ne peut vivre qu'en mettant en lumière la domination d'un caractère donné, et nécessairement un classique puisqu'il ne peut y parvenir qu'en y faisant concourir, dans l'ombre du sacrifice, tous les caractères propres à accentuer celui-là. Et nous en avons bien la preuve, puisqu'il nous est facile de découvrir aujourd'hui, chez la plupart des grands classiques de la littérature et de la peinture, des romantiques qu'on ignorait, s'ils ne s'ignoraient peut-être pas eux-mêmes, et puisque les gardiens du temple classique d'aujourd'hui consentent à y admettre des artistes qui, comme Balzac, ou Baudelaire, ou Barye, ou Delacroix même, avaient passé jusqu'ici pour des romantiques impénitents. Ainsi, la position de Delacroix est diamétralement renversée, comme il l'eût désiré et comme il l'indiquait d'avance lui-même quand, fanatique du concert, il préférait Haydn, Haendel ou Mozart à Beethoven, remontait à Montaigne, Racine et Poussin pour désigner dans la pensée française ses ascendants véritables, détestait Berlioz et Hugo et ne cachait pas sa préférence, entre tous ses contemporains, pour Stendhal, le plus sobre et le moins redondant de tous. Remarquez tout de suite que, contrairement au préjugé qui régnait à son époque et qui n'est pas encore aujourd'hui complètement effacé, d'Ingres et lui, c'est le premier qui penche le plus vers les défauts romantiques, alors que les vertus du classicisme séduisent plutôt le second. La forme de Delacroix reste toujours d'instinct fonction du mouvement et de l'expression dramatique dont les nécessités la forcent, la redressent, la convulsent, l'apaisent grâce à la pénétrante intelligence qui purifie, ordonne et maîtrise sans cesse tous les mouvements intérieurs. Tandis que le mouvement imposé désarticule sans cesse, parce qu'il vient de l'extérieur, la forme qu'Ingres s'évertue à maintenir dans les frontières rigides d'un classicisme apparent. Ce n'est pas la faute de Delacroix si ses détracteurs – parfois même ses thuriféraires – ont aperçu uniquement les sentiments que le sujet – si souvent emprunté à la littérature et à la légende – semble exprimer en les exagérant, et n'ont pas su voir la lucidité constante qui préside au rythme dansant des escadrons qui se heurtent, au ballet des chasses où les chevaux terrorisés emportent un fauve rugissant agrippé à leur garrot, au contraste vivant de ces corbeilles de fleurs où les caillots de sang se mêlent à la perle des aurores, au mouvement universel des lignes ondulantes et des volumes en action. Qu'y a-t-il, après tout, de plus *dessiné* que la foudre, ou qu'un serpent qui se tord, ou qu'une banderole dont les flammes soulignent la fuite des nuages et la direction du vent ? Songez à ces ruelles serpentantes des *Croisés à Constantinople,* qui accentuent avec tant de bonheur le flottement des étendards, le bruit des armes heurtées, toute cette atmosphère de désespoir et de carnage dans la splendeur de l'horizon marin ?

On ne se soustrait pas à son milieu, si grand qu'on soit. Sans le jansénisme et les jésuites, et Descartes, Pascal n'eût pas été Pascal. Et sans le romantisme, plus vieux que lui, Delacroix n'eût pas été Delacroix. Comme « la nature » elle-même, le romantisme fut pour lui un « dictionnaire ». Il ne pouvait pas ne pas respirer l'enivrante atmosphère dont une unanime aventure avait, depuis un demi-siècle, entouré toutes les âmes. Songez-y bien. On traduit, on exhume tout. Dante ouvre les Enfers, Shakespeare dialogue en égal avec les rois, les assassins, les vierges, les alouettes, les étoiles. Hier, la musique allemande a « creusé le ciel » tout à coup et Rousseau a redécouvert les communions sentimentales avec l'univers physique et les effusions du cœur. Et voici l'éruption tragique, hors du silence, du peuple portant la hache d'une main, le rameau d'olivier de l'autre. Voici la brusque entrée, avec les armées françaises victorieuses ou vaincues, des pyramides et des mosquées roses pointant, dans le tremblement de l'air chaud, au-dessus des sables et des palmes, des brumes laissant entrevoir, par leurs déchirures vite fermées, l'or scintillant au fond des fleuves sombres que des tours et des clochers bordent, des bulbes d'émail apparus dans les tourbillons de la poussière et de la neige, l'Afrique et la Grèce rouvrant, huit siècles après les croisades, vingt-cinq siècles après Salamine, la source des livres sacrés. Voici Prométhée resurgissant vivant, alors qu'on avait oublié Eschyle, pour lancer le feu du ciel contre les trônes dans le grondement des canons et la houle des drapeaux. Atmosphère propre, d'ailleurs, comme celle de la Renaissance, au développement des personnalités puissantes obligées – alors que l'architecture matérielle s'effondrait avec la corporation, l'architecture mystique avec la révélation, l'architecture sociale avec la monarchie, – de saisir dans leur vie intérieure même les éléments d'un édifice intellectuel capable de soutenir, au moins dans leurs poèmes, le vieil univers qui se dérobait. Règne romantique par conséquent de la littérature et de la peinture, arts individuels entre tous. Mais aussi, nécessité classique d'un ordre capable, par l'effort de quelques-uns, de se répandre de proche en proche comme un ciment qui se solidifie entre un organisme mort et un organisme embryonnaire et forme ainsi la seule construction monumentale qui permette d'affirmer que dans tel chaos, à tel endroit et à telle heure, vivent un homme ou des hommes capables, par la seule vertu de l'héroïsme, d'assurer dans le devenir la continuité de l'esprit. Delacroix, quand il dit que « la nature » n'est qu'un « dictionnaire », parle des matériaux de son travail. Mais il dit un autre jour : « Il n'y a que l'homme qui fasse des choses sans unité. La nature trouve le secret de mettre de l'unité même dans les parties détachées d'un tout. » D'où nous pouvons conclure, en rapprochant l'une de l'autre ces deux assertions apparemment contradictoires, que « l'imitation » de la nature réside dans la création d'une unité comparable à la sienne, c'est-à-dire organique, tâche finale de la science, peut-être, et toujours actuelle de l'art. Même si le romantisme est un crime, même s'il est, comme on l'a dit, l'expression de l'exceptionnel et non, comme je le crois, l'expression à un moment donné nécessaire d'un sentiment unilatéral qu'exige à ce moment-là l'unanime désir des hommes, Delacroix sera absous pour avoir, par des moyens classiques, imprimé à ce sentiment l'unité, donc la vie – par suite l'immortalité.

*

Comme tous les grands inventeurs, Delacroix n'a rien inventé. L'ordre classique n'est jamais que la mise en évidence d'une proportion de rapports. Ce qui change, et ce qu'il s'agit de découvrir, non d'inventer, ce sont les éléments qui servent à établir ces rapports. Delacroix n'a fait que révéler un organisme nouveau, et son agencement en proportions nouvelles, dont tous les éléments à peu près sans exception lui ont été fournis précisément par les plus grands classiques de la peinture. Je veux dire l'arabesque de Raphaël, la saillie de Michel-Ange, la participation à la forme des ombres colorées, des mille reflets dansants et des échos réciproques entre le fini et l'infini par quoi les Vénitiens ont inauguré la symphonie – trois conquêtes que résume l'œuvre de Tintoret –, le mouvement organique universel introduit par Rubens dans cette arabesque italienne, le clair-obscur et le drame moléculaire de Rembrandt, le contraste des Espagnols. On s'explique aisément que la dernière œuvre de Cézanne ait été cet *Hommage à Delacroix* qu'il n'acheva malheureusement pas. Il avait trouvé en Delacroix non seulement la révélation de la peinture classique reconstituée avec la fougue et l'intuition du génie dans une œuvre qui en rassemble toutes les conquêtes, mais aussi cette « modulation contrastée » dont l'origine se retrouve chez Greco, chez Velazquez, chez Goya, et qui permit au maître aixois d'inaugurer *systématiquement* un mode de peindre sinon tout à fait nouveau, du moins déterminé à faire désormais tourner autour de lui toute la construction plastique. Je me souviens encore du jour où je vis pour la première fois, il y a quelque trente ans, une photographie de cette *Andromède* enchaînée que Delacroix peignit vers 1847. Je la pris d'abord pour un Cézanne, et compris pourquoi Cézanne a toujours gardé dans sa chambre, à l'exception de toute autre œuvre, une grande aquarelle de fleurs due au pinceau de Delacroix. Celui-ci avait poursuivi jusque dans la technique picturale cette hantise de la contradiction intime qui suffit à marquer les grandes natures et qu'on retrouve chez lui aussi bien dans le sujet que dans la structure plastique et les contrastes continus que l'un et l'autre présentent. Je songe à toutes ces toiles véhémentes où toujours et partout éclate une contradiction fondamentale dont le rôle du génie est justement, par le miracle qu'il porte en lui-même, d'affirmer l'accord harmonique – et même à ses tableaux de fleurs devant l'un desquels j'ai entendu un enfant s'écrier : « On dirait une bataille. » Jusque dans la joie, jusque dans l'ivresse, porter le drame de l'esprit. Jusque dans l'orgie et le massacre, garder la clarté de la conscience et l'impartialité de la vision.

C'est autour de 1840 que Delacroix semble avoir adopté cet nouvelle manière de peindre, dont Cézanne a tiré, avec son obstination géniale, un si admirable parti. Elle s'ébauche déjà manifestement dans quelques œuvres qui précèdent les *Croisés à Constantinople,* où elle s'affirme pour la première fois très lisible et très consciente dans la femme nue du premier plan qui soutient le cadavre de sa mère.

M. Meier-Graefe[a] avait déjà souligné l'habitude de Delacroix à « se faire la main », comme il le disait lui-même, et qui le poussait à reprendre des motifs anciens – dont le *Massacre de Scio,* entre autres, lui offrit plusieurs prétextes – précisément dans les quelques mois qui précédèrent les *Croisés.* Et M. Alfred V. Churchill[b], dans une étude aussi documentée que pénétrante, a récemment confirmé ces constatations. Or, c'est surtout dans ces études préparatoires, dans ces gammes pourrait-on dire, qu'apparaît cette technique, renouvelée des peintres espagnols, qui trouva son application la plus impressionnante dans l'*Andromède* en attendant les réalisations aussi gauches qu'une force élémentaire mais aussi formidables qu'elle, que Cézanne parvint à en tirer. A partir de ce moment-là, dans quelques toiles peu comprises, comme cette admirable *Adam et Eve chassés du Paradis terrestre* (1844) qui fait songer à Rembrandt, et notamment dans ces splendides études de fauves qui abondent dans les collections et les musées – la Collection Thomy Thierry par exemple – il en fera, sans jamais se soumettre à elle, l'un des instruments les plus émouvants de son arsenal expressif, si riche, si complet qu'il doit être considéré, sans doute parce qu'il ajoute à l'apport de la peinture antérieure l'offrande d'une âme toujours suspendue pour sa gloire entre « les deux abîmes de l'infini et du néant », comme l'initiateur réel de toute la peinture qui le suit.

De ce point de vue, l'Exposition du Centenaire n'a peut-être pas été pour tout le monde une révélation, mais pour quelques-uns une confirmation. On retrouve partout l'action fécondante du grand homme, non seulement sur Cézanne, mais sur tous ceux qui ont précédé Cézanne, sur tous ceux qui l'ont accompagné ou suivi, sur tous ceux qui ont recueilli, souvent à leur insu, les enseignements de cet aristocrate solitaire qui n'a jamais eu d'« atelier », ni même

a. *L'Art moderne* (Putman, 1908).
b. *Bulletin of Smith College Museum of Art* (Northampton, Massachusetts), avril 1930.

à proprement parler d'élèves[c]. Il ne faut pas oublier que Delacroix avait dix ans de plus que Daumier, quatorze de plus que Rousseau, seize de plus que Millet, vingt et un de plus que Courbet et Chassériau, vingt-six de plus que Monticelli, et qu'il est facile chez tous ceux-là, – et bien d'autres – de retrouver la trace de son passage impérial. Tous l'ont avoué d'ailleurs, même Courbet, malgré sa vanité hypertrophique, ricanant devant les œuvres de David à sa première visite au Louvre, mais s'arrêtant court devant le *Massacre* pour dire : « Ceci est mieux. Mais j'en ferais bientôt autant si je voulais. » Millet disait à qui voulait l'entendre sa vive admiration pour Delacroix. Rousseau écrivait ceci : « L'art de Delacroix est puissant comme une voix de l'enfer de Dante, l'enfer de notre siècle. Dans ses lamentations exagérées et ses triomphes retentissants, il y a toujours le souffle de la poitrine, son cri, son mal, et le nôtre... » Et si l'attitude des exilés de Barbizon représente à ce moment-là le comble du romantisme en action, il faut se souvenir surtout de leur amour pour les contrastes naturels, le drame permanent des lumières et des ombres, des forêts mortes et des forêts vivantes, les gestes apocalyptiques du travail, l'orage expressif qui gronde dans la torsion des chênes et apparente au paysage de la fresque de Saint-Sulpice toutes les compositions de Rousseau. Chassériau, on le sait, abandonna Ingres pour le suivre. Monticelli a organisé, autour de la pourpre de ses fleurs et de la pourpre de ses meurtres ce brouillard de fièvre et de feu où le romantisme du maître éclate, si son classicisme y disparaît à peu près complètement. Tout l'impressionnisme, tout le post-impressionnisme lui rendirent spontanément hommage et reconnurent en lui – Signac, lui-même issu de Delacroix, nous l'a minutieusement exposé[d] – le précurseur. Degas, Odilon Redon qui, par surcroît, a écrit sur lui une page émouvante, en ont fait nombre de copies.

c. Andrieu, Lassalle-Bordes, de Planet par exemple ont été beaucoup plutôt des praticiens employés par Delacroix que ses véritables élèves.

d. *De Delacroix au néo-impressionnisme* (*Revue blanche,* 1899).

Manet, Whistler, Legros figurent dans l'*Hommage à Delacroix* du bon peintre Fantin-Latour. Et à ceux qui y remarqueraient l'absence de Monet, bien jeune alors, on eût pu montrer à l'exposition du Louvre cette aquarelle étincelante – *Coucher de soleil sur la mer* – où palpite déjà la brume illuminée de la Tamise, où ruissellent déjà dans les vagues les pierreries de la Lagune. Renoir a copié, entre autres toiles, la *Noce juive,* et m'a dit un jour qu'il devait aux *Femmes d'Alger,* dont il déplorait la dégradation avec des larmes dans la voix, tout ce qu'il savait en peinture. Van Gogh, qui l'a copié aussi, n'a eu qu'à hausser quelque peu les tons, à forcer un peu plus les lignes, pour obtenir ce crépitement d'incendie à qui ses toiles font songer. Tous les « fauves », Matisse au premier rang, sont dans cette ébauche enflammée de la *Chasse au lion,* symphonie de fleurs et de sang qui figurait au Centenaire, et où Soutine point déjà. Derain n'a pas encore cessé d'osciller entre les ocres roux de Corot et les bruns fauves de Delacroix et les avoue l'un et l'autre pour ses maîtres les plus directs. En faut-il plus? Comme tous les vrais grands hommes, il est la source intarissable qui, par des voies souterraines invisibles, rejoint les autres sources où s'abreuvent les vieux et les jeunes guerriers avant comme après le combat.

Tout le monde a tenté, depuis un demi-siècle, après Baudelaire et Silvestre, d'évoquer la physionomie totale de cette œuvre, la plus vaste et la plus saisissante de la peinture française et qui en constitue la plus élevée – sinon la plus parfaite – expression, d'autant qu'elle marque l'épanouissement, dans une époque tumultueuse de l'Histoire, des problèmes intellectuels introduits par Poussin dans la rigueur des rythmes plastiques victorieux des impressions sentimentales. Je ne m'y hasarderai plus. J'ai voulu seulement montrer ici l'un des aspects – celui qui, à mon sens, est le mieux apparu au cours de cette exposition manquée, mais très précieuse, de ce génie héroïque dont on ne saurait mesurer l'importance dans nos destins. « Alchimiste de la couleur », comme nous le dit Baudelaire, mais sortant de son laboratoire surchauffé pour promener dans les salons, derrière l'écran d'une courtoisie imperturbable, le regard hautain du maître et du juge, dominateur, sinon distant, cachant la constante anxiété de son cœur et de ses instincts sous le calme conquis de son intelligence – il se peut bien qu'il ait porté dans la peinture la plus profonde tragédie philosophique qu'elle ait jamais exprimée. Son œuvre a une valeur spirituelle dont on ne peut plus détacher les jugements qu'elle inspire, dès qu'on a pénétré le sens intérieur de ce dessin grandiose et convulsif qui n'est jamais que l'expression volontaire du drame, comme les oppositions, les passages, les contrastes et les groupements chromatiques demeurent à son insu le reflet instinctif des mouvements secrets qui le manifestent en lui. Ce prince d'Orient, olivâtre de teint, fiévreux, frileux, avec ses cheveux noirs où des traînées d'argent mettent des lueurs électriques, avec ses mains nerveuses et son visage de grand fauve, demeure l'homme qui a fait entrer dans la mesure et la sécurité occidentales la plus grande somme de doute, d'angoisse, de poésie, de mystère et de douleur qu'elle puisse contenir. Si je voyais un jour des flammes faire éclater les vitres et s'échapper au dehors par les joints et les lézardes de la façade de Versailles, je songerais à Delacroix.

La saillie romantique et Honoré Daumier

Élie Faure fait de la « saillie », selon un mot qu'il emprunte à Delacroix, la caractéristique du romantisme. Cette déformation expressive va « dans le sens des indications de la forme (1)» chez les plus grands, mais peut aussi être systématiquement forcée – défaut que Faure retrouve jusque chez Rodin ou Bourdelle.

Représentant cette tendance commune à l'époque, Daumier occupe ce chapitre en tant qu'artiste romanti-

(1) *Ombres solides, O.C.* p. 606.

que, et non comme le caricaturiste qu'on voit trop exclusivement en lui selon une idée reçue qui exaspère Élie Faure. Celui-ci insiste au contraire sur la puissance de Daumier à construire comme un sculpteur ou un architecte; il voit en lui un bâtisseur de formes au même titre que Delacroix; il rappelle volontiers son influence sur Cézanne (1). Dans *Ombres solides,* en 1934, il finit par le comparer à Michel-Ange :

> [...] On a comparé bien souvent Daumier à Michel-Ange, et Corot, sortant de la Sixtine, disait que les fresques de la voûte lui avaient fait comprendre la peinture de son ami. Mais c'est surtout, il me semble, dans l'interminable série de ses *Don Quichotte,* toujours aride de matière, toujours grandiose de dessin, vide de toute forme inutile à l'accentuation du symbole, dépouillée, auguste, monotone, qu'il fait penser plus que nul autre, et je dirais presque à l'exclusion de tout autre, au Titan. Comme Michel-Ange avec les prophètes d'Israël, qui ne sont plus pour nous que des voix gigantesques tonnant sur un invisible désert, il a créé, avec le prophète de la chimère, une réalité seconde, mille fois plus directe, plus émouvante, plus *vraie* que la *vraie* Réalité. Comme chez Michel-Ange, tout fait silence autour pour laisser agir le seul drame, suspendu dans sa propre solitude, pareil au son de la cloche tapi dans le bronze au repos. J'en appelle à ceux qui sont entrés dans l'illustre chapelle et ont écouté : car c'est une voix, rien qu'une voix qui retentit. Il est impossible d'imaginer une réalité plastique plus abstraitement reliée à l'intelligence qui l'a voulue. Il est impossible d'embrasser de plus près le visage concret du monde, impossible d'aller plus avant dans sa spiritualité. Comme la *Création de l'homme,* le *Don Quichotte* de Daumier est l'une des très rares œuvres qui démontrent, par leur qualité propre, qu'il n'est rien de plus chargé et même accablé

(1) « Paul Cézanne », 1er mai 1910, repris dans *Les Constructeurs, O.C.* pp. 49 et 51.

d'humanité, de sensualité, d'aspirations sentimentales que l'esprit privé de sa chair, réduit à son ossature, tendant à la vie symbolique sans même s'en apercevoir.

Pour moi, ayant toujours présentes sous mon regard ces figures singulières, je ne puis lire *Don Quichotte* sans y puiser cette sorte d'ivresse nostalgique évidemment réservée jusqu'à la fin du monde à ceux qui vivent dans l'espoir d'une terre promise qu'ils n'atteindront pas. Ils sont sublimes, ils sont burlesques, et fous, et sages, que sait-on ? Partout, toujours en marche, dès l'aube et encore au crépuscule, et dans la poussière des plaines, et souvent au cœur de la nuit quand le songe les ressuscite, leur refusant le repos, pourquoi l'illusion cesserait-elle de se déplacer devant eux ? Car c'est eux qui sont la proie de l'illusion, et l'illusion ne sera pas leur proie. C'est elle qui a émacié de la sorte l'adorable hurluberlu. Que deviendra mon Don Quichotte, lâché sur les routes de l'avenir par un poète imprudent ? Je voudrais le prendre sur mon cœur, le réchauffer entre mes bras, le conjurer de cesser sa poursuite, mais c'est elle – l'illusion – c'est elle qui ne veut pas, qui l'arrache à mon incrédulité comme à ma tendresse, et, parce que je l'aime, je le suis. « Je l'aime », dit Sancho. Daumier l'a croisé sur sa route, cheminant avec une majesté et une autorité croissantes dans l'espérance et le désespoir confondus d'une humanité éprise d'elle-même, mais en même temps ironique envers elle-même, parce que se sachant condamnée à ne jamais finir son propre enfantement.

Dominique Ingres

Élie Faure n'a pas plus retouché ce chapitre que tous ceux qui composent « Le romantisme et le matérialisme », mais il l'a complété en rééditant dans la « Bibliothèque dionysienne » *L'Atelier d'Ingres* que le disciple de celui-ci, Amaury-Duval, avait publié en 1878, et en y ajoutant cinquante pages de documents commentés en appendice.

L'Art moderne ne dissimule pas le dédain d'Élie Faure pour l'esprit bourgeois d'Ingres, son érotisme parfois vulgaire, son étroitesse et ses ridicules. Faure oppose ailleurs « l'invincible vulgarité qu'il y a dans la forme si soutenue d'Ingres » à « l'invincible noblesse qui émane de la forme si tourmentée de Delacroix (1) ». Là, le classicisme s'embourgeoise, s'encanaille même, et redescend trop « vers les formules extérieures du bas italianisme (2) ».

Mais dès *L'Art moderne,* Élie Faure suspecte ce classicisme en reconnaissant chez Ingres des traces de la saillie romantique, qui lui paraîtront beaucoup plus évidentes quelques années plus tard. En 1924, il félicite Amaury-Duval d'avoir aperçu la voie *révolutionnaire* frayée par son maître et « la hardiesse expressive que ce prétendu classique tire de la déformation ». La distance est telle entre l'œuvre d'Ingres et les pratiques de l'École qu'Élie Faure consacre toute une partie de l'appendice au malentendu qui a fait de lui un homme comblé d'honneurs académiques alors que sa correspondance le montre soucieux de changer l'art officiel (« Oui, l'art aurait bon besoin qu'on le réforme et je voudrais bien être ce révolutionnaire-là »). Aussi Élie Faure fait-il descendre la postérité d'Ingres jusqu'à Picasso :

> Les enfants d'Ingres, ce ne sont ni Flandrin, ni Lehmann, ni Stürler, ni le brave Amaury-Duval – le seul d'entre eux, pourtant, qui ait pénétré le sens réel de son enseignement et de son œuvre, – ni même tout à fait Chassériau ou Mottez : ce sont Manet et Legros, Degas et Toulouse-Lautrec, Seurat et Forain, Picasso. Est-il malaisé de comprendre avec quelle émotion Degas contait un jour que, montant tout intimidé, sur les pas d'Ingres qui voulait bien le recevoir,

(1) *L'Arbre d'Eden, O.C.* p. 287.
(2) *Ibid.* p. 277.

l'escalier de son atelier, le pied du vieux maître ayant glissé sur une marche, il tomba sur le jeune peintre : « *J'ai tenu Ingres dans mes bras !* »

Corot

Corot est l'un des peintres sur lesquels Élie Faure a le plus écrit, et qu'il a le moins discutés. Il avait de lui plusieurs dessins et deux toiles d'Italie, achetées en 1918 et en 1924; et il se fit un intermédiaire passionné dans la vente d'*Agar dans le désert,* qui se trouve actuellement au Metropolitan Museum de New York, en harcelant Walter Pach pour qu'il lui trouvât un acquéreur aux États-Unis.

Le premier texte important après *L'Art moderne* sert de préface au catalogue de l'exposition « Corot, figures et paysages d'Italie », chez Paul Rosenberg en 1928 :

> Une exposition d'œuvres de Corot sera toujours la bienvenue. Il n'est pas de maître qu'on connaisse plus mal, peut-être parce que la moindre de ses toiles recèle un trésor de révélations qui ne s'épuisera pas. On sait qu'on ne l'a admis que par étapes, en remontant des tableaux de ses dernières années à ceux de ses débuts et de ses paysages à ses figures, si bien que la grandeur de l'œuvre nous est apparue peu à peu et nous a envahis sans hâte, avec la discrétion charmante qu'il mettait à vivre. Son nom était comme un chuchotement, à l'arrière-plan du tumulte romantique et de la bagarre impressionniste, mais ce chuchotement ne cessait pas.
>
> Je me demande si cette œuvre qui, tout entière, émerge chaque jour paisiblement de tant d'oublis, de remaniements, d'effondrements autour d'elle, n'exigera pas d'assez longues années encore pour être mise à son plan, à sa place, comme la plus pure et la plus solide, sinon la plus élevée

du dix-neuvième siècle, ce grand siècle de la peinture des Français. C'est possible. Elle est dépourvue d'éloquence, hostile à l'effet, mesurée, réservée, complètement dénuée d'idées, ignorant même qu'on puisse peindre des idées. Je la dirais objective si la misère des philosophies transcendantes n'apparaissait soudain devant ce cœur, cette âme, cette intelligence associés en qui le monde visible et le monde intérieur fusionnent, par un miracle que je crois sans analogie, sans précédent, sans lendemain peut-être, dans la peinture. Car, pour la littérature, sans doute en découvrira-t-on un semblable, encore en France d'ailleurs, et comme celui-là peu accessible à qui n'est pas de France. Je veux parler de La Fontaine, l'autre bonhomme, l'autre colosse simple. Le jour où le langage de la couleur sera aussi familier aux hommes que celui de la poésie – car il est bien plus hermétique, au contraire de ce qu'on croit en général – on saura que Corot est de cette taille, et les vieilles gens conduiront les petits enfants devant le *Pont de Mantes,* comme aujourd'hui il leur font apprendre par cœur l'*Alouette et ses petits.*

Je n'examinerai pas une à une les œuvres rassemblées par M. Paul Rosenberg. Elles sont de premier ordre. Et comme elles appartiennent à presque toutes les époques de Corot, ceux qui ne connaissent pas son œuvre n'ont qu'à tâcher d'ouvrir les yeux. Quant à ceux qui la connaissent – je veux dire qui l'aiment – je ne leur apprendrai rien. Quand ils auront fait le tour de la salle, elles se recomposeront spontanément dans leur mémoire, comme elles se sont composées spontanément dans son cœur. Corot a ceci de particulier qu'il a laissé non seulement – je crois – l'œuvre la plus nombreuse de la peinture – 2 à 3000 toiles authentiques, dit-on, – mais aussi la plus variée, je ne dis pas par les sujets, qui m'indiffèrent, mais par la qualité même. Si bien qu'un de ses contemporains, paraît-il, prétendait qu'il était impossible d'en reconnaître l'unité. Je ne sais si c'est l'effet du temps, du « recul », de ce je ne sais quel travail subtil qui, peu à peu, modèle et reconstruit notre inconscient par les jeux associés du souvenir, de l'émoi sensuel et mystique, de la brusque évidence des analogies foudroyantes, mais il n'est pas de maître, justement, dans aucune école, en aucun temps, qu'il soit aussi aisé d'identifier. Il y a là toujours, comme quand apparaît Mozart dans un concert, une harmonie divine, qui s'élève, si simple, si pure, si touchante, – et si ferme, prenez-y garde – que la présence de Corot s'y révèle par un choc secret qui fait parfois verser des larmes, et que l'orage polyphonique des grands maîtres de l'orchestre visuel apparaît tout d'un coup, sinon vulgaire, du moins quelque peu tapageur – trop tapageur pour le moment. Violoncelles, harpes, hautbois, rumeurs confondues et complices, on ferme les yeux, on voudrait retenir cette onde qui frémit... « Je ne suis qu'une alouette », disait-il. Une alouette dans le matin, dans la rosée qui perle ou le givre qui scintille, une alouette qui monte... Il y a dans ce mot si chaste quelque chose de déchirant. Je ne sais pourquoi. Il aimait Mozart justement, et Gluck, ces douces plaintes, cette soumission délicieuse aux exigences de la vie et ce mélancolique amour.

Il suffit de s'imprégner de cette continuité secrète dans l'étonnante variété de l'œuvre de Corot, pour comprendre pourquoi l'ensemble de cette œuvre, qui affecte les mêmes rapports avec l'École française dans sa durée, que chacune de ses propres manifestations entre elles, donne l'impression que je signalais tout à l'heure. Au cours du dix-neuvième siècle, elle a représenté l'axe de cette École autour duquel, sans presque le connaître, sans même l'apercevoir, la grande vague lyrique du mouvement, de la couleur et de la lumière, oscillait. Corot a prolongé jusqu'à l'impressionnisme, que ses dernières toiles annonçaient, la fermeté des cadences architecturales du dix-huitième siècle français, humanisé par Watteau, familiarisé par Chardin, et d'autre part pénétré de musique par les paysages d'eau et de pierre de Guardi, saturé de belles matières par les intimités de Terborgh. C'est grâce à Corot qu'on ne peut découvrir, entre Poussin et Monet, que Claude Lorrain approuve l'un et l'autre, une seule défaillance dans l'effort des peintres français. Ce ne sont que des reflets du romantisme qui l'atteignent, mais ils suffisent à montrer qu'il ne le désapprouve pas. Et comment n'accepterait-il pas le naturalisme, lui-même incapable de renier l'homme qui installait son chevalet dans les labours gelés par l'aube, pour surprendre le frais visage de la terre avant que le soleil ne le noyât de poussière et de clarté blanche, et qui copiait avec l'attention d'un écolier les visages généralement ingénus des bourgeois, des bourgeoises et de leurs enfants si bien élevés ?

C'est cette candeur attentive qui fait la grandeur de Corot. On surprend dans cette œuvre, que je dirais majestueuse, si je ne craignais d'effaroucher la mémoire de ce saint, une victoire perpétuelle de la modestie sur la suffisance, et j'ajouterai, sans redouter la louange de ceux qui se disent classiques, ni le blâme de ceux qui se croient romantiques, de l'intelligence sur le génie. De l'intelligence qui choisit, non de celle qui émiette. Qui ne nie pas, mais affirme. A voix calme, il est vrai, de peur de gêner ceux qui crient, mais avec une sûreté dans l'accent, l'articulation et la syntaxe qui, par un perpétuel miracle, renforce encore l'impression d'humilité et presque de gaucherie que donne son application constante à ne rendre que ce qu'il voit, comme s'il lui était impossible d'y rien ajouter, d'en rien retrancher. J'ai écrit ailleurs, jadis, que si l'objectif avait une âme, c'est ainsi qu'il verrait le monde. Sa transposition, pourtant continue, est d'une qualité si rare qu'on ne l'aperçoit jamais. C'est le mystère de cet œil que la justesse des valeurs, la perfection de la matière, l'apparente indifférence des thèmes pittoresques, la pureté de l'harmonie jouant dans une gamme assez restreinte mais nuancée comme la gorge d'un oiseau, parviennent à faire trembler dans le crépi de ce vieux mur l'épiderme d'une perle, à semer des grains de corail dans cette lueur rose qui marque le bord de ce toit, à tisser dans la laine de cette robe l'hésitation des myosotis pointant entre les jeunes herbes, et qu'une telle exactitude matérielle ne lui défende pas d'accumuler, dans la pierre de ces ruines, la chaleur de tant de soleils séculaires, ni de révéler le sommeil des riches métaux sous l'écorce serrée des roches, ni d'incorporer l'onction du lait et la limpidité des larmes à la chair féminine si tendrement approchée. Approchée, et non caressée, car dès que la femme se dévoile pour Corot, elle reste lointaine, il se défend de la toucher, l'ascension glorieuse des rondeurs, des contours secrets, des ondes musculaires sous la peau où la ferme pulpe des fruits d'automne se concentre, garde une noblesse divine, statue émouvante et vivante autour de qui le désir rôde mais qu'il n'ose pénétrer. La matière de Corot, cependant si fidèle aux matières qu'elle exprime, semble une cristallisation dans la densité des marbres, dans la flamme dure des arbres, dans la sonorité des routes, dans l'épaisseur transparente des eaux, de tout ce qu'il y a dans le monde de plus errant, de plus flottant et aérien. Même et peut-être surtout dans la pureté de diamant de ses premiers paysages d'Italie, cette fluidité universelle entre comme élément impondérable, invisible même, mais partout présent et frémissant. On ne dira jamais assez à quel point cette association des impressions d'Italie et des atavismes de France retrouvés chaque jour dans ses visions familières, a donné à l'art de Corot cette complexe unité qui en fait le perpétuel miracle : car il n'introduit pas, *il retrouve* dans la grâce et la légèreté de nos ciels, de nos cultures, de nos rivières bruissantes, de nos petits villages accroupis dans leur brume mauve, de nos flèches d'argent ou d'or pointant au-dessus des feuilles, la fermeté minérale des paysages italiens. Équilibre constant entre ce qui est intelligence et vie, entre ce qui germe et croît et bouge et ce qui est précis et arrêté. Ses petites toiles surtout doivent à leur harmonie dépouillée de paraître, si je puis dire, des épures d'un trouble sensuel sans cesse ennobli par l'amour : c'est une étroite bande de carmin effleurant la crête d'un mur, un vieux contrevent disloqué, le tronc noir d'un cyprès, un rien, quelque lézarde aperçue sur cette humble façade, qui arrêtent les éléments de l'architecture harmonique, aussi précise que musicale et palpitante, selon laquelle l'univers se révèle à lui dans son éternelle variété et son éternelle constance.

Le mystère de cette simplicité est impénétrable. Je ne sais pas si c'est de l'héroïsme. Je n'ai pas l'impression qu'il se soit agi, pour Corot, comme pour la plupart des maîtres, de reconquérir à force de souffrances l'ingénuité perdue du premier âge. On dirait qu'elle ne l'a jamais quitté, bien qu'une intelligence de plus en plus subtile de la nature et de la technique s'épanouît en lui, au fur et à mesure que cette ingénuité croissait, ce qui la faisait plus touchante. Cette œuvre, si matérielle d'apparence, n'est qu'esprit. Elle est d'une pureté angélique. Elle exprime sans un instant de défaillance cette entente aussi spontanée qu'intime entre le cœur et la raison, ou plutôt entre le cœur et le bon sens, qui constitue le plus authentique entre les titres de noblesse du pays de Jeanne d'Arc. Je ne doute pas que cet homme adorable n'ait souvent, au fond de lui-même, éprouvé des doutes poignants sur la valeur de son œuvre et, plus secrètement, sur la valeur de la vie même. Mais une tendresse attentive envers les choses et les êtres l'emportait constamment au delà du désespoir et je crois bien qu'on ne l'entendit pas, au cours de sa longue vie, proférer une seule plainte.

Qu'importe que l'homme soit condamné à connaître qu'il ne verra plus jamais une feuille tomber, une étoile trembler dans l'eau, un tronc d'arbre, un torse de femme, se tordre ou onduler sous son regard, si, dans l'unique éclair de la vie spirituelle, il a privilège d'adorer le voyage de cette feuille, le tremblement de cette étoile, et s'il sait éprouver la douloureuse volupté de ne jamais complètement enlacer ce tronc, étreindre ce torse ? On dirait que la bonté de Corot se mêle à sa matière peinte, bonté souriante et sans littérature, errant parmi des harmonies silencieuses, à peine appuyée, et pourtant substantielle comme l'épaisseur de la pâte, le grain de toile, la caresse des glacis. On sait son attitude envers les enfants et les misérables, envers les peintres pauvres, sa charité pour ceux d'entre eux qui étaient plus pauvres que les pauvres, pauvres d'âme, pauvres de moyens, et dont il achetait ou signait les toiles pour qu'elles trouvassent acquéreur. Il a connu la gloire intime d'être tout près du Fils de l'homme, car il était par le cœur et les œuvres la simplicité et l'amour. Il se servait de sa puissance pour la dissimuler. Dans un orphelinat de Vaugirard, ou de Grenelle, son portrait orne le mur au-dessous du Crucifix.

En juin 1930, Paul Rosenberg montre une nouvelle exposition, « Corot, Paysages de France et Figures », que présente encore Élie Faure :

Le bon Corot, s'il revenait en ce bas monde, serait confus de voir tant de ses toiles assemblées dans cette belle salle, surtout qu'elles sont de celles qu'il cachait dans son placard, les amateurs d'alors ne voulant pas en entendre parler. Mais il retrouverait l'habituelle paix de son cœur dans le prétexte qu'a choisi Paul Rosenberg pour les grouper avec le soin et le discernement qu'il a coutume d'apporter à ce genre de manifestations. La charité fut l'une de ses muses, son unique muse peut-être, si l'on consent à donner à ce mot sa signification la plus large, je veux dire l'activité et l'exercice de l'amour. Sa peinture, de son propre aveu, était un « mouvement du cœur ».

Ce mouvement du cœur est sensible plus encore dans les toiles que lui ont inspirées les figures et les paysages de France, que dans les œuvres d'Italie, si pures, et d'une charpente si dense, soumises pour tout dire à la structure géologique de cette sévère contrée et au solide éclat de sa lumière. Il n'eût pas peint comme il l'a fait le pont de Mantes, par exemple, si Rome ne lui eût incrusté pour toujours dans l'intelligence le goût des architectures sans surcharge, des lignes et des angles droits et des crépuscules transparents. Pour que cette vie prédestinée fût plus logique encore dans sa continuité créatrice, n'avait-il pas, d'ailleurs, par un miracle unique, retrouvé sur les bords du Tibre la justification d'une de ces premières impressions d'enfance dont notre existence entière n'est peut-être que la recherche passionnée? Il ne faut jamais oublier, quand il s'agit de Corot, qu'il était né et qu'il avait grandi à vingt mètres du Pont-Royal, la plus pure construction de Paris, où les arêtes rectilignes, les surfaces planes ou cintrées s'épousent et se répondent dans une impérieuse unité, et qu'il lui suffisait de s'accouder au parapet pour suivre d'un coup d'œil la plus mâle perspective et la plus gracieuse de murs nus, de droites précises, le plus beau paysage de pierre qui ait jamais été conçu. Mais le cœur des femmes, moins passionné ici que là-bas, y est plus ouvert et plus touchant. Quand Corot revint en France, l'accord se fit spontanément entre ces charpentes intellectuelles si voisines dans leur conception, et l'atmosphère plus nuancée, plus subtile, plus pénétrante qui règne ici, dans les ciels comme dans les âmes. Ferme vision, tendre nature. Tout Corot est là-dedans.

C'est de la confrontation continue, dans ce double courant, entre les enseignements d'Italie et les impressions de France que sortent les portraits de nos provinces qu'il parcourait en tous sens avec la conscience nette qu'on n'acquiert qu'en ne perdant rien, qu'on ne perd rien qu'en acquérant. Le ciel de l'Ile-de-France, qui fut l'origine et resta le centre et le contrôle permanent de son émotion, est un immense prisme dont les milliards de gouttelettes suspendues réfléchissent la lumière en la tamisant, et dont la transparence transfigure tout ce qu'elle éclaire pour une deuxième et plus complète révélation. La lumière italienne concentre et densifie, mais, justement par son excès, assombrit les objets et en simplifie la couleur en l'unifiant. La lumière française disperse, et, par ses échanges infinis, fait découvrir dans l'uniformité conventionnelle de l'espace dont une éducation rudimentaire nous dicte la vision, une complexité extrême de nuances qui décompose le ton local et en distribue les éclaboussures à tous les objets voisins. Autour de chacun d'eux la lumière s'irise, et l'éclat que les plus humbles choses prennent, surtout le matin et le soir, transforme l'univers en une grande opale contrastant vigoureusement avec le joyau compact que révèle la lumière du midi. De plus, ici, le squelette de la planète est couvert de terre et de feuilles et elle exhale une sueur qui, sans cesse, se combine avec la pluie, la brume, le soleil. Il a fallu, ici, pour favoriser la naissance de la méthode et de l'architecture, l'effort d'une race composite où le germanisme et la latinité se fondent dans la fantaisie celte. Il a fallu la confrontation permanente de l'intelligence plastique et du génie musical avec le caractère mesuré d'un monde qui ne connaît rien d'excessif, où la ligne à demi voilée et tremblante des collines reste pourtant saisissable, où un accord spontané s'établit sans cesse entre leurs profils moyens, les méandres des rivières qu'un seul regard peut suivre, les labours réguliers dont le réseau couvre les petites plaines et la pente des coteaux. En Italie, formes et lignes prennent un caractère impératif. Ici, à demi cachées, mais tout de même insinuantes, elles vous invitent à les découvrir par la sollicitation constante des irisations qui marquent leurs limites, et de l'équilibre naturel qui caractérise leur répartition et leurs rapports.

Quand nous nous trouvons devant un paysage de Corot, nous avons l'impression soudaine, et pour ainsi dire absolue, que nous sommes en présence d'un « portrait » exact. Œil étonnant pour marier les valeurs, le ton local, les reflets, le rythme, tout cela dans une harmonie parfaite où on le reconnaît entre mille du premier coup. Échanges précis et mesurés entre cet œil, une intelligence sans cesse attentive et un cœur toujours aimant. Aucun calcul ne préside à ces réalisations uniques. Ce sentiment des nuances imposé par la France est aussi indiscutable que cette emprise des formes compactes et des lignes dures exercée par l'Italie. L'accord est spontané entre la sensation reçue et la réponse que l'œuvre lui apporte avec une incroyable sûreté. Jamais il ne se démentira, même si l'on tient compte des toiles trop « encotonnées » qu'il prodiguera à la fin de sa carrière pour demander à un public sentimental les moyens de ses innombrables aumônes, car il faut se souvenir que beaucoup, entre ses plus fermes chefs-d'œuvre, sont aussi de cette époque-là. Les provinces de France vivront autant que sa peinture, et seulement par sa peinture, dans cette poésie insaisissable que presque toutes dégagent, avec leurs rivières sinueuses bordées de prairies et d'arbres, leurs coteaux modérés que les vignes couvrent, leurs petites villes familières groupant, au hasard des siècles, ces maisons basses où le soir fait briller les vitres, leurs toits moussus, leurs chemins creux où l'automne mêle à la boue ses feuilles rousses, leurs grands ciels circulaires où s'amoncellent les nuages que les deux crépuscules caressent de teintes douces comme des arbres en fleurs. On ne goûte vraiment que chez lui cette entente suprême entre les féeries de l'atmosphère et les exigences de la forme, la plus suave musique qui jamais ait exprimé nos ciels légers, nos eaux, nos feuilles bruissantes, et qui établit dans le cœur du peintre l'accord secret de nos jardins, de nos routes, de nos demeures, avec l'espace restreint où le mauve et l'argent se combinent pour faire concourir les couleurs et les formes aux plus discrètes harmonies. On songe à quelque musique lointaine où le violon, la flûte, le hautbois, le violoncelle, guidés par une baguette enchantée, obéiraient, pour marier leurs soupirs et leurs rires, aux mouvements d'un contrepoint insaisissable où nulle de leurs parties ne se pourrait discerner. Ces troncs d'arbres qui s'élancent répondent aux ondulations de ce fleuve, dont les petites vagues inclinent les roseaux et les herbes de ses bords. L'eau de ce lac scintille dans ces feuilles qui, à l'automne, pleuvent avec lenteur sur lui pour confondre leur lueur rousse avec les traînées légères dont la frôlent l'agonie ou la naissance du soleil.

Cette poésie de l'espace, où tout est tremblement aérien, frémissement discret de la couleur, et devant qui l'on pense à quelque mélodie divine, bien loin de nous faire oublier que Corot est un très grand dessinateur, nous le rappelle sans cesse. Il est comparable aux premiers entre ceux de son siècle, Ingres, Daumier, Barye, Delacroix. Comme sa saillie est modérée, il serait plus près d'Ingres que des autres. Mais il déforme moins que lui. Il est le moins romantique, le plus classique de tous. Il a de la forme humaine, ou animale, de la forme des terres, des arbres, une conception à la fois circulaire et ondulante qui embrasse l'objet d'un trait sinueux, continu, tournant, à peine ombré dans les contours, et donne un poids de bronze à ses visions les plus aériennes, surtout à ces étonnants bouquets d'arbres qui montent comme des flammes, flammes denses et rondes dont le foyer tient au sol, et qui se tordent avec autant de puissance que de douceur. Mais il dépasse tous les autres dans le miracle où peut-être le seul Rembrandt a installé avant lui la forme globale dont ligne, matière, couleur ne sont que des attributs indivisibles, en infligeant l'unité au monde accueilli, revivifié et harmonisé dans son cœur. « Je peins une poitrine de femme, disait-il, tout comme je peindrais une vulgaire boîte à lait. » Ou comme un arbre ou comme une rivière où le ciel se réfléchit. Comme ses paysages mêmes, tous ces visages familiers sont fixés par la valeur. Les deux extrêmes arrêtés, sans insistance, avec la sûreté profonde qui le ferait accuser, par les aveugles, de ne pas « finir », la forme s'organise autour, pure et ferme, suggérant dans les contours l'arabesque enveloppante, pour donner l'impression, quelque réduite que soit la figure, d'un bijou monumental, d'une sorte de poupée vivante, – ce sont là jeux de vieil enfant. Leur matière est pour ainsi dire saturée de sa qualité essentielle qu'il y accumule lentement, en alchimiste passionné, jusqu'à ce que les rapports toujours simples de noirs, de gris, de rouges, d'ocres, organisent avec elle une espèce de bloc harmonique qui, loin de nuire à l'expression morale, l'intensifie en l'entraînant vers sa propre profondeur.

Un an plus tard, Élie Faure publie *Corot,* une biographie illustrée de cent reproductions, dans la collection « Maîtres d'Autrefois » dirigée chez Crès par George Besson. Enfin, une exposition au musée de l'Orangerie en 1936 lui donne le prétexte de deux dernières synthèses, un *Corot* publié par Besson aux éditions Braun, et cet article paru dans *Commune* au mois de mars :

COROT AU MUSÉE DE L'ORANGERIE

Corot avait à peine commencé de peindre quand, en novembre 1825, il partit pour l'Italie où la violence de la lumière, la structure géologique du sol et surtout Rome et ses ruines ne purent qu'accentuer la fermeté de sa vision originelle : « Chez un débutant, dira-t-il plus tard, la dureté vaut mieux que la mollesse. » C'est Rome où Joseph Vernet et Hubert Robert travaillaient moins de cinquante ans auparavant et où il rencontrera tous les fervents du « paysage historique », Édouard Bertin qui, dit-on, lui donna quelques conseils, Aligny qui pressentit sa destinée, peut-être Bidauld dont il subit, de son propre aveu, l'influence, c'est Rome qui l'installa définitivement dans la tradition classique française que Fouquet a inaugurée, que Poussin et Claude Lorrain ont consolidée et dont les toiles de Guardi et de Canaletto, par leur précision et leur équilibre, confirmeront à ses yeux la logique et l'universalité quand il se rendra à Venise vers la fin de son séjour dans la péninsule.

Désormais, jusqu'à la fin de sa vie, même quand il côtoiera le romantisme aux environs de 1840, même quand il se laissera aller à exprimer l'enveloppe un peu trop aux dépens de la couleur et de la forme, il peindra par la valeur, échelonnant ses plans et déterminant l'harmonie en fonction d'une impression visuelle centrale assez forte pour tout concentrer, organiser et hiérarchiser autour d'elle. Vision d'une telle justesse qu'on gardera, devant toutes ses toiles, l'illusion d'une réalité que je qualifierais de photographique si la transposition plastique et colorée – ou plus simplement poétique – ne restait toujours agissante et tout à fait instinctive chez lui.

Quand il rentre d'Italie, en 1829, son père qui le regarde comme un bohème et que ronge le dépit de n'avoir pu faire de lui un commerçant, vient d'acheter une maison à Ville-d'Avray. Là, sera désormais le centre et le contrôle de ses excursions à travers la France. Grâce aux amis qu'il a dans toutes les provinces et chez lesquels il s'installe des mois à la joie de tous, il les poursuivra jusqu'à ses derniers jours durant la belle saison, pour s'imprégner peu à peu de l'atmosphère humide dont le vent de la mer et les pluies, les rivières, les sources gratifient nos horizons, et de la poésie impalpable et toujours mesurée que ses bois clairs, ses villages aux tuiles roses, ses clochers purs montant dans la brume ensoleillée, ses labours gras et réguliers, ses blés, ses rangs de vigne assurent à tous les visages si attirants et si variés de cette heureuse contrée. Mais il n'oubliera jamais ses premières influences, l'École française dont ses premiers maîtres, ou plutôt ses premiers « conseillers », lui ont montré la stabilité et les cadences, les quais et places de Paris, la précise et dure Italie qui continueront d'assurer les assises de sa vision. D'autant moins qu'en 1834 et en 1843 il reviendra pour de longs mois dans la péninsule, la première fois autour des lacs du Nord, à Gênes, à Venise, à Volterra, à Florence, la seconde fois à Rome surtout et dans ses environs, d'où travaillant et dessinant sans cesse sur nature, comme Poussin, il rapportera des croquis extrêmement serrés et des études d'une densité de diamant. Chose singulière, et d'ailleurs décisive, c'est seulement à ce troisième voyage qu'il découvrira Michel-Ange, ce qui l'introduira peut-être dans l'esprit du romantisme, le rapprochera de Delacroix, de Barye et lui fera comprendre, de son propre aveu, le génie de son ami Daumier.

Après son troisième retour d'Italie, il ne quittera plus guère la France et continuera sa vie de petit bourgeois bien renté, si modeste et si régulière, s'installant en Normandie ou en Bourgogne, en Bretagne ou en Sologne, en Artois ou en Limousin dans les premiers beaux jours, passant l'hiver à Paris dans son atelier où il met au point ses paysages et peint ses très nombreuses et admirables figures, et ne prenant guère comme distraction que le concert dominical où il communie avec Haydn et Gluck, avec Mozart et Beethoven. Il ne poussera plus que quelques pointes à l'étranger, trois ou quatre en Suisse par exemple, une en Hollande qui lui vaut, en 1854, la découverte de Rembrandt et, en 1862, une dernière à Londres où il reçoit un accueil triomphal, et qui l'étonne. En effet, il n'a vendu sa première toile qu'en 1847, à 51 ans, à un peintre de province, un certain Dutilleux qui va devenir son ami. Il ne fréquente pas les cénacles de littérateurs et d'artistes, il n'est pas plus répandu dans le monde officiel, et c'est seulement la critique avancée – Thoré, Baudelaire, Silvestre – qui s'occupe de lui. Baudelaire voit en lui non pas un coloriste, mais un « harmoniste », ce qui définit très précisément la qualité la plus nécessaire, mais la plus discrète de la peinture. Sur le tard, certes, on le décore, et il meurt, comme tout le monde, officier de la Légion d'honneur. On lui décerne deux ou trois médailles, car il expose régulièrement au Salon. En 1865, – il a 69 ans – on lui préfère Cabanel, qui en a 42, pour la médaille d'honneur. En 1874 – il a 78 ans – on lui préfère Gérôme qui en a 50. Tout cela est dans l'ordre, et il le comprend aussi bien que le grand public, qui vient cependant à lui depuis qu'il « encotonne » ses ciels, mais ignore la qualité foncière de son génie. On ne découvrira ses profondes figures – qui font songer à Vermeer, à Rembrandt – qu'à la fin du dernier siècle. On ne comprend qu'à peine de nos jours que sa longue et modeste carrière a représenté l'évolution même de la peinture, de David à l'impressionnisme à qui ses dernières toiles ouvriront la voie sans tomber dans ses errements.

Sans doute, à partir de la soixantaine, peindra-t-il trop et trop vite, et trop souvent laissera-t-il la solidité de ses charpentes disparaître derrière le voile un peu trop flou de ses ciels où les branches des arbres noient leurs extrémités dans une pulvérulence uniformément grisâtre. Mais bien que l'enveloppe devienne chaque jour plus fluide, il continue à produire d'admirables études qu'il garde pour lui, réservant au public sentimental les plus molles de ses œuvres. Nous savons aujourd'hui d'une façon certaine qu'il faut accuser de ces excès de production un excès de générosité qui le pousse à peindre le plus possible pour vendre le plus possible et répandre sur ses parents, sur ses amis, sur les artistes pauvres, sur les détresses qu'on lui signale, sur l'immense anonymat de la misère pour laquelle une sœur de Saint-Vincent-de-Paul venait recueillir une aumône qu'il lui reprochait chaque fois de ne pas lui réclamer plus souvent, une charité dont l'étendue, la discrétion et l'aveuglement volontaire restent inséparables d'une œuvre que nourrit avant tout l'amour des créatures. Cette « faconde », comme disait Silvestre, ne le diminue pas, elle l'explique en dévoilant à son insu la pureté de son cœur. C'est lui qui a assuré avant tous à la forme, à la valeur, à l'harmonie, en les accordant en une expression dont l'unité constante est un miracle d'équilibre, leurs plus décisives conquêtes, et, parti d'elles et rien que d'elles, découvert peu à peu la vie moléculaire de l'espace. Il est l'homme simple et profond qui a élevé le lyrisme de la peinture à la hauteur où La Fontaine avait conduit celui du mot.

Idéalisme et réalisme

Ce chapitre confronte deux peintres qu'Élie Faure avait beaucoup aimés dans sa jeunesse. Il avait sans doute apprécié Puvis de Chavannes sous l'influence de Carrière, mais s'il en parlait volontiers vers 1904, quand une rétrospective de Puvis fut présentée au Salon d'Automne, c'était en termes si vagues (« haut esprit », « haute conscience », « âme trop haute »...) que l'éloge ne paraît pas sincèrement fondé. Il y revient dans *L'Art moderne* avec beaucoup plus de réserve, et n'en parlera plus jamais ensuite.

Quant à Courbet, il l'avait découvert lui-même dans son adolescence et lui devait son initiation à la peinture. En 1910, il partage encore l'enthousiasme de Cézanne :

> Courbet l'arrête longuement. C'est lui qui doit le libérer de la littérature romantique, il ne l'oubliera pas plus qu'il n'oubliera Delacroix, Daumier, tous les bâtisseurs puissants de la matière et de la forme dont l'œuvre domine de plus en plus dans l'avenir le prétexte qui l'a fait naître. [...] Il ôtera son chapeau chaque fois qu'il prononcera le nom de Gustave Courbet. Trente ans après s'être détaché du plus solide et du plus terre à terre des pétrisseurs de vie qu'il y eut jamais dans la peinture, il éprouvera, chaque fois qu'il se retrouvera en présence de l'*Enterrement à Ornans*, – les juges, les pleureuses, le morne ciel, les oppositions formidables des noirs et des blancs, le poème massif de la réalité brutale, – le même enthousiasme sacré. Sans souci des jambes enflées qu'il traîne après lui comme une chaîne, il gravira d'un bond les échelles des copistes, perdra sa sainte pudeur, ameutera par ses exclamations les passants et les gardiens (1).

(1) « Paul Cézanne », *loc. cit.* L'anecdote sur Cézanne au Louvre a été racontée à Élie Faure par Joachim Gasquet.

Mais en dehors de *L'Art moderne,* Élie Faure n'a consacré aucun texte à Courbet. Il en parle même avec une sévérité grandissante lorsqu'il déplore une exposition au Petit-Palais, en 1929, « où une véritable marée de ces productions hâtives, ou grossières, si nombreuses chez lui, étouffaient vingt puissantes toiles noyées dans cette vase (1) », ou lorsqu'en 1937 il voit en Courbet un classique « un peu balourd », qui a « respecté et copié la crasse des musées, ce qui n'est peut-être pas le dernier mot du classicisme, mais ce qui en constitue l'approbation la plus candide (2) ».

Le retour aux sources

Ce chapitre fait encore exception dans l'œuvre d'Élie Faure puisque c'est le seul texte qu'il ait écrit sur les paysagistes et sur Manet. Pourtant, s'il partageait le dédain de Corot pour Millet, dont les paysans « prenaient leurs champs trop au tragique (3) », il aimait assez Rousseau, chez qui il retrouvait des traces de Delacroix, pour s'acheter un de ses paysages en 1927.

En revanche, sa correspondance montre le peu d'estime qu'il avait pour Manet. Il se plaint sans cesse de ce que Cézanne et Renoir soient encore à peine tolérés, alors que Manet est porté aux nues par ceux qui l'auraient honni cinquante ans auparavant. Réagissant contre cette mode, il laisse tomber ce verdict, au sortir d'une exposition chez Bernheim en 1928 : « Décidément, c'est un pein-

(1) *Ombres solides, O.C.* p. 597.
(2) « Équivalences », *Verve,* déc. 1937, *O.C.* p. 771.
(3) *Corot,* Crès, 1931 (*O.C.* p. 410).

tre de 2e ordre, un amateur (1) »... Il le redit publiquement après la rétrospective de 1932 au musée de l'Orangerie (2) :

> L'ensemble de l'exposition Manet n'était pas non plus un chef-d'œuvre. Pour les mêmes raisons, mais par malheur aussi pour d'autres. Et cela malgré le succès, « sans précédent » qui l'accueillit. 80 000 entrées ou 800 000 ? J'ai oublié le chiffre exact. Mais tous les records étaient battus. Le snobisme officiel, mondain, et même populaire, n'a pas manqué cette magnifique occasion d'étaler son orgie d'incompréhension, son amour des dogmes figés pourvu qu'ils changent de masque, et sa haine de la peinture. On peut dire que le succès posthume de ce beau peintre fut rigoureusement proportionné à la fureur qui l'avait accueilli vivant. C'est un jeu de bascule bien connu et amusant à observer pour peu qu'on ait l'esprit philosophique. Les organisateurs, les thuriféraires, les spectateurs et la claque de cette manifestation délirante étaient, à quelques exceptions près, les mêmes que les insulteurs de l'*Olympia* et de son peintre dans ma jeunesse, les mêmes qui, trente ans plus tôt, chassaient Zola de je ne sais plus quel journal pour avoir osé les défendre – les mêmes par la fonction administrative ou sociale, par les tics intellectuels, par la négation systématique *avant,* l'affirmation systématique *après,* par l'esprit de servitude, de flagornerie, d'admiration grégaire. Ils hurlent avec les loups contre le solitaire, ils bêlent avec les moutons autour du triomphateur. René Schwob, à qui je croyais pouvoir assurer discrètement, après avoir visité les salles de l'Orangerie, qu'il s'agissait, comme je le pensais depuis bien des années, d'un artiste de second ordre, m'affirmait quelques jours après qu'il ne fallait pas hésiter à lui accorder le quinzième rang. Boutade oui, mais bien faite pour accentuer un sentiment très exact – à mon sens – de l'importance qu'il convient d'attribuer à ce vir-

(1) Lettre à Walter Pach, 22 avril 1928, post-scriptum coupé dans *O.C.*
(2) *Ombres solides, O.C.* pp. 598-599.

tuose remarquable, qui commença par subir la poigne puissante de son précurseur Courbet et l'honorable éducation technique de son maître Thomas Couture, et finit par imiter les méthodes de travail et les prétextes d'inspiration de son jeune émule Claude Monet. Assez original, certes, pour avoir introduit le premier en Europe l'échantillonnage pur des œuvres orientales et révélé à un public éduqué depuis trois siècles par les Italiens et les Flamands, la peinture espagnole qu'il ignorait tout à fait. De là le scandale provoqué par ce charmant compagnon mort trop tôt, il faut le dire à sa décharge – et tel que son ami Fantin-Latour, peut-être sans s'en rendre compte, l'a si bien vu : très élégant, pomponné, le huit reflets sur l'oreille, serrant dans ses deux mains gantées de gris le jonc qu'il fera tout à l'heure tournoyer sur le boulevard, quand il dépassera à pas pressés quelque jolie lorette pour se retourner à demi vers elle en faisant bouffer sa barbe blonde. Beau peintre, très beau peintre encore une fois, mais sans spiritualité aucune, absolument dépourvu du sens dynamique des matières, traitant un pantalon comme un visage humain et une fleur comme le pot qui la contient. Je veux dire par là avec une attention égale – ce qui est quelque chose, et peut-être même beaucoup – mais jamais transposée ni hiérarchisée par le miracle de l'amour. Et dire que j'ai entendu un peintre le placer plus haut que Rembrandt !

L'impressionnisme

Passant de Delacroix et Courbet aux Vénitiens, le jeune Élie Faure en était vite arrivé aux impressionnistes : « Monet, Sisley, Pissarro devinrent très vite mes dieux, et je fus enivré d'apprendre qu'ils vivaient encore. Il y avait donc des dieux respirant le même air que moi, nourris des mêmes aliments que moi (1). » En mai 1904, l'expo-

(1) « Memories of a self-taught man », *The Dial,* août 1925. Texte français dans *O.C.* p. 768.

sition des « Vues de la Tamise à Londres », chez Durand-Ruel, ravive cette passion :

> [...] Je suis allé voir l'exposition des toiles que Claude Monet a rapportées de Londres. C'est un poème divin, les drames de l'air et de la lumière, c'est mille fois plus beau que Turner, conventionnel et sec à côté de cette intensité de vie, de cette fraîcheur de sensation, de cette force d'expression. C'est étourdissant (1).

Pourtant, au même moment, il commence à émettre des réserves, qu'il maintiendra toute sa vie, sur la dissociation analytique où l'impressionnisme aboutit, alors que l'évolution des arts exige désormais des œuvres synthétiques et puissamment construites :

> De grandes manifestations d'art sont sorties de ces tentatives [celle de Courbet ou Manet], par malheur trop systématisées pour ceux qui vinrent à la suite des grands initiateurs. L'impressionnisme, par exemple, prit le moyen qui est l'analyse, pour le but qui est la synthèse, et, attachant tout son effort à l'expression immédiate et fidèle des réalités objectives, tenta de supprimer la nécessité de l'hypothèse ; il excluait par là du champ de ses recherches la poursuite d'un absolu qu'on ne peut songer à trouver dans les éléments bruts que nos sens nous révèlent, mais que notre esprit tend, depuis ses commencements, à réaliser en lui-même par l'étude de leurs rapports. Il exprima la vie changeante des surfaces sans songer à saisir sous l'accident la loi de continuité structurale où la conscience humaine épouse l'ordre naturel. Mais il subit directement l'influence des découvertes scientifiques sur la couleur et la lumière et fut, par là, dans l'évolution de la pensée moderne, un rouage précis et nécessaire, un stade analytique vers

(1) Lettre à sa femme, mai 1904, *O.C.* p. 972.

la période de synthèse que nous sentons confusément venir (1).

Élie Faure retiendra quelques peintres – Monet, Pissarro, Sisley – en les détachant d'un mouvement qui lui est indifférent en tant qu'école, mais il sera plus attentif encore à Cézanne et Renoir, « qui n'ont pris à l'impressionnisme que ce dont ils avaient besoin (2) ». Cézanne s'y est « nettoyé l'œil » de toutes traces de l'École, mais il a entrepris une œuvre de reconstruction synthétique inverse de « l'œuvre négative et anarchique de l'impressionnisme (3) »; Renoir a conquis la même puissance d'analyse que Sisley et Monet, mais il s'est séparé d'eux en cherchant la continuité des formes (4). En somme, l'impressionnisme intéresse Élie Faure à condition qu'on en sorte.

Le naturalisme

Poussant à l'extrême l'analyse impressionniste, le pointillisme ne pouvait guère emporter l'adhésion d'Élie Faure. Aussi ne lui accorde-t-il que quelques lignes, dont la note (a) de l'appendice explique la hâte : la dissociation impressionniste devient ici un système, autant dire un nouvel académisme, qui ne mérite pas qu'on s'y arrête. Pour en savoir plus, il faut relire « Indépendants et Pointillistes », qui reprend dans *Formes et Forces,* en 1907, un article du 23 mars 1903 :

(1) « L'archaïsme scientifique », *Les Arts de la Vie,* 15 mai 1904.
(2) Lettre à Pach, 13 août 1920, *O.C.* p. 1022.
(3) « Paul Cézanne » (1910), *O.C.* p. 54.
(4) *L'Arbre d'Eden, O.C.* p. 271.

[...] Je ne trouve pas chez le *néo-impressionniste* cet instinct nouveau et cette passion d'être soi en dépit de tous les obstacles, qui me font aimer mes primitifs. Mais d'autre part, j'ai lu avec attention le ferme livre de M. Signac, *Delacroix au Néo-impressionnisme,* et je constate depuis quelques années, chez ce peintre et ceux qui l'entourent, un beau désintéressement et le mépris évident des consécrations officielles et des sarcasmes du public. Enfin, c'est ici qu'on rit le plus. Ils sont eux aussi à leur place, en ce salon, et on doit à leur science et à leur caractère le même respect qu'à l'enthousiasme vrai mais un peu trop vite lassé des indépendants qui les accompagnent. Et c'est parce que leurs efforts ne m'ont jamais fait rire et que je les ai beaucoup regardés, que j'ai le droit de me demander où ils vont.

Je crois – ou j'espère – fini, le règne du procédé. Je crois – ou j'espère – qu'en art, la révélation a vécu. Je crois qu'il suffit qu'un groupe d'artistes préconise à notre époque un système défini, pour que les artistes qui le composent traînent à leur pied un boulet dont pourra seul les débarrasser un effort qui, du même coup, les jettera hors de leur groupe.

Je ne pense pas que le procédé ait une importance beaucoup plus considérable en peinture que le choix du papier, de la plume, du caractère d'imprimerie en littérature. Je ne cherche pas une émotion déterminée – ce serait y renoncer d'avance – mais seulement une émotion. Peu m'importe le moyen dont l'artiste aura fait usage. Je tiens à reconnaître un homme – un frère – en lui.

M. Signac, d'ailleurs, est tout à fait de cet avis. Il dit expressément, dans son livre, que les peintres « devraient être jugés uniquement sur leurs œuvres, et non d'après leurs théories », et réclame pour ses amis et lui la liberté de recourir à une technique dont il démontre « la logique et la fécondité ». Aussi bien ne m'en prendrai-je pas à cette technique elle-même, mais au but qu'elle veut atteindre et qui se confond, à mon sens, trop étroitement avec elle.

M. Signac se réclame de Delacroix et des impressionnistes, et il voit dans le pointillisme l'aboutissement nécessaire du mouvement vers la lumière qui prit naissance avec le maître romantique. M. Signac pourrait avoir raison, si un mouvement avait un commencement et une fin. Mais, si M. Signac avait raison, la peinture toucherait à son but. Elle aurait obtenu le maximum réalisable d'intensité lumineuse. Tous les peintres ne produiraient pas des chefs-d'œuvre, sans doute, mais tous connaîtraient l'instrument avec lequel on les produit.

Or, je crois, moi, qu'un mouvement n'a ni commencement ni fin. Je crois que le romantisme et l'impressionnisme n'ont été que des passages nécessaires entre deux âges infinis. Je crois qu'ils retournaient l'un et l'autre à la grande tradition humaine, qui ne consiste pas à aveugler les yeux des hommes, mais à faire penser les hommes sur les couleurs, les formes, les attitudes de la vie.

Il est vrai que l'impressionnisme s'est appuyé d'instinct sur les lois du mélange optique pour obtenir sur sa toile les jeux de l'ombre et du soleil. Mais le peintre impressionniste partait d'un point de vue tout autre que le néo-impressionniste. Il ne prétendait nullement créer une peinture nouvelle, mais développer la peinture dans le sens traditionnel, la soumission à la réalité, par réaction contre l'académisme et le romantisme dévoyé. Il ne confondait pas, comme le néo-impressionnisme, le but et le moyen. Il avouait, au contraire, son désir de retourner aux seules sources, les formes de la vie dans l'air et la lumière, et y retournait avec une telle passion, qu'il n'admettait pas même à ses débuts qu'on pût tenter de traduire autre chose que l'immédiate sensation, la physionomie de l'instant.

Le néo-impressionnisme, au contraire, prend pour le but ce qui ne fut que le moyen impressionniste. Il oublie la tradition de vie, et s'appuyant en apparence sur la science, pousse jusqu'à ses conséquences extrêmes l'inconscient apport scientifique des peintres qui l'ont précédé. Il agit comme si la peinture n'avait pas existé avant Claude Monet et Delacroix.

De ce qu'il existe une science des couleurs, il ne faudrait cependant pas conclure que cette science une fois acquise, tout le reste de la nature s'y doive subordonner. Que penserait M. Signac d'un chimiste qui considérerait la chimie comme une fin, d'un médecin qui verrait en la médecine autre chose qu'un moyen? Le savant n'est pas l'homme qui sait, mais l'homme qui sait interpréter sa science. D'ailleurs, la science de la couleur n'apprend pas seulement qu'il faut diviser ses touches pour obtenir plus de lumière, elle apprend aussi qu'il faut les mélanger pour en obtenir moins.

Les impressionnistes n'ont pas connu cet exclusivisme. Ils ont vu dans la nature, ils ont traduit ces teintes sombres que réprouvent leurs héritiers illégitimes : leur soleil ne luit pas toujours, et, sous la lumière atténuée, ils ont vu des plaques de boue, de vieux murs séculaires, des nues chargées d'orage, la fumée des usines, le fourmillement des cités. M. Signac, d'ailleurs, ne le reconnaît-il pas ingénument lorsqu'il écrit : « Les impressionnistes qui, par droit de conquête, ont la lumière sur leur palette, l'éteignent volontairement »? Oui, les impressionnistes avaient conquis la lumière, mais ils savaient le but de leur conquête et avaient su l'organiser. Lorsqu'ils éteignent la lumière ils savent ce qu'ils font, car, parfois, dans le monde, la lumière s'éteint.

M. Signac est doué d'un sens critique très aigu et conduit son raisonnement avec une extrême rigueur. Il a démontré d'une manière irréfutable que l'emploi exclusif du mélange optique, c'est-à-dire la suppression sur la palette du mélange des couleurs pures, aboutissait à l'obtention d'une intensité lumineuse qu'on ne pouvait plus dépasser.

Mais il s'agit précisément d'accepter son point de départ, d'admettre que le but du peintre doive être d'obtenir un maximum de luminosité et de coloration. Et M. Signac parait le croire puisque, en quelque endroit de son livre, il dit que « le principe essentiel de la nature est la lumière » – ce qui est scientifiquement faux, surtout si l'on confond sous ce terme, comme le semble faire M. Signac, la lumière proprement dite avec le maximum de luminosité. Or, cela, je ne le crois pas et je renonce même à faire appel, pour me venir en aide, aux maîtres du passé et du présent, aux impressionnistes eux-mêmes. J'invoque simplement ma conception de la nature, et j'affirme que j'ai le droit de voir dans la nature des choses sombres, des heures sombres, aussi de paisibles clartés et des harmonies effacées. J'affirme en outre que j'ai le droit d'y rencontrer des formes, des densités et des volumes. Je vais plus loin : j'affirme que la couleur n'est qu'un attribut de la forme et que la science, qu'invoque le néo-impressionnisme, est d'accord avec moi sur ce point.

M. Signac ne croira pas que je veuille faire un procès de tendance à ses amis et à lui-même. Ils sont libres de voir dans le monde et la lumière et les couleurs, aussi intenses qu'elles soient. Mais qu'ils laissent alors de côté les formes organisées et se contentent de couvrir leurs toiles d'harmonies chromatiques pures. Or, cela, ils ne le font pas. Ils essaient de conserver la forme. Mais ils n'y peuvent parvenir, car leur technique intervient précisément alors pour se retourner contre eux. Ils traitent la figure humaine comme l'arbre, la pierre comme le cours d'eau, l'air comme la figure, et l'arbre et la pierre et l'eau. Quelle que soit la distance à laquelle on se place de leurs tableaux, la matière s'évanouit. Chez eux, elle n'est plus compacte. L'air semble circuler entre les cellules des corps, pénétrer le tissu des pierres, séparer les molécules d'eau comme il sépare les feuilles d'arbre. Au lieu de rencontrer des plans, il circule entre des mailles. Et c'est seulement dans l'espace, là où il devrait être, qu'il est absent, le souci des valeurs profondes disparaissant complètement sous la préoccupation des harmonies superficielles. La nature n'est pas lumière pure, la nature est matière aussi. Le mot de « lumière immatérielle », qui revient plusieurs fois sous la plume de M. Signac pourrait même être la véritable clé du problème. Les néo-impressionnistes, j'en ai peur, sont des mystiques à rebours.

Quelle fut, en réalité, l'action des impressionnistes ? Ils se sont attachés à rendre les jeux libres de la lumière sur la surface des objets. Mais l'objet existait encore. Il avait pour ces peintres une existence matérielle, si complètement matérielle, même, que l'impressionnisme correspondit, à mon sens, à la doctrine philosophique qui, s'appuyant sur les constatations premières des sciences naturelles, prit le nom de matérialisme. Mais le mouvement qui suivit le matérialisme, la préoccupation de rechercher dans l'univers des correspondances matérielles aux manifestations de la force et de la pensée, devait fatalement retentir sur l'évolution esthétique de l'époque. Deux courants artistiques allaient naître. L'un qui partirait de l'écorce des choses pour explorer leur profondeur et chercher le lien qui unit leur esprit aux modifications, aux directions, aux attractions de leurs volumes, – ce courant qui retourne à la grande tradition humaine et s'accorde avec la philosophie naturelle est représenté par Eugène Carrière; – l'autre qui partirait de l'écorce des choses pour s'en éloigner peu à peu et se perdre dans l'étendue.

Parce qu'il conduisait à l'esprit, on a prononcé le mot de spiritualisme pour le premier de ces courants. Le spiritualiste n'est-il pas plutôt celui qui s'éloigne des formes que celui qui recherche ce qu'elles peuvent exprimer? Là est l'origine, et l'écueil, du mouvement néo-impressionniste. Échafaudé sur un principe faux, il a *logiquement* évolué vers l'exclusive notation des colorations maxima. Devenu plus lumineux que la nature même, il a fini par oublier tout ce que la lumière éclaire, par ne plus voir dans l'univers qu'une manifestation de son énergie générale, et par oublier la matière à qui cette énergie s'attache. Parti d'une donnée scientifique, il aboutit au mysticisme le plus pur, comme le ferait un savant qui baserait sur la géométrie dans l'espace toute sa conception du monde et nierait l'univers matériel sous prétexte que la géométrie dans l'espace permane en dehors de lui. Ajoutons que le néo-impressionniste subordonnant à son état d'esprit, calme, tristesse, ou joie, la direction des lignes et le choix des couleurs, *l'art plastique devient exclusivement subjectif* et le respect des formes de la vie sombre définitivement.

Je n'ai d'ailleurs pas prétendu que le procédé annihilât complètement le tempérament de l'artiste qui y recourt, et je dois dire que M. Signac a très justement insisté là-dessus. Les néo-impressionnistes diffèrent les uns des autres autant que n'importe quels peintres, et il est facile de les reconnaître. Mais il n'en reste pas moins vrai qu'ils sont esclaves de leur technique et que si leur technique est capable d'exprimer des rêves, – ou des ivresses – différents de couleurs et de lumière, elle reste impuissante à rendre la réalité des rapports avec l'atmosphère de ces couleurs et de cette lumière, la vie des formes de la terre, cette vie dont la nôtre est faite et sans laquelle nous serions des esprits errants dans le désert sentimental, incapables d'aimer vraiment, de désirer et de créer.

Maintenant, je ne fais aucune difficulté pour reconnaître que M. Van Rysselberghe exprime avec une puissance savoureuse le frémissement de la lumière blanche sur les robes d'été qui parcourent les plages nues ; que Maximilien Luce est une puissante, dramatique et loyale nature, et que M. Signac clame des chants lyriques passionnés à la gloire de la couleur.

Mais ce sont les fleurs, ce sont les feuilles, c'est la neige et la nuit, c'est la symphonie du ciel et de la mer qui nous révèlent la couleur et nous enseignent l'harmonie. La lumière n'est rien pour nous si l'air qu'elle sature ne gonfle pas les poitrines des hommes, n'imprègne pas de ses effluves les pousses prêtes de fleurir, ne réchauffe pas la planète à travers la glace et le gel. La lumière n'est rien sans les plaines et les montagnes, les organismes qu'elle sculpte. Ce sont les formes de la vie qui nous l'apprennent et nous la font aimer.

De la vie. Et, pour l'éclairer, la seule lumière du monde.

On aura remarqué le conseil surprenant qu'Élie Faure donne aux pointillistes, de renoncer aux formes organisées et « couvrir leurs toiles d'harmonies chromatiques pures », donc inventer l'art abstrait, qui n'existe pas encore en 1903 !

Paul Signac avait répondu au moment de la parution de ce texte dans *L'Aurore* :

Mercredi 25 III [1903]

Monsieur,

Je suis très touché et très honoré de l'étude si sympathique et si précise que vous venez de publier dans l'Aurore sur notre art. Croyez bien que je préfère cette sérieuse critique aux vains éloges d'autres journaux.

Mais, je tiens à vous affirmer que personne, plus que nous, n'aime et n'admire la vie et la nature. Nous nous sommes efforcés de nous créer une belle boîte à couleurs pour pouvoir exprimer les splendeurs et les magnificences qu'elles nous offrent. Soit, nous avons renoncé à rendre les tristesses et les noirceurs qu'elles présentent aussi. Mais, songerait-on à refuser à l'admirable Carrière le droit de renoncer au vert pomme et au jaune citron ?

Examinez de près ce tableau de Cross « La Plage ombragée » et voyez s'il n'est pas un doux poème de vie et de bonheur exprimé, sans littérature, par de beaux moyens de peintre. Voyez, si par l'harmonie des lignes et des teintes, par le choix du sujet, la beauté des gestes, la noblesse du décor, les rythmes de la composition, il ne correspond pas au signalement de la parfaite œuvre d'art. Supposez ce tableau reproduit en blanc et noir : cette épreuve aurait toute la beauté, je crois, d'une reproduction d'un Poussin ou d'un Puvis.

Et croyez-vous pouvoir affirmer que la beauté et la pureté des teintes employées par l'artiste, viennent en quoi que ce soit, amoindrir ces qualités ? A mon avis, au contraire, le charme de la couleur est un nouvel et puissant appoint. Oh ! ce rêve : un Carrière peint par Renoir !

Veuillez agréer, Monsieur, l'assurance de ma très vive et très respectueuse sympathie.

P. Signac (1)

Ce fut le début d'une correspondance épisodique mais très amicale, que *L'Art moderne* n'assombrit pas malgré le peu de place que Signac y tenait. Ils se querellaient avec humour et une gentillesse bourrue : « Certaines parties m'enthousiasment », écrit Signac en recevant

(1) Lettre inédite.

L'Arbre d'Eden, « mais contre d'autres je regimbe ! Ce sera bon de s'engueuler un peu (1). »

Paradoxalement, Degas bénéficie dans *L'Art moderne* d'une étude plus détaillée que les pointillistes, alors qu'Élie Faure ne s'y est jamais spécialement intéressé, ni dans ses articles ni dans sa correspondance, sinon pour se plaindre de la mode qui en faisait trop de cas. En revanche, il avait consacré à Toulouse-Lautrec, dans *L'Aurore* du 26 mai 1902, un article (2) beaucoup plus élogieux que le paragraphe de *L'Art moderne :*

> Toulouse-Lautrec était authentiquement noble, et riche. Il n'eut ni à flatter les élites mondaines, dont il dédaignait l'approbation, ni à lutter contre la misère conseillère de lâcheté active. Comme il était infirme et contrefait et comme il vécut solitaire, il n'eut pas non plus à lutter contre sa propre richesse qui eût pu lui conseiller la lâcheté passive. Loin des salons et des écoles, il put donner librement une forme à sa conception de la vie. Il ne lui demanda aucune des satisfactions moyennes qu'elle peut procurer à la généralité des hommes, il la contempla face à face, sans idolâtrie matérielle, sans mépris mystique, d'égal à égale. Et tout ce qui passa dans le champ de son examen, il le traduisit comme il le sentit, avec une sorte de passion froide, d'implacable sincérité.
>
> Sincère. Il ne cessa pas une minute de l'être, totalement. Il peint pour lui. Dès que s'arrête l'impression, le pinceau tombe. La sensation, fixée dans la substance nerveuse à travers les vitres des yeux, coule en ondes précises jusqu'à la pointe du pinceau, terminaison de la main, expansion nécessaire de la chair. C'est pour cela que le moindre de ses croquis vit et obsède.
>
> La matière qu'il emploie s'adapte étroitement à la sen-

(1) Lettre inédite, probablement de l'automne 1922.
(2) Repris dans *Formes et Forces* en 1907. C'est cette seconde version que nous reproduisons.

sation qu'il éprouve. S'il peint ou dessine sur toile, sur papier, sur carton, c'est qu'instinctivement sa main prend de la toile, du papier, du carton pour exprimer ce qu'il a vu. S'il utilise le pinceau, s'il se sert du crayon, du fusain, de la sanguine, le geste a l'air d'être machinal. Huile, aquarelle, pastel, lithographie, la manière de rendre est adéquate à la manière de sentir. Il donne l'impression de l'infaillibilité dans le choix du moyen.

C'est ce langage aigu qui imprime à toute l'œuvre cette étonnante beauté morbide. Sa couleur est aigre, diverse, d'un éclat perçant. Les blancs sont admirables : chemises, tabliers, camisoles, batiste ou toile grossière, mouchoirs, foulards, draps et nappes, serviettes, papier, fleurs, rien n'est égal. Tout y rentre, des violets, des roses, des verts, des jaunes, des bleus, des oranges, tout excepté du blanc. Blancs mats, blancs ternes, blancs veloutés, blancs sales. A trois pas cela vibre et chante avec des éclats mats ou sales de linge frais, de linge fripé, des éclats ternes de papier, des éclats veloutés de fleurs. Le rouge, le violet, le jaune, tout compose ses noirs pour les faire vivre de leur vie, robes de veuves, meubles vernis, gants, pantalons, chapeaux de soie. Suivant le lieu, suivant l'ambiance, les couleurs bruissent en fanfare ou en accompagnements discrets, tantôt stridentes et tantôt assourdies, mais quels que soient leur multiplicité, leur disposition, leurs voisinages, toujours d'une orchestration sûre. Or des cheveux et des corsages, blancs des chemises et des fleurs, verts des feuilles, verts des bancs de jardin, noirs des habits, noirs des pianos, rouges des toges professorales, verts des tapis, cheveux noirs trempés de violets dans l'ombre violette des arbres, gazes roses et gazes vertes sur le vert aigre des décors, brutales, sourdes, bruyantes ou secrètes, les symphonies éparpillées s'organisent spontanément en larges harmonies d'ensemble.

Comme Ingres auquel il touche, peut-être sans le savoir, comme Manet, il sait enchâsser ses accords en un cercle d'or et de fer. Sa ligne a la fermeté, la hardiesse du raccourci, la rapidité qui donnent aux attitudes reproduites cette qualité tellement rare que les plus grands ne l'ont pas toujours : la sûreté du mouvement. Exacte comme la couleur, plus exacte que la nature puisqu'elle subit les déviations imperceptibles et voulues qui augmentent la justesse de l'expression de toute la force de l'impression reçue, elle anime ses figures d'une vie prodigieuse. Pour faire passer en elle le nervosisme de l'artiste, elle cingle leurs contours comme une lanière de fouet.

Il restitue à la matière l'intégralité de sa vie. Ses étoffes ont la mollesse de la laine, la finesse de la batiste, la souplesse crissante de la soie; ses chairs gardent leur vibration nacrée; les corps existent sous les robes, fermes ou flasques; nus, ils ont leur consistance élastique et dure et ces fossettes innombrables qui moirent en coup de vent la surface des formes grasses.

Il s'attache plutôt à rendre l'attitude exacte que la norme profonde qui fait le masque ce qu'il est. Mais l'attitude est tellement adaptée à la fonction actuelle qu'elle prend une valeur symbolique. Aucun apparat, aucune préméditation visible. Il donne toujours à son modèle debout, assis, couché, coiffé ou sans chapeau, avec ou sans canne, la cigarette aux lèvres ou les mains dans les poches, l'attitude où il le surprit et qui lui est certainement familière. Il ne peut en être autrement. Le caractère pénètre en vous avec la vivacité conquérante d'un schéma caricatural.

Il saisit brusquement toute vie qui passe. En apparence, tout lui paraît digne d'être exprimé en art. Le peintre parmi ses toiles, l'ami parmi ses meubles familiers, la femme de maison louche nue ou blottie dans ses draps, la femme à sa toilette, en robe de chambre, en robe de ville ou de soirée, l'ouvrière au travail, le passant, la passante, il a surtout surpris les scènes qui fixent le mieux le caractère de l'individu et de l'époque, et auxquelles pourtant nous prêtons toujours la moindre attention, sans cesse attirés que nous sommes par les aspects d'humanité les plus accidentels. Mais ce qui par-dessus tout l'intéresse, c'est la physionomie actuelle d'un certain milieu, d'un certain monde, d'une certaine catégorie d'humains. Il est le peintre de la fête parisienne, haute et basse, à la fin du siècle dernier.

Il concentre en lui Degas, Forain, Steinlen. Théâtres, concerts, bals publics, champs de course, cirques, cafés, il a vu l'homme et la femme de tous les mondes aux prises avec les formes modernes des passions immortelles. Têtes émergeant du bord des loges, femmes apparues droites sur la lumière de la rampe, bras raidis, faces levées, envol versicolore de jupes de danseuses, éclairs froids des zincs où s'affalent les buveurs blêmes, figurants vêtus de bleu, de vert, de rouge, jockeys, acteurs, actrices, soupeurs et soupeuses, il a fixé pour jamais, avec une impassible cruauté, le tourbillon désespéré de la noce, le clinquant et l'ennui des vies artificielles aux temps où nous vivons.

De tous les artistes de notre époque, il est sans doute celui qui contribuera le plus à détruire, sans ratiocinations, sans théories, avec le seul exemple de son œuvre, le mensonge théologique de la beauté canonisée. Par elle, il nous a démontré que la beauté est ce que nous savons voir, ce que nous savons dire de la vie. Ce peintre des prostituées est tout près des peintres de rois et des constructeurs de temples.

Son œuvre est l'épopée de la débauche lamentable. Il est descendu, Dante moderne, en un nouveau cercle d'enfer. Il a senti, après Baudelaire et plus sinistrement que lui, le caractère dégradant du vice à la fin de l'ère chrétienne. Il nous a dit ce qu'il a vu, vu de très près – car il a longuement vécu parmi ses modèles pour lesquels on le sent pénétré d'une indulgence fraternelle – et ce qu'il a vu est effrayant. Fard et poudre, pâleur de faces fatiguées, rouge violent des lèvres peintes, meurtrissure bleue des paupières, chloroses, yeux vitrifiés, accroche-cœurs englués de pommade, tristesse affreuse des visages, où est la courtisane antique parée de fleurs, précédée de sourires ? Le christianisme[a] est passé

a. Une fois pour toutes, il faut s'entendre. Le mot *christianisme* ne désigne pas dans ma pensée la grande morale du Christ, d'ailleurs contradictoire et discutable sur bien des points, mais qui contient dans son ensemble la loi des relations entre les hommes formulée par toutes les philosophies antiques en Grèce, en Perse, aux Indes, en Chine, et qui ne diffère d'elles que par le vêtement symbolique d'une légende. Le mot *christianisme* désigne pour moi la crise d'exclusivisme sentimental, bardée de dogmes par le prêtre, qui empêcha dix siècles le contact de l'esprit avec le monde extérieur et contre laquelle la *Renaissance gothique,* la Renaissance là. Il a défendu la joie des sens, et la joie des sens, chassée du soleil indulgent, s'est retirée dans l'ombre louche. Il a couvert l'amour d'opprobre, et, résigné à sa déchéance, l'amour s'en est laissé couvrir. Voyez la bestialité de ces femmes cloîtrées, engraissées d'alcool et de paresse, ces mornes et frénétiques bals publics, ces danses mécaniques, tristes et laides, ce linge sale, ces dessous pendants et moisis. Joie salariée, lassitude du rire, misère navrante du vice, fleur empoisonnée, fleur flétrie des mysticismes agonisants.

Toulouse-Lautrec est un maître. Il restera par ce qu'ont de commun tous les artistes supérieurs, l'amour impartial de la vie, la force de l'exprimer. Il est le peintre de la passion déshonorée. Terrible, son œuvre doit demeurer pour dire aux générations sorties de notre nuit, ce que deux mille années de spiritualisme ont fait de la volupté nécessaire.

La renaissance lyrique

Élie Faure fit la connaissance d'Eugène Carrière en mai 1902, après avoir reçu de lui une lettre de remerciement pour son premier article dans *L'Aurore*. Une profonde affection les réunit aussitôt, jusqu'à la mort de Carrière en 1906.

Il est impossible de reproduire ici l'abondante correspondance qu'ils ont échangée, ni les textes qu'Élie Faure a accumulés à la gloire de son ami : dans *L'Aurore* en 1902, « Eugène Carrière » (3 juin), « L'impressionnisme et Eugène Carrière » (26 juin), « Eugène Carrière et les formes » (3 juillet); le 20 février 1903, « Une étape (Expo-

classique, l'Encyclopédie, la Révolution furent autant d'insurrections, étouffées à la surface de l'homme, victorieuses dans sa profondeur. Le christianisme, ce n'est pas Jésus, c'est saint Paul, la faute originelle et le rachat.

sition Eugène Carrière) »; en octobre 1905, « L'Homme réalisé : Carrière » dans la *Revue littéraire de Paris et de Champagne*; en 1908 enfin, *Eugène Carrière, peintre et lithographe,* une monographie de 173 pages publiée par Floury. On lit d'ailleurs avec peine la plupart de ces textes encombrés d'une rhétorique sentimentale qu'Élie Faure se reprocha plus tard, lorsqu'il eut assez de distance pour juger de l'influence que Carrière avait eue sur lui.

> [...] son influence sur moi, bien que mal digérée, fut profonde, pleine de contradictions et de périls, et peut-être plus enivrante que salutaire. [...] Certes, il me fit dévier de ma route, renier presque l'impressionnisme, oublier momentanément mes premières rencontres avec Cézanne, mais il m'apprit que la peinture est un langage et qu'elle exprime l'homme intérieur avant même l'objet, et qu'elle a beaucoup de chances d'exprimer cet objet même si cet homme intérieur est plus humain et plus fort. Je perdis du temps, oui, en suivant cette route latérale à la peinture proprement dite. Mais j'en gagnais en la rejoignant plus loin, avec des puissances d'humanité accrues et une tendance d'esprit résolue à négliger les détails et les anecdotes pour ne plus m'attacher qu'aux grands ensembles expressifs de ce qu'il y a de permanent et d'essentiel en nous tous (1).

Élie Faure dut aussi à Carrière de rencontrer Rodin :

> C'est par Carrière que je connus Rodin, singulier homme, avec son génie formidable de prophète sexuel, brassant et pétrissant ses chairs houleuses comme pour en arracher l'esprit, sorte de Vulcain visité dans ses forges souterraines par des dames trop peintes et des esthètes compliqués, et écrivant sur ses manchettes les bouts de symboles naïfs que le premier galopin venu – moi-même – émettait pour tenter d'atteindre sa cime, dont le grand sculpteur était certes très loin d'ignorer l'altitude, mais qu'il s'évertuait à ren-

(1) « Memories of a self-taught man », *loc. cit.*

> dre glissante pour lui-même à force de la vouloir accessible à tous les flatteurs. [...] C'est au cours d'un déjeuner dans un café de Montparnasse, dont étaient, avec Carrière et moi, Bourdelle et Rodin, que nous assistâmes à un spectacle d'un comique grandiose que ma jeunesse et mon respect pour mes commensaux m'empêchèrent de goûter pleinement, mais qui faillit suffoquer Carrière de rire : Rodin mêlant à sa barbe de dieu les fils d'un macaroni trop riche en fromage, et passant au moins dix minutes à démêler l'écheveau avec ses mains et sa fourchette. Tantôt il avalait ses poils, tantôt il lissait le fromage. Bien qu'il s'efforçât de rester digne, ou même de rire, j'ai l'impression que sa majesté fut assez vexée de l'attitude envers elle d'une matière qu'il avait coutume de dominer de si haut (1).

Même comique, Rodin intimidait Élie Faure, qui lui écrivait des lettres déférentes en l'appelant « mon cher Maître » et faisait son éloge en un style ampoulé, comme dans ce message au comité qui ouvrit une souscription, en mai 1904, pour offrir *Le Penseur* au peuple de Paris :

> [...] Je m'associe avec orgueil à la belle manifestation que vous préparez. Toutes les œuvres de Rodin ont exprimé notre souffrance depuis que nous ne savons plus accorder notre âme naissante et notre sensualisme adulte. Et « le Penseur » symbolise la marche héroïque des hommes en même temps que l'effort du plus grand statuaire qui fut depuis les Grecs. Un crâne étroit porte l'esprit sur la mer brutale des muscles, l'aube se lève sur l'orage.
>
> Offrir au peuple de Paris cette formidable statue, c'est le venger du permanent outrage que lui inflige depuis trop longtemps la statuaire officielle et contribuer plus puissamment en un seul jour que cinquante ans de politique électorale, à lui révéler son monde intérieur.
>
> Vous avez eu une admirable idée, et je suis de cœur avec vous (2).

(1) « Memories of a self-taught man », *loc. cit.*
(2) Lettre publiée dans *Les Arts de la Vie* en juin 1904.

Mais sa correspondance privée le montre beaucoup plus critique, quand il rapporte à sa femme, en mars 1904, une visite à l'atelier de Rodin où il a vu « comme d'habitude des erreurs et d'admirables choses », ou quand deux mois plus tard il acquiesce au mot de Carrière prédisant que « l'école de Rodin sera quelque chose d'effrayant », avec tous les défauts du maître (1).

Divers articles montrent l'évolution de son jugement. « Auguste Rodin sculpteur chrétien », un chapitre de *Formes et Forces* en 1907, présente cette œuvre sous un jour singulier, qu'on ne retrouve pas dans *L'Art moderne :*

AUGUSTE RODIN SCULPTEUR CHRÉTIEN

Ce statuaire formidable est le dernier des grands romantiques, le dernier des grands chrétiens. Je n'ose pas écrire le dernier des grands mystiques, car la race ne peut disparaître des visionnaires qui cherchent un nouvel équilibre au-delà d'un équilibre atteint. L'évolution humaine est ainsi faite : d'imperceptibles arrêts à la seconde où l'homme se trouve d'accord avec l'univers qu'il habite, des chutes dans l'inconscient quand il est las de vivre, ou de terribles essors vers d'autres cimes quand il veut vivre et quand la cime gravie tremble sous lui.

L'Age d'airain paraissait être une cime. Sévère, équilibrée, lumineuse comme le grand jour, la jeune statue se dressait toute droite, les pieds fortement appuyés au sol, la poitrine dilatée, acceptant par tous ses profils l'embrassement de l'atmosphère. Alors, Rodin était presque le maître de son rythme, sa conception de l'univers se voulait définitive, il semblait approcher de la tranquillité. Pourtant il y avait un peu d'énervement dans la torsion du buste sur les hanches, les tendons et les muscles des jambes se crispaient. Et puis, quelle était cette aurore que l'homme pressentait en levant la tête et en portant au sommet du front son poing fermé ?

(1) Lettres à sa femme, mars 1904 (*O.C.* p. 969) et mai 1904 (*O.C.* p. 972).

Quand la fleur épanouie des philosophies antiques s'ouvrait sur toutes les Acropoles pour demander au jour l'approbation de sa lumière, le génie, c'était la conquête du calme. Le génie, aux temps chrétiens, c'est la conquête du tourment toujours renouvelé. Dès que l'esprit tente d'échapper à l'étreinte de la matière, il s'essouffle et s'irrite, sa solitude lui pèse, son vol s'alourdit, il s'écroule, comme cette *Illusion* que Rodin a précipitée sur la terre pour lui rendre sa vigueur. Mais, après chaque chute, il s'évade encore, et rentre dans le désespoir. Pour gravir un autre échelon, il faut au tailleur de pierre des plans nouveaux qui révèlent de nouveaux doutes, il faut traduire par les oscillations du rythme l'angoisse des rythmes soupçonnés. Ce n'est sans doute ni un progrès, ni un recul, c'est une évolution douloureuse que les sociétés modernes ont seules connue, peut-être, parce qu'elles ont trouvé dans tous leurs berceaux, à leur premier éveil, transmis d'âge en âge par la tradition, d'homme à homme par l'atavisme, l'enseignement affreux de la faute originelle et de la nécessité du rachat.

Tout se tient. La grande sculpture, par Michel-Ange et Rodin, a révélé le problème essentiel que se pose l'humanité depuis vingt siècles, avec une angoisse aussi déchirante que celle de Pascal, et le marbre a la dureté des paroles de fer de Dante. L'*Ève* est venue, qui se cache la face entre les bras. C'est elle dont *L'Age d'airain* pressentait l'approche, quand sa sérénité hésitante osait à peine affirmer ses lignes. L'Ève est venue, et désormais, l'artiste va faire gravir à l'esprit un dur calvaire. L'homme et la femme nus sont comme deux maudits dont les peaux soudées brûleraient ensemble et qui se débattraient pour se séparer l'un de l'autre et que chaque effort de libération unirait plus étroitement. Les enlacements ont l'air de supplications ou de révoltes, des poitrines fuient, se renversent, des bras se tordent, des jambes se laissent traîner par des torses qui s'abandonnent, des seins roulent comme la mer, le grand mystère s'accomplit dans une angoisse frénétique qui est l'impuissance de la volonté spirituelle à vaincre le désir. Sur les dessins de Rodin, on dirait que du sang se caille, frais ou noir, que les ventres déchirés vont laisser couler les entrailles, que les cuisses et les hanches, pures comme des urnes, portent des calices amers, et les sexes béants sont comme des bouches pitoyables qui crient la misère d'aimer. Le trait poursuit les soubresauts des muscles, les talons, par l'échine ondulante, prolongent leurs vibrations jusqu'aux bras convulsés. Une femme, assaillie par des amours, a l'air d'une belle Aphrodite sortant des eaux et tout offusquée par la lumière et par les souffles de la vie. Dressées ou abattues, les formes souffrent. Humanités écroulées, loques de chair jetées comme une ordure, tas pantelants, rien de l'esprit ne paraît plus flotter sur eux, sauf la colère invisible d'un dieu qui renierait son œuvre.

D'où vient donc Rodin et pourquoi cet amant furieux de la vie paraît-il détester l'amour ? Dante était la conscience de son siècle, la voix du catholicisme parvenu à sa plus haute expression dogmatique et sociale, et il ne voyait dans le monde sensuel, qu'il aimait malgré lui, que le prétexte de son inspiration. Mais le monde sensuel, chez Rodin, est le sujet même et le motif de l'effort lyrique. Il a, d'abord et par-dessus tout, l'amour païen de la forme, et si le drame sexuel gronde en lui avec une telle fureur, ce n'est pas que le dogme, qu'il ne connaît plus, arme son esprit contre sa chair, c'est qu'il se rencontre à chaque pas avec l'impossibilité de faire franchir à l'intelligence la sphère du monde matériel. Il en crie de douleur. Et par là, bien que sorti du christianisme, il est chrétien, plus authentiquement que les gothiques qui surent dégager du dogme toute l'humanité enfermée dans leur religion, et avec une force lyrique dépassant celle de Michel-Ange, prisonnier de rythmes que, malgré sa violence, il ne sut pas briser.

Ce qui sauve Rodin, c'est ce qui a sauvé Eschyle, Shakespeare, Rembrandt, Michel-Ange lui-même, tous les visionnaires, c'est cet amour démesuré de la vie universelle qui le soulève par-dedans comme le travail souterrain soulève l'écorce terrestre et grâce auquel il peut arracher à la forme, à force de la torturer, de ces courts éclairs fulgurants qui sont en elle, et bien à elle, mais qu'elle ne rend qu'au contact des esprits héroïques. Il livre à la matière un combat perpétuel, pour aboutir toujours à reconnaître, par la grandeur même des visions qu'il lui fait traduire, la nécessité de son rôle. Portée par une marée trouble de couleurs et d'orages qui fait reconnaître en Rodin le frère de Hugo et de Richard Wagner, son œuvre entière retentit du tumulte de ce combat. Toute son œuvre, de l'*Ugolin* terrassé par la faim et dont l'âme est partie et qui semble une bête en marche, au *Victor Hugo* écoutant les voix de la vie avant de les organiser pour les lui rendre, de *La Pensée* dont la face et le front sortent seuls de la pierre au *Penseur,* tempête de muscles que l'aube ne calmera pas, et des *Mains d'expression* sortant de terre pour se cramponner à l'espace, au creuset de la *Main de Dieu* où tremble, dans la larve humaine, l'embryon de l'esprit. Toujours cet antagonisme. Les pieds sont comme des racines qui voudraient s'arracher de leur sol. Des torses montent pour retomber, comme des fleurs trop lourdes. La matière diffuse accompagne obstinément les formes qui tentent d'émerger d'elle avec d'immenses efforts. Pris par toute la peau, par les cheveux noyés comme des algues, les corps ne peuvent pas s'élever au-dessus de la houle qui les balance. Et si l'Apollon dont les pas font jaillir le soleil, a vaincu l'hydre, ses deux bras restent cloués à la pierre d'un piédestal.

Ainsi, les couples en amour de Rodin ne sont, au fond, que l'expression symbolique la plus émouvante de cette souffrance imprécise qui fut tout le monde chrétien et qui vient d'une rupture d'équilibre entre notre vie intérieure et le monde sensible qui la fonde et l'agrandit. Rodin, sans doute, est un sculpteur, un vrai, un grand sculpteur, mais c'est aussi un homme de pensée, de souffrance et d'amour, et s'il voit et s'exprime par plans et par profils, il ne pense, et n'aime et ne souffre pas moins. Pour qu'il ait cette action sur les hommes, il faut qu'il soit une force de communion humaine, il faut qu'il soit le révélateur de mouvements inconnus qui sont en nous et que nous ne soupçonnons pas et qui sont des agonies ou des naissances. Pourquoi sommes-nous ainsi, pourquoi faut-il qu'on ouvre encore, pour nous, la porte de l'enfer? Dans la fermentation de l'univers, les protestations, les anathèmes d'une religion déchue se volatilisent comme une larme sur une plaque de fer rouge, mais nous sommes bien forcés de nous retourner vers lui, quand un artiste de cette taille exprime encore le désespoir de la nécessité sexuelle. Devons-nous croire que l'idée centrale du christianisme dogmatisé est indestructible et que l'homme ne retrouvera pas son équilibre et qu'il ne consentira plus à laisser ses aspirations morales les plus pures fleurir normalement sa vie sensuelle? Devons-nous croire que cette idée survit dans un dernier et prodigieux rameau de son agonie romantique? J'espère que la vérité est là. Nous ne cherchons plus la rédemption par besoin mystique, mais par imprégnation d'esprit.

Quand une religion a duré vingt siècles, ses manifestations extérieures ne comptent guère et il importe peu de connaître le nombre de ceux qui prennent encore à la lettre ses symboles usés. Ce qu'il importe de découvrir, ce sont les traces qu'elle a laissées dans notre nature intime. Alors, on s'aperçoit que l'empreinte est profonde et que presque tous les actes de notre vie morale obéissent encore à l'impulsion des vieux besoins sentimentaux d'une humanité disparue. L'amour, détourné de sa voie, a pris, pour l'homme bas, une forme extérieure laide, pour l'homme noble un sens intérieur douloureux, car l'homme bas y voit une satisfaction grossière et l'homme noble un asservissement moral. Or, l'amour n'asservit que l'homme bas en le courbant sous son instinct, et seul l'homme noble y peut trouver une joie supérieure en élevant son instinct à la hauteur de sa raison.

Il faut que le premier comprenne et que le second reconnaisse la nécessité de la force qui maintient, de l'atome à l'astre, la cohésion et la continuité du monde. Alors, ils découvriront que le désir est cette force même et que l'esprit humain, par sa soif et sa recherche incessante de l'unité, n'en est que l'expression suprême et transitoire. Alors ils aimeront l'Amour, de tout l'amour dont ils aiment la vie. Alors, l'Ève ouvrira ses bras, elle regardera les hommes face à face, elle laissera la certitude de son innocence sculpter sa figure noyée de honte et ses chairs toutes meurtries d'avoir aimé se gonfler pour aimer encore.

Le 13 janvier 1912, « Sur le musée Rodin », dans *Les Hommes du jour,* livre une méditation mélancolique sur les musées, où l'on enferme des œuvres qui devraient participer à la vie publique dans les rues et les jardins (1). Mais c'est seulement en avril 1918 qu'Élie Faure publie, dans *Les Écrits nouveaux,* le plus important de ses articles sur le sculpteur ; il le reprend en 1922 dans *L'Arbre d'Éden* sous le titre « Mort de Rodin » :

MORT DE RODIN

I

Le dernier des grands romantiques est mort. Le dernier en date. Je ne saurais dire en qualité. Entre Hugo et Byron, Delacroix et Baudelaire, Michelet et Balzac, Henri Heine et Stendhal, Wagner et Schumann, Schopenhauer et Nietzsche, Daumier et Berlioz, Rodin et Zola, il y a des abîmes inégaux dont l'avenir fixera, peut-être, les profondeurs et les limites, à moins que le mouvement des esprits soit comme celui de la mer. Tout ce que nous pouvons dire c'est que, si le romantisme survit, ou tout au moins certains sommets du romantisme – et c'est probable – Rodin survivra.

Il est romantique par les deux aspects essentiels de son œuvre : la puissance incroyable de la saillie expressive, traduction d'un sentiment tragique dont l'objet n'est que le symbole – j'allais dire l'occasion –, et l'impuissance également incroyable à construire une forme qui fasse architecture dans l'espace, dont on puisse faire le tour, dont les volumes et les plans s'engendrent et se pénètrent, qui soit une d'où qu'on la voie et reste une dans le souvenir. Écueil commun à tous les romantiques, Baudelaire et Daumier peut-être exceptés. Mais Daumier, n'est-ce pas, n'était qu'un caricaturiste, et Baudelaire un aliéné. Jamais, chez les plus grands d'entre les romantiques, la forme n'est établie de toutes pièces dans l'esprit avant de jaillir dans le verbe. On dirait qu'elle sort du verbe, par éclairs éblouis-

(1) *O.C.* p. 69.

sants qu'ils en tirent en le frappant, en le meurtrissant, en le tordant comme un métal. Pourtant Rodin disait vouloir ne construire que des ensembles. Lisez une ou deux pages de son œuvre « littéraire[a] ». Vous y verrez, parmi un fatras regrettable de ficelles et de raccords, quelques aperçus admirables sur la nécessité de bâtir la forme par l'ensemble, d'y subordonner le détail, de la considérer d'abord par ses plans et ses profils. On dirait, après avoir lu ces lignes, qu'il ne comprend pas toujours les belles choses qu'il fait.

Il est le maître du morceau. Si on isole, dans l'œuvre entière de Rodin ou dans l'une quelconque des œuvres de Rodin, une face, un buste, une cuisse, un bras, tout de suite on pense à Rembrandt. Cela ne vit pas seulement. Cela est ravagé de vie. Cela roule, ondule, tressaille, gonflé de cris et de sang. Ce qui est dans la forme, l'influx nerveux qui la modèle, poussé du dedans par la faim, l'amour, la pensée, la brise et la meurtrit comme en voulant fuir d'elle. Et cela y reste pourtant, parce que, dans l'élan passionnel échappé du cœur de l'artiste, le modelé, à cette seconde unique mais immortelle de sa vie, a la sûreté infaillible du plus tragique des instincts. Les Romantiques, et Rodin en particulier, m'apparaissent comme des femmes en amour. La maîtrise d'eux leur échappe, un dieu vit, qui est pour eux comme est l'homme pour elles, et en joue à cet instant-là. Cet instant, c'est l'étreinte, il faut se comprendre. Hors de l'étreinte, c'est l'homme qui est le vaincu, et chez les artistes, le dieu. L'architecture de l'esprit chancelle, ou même s'écroule, le morceau seul reste vivant sur la route qu'il a suivie, et si vivant, il faut le dire, qu'il encombre l'horizon... Les portraits profonds de Rodin, ces faces bosselées, serrées, ces masques volcaniques qui avancent en projetant au-devant d'eux les puissances agissantes et pensantes du dedans, sont les seuls monuments complets qu'il ait laissés derrière lui, parce qu'un visage est monument, parce qu'un visage ne vit pas si, de partout, les plans, les courbes, les bosses et les volumes du crâne n'accourent et ne s'accordent pour participer à le former. Mais dessous

a. Notamment l'*Auguste Rodin,* de Mme Judith Cladel.

le cou ne tient pas, ou la poitrine est défoncée. Deux seins de femme qui ondulent, une main qui s'ouvre, deux pieds qui marchent sur le sol, sont des portraits de seins, des portraits de mains, des portraits de pieds. Seuls peut-être *L'Age d'airain,* le *Saint-Jean-Baptiste,* l'*Ève,* celui des *Bourgeois de Calais* qui tient la clé entre ses poings, sont des œuvres monumentales qui vivent du haut en bas. Encore est-il dangereux d'en faire le tour complet. Un plan s'effondre, un volume est vide en dessous, le corps parfois chancelle sur la jambe qui ne tient pas... Rodin s'en rendait compte. Il a construit des torses d'une admirable unité, mais où la tête, les bras, les jambes manquent. C'est une ruse, et on la lui a reprochée. Pour moi, je la crois innocente. Il ne dépassait pas les frontières de l'impression qu'il éprouvait. Et par éclairs, quand il parvenait à dresser un ensemble, ce n'était qu'un état d'équilibre très court et très instable entre deux phases de recherches trop éparpillées où son génie titubait.

II

Ceci dit, c'est un statuaire formidable. La vie qu'il distribue aux surfaces bouleversées, on dirait qu'il l'arrache aux profondeurs de la matière où il a la puissance unique d'entendre battre son cœur. J'ai parlé de Rembrandt – architecte d'ailleurs, lui, et capable d'infliger à une foule entière la vie d'un fragment quelconque du poème qui la décrit. C'est bien cette même boue enflammée qui traduit, dans les jeux profonds des clartés et des ombres, les drames silencieux qui donnent aux formes du peintre leur prodigieuse humanité. Il faut le remarquer. Dans ses entretiens, Rodin insiste surtout, à propos de l'admirable organisme des cathédrales, – un, cohérent, logique comme un squelette articulé – sur les nuances qui animent les surfaces du monument. Rodin est un peintre, c'est en jouant de la lumière sur les surfaces qu'il leur inflige cette vie si mobile et si dramatique qu'elle fait penser à la houle de quelque lave primitive figée et maintenue vivante par la volonté d'un dieu. Regardez ses dessins. C'est comme une flaque de sang. Mais elle a la forme d'une âme, comme on reconnaîtrait dans le contour d'une tache rouge sur la terre ou sur un mur, l'empreinte d'un pied meurtri ou d'une main déchirée.

C'est là qu'il faut chercher le secret de sa gloire unique. Né sculpteur, car *L'Age d'airain* par exemple, où des soubresauts nerveux et des déformations involontaires font déjà pressentir le besoin qui tourmente l'artiste de briser la forme par l'expression qu'elle contient, est une statue suffisamment et même fortement équilibrée, – né sculpteur, il a cherché constamment à extirper des entrailles profondes et invisibles de la forme, pour le répandre sur les surfaces en mouvement, l'esprit qui était en lui-même et qui dort pour l'artiste dans tous les objets du chemin. De là une oscillation perpétuelle entre la conquête provisoire d'un langage qu'il aurait voulu assez stable et ferme pour maîtriser définitivement les orages qui l'agitaient, et la défaite momentanée d'une volonté toujours assaillie. Il est de la classe des grands chrétiens, ou des grands maudits, et c'est la même. La lutte est éternelle entre l'esprit qui veut monter et la chair qui l'étreint de partout, s'attache à lui et le retient et le submerge. Dans la *Main de Dieu,* des larves grouillent. Elles n'en sortiront plus, et la *Porte de l'Enfer* se refermera sur elles. Ses couples en amour ne se détacheront jamais. La peau est soudée à la peau. La poitrine de la femme, étendue, et que la matière ambiante accompagne, ondule comme la houle éternelle du large, l'homme soulevé sur les poings, aveugle, lève le front comme un noyé. Pour attiser leur feu, les chairs s'unissent. Et plus la brûlure est atroce, plus le contact se fait étroit. La luxure désespérée tord les muscles, érige les têtes, jette les corps vaincus hors des chemins de la volonté et du bonheur. Nul n'a écrit poème plus tragique de l'éternelle condition et de l'éternelle défaite de l'esprit. A moins que la victoire de l'esprit soit précisément d'exprimer avec une puissance monotone, d'Eschyle à Pascal, de Dante à Baudelaire et de Shakespeare à Rodin, la condition et la défaite de l'esprit, et que l'art tout entier soit la revanche inutile de l'âme toujours en révolte contre la chair toujours tapie dans son invincible cruauté. Au pessimisme de répondre si la vie supérieure du monde n'est pas précisément conditionnée par le sentiment dramatique de sa condamnation à tourner toujours dans ce cercle que l'amour forge et que ferme la mort.

Je n'aurais pas voulu connaître Rodin. Je n'aurais pas aperçu, en l'écoutant, les trous de son œuvre, que je prenais auparavant pour des abîmes de mystère. Maintenant je comprends trop. Il ne parlait guère que de métier. Et il ne semblait pas s'apercevoir du drame qu'exprimait son œuvre. Ou alors il le compliquait, le surchargeait d'explications littéraires et d'inutiles intentions. Que lui a-t-il manqué pour être Eschyle ou Villon, Dante ou Pascal, Shakespeare ou Baudelaire? L'intelligence? L'unité de culture? Une forme d'introspection capable de lui faire apparaître la signification de la lutte qui l'habitait? La volonté d'en sortir victorieux? Je ne sais. A coup sûr, il a laissé la plus puissante expression plastique qui soit du drame sexuel. Mais n'est-elle pas trop fragmentée, trop tourmentée, pas assez débarrassée de la préoccupation d'étonner et de la manie de penser? A tout instant, elle donne l'impression qu'elle dépasse le but qu'il veut atteindre et que l'esprit, si profondément présent quand la matière l'accable, ne s'échappe trop souvent d'elle que par des procédés extérieurs qui l'essoufflent, l'y font retomber et s'y noyer tout à fait. J'aurais voulu que ce grand sensuel fût plus certainement un grand esprit. J'aurais voulu que ce grand artiste fût plus constamment un grand homme. Cet équilibre, qu'il poursuit, ou plutôt qu'il appelle, si l'on en croit tous ceux qui l'ont écouté parler, jamais il ne l'atteint que par éclairs... Les lambeaux de l'esprit tournent en désarroi autour d'un centre fixe où il ne parvient pas à s'établir tout à fait. Ces corps renversés, ces bras qui se lèvent, ces jambes flottant à la dérive comme des branches mortes sur un fleuve déchaîné, sont le symbole de son œuvre entière, altérée par un sentiment éperdu de l'architecture plastique qu'il ne réalise jamais.

III

Malgré tout un très grand artiste a quitté notre chemin où il laisse, je le crois, quelques bornes éternelles. Tout ensanglantés que nous sommes, il convient de saluer en lui l'un de ces tyrans de l'esprit qui règnent dans la durée plus despotiquement et longuement que les chefs de guerre dans l'étendue, et imposent à notre curiosité des siècles de drame pour alimenter notre effort. On l'a accusé d'amorcer une décadence. Évidemment. Michel-Ange aussi. De l'autre côté d'une cime, on descend. Cela ne fait rien. Il a imposé à la pierre une animation violente, sans doute inconnue avant lui. Qu'on regarde ses contemporains, ses prédécesseurs, et qu'on juge. La vie de Rude est extérieure, gesticulante, toute réfugiée dans le mouvement oratoire. Celle de Barye, saisie entre des plans sévères, arrêtée comme un théorème, est d'un accent grandiose, certes, mais appliquée, peut-être, à un objet trop défini. Carpeaux est un mondain, ses femmes et ses fleurs tournent dans les bals et les fêtes, une époque trop limitée s'y exprime, la noce, le bon mot, la verve, une ombre de blague y paraît. Chez Rodin on s'insurge, mais on regarde, et si l'on tombe dans des trous, des saillies prodigieuses restent, où l'on s'accroche à coup sûr. Je songe à l'*Ève,* à la *Heaulmière,* à l'*Ugolin,* à presque tous les *Bustes,* aux *Bourgeois de Calais,* au *Claude Lorrain* de Nancy... Les visages de dieu s'y montrent dans leur épouvantable cruauté. L'œuvre pessimiste des grands inspirés s'y affirme avec une monotonie terrible, les gestes de la faim, l'étreinte inutile, les yeux des héros qui s'éteindront, tout y avoue, par les formes vivantes, l'empire de la mort.

Ces volumes mouvementés sont repoussés du dedans au dehors par la puissance passionnelle même qui maintient l'univers moral dans un cercle dramatique et le pousse à chercher la consolation de sa destinée dérisoire dans la force de l'exprimer. Qu'avons nous fait, nous tous, pour être punis d'exister ? C'est parce que cette femme a des flancs qu'elle cache entre ses bras sa honte. Celui qui a faim mange ses fils pour retarder d'un quart d'heure sa mort. Ces peaux qui pendent sur ce squelette décharné ont eu l'éclat, la saveur, la tension profonde des fruits. L'homme qui s'offre en sacrifice va mourir pour que vivent des milliers d'hommes qui ne le valent pas. Ce peintre est ébloui par la lumière, mais ses bottes éculées trébuchent sur les cailloux... Tout

> ce qui doit mourir souffre, et même meurt pour vivre. Le volume de l'expression bosselle seul la face de la terre, la trace d'une âme grandiose est la seule chose aussi permanente que l'homme qui demeure sur son chemin. Un grand artiste est mort. Mais on entendra quelques-uns de ses cris dans le silence unanime. Le Sphinx et les Pyramides affirment, dans la solitude éternelle, la présence de l'esprit.

En 1937 enfin, deux mois avant sa mort, il observe à distance les deux sculpteurs qu'il avait fréquentés et admirés dans sa jeunesse, Rodin et Bourdelle, dans un article de *Vendredi* qu'on lira plus loin.

Cézanne

Quand Élie Faure fut libéré de l'influence de Carrière, il revint à Cézanne dont il avait eu la révélation vers 1893, à l'âge de vingt ans. Deux essais magistraux se suivirent de près : le 1er mai 1910, « Paul Cézanne » dans les *Portraits d'Hier,* une biographie reprise en 1914 dans *Les Constructeurs*; et le 5 octobre 1911, dans *L'Art décoratif,* une étude plus synthétique qui devait devenir dix ans plus tard, sans changement notable, ce chapitre de *L'Art moderne.*

Comme pour toute son œuvre, Élie Faure était bien informé. Il avait lu les souvenirs d'Émile Bernard dans *L'Occident* de juillet 1904 et le *Mercure de France* d'octobre 1907, ainsi que l'article de Maurice Denis dans *L'Occident* de septembre 1907. Mais surtout, il connaissait Joachim Gasquet, qui l'informa directement avant de se mettre lui-même à la rédaction d'un *Cézanne* dans l'hiver 1912-1913. Gasquet avait généreusement renseigné Élie Faure, qui put ainsi rapporter plusieurs anecdotes nouvelles dans son article de 1910, comme celle qu'on a lue plus haut sur l'excitation de Cézanne devant *Un enterrement à Ornans.* Il lui écrivit aussi, fin 1909 ou début 1910, cette lettre qui mérite d'être reproduite, parce qu'elle est un témoignage encore inédit d'un proche de Cézanne :

> [...] J'attends à présent votre Cézanne avec impatience. Ne croyez pas que je ne veuille vous parler de lui. Nous devons, nous, mettre nos idées en commun ; puisque nous ne pouvons encore partager notre pain, donnons au moins tout ce qu'on ne cadastre pas, nos pensées, nos amours, notre verbe.
>
> Je ne crois pas que Cézanne soit allé en Espagne. Ni lui ni les siens n'ont jamais fait allusion à ce voyage. Mais il connaissait Greco. Il m'a notamment parlé un jour de l'enterrement du comte d'Orgaz, à propos de Manet. A mon avis, pourtant, il n'avait vu que très peu de reproductions du Greco et je ne crois pas qu'il l'ait subi. Ce qui paraît être du Greco en lui, lui viendrait plutôt de Signorelli, pour qui il avait un véritable culte. Le dessin du Louvre, l'homme portant l'autre, était cloué dans sa chambre, à Aix. Il me le montrait avec des larmes d'enthousiasme.
>
> Mais ces questions d'influence sont si mystérieuses. Les dernières années de sa vie, il méditait surtout le Poussin. Il voulait composer de grands paysages animés, à la manière du grand classique, en y ajoutant tout le frisson moderne. Il y a notamment, chez Bernheim (à leur hôtel), une moisson d'une plénitude dorée qui se rapproche beaucoup de cet idéal. Le château du diable, des environs d'Aix, y est stylisé au-dessus d'une grande plaine en travail, qui m'a toujours fait penser à l'*Été* du Louvre.
>
> La méditation vivante des frères Lenain, les paysans devant la cheminée du Louvre, et des joueurs de cartes dans un corps de gardes du musée d'Aix, surtout, l'ont amené, je crois, à la sublime composition des paysans jouant aux cartes du Salon d'Automne et dont Pellerin a une étude, peut-être encore plus belle.
>
> Pour ce qui est du collage de Lantier et de Christine, la

scène, d'une vérité psychique prodigieuse, n'a pas, je crois, de fondement dans la réalité. Mais c'est sûrement, par une aventure *analogue* qu'a dû commencer sa liaison avec Mme Cézanne.

Le maître portait, à la ville, un chapeau melon, un vieux béret dans son atelier, un chapeau de paille au paysage. Généralement.

Dans la rue, à Aix, il allait d'une allure de bête traquée, seul. Avec un ami, il marchait fier et fort. Avec un indifférent, il prenait l'air finaud.

Il parlait admirablement. Pendant les cinq premières minutes, comme tiré de sa vie intérieure, il cherchait pour se traduire les images et les mots, mais bientôt, net, abondant, dru, il se faisait comprendre des êtres les plus nuls, les plus antipathiques, qui le subissaient d'abord, puis, lui absent, faisaient gorges chaudes de sa pensée et de son lyrisme. Il abordait tous les sujets, sauf la politique, avec passion ; recherchait surtout la fréquentation des ouvriers et des gens du peuple, qui, *tous,* l'adoraient. Il était d'une bonté rayonnante et d'une intelligence védique ; je ne trouve pas d'autre mot.

Il allait à l'église. Par classicisme, pour s'appuyer, éthiquement, sur une forte tradition. « Nom de Dieu, a-t-il dit un jour, si je n'allais pas à la messe, je ne pourrais pas peindre. » Et une autre fois : « C'est la douche et la messe qui me tiennent droit. » Il suivait les sermons du Carême. Mais il y a là mille complexités. Une de ses sœurs était sous la coupe absolue des jésuites, qui voulaient lui acheter le Jas de Bouffan, auquel tenait beaucoup Cézanne. Vous savez qu'il était le fils d'un banquier. Il avait lu Balzac, le *Cabinet des antiques,* le *Curé de Tours...* ?

Il était carrément antidreyfusard. Ce qui n'empêcha pas Rochefort d'écrire sur lui un infâme article (parce qu'il était l'ami de Zola), et que les nationalistes glissèrent nuitamment sous deux ou trois cents portes, à Aix...

Voilà, je crois, à peu près ce que vous me demandez.

On trouve des traces de cette lettre dans le premier « Cézanne » d'Élie Faure.

Un troisième article, « Toujours Cézanne », parut dans *L'Amour de l'Art* de décembre 1920, peu avant *L'Art moderne :*

TOUJOURS CÉZANNE

Certain jour – une fois n'est pas coutume – j'avais commis l'imprudence de me laisser aller à parler peinture avec une dame qui en fait. Comme je lui avouais mon amour pour Cézanne, puis pour Renoir, cette dame me déclara : « Cézanne ignore le plan. La forme de Renoir est creuse. » J'observai immédiatement qu'en prenant le contre-pied de cette opinion péremptoire, on arrivait à l'appréciation la plus juste du rôle joué par ces deux peintres parmi nous. Elle le définissait par la négative. Il est curieux de constater combien les habitudes infligées à l'œil par la paresse de l'esprit ont faussé la notion des choses, au point de la renverser diamétralement. Car Cézanne, précisément, a retrouvé le plan. Et Renoir précisément, la plénitude de la forme.

On est las – moi du moins – des controverses de technique. Et d'ailleurs, je n'y entends rien. Il me semble seulement « voir », si je ne puis le définir, comment s'y sont pris ces deux maîtres pour reconstituer, l'un avec son élan lyrique, l'autre avec sa méditation passionnée, la forme effilochée, puis oubliée par l'impressionnisme à qui cependant ils devaient, de leur propre aveu, la pureté de leur œil. En suivant les échanges entre les jeux de la lumière sur les surfaces remuantes et les fonctions organiques qui en font varier les aspects, Renoir a revivifié la densité et la plénitude des formes dans leur vaste mouvement circulaire et continu. En déterminant, par l'étude de leur structure apparente, les plans qui les définissent par rapport aux plans voisins, Cézanne a restitué aux formes leur place monumentale dans l'espace à trois dimensions hors duquel nous ne pouvons – je parle toujours pour moi – la concevoir. Là, le procédé est d'un sculpteur. Et ici, d'un architecte. Mais qu'on ne s'y trompe pas. Tous deux parlaient la même langue. Ils la parlaient parfaitement. Ou mieux, avec une ingéniosité et une science, une subtilité et une force égales à celles des plus grands dans le passé, supérieures à celles des plus illustres dans le présent. Cette langue, c'est la peinture. Je voudrais que, parmi les jeunes peintres, surtout ceux qui se réclament de l'un ou de l'autre, ou des deux – ou même d'aucun des deux – nul ne l'oubliât.

En effet, il n'est pas de peintre plus rare, plus nuancé, plus varié dans ses moyens et disposant d'une gamme plus étendue et plus sonore que ce maître de la synthèse dont tous les peintres qui comptent se réclament depuis vingt ans. S'il ignore l'accident, l'anecdote, le pittoresque, le détail, l'ornement destiné à plaire, tout ce qui écarte l'esprit de l'objet en lui-même d'abord recréé dans l'esprit, il n'a pas plus de goût pour l'unité du ton local que pour le canon idéographique dans lequel les professeurs de peinture cantonnent généralement leur timidité, parfois leur fausse audace et en tout cas leur indigence. Et s'il supprime absolument en lui la préoccupation du sujet à peindre, c'est pour être aussi libre que les anciens maîtres dont la tâche, fixée d'avance, délivrait les dons. Cézanne ne déploie son imagination grandiose qu'à saisir, à décrire, à caractériser l'objet. Ce conceptualiste, qu'on me permette de l'écrire, est un réaliste puissant mais appliqué jusqu'au martyre, et dont la gaucherie n'est qu'un hommage continu aux enseignements inépuisables d'une matière et d'une organisation de la matière où il sait que l'esprit se tient. De là cette splendide et profonde couleur où, dans le gilet d'un paysan, bouge la pourpre vénitienne, où l'or des brocarts ondule sur la toile cirée d'une table d'auberge, où quelques pommes, à côté d'un verre de vin, évoquent la magnificence avec laquelle Véronèse conte les noces de Cana. De là cette architecture titubante, mais essentielle, que l'équilibre et la convergence des masses installent dans la hauteur et dans la largeur de la toile et que les taches contrastées *modulent* de proche en proche, comme il le disait lui-même, dans sa profondeur. Les théories qu'il développait passionnément devant ceux qui savaient entendre, ou par boutades rageuses devant ceux qui refusaient de voir, n'étaient point des vues *a priori* sur la structure de l'espace, mais des expériences pratiques arrachées, bribe après bribe, au plus rebelle des métiers. C'est un peintre, un peintre pur, d'une force monstrueuse, le plus riche, sans doute, en ressources polyphoniques que le monde ait connu depuis les maîtres vénitiens dont il se réclamait sans cesse, et auxquels il se rattache directement par Delacroix – le grand méconnu de la peinture, celui dont tout le monde sort, l'Impressionnisme, le Néo-impressionnisme, le mouvement ultérieur opposé à l'impressionnisme, Renoir qui déclarait tenir des *Femmes d'Alger* toute sa science, Cézanne enfin dont l'œuvre entière est en puissance dans l'*Angélique* que *Roger*[a], tombant du ciel, dispute à l'Hydre, Delacroix, le maître des tons, des lumières et des volumes contrastés à qui, vers la fin de sa vie, il s'acharnait à peindre un « Hommage » qu'il ne put pas achever.

Ceci dit, on peut trouver dans l'œuvre de Cézanne le départ de l'énorme bavardage esthétique auquel nous nous livrons tous depuis la fin du dernier siècle et qui risque de faire au moins autant de mal – parce qu'il perd de vue les sources et la fin de la peinture – que l'académisme en a fait depuis Michel-Ange, voire depuis Phidias. Quand un grand homme apparaît, et surtout quand il meurt, la plupart imitent ses gestes. Quelques-uns essaient de suivre la trace de son esprit. C'est moins facile, et la systématisation qu'ils sont portés à en faire risque de la dénaturer. Cependant c'est là qu'est la voie. Il y a des fausses routes, des obstacles, des impasses. L'avenir met tout à son plan.

C'est ainsi, par exemple, qu'un mot de Cézanne – ramenant tout, dans la nature, au cône, au cylindre et à la sphère – a fondé le cubisme. Or, ce mot n'était qu'un artifice de langage destiné à situer dans un schéma géométrique la sensation que suggérait au peintre les formes envisagées non plus du point de vue de la tache, non plus même du point de vue de la ligne, mais du point de vue du volume, il indiquait une direction à l'esprit. Il exprimait une tendance. Une tendance dont l'image réalisée ne pouvait dépasser,

a. A moins que ce ne soient *Andromède* et *Persée*. Je ne suis jamais très sûr du titre, ni même du sujet d'un tableau.

ni même atteindre la limite abstraite, à cause de l'afflux immense et continu des sensations données par la forme vivante qui en modifie à tout instant la disposition et l'apparence. De cette vue symbolique, on fit un point de départ. Grave erreur, dont la peinture souffre encore, mais au fond de laquelle une idée féconde et commune à tous les jeunes artistes, persiste pour les éclairer. L'action spirituelle de Cézanne dépasse son action formelle, et ceux qui ont vraiment médité cette action formelle le savent bien. En reconstituant le plan, il a recréé dans l'intimité des esprits le sens monumental de la forme dont le cubisme lui-même a vécu, et qui justifie son action. Elle est devenue entre ses mains, grâce à sa personnalité formidable, impersonnelle, tel un édifice fait pour tous, une fonction logique et nécessaire de l'espace. Elle a acquis par là la signification collective d'un abri spirituel où l'humanité, lasse d'un individualisme sans mesure et sans contrepoids, recherche l'un des moyens de son unité morale. Cézanne restait catholique par besoin de cette unité. Car il ne lui appartenait pas, non plus qu'aux autres artistes, de la chercher lui-même sur le terrain philosophique ou social.

Cet homme dangereux a donc été et reste un homme indispensable, comme il arrive si souvent – et peut-être toujours – aux hommes dangereux. Mais à condition, n'est-ce pas, de ne s'en tenir ni à la lettre de son œuvre, ni à la lettre de ses mots. Qui sait même si Cézanne, et aussi Renoir – Renoir dont l'imagination plastique, à près de quatre-vingts ans, demeurait puissante au point de soulever encore contre ses plus belles conquêtes la partie la « plus éclairée » du public – n'ont pas épuisé, pour donner une direction à la peinture nouvelle, toutes les ressources de l'ancienne ? Qui sait même si, de nos jours, cette direction reste praticable ? Ils ont indiqué sans doute, qu'il convenait de « construire ». Et si ce n'était plus de la peinture, mais des idées, des systèmes – ou tout simplement des maisons ?

Je me relis. Et voici qu'un grand découragement m'accable. Un homme a-t-il tant d'importance, même quand nous savons que les peintres du monde entier se sont réclamés et se réclament encore de lui ? Son œuvre peut-elle prendre à son insu, à l'insu de l'humanité presque entière, un sens aussi général ? Je le crois certes, dès que je retrouve la responsabilité de Platon, ou de Descartes, dans toutes les formes d'activité spirituelle ou sociale qui se sont développées après eux. Et il n'y a aucune raison pour que l'œuvre d'un peintre ou d'un sculpteur, en ébranlant de proche en proche les cerveaux, n'exerce sur l'évolution des idées et des mœurs une action aussi décisive que celle d'un écrivain. L'Assyrie, l'Égypte nous le prouvent. Mais que ce soit *précisément* l'action que je viens de dire, j'en suis moins sûr... Tout ce que je puis affirmer, c'est que Cézanne est un grand homme, c'est qu'un grand homme est celui qui parvient à trouver sa loi, c'est qu'une servitude féconde s'organise tôt ou tard autour de cette loi pour en assurer le triomphe, et aussi qu'en fin de compte il y a une beauté d'exemple peut-être nécessaire, sinon suffisante, à faire entrer l'idée victorieusement dans les cœurs. Et c'est celle du caractère.

On sait sa vie. Il n'en est pas de plus belle. Elle est celle d'un héros. Elle a l'unité de son art. Nul accident visible ne l'abîme. Et le drame en reste au dedans pour intensifier l'expression. Il a vécu tout seul, afin de préserver des contacts sales ou tout simplement inutiles une candeur qui se manifestait aussi bien devant les événements que devant les formes et qui le rejetait constamment dans son exil. Sous des dehors pourchassés, souvent ridicules, sous une pudeur physique que les goujats sont incapables de comprendre, il cachait une pureté charmante qu'approfondissaient de jour en jour les chocs qu'on lui faisait subir. « C'est effrayant, la vie ! » Je le crois bien. On se permettait, autout de lui, de parler peinture sans le consulter, sans le regarder, sans s'apercevoir, peut-être, qu'il était là. « Il ne realisait pas. » Ne le disait-il pas lui-même ? Sentirent-ils passer l'éternelle tragédie morale qui attend l'albatros tombé sur le pont du navire, le jour où furieux, meurtri, grotesque, après avoir subi pendant une heure sans mot dire le supplice d'une de ces conversations où les plus hauts problèmes de l'art et de l'esprit sont péremptoirement résolus par des sots, il se leva, tout pâle, frappant la table des deux mains et cria, d'une voix tremblante de douleur : « Mais vous ne savez donc pas que je suis le plus grand peintre de l'Europe » ? Non. Ils ne le sentirent pas. Et il faut bien que cela soit ainsi. Sinon la tragédie morale cesserait d'agiter et d'élever les rares hommes responsables de notre commun destin.

En 1936 enfin, dans la « Collection des Maîtres » dirigée par George Besson aux éditions Braun & Cie, Élie Faure préface un recueil de 60 illustrations réunies par John G. Rewald :

CÉZANNE 1839-1906

Il est né en Aix-en-Provence en 1839. Il est venu, en 1862, demander à Paris l'initiation à la peinture moderne. Il a, durant dix-sept années, partagé son temps entre son atelier de Paris, la banlieue, sa ville natale. Il a quitté la région parisienne en 1879 pour s'établir définitivement à Aix où il est mort en 1906. Il a travaillé sans relâche. C'est toute son histoire, qui est celle de sa peinture. Et sa peinture n'a d'autre histoire que celle de son esprit, dont elle est l'unique témoignage. Quand on a commencé de connaître son nom, il atteignait la soixantaine. C'est tout. Ni expositions, ni décorations, ni médailles.

Pourtant il a respiré l'atmosphère intellectuelle de la fin du dernier siècle où son caractère farouche n'a pas permis qu'on l'aperçût. Ayant rencontré à l'atelier Suisse Pissarro qui le convertit à la peinture de Courbet, il s'est mêlé au groupe impressionniste, il a travaillé à Auvers-sur-Oise avec Claude Monet et Guillaumin, avec Renoir et Sisley dans les années qui suivirent la guerre de 70. Il a connu Manet chez qui Zola, son très cher compagnon d'enfance, l'avait conduit peu après son arrivée à Paris. Comme il aimait discourir sur son art, on eût pu voir en lui, après Pissarro, le théoricien de la bande, mais un théoricien rébarbatif, qui ne s'est abandonné au courant que pour se nettoyer l'œil et s'assouplir l'intelligence. Il l'a remonté lentement, péniblement même, tant par l'intermédiaire de la conversation avec ses rares amis que par celui de son œuvre, pour aboutir à une conception presque opposée à celle de l'impressionnisme et revenir, grâce à sa fréquentation qui le délivre de l'École, à la « peinture de musée ».

Peinture de musée avec laquelle il prit contact exclusivement au Louvre, car il ne vit jamais l'Italie si proche, par crainte, semble-t-il, d'en subir la domination, et se borna à de furtives incursions dans les Pays-Bas. Sa fidélité presque constante à son pays, si éminemment plastique d'ailleurs, n'aura pas d'autre but que de contrôler sur la nature, et seulement sur elle, les enseignements qu'il a puisés dans la familiarité des vieux maîtres, Rubens, Véronèse avant tous les autres et, parmi les modernes, Delacroix, Daumier, Courbet au premier rang. Ses paroles célèbres sur la nécessité de ramener tout objet à la sphère, au cube, au cylindre, n'auront pas d'autre sens que d'indiquer, non le départ et les moyens de l'art de peindre, mais les *tendances* qu'il doit s'imposer pour tout esprit clairvoyant. Paroles purement symboliques, mais dont il est aisé de saisir l'inspiration réaliste dès qu'on a quelque peu regardé la nature et la forme et dégagé d'elles les plus essentiels de leurs rythmes impératifs. Toute l'architecture, par exemple, dont la sculpture et la peinture sont des dérivés nécessaires, tient dans cette formule si simple, mais si ferme et frappante aussi.

Pour comprendre Cézanne, il faut d'abord savoir qu'il n'eut jamais d'autre souci que de saisir, devant un spectacle quelconque, la succession de ses plans. La couleur n'est, pour lui, qu'une manifestation seconde de la forme. « *Quand la couleur est à sa richesse,* disait-il, *la forme est à sa plénitude.* » C'est la définition même du fruit mûr, et le secret de ses admirables natures mortes dont il a peint un nombre impressionnant. Mais jamais pour leur signification « idéale », ou même décorative. Toujours pour leur signification plastique, leur disposition en profondeur et en surface, l'étagement de leurs valeurs, la « modulation » – c'est lui qui parle – de leurs teintes, obtenues par contrastes serrés et saturés de tons d'une résonance profonde et d'une extrême densité. Ses paysages, ses portraits, sont conçus de même manière. Il peint une poitrine d'homme, un compotier, une serviette, avec les mêmes procédés qu'une montagne. Il construit en maçon et modèle en mosaïste. Sa gaucherie, qu'on lui reproche, et qui n'est qu'un témoignage émouvant de sa conscience, ne frappe que les esprits superficiels, attachés à suivre le contour des formes qu'il ne traite que par leurs masses en négligeant toujours non seulement de rendre, mais même d'apercevoir l'incident.

Le plan, le volume, la valeur qui les arrête et fixe leur coloration constituent en réalité l'unique « sujet » de sa peinture. Inutile d'y chercher des émotions, des intentions extérieures à celles-là. Ce que le public regarde comme le « sujet », et ce à quoi il impose ce nom – je veux dire les événements sentimentaux ou pittoresques – est lettre morte pour lui. Il est d'ailleurs admirablement servi dans ces intentions monumentales par les sites de Provence, ciel pur, air sec où les jeux du soleil dans la vapeur d'eau sont rares, structure géologique apparente du sol, mer unie, dense, de ton mat, constructions massives aux vives arêtes, lumière égale où l'or des crépuscules imprègne l'objet d'un seul coup, sans nuances, horizons fermement définis par la sobriété des lignes.

Ce n'est là pour lui qu'un prétexte à peindre, comme ces fruits roulant sur cette table, comme ces joueurs immobilisés par l'attention dans ce cabaret de campagne, comme ces portraits de sa femme, de son fils, de sa servante. Mais il se trouve que ce prétexte est parfaitement choisi et le maintient, quel que soit l'objet qui le sollicite, dans une atmosphère si nette, si catégorique et dépouillée qu'elle détermine tous les caractères, tous les choix, tous les angles de sa vision. Il en est pénétré d'ailleurs jusqu'aux moelles. C'est dans ces mêmes campagnes qu'il a passé sa jeunesse entière, parcourant à pied avec son ami Zola tous les sentiers, toutes les routes, se baignant dans tous les torrents, couchant sur les lits d'herbes sèches, de mousse ou d'aiguilles de pins.

On songe aux Égyptiens, à leur subordination impitoyable du détail à la masse, de la surface accidentée au plan, de la sinuosité des contours à la nudité du profil. Même puissance statique, même pesanteur verticale, même équilibre obtenu par la simplification de la réponse au problème posé. Cela fait bloc, un bloc de force et d'harmonie auquel on ne peut rien ajouter, duquel on ne peut rien ôter. De là l'unique éclat de ses peintures devant qui les meilleures œuvres contemporaines paraissent parfois trop aimables, souvent molles, et bien rarement au niveau de ces transpositions radicales d'où l'objet ne surgit que grâce à sa soumission pour ainsi dire ascétique à l'esprit de la forme universelle qu'il résume et condense aussi sobrement qu'il se peut. Elles restent dans la mémoire comme une chose solide, dure et dense, comparable à la mer compacte, au désert minéral, à quelque chose d'absolu.

Renoir

Le chapitre sur Renoir fait un détour préalable par Gauguin, qui a peu intéressé Élie Faure, et par Van Gogh qui lui a valu son plus bel article de polémiste – et sa plus grande déception de collectionneur. Il possédait depuis 1918 un dessin de Van Gogh, *La Moisson près d'Arles,* que l'expert J.-B. de la Faille déclara faux en 1928 après l'avoir recommandé pourtant à un marchand de tableaux. Connu des seuls spécialistes de Van Gogh, qui ont du mal à suivre de la Faille dans ses reniements successifs, l'article qu'Élie Faure publia dans *L'Art vivant* le 1er avril 1930 peut amuser les lecteurs de l'*Histoire de l'Art* par sa pugnacité :

A PROPOS DES FAUX VAN GOGH

Deux experts peuvent
se regarder sans rire.

M. de la Faille a publié, voici environ deux ans, un énorme catalogue de l'œuvre de Vincent van Gogh. Cette besogne est utile. Mais j'ajoute immédiatement, dans un autre plan que celui de la peinture. Elle est sous la dépendance exclusive d'une science dont la passion qui l'anime et les recherches qu'elle exige sont indépendantes de l'émotion qu'inspire la peinture et doivent même contrarier cette émotion. Elle conditionne nécessairement, de la part de qui s'y livre, beaucoup d'ingéniosité, de patience, de méthode, mais aussi peu d'impulsivité que possible. La sérénité touchante dont les représentants de l'espèce « expert » sont généralement animés, est bien l'un des spectacles les plus réjouissants d'une époque où la révision des aptitudes, des systèmes, des révélations et des valeurs est devenue pour tous une sorte d'impératif.

M. de la Faille, avec une confiance en lui que son application mérite, a donc annexé Van Gogh à sa compétence et publié ce catalogue dont je ne nie pas l'opportunité. Je n'y verrais d'inconvénient que s'il était interdit à ceux qui ne publieront jamais de catalogue, de sentir dans la peinture la présence de l'esprit par d'autres procédés que le truchement de quatre in-quarto. Au fait, avez-vous remarqué à quel point toute cette science détruit le goût de la peinture pour elle-même, en contraignant certains infortunés à consulter leur catalogue avant d'acheter une toile, ce qui les conduit nécessairement à ne plus errer sur la marque, mais bien sur la qualité? Je nierai d'autant moins la compétence de M. de la Faille et de ses confrères que je n'entends goutte à un art qui consiste, la plupart du temps, pour authentiquer une œuvre, à rechercher la piste de ses précédents possesseurs et à la regarder par derrière pour y consulter des étiquettes. De plus, je proclamerai hautement la conscience qui, à la suite de renseignements recueillis par M. de la Faille sur quelques toiles figurant à son catalogue, l'a poussé à avouer qu'il s'était trompé et par suite à composer un catalogue de faux. De sorte qu'un lecteur impartial des deux ouvrages risque d'être embarrassé. Les documents d'origine sur lesquels M. de la Faille a coutume de juger les œuvres lui ayant fait défaut dans les deux cas et l'ayant forcé d'avoir recours à son seul flair, quand M. de la Faille s'est-il trompé? La première fois, ou la seconde? Voici, en liberté, un Expert peint par lui-même, cela avec une vigueur et une sincérité de touche que, pour ma part, je n'eusse jamais espérées. Circonstance amusante : non seulement M. de la Faille a reproduit comme authentiques dans son catalogue (le vrai), les œuvres qu'il déclare inauthentiques dans son catalogue (le faux), mais quelques-unes de ces mêmes œuvres figurent, de son propre aveu, dans un ouvrage écrit par lui sur *L'Époque française de Van Gogh.* En donnant l'hospitalité, dans cette œuvre familière, à ces ouvrages disgraciés, il avait répandu dans son jardin les bienfaits de sa compétence. Je crains que cet éminent catalogographe ne soit parvenu à nous démontrer à la fois, par un tour de force rare, et son incompétence et son honnêteté.

Peut-être M. de la Faille sera-t-il surpris que je ne mette point en doute la première plus que la seconde ! L'article qu'il a publié dans *Formes,* il y a quelques semaines, est en effet, dans sa suffisance, d'une saveur qu'on ne rencontre pas souvent, même chez les spécialistes de cette famille. A la suite de l'histoire qu'il nous conte sur la découverte, en Allemagne, de faux Van Gogh que lui-même avait auparavant déclarés authentiques, il nous apprend, pour notre édification, que « de tous côtés on (lui) demandait (son) opinion »... « qu'on l'a sollicité de différents côtés (encore !) pour qu'il fasse paraître également un catalogue de faux (oui !) », qu'en France, l'expression de cette opinion fut accueillie par « un silence complet » (ah ! ces Français !) alors qu'une révolution menaçait d'éclater à son propos en Allemagne, en Hollande, en Amérique, et – ceci est le bouquet – qu'une grande bataille s'était engagée entre « experts authentiques et occasionnels ». Espèces anatomiques si différentes que je n'aurai pas la candeur de demander à M. de la Faille le moyen de les distinguer l'une de l'autre, ni surtout dans laquelle il convient de le ranger. Cependant après l'aventure qui vient d'arriver à ce docteur ès Van Gogh n'est-il pas réjouissant de voir – c'est du moins lui qui nous l'apprend – le troupeau bêlant des collectionneurs encombrer les avenues au centre desquelles il trône, en se guidant sur la lueur de l'auréole dont il a ceint ses propres tempes ?

Notez-le bien, je ne nie pas que la plupart des œuvres déclarées d'abord vraies, puis fausses par M. de la Faille soient en effet fausses, – d'autant plus que je ne les ai pas vues, sinon en reproduction, critère à mon avis insuffisant, ce qui n'est pas, nous le verrons plus loin, celui de M. de la Faille. Je reconnais même volontiers que la plupart des toiles reproduites dans son catalogue (le faux), me semblent en effet suspectes, autant que j'en puisse juger d'après la photographie, et, toujours sous cette réserve, que la présence de beaucoup d'entre elles dans son catalogue (le vrai), n'a pas peu contribué à accroître la perplexité où me plonge le problème de sa compétence. Mais après? Cela suffit-il à authentifier *toutes* celles qu'il déclare vraies, à condamner *toutes* celles qu'il déclare fausses? La probité même de M. de la Faille n'a-t-elle pas créé un précédent fâcheux pour lui? Notez que je ne prétends nullement substituer à celle de M. de la Faille ma propre infaillibilité et que je me garderais, au cas bien improbable où l'on m'offrirait de devenir expert – au fait, comment le devient-on? – d'accepter la place, justement parce que je ne crois guère, m'étant interrogé moi-même, à la farce des experts. Il y a beaucoup de tableaux attribués à tel ou tel maître sur lesquels je n'hésiterais pas une seconde, soit pour affirmer, soit pour nier. Il y en a au moins autant au sujet desquels je me réfugierais dans l'abstention – la lâche abstention! –, ayant de la peinture une si vieille habitude que je me suis aperçu, depuis déjà pas mal de temps, que l'une des caractéristiques des maîtres est précisément l'inégalité, et que mauvais tableau ne veut pas toujours dire faux tableau. La dernière exposition Courbet au Petit-Palais n'a pas modifié, je l'avoue, mon avis sur ce point-là.

Et puisque nous en sommes au chapitre des confidences, voulez-vous me permettre de vous conter une petite anecdote? Un jour, en ma présence, un Monsieur présente à Renoir, pour lui demander de le signer, un portrait d'homme qui semblait dater d'une quarantaine d'années et dont l'attribution me paraissait vraisemblable. Renoir, après trois quarts d'heure d'examen, déclare qu'il ne peut dire si ce tableau est ou n'est pas de lui. Son propriétaire parti, Renoir, sur mes questions pressantes, m'affirme qu'il lui était véritablement impossible de se prononcer. S'il avait su ! Si j'avais su ! Nous aurions téléphoné à l'expert du coin pour lui demander d'accourir... En ai-je assez avoué maintenant, et sur la relativité des jugements humains et sur ma propre insuffisance pour qu'il me soit permis d'avancer – timidement – que tout en reconnaissant la bonne foi, et le courage de M. de la Faille, il ne me suffit point de le voir affirmer sa compétence spéciale pour que les « oui » et les « amen », chaque fois qu'il ouvre la bouche, jaillissent de la mienne en flots pressés ?

D'autant moins... Je demande ici la parole pour un fait personnel. On dira que je n'aurais pas pris part au débat si je n'avais intérêt à le faire, et on aura certes raison. Je ne vous cacherai pas, cher lecteur, que je répugne à me jeter en hurluberlu dans une querelle de savants, étant de ceux qui aiment ou n'aiment pas un tableau pour lui-même, non pour l'étiquette qu'il porte. Mais quand une mouche me pique, je porte d'instinct la main à l'endroit où ça me cuit.

Dans le catalogue (le faux) de M. de la Faille, figure un dessin rehaussé qui m'appartient depuis douze ans. Je l'ai acheté pendant la guerre à un marchand très honorablement connu. Tous mes amis, peintres, critiques, amateurs l'ont vu, et même regardé. Nul ne s'était avisé jusqu'ici d'en soupçonner l'origine. Et, ce qu'il y a de plus fort, pas même M. de la Faille *l'unique fois qu'il a eu l'occasion de le voir*. Au reste, voici l'histoire.

Dans le courant de 1925, je reçus un mot de M. de la Faille. Il me demandait de le recevoir pour qu'il lui fût permis d'examiner le dessin rehaussé de Van Gogh qu'on lui avait dit être en ma possession. Je m'empressai de lui ouvrir ma porte. M. de la Faille n'exprima pas le moindre doute sur l'authenticité de l'œuvre et en emporta une épreuve photographique. Pendant plus de deux ans, je n'entendis plus parler de M. de la Faille, ni de mon dessin. Ce n'est qu'en juillet 1927 qu'il en fut de nouveau question. A cette époque, M. Florent Fels me demanda de le lui montrer. « M. de la Faille, m'écrivait-il, me fait savoir que vous possédez un dessin rehaussé de couleurs du peintre. »

Au début de l'année suivante, M. Dru, le marchand bien connu de la rue Montaigne, m'écrivit qu'il préparait une exposition des dessins de Van Gogh, et que M. de la Faille lui avait remis une liste de collectionneurs où le mien était mentionné. Je consentis sans difficultés à le lui prêter. Je reçus même quelque temps après un mot de M. Dru qui me demandait le titre du dessin pour l'établissement de son catalogue, l'exposition devant avoir lieu au mois de juin. Et en effet, l'exposition eut lieu. Mais mon dessin n'y figurait pas.

Très surpris, un peu blessé même, je demandai par lettre à M. Dru pourquoi il ne l'avait pas réclamé. Le 27 juin, je reçus de lui un mot d'excuses, fort digne je dois le dire, où il écrivait en toutes lettres : « Je vous avais demandé ce dessin *sous les auspices de M. de la Faille.* Or, lorsque je lui ai envoyé la liste des dessins qui devaient s'ajouter à ceux qu'il me procurait pour mon exposition, M. de la Faille m'a dit qu'il ne pouvait mettre le vôtre sur son catalogue, parce que le dessin n'était pas de Van Gogh. » Ma surprise devint de la stupeur. Comment M. de la Faille, qui n'avait exprimé aucun doute devant moi, qui avait indiqué successivement et récemment à MM. Florent Fels et Dru ce dessin comme étant de Van Gogh, avait-il pu soudain, *sans revoir l'œuvre en question,* changer d'avis ? Je n'hésitai pas à lui écrire une lettre fort dure. Je lui demandai les raisons de la légèreté avec laquelle il avait agi en dépréciant auprès d'un marchand, et par suite du public, une œuvre que nul, *pas même lui,* n'avait encore contestée. Je lui demandai si l'homme qui jetait ainsi de gaîté de cœur un discrédit peut-être définitif sur cette œuvre, cela sans chercher à la revoir, sans même prévenir son détenteur, était bien le même que celui qui, à trois reprises, en avait affirmé l'authenticité. Et, croyant à un fait nouveau, je réclamai ses preuves.

M. de la Faille me répondit par une lettre où l'embarras le disputait à l'inconscience. Il m'avouait, en effet, avoir mentionné mon dessin sur la liste remise à M. Dru. Pour toute excuse de son revirement, il ne trouvait que ceci, je cite textuellement, tant c'est énorme : « N'oubliez pas que j'ai vu votre dessin il y a *au moins* (c'est moi qui souligne) trois ans... » ce qui me semble constituer, si je n'ai pas la berlue, une circonstance aggravante. M. de la Faille justifie son opinion nouvelle par ce fait qu'il n'a pu en garder un souvenir suffisamment frais. Et que fait-il alors, de son propre aveu, pour revigorer sa mémoire? Au moment de terminer son catalogue, il fait « repasser par (ses) mains toutes les photographies », et, parvenu à celle de l'œuvre en question, il décide, pour la première fois, qu'elle n'est pas de Van Gogh. (Il n'est pas inutile d'ajouter que cette photographie donne de l'original une idée fausse. M. Giraudon en a fait assez d'excellentes pour avoir reconnu lui-même de fort bonne grâce, au moment où il en tira les épreuves, la nécessité d'en prendre un nouveau cliché.)

Voilà les faits. Dans ma lettre, j'accusai M. de la Faille d'avoir à tout le moins fait montre, en cette affaire, de quelque *légèreté.* Je souligne le mot, car je n'éprouvai nulle surprise, quand M. Meier-Graefe, à propos de l'affaire des faux de Berlin où il fut appelé à donner son avis, qualifia de ce même mot, dans une lettre qu'il m'écrivit à ce sujet, la conduite de M. de la Faille, lequel, il n'est point inutile de le faire remarquer, le couvrait naguère de fleurs dans la préface de son catalogue (le vrai). Cette légèreté n'éclatait-elle pas, d'ailleurs avec autant d'évidence, dans l'empressement qu'a apporté M. de la Faille à déclarer authentiques trente tableaux (!) en bloc, que dans la hâte avec laquelle il a qualifié les mêmes œuvres de fausses? Une erreur *globale* de cette énormité n'est-elle pas faite pour disqualifier un expert? Et seriez-vous resté moins calme que je ne le fus moi-même quand j'appris, de l'un des artistes de Paris dont le caractère inspire la plus générale estime, que M. de la Faille était un récidiviste de l'authentification par photographie? C'est aussi d'après une épreuve médiocre qu'il a jugé, et cette fois déclaré authentique, une œuvre de Van Gogh[a] qu'il n'avait pas vue et que possède un homme fort répandu et même célèbre à Paris. C'est encore d'après une photographie qu'il a déclaré faux un

a. N° 596 du catalogue (le vrai).

tableau de Van Gogh vendu en Amérique par Th. Duret qui le tenait du peintre lui-même ou de son frère et en présence duquel Mme Théodore van Gogh s'écria qu'il fallait « être *fou* » pour nier qu'il fût de lui. M. de la Faille, impressionné par la réputation de la collection Duret – qui passait pour contenir plusieurs toiles douteuses – a-t-il cru qu'il se présentait une belle occasion d'affirmer ainsi, sans grands risques, sa maîtrise une fois de plus, ce qui ne constituerait pas, à mon sens, la moindre de ses légèretés ? Il y a d'ailleurs, dans cette histoire-là, une circonstance aggravante : ce tableau figure au catalogue (faux) de M. de la Faille sous le numéro 78. Mais on peut aussi l'admirer sous le numéro 91 du catalogue de la première Exposition du Musée d'art moderne (New York, novembre 1929), exposition dont *M. de la Faille fut l'un des organisateurs*. Il ne craint, on le voit, aucune responsabilité.

Si l'on n'est pas convaincu, je tiens les noms de mes témoins à la disposition de telles personnes qui s'intéresseraient à ces incidents que je ne prends pas au tragique, mais que le public ferait bien de ne pas prendre au sérieux.

Un mot encore sur ces authentifications photographiques.

M. de la Faille a de la peinture une intuition suffisamment profonde pour identifier un tableau d'après une reproduction même médiocre : foin de la matière, foin de la couleur, foin des rapports de tons, foin de l'harmonie, foin des valeurs. Mais tenez-vous bien. Il ne lui est pas possible de « décrire » le même tableau d'après ce même document, impuissance qui dénote une myopie peu propre à exercer la profession d'expert – même occasionnel. Vous croyez que je plaisante? Reportez-vous à sa préface du catalogue (le vrai) : « Il y en a d'autres (tableaux) dont je ne possède que les photographies, sans avoir jamais vu l'original, faute d'en connaître le possesseur, je ne puis, par conséquent, en donner la description. » Maintenant, demandez-vous par quel don de seconde vue M. de la Faille est parvenu à nous décrire ce même n° 596, qu'il n'a connu que par la photo 2 460 de la collection Druet. Et cherchez en outre si cette phrase ne contient pas l'aveu touchant des procédés d'authentification qui lui sont habituels.

M. de la Faille a une conscience. Il l'a montré. Il l'a même démontré. Mais il a réussi le paradoxe d'unir à une scrupuleuse honnêteté dans la conduite de sa vie, l'impulsivité la plus fâcheuse dans les applications qu'il en fait. Il semble obéir aux impératifs d'une sorte de puritanisme qui cadre mal avec la sensibilité artistique en général, et avec la désinvolture qui préside à ses recherches en particulier. Je suis, je vous prie de le croire, tout qu'il y a de mieux fondé à parler de la sorte. Depuis que M. de la Faille a bien voulu déclarer authentique l'original de mon dessin, j'ai pu acquérir à l'appui de notre commune opinion une preuve matérielle estimée indiscutable par tous ceux qui la connaissent et qui a tous les caractères extérieurs, et les plus précis, sur qui tablent de préférence les experts « authentiques » pour apprécier la provenance des œuvres d'art. Je suis prêt à soumettre cette preuve à telle réunion d'« experts », d'amateurs ou de peintres qu'il plairait à M. de la Faille, d'accord avec moi-même, de désigner.

Élie Faure affûta aussi sa plume polémique pour la défense de Renoir. Il avait envers « le vieux sorcier », comme il l'appelait, un mélange de vénération et d'affection qu'il n'eut pour personne d'autre. Il l'avait rencontré en 1907 par l'intermédiaire d'Albert André, mais leur correspondance ne semble avoir commencé qu'en 1914, lorsque Renoir était à Cagnes, où Élie Faure lui rendit visite pendant la guerre. Elle s'achève le 21 octobre 1919, par cette réponse à Faure qui préparait une exposition chez Crès :

Mon cher Élie Faure

Tous les jours j'ai l'idée de vous répondre et je ne le fais pas par simple paresse. Si vous trouvez des gens qui veuillent bien vous prêter des toiles, exposez-les où vous voudrez, moi je ne puis m'en occuper. Je n'ai qu'un rêve, c'est de me retirer loin, aux îles Canaries et ne voir que des sauvages fatigué que je suis de la civilisation.

Bien à vous
Renoir (1)

Renoir devait mourir le 3 décembre suivant.

Plusieurs articles d'Élie Faure paraissent à cette époque : « Renoir », dans les *Écrits nouveaux* en janvier 1919, est le texte de *L'Art moderne.* « La mort de Renoir » dans la *Revue hebdomadaire* du 17 avril 1920 et, de la même année, la préface à un recueil de 21 fac-similés de dessins, d'aquarelles et de pastels, seront fondus dans le chapitre « Renoir » de *L'Arbre d'Eden* en 1922. Le dernier (2), intitulé ici « Le pollen de la fleur », apporte un utile complément à *L'Art moderne* puisqu'il étudie plus spécialement les dessins de Renoir :

I

On s'est bien souvent – et bien candidement – étonné de la défaveur officielle qui a accompagné Renoir durant toute sa carrière. C'est pourtant, disait-on, un peintre essentiellement français, de métier français, de tradition française, que l'esprit du dix-huitième siècle, le plus français de tous les siècles – ce qui reste à démontrer – anime encore. Et c'est vrai. Du Français – en tout cas du Français d'élite – il a la mesure instinctive, l'horreur de l'éloquence et du tapage, cette aisance conquise qu'on prend pour la facilité, le langage concret et simple où le lyrisme est contenu et d'où l'emphase est bannie. Et, du dix-huitième siècle en particulier la grâce ondoyante, la verve irrésistible de la touche où quelque chose de divin frémit à la fraise d'un sein, luit à la courbe d'une hanche, cette

(1) Lettre inédite.
(2) *Renoir,* 21 fac-similés de dessins, aquarelles et pastels, éditions Ganymède, Munich et Dresde, diffusion Crès, cent exemplaires.

légèreté inouïe de l'expression qui paraît surprendre la vie dans la matière même de la peinture ou du pastel et la rendre sans insistance en ce qu'elle a de plus instable, de plus subtil, de plus furtif. On a parlé de Boucher, on a parlé de Fragonard, de Clodion. C'est qu'ils font pressentir l'un des aspects du poème qu'a réalisé Renoir. Leur charme, un peu bouffi, ou creux, ou mince, et peu sensuel, donc peu cérébral au fond, il l'a fait entrer vivant dans les profondeurs de la forme. Même dans ses dessins, qui semblent peu appuyés. Seulement eux causaient, ils ornaient, ils bavardaient, ils contaient des historiettes. Ils voulaient distraire, amuser. Lui se distrait et s'amuse, mais en dedans. C'est Watteau, qu'il eût fallu dire. Certes moins déchiré par la musique et les lumières, moins épris des futaies et des masques mélancoliques. Mais tout aussi majestueux. Et plus attaché à la vie organique, et dense, et pleine, et animale de la forme. De la forme totale, qui tourne durement sous une enveloppe impalpable. Durement, car le plan qui l'exprime est solide, a son épaisseur, que les os y sont, et les entrailles et les chairs vives, gonflées de sucs, tendues de sang.

Cette densité lourde, cette profondeur compacte de sa forme, Renoir va la chercher dans la matière même qu'il emploie – ou plutôt qu'il découvre – pour faire émerger sa forme de l'espace, à la manière d'une condensation progressive qui s'estompe vaguement et prend corps peu à peu. J'ai vu des fusains gras qui s'insinuent comme des plis autour des flancs, des ventres, des poitrines, pour dire le poids du fardeau maternel, blottir dans les ombres complices la chair de l'enfant dans la chair de la mère, accroître, par leur contraste avec les saillies lumineuses la plénitude des mamelles, la fragilité des petits crânes, tout le pelotonnement mystérieux des éléments embryonnaires de la vie que le noir et le blanc expriment par leur faculté d'accuser et de simplifier les volumes. J'ai vu les grandes sanguines onctueuses cueillir la fleur du sang à la surface des reins, des genoux, des bras, des épaules, envelopper de leur onde enflammée les baigneuses nues sur qui tremble le reflet des eaux rougies par le soir, éparpiller les cheveux roux autour des visages pulpeux. J'ai vu les crayons gris, qui caressent comme une haleine les nubilités indécises dont la lumière errante semble modeler les rondeurs. J'ai vu de fermes jets de plume élancer des bras comme des tiges pour soulever un chignon. J'ai vu toujours, encre, pastel, mine de plomb, des traits qui semblent maladroits s'entrecroiser dans les contours pour en sculpter l'énergie et densifier les épaisseurs tournantes qu'ils en veulent faire surgir.

Plus encore que ses peintures où les repentirs sont moins faciles et l'exécution plus lente, les dessins de Renoir donnent l'impression non pas de définir la forme, mais de rôder autour d'elle. On dirait qu'il ne sait de quel côté l'aborder, qu'il hésite délicieusement, qu'il erre de surprise en surprise à la voir aussi solide et continue sous le jour qui l'effleure et qu'il a peur, en la touchant, de l'amollir ou de la désagréger. Cette vision circulaire, qui fait ressembler les œuvres de ses dix dernières années à des sculptures, est là seulement indiquée, comme si la matière qu'il emploie lui paraissait trop fluide et trop légère – duvet, pollen de fleur, poussière brillante qui poudre les ailes des papillons et les élytres des insectes – pour la saisir réellement. Il semble l'environner d'un murmure musical. Il la dévoile, il la revoile, il n'ose la dénuder. Et cependant, sous ces approches essayées, puis effacées, puis essayées encore elle apparaît d'une solidité qui s'accroît justement à mesure que la candeur du peintre augmente et que ses tentatives, de plus en plus gauches, témoignent d'un désir dont s'approfondit l'émoi.

II

Je voudrais me faire mieux comprendre. Plus l'homme entre profondément dans la connaissance, plus le mystère se dérobe et recule devant lui. A mesure qu'il se possède mieux et que les moyens de pénétrer et de féconder l'objet fuyant de son désir se font plus sûrs et plus mâles, l'objet prend dans son cœur un aspect plus religieux. Chaque jour plus complexe et plus humble lui-même, il en voit croître à l'infini la simplicité et la splendeur. Croître la simplicité, je dis bien. Car la simplicité du monde est une conquête de l'esprit. Une conquête incessante, qui ne s'achève jamais. Il n'est pas de bornes à la simplicité, parce qu'il n'en est pas à l'esprit. C'est lui-même, en réalité, que l'homme cherche dans l'espace dont tous les éléments lui paraissent chaque jour un peu plus solidaires entre eux et avec lui. Ainsi Renoir nous semble tirer de l'espace la forme de plus en plus simple de son esprit en enlevant un à un les voiles qui l'en séparent avec un trouble incessamment accru.

Chaque trait du crayon, c'est sa vieille main infirme posée sur l'un de ces voiles qu'elle soulève en tremblant, laisse retomber, soulève encore, puis déchire à l'instant où sa vision se précise et qu'il croit la tenir, mais qu'un autre voile recouvre au moment où ses doigts l'atteignent. Il enlève encore celui-là, puis un autre, la forme se dégage, se modèle dans la profondeur, tourne un peu plus visiblement, devient plus ferme et continue à mesure que les saillies lumineuses et les creux à peine ombrés construisent son épaisseur. Mais jamais le dernier voile ne tombe. Il ne le veut pas. Il sait que, trop définie, la magie de cette forme s'évanouirait. Qu'elle prendrait, dans son cœur, des arêtes trop sèches ou des affaissements trop mous. Que le trouble qu'elle lui cause ne trouvant plus rien autour d'elle qui l'en sépare, disparaîtrait. Que sa nudité absolue, de tous les côtés scrutée et décrite, lui ferait lever le cœur de lassitude et de dégoût. Il est, quand il l'aborde, toujours en état d'amour. Comme il voit que l'amour s'use quand le mystère est éclairé, il laisse un léger voile suspendu entre la forme qu'il aime et son cœur. Il ne veut pas la détailler. Et par là elle reste en lui et dans l'image qu'il en donne plus solide, plus continue, sans rien d'insistant ni d'appuyé qui la dissocie et la creuse. Renoir, vers la soixantième année, avait franchi la plus difficile étape. A force de savoir, il avait retrouvé son ingénuité primitive. Il ne voulait plus se connaître. Il s'enfonçait dans son propre mystère, sachant que la mort seule l'en séparerait.

C'est pour cela, voyez-vous, qu'on constate tant de douceur dans une main qui se pose, dans un bras qui enveloppe, dans un pied qui frôle l'eau. C'est pour cela qu'une fleur sur une poitrine, un éventail sur un poignet, une voilette sur un visage féminin, une goutte de lait sur les lèvres d'un enfant, une goutte de sang sur un genou, deux doigts écartés pour tenir le bout du sein d'une mère, c'est pour cela qu'un bouquet tremblant de roses ou d'anémones pèsent si peu, et cependant accusent avec une si profonde puissance la fermeté des dessous qui les portent et qui les réunissent, par le mouvement circulaire des molécules colorées, aux contours fuyant derrière eux. C'est pour cela qu'il fait sentir le bercement d'une danse, et même la fièvre d'un bal, l'atmosphère rousse et parfumée d'une loge de théâtre, le sourire d'une bouche, la grâce insaisissable mais impérieuse d'une démarche, d'une torsion de cou, d'une attitude de tête, qu'il exprime la floraison des fleurs et la maturation des fruits, le murmure des eaux et les frissons qu'y mettent les nuages, et jusqu'à la charmante intensité des âmes dans la profondeur des regards. Renoir n'a pas cessé d'aimer. Quand on ne cesse pas d'aimer la force vous habite et la faculté de manier et d'exprimer cette force comme en se livrant au plus subtil, au plus libre, au plus délicat des jeux. Peindre une ombre, une rumeur, le passage d'un souffle, ou d'un parfum, la lueur humide d'un œil, est-ce possible si, en même temps, on ne restitue pas à la vie la plus charnue, la plus sanglante, la plus osseuse de la forme, sa plus mâle réalité ?

III

Forme dense, forme furtive. Nul peintre, sauf Goya peut-être, n'a possédé ce double caractère, qui donne aux peintures de Renoir, et plus encore à ses dessins cet aspect de vie surprise, saisie au vol dans ses plus simples attitudes et donnant l'éternité à la seconde, pour d'autres insaisissable, qui fuit, passe, ou palpite, ou frissonne devant lui. Plus que Goya, dont il n'a pas le génie dramatique ni la passion ni l'amertume, mais qui n'a pas son lyrisme ingénu et à qui il ressemble tant par le côté aérien et tremblant de ses harmonies errantes, il suit dans la profondeur la continuité des volumes où ses formes acquièrent une signification typique, universelle, permanente, à qui le mystère mouvant et fugitif des gestes et des surfaces assure la vie de l'instant. J'ai beau m'en défendre. Toutes les fois que je vois un Renoir – et surtout un nu de Renoir –, je pense aux Grecs. A ce qu'eût été un sculpteur grec placé entre Phidias et Praxitèle et qui eût connu, par surcroît, les siècles de peinture qui devaient exprimer l'âme apollinienne de l'Europe en versant au trésor spirituel du monde la force torrentielle et ordonnée de Rubens, la réserve hautaine que garde Velazquez en laissant tomber dans un champ de cendre ou d'argent un ruban noir, une fleur rouge, l'ardeur de Goya à caresser les bras nus d'ombres argentées, et la fièvre de Delacroix à regarder saigner et palpiter des colorations spasmodiques dans la demi-ténèbre d'une chambre d'agonie ou de volupté. C'est quelque chose de nouveau dans le monde, une sorte d'accord instinctif entre la vision architecturale des vieux Méditerranéens et l'intuition psychologique des hommes d'aujourd'hui, l'idole puissante, mais instable où le sens du païen et l'âme du chrétien s'épousent pour affirmer, dans une sensibilité miraculeuse, l'unité de l'esprit. Il saisit le point d'équilibre où la forme réelle et la forme possible fusionnent tout enveloppées d'harmonies impondérables que l'immense orchestre de l'atmosphère recueille et distribue sur les surfaces dont elles accompagnent et caressent le mouvement continu. Car l'atmosphère, pour Renoir, est forme aussi. Elle réunit en un même bloc symphonique les battements du monde, sensibles et perceptibles dans tous les volumes et les solides rencontrés. Elle est le sculpteur et le peintre. C'est par elle que Renoir a fondu dans la forme antique l'immense polyphonie dont la rumeur environne la peinture de l'Occident. Renoir est le seul peintre d'aujourd'hui, et peut-être depuis cent ans, sans excepter Corot, ni Delacroix, ni Cézanne même, dont les toiles donnent l'impression *physique* qu'on peut vivre, circuler, respirer en elles, dans toutes leurs dimensions.

Ce lyrisme universel, jaillissant de partout et toujours renaissant rend son animalité auguste. Peu importe la simplicité ou la monotonie de ses sujets toujours les mêmes, des femmes nues dans la nature, des fleurs, des enfants, des paysages, tout cela vu dans l'accomplissement le plus direct et le plus ordinaire, souvent le plus bestial, de sa plus banale fonction. L'esprit monte et sourd de partout. C'est que tout est solidaire. C'est que pour peindre un pétale de rose il obéit irrésistiblement à une conception de l'univers qui accourt de toutes parts pour qu'il le peigne de la sorte, et qu'il peint le plus vaste ensemble comme s'il avait un seul pétale de rose sur la table devant lui. Misère ! On a parlé, à propos de ses figures féminines ou enfantines de mufles de bête, de chairs mafflues, de chevilles épaisses, que sais-je ? D'abord, n'est-il pas vrai, il a le droit d'aimer les chevilles épaisses, les chairs mafflues, les mufles de bête ? Et puis il voit par masses, il indique sommairement ce qui lui paraît essentiel, il néglige tout le reste, ou même ne le voit pas. Le mauvais goût, les gaucheries, les banalités quelquefois, tout est entraîné dans le grand mouvement lyrique qui tourne autour des formes apparues comme un constant et insatiable appel d'amour.

Nous sommes, avec Renoir, aussi loin du dessin germanique qui tend à arrêter le caractère individuel, que du dessin italien qui tend à généraliser l'idéal spécifique. Le dessin de Renoir caractérise, non pas en insistant sur les saillies descriptives de la forme, mais en saisissant sa fonction vivante dans son esprit le plus sûr et le plus furtif ensemble. Et il idéalise non pas en ramenant la forme à un type général envisagé sous ses plus nobles apparences, mais en faisant jaillir l'esprit comme un feu par tous ses mouvements et ses surfaces à la fois. Les dessins de Renoir sont émouvants parce qu'ils le livrent sans défense, approchant de la forme aimée, l'abandonnant à demi, y revenant avec une ferveur nouvelle, mais négligeant tout ce qui n'est pas elle, et précisément pour cela obligeant l'atmosphère entière à ne vivre que de sa vie qu'il lui renvoie, par mille échos enchevêtrés. On sait qu'à soixante-dix-huit ans, l'émoi qu'il éprouvait en sa présence grandissait, et que sa gaucherie croissante n'était qu'un hommage sublime rendu par son amour à cette grande forme qui lui paraissait chaque jour plus pleine et plus une derrière l'espace transparent qu'il ne voulait pas dissiper.

Dès ces articles de 1919-1920, Élie Faure défendait la dernière manière de Renoir contre les critiques et les marchands qui lui reprochaient son évolution. Il continue dans la préface au catalogue de la collection Maurice Gangnat, mise en vente le 24 juin 1925 :

> On a beaucoup parlé – trop parlé – de « poésie pure ». Voici de la peinture pure. C'est-à-dire un amas de couleurs, de matières, de formes mises en ordre pour la seule joie supérieure de tirer de cet ordre même une harmonie indépendante de toute intention moralisante ou sentimentale et de qui, cependant, émane une haute moralité et un irrésistible sentiment. Énergie sans autre objet que sa manifestation propre. Musique si l'on veut. Limite extrême où doit tendre toute harmonie et où la volonté d'exprimer les forces instinctives qui montent dans leur pureté du fond de l'être, rejoint l'inconscience divine de la création spontanée.
>
> Ceux qui ont eu la chance de voir et de revoir dans un appartement quelconque d'une maison de rapport parisienne cette sélection jalouse, exclusive, effectuée par un seul homme avec une patience, un tact, un goût passionnés, n'oublieront pas la grâce de l'accueil, l'affabilité et la sûreté des causeries explicatives pendant la visite, claire rumeur française au cœur de l'effusion poétique incessante qui couvrait les murs d'un tapis de roses. Quitter, puis retrouver le bruit banal et le gris terne de la rue, c'était comme deux clignements de paupière entre qui se plaçait l'éblouissement du jour. L'amateur, ici, collaborait avec le peintre. Audace et confiance mutuelles. Épreuve décisive, aboutissant à une insistance, une monotonie dans le décor osées par peu d'amateurs, supportées par peu de peintres. Trois ou quatre Cézanne paraissaient une roche embrasée au centre d'une terre en fleurs. Ils encadraient les Renoir, à la lettre, bien qu'au premier abord, sous cet amoncellement rouge et rose, argent, perle, or, turquoise, rosée et toiles d'araignée tremblant sur une prairie, on ne les aperçût pas.

Comment décrire ce spectacle? La peinture n'est pas faite pour les salles d'exposition, mais pour les chambres qu'on habite, où erre un jour choisi et tamisé, baignant l'intimité des choses dont elle fixe l'harmonie en de mâles et sombres taches, ou, au contraire, la diffuse pour l'associer aux brusques caprices du ciel. Je ne connais pas de peinture qui se mêle mieux que celle-là à la lumière du soleil. Elles semblent participer l'une de l'autre. J'ai vu cent fois tel paysage, tel bouquet, tel nu de Renoir frappé en plein par un rayon venu droit du dehors, rideaux pliés, fenêtres ouvertes. Double miracle. Il paraissait appartenir à la peinture, alors que d'habitude il la creuse et l'anémie, et, dès qu'il s'éteignait, elle prenait un autre feu, un peu plus sombre, comme si la lumière, au lieu de fuir, l'avait pénétrée, et si elle en devenait l'unique source à son tour. Ceux qui ont vu la collection Gangnat dans les chambres habitées où elle avait été amoureusement et peu à peu rassemblée se souviendront : l'échange était continu, toujours vivant et organique entre tous les aspects du jour et cette peinture de miracle où la couleur semble émaner d'une contraction naturelle du cœur qui bat quelque part dans l'espace, en exprimer les battements, les spasmes, les brusques flux de sang qui rougissent les chairs et empruntent un peu de nacre au ciel, un peu d'opale à l'eau courante, un peu de poudre ou de pollen au cœur noir des anémones et à l'aile des papillons.

Bien entendu, en présence de cette apparente monotonie des dernières années de Renoir – monotonie qui est la marque des maîtres, Rubens ou Rembrandt, Velazquez ou Véronèse, Corot ou Delacroix, et qui est faite d'échanges de plus en plus multipliés dans leurs sources et de plus en plus simplifiés dans leur expression, – ceux qui ont été amenés par Renoir lui-même à la hauteur de sa peinture, lui ont reproché de ne pas respecter les certitudes qu'ils lui devaient. Car ils les avaient crues définitives, et il est si dur d'en changer ! On a parlé de sa sénilité, au moment même où une seconde jeunesse lui faisait chaque jour imaginer et recréer un monde qui n'était qu'une confrontation incessante des humbles mouvements nés de lui-même avec l'admirable univers. On a parlé de sirop de groseille, de barbouillages vineux, de formes boursouflées, que sais-je? – alors qu'un enchevêtrement croissant de tons, de demi-tons, de quarts de tons pris dans l'espace se recomposaient sur la toile dans une tonalité générale plus uniforme d'aspect, mais plus riche et plus vibrante, et que la plénitude des épaisseurs charnelles, sanguines, osseuses, montait de l'intérieur des choses pour remplir et noyer les lignes et palpiter dans les contours. Cette poussée de l'harmonie dans un sens unilatéral, insistant, presque tragique dans sa ténacité anxieuse était parfaitement consciente, et tous ceux qui ont connu Renoir et préféré lui demander d'accroître encore leur amour au lieu de répéter partout que le sien s'éteignait, n'ont pu oublier ce qu'il leur disait là-dessus : son chagrin de voir ses vieilles peintures pâlir, se vider de leur dessous, s'anémier d'année en année... sa volonté, tout en gardant sa gamme intacte, d'en renforcer et accentuer la qualité générale en accroissant la puissance du ton... et qu'il goûtait la récompense de voir déjà, de son vivant, s'ébaucher le phénomène auquel nous assistons aujourd'hui devant sa peinture dont l'harmonie, en s'unifiant, devient de jour en jour plus sonore, bien que plus sourde, et comparable à ces grappes d'automne où l'accumulation de la lumière donne aux tons qui viennent dorer leur surface la profondeur de l'ombre chaude où croît le calme et la transparence des soirs. Pour moi, devant cette assemblée somptueuse de couleurs fleurissant les murs, illuminant les crépuscules, animant les objets voisins, prêtant la vie errante et silencieuse de l'espace aux vivants eux-mêmes, je me suis souvent demandé si l'art de Renoir ne nous apportait pas le chant du cygne de la peinture, éparpillée maintenant dans les recherches théoriques, écartelée par les systèmes ennemis, ridée, flétrie par l'adresse du jeu maussade des jongleurs. La ferveur dont les meilleurs peintres d'aujourd'hui entourent, sans réserve et sans discussion, l'œuvre de Renoir, prend quelque peu le caractère d'une angoisse, sinon d'un adieu. Son influence est peut-être la seule qu'ait subie Bonnard, abeille errant du duvet des chairs au duvet des fleurs, au tremblement des eaux, des herbes. Matisse, qui a puisé chez lui bien des éléments essentiels de ses constructions chromatiques, ne tolère sur les murs de sa maison, à côté de Courbet et de Cézanne, que des toiles de Renoir. Derain, visiblement, a incorporé à la dureté de ses plans taillés par la lumière l'ondulation concentrique des surfaces du vieux maître, et le métal chaud qu'il y coule s'éclaire parfois du reflet des nuages, des chairs, des bouquets de Cagnes. Picasso l'appelait « le Pape ».

C'est cette réunion de toiles, et le parti pris d'unification harmonique qui s'y fait jour pour la première fois dans l'œuvre de Renoir, qui nous a appris en quoi, et pourquoi, cette œuvre différait essentiellement de ce charmant dix-huitième siècle français qu'on a tant évoqué, et de façon quelque peu agaçante, à son propos. Certes, il n'est pas de peintre plus français que Renoir, né en plein centre de la France, à Limoges, et retrouvant, dans son atavisme secret, l'âme des émailleurs de ce pays, dont quelque chose a passé dès ses débuts et a persisté jusqu'à la fin dans sa peinture. Il est français par la spontanéité dans l'élan, l'intuition artiste, l'attitude parfois hargneuse, mais le plus souvent goguenarde devant toute cuistrerie, toute érudition même, la grâce désinvolte, sans apprêt, ni calcul, la faculté de toucher légèrement, et sans le dire, aux choses profondes, la possession de ce direct et heureux équilibre où semblent entrer, à doses parfaitement mesurées, le pessimisme intellectuel des races méridionales et l'optimisme social des races du Nord, pour une union étroite qui introduit d'instinct, dans l'activité quotidienne, le refus de prendre au sérieux la vie comme la mort bien que sachant la vie charmante et la mort définitive. Et aussi par une chose singulière, inexplicable comme le génie de la modiste et de la couturière de Paris : la faculté de créer du style avec des éléments quelconques, du goût sans pédantisme ni recherche parfois avec du mauvais goût, du mouvement furtif, mais de charme irrésistible, dans une forme imprévue, avec un ruban de six sous, une fleur cueillie au hasard, un regard sous une voilette. Il ne lisait que Montaigne, La Fontaine et Dumas père, choix qui paraît cocasse et disparate, et qui est profondément sage. On doit toujours se souvenir de sa réponse à son maître Gleyre, que mon ami Albert André rapporte dans un délicieux petit livre, – le brave homme lui demandant si par hasard il faisait de la peinture « pour s'amuser » :... « Certainement. Je n'en ferais pas, je vous prie de le croire, si ça ne m'amusait pas. »

Cette aisance adorable, cette grâce primesautière admises, et qui l'apparentent à coup sûr, jusqu'à ses dernières peintures, à Boucher, à Clodion, à Houdon, à Fragonard, à tous les maîtres petits ou grands du dix-huitième siècle, pour ne pas parler de Watteau, auquel il touche par des vertus bien plus puissantes, son œuvre résout, dès l'aube du vingtième – et c'est cette collection, j'y insiste, qui nous l'a appris – des problèmes plastiques auxquels le dix-huitième n'a jamais songé, – car cette grande époque a abordé tous les problèmes, sauf précisément ceux-là. Si l'on tenait quand même à savoir de quelles racines monte cette sève brûlante qui anime et gonfle les formes de ses vingt dernières années, c'est plus loin qu'il faudrait chercher. Pour trouver dans la vieille peinture quelque illustre analogie avec ces loges de théâtre, ces poussières de bal où l'on voit, dans l'espace blond, des gants posés sur du velours comme des ailes sur des fleurs, des bijoux luire doucement sur des étoffes soyeuses, des bras duveteux dont le sang chaud bat sous la gaze, c'est Velazquez ou Goya qu'on invoquerait. Rubens, si l'on s'arrêtait à ces nudités éclatantes, qui tournent dans la lumière sur des fonds d'arbres et de fleurs. Aussi, prenez-y garde, Rembrandt, si l'on savait mieux regarder ces maternités émouvantes, face de la mère penchée, visage brouillé de l'enfant blotti contre les seins, dans le giron, tandis que les petits pieds gras se pelotonnent et se rétractent pour se laisser tripoter par la main. Et, j'ose le dire, si l'on veut bien cesser de penser au prétexte de la peinture, à son « sujet », pour ne songer qu'à la peinture même en présence de ces ébauches formidables des cinq dernières années, raccourcis inouïs, saillies monstrueuses, nouveaux espaces captés par une arabesque hardie comme le jet de l'esprit même, Michel-Ange. On me fera la grâce, je l'espère, de ne pas croire que j'accuse, dans tous les cas, Renoir d'imitation, ni même de réminiscences : les plus beaux arbres vont chercher plus loin que les autres leur nourriture dans la terre engraissée de morts. Je ne me permettrais pas d'invoquer ces noms-là si Renoir, en fin de compte, ressemblait à d'autres qu'à lui-même, et si, surtout après sa soixantième année, il ne nous avait laissé l'une des œuvres les plus décisives de la peinture, que jamais on n'avait vue, ni prévue, ni soupçonnée avant lui.

C'est au cours de cette dernière période, alors que les pires infirmités l'accablaient, que Renoir a découvert une chose très ancienne pour l'Asie, mais assez nouvelle pour l'Europe, je veux dire la puissance expressive propre à la forme pure, chose qu'il n'avait même pas entrevue, ou à peine, auparavant. Très vite désormais sa clairvoyance va croître, tandis que ses moyens physiques baisseront, que ses pauvres mains atrophiées pourront à peine tenir le pinceau, qu'il n'aura plus de vivant en lui, mais vivant de la plus extrême énergie, qu'une flamme spirituelle grandissante où les formes viendront se fondre pour sortir du moule plus jeunes, plus fraîches, plus rayonnantes, plus abrégées certes, mais plus décisives aussi de jour en jour. Changement singulier, renversement de front pourrait-on dire, qui correspond non seulement à la modification des moyens physiques de l'homme, mais aussi, il faut le souligner, à son émigration définitive dans un pays qu'il n'avait fait que traverser jusqu'alors. Désormais, en effet, il vivra dans le Midi, où les formes n'apparaissent plus noyées dans la vapeur d'eau des pays de bois et de rivières, la poussière rousse des bals, des théâtres, la brume dorée de Paris, mais se mouvant dans un espace clair dont les aspects géologiques arrêtent les limites, où la tache devient contour, la couleur solide, la peinture sculpture en un mot. Enviable destinée que celle de ce vieil infirme condamné par son infirmité même et la vie qu'elle lui impose, à comprendre au moment où *il faut* comprendre, pour devenir, d'un maître charmant qu'il était, un des plus mâles et des plus essentiels entre les créateurs de formes. Désormais, ces reflets dont il avait surpris la danse sur le mouvement des feuilles et la surface des chairs, ces ombres brûlantes dont il surveillait, dans les après-midi d'été, les transparences mobiles sous les arbres des guinguettes, ces décompositions du prisme qu'il tentait, avec ses amis, d'arrêter sur la toile pour exprimer les croissances, les spasmes, les caprices, les agonies de la lumière, il allait incorporer toutes ces choses fugitives à sa masse orchestrale peu à peu enrichie par elles, pour utiliser cette masse à l'expression des harmonies formelles, des harmonies de profondeur. J'ai écrit ailleurs que la peinture des dernières années de Renoir m'avait conduit à donner de la peinture même une définition qui, je le voudrais, pût s'appliquer à tous les maîtres : « *une forme qui tourne dans un espace transparent* ». C'est la collection Maurice Gangnat qui m'a fourni la clé de cette formule à qui l'effort suprême de Renoir n'a pu que m'attacher un peu plus jalousement.

La dernière fois que j'ai vu Renoir il rentrait du Louvre, où il n'était pas allé depuis des années. Sa visite l'avait enchanté. Il ne tarissait pas, notamment, sur la joie qu'il avait eue à revoir les *Femmes d'Alger* et à retrouver en cimaise les *Noces de Cana*. Il y avait vu aussi quelque chose de lui, l'étude pour la tête de *Madame Charpentier* (1). « Comment la trouvez-vous? » « Pas mal, mais un peu vide. » Si j'en avais cherché la preuve, si sa conversation ne m'en avait, depuis longtemps, fourni bien d'autres, un tel propos eût suffi à me démontrer qu'il était tout à fait conscient du sens et de la qualité de ses tendances dernières. N'est-il pas mort en disant : « Je fais encore des progrès »? Quand l'accident disparaît, quand rien d'inutile ne traîne, quand le peintre, à force de sacrifices et d'abréviations, parvient, même au prix de quelques gaucheries, à ne plus apercevoir, à la lettre, dans la multitude des formes, que les courbes, les masses et les volumes essentiels, et, dans leur éparpillement chromatique, qu'une large harmonie d'ensemble à laquelle tout obéit, il touche au grand mystère de la transposition lyrique. C'est cette gaucherie, justement, qui prête à sa peinture son caractère de grandeur. Il ne voit plus qu'une image globale, autour de qui tout fait silence et qui surgit de son cerveau comme l'Anadyomène de la

(1) Renoir s'était fait porter au Louvre en août 1919 pour voir son *Portrait de Madame Charpentier* qui venait d'y entrer.

mer. La dernière « manière » de Renoir fait songer aux plus grandes choses, étant à ce point d'équilibre où l'univers visible et la pensée fusionnent dans une forme sommaire qui est celle d'un esprit, mais d'un esprit assez ardent, assez logique, assez épris pour demander humblement à l'univers visible, et rien qu'à lui, de lui fournir les éléments de cette forme. Le miracle de la peinture, c'est qu'elle est juste à mi-chemin de la représentation de l'objet à laquelle tend le sculpteur et du monde intérieur cherchant à s'épancher dont la musique est le langage. Je ne sais pas de peinture qui accepte et recherche mieux cette double et nécessaire impulsion que les dernières œuvres de Renoir. Près d'elles, bien des Renoir anciens, malgré leur charme irrésistible, paraissent plombés et creux. Leur grâce, leur vie, leur jeunesse sont déjà actives, et s'imposent, mais elles n'ont pas encore trouvé leur expression formelle nue, ces correspondances spatiales qui les mêlent incessamment à l'universalité des choses, bien qu'il y ait, dans ces vieilles toiles, beaucoup plus de choses représentées que dans celles de la fin.

Si la collection Gangnat présentait cette qualité unique, c'est qu'elle exprimait dans son ensemble le passage enivré de l'enquête immense qui avait poussé Renoir à peindre tous les sujets, tous les milieux, bals et théâtres, nus et portraits, paysages d'eaux, paysages d'arbres, jardins, natures mortes, intérieurs familiaux, enfants à la mamelle, ou jouant, ou écrivant, – et tout cela avec une tendresse, une vivacité d'accent, une joie renouvelées sans cesse, – à l'ingénuité auguste où son « sujet » n'allait plus être que sa propre émotion devant la forme dépouillée de tout autre incident, de tout autre sens qu'elle-même. Les vingt années qu'elle embrassait, ramassées dans ce petit espace, faisaient songer à la fois à la fugue et au contre-point. Le motif, au fond, restait le même, la poursuite obstinée d'une forme fuyante, tantôt en retard, tantôt en avance, à telle enseigne qu'on y trouve des portraits, des paysages, des fleurs, des nus qu'on croirait des dernières années et qui datent de longtemps déjà, d'autres qui sont des dernières années et qu'on jugerait plus anciens, mais présentant toujours cette montée unanime et puissante vers l'accord du volume expressif, de l'harmonie globale et de la transparence en profondeur qui est sa suprême conquête. Renoir y rôde autour de la forme, comme un amoureux tremblant. Il l'environne, au lieu de la saisir. Il n'ose plus en toucher un fragment, craignant d'y fixer le regard qui doit glisser sur les ensembles, s'il veut en faire sentir, çà et là, la saillie essentielle repoussée des centres secrets. Elle devient peu à peu un objet circulaire sur qui coule la lumière au lieu de s'y attarder, de la tacher comme autrefois, et dont elle détermine la place mouvante au cœur d'un univers qui tourne avec elle, emporté par la même force qu'elle, dans un rythme monotone dont la rumeur musicale erre et monte de partout. A mesure qu'elle devient plus dense, elle devient aussi plus furtive. On dirait qu'elle se construit d'elle-même, par ondes concentriques, autour de son propre noyau, dur et compact comme un diamant, dans le mouvement giratoire des planètes et des amphores que frôlent les caresses de la main et les caresses du vent. A mesure, aussi, sa puissance de transposition s'accroît. Toute toile de Renoir fait songer à un fruit géant où, grâce au jeu des valeurs, des passages, toute matière, sans changer de qualité, s'imprégnerait de cette sève universelle qui sourd de l'intérieur des pulpes pour en colorer les surfaces. Voyez trembler ces ombres enflammées sur les murs de ces maisons rouges, voyez ces anémones ou ces roses se mêler, dans l'émeraude des ruisseaux, aux nuages perlés qui courent, ces bijoux dans ces cheveux blonds, cette goutte de sang sur cette jambe nue, ces flancs fuyant dans ces pénombres empourprées. La chair et la moelle du monde palpitent et battent partout. Baudelaire avait coutume de dire que l'imagination, parce qu'elle *voyait* l'analogie universelle, était « la plus scientifique des facultés ». Que n'a-t-il connu le vieux sorcier qui retrouvait le sang des hommes dans les arbres, le lait des femmes dans le ciel, la poussière des étamines dans le duvet des seins, le creux des hanches, le fantôme des fleurs dans les eaux ? Pourquoi se refuse-t-on à comprendre ? C'est que rien n'est plus difficile à comprendre que la simplicité.

Voilà, n'est-il pas vrai, bien des idées générales. Mais c'est l'époque qui le veut. Elle cherche à réédifier une architecture spirituelle en ruine, et, si possible, différente de celle qui existait. Mais à propos de cet instinct sublime, de cette vie refleurissant sans cesse d'elle-même dans une poussée continue, toujours plus fraîche, toujours plus généreuse, au sein d'un sol toujours plus desséché, de ses activités sensuelles ? Sans doute. L'instinct et l'esprit sont bien plus proches qu'on ne pense. Rien même qui soit plus près de l'instinct que l'esprit. Les arts primitifs sont ceux qui s'adressent le plus invariablement aux symboles géométriques, et Renoir retournant, par un admirable effort d'intelligence, à son ingénuité première, la purifiant même, est la démonstration la plus surprenante qu'on puisse trouver, en Occident, de ce besoin qui nous pousse à expliquer ce qui est inexplicable, ce fusionnement spontané de la forme la plus élémentaire avec l'abstraction la plus haute. Tout chez lui tend à redevenir instinct, humanité directe, joie de peindre. « Ne me demandez pas si la peinture doit être objective ou subjective, je vous avouerai que je m'en fous[a]. » A coup sûr. Comme le nègre creusant sur le bois ou le cuivre des ornements géométriques se fout des propositions d'Euclide, dont il n'a jamais entendu parler. Il n'y a pas d'*idées* dans Renoir, heureusement, sinon *une* idée générale plastique qu'il ne peut exprimer qu'en aimant tout ce qui est et en essayant de le rendre. Ainsi l'extrême civilisation morale rejoint-elle, au bout de sa course circulaire, les plus profondes racines de la plus pitoyable et rayonnante humanité.

L'humanité de Renoir. C'est parce qu'elle est élémentaire qu'elle jouit de cette permanence. Il ne prend pas parti, sinon pour exprimer. Cette peinture fleurie, heureuse, de plus en plus fleurie et heureuse à mesure que sa torture croît, semble être la peinture d'un homme qui n'a pas souffert. Sa méditation sur la forme a été plus forte que tout. Elle a maîtrisé la douleur parce qu'elle a maîtrisé la forme elle-même. C'est le secret qu'il avait découvert d'exprimer l'ani-

a. Albert André.

malité la plus terre à terre qui l'a conduit, par cette animalité même, à tout l'esprit qu'elle contient. A l'homme. A lui, Renoir. Quand on sait suivre pas à pas la circulation des forces aveugles dans l'unanimité des formes, l'eau dans le sol, la vapeur dans l'espace, la nourriture dans la chair, on monte fatalement à l'esprit de proche en proche, et on l'accepte, même dans ses pires angoisses, jusqu'à la dernière étape, qui conduit à le magnifier. Ne soyez pas surpris qu'il sache aussi bien blottir contre la mère un enfant qui tète ou l'incliner sur son cahier, tirant la langue, crispant autour du crayon ses petits doigts gourds, qu'ouvrir ces grenades sanglantes ou faire flamboyer ces arbres dans la chaleur torride qui danse sur le coteau. Consentez à ce qu'il vous offre ces poissons gluants sur cette assiette si, du même élan lyrique, il gonfle, autour des larges hanches nues, ce ventre maternel rempli de son poids vivant. Aimez-le pour ces bras épais, ces jambes lourdes, ces bouches bestiales qu'il aime, puisqu'il vous fait aimer, grâce à ce caraco malpropre où il a vu s'allumer des rubis, trembler des perles, flotter des opales, la poitrine dure et le cou robuste de cette jeune servante, près de laquelle vous alliez passer sans la voir. Souvenez-vous qu'il a fallu surprendre bien de tendres regards sous des voilettes, de charmantes moues sur des lèvres, bien des abandons enivrés dans les bras du danseur ou sur la poitrine de l'amant, bien des rires et des sauts de petite fille éblouie, pour ne plus voir que ces vastes formes sommaires qui semblent concentrer, dans leurs épaisseurs battantes, le sang et le feu du soleil. Regardez bien ces brutes magnifiques errant seules dans le jardin primitif. Et demandez-vous quelle somme d'amour, de souffrance, de sagesse, il faut amasser dans son cœur pour être digne de rentrer dans l'innocence édénique.

En 1933, l'exposition Renoir au musée de l'Orangerie, méconnaissant encore les dernières œuvres du peintre, laisse Élie Faure atterré. « J'en aurais pleuré de désespoir », dit-il à Walter Pach. Heureusement, Pierre Renoir lui demande de présenter une exposition organisée par

Paul Rosenberg, pour corriger les effets de la précédente en montrant les toiles des dix dernières années. Élie Faure accepte « pour laver le vieux maître des calomnies que le seul spectacle de l'exposition officielle avait répandues sur son compte (1) » :

> Le dernier exemplaire de ces expositions posthumes est trop probant pour que je puisse me permettre de le négliger. Il était impossible, certes, de rassembler cent ou deux cents toiles de Renoir sans que s'y trouvent vingt chefs-d'œuvre, mais il était impossible, aussi, de méconnaître à ce point, en groupant en désordre ces toiles choisies au hasard, le développement logique et l'immense diversité d'une œuvre que le monde officiel des « Beaux-Arts » et des musées ignore. Ce n'est pas seulement parce que l'espace qui s'étend entre ses premiers travaux et sa vieillesse y apparaissait anarchique et tout à fait privé des témoignages de l'évolution spirituelle qui précisément la caractérise, c'est aussi parce que les dernières années de Renoir étaient ici représentées d'une manière dérisoire, que cette exposition constituait comme une sorte d'outrage à la mémoire du grand peintre.
>
> Ceux qui n'admettent de Renoir que les quarante premières années de ses travaux – on pourrait presque dire les quarante-cinq premières années – ne connaissent pas Renoir. Peut-être même ne sont-ils pas dignes de le connaître. Ils voient en lui un peintre de grande classe certes, mais assez comparable à ces belles eaux dormantes qui reflètent avec fidélité toutes les nuances des ciels, tous les frémissements des arbres, toutes les ondulations des algues et des fleurs aquatiques que les vaguelettes agitent sur leur surface irisée. Il est difficile, en effet, de ne pas être remué par l'imagination, l'activité, la variété d'inspiration et d'expression d'un artiste qui absorba tous les courants et subit tour à tour, pour les transposer dans un art frais comme une rosée sur les corolles et les herbes, tendre,

(1) Lettre à Walter Pach, 9 déc. 1933, *O.C.* p. 1109.

humain, candide au fond, sensible à toutes les manifestations de la peinture, accueillant avec ravissement toutes les surprises de la rue, de la campagne, des jardins, des bals et des fêtes, de l'amour, de la maternité et de l'enfance, le mouvement lyrique d'un Delacroix plus sensuel et pittoresque que tragique, l'amour pénétrant d'un Corot pour les matières succulentes et les harmonies discrètes, la vivacité de sensation et de rendu d'un Manet et d'un Monet, et plus loin de lui dans le temps mais peut-être encore plus près de son cœur, le tumulte panthéiste d'un Rubens, la puissance muette d'un Velazquez et d'un Goya à recouvrir d'un réseau de mirages crépusculaires, d'ailes de papillons et de poussières d'étamines les profondeurs brûlantes de l'esprit. Mais ils ne savent pas qu'il n'a traversé l'impressionnisme, le romantisme, le classicisme que pour atteindre, simplement parce qu'il a su vivre – et a vécu – aux grandes inventions de la « peinture pure ». Il fait songer à Titien, se découvrant réellement lui-même et progressant jusqu'à la fin dans l'exploration des trésors accumulés au fond de son regard et de son cœur par les heures sournoises, ou distraites, ou volages du « temps perdu » au cours des soixante-dix premières années de sa vie. C'est la même aventure, et si Renoir avait vécu cent ans, comme Titien, je suis bien sûr que le vieil homme déjeté, tordu, noué qui ne pouvait ni se lever, ni se coucher, ni s'asseoir, qui peignait de l'épaule, sa main griffue et son coude se bloquant de plus en plus, et dont l'œil seul et le cerveau vivaient, eût forcé le miracle à se renouveler sans cesse au sein de ce miracle même.

Je le répète. La plupart n'ont pas voulu comprendre. Ils ont accepté, sans l'avouer, le désarroi causé dans leur esprit par le constant besoin de renaissance qui anima jusqu'au bout le vieux maître, bouleversant et brouillant sans repos les habitudes de son public. Ils ont demandé à Renoir, ils l'eussent exigé de lui si cela lui eût été possible, qu'il continuât de fabriquer des tableaux semblables à ceux qui leur avaient appris à aimer sa peinture, sans d'ailleurs se rendre compte qu'elle évoluait depuis quarante ans, mais, du moins au début, trop insensiblement pour les choquer. Ils avaient peur de l'effort qu'il eût fallu faire pour entrer de plain-pied dans ce monde inouï que Renoir découvrit soudain aux portes de la vieillesse et où il pénétra résolument en laissant dehors les irrésolus et les censeurs. Les hommes sont ainsi faits qu'ils refusent de consentir à ce que le prophète même – et surtout – les arrache aux sentiments et aux idées qu'il leur a naguère enseignés et où s'est assoupie progressivement leur paresse. Et ils lui font des remontrances. Il n'a pas le droit de changer, ni de grandir. Ni même, et peut-être encore moins de trouver dans ses découvertes antérieures les éléments de nouvelles conquêtes qu'ils n'ont pas su y discerner, la chose n'étant pas en leur pouvoir. Je ne crois pas que le monde offre un spectacle plus divertissant que celui de ces gardiens de l'esthétique qui placent entre la vie inépuisable et leur propre initiateur cette défense de passer qu'ils croient de bonne foi signée de leur initiateur lui-même.

Vous connaissez les litanies désolées qui ont si longtemps traîné dans les journaux et les cénacles sur ces « peaux rosâtres » ou « vineuses », ces « chairs soufflées » ou « éléphantiasiques » et ces « mufles d'otaries ». J'en passe. Tout cela est peut-être vrai dans le royaume des aveugles, ou plutôt des myopes, pour qui « la vérité », « la nature », « la beauté », suivant les besoins de l'heure, constituent l'angle définitif sous lequel nous prétendons contraindre la vie innombrable des formes à nous apparaître. Tout cela est faux dans ce monde imaginaire mais plus vrai que « la vérité », et plus naturel que « la nature » et plus beau que « la beauté » qu'un héros a le pouvoir de créer de toutes pièces, en transposant tous les éléments du réel dans une réalité seconde où seule, par delà l'opinion moyenne, l'harmonie des couleurs et des formes règne et persiste. Avec Renoir, « le monde comme volonté » se substitue sous nos yeux sans effort sensible au monde des anecdotes pittoresques ou des apparences prochaines. La peinture n'a plus de commun avec « la vie » que les prétextes qu'elle en tire, si l'on veut bien oublier une minute les artifices du langage sentimental pour ne considérer que la transposition harmonique des éléments concrets de l'univers lentement amassés aux plus profondes ténèbres de l'inconscient, et rassemblés soudain dans un nouvel ordre logique qui devient la forme elle-même, sans accidents, sans incidentes, pure et dégagée de toute contingence et de toute imitation. Et même forcée, modelée du dedans, rendue plus expressive par les déformations et les saillies que sa vie intérieure exige, tandis que la couleur, haussée de plusieurs tons, renforce l'impression globale et se prépare à affronter, grâce aux patines de l'âge, l'action du temps. Rassurez-vous, je n'invente rien. Renoir savait et disait lui-même que le ton local le plus exactement imité et même le plus enrichi des reflets et des divisions de la touche, pâlissait et devenait creux au bout de quelques années. Il montait donc sciemment et sursaturait sa couleur comme il exagérait d'instinct sa forme, pour que l'avenir trouvât, dans l'une et dans l'autre, l'accent le plus profond et le plus durable du réel.

Est-ce assez? Dois-je insister sur ce monde surnaturel qu'il nous révèle, et qui prend une existence immédiate parce qu'il arrache à « la nature » ses secrets les plus essentiels? Dois-je montrer par le menu, toile après toile, la conquête par le vieux maître de cette seconde innocence qui lui a fait découvrir la réalité la plus haute en transportant la vie des harmonies qui s'interpénètrent et des volumes qui roulent les uns sur les autres comme des ondes sonores, dans une *nouvelle création*? J'appuie sur ce mot, car il prend un double sens dans ma pensée. Avec Renoir, il ne semble pas s'agir seulement d'une création au sens abstrait, mais d'une création au sens concret du mot, d'un monde encore irrévélé apparu soudain à la vie, d'une deuxième naissance de la totalité des êtres, d'une irruption dans la joie et la volupté des forces jusqu'ici refoulées par l'homme et jaillissant des mouvements secrets de sa pensée au milieu des eaux miroitantes où traînent diamants et perles du crépuscule matinal, et des fantômes lumineux qui dansent entre les formes et l'espace où elles respirent. Notre vieux tourment spirituel est complètement oublié, l'immobilité frémissante des mythologies païennes est elle-même dépassée et entraînée dans un mouvement héroïque où le christianisme a peut-être versé, à l'insu du peintre, l'amour qu'il introduisit dans le monde, mais la mort n'existe plus, car l'individu disparaît, et la vie éternelle jaillit et s'éploie toute neuve, mêlant les êtres et les choses dans son génie élémentaire de germination sans arrêt. Ici le terme même d'optimisme doit être écarté comme exprimant un préjugé métaphysique ou des expériences heureuses, ce qui ne fut pas le cas de Renoir. C'est l'ivresse lyrique qui monte comme une flamme vers le ciel.

Ne cherchez donc pas plus loin. Laissez-vous vivre. Imaginez que vous touchez au seuil d'un univers inédit, dont cependant tous les éléments de l'ancien transfigurés et transposés font frémir ces rubis dans les feuilles de ces arbres, mêlant ces nuages d'opale à la fraise de ce sein, tissent et brodent ce ruisseau ou cette mare avec les émeraudes de ce premier matin. Et agenouillez-vous pieusement devant ce vieux faune ébloui qui bondit dans la lumière en l'éclaboussant de toutes parts (1).

Essais

A partir de ce chapitre, les états successifs de « La genèse contemporaine » forment un véritable puzzle. De la première édition de 1921 à la version de 1935, Élie Faure n'a cessé de démonter et remonter son texte, changeant l'ordre des paragraphes et des phrases, en supprimant ou en ajoutant d'autres.

Le passage sur les « décorateurs », qui suit l'introduction, se trouvait en 1921 à la fin du chapitre. Augmenté seulement de quelques lignes sur Vuillard, il n'a pas beau-

(1) Préface au catalogue de l'exposition Renoir chez Paul Rosenberg en 1934. Nous donnons la version de ce texte telle qu'elle a été refaite dans *Ombres solides,* avec un paragraphe d'introduction supplémentaire.

coup changé. On remarque surtout, comme dans le cas de Signac, qu'Élie Faure ne cédait pas à la tentation du « copinage » puisqu'il n'a accordé qu'une brève mention à Albert André, pourtant son ami intime depuis de longues années. Il ne lui consacrera un texte qu'en 1936 (1).

Sur Odilon Redon, l'opinion d'Élie Faure s'est légèrement modifiée après 1921 sous l'influence de Walter Pach. En 1924, il parle d'un art « distant » et non plus « glacial », et lui concède une rare spiritualité ; il annonce ces modifications à Pach en reconnaissant qu'il avait été « injuste pour ce peintre subtil et raffiné », et qu'il avait dit de lui des « choses fâcheuses (2) ». Mais ces corrections sont si limitées qu'on peut y voir plutôt une concession à Pach – qui faisait grand cas de Redon et voyait même en lui un précurseur du cubisme par l'importance de ses visions intérieures –, qu'une sincère réévaluation. Redon était aux yeux d'Élie Faure un peintre de décadence, « de très haute intellectualité certes, et possédant des qualités de peintre admirables, mais dépourvu de cette force directe, humaine, universellement généreuse qui fait le grand homme (3) ».

Les pages sur Bonnard viennent d'un article de juin 1913 (« A propos d'une exposition Pierre Bonnard », *Les Cahiers d'aujourd'hui*). Situées à la fin du chapitre en 1921, elles ont été ensuite déplacées mais non modifiées. Le jugement d'Élie Faure a pourtant fluctué vers 1920, où il regrettait d'avoir donné trop de place à Bonnard. Mais l'année suivante il le comptait parmi les hommes de

(1) « Albert André (Maison d'art alsacienne, Mulhouse) », *Commune* n° 32, avril 1936.
(2) Lettre à Walter Pach, 18 mai 1924, *O.C.* p. 1049.
(3) *Idem*, 1921, *O.C.* p. 1030.

premier plan, et il le recommandait encore à Pach en 1926 : « Quelles riches et subtiles natures mortes ! Et tout cela si peu réel, et si vrai. » Par sa sensualité, par la « joie de peindre pour peindre (1) » qu'elle manifeste, cette œuvre très personnelle compense aux yeux d'Élie Faure les tendances trop intellectuelles de l'art contemporain.

Sur Matisse, l'avis d'Élie Faure a plus nettement évolué. Il avait remarqué, au Salon d'Automne de 1904, cet « Henri Matisse, grave, sévère, concentré, amant fruste de la matière, peut-être grand peintre demain (2) », qui devait l'année suivante se trouver à la tête du Fauvisme. Il le suivait depuis lors avec une amitié admirative, comme en témoigne cette lettre du 15 octobre 1920 :

> Mon cher ami,
>
> J'ai eu la très heureuse surprise de recevoir l'album de vos dessins, que je connaissais déjà pour la plupart. Ils sont tout à fait admirables, par le contraste puissant qui éclate – et où l'on sent votre plus récente conquête, entre la profondeur de l'expression et la simplicité des moyens. Je n'en connais pas de plus beaux et j'admire en eux votre ascension continue dans la maîtrise et la connaissance de vous-même. Il n'y a plus rien en vous qui soit extérieur à votre émotion, et votre science, acquise par un effort de volonté dont je connais peu d'exemples dans la peinture, fait désormais partie de vous. C'est, à peu près, ce que je me suis efforcé de dire dans l'étude que je vous ai consacrée pour l'Album qui va paraître chez Crès. Ma crainte est de n'avoir pas su l'exprimer d'une façon digne de l'homme qui vient de donner, avec cette série de dessins, un si magnifique

(1) « Je me représente Bonnard comme une abeille toute chargée de pollen et de miel, butinant, bousculant les fleurs, édifiant peu à peu sa ruche bourdonnante dans la joie de peindre pour peindre. » (« Memories of a self-taught man », *loc. cit.*)

(2) « Le Salon d'Automne », *Les Arts de la Vie,* 15 nov. 1904.

exemple de continuité dans la découverte et d'énergie pénétrante dans le langage.

Trouvez ici, mon cher ami, l'expression de mon admiration affectueuse.

Élie Faure (1)

Le livre en question, publié chez Crès à la fin de 1920, contenait des textes de Jules Romains, Léon Werth, Charles Vildrac, et celui d'Élie Faure (2) :

I

On a – nous avons, et moi le premier – abusé de ce mot : « la vie ». Je compte en abuser encore. Il a la puissance et le vague des mots mystiques, tels que « Dieu », ou « la Nature », ou « l'Humanité ». Je ne sais trop ce qu'il veut dire. Mais je le sens.

Qu'est-ce que « la vie » ? Limitons-nous : qu'est-ce que « la vie » pour un peintre ? Je vois des gens qui s'imaginent qu'elle est dans les objets et dans les sensations qu'il en reçoit, et qu'il lui suffit, pour exprimer « la vie », d'exprimer cette sensation. C'est très vrai. Et c'est très simple. Mais nous expliquons le vrai, et nous analysons le simple. Nous ne pouvons faire autrement. Eux non plus, quoi qu'ils en disent. Seulement ils ont peur des mots. Ne leur parlez pas métaphysique. Ils vous diront qu'ils n'en ont cure, ce qui est leur droit. Ils vous diront, ce qui cesse d'être leur droit, que le peintre qui a fait vivre cette chose n'en avait cure non plus. Je veux bien qu'ils n'aient pas tort s'ils se placent dans l'état du peintre quand le peintre a peint cette chose. Mais voilà. Le peintre est un homme. Il médite, peu ou beaucoup. Il ne médite pas seulement sur la peinture. Admettons même qu'il ne médite jamais sur la peinture, que la peinture soit à part de sa vie, des accidents, des drames, des hasards, des joies, des habitudes, des moyens, des buts de sa vie. Admettrons-nous aussi que sa méditation, quelle que soit sa qualité, n'influe en rien sur la façon qu'il

(1) Lettre inédite.
(2) Texte repris dans *L'Arbre d'Eden, O.C.* pp. 279-280.

a de voir, sur la façon qu'il a de sentir, sur la façon qu'il a de dire? La manière de concevoir les choses, le « point de vue », quel qu'il soit, appartient toujours à quelqu'un. Généralement – et par malheur – à d'autres qu'à nous-mêmes. A nous, parfois. Si ce n'est là, dans l'un et l'autre cas, de la métaphysique, qu'est-ce donc?

Il n'est pas indispensable qu'un peintre soit un imbécile. Ne me poussez pas. Je vous dirais qu'il est indispensable qu'un peintre ne soit pas un imbécile. J'en sais qui sont des imbéciles. Je n'aime pas leur peinture, et personne, entre ceux que j'aime, n'aime leur peinture plus que moi. Quand j'ai connu ceux dont j'avais, avant de les connaître, aimé la peinture, je me suis aperçu tout de suite qu'ils étaient très intelligents. J'ai cessé, depuis longtemps, de m'en étonner.

« La vie », c'est d'exprimer non seulement les sensations mais aussi les sentiments, non seulement les sentiments mais aussi les idées, non seulement les idées mais aussi les enchaînements et les systèmes d'idées que procure, de proche en proche, le contact avec les objets. « La vie » est dans l'esprit de l'homme, et non ailleurs. Et tel « métaphysicien », s'il vit sa métaphysique, est plus vivant que tel « réaliste » qui ne va pas plus loin que la première sensation. Le symbole le plus abstrait peut être beaucoup plus vivant que l'objet le plus concret. J'aime Ingres – qui d'ailleurs a sa métaphysique – mais je préfère Delacroix. Je préfère Delacroix parce qu'il est, à mon sens, plus vivant qu'Ingres. Delacroix est plus vivant qu'Ingres – à tempérament égal – parce qu'il est plus intelligent. Delacroix saisit, entre un groupe de sensations, entre un groupe de sentiments, entre un groupe d'idées, des relations plus subtiles, plus éloignées et plus profondes que celles qu'Ingres y saisit. Et voilà tout. Il ne s'agit pas de « peindre la vie ». Même pas d'« aimer la vie ». Il s'agit d'avoir non seulement des sensations, mais aussi des idées plus vivantes. Il s'agit d'être plus vivant.

II

On m'avait dit, voici longtemps, que Matisse faisait de la métaphysique. Et, quelques années, je l'ai cru. Un jour je me suis aperçu, devant un tableau de Matisse, que ce tableau était vivant. Je l'ai aimé. J'ai cherché à comprendre pourquoi je l'aimais et pourquoi j'en aimais moins certains autres que le même peintre avait peints. J'ai su, en suivant ce chemin, que la métaphysique de Matisse, qui était parti, aux temps de sa jeunesse, de sensations très vives et très fortement exprimées, avait traversé un moment les déserts de l'abstraction pure, une sorte de tension et de raidissement douloureux, un besoin de crier, contre tous : « Voici ce que mes sensations m'apprennent. » Puis que grâce, précisément, à cette énergie trop tendue d'investigation et d'expression, il était parvenu à retrouver, dans ses sensations mêmes, ces lignes de force qu'il en avait d'abord extraites avec tant d'intransigeance et qui constituaient simplement l'armature spirituelle qui lui est propre et n'appartient absolument qu'à lui. Vous me direz que c'est là, au fond, l'histoire de tous les grands peintres, sans doute l'histoire de tous les grands hommes et peut-être, jusqu'à un certain point, l'histoire de tous les hommes : une période d'instinct pur, une période de recherches douloureuses pour accorder avec les besoins de cet instinct les découvertes tyranniques de l'esprit, une période d'équilibre où l'esprit, après avoir tenté de dompter ou de briser l'instinct, se résigne à un échange continu entre l'instinct et lui-même de renseignements, de concessions, d'encouragements réciproques où l'être trouve enfin sa liberté, en la créant. Je le veux bien. Mais j'avoue connaître peu d'œuvres où l'instinct criât d'abord plus fort, où la lutte entre l'intelligence et lui prît un caractère plus aigu de souffrance intellectuelle et d'excès dans l'expression de la souffrance intellectuelle, où l'équilibre peu à peu conquis donnât une impression plus émouvante de victoire. Que l'œuvre d'un artiste puisse servir à définir l'évolution d'à peu près tous les vrais artistes, c'est un phénomène assez rare pour qu'on accorde une attention respectueuse et spéciale à l'artiste dont il s'agit.

Le choix, chez lui, est parti de l'émotion pure, cette émotion puissante à qui l'on doit ces peintures troubles des débuts, d'une matière si splendide qu'elle semble soulever les fonds pour les entraîner avec elle, s'en saturer, en épuiser les ressources et les renvoyer à leur place, enrichis des chatoiements sourds et des sonorités profondes qu'elle leur a communiqués. Mais c'était déjà un choix, très sûr, très décisif, dont il a vite senti le besoin de dégager, si je puis dire, les arêtes spirituelles, pour en créer une charpente qui pût supporter et conditionner toute l'architecture de son œuvre dans l'avenir. C'est là de la peinture pure, d'où non seulement toute anecdote, – sinon tout pittoresque – mais toute fioriture, toute incidente sont bannis. Depuis Cézanne, je ne vois pas de plus bel exemple de volonté constante et soutenue de supprimer de l'émotion plastique tout ce qui la détourne et ne l'augmente pas. On peut faire de la métaphysique, peut-être en doit-on faire, à propos de la peinture de Matisse. De la littérature, point. Pour s'expliquer à lui-même le choix sensuel que révélaient les premières peintures qui exprimaient ses premières émotions d'homme, Matisse a recherché, en exagérant leurs angles et leurs courbes, un jeu de lignes si hardi qu'il sortait parfois de son propre équilibre et tombait dans une sorte d'expressionnisme caricatural, et un jeu de tons si purs qu'il touchait souvent à une sorte de vision hallucinatoire, où les procédés des potiers et des tapissiers orientaux apparaissaient, forcés encore peut-être, et sans qu'il y eût là autre chose qu'une rencontre de hasard. Je l'ai dit. Ce jeu dangereux, mais nécessaire, était un passage fécond. Il a extrait d'un double amas de sensations ardentes des matériaux de choix qu'il a éprouvés et durcis et autour desquels il organise une création nouvelle, débarrassée des scories, des boues, des cendres, des ténèbres de son chaos primitif.

III

Voici donc, sur des fonds généralement abstraits, nus, une condensation presque tragique. Non seulement l'objet est seul, mais les lignes à peu près dépourvues d'accidents, les tons à peu près dépourvus de reflets, isolent la sensation centrale et l'abandonnent, après l'avoir si profondément méditée qu'elle semble exister en soi, indépendamment du milieu, indépendamment de l'artiste. Elle est, pour ainsi dire, suspendue dans le silence. Elle est comme un caillou inerte au fond d'une eau transparente. Qu'on ne s'y trompe pas, un caillou vit. Mais sa vie lui est propre, elle est dure et dense, elle ne doit pas grand-chose aux caresses de la lumière, et quand on le touche dans l'obscurité, on retrouve sa forme et son grain. Il n'y a pas beaucoup d'autres choses à dire de la peinture de Matisse, parce qu'elle est de la peinture, rien de moins et rien de plus.

Ce n'est pas qu'elle donne absolument, comme dit Charles Pequin de la peinture de Cézanne, et comme on le dira quelque jour de la sienne, la sécurité. On y sent un tourment inapaisable dans la recherche de l'expression. Mais du moins sait-on avec elle que rien d'approximatif ni de facile ne saurait la contenter. Elle tend à devenir comme une sphère fermée, elle m'a fait songer bien souvent à ces vases chinois, ronds et sonores, qui ressemblent à une musique visible, à ces durs laques japonais d'où il semble que les formes naissent, mystérieusement, progressivement, sous le regard qui s'habitue, aux miroirs ternes et profonds qui n'enferment aucune image, mais semblent révéler la loi de toutes les images dès qu'une forme y apparaît. Elle m'a fait aussi songer à ces peintures espagnoles, figures soudain apparues dans le murmure symphonique de l'atmosphère ambrée, ou perlée, ou crépusculaire, et qui éteignent tous les bruits environnants. Je pense à ses fonds verts, presque noirs ou rouges, où quelque apparition solide surgit du silence, fleurs ou visage, dans la solitude ardente de sa propre réalité.

Il paraît qu'on discute pour savoir si Matisse est, ou n'est pas, un classique. Je n'en sais rien, ni lui, ni personne. On n'est jamais, de son vivant, un classique. On le devient, quelquefois. Racine, croyez-moi, ne se savait pas un classique. Et ceux qui se disent classiques me font penser à ce routier du temps du roi Philippe VI qui disait à ses frères d'armes : « En avant ! mes amis, pour la guerre de Cent ans ! »

L'ordre est le fait du grand classique, soit. Mais c'est qu'il y a divers systèmes et diverses apparences d'ordre. Ni la Grèce, ni le dix-septième siècle n'ont le monopole de l'ordre, du moins de ses modalités. J'aime qu'un artiste possède la maîtrise de ses sensations, et si j'aime celui-là, c'est qu'à mon sens il la possède. Encore faut-il que ces sensations soient puissantes, et pénibles à maîtriser. Et que sa grandeur jaillisse de ce contraste, précisément. La maîtrise de Le Brun ne me touche guère, et je lui préfère – je puis vous l'avouer, n'est-ce pas ? – le prétendu désordre de Bonnard. Soyez sûrs que l'avenir s'apercevra qu'il y a, chez Bonnard, un ordre, un ordre profond, organique, poussant du dedans de l'homme. La nature de Matisse, certes, diffère autant qu'il est possible de celle de Bonnard, mais le jour où on découvrira la loi de l'ordre qui lui est propre, on pourra conclure à son propos, comme à propos de Bonnard même, que l'essentiel est d'être un homme qui sache organiser et exprimer avec force et sagesse les confidences qu'il reçoit de l'univers.

Mais après 1921, où il le met encore au premier plan, Élie Faure apprécie de moins en moins l'évolution de Matisse vers un art sans émotion et d'une virtuosité croissante :

Nous venons d'avoir une très belle exposition Matisse. On ne peut aller plus loin en ce sens. C'est d'une virtuosité de couleur et d'harmonie tout à fait extraordinaire. Le seul reproche qu'on puisse lui faire, c'est que ça manque un peu d'humanité. Virtuosité visuelle seulement. On ne sent guère un cœur là-dessous, et peu d'inquiétude. Par là, il me fait un peu penser aux Hollandais, Rembrandt étant, naturellement, toujours excepté. Mais quel œil – et quelle musique ! Je songe aussi beaucoup aux potiers chinois ou persans (1).

En 1924, même déception, bien qu'il reconnaisse « un extraordinaire magicien de la couleur (2) » :

(1) Lettre à Walter Pach, 24 avril 1923, *O.C.* p. 1039.
(2) *Idem,* 18 mai 1924, *O.C.* p. 1049.

> Quant à Matisse, sa dernière exposition, au contraire de vous, m'a un peu déçu. C'est un merveilleux virtuose, mais peut-être n'est-ce qu'un virtuose. L'absence d'humanité de cet art est presque choquante. J'entends par humanité quelque chose de très différent de l'humanitarisme, l'universelle et éternelle présence du cœur, ce qui ne fait jamais défaut à la moindre esquisse de Delacroix, de Corot, de Cézanne ou de Renoir. (Même quand Delacroix représente le meurtre, Corot un mur lézardé, Cézanne une pomme et Renoir une anémone.) Tandis qu'il n'y a pas plus d'humanité dans un violon de Matisse que dans la femme qui le tient (1).

En 1927, après la dernière édition de *L'Art moderne* dont il n'a pas beaucoup changé le texte, Élie Faure devient plus sévère en jugeant l'art de Matisse purement décoratif :

> Matisse est évidemment le plus fort, mais par malheur c'est un céramiste, ou un tapissier. Plus il va, moins sa peinture est humaine. C'est exclusivement du décor. Une femme n'y a pas plus d'importance qu'un violon ou un canapé. Mais c'est d'une harmonie absolument incomparable (2).

Cette réévaluation amène Élie Faure à insérer deux nouveaux paragraphes en 1935 dans le passage sur Matisse pour dire sa réticence devant une œuvre trop décorative à son goût, mais pour en reconnaître aussi l'importance dans l'histoire de l'art contemporain – ce qui devait se confirmer plus tard, après la guerre.

Le texte sur Marquet, lui, s'est rétréci au fil des ans. Dès 1920, avant même la parution du livre, Élie Faure regrettait de lui avoir laissé une trop grande place. Qua-

(1) *Idem,* 19 mars 1924, *O.C.* p. 1048.
(2) *Idem,* 22 fév. 1927, *O.C.* p. 1064.

torze lignes disparaissent donc en 1924, et sept encore en 1935. Leur correspondance évolue parallèlement : commencée en 1906, elle devient très amicale pendant la guerre, mais témoigne d'un refroidissement à partir de 1926.

Utrillo a connu un sort inverse, puisque ignoré en 1921, mentionné dans une seule phrase en 1926, il bénéficie d'une addition assez longue en 1935. « Les peintres trop intelligents nous ont dégoûtés de la peinture », disait Élie Faure en 1931. Il se tourne alors vers Utrillo ou le Douanier Rousseau, qui ne renouvellent certes pas la peinture, mais la rafraîchissent par une certaine innocence (1).

Synthèses

Les chapitres IV et V n'en ont formé qu'un seul, sous le titre « Synthèses », jusqu'en 1935. Tel qu'il est resté dans l'édition posthume, ce quatrième chapitre est certainement le plus faible de toute l'*Histoire de l'art,* parce qu'il échoue dans son effort de synthèse en accumulant des références brièvement commentées, et dont la liste s'allonge avec les derniers ajouts sur La Fresnaye, La Patellière et Dufresne. La note (b) de l'appendice, qui complète ce panorama des tendances décoratives, et qu'Élie Faure a abrégée en 1935, entraînait jusque-là le lecteur dans un vertigineux tourbillon :

> [...] Nulle époque ne fut plus riche en artistes que la nôtre. Et tous sont – ou seraient si on savait utiliser leur passion – d'admirables décorateurs. Il n'est pas plus difficile de

(1) Voir plus loin « Agonie de la peinture » et « 1895-1937 ».

retrouver ces tendances dans la sensualité fougueuse de Dufrénoy que dans l'étroite et solide richesse de Manguin, dans la construction logique et dense de la matière peinte qui définit Charles Guérin que dans la patience de Lebasque à broder son univers en mailles un peu lâchées, dans la tension constante de Jean Puy vers la pureté de la forme que dans le don d'évocation brusque et totale de Laprade, dans la large vision colorée, un peu trouble et titubante de Camoin que dans la juxtaposition volontaire des tons et des formes qui donnent aux paysages de Friesz leur aspect à la fois intellectuel et chaotique, dans le langage concret et le sens du décor intime d'Albert André que dans la rencontre où se plaît Francis Jourdain du style décoratif le plus approprié et de l'amour de la vie familière. Elles s'avèrent aussi bien chez Flandrin, passant avec mélancolie des grâces apprêtées de l'églogue aux grâces gâtées de la danse, que chez Alfred Lombard, peut-être trop préoccupé de faire entrer ses dons somptueux dans les cadres trop étroits pour lui d'un classicisme discutable. Elles sont aussi manifestes dans quelques dessins de Bernard Naudin, frémissants et mélancoliques comme des feuilles balayées, que dans beaucoup de croquis de Maxime Dethomas, silencieux, neutres, hallucinants comme des ombres apparues, ou toutes les illustrations de Delaw, grandes comme des fresques, touchantes comme des légendes, profondes comme le cœur. Chez d'Espagnat, fécond, abondant, infatigable, fleurissant la terre et le ciel, elles suffiraient à définir l'optimisme sensuel surgi par réaction, avec Renoir, du désespoir naturaliste et romantique. On les respire aussi chez René Piot environnées de parfums vénéneux, somptueuses certes, mais viciées de réminiscences florentines, d'intentions littéraires, de platonisme byzantin. On les découvre dans les essais les plus hardis des néo-constructeurs qui réagissent contre elles, Lhote, Bissière, Lotiron. Chez quelques-uns de ceux qui se sont réclamés du cubisme ou en ont été influencés, L.-A. Moreau, Le Fauconnier, Lurçat, elles prennent un aspect grandiose, et pour ainsi dire monumental qui peut fournir à la peinture les ressources les plus fécondes. Corneau, Gabriel Fournier, Farrey, Riou, Portal hésitent à y renoncer. On les surprend chez les femmes peintres à l'état embryonnaire, vision confuse où la forme et les fonds se brouillent comme en une matrice obscure gonflée de lourde chaleur, S. van Parys, Charmy et surtout Louise Hervieu, ou, tout étonnées de leur innocence, après nos dix mille ans de pourriture et de savoir, Marval, Maria Blanchard, Hélène Perdriat et surtout Marie Laurencin. On s'aperçoit que les artistes étrangers n'y échappent pas davantage, si on interroge l'œuvre du Hollandais Van Dongen, poète bestial des bijoux et des fards et de la chair profonde où la mort et la cruauté veillent sous l'ombre chaude des aisselles et les blessures du carmin, celle de l'Espagnol Iturrino, monotone et subtil, aride comme une terre sèche où de rares fleurs sanglantes poussent entre les cailloux, celle du Belge Vlaminck, qui semble de la boue brûlante, celle de l'Italien Paresce, aigre, acide, tranchante, aiguë, florentine sans le savoir par la force de l'atavisme, et les essais à la fois convulsifs et lucides du déconcertant Picasso, et ces enluminures gigantesques, dégingandées, géométriques, qui poussent de la terre russe et dont les images nous viennent dans une confuse rumeur, pêle-mêle avec des sanglots de famine et de désespoir, des cris d'assassinés, des craquements de mitrailleuses, et sans doute le vagissement d'un monde nouveau-né. Les Slaves Coubine, Kisling, Mondzain, Wittig, sembleraient, au contraire, en réaction contre elles. Quant aux sculpteurs, à qui Rodin avait ouvert la voie avec sa *Porte de l'Enfer,* à peu près tous y obéissent, Bourdelle, Maillol, Joseph Bernard, nous l'avons vu, Halou, Abbal, Marque, Durrio, Hœtger. Duchamp-Villon, emporté trop tôt par la guerre, commençait à réagir. Lipchitz, Zadkine continuent son effort, et, dans un sens plus humain, Cornet.

De tous les artistes cités dans ce chapitre, Bourdelle est le seul à qui Élie Faure ait consacré des articles en dehors de *L'Art moderne.* Ils s'étaient rencontrés en 1902 par l'intermédiaire de Carrière, et liés d'une amitié qu'entretint une abondante correspondance. Élie Faure fut son témoin, avec Rodin, lorsqu'il se maria en 1904. Il fit la préface d'une exposition à la galerie Hébrard en mai 1905, puis un article, « Émile Bourdelle, peintre et pastelliste », publié dans *L'Art et les artistes* en 1906 et repris l'année suivante dans *Formes et Forces*.

Leurs relations se raréfient à partir de la guerre, et Élie Faure, n'osant pas lui dire ce qu'il pense désormais de son œuvre, ne le rencontre plus qu'avec gêne. Ce n'est qu'après la mort de Bourdelle en 1929 qu'il prend publiquement position (1) :

BOURDELLE

J'aimais Bourdelle. Je n'eusse pas écrit de son vivant ce que je pensais de lui. Par lâcheté? J'espère que non. Par faiblesse si l'on veut. Il m'eût été pénible qu'il ne m'aimât plus, bien que les circonstances ne se prêtassent depuis longtemps qu'à des rencontres fort rares, et un peu gênées. Mais je ne puis croire que les morts nous entendent et qu'on ne doive pas dire aux vivants ce que les morts ignoreront toujours d'eux-mêmes, ayant vécu dans la bienfaisante illusion que dispense une personnalité généralement indulgente envers ses caractères propres. Ce que je pense de Bourdelle, maintenant que son œuvre est faite et que ma vie n'est plus une expansion hors d'elle-même mais une méditation sur elle-même, ne blesse et ne peut blesser que moi. Car je lui garde un souvenir profond. Il est de ceux qui m'ont élargi l'âme, en un temps où elle avait besoin d'un souffle qui la ranimât et où elle ne disposait pas, dans sa hâte anxieuse, du loisir d'en examiner avec attention la qualité. Il fut, pour les esprits naïfs qui l'entouraient, un très grand professeur d'énergie spirituelle, par l'excès même d'un désir d'héroïsme qui s'affirmait avec un acharnement douloureux. Ce qu'il a eu de plus noble en lui, je pense, c'est justement cette volonté frénétique et fanatique du génie, cette obsession de la grandeur qui se répandait en paroles ardentes sur ses

(1) « Bourdelle », *Ombres solides,* 1934, *O.C.* pp. 605-609.

interlocuteurs. Il les eût mendiés dans la rue, cette grandeur et ce génie, si le premier passant eût pu les lui donner. Il les mendiait à Dieu. « *L'harmonie,* a-t-il dit, *est une tragédie.* » Il est mort convaincu d'avoir réalisé la sienne. Je ne puis souhaiter, comme conclusion à une existence belle en somme, bonheur plus complet.

Une telle puissance de travail comporte justement toute la somme de joie à laquelle puisse aspirer un être doué à ce point pour la création et son tourment. Comme il ne *voulait pas* douter de lui-même, il ne s'en donnait pas le temps. Jamais ses lames de fond n'étaient absorbées par les cendres que l'angoisse de l'œuvre achevée dépose en notre cœur. Un flot recouvrait l'autre, immédiatement. Une incroyable fièvre d'imagination, une incroyable richesse de conception, un incroyable pouvoir de réalisation l'animaient. Je ne connais pas, dans l'histoire de la sculpture, en n'en exceptant pas même Bernin, qu'il rappelle par tant de traits, pareil exemple d'abondance. Quelques mois avant sa mort, il me confiait qu'il avait cent quarante œuvres commandées, ou à l'étude, ou en voie d'exécution. Je ne pense pas qu'il exagérât. Œuvres d'autre part gigantesques, car l'abondance conditionne presque toujours la dimension. « *Un monument,* disait-il de l'une d'elles avec un orgueil attendrissant, *de quarante mètres de haut !* » En outre, il fut d'une audace déconcertante, à une époque où tout le monde, en dépit des apparences est timide, voire peureux, où l'on regarde un dessin comme une chose précieuse, qu'on encadre et expose à toute occasion, ce qui est à la fois le comble de la suffisance et le comble de la pauvreté. Sauf peut-être en Amérique et en Allemagne, mais alors dans un style pour ainsi dire industriel, collectif, prêt à la standardisation, on ne pourrait citer dans le monde un sculpteur capable non seulement de réaliser, mais d'entreprendre le monument d'*Alvear,* par exemple, le grand cheval de domination et de bataille, la grande figure autoritaire, les quatre grands symboles forcenés et tendus des vertus de commandement. Il possédait dix-sept ateliers à Paris, où un peuple d'élèves et de praticiens le secondaient et où sa chaude et bizarre éloquence groupait autour de lui des foules d'auditeurs généralement exotiques. Je crois même qu'il trouvait le moyen d'encourager et de réprimander, dans une Académie, les élans d'un lyrisme balkanique ou balte pas toujours au point.

Ronde-bosse, haut et bas-relief décoratifs, portraits, monuments, statues et statuettes, fresques, peintures, pastels, dessins, poèmes, articles, interviews, enseignement, voyages, commerce légitime de son art, il menait tout de front avec une vaillance qui l'entretenait. Car il était jaloux, comme la plupart des artistes, non des faveurs mais du renom que les autres recueillaient. Au seizième siècle, il eût poignardé ses rivaux. Il était malade de gloire. Dès qu'on prononçait devant lui le nom d'un sculpteur ou d'un peintre contemporain, il s'assombrissait à vue d'œil. Il était jaloux de Rodin, jaloux de Maillol, jaloux de Despiau, peut-être même de Falguière, peut-être même de Denys Puech. Du moins eût-il été jaloux de Falguière ou de Denys Puech si quelqu'un se fût avisé de les louer devant lui. Comme on parlait plus souvent des autres, c'est contre eux que se tournait, pour la négation, la passion de grandeur qui le tourmentait et se contentait de l'affirmation quand il ne s'agissait que de lui-même. Rodin surtout peupla ses jours d'invectives passionnées, ses nuits de cauchemars. Il est vrai qu'il l'écrasait, en sa présence, de louanges pesantes comme des pavés de marbre que le Dieu recevait en plein crâne sans sourciller. Il est vrai qu'il avait aussi, il faut le dire, le courage intermittent de l'élever très haut quand on l'attaquait devant lui. Toutes choses très humaines, où l'envie et la flagornerie le disputaient au souci douloureux d'une vérité transcendante que la confrontation des œuvres de tous les autres avec la sienne ne cessait de lui révéler.

De tous les autres. Morts ou vivants. Morts et vivants. Anéantis au plus lointain des âges, perdus au plus lointain des îles. Il était jaloux de Barye, jaloux de Jean Goujon, jaloux de Michel-Ange et de Donatello, des Français du Moyen Age, jaloux des Grecs, jaloux des Polynésiens et des Nègres, des Hindous, des Khmers, des Mexicains, jaloux des Chaldéens, des Égyptiens, des Assyriens, jaloux des peintres de la Renaissance, jaloux des architectes de temples et de tombeaux, jaloux de Dante et de Shakespeare, jaloux d'Homère. Jaloux des créateurs qui ne sont pas encore nés. Corollaire indispensable : il concourait avec eux. Dès qu'on admirait en sa présence une œuvre qui n'était pas de lui, il sentait la démangeaison de démontrer à l'interlocuteur qu'il était capable de mieux faire, cela dans le même rythme, la même matière, le même sujet. Il est toujours resté le Toulousain qui domine ses concurrents dans les écoles de chez lui et décide de conquérir Paris et le monde en suivant les mêmes sentiers, en briguant les mêmes sanctions. Non qu'il ait intrigué, à ma connaissance, pour sa croix de commandeur, ni qu'il ait jamais convoité les médailles salonnières, ni l'Institut. Il visait tout de même un succès plus universel, et de qualité plus haute, mais obtenu contre les talents qui lui portaient ombrage bien plus que dans le sens du sien, dont la révélation quotidienne exige soit l'indifférence, soit une approbation au moins intime vis-à-vis des succès, ou même de la gloire qui peuvent atteindre autrui. Il eût pu être acteur, chanteur, député, violoniste. Le hasard qui départit les dons natifs, a seul orienté son effort sur ce point-là. Et sincèrement notez-le. Ingénument même. Être le premier dans son art. Accepter, pour cela, qu'on lui dictât une composition sur n'importe quel sujet, où il vaincrait tout le monde. S'il était resté à Toulouse, ou à Montauban, peut-être eût-il préféré y tenir la tête du palmarès local qu'un rang subalterne à Paris. Il n'avait pas tout à fait assez d'orgueil pour préférer être le dernier dans son village à n'être à l'École de Rome – pardon, à Rome – que le second. J'avoue que mon admiration pour César a toujours quelque peu souffert de ce qu'il n'eût pas, lui non plus, porté le sien à la hauteur de cette humilité.

On a, pour ces raisons et d'autres, dénoncé en Bourdelle le type de l'artiste gascon. C'est mal dissimuler, sous des généralisations faciles, l'ignorance des caractères de notre plus vaste province où, suivant les régions, variétés, contrastes et même contradictions abondent. Gascon des hautes régions de la Garonne, des confins de la Catalogne et de l'Aragon, peut-être, parce que là, en effet, l'esprit languedocien se combine avec ce que l'âme celtibérique peut avoir d'excessif et d'aventureux, pour boursoufler ses qualités les plus réelles d'un doctrinarisme fanatique où Ingres lui-même a subi la sèche empreinte du pays des grands juristes, de Comte, de Renouvier. Esprit en antagonisme radical avec celui de la Celtibérie océanienne, des marches non plus catalanes mais basques, que marquent au contraire une mesure faite d'ironie envers soi et les idées courantes chez Gobineau, chez Montesquieu et Montaigne, d'indulgence expansive envers les autres chez Vincent de Paul, ou, dans l'ordre plastique, de subtilité harmonique chez Odilon Redon, d'attention voluptueuse à suivre les indications discrètes mais essentielles de la forme chez Despiau. Ici le doute passionné, et là le dogmatisme intransigeant, ce qui est précisément le contraire. Ingres – du moins celui des grandes toiles officielles, des inspirations mythologiques, romanesques ou historiques, de l'étroite intolérance doctrinaire – du Bartas, Bourdelle, et tant d'orateurs et ténors amoureux des planches. Le revers d'un positivisme qui ne peut s'évader de lui-même que par une coiffure sensationnelle ou un lyrisme grandiloquent.

II

Voici donc, ces réserves faites, les sources de cette éloquence qu'on reproche à Bourdelle avec raison. Il a passé son temps à sculpter des idées, ce qui est bien difficile, bien dangereux, et ce à quoi à peu près tous, sauf Michel-Ange, ont échoué. L'art de Bourdelle est essentiellement méridional. J'entends par là intellectuel, et n'accorde pas plus à cette épithète qu'à l'autre le moindre sens péjoratif. Mais voilà. Où triomphent Phidias et le statuaire d'Olympie, où ne trébuchent ni Jacopo della Quercia, ni les imagiers de Moissac, de Souillac ou d'Arles, Bourdelle n'a pas réussi. Si l'intelligence fait un pas de trop, elle se fait philosophie. Un pas de plus encore, ô catastrophe! sophistique et verbalisme. C'est là l'écueil de ces pays privilégiés, comme l'anecdote est celui des contrées où règnent Rubens et Rembrandt. Les grands peintres et les grands sculpteurs de la Méditerranée qui restent, pris en masse, les grands peintres, surtout les grands sculpteurs tout court, n'ont jamais demandé à la forme que de traduire les idées qu'elle est capable de rendre par ses moyens même sans sortir de ses propres plans, c'est-à-dire des idées plastiques, des idées claires et tranchantes que détermine une vision avant tout architecturale, hiérarchique, anthropomorphique du monde. La « littérature » doit en être nécessairement absente, et les brumes d'une mystique incapable de s'appuyer tout entière sur les données des sens éprouvés par la raison. Le Languedoc a sans cesse été traversé par des tribus germaniques, des hordes arabes, des Juifs, des Levantins, par le souffle fiévreux, parfois empoisonné d'Asie.

La saillie romantique exprime des sentiments. Le romantisme déforme d'instinct, mais dans le sens des indications de la forme. Ses bosses, ses retraits, ses éclairages, ses ombres projettent sur les surfaces en action les mouvements intérieurs de la vie, et leurs excès, bien plus exceptionnels qu'on ne le croit en général – j'invoque ici Stendhal et Delacroix, Balzac et Baudelaire, Michelet jusqu'à quarante ans, Barye, Rodin dans ses belles heures – ne signifient presque toujours qu'un surcroît de passion, non d'idées. Il va chercher dans l'histoire, les mœurs, les paysages du vaste monde et du passé, les inspirations d'un instinct qui renouvelle ses sources. Tandis que Bourdelle s'inspire des *formes* mêmes qui ont épuisé ce répertoire immense dans le vaste monde et le passé. J'ai dit sa jalousie, et l'esprit de concurrence fatal au seuil de qui elle le conduisait. De là ce mélange d'apparence désordonnée, mais de composition subtile, et même astucieuse, de dix styles métissés, parfois juxtaposés, Grecs, Mésopotamiens, Gothiques, Renaissants, Cambodgiens, Archaïques, Classiques, Romantiques, Ingristes et Rodiniens, et Dieu me pardonne Fauvistes, Cubistes, où le jette la fureur anxieuse de dire, dans chacune de ses œuvres, tout ce qu'il sait, et mieux qu'aucun de ceux qui, avant lui, ou en même temps que lui, ont tenté de ne dire, dans chacune des leurs, qu'une partie de ce qu'ils sentent. On a comparé Bourdelle à Rude, et un examen superficiel peut justifier les rapports que le *Chant du Départ* et le *Monument des Combattants* suggèrent. Mais le premier ne traduit qu'une idée très générale, simple, ou plutôt un sentiment populaire, l'élan commun d'une nation transporté dans la pierre par la ferveur lyrique qui anime le sculpteur même, et Rude y a réussi. L'idée, dans l'œuvre de Bourdelle, n'est pas de cet ordre-là. Elle a des sources beaucoup plus dispersées, plus diverses, à la fois plastiques et philosophiques, une multitude confuse de sensations, de réflexes sentimentaux, de réminiscences culturelles qu'il s'agit de concilier, voire de réconcilier. De là une déformation non plus instinctive, mais systématique, qui place l'œuvre presque aux antipodes de celle du sculpteur bourguignon. On pourrait établir le même parallèle entre le *Maréchal Ney* et l'*Héraclès au combat*. Celui-ci est aussi tendu, forcené voire didactique que l'autre est vivant et vrai.

Ce n'est pas que Bourdelle fût incapable de modeler un morceau où vibrât la vie et la justesse jaillissante de la sensation. Il avait été l'élève d'un habile exécutant, Falguière, et d'un rhéteur commun, mais non dépourvu de vigueur, Dalou. Il entra comme praticien, pour gagner sa vie, chez un très inégal, mais formidable créateur, Rodin. Il resta longtemps épris de Carpeaux, virtuose étourdissant sans cesse éclaboussé par les étincelles du siècle, surprenant dans les bals, les galas, les fêtes, les rues, ses végétations folles, ses pousses vives, ses bourgeons. Il aperçut fort bien que Barye avait retrouvé, dans la faim et le sommeil des fauves, les plans silencieux de Phidias. Sous ces signes divers, il débuta par de charmantes œuvres, d'une poésie parfois mièvre, mais brûlante de sève sensuelle, où éclatent le mouvement, la joie, la verve, une imagination formelle très riche, des figures féminines et des tresses de fleurs mêlées, et parentes, des élans de gaieté panique que traverse un souffle inconnu avant lui de tragédie et de mystère où communieraient, cette fois à son insu, l'équivoque léonardienne et la Grâce[a] mondaine du dix-huitième siècle français. Je ne jurerais pas que dans les portraits de femmes exécutés à cette époque, il n'ait jamais songé à Léonard – paupiè-

a. J'écris *Grâce* intentionnellement avec un G majuscule.

res plissées, fossettes où niche le démoniaque esprit de l'instabilité et de la tentation – bien que ces boucles volantes dans la poudre du pastel, ces corolles sournoises dans les cheveux ou les corsages, ces bijoux liquides offerts, avec la pulpe de la bouche, comme le miroir des étangs dont on ne voit pas le fond, ne doivent rien qu'aux regards qu'il avait lui-même jetés sur les jardins d'Armide et les grottes de corail où les sirènes habitent. Cependant, s'il avait vécu solitaire, s'il n'avait trop vu, et trop lu, trop désiré monter, non pas à la hauteur, mais au-dessus de lui-même, c'est surtout dans ces œuvres, d'ailleurs assez nombreuses, qu'il faudrait chercher le secret d'un art dont on peut regretter qu'il n'ait pas cultivé la vertu étrange. Ainsi, dans sa conversation, parmi les théories fuligineuses et les rodomontades esthétiques qu'il débitait d'un ton de docteur mal dégrossi, le front penché sous leur poids manié comme des haltères, fusaient des flammes jaillissantes, une verve lâchée de rapin, de tâcheron, souvent vulgaire, souvent subtile, parfois touchant d'un seul éclair, et comme par surprise, aux grandes profondeurs.

Je le revois dans son vieil atelier encombré, – celui de l'impasse du Maine – où s'entassaient pêle-mêle avec ses propres œuvres, l'amas hétéroclite des meubles moyenâgeux, des bois gothiques, des sarcophages égyptiens, des assiettes peintes, des instruments de musique, des pots ébréchés, des vieux tableaux d'écoles mortes. On se serait cru chez un brocanteur. Cela ressemblait à l'ensemble de ses ouvrages, ou à l'un d'entre eux pris au hasard. J'ai entendu Carrière comparer cet art à « une carte de géographie ». Soit. Mais il est juste d'ajouter qu'une telle carte indique, sous ses tons multicolores, des assises de granit, de grasses alluvions de glaise, des forêts, des champs de blé, des vignes, des rivières et des mares où foisonne le poisson. Quand Bourdelle oubliait qu'il était un être d'exception, son verbe avait une saveur violente, il sentait la terre et les racines. Il scrutait sensuellement le tissu compact de la pierre, la sève et le grain du bois, il faisait crisser sous ses doigts les grappes mûres et mordait le sein des femmes pour y boire ensemble le sang et le lait. Il a parlé, dans un de ses poèmes, des *dieux d'argile qu'il mettait cuire avec son pain.* Et là vraiment, à condition qu'il consentît à ne pas y penser, et à ne pas le dire, on le sentait bien fils d'un menuisier, neveu d'un tailleur de pierre, petit-fils, par son père, d'un chevrier, par sa mère d'un tisserand. Il y avait en lui, et il en reste quelque chose en certaines de ses œuvres, même des dernières années – je vois encore un battant de porte en airain, une main serrant les serpents de la tête de Méduse, où la souplesse d'épée d'un artisan du Quattrocento s'allie à la fermeté de matière d'un vieux forgeron français – un côté ouvrier fort émouvant. Sa voix, quand il disait ses vers à ses amis, roulait sur elle-même dans un bourdonnement de bronze, tirant des inflexions et des intonations méridionales et de la cataracte ininterrompue des consonnes une harmonie d'une singulière puissance. Beaux vers parfois, sans doute un peu lâches de contours, mais d'une invention musicale et verbale que traversaient, comme un assourdissant bruit d'ailes, les grands symboles naturels. Il paraissait alors jailli du sol antique avec son nez busqué, ses yeux enfoncés, ses lèvres suceuses, son rire et sa barbe de bouc, son grand front incliné, son crâne chauve où la couronne de cheveux se retroussait comme des cornes de faune un peu ridicule, un peu sublime, « ayant de la terre encore à ses sabots », interpellant les dieux dans leur langue, égaré parmi les hommes dont quelques-uns avaient grand-peine à retenir leurs rires, dont d'autres sentaient passer confusément la verdeur oubliée des cultes païens dans le naturisme instinctif de la foi populaire. Il y a eu dans sa vie, malgré le désordre apparent des œuvres qui l'expriment, une logique intérieure qu'on ne peut nier. Il a été marié deux fois, la première à une Flamande, vraie femme de Jordaens, l'homme du Nord qui a le mieux senti le réalisme paysan du mythe antique, la seconde à une Grecque d'une beauté d'Océanide, avec sa souplesse de vague et ses yeux verts, et qui vint déposer comme une offrande le cuivre des lauriers sur sa selle de sculpteur.

Je le revois. Il était vêtu de façon bizarre, mais qu'on eût pu presque décrire avant de le rencontrer, si on avait d'abord fait connaissance avec son habitation et son œuvre.

Demi-artisan, demi-seigneur. Sur le pantalon de velours à côtes, un long vêtement qui tenait du veston, de la simarre et de la blouse, et la Légion d'honneur dessus. Il avait l'air d'un maçon, mais il voulait en avoir l'air. Il avait l'air d'un grand homme, mais il voulait en avoir l'air. Dualité invincible d'une nature où se battaient tant de forces contraires, entraînées par secousses brusques dans un accord lyrique intermittent. Son œuvre, ainsi, où tournent des remous entre des saillies de roches, roule tumultueusement des pierres, mais quand le courant les jette au rivage, on s'aperçoit la plupart du temps que ce sont des débris de temples, des fragments de héros ou même – qu'on me pardonne, parce que je l'aimais bien – les fils de fer ou les pièces de bois d'une armature de statue.

III

Parti en somme – ou plutôt reparti – d'une volonté acharnée de construction plastique, il y a substitué à son insu une construction lyrique, en combinant des éléments pittoresques, littéraires et sculpturaux dans un ensemble qui se réclame de l'architecture, mais où vides et pleins, au lieu de se subordonner à la forme même, se laissent entraîner dans une sorte de vertige oratoire, la forcent, la bossellent, la débordent de partout. On dirait un temple hindou hérissé de protubérances, et non un temple grec enfermé dans l'harmonie et la fermeté du calcul. L'équerre et le compas jouent dans son verbe un grand rôle. Par malheur, moins dans son œuvre. Elle-même fond l'équerre et désarticule le compas. Le squelette architectonique, départ de la grande sculpture et qu'il voulait avec passion, se disloque et crève l'écorce. Des flammes, parmi la fumée, s'échappent de ses monuments. Il sait que le sculpteur doit s'exprimer par plans. Mais chacun de ces plans, chez lui, répond à une allusion symbolique et non à un rapport que la confrontation de deux volumes exigerait. Il les dispose en escaliers et pyramides, en rectangles, en trapèzes, non pour exprimer le bloc même, mais l'idée préconçue, nébuleuse, métaphysique qu'il en a. On peut se demander si des dons natifs si savoureux et l'atmosphère qu'il respirait dans son milieu rude et simple de travailleurs de la matière n'ont pas été viciés par une culture trop soudainement imposée, contraire à ses goûts naturels. On ne doit pas oublier qu'il a subi, à cette époque, la protection et les conseils de la veuve de Michelet, purge à faire fondre en diarrhée les entrailles des héros. Depuis de nombreuses années il confessait un spiritualisme assez vague qui flottait entre les rivages du spiritisme et de la science, une théosophie brumeuse mêlée de christianisme et d'hindouisme et qu'exprimaient des symboles païens.

Chez Bourdelle, en effet, la forme est conçue en fonction de l'universel, ce qui est à la vérité une condition nécessaire à sa vie, mais malheureusement, au lieu d'exprimer cette réalité d'instinct, ou tout au moins de l'oublier quand il travaille, il *veut* la dire, l'expliquer, la faire comprendre, ce qui inflige à la plupart de ses ouvrages un caractère démonstratif, voire didactique, dont l'éloquence même détruit l'effet poursuivi. Par là, il est aussi peu Français que possible. Et ce sont les peuples enfants ou barbares, ceux qui comprennent le plus mal la France, qui ont pu voir en lui l'incarnation de son génie. Il était peu apprécié par l'Allemagne, trop didactique elle-même pour ne pas chercher au dehors ses valeurs complémentaires, et par là apte à fort bien comprendre les artistes de France dont Maillol lui semble, en sculpture, le plus authentique représentant. Devant une œuvre de Bourdelle, on songe à une sorte d'impressionnisme non de la sensation, ni du sentiment, ni de l'expression, mais plutôt de la conception, et la conception, élevée sans doute bien que confuse, est toujours d'ordre cosmique, mais d'un ordre cosmique extérieur au bloc à sculpter et n'infligeant jamais à l'esprit du statuaire assez de cohérence pour qu'il le fasse tenir entre les limites de ce bloc. Dans le tumulte désordonné que représentent, au premier abord, et par malheur aussi en fin de compte, la plupart de ses compositions, on peut être assuré que la direction d'une plume d'aile, la largeur et l'épaisseur d'un glaive, la saillie d'un coude ou d'un genou, l'abaissement des angles d'une bouche, le froncement d'une narine ou d'un sourcil, chacun de ces accents répond à une intention arrêtée d'exprimer une idée participant au symbolisme de l'ensemble. Mais chacun sort de cet ensemble, tous ces symboles dispersés, dans le symbole commun, en styles d'inspirations diverses, aboutissant à lui infliger des directions divergentes qui entraînent l'anarchie du monument. Je crois deviner, par exemple, ce qu'il a voulu faire exprimer à la statue de Mickiewicz : une torche dressée, dont la figure du poète est la flamme vacillante. Par malheur, les saillies qui rompent l'harmonie de l'œuvre et semblent des scories et des coulées de cire sur ses flancs, font de cette torche un bougeoir où brasille une chandelle de suif.

Tout de même. C'est ce sens symbolique constant de ses œuvres qui constitue l'originalité vraie de Bourdelle et parviendra peut-être à en sauver quelques-unes. Malgré le paradoxe flagrant d'une tournure d'esprit qui infligea à son langage une signification allusive dont il fut, la plupart du temps, incapable d'exprimer la profondeur, Bourdelle a possédé un génie certain de poète, et a manié les fables de la genèse hellénique avec un sens direct de leur forte humanité. Aussi adroit qu'il ait été comme praticien – car nul n'a travaillé avec plus d'aisance la glaise, la pierre, le marbre – on peut dire qu'il a balbutié pour faire exprimer fort mal à la sculpture des idées qui vivaient avec une force réelle en lui. Cet indigène des Cyclades ou du Péloponnèse mâtiné de Phénicien fut un grand créateur de mythes malheureusement égaré, trente siècles après sa naissance, dans une impasse de Vaugirard. C'est dommage, car il avait, mieux que quiconque, pénétré et pour ainsi dire vécu les symboles profonds du vieux paganisme, et il en était pénétré. Boucs, Chèvre-pieds, Lédas, Aphrodites, Centaures, son œuvre est pleine de figures signifiant toutes l'engendrement de l'Esprit par les fatalités inexorables qui président à la germination incessante de la Liberté. Il est émouvant de constater une fois de plus que toute œuvre est le portrait – j'entends le portrait physique aussi bien que moral – de l'artiste, et que ce faune aussi malin qu'abrupt ressemblait à ses figures par tous les traits de la physionomie et de l'âme qu'elle exprimait.

Il pensait symboliquement. Cela lui était aussi naturel que la faim ou le désir. Il lui était impossible de *concevoir* un portrait, fût-il celui d'un enfant, qui n'exprimât quelque obscure intention de cosmogénie sibylline ou de psychologie transcendante. Chacun de ceux qu'il a faits est une tentative le plus souvent pénible de communication de l'âme du modèle avec la fonction typique universelle qu'il représente à ses yeux. Je veux bien que son *Ingres,* par exemple, soit « ressemblant », mais ce qui l'est davantage, c'est le Dogmatisme rageur. *Rodin* est un personnage intermédiaire entre Vulcain et Pan, il a l'air de sortir d'un cratère où retentissent des forges, et d'entraîner avec lui, dans son ascension lourde, toutes les puissances souterraines des sèves et des minéraux. *Mecislas Golberg* est la méditation maladive et morose que l'ironie envers elle sauve de sa propre vanité. Le géographe *Onésime Reclus* tient du dieu Terme et du Démiurge, ce qui a de quoi surprendre ceux qui ont connu cet homme charmant. *Beethoven* a le visage bosselé par le vent des cimes. *France* est le pyrrhonisme même, mais sa grimace ne parvient guère à exprimer autre chose que l'effort du sculpteur à en dégager une profondeur absente. On ne voit pas pourquoi un couteau entre les dents ne soulignerait pas, chez le chirurgien *Kœberlé,* le caractère tranchant et fatidique du visage. C'est d'ailleurs son meilleur portrait, avec la statue de *Carpeaux,* tourmentée, nerveuse, mais dont on peut se demander si sa fonction n'est pas de signifier quelque symbole pygmalien, quand on surprend la déesse d'argile qu'il tient dans sa main crispée et regarde avec désespoir. Toutes ces intentions, qui seraient autant de vertus si elles passaient droit de l'idée dans la forme au lieu de bifurquer en route vers des labyrinthes d'incidentes aussi symboliques qu'elles, aggravent bien entendu leur effet de dispersion quand elles s'éparpillent dans les multiples morceaux d'un monument composite. Parce qu'il les connaît tous, et vit dans leur intimité, il invoque trop de dieux ensemble. Et on s'explique qu'il ait déploré, en termes d'ailleurs admirables, l'incroyable de nos jours : « *...L'homme tue les colosses... C'est l'absence obscure de poésie dans les forces en surface qui a voilé les dieux pour* *le regard des multitudes.* » Lui-même se débat avec douleur dans cette foule d'êtres surnaturels qu'il prie d'un cœur sincère, mais qui ne l'entendent plus.

Est-il juste, après cela, de faire de Bourdelle un second exemplaire de Rodin, comme le veulent ses thuriféraires, ou d'Antonin Mercié, comme l'affirment ses détracteurs ? Non. Cette destinée retentissante, où par malheur dominent les cuivres de la fanfare, a des dessous d'une richesse orchestrale dont bien peu d'artistes d'aujourd'hui, même parmi les meilleurs, rebutés par sa profusion quantitative, ont soupçonné la qualité. Triple malentendu. Il possédait un vrai génie, mais s'il a eu l'habileté de l'exploiter dans l'ordre technique, il a été presque absolument dépourvu du talent nécessaire à le manifester dans l'ordre plastique réel. Et c'est dommage encore un coup, car nul ne fut plus digne d'entreprendre, parfois de réussir, les grandes œuvres décoratives que réclamait son époque et que les maîtres de l'heure n'ont pas su lui dispenser. Obligé par les circonstances de subordonner à l'architecture ses mouvements intérieurs, d'aborder directement, dans quelque œuvre collective, une tâche limitée, précise, pressante, cet esprit désordonné et grandiose, qui dépassait toujours le but quand lui-même se le fixait, eût peut-être réussi parfois à reconnaître le terrain sur lequel il devait marcher. On a déjà vu des rhéteurs jouer un rôle nécessaire au salut commun. Je sais bien. Tels de ses travaux décoratifs, le fronton du théâtre de Marseille, par exemple, semble une caricature échevelée du style qu'il voulut créer. On dirait qu'il l'a fait par correspondance, pour prendre par surprise une population difficile à étonner. Mais le théâtre des Champs-Élysées n'est pas une œuvre médiocre, ni banale, à part quelque boursouflure qui n'est pas très apparente dans cet ensemble architectural un peu froid, mais tout compte fait bien établi. On a rarement figuré avec plus de force l'esprit du Drame, l'oscillation pathétique du cœur entre le rire et les larmes, la puissance orgiastique et en même temps cadencée de la musique et de la danse. Et c'est aussi là qu'on prend sur le fait le don qu'avait cet homme singulier d'infliger comme malgré lui un sens symbolique à ses émotions les plus ordinaires. La fresque eût peut-être été le vrai langage de Bourdelle, trop encouragé par la lente et ouvrière sculpture à ajouter et compliquer en cours de route les idées qui surgissaient à mesure de ses impulsions. Cet improvisateur était un contemplatif, et la fresque, acculée par sa matière même à une longue méditation préparatoire, à une exécution rapide et presque foudroyante, exige justement l'association de ces deux qualités antithétiques d'aspect. Il y a, dans les décors du promenoir de ce théâtre – je pense surtout à sa *Léda,* – une grâce héroïque, une sorte d'élan désespéré, une poignante rencontre du divin et de l'humain, une tentation et une tentative d'éternité des grands symboles qui n'est à la portée d'aucun de nous. Là, comme Nietzsche, il plonge au plus profond du drame grec et remonte aux racines sanglantes de la tragédie que conditionne l'apparition de l'Esprit.

Tels furent, il me semble, à tout prendre, après en avoir fait impartialement le tour, l'œuvre et l'homme. Chaotique, le plus souvent creux, parfois touchant aux abîmes de l'âme, parfois vidant le ciel de ses dieux et de ses étoiles pour les jeter en vrac dans son tumultueux capharnaüm. Dans une demi-conscience de son travail et de lui-même, il a défini à la fois la grandeur de ses aspirations et leurs résultats incertains le jour où il a écrit : « *Quand on se lance au soleil du combat, on ne peut qu'agiter les ombres.* »

En 1937, la parution du livre de Bourdelle, *La Sculpture et Rodin,* préfacé par Claude Aveline, suggère à Élie Faure un dernier article, qui paraît le 20 août dans *Vendredi* :

RODIN ET BOURDELLE

Voici un beau livre : Rodin commenté longuement par Bourdelle, et, en quelques pages, Bourdelle commenté par Rodin. J'ai bien connu l'un et l'autre, et ils furent assez grands pour qu'on leur doive la vérité. Bourdelle était jaloux de Rodin. Rodin éprouvait, quand on lui parlait de Bourdelle, une sorte d'agacement. Rien, là, qui doive nous surprendre. Bourdelle ressemblait beaucoup plus à l'un de ces artisans furieux de la Renaissance italienne, toujours tendus à faire mieux que le maître ou le voisin et à se surpasser eux-mêmes, qu'à ces ouvriers anonymes d'Égypte, des Indes ou du moyen âge français dont il nous dit ici l'humilité ouvrière et la passion de demeurer dans le cadre social et religieux dont ils étaient le produit et le témoignage. Rodin avait été gâté par le public – le public étranger surtout. Il régnait. Il ne pouvait admettre sans une révolte secrète qu'un de ses élèves prétendît le révéler à lui-même, parlant et écrivant mieux que lui, et comparât avec tant de candeur, à ses réalisations titaniques, les images tourmentées d'une imagination dont les tendances symboliques lui paraissaient manifester un degré de culture supérieur à celui qu'il avait lui-même atteint. Voici, je crois, la clé du livre que mon ami Claude Aveline a reconstitué et nous présente avec une discrétion si émouvante et un si noble effacement. Ce qui ne veut pas dire que tout le monde saura s'en servir.

Un très beau livre, par la pensée et par la langue qui l'habille, savoureuse, fruste, énergique, sentant l'humus et le laurier, forgée sur l'enclume de bronze d'un incomparable tailleur et tritureur de matière, nourrie des fables immortelles où l'aube de l'esprit occidental a allumé et entretenu ses foyers, parfois même – faut-il le dire – tachée de ces accents de mauvais goût qui sont l'assaisonnement du génie. J'ai écrit naguère et presque jadis, que Bourdelle sculpteur avait du génie, peu de talent et beaucoup d'adresse et que cela caractérisait cette œuvre étonnante, où la forme bouleversée éclate à toutes les surfaces ou contracte ses profondeurs. On peut dire de l'écrivain ce qu'on pense du sculpteur. C'est le même homme, avec ses excès qui semblent sortir des abîmes du subconscient et des assises de la terre et ses fautes singulières de proportions et de distributions qui infligent parfois à l'œuvre la mieux conçue cette apparence grandiloquente et torturée qu'une grande âme emprisonnée revêt en se heurtant aux barreaux de sa cage.

Il y aura toujours un « dernier des romantiques ». On l'a dit de Rodin. On le redira de Bourdelle, qui, cependant, prétendait remonter aux œuvres classiques et s'en tenir aux « grandes lois ». En verbe aussi bien qu'en sculpture, chez lui, la pensée déborde la forme, et, comme il sait trop ce qu'il veut, le plan se guinde afin de rester plan. C'est ce qui le distingue essentiellement de Rodin, où le plan est *senti* avant d'être *conçu,* ce qui nous vaut ces morceaux de chair – de viande, allais-je écrire – vibrants comme une onde de flamme, qui font si souvent songer à Rembrandt – Bourdelle l'a fort bien vu – mais le conduisent fréquemment à l'échec dès qu'il s'agit d'exprimer un ensemble. Car tous les ensembles sculpturaux, et Bourdelle nous l'a dit, restent d'ordre architectural. Le malheur, pour Rodin, c'est qu'il ne le sent pas assez, et, pour Bourdelle, qu'il le sait trop. De là, chez le premier, cette impression si puissante de vie palpitante et profonde, mais fragmentaire et sans frontières, si magnifiquement caractérisée par Bourdelle « un océan d'éclairs arrachés à l'ombre de l'homme », et, chez le second, cette sensation de volonté continue, tendue, acharnée, douloureuse, et par là, trop visible, d'atteindre à la vie de l'ensemble en reliant à la vie de l'ensemble la vie des différents morceaux qui perdent par là souvent, il faut le dire, une part de leur intensité. « Je ne lui connais qu'un défaut, disait Anatole France à Aveline, c'est de concevoir parfois au delà du possible. » Par malheur ce défaut est grave parce qu'il se traduit, dans l'œuvre, par une anarchie d'autant plus sensible que l'unité est plus voulue. Profondeur réelle, et parfois immense, de dons expressifs dans la pierre et dans le verbe. Mais adaptation discutable de l'une aux autres, grâce au désordre intellectuel. L'homme le plus profond peut ignorer l'ordre. C'est souvent le cas de Shakespeare, de Pascal, de Dostoïewsky.

Une remarque en passant. Dans ce très beau livre, où la vertu éclatante et spontanée de l'écrivain dément si souvent sa prétention constante à soumettre son génie à une infaillible méthode, cette idée que la sculpture est une « science » – ce qui n'est que partiellement vrai – revient comme un leitmotiv. C'est la systématisation outrancière de la découverte moderne, qui subordonne la sculpture à la construction. Il ne faudrait cependant pas qu'il devînt aussi facile de parler sculpture que diplomatie. Les « plans », les « profils », les « volumes », ça finit par faire songer au « Foreign office », au « Quai d'Orsay », à la « Consulta », et par faire oublier là la vie des formes comme on oublie ici la vie des peuples. Ce n'est pas le cas de Bourdelle, certes, parce que sa vie intérieure anime toujours et quelquefois force ces expressions. Mais il en a tant usé qu'il demeure en partie responsable de l'orgie verbale qui s'est depuis abattue sur cet art si magnifiquement abstrait mais cependant si près de l'homme. Son manque d'ordre l'a encore, ici, desservi comme il l'a desservi trop souvent dans sa puissance de statuaire où tous ses contacts avec la matière et la vie restent pourtant si savoureux, si jaillissants. On songe toujours devant lui à une famille de volcans. Mais on ne voit pas la continuité de la nappe souterraine du feu qui les alimente.

Quel homme tout de même ! Et quel respect nous devons à celui qui légua à la méditation des humanités futures ce moyen d'éternité : « la puissance des grandes lois finit où l'impuissance de l'homme commence ».

V, un chapitre sans titre

Lorsqu'il a détaché ce chapitre du précédent en 1935, Élie Faure a oublié de le signaler dans la table des matières et de lui donner un titre – ce dont aucun éditeur ne s'est avisé jusqu'ici. La première partie correspond assez bien au chapitre « Hors de France » qu'il avait envisagé d'ajouter en 1923, mais la seconde est centrée sur Picasso et Derain.

On passe rapidement sur la Hollande et l'Espagne, bien qu'Élie Faure ait écrit ailleurs sur son ami Iturrino, et qu'il ait préfacé une exposition de Van Dongen en 1911 (1) :

> Si les hommes de ce temps aiment la peinture avec une passion qui ressemble à de la souffrance, c'est que la peinture représente, dans l'ordre intellectuel, la seule force capable de réagir contre l'anarchie morale nécessaire où nous avons détruit l'un après l'autre tous les dogmes pour refaire dans la lutte nos sens et notre cœur. La peinture est celui de tous nos chants lyriques qui prouve la gloire du monde avec le plus d'évidence et d'éclat, car si celui qui peint se refuse à écouter les voix du dehors qui lui dictent le monde, il ne saura jamais entendre les voix du dedans qui l'entraînent à le célébrer. La peinture ne peut pas être le langage du désespoir, puisqu'elle ne se réalise qu'à la condition de trouver l'accord d'une passion inquiète et d'un impassible univers.
>
> C'est dans cet accord qu'est la joie. L'art de Toulouse-Lautrec nous fut douloureux à voir, non parce qu'il nous ouvrait des régions tristes et terribles et nous révélait le remords, mais parce qu'il les voyait trop réelles. Il n'avait pas cherché dans la nature ces directions convergentes qu'y découvre une imagination décidée à simplifier et à choisir, et qui sont le lyrisme même de la vie. Kees van Dongen peint les mêmes milieux, et l'enfer est transfiguré.
>
> Il ne peut concevoir et réaliser la peinture que comme la transposition dans un ordre logique des éléments dispersés de l'espace et leur concentration ardente dans le cadre d'un tableau. Qu'importe alors que les joues soient couvertes de plâtre, les lèvres sanglantes, les paupières teintes de vert, que l'horrible couleur des morts soit répandue sur de jeunes visages ? Qu'importe la grimace des pitres, les corps disloqués des femmes acrobates, la tristesse sans lueur du rire et de la joie vendus ? Gantés de noir des seins aux chevilles, ces corps disloqués prennent l'admirable élégance des

(1) Préface au catalogue de l'exposition Van Dongen, galerie Bernheim, 6 juin 1911.

lignes pleines et souples qui ne s'interrompent pas. La grimace des pitres a la fulguration des fleurs. La couleur des morts, le plâtre des joues, le sang des lèvres, les yeux verts, tout éclate à cause des fonds volontaires qui transforment le ciel, les crépuscules et la lueur des lampes en nappes royales d'indigos, de rouges et d'orangés. Et nous puisons dans le rire et la joie vendus un enivrement légitime s'ils deviennent l'occasion d'un triomphe de l'harmonie.

Si c'est là de la métaphysique – et il est possible que ce soit là de la métaphysique – elle n'est que l'émanation d'une forte nature de peintre. Le besoin d'arranger les gestes et de combiner les figures selon des rythmes renouvelés et cependant traditionnels que montrent les peintres d'aujourd'hui, ne s'y manifeste pas. Mais le souci de « composer » est sans doute plus particulier aux artistes qui sont nés dans le pays le plus anarchisé du monde. Il exprime l'effort de reconstruction organique que tente la société française sur tous les terrains à la fois. Kees van Dongen est de la nation de Frans Hals. Il fait d'abord de la peinture. Ce qu'il nous doit d'intelligence émancipée, il nous le rend en matière soumise à la seule sensation.

En saturant de plus en plus la tache colorée pour rencontrer la densité des choses au fond de sa richesse infinie et mouvante, en assombrissant ses contours, en organisant ses valeurs, il arrivera lentement à saisir l'instant mystérieux où les volumes de la vie s'affirment tout à coup dans l'étendue circulaire qu'ils révèlent en même temps. C'est quand cette heure décisive sonne que le peintre est digne d'écrire le poème sensuel du monde. Kees van Dongen élargira jusqu'à l'expression de la volupté universelle la passion qui l'attire vers les poitrines étalées, les jambes ardentes, l'abîme des faces blêmes sous l'ombre épaisse des cheveux. Le jour où il aura rendu l'espace entier silencieusement solidaire de la chaleur qu'exhalent tous ces corps inquiétants, cette bestialité qui caractérise sa peinture, et qui est terrible, deviendra quelque chose d'imposant et de noble, prêt à participer à la conquête de l'esprit. Nous ne pouvons souhaiter des chairs plus ardemment offertes, ni de plus énormes yeux troubles, ni des voiles mieux faits pour laisser soupçonner les flancs furtifs, les taches sombres où notre immortelle angoisse aspire à se renouveler. Nous ne pouvons pas espérer de parfums plus irrésistibles. Nous ne connaissons pas de bijoux plus lourds ni plus chauds. On dirait des bêtes. Ils jettent des feux qui sont comme sur un sable brûlant. En vérité, ici l'esprit affleure. Car la sensualité est esprit. Ce n'est rien d'autre qui féconde l'humidité des sépulcres, perce en bourgeons sous la cendre et la neige et fait fleurir les mers.

Que les peintres soient glorifiés. Ils ont le pouvoir d'animer ce qui semble inerte. Ils ont l'orgueil de rendre l'étendue plus large et d'intensifier la lumière alors que l'ombre du passé s'accumule et que la distance décroît entre l'heure actuelle et la mort. Et la joie qu'ils nous donnent se répand comme une eau plus calme à mesure qu'ils pénètrent plus avant dans la douleur.

Le passage sur l'art allemand, ajouté en 1924, ne s'attarde pas sur l'expressionnisme, qui avait pris son essor au moment où Élie Faure rédigeait la première version de son livre. Il n'a presque pas parlé de ce mouvement, sinon pour le juger caractéristique de l'art allemand qui de Grünewald et Dürer à Grosz et au cinéma, torture la forme avec « un instinct tératologique (1) »...

La dernière phrase de la note sur l'expressionnisme, ajoutée en 1935, fait état d'un surréalisme allemand et des photomontages d'Heartfield. Né officiellement en 1924, le surréalisme n'est mentionné que dans les ultimes additions de *L'Art moderne,* puisque le livre a été commencé avant la guerre et que sa dernière édition, du vivant de l'auteur, date de 1926. Élie Faure avait bien promis à Walter Pach, en 1920, qu'il parlerait de Marcel Duchamp lors d'une réédition, mais décidément peu convaincu de l'importance du dadaïsme et du surréalisme pour l'ave-

(1) *Découverte de l'Archipel, O.C.* p. 451.

nir, il ne leur a pas consacré plus que les quelques mots disséminés dans « La genèse contemporaine ». Il s'est pourtant rapproché du groupe au cours des années 30, puisque le numéro 6 de la revue *Minotaure,* encore très éclectique il est vrai, contient un article de lui. Mais il a surtout fréquenté certains surréalistes pour des raisons politiques, en signant l'appel du 10 février 1934 avec Breton, Crevel, Éluard, Benjamin Péret et d'autres personnalités, en militant parfois aux côtés d'Aragon (non sans une réciproque suspicion) (1), ou en présentant une exposition de photos en compagnie de René Crevel, une semaine avant le suicide de ce dernier. Il a vu les photomontages d'Heartfield exposés à la Maison de la Culture à partir du 18 avril 1935.

L'art italien ne lui a pas inspiré un développement beaucoup plus substantiel. Il y range Modigliani, dont il possédait plusieurs œuvres mais dont il n'a presque pas parlé. Quant au futurisme, qu'il exécute dans la note (c) de l'appendice, il lui avait seulement reconnu une valeur de symptôme dans une conférence de 1912 où il le faisait ironiquement dériver « à la fois du téléphone et de M. Bergson (2) »...

Beaucoup plus importants, les deuxième et troisième paragraphes ont été ajoutés en 1935, pour élargir ce panorama au Mexique et à la Russie. De 1921 à 1926, Diego Rivera était placé à la fin de la note (e) sur l'art du portrait :

(1) Aragon reprochait à Élie Faure de n'avoir pas « une conception matérialiste conséquente de la lutte des classes » (*Commune,* janvier-février 1934). Élie Faure lui trouvait « beaucoup de talent, aucun génie » (souvenir confié par son ami Paul Desanges).
(2) « Classicisme et primitivisme », conférence prononcée à Rouen en 1912, reprise dans *La Conquête, O.C.* p. 73.

L'influence du XIXe siècle français, de Cézanne et Renoir avant tout, est déjà manifeste et salutaire, en ce qui concerne l'art du portrait, chez quelques artistes étrangers dont le Mexicain Rivera me semble le plus intéressant, à la fois par sa préoccupation des dessous architecturaux et des volumes tournants où persiste la double action des deux maîtres français, et quelque chose d'inattendu, de surpris, de fantomal qui dénonce l'ascendance espagnole manifestée sous les auspices de Goya et de Zurbaran.

Rivera s'était lié d'amitié avec Élie Faure vers la fin de la guerre, mais il était retourné au Mexique en 1921. C'est en 1931, lors de son voyage autour du monde, que Faure a pu voir ses fresques et celles d'Orozco. Il en rend compte dans un article d'*Art et Médecine* en avril 1934 :

CONTRIBUTION A L'ÉTUDE DE L'ART MEXICAIN D'AUJOURD'HUI
DIEGO RIVERA PAR ÉLIE FAURE

Parler d'« art moderne » est un non-sens. L'art n'est jamais moderne. Il est, ou il n'est pas. Au Mexique, en particulier, l'art a toujours été moderne, ayant toujours été présent. L'Indien du Mexique est demeuré ce qu'il était avant l'arrivée de Cortez. Et on le voit dans ce qui reste de l'art dit « colonial », les églises en particulier. Conçues sans doute par des architectes italiens, puisque le dôme romain a partout remplacé la flèche française adoptée par les Castillans, elles ont été bâties, sculptées, peintes, décorées par des ouvriers aztèques. Eux seuls avaient une préparation atavique et traditionnelle suffisante pour accumuler dans la matière cette saveur de fruit qui rend si touchantes les coupoles de l'Anahuac, pour tailler à même le mur, s'il s'agit de loger un saint, et la niche et la statue, pour ciseler et peindre avec un goût si sûr les motifs de décoration qui ornent les murailles des nefs, des cloîtres, soulignent la force trapue des chapiteaux et entourent les autels de ces grosses tresses minérales pareilles à des guirlandes de fruits et de fleurs. Il y a là un amour de la couleur et de la pierre qu'on ne rencontre à ce degré que chez les peuples dont un grand art a marqué l'histoire, et qui persiste seulement dans les manifestations les plus humbles du sentiment populaire.

Toute maison qu'habite un Indien ou un métis, la plupart de celles des Blancs est peinte, en dehors et au dedans, de tons vifs et légers ensemble qui impriment à Puebla, par exemple, ou à Cuernavaca, cet accent d'harmonie aérienne, sans insistance, posée comme des ailes de papillon ou de la poussière de fleurs sur des cultures lointaines. Du haut de sa cathédrale, Puebla ressemble à la robe d'une infante de Velazquez. Il faut invoquer l'atmosphère qui semble de perle et d'argent comme en Andalousie ou en Castille. Les tons transparents qui frottent les sommets neigeux de l'Ixtécacéhuatl rappellent ces traînées brillantes qui rendent chères aux yeux du peintre les pentes du Guadarrama. A Mexico, sur les toits des terrasses d'où l'on peut, comme les vieux Nahuatls du haut de leurs pyramides, contempler l'horizon circulaire où naviguent des nuages argentés ou roses, on aperçoit des linges qui sèchent, des linges de pauvres gens. On dirait des ailes qui tremblent, des ailes translucides comme celles de ces insectes où tous les trésors des fonds sous-marins auraient déposé leur plus fine écorce. Si l'on ajoute à cela cette hantise de la fleur qui se traduit, sur les labyrinthes d'eau de Xochemilco, par la fête dominicale où des bateaux chargés de bouquets et de fruits circulent entre les rives fleuries, ces corbeilles débordantes qu'on voit à chaque coin de rue, ces gerbes écarlates ou jaune d'or que femmes et enfants agitent sur votre passage, on comprendra que tous les sentiments se traduisent ici par l'exaltation de la couleur. On comprendra la persistance de la poterie flammée ou peinte dont la fabrication nourrit – fort mal – des villages entiers, et dont les formes, les types, les décors, tout en conservant inconsciemment la tradition des ancêtres, varient selon la poétique individuelle et les rythmes collectifs d'une inépuisable imagination. On comprendra que les paysans qui décorent l'autel de la Vierge tissent encore les gerbes de maïs selon le même quadrillé qui orne de crotales entrelacés la jupe de la déesse de la mort. On comprendra cet art des fêtes populaires, ces guirlandes de coques et de calebasses peintes, ces fantoches géants, ces masques en baudruche, où se retrouve l'esprit caricatural, parfois cruel, mais tendre aussi, qui présidait à la conception de la sculpture monumentale aux temps où les symboles profonds et farouches des dieux de la nuit étoilée, de l'efflorescence printanière, du carnage, des moissons et des eaux régnaient sans conteste.

Les jeunes peintres foisonnent au Mexique, tous revenant d'instinct aux inspirations permanentes de l'art populaire, soit dans les exercices rutilants et gauches du tableau de chevalet, soit dans les recherches rythmiques et naïves de la fresque. Des décorateurs de dix-huit ans couvrent de peintures charmantes les murs des préaux d'écoles, floraison nécessaire de ces libres exercices auxquels sont conviés les enfants pauvres, Indiens la plupart du temps, et qui consiste à dessiner ou peindre leurs impressions devant la nature, les êtres, le travail, le jeu. Je veux ignorer leurs noms, comme on les ignore aux époques saintes où l'art demeure anonyme ainsi que le vin et le pain. Quand des personnalités émergent, ici, c'est pour déposer l'offrande de leur génie sur l'autel des dieux tutélaires du Mexique, qui traduisent leur pouvoir indestructible par l'obsession des mêmes formes et des mêmes couleurs. Diego Rivera, Orozco ont renoncé au petit tableautin pour mondaines et amateurs blasés. A eux les fresques géantes, entreprises souvent deux ou trois ensemble, où la sève d'un peuple opprimé depuis quatre siècles remonte avec une violence admirable, et que les besoins instinctifs de la multitude semblent leur dicter.

Comment évoquer en si peu de pages la puissance sauvage d'Orozco, l'abondance profuse, serrée pourtant, l'imagination sans cesse imprévue, émerveillée, le genie lyrique et rythmique de Rivera ? Voyez-les incliner tous deux leur foi de peintres vers la vertu renaissante de leur pays, que le premier n'a jamais quitté – du moins pour l'Europe – mais de qui le romantisme du XVIe siècle occidental tourmente le cœur à travers des réminiscences de Michel-Ange et de Greco, et dont le second retrouve la verve plastique derrière l'influence peu à peu effacée de Michel-Ange aussi, de Tintoret, surtout de Giotto, de Pietro Lorenzetti, et quelque peu du vieux Breughel, dont son long séjour en Europe l'a marqué. On s'étonne que celui qui n'a pas quitté le sol américain reste par le cœur, indépendamment même des formes expressives, le plus Espagnol, c'est-à-dire le plus chrétien des deux – je songe en ce moment surtout à ce *Prométhée* de Pomona où l'élan douloureux de l'homme vers la joie échoue dans l'effort du Titan que le dogme du péché originel a frappé d'avance, et à ces trois soldats dans la tranchée qui semblent porter sur leurs épaules la misère du monde. Tandis que l'autre, en possession d'une sérénité qui s'élargit de jour en jour, reprend la voie de la philosophie aztèque, qui acceptait héroïquement que la fatalité et la liberté s'accordent, pour une harmonie victorieuse du désespoir, dans le profond cœur humain. Tout le drame du Mexique d'aujourd'hui tient en ces deux grands peintres, où le conflit tragique de leur pays et de l'Espagne a opposé deux conceptions irréductibles l'une à l'autre, sinon par le mélange progressif, mais encore si dramatique des sangs. Les États-Unis commencent à les connaître, et apprennent à les comprendre. L'Europe pourrait leur demander des leçons de courage et de dignité.

Ces deux peintres, en effet, ont déjà conquis l'Amérique. Rivera a fait des fresques à Detroit. Tous deux en ont fait à New York. Leur séjour en Californie est un fait bien intéressant si l'on considère les rapports politiques et ethniques du Mexique et des États-Unis. Il y a là plus qu'un symbole. Un présage. C'est par la Californie que se fait la pénétration réciproque et jusqu'ici pacifique de la force vierge du Nord et de l'indéfectible sensibilité du Sud. C'est comme une France du nouveau monde, avec sa fécondité naturelle, son climat tempéré, ses rivages occidentaux baignés par l'océan, sa situation intermédiaire entre les cadences méridionales et le panthéisme confus des pays septentrionaux. Rivera y est chez lui, plus encore qu'Orozco, dont le génie furieux détonne au sein de ces paysages opulents et de cette existence heureuse. Rivera a emprunté à l'Occident moyen le sens des proportions parfaites, des arabesques spirituelles, des contrastes subtils et des belles matières qu'il introduit comme un levain dans les couleurs ardentes et l'extrême complexité d'âme empruntées aux aspects et à l'histoire de son pays. Il me semble apporter un lien plus étroit entre le génie des deux Amériques que ne le fait, au moins pour le moment, la violence mystique d'Orozco.

On a reproché à ses fresques d'enfoncer le mur, manquer de cette pureté abstraite, antérieure aux mauvaises habitudes du tableau de chevalet, qui harmonisait la peinture avec l'impersonnalité de l'édifice et le plan de la muraille. Mais une étude attentive des décorations qu'il a faites à San Francisco, ainsi que des grandes peintures murales de Mexico et de Cuernavaca, m'a conduit à y découvrir une conception nouvelle de la fresque. Nous devenons chaque jour davantage, par l'auto, le navire, l'avion, la radio et le cinéma, des hommes de l'espace concret, et non plus géométrique, celui que baigne l'air et que la lumière fleurit. Le hiératisme du décor disparaît avec celui du temple. Car le temple est devenu fonction, et même organe, de cet espace concret : il est usine, il est central téléphonique, ou radiophonique, salle de cinéma, transatlantique. Ce qu'il faut éviter, c'est le triomphe du tableau de chevalet, je veux dire la perspective qui ne prolonge la fresque que jusqu'aux frontières de l'espace représenté et ne substitue qu'un paysage limité, et par là même trop réel, à la noblesse spirituelle de la fresque d'autrefois. La fresque d'aujourd'hui doit appartenir tout entière à l'espace total, comme y appartiennent déjà les instruments de transport, de communication et de mesure qui nous le rendent si sensible de nos jours. Diego Rivera a partout réalisé ces vues nouvelles, et je le crois d'instinct, ce qui représente, à mon sens, la formule la plus élevée de la connaissance. On ne s'agenouille pas devant ses fresques, on ne s'y promène pas non plus, on y vit, si je puis dire, cosmiquement.

Je ne puis songer sans sourire à son délicieux décor des Beaux-Arts de San Francisco. Quelle imagination charmante que cet échafaudage peint à même le mur, et qui divise la composition en rectangles inégaux où chaque corps de métier est au travail, architecte, sculpteur, décorateur, ouvrier, ingénieur, car l'ingénieur reprend, heureusement, la place qu'il n'aurait jamais dû quitter dans le chœur des grandes œuvres. Comment ne pas goûter l'esprit du peintre qui se représente de dos, tout à sa tâche, et que ceux qui le connaissent retrouvent tout de suite, sans avoir vu son visage, rien qu'à ses gros souliers peut-être, dont on ne voit que la semelle, et jusque dans sa saveur chaude, sa générosité négligente, sa verve, sa profondeur pittoresque et sans apprêts ni pédantisme, sa vision imprévue mais logique du monde, et cette force satirique qui ne le quitte jamais ? On a parlé de caricature. Il y a de ça. Mais où commence la caricature, et où finit le caractère ? C'est impossible à dire pour les Japonais par exemple, et souvent pour les Chinois, les plus proches parents, avec les Polynésiens, où les mêmes tendances se retrouvent, des peuples du Yucatan et de l'Anahuac. Ceux-ci mêmes, Mayas ou Nahuatls, n'ont-ils pas fréquemment oscillé entre le caractère, marque des époques de foi, et la caricature, marque des personnalités fortement intégrées dans cette foi même ? Le vieil art aztèque est plein de ces rencontres, je dirais même qu'elles marquent son énorme pouvoir plastique où l'excès du signalement moral des individus et des objets entre avec une admirable aisance dans la symphonie cosmique que ses épopées de pierre ne cessent d'exprimer. Serait-ce aussi une caricature, cette étrange image d'enfant qui apparaît dans sa fresque campagnarde au milieu de personnages réels, qu'il a su recréer sous la dictée d'une petite fille dont elle hantait les rêves ? Quand on connaît ses grandes œuvres du Mexique, on est émerveillé de l'étendue de cette gamme que le génie de Diego ne cesse de parcourir. Il ne faut pas laisser subsister là-dessus la moindre équivoque. Ce génie est unité vivante. Imagination plastique, imagination chromatique, oui, et si celles-là n'étaient pas, les autres resteraient poussière. Mais aussi imagination historique, et mythique, et familière. Et si celles-ci n'étaient pas, à quoi serviraient les autres ?

Je voudrais qu'on comprît, chez nous, les abstracteurs de quintessence d'abord, mais aussi les quelques vrais peintres qui bornent leur effort à composer interminablement de charmants tableaux de chevalet, natures mortes, paysages calculés dans tous leurs éléments, femmes sans passion mais non sans grâce dans les intérieurs harmonisés à leur chapeau et à leur robe, aboutissements réussis de divers systèmes esthétiques, musique de chambre où se répète le même morceau prenant, exquis, mélancolique et bref, l'exemple donné par ce gros homme perché de l'aube au soir sur ses échafaudages qui fléchissent sous son poids. Que signifient ces passe-temps d'une élite fatiguée, en face de cette énergie spirituelle, épanouie comme une fleur quelque peu monstrueuse, qui sourd avec l'indifférence des forces naturelles de ce cœur d'un vieux peuple artiste, obéissant à son destin? La confiance en l'homme nouveau s'y répand comme une marée. D'immenses murailles recueillent avec une rapidité qui révèle un long refoulement, les reflets de l'épopée mythique et historique tranchée par les Espagnols. Elle remonte du fonds spirituel comprimé de ces pauvres gens, pour d'autres travaux, d'autres souffrances, d'autres joies. L'influence des fresquistes italiens, si sensible encore dans les premières fresques qui symbolisent plus qu'elles ne la racontent, la révolution mexicaine, s'efface progressivement, pour ne laisser dans les dernières, celles de Cuernavaca, celles de Californie, celles de Detroit, que la trace à peine perceptible de cette virtuosité conquise par qui tous les maîtres communient, en fin de compte, dans les grandes ondes rythmiques et harmoniques de l'inspiration. L'épopée du peuple mexicain s'empare des ressources léguées par la vieille Europe à ce métis d'Espagnol et d'Indien qui retrouve dans son cœur la cruauté et la tendresse de ses dieux. Sourde et vive harmonie de ces compositions géantes, étendue mate que la richesse des couleurs élargit encore par contraste et qui environne le tumulte polyphonique d'un silence singulier. Cette densité sourde du ton, mêlée à l'énorme abondance des personnages, leur imprime l'aspect d'une multitude qui monte du fond des temps et accourt de tous les horizons pour réclamer sa place dans le chœur universel. Foule des suppliciés et des bourreaux, foule des sacrifiés, foule des pauvres, humbles pierres ensanglantées par qui s'édifie l'Histoire, voici que vous arrachez votre secret au silence où vous fûtes si longtemps ensevelies. Les fresques de Cuernavaca, serrées comme une danse, ordonnées comme un contrepoint, nous font apparaître quelque chose que semblait avoir oublié la peinture, malgré l'effort de Rubens et de Delacroix dont l'inspiration morale et sociale restait assez artificielle, parce que la foi unanime s'était retirée des masses de leur siècle pour ne vivre dans leur esprit qu'à l'état de prétexte, ou de remords. Ici, le « sujet » de la fresque se développe au dedans même de son rythme, et par lui.

J'ai cru longtemps, je l'avoue, à l'indifférence du « sujet », jusqu'au jour où j'ai compris que le sujet pouvait réintégrer le peintre dans la symphonie unanime hors de quoi il n'est que misère et dégoût. Sans doute, à partir de la Renaissance, l'artiste avait toute la matière du monde à recréer. Mais il nous l'a reconquise. Notre fonction est de l'incorporer vivante dans l'orchestre qui s'organise. Nous devons nous libérer des recherches objectives qui ont abouti dans l'œuvre de Cézanne, par un effort de titan, pour accroître notre pouvoir d'une entière obéissance aux commandements plus impérieux qui nous ordonnent d'accomplir notre tâche à notre rang – ni devant lui, ni derrière lui, ni à côté de lui. Croyez-vous donc que les cathédrales françaises seraient aussi émouvantes qu'elles le sont si la mort du Christ, ou la naissance de la Vierge, ou le chœur des anges musiciens, ou les mille métiers des villes et des campagnes s'en effaçaient pour faire place à de simples natures mortes, aussi belles qu'on le veuille, fruits du verger, légumes du marché, pampres des vignes ? Non. Une sympathie unanime, non seulement pour le passé de son pays, mais pour le présent des autres, même quand il paraît en opposition presque antinomique avec l'âme des vieux mythes qu'il ressuscite et incorpore aux mouvements des cerveaux et des cœurs – le tumulte industriel du monde moderne par exemple – anime les fresques de Rivera, parfois celles d'Orozco. J'ai parlé, à propos de celui-ci, des soldats dans la tranchée. J'ai parlé de son drame prométhéen, qui reste au seuil de toutes les avenues dont notre cœur est le centre. L'attitude d'esprit de Rivera, aussi humaine, sinon aussi tragique, embrasse des problèmes plus étendus, et semble moins pessimiste. Ou plutôt son pessimisme reste sur le terrain philosophique, et ne fait incursion sur le terrain social que pour promettre aux malheureux – le péon, le mineur, le soldat, le paysan – auxquels il tend sa large main, un avenir moins affreux. La poésie de la machine, qu'on sentait naître dans les fresques de San Francisco, et même de Mexico, envahit celles de Detroit. Perforeuses d'où sort le feu, couronne rayonnante et crépitante des moteurs, rythme silencieux et dansant des pistons et des bielles battant la cadence d'une marche nouvelle à quoi s'essaie l'humanité encore titubante, féerie des usines, des gares, des chantiers, des arches illuminées sur l'océan, des tours babyloniennes sur les villes, torches, phares, fournaises du monde bouleversé qui flamboient dans la nuit et renvoient au ciel les éclairs qu'ils lui ont arraché, vous faites désormais partie de notre vie intérieure, et malheur à qui ne le sent pas. La haine qu'on vous manifeste, c'est de l'amour. L'homme éprouve de nouveau le besoin de s'entendre avec l'homme au sein des forces mêmes et par les forces mêmes qu'il a déchaînées pour les reprendre et les réenchaîner. Nouveaux « sujets » – nouveaux motifs, nouveaux prétextes d'émotion. Littérature ? Allons donc ! La « littérature », quand il s'agit d'images, est le moyen de relation de ceux qui ne vivent ni ne pensent en hommes, mais en esthètes, ou plus simplement en sots. Dès qu'on pense et vit en homme, le besoin de « littérature » se transpose spontanément. Il devient bon sens, raison de vivre, raison de croire, raison de haïr, raison d'aimer. Des communions nouvelles naissent. Le Mexique peut être fier de posséder des ouvriers de la peinture qui les sentent approcher.

Après le Mexique, la Russie trouve place dans *L'Art moderne* en 1935. Un an plus tard, quand Gide publie son *Retour d'U.R.S.S.,* Élie Faure lui répond par un article, « Le retour de l'enfant prodigue », qu'aucune revue ne semble avoir accepté, mais qui se trouve dans son livre posthume, *Méditations catastrophiques* (1). A la déception de Gide devant la médiocrité de l'art russe, Faure oppose un espoir patient puisqu'il a fallu mille ans au christianisme pour s'épanouir dans la cathédrale, ou quarante ans à la Révolution française pour aboutir au romantisme. Or le cinéma russe laisse déjà entrevoir un bel avenir artistique.

Mais la Russie nous a aussi envoyé « l'étrange Soutine, ivre et titubant de peinture » qu'évoque rapidement l'édition de 1926. Élie Faure le suit alors avec attention :

> En peinture, peu à vous dire, sauf peut-être Soutine, que vous devez connaître déjà, et dont l'importance grandit de jour en jour (2).

Il le rencontre en 1927 et lui achète un *Bœuf écorché* « prodigieux de matière et de lyrisme ». Encore « en devenir » en 1928, Soutine est aux yeux d'Élie Faure, l'année suivante, « le seul peintre vivant qui ait réellement du *génie* (3) ». Mais il est aussi un ami proche, qu'Élie Faure voit beaucoup à Paris, qu'il reçoit en Dordogne, et avec qui il fait un voyage en Espagne. Ils se brouillent malheureusement en 1930, pour des raisons d'ordre strictement privé et non pas, comme on l'a dit parfois, parce que Soutine aurait été mécontent du texte qu'Élie Faure avait écrit en 1929 (4) et qu'on retrouve dans *Ombres solides* avec une plus longue introduction :

(1) Voir *O.C.* pp. 718-719.
(2) Lettre à Walter Pach, 19 janv. 1926, *O.C.* p. 1058.
(3) Lettres à Pach : 19 déc. 1927, *O.C.* p. 1070 ; 15 août 1928, *O.C.* p. 1073 ; 1er avril 1929, p. 1076.
(4) *Soutine,* avec 32 reproductions, coll. « Les artistes nouveaux », Crès et Cie, Paris 1929.

SOUTINE

I

Depuis cent ans, surtout depuis cinquante ans, surtout depuis vingt ans – il s'agit d'un mouvement accéléré, comme celui d'une chute – voici les quelques doctrines ou tendances dont se sont réclamées les écoles de peinture, chacune, ne l'oubliez pas, nous apportant la vérité définitive : classicisme, romantisme, idéalisme, éclectisme, nazaréisme, préraphaélisme, réalisme, naturalisme, impressionnisme, néo-impressionnisme, pointillisme, symbolisme, néoclassicisme, naturisme, vérisme, futurisme, passéisme, synchromisme, divisionnisme, fauvisme, orphisme, expressionnisme, primitivisme, cubisme, néo-plasticisme, purisme, dadaïsme, surréalisme, néo-romantisme, musicalisme, et celles où il s'agit d'être d'abord constructeur, ou esthéticien, ou mage, esprit spatial, ou astral, analytique ou synthétique, objectif, ou subjectif, conceptualiste, anarchiste, catholique, théosophe, spirite, communiste, intellectualiste, homosexualiste. Je ne vous garantis pas leur ordre de succession, et si j'en oublie, dites-le-moi. Mais laissez-moi arrêter dans la rue, devant vitrines et affiches, salons, expositions, académies, musées, marchands, un peintre qui ne soit peintre. Soyez tranquille. Je ne médirai point ici de la « tradition ». Il convient que nous sentions dans le monde spirituel une continuité profonde, afin que nous croyions en lui. Il y a un fonds commun à tous les hommes, où certains lancent un éclair à la faveur duquel nous le saisissons soudain. Mais ce sont justement ceux-là qui semblent à chaque coup réinventer ce monde, et les moyens de l'exprimer. Si Soutine est de leur race, c'est en effet à la fois par cette illusion d'isolement qu'il donne, et par la solidarité intérieure qui l'attache, quand on sait l'interroger dans sa peinture, à cette continuité toujours traduite avec les moyens les plus simples, par quoi quelques maîtres révèlent la permanence de l'« esprit ». Si nous découvrons aujourd'hui sans difficulté les racines de ces hommes qui ont paru dans la peinture en météores, et constatons qu'ils étaient au contraire les seuls à rejoindre la tradition par des voies invisibles, – Giotto, Masaccio, Greco, Rembrandt, Goya – c'est que l'éloignement nous le permet. Mais j'imagine que leurs contemporains – nous le savons pour le dernier d'entre eux, Cézanne – éprouvèrent une indignation, tout au moins une surprise analogue à celle que Soutine est venu nous infliger.

Il faut connaître un peu la peinture et l'aimer passionnément pour retrouver, dans ces formes anarchiques, cette matière fulgurante que Rembrandt seul, peut-être, a jusqu'ici portée sur la toile et sur laquelle seuls, jusqu'ici, Velazquez et Goya ont semé, comme des gouttes de flamme, le tremblement irisé de l'air et de l'eau. Essayons de nous faire comprendre. On ne doit pas confondre la matière avec son écorce, l'aspect premier des choses avec leur vie cachée qui se transmet par l'alchimie spontanée de la grâce, la spiritualisation de la chair, du sang, de la sève, l'installation du cœur au sein d'une unité réelle où se confondent soudain l'objet même et l'émotion. Croyez-moi, je vous prie, aussi éloigné que possible de toute intention littéraire. Je voudrais montrer la rareté de cette humble divination qui permit à bien peu d'hommes d'introduire dans l'objet, par la matière seule, hors de tout artifice de dessin, de perspective, d'anecdote, de symbole ou de suggestion, une dimension décisive, un mouvement atomique secret qui le prolonge dans la durée en lui conférant la vie et le réintègre ainsi dans l'univers dont il redevient un fragment. Hors cette matière-là, qui bat de pulsations internes, il ne saurait exister de véritable « peinture ». Je n'ai pas dit « d'art » véritable, car Giotto par exemple, ou Michel-Ange, n'en ont pas même le soupçon, et je les aime cependant. Mais de véritable « peinture », d'organisme ensanglanté résumant et prolongeant dans sa substance l'organisme universel. Je sais que je ne me ferai pas entendre, car c'est le choc entre le cœur et le regard qui, comme dans l'amour, peut faire sentir ce que je dis là. Je sais qu'on m'accusera de manquer de « spiritualité », si j'écris que la matière, en peinture, *est toute la peinture,* par conséquent tout l'esprit. Je l'écris quand même, avec une sorte de désespoir, bien qu'étant sûr d'avoir raison. Justement parce que j'en suis sûr. Parce que je sais que si ce feu brûle au foyer de la matière, aussi vile qu'elle soit, c'est qu'il rayonnera jusqu'aux limites de l'espace spirituel, étant l'étincelle de vie. Soutine est l'un des rares peintres « religieux » qu'ait connu le monde, précisément parce que la matière de Soutine est parmi les plus charnelles que la peinture ait exprimée.

J'insiste, car il le faut. On ne comprendra pas Soutine si l'on ne part guidé par lui, avec l'humilité qu'exige la présence du génie, de cet objet poignant de son désir. Ces amas sanglants, poulets morts, lapins étripés, bœufs écorchés, morceaux de viande crue, visages humains qu'il paraît peindre avec leurs muscles, leurs os, leur graisse, leur sang malaxés ensemble, leurs aponévroses bleuissantes, ces mille moires ou macules qui rampent en s'interpénétrant sur les profondeurs nourrissantes où stagnent les humeurs suspectes, il faut se garder de les confondre avec la cuisine de palette si chère aux peintres anglais. Il ne faut pas voir seulement en eux ces harmonies flottantes de l'espace que captent les peintres d'Espagne pour en caresser l'horreur de leur sol, l'horreur de leur misère, l'horreur d'un ascétisme qui calcine les os, brûle les nerfs, mange leurs cendres. Ni même l'expression d'une tragédie morale trouvant, comme chez Delacroix, son aliment dans les associations, les chocs, les contrastes héroïques ou funèbres des mouvements de la couleur. Le mystère de la plus grande peinture y éclate, chair qui est plus chair que la chair, nerfs qui sont plus nerfs que les nerfs, bien qu'ils soient peints avec des fleuves de rubis, de soufre en feu, des gouttelettes de turquoise, des lacs d'émeraude écrasée avec des saphirs, des traînées de pourpre et de perle, une palpitation d'argent qui frôle et brille, une flamme inouïe qui tord les profondeurs de la matière après avoir fondu ses mines de joyaux. Qu'un bœuf ouvert rutile comme les trésors de Golconde, que les oiseaux étincelants et l'embrasement des tropiques y roulent en torrents dans la pourriture prochaine et que cela soit de la viande ensanglantée, là est l'esprit. Vision tragique. Car elle n'expose pas, comme on le dit ou le croit du poème tragique en général, la lutte entre l'esprit et la matière, mais bien, dans un seul éclair de lyrisme désespéré, l'indissoluble union de la matière et de l'esprit.

Je l'ai dit. S'il y a, dans l'ancienne peinture, un répondant de ce pouvoir d'imprimer à la matière peinte une vie surnaturelle, plus vivante que la sienne, c'est au peintre des *Syndics,* de *Bethsabée* et de la *Boucherie* qu'on songerait. Mais celui-ci est un Occidental, qu'un long atavisme chrétien a entraîné à la maîtrise de lui-même. Une logique architecturale puissante distribue ses colorations, ses lumières, ses ombres, avec la sûreté d'une fonction. Sous l'apparence d'un feu impatient de jaillir, mais dirigé et contenu sans qu'on le sente, sa matière est un organisme que l'ascension de sa vie intérieure développe avec cet ordre lent et large qui atteint toujours le but, ne le dépasse jamais. Ici, rien de cela, du moins encore, sinon ce même suc des épaisseurs vivantes toujours et partout confondu avec la flamme de l'esprit. Les surfaces hésitent, les humeurs flottent, effondrant cloisons et membranes, l'organisme en formation se cherche, ne parvient pas à se stabiliser. C'est une nébuleuse que la force et la flamme habitent, mais non encore concrétée en planètes, tourbillon tragique de formes essayant vainement de s'arrêter, de se saisir. Organisme quand même, et résumant l'univers où il baigne, puisque autour, comme chez les seuls maîtres, l'espace transparent s'enfonce, espace évoqué n'importe comment, avec de vagues apparences, ou rien, balayé de lividités argentées ou de profondeurs bleuâtres, parcouru de flaques pourpres, mais infini, et accusant en profondeur l'objet informe, qui semble pendu dans le ciel.

Au fait, Rembrandt est son maître, tout au moins celui des maîtres auquel il songe presque uniquement. Il parle parfois de Giotto, de Greco, de Rubens, de Watteau, de Goya, surtout de Cézanne. Mais à peine. C'est naturel, puisque Soutine est peut-être, depuis Rembrandt, le peintre chez lequel le lyrisme de la matière a le plus profondément jailli d'elle, sans tentative aucune d'imposer à la peinture, par d'autres moyens que la matière, cette expression surnaturelle de la vie visible qu'elle a charge de nous offrir. Ce qui est plus surprenant, c'est son autre passion, la sculpture grecque, c'est-à-dire, en un sens, l'opposé de celle-là. Ne vous y trompez pas. Ce double amour n'est pas contradictoire. Il est une confirmation des deux instincts qui l'animent : restituer la matière dans ses profondeurs palpitantes, et redresser peu à peu cette anarchie formelle qui donne à ses meilleures toiles un aspect de chaos où lignes et volumes se brouillent, se confondent, débordent les uns sur les autres, visages monstrueux, bouillis, bosselés de meurtrissures, ravinés de trous, maisons de travers, comme gondolées par la flamme, paysages qui semblent peints au cours d'un tremblement de terre, monde jeté sans ordre apparent sur la toile, mais si riche et furieux qu'une grande espérance en monte, comme d'un nouveau-né gluant de sanies et de sang. On s'imagine que Soutine déforme pour déformer, par une sorte de perversion qui cherche à étonner, sinon à indigner le spectateur. Erreur grave. Il souffre dès qu'il revoit d'anciennes toiles trop informes, où son merveilleux univers titube comme à l'intérieur de lui-même. Si elles sont encore chez lui, il les lacère avec rage. Chez un marchand, il les rachète, les emporte pour les détruire. Une passion de la mesure et de la proportion exactes, de l'équilibre architectonique et même anatomique le tourmente, et c'est justement là qu'il faut chercher la source de ces forces contradictoires qui l'écartèlent sans merci. Il aspire avec désespoir à un ordre intérieur que, pour la vraie puissance de son art, il faut souhaiter qu'il ne trouve que par éclairs, et organiquement, ce dont s'aperçoivent déjà ceux qui sentent où est son génie. Il me fait songer à Dostoïewsky, dont il s'est nourri, et dont les « déformations » psychologiques trouvent encore des détracteurs et des incrédules, hommes rangés convaincus qu'il le fait exprès, et qu'il n'aurait qu'à fermer les abîmes ouverts par lui pour être un écrivain parfait, digne des Académies. S'il aime la sculpture grecque à l'exclusion de toute autre, c'est parce qu'il y trouve ce qui lui manque le plus, le complément de ses qualités propres, le moyen de racheter son vice, une croix de marbre assez solide pour qu'il puisse enfin s'y étendre et qu'on y cloue ses membres endoloris.

II

Qu'il me pardonne si je blesse son humilité. J'aurais voulu taire sa vie. Cependant je dois l'évoquer. Pour parvenir à l'implacable objectivité qui marque l'œuvre, il faut probablement que le hasard de la naissance ait condamné l'homme à ces va-et-vient déchirants de la vie intérieure qu'entraînent, chez toute âme ardente, la faim, le froid, les coups, les désirs inassouvis. N'est-ce pas ce refoulement brutal et continu de toutes les forces vivantes qui contraint quelques êtres à exercer vis-à-vis d'eux une cruauté telle qu'ils se voient obligés de la projeter dans les choses pour débarrasser l'univers des cloisons sentimentales qui le masquent, et par là pénétrer sa réalité? Certes je n'insisterai pas sur la vie sinistre du ghetto. Ni sur les étapes comiques des Écoles des beaux-arts de Wilna, et de Paris. Ni sur les quinze ans de misère, la liaison fraternelle avec Modigliani, rongé de phtisie et d'alcool, leur noble et tragique existence, leur Passion, la rue, la peinture, leurs toiles achetées vingt sous par le bistrot, cent sous par Zborowski, et refilées par lui six francs au marchand désintéressé, à l'amateur philanthrope. Cette vie sans argent ni gloire où montent, au sein de la fureur lyrique, le mépris de la gloire, le mépris de l'argent. Ni sur son ingénuité craintive, ni sur ce tourment de la création qui couche dans le même lit que le tourment de l'impuissance, ni sur ce bon sens amer du génie qui est folie aux yeux de tous, ni sur ce charme singulier, cette sagesse transcendante, ce balbutiement traversé d'éclairs, ni ce pardon qu'accorde à tous ceux qui l'ont bafoué, ou méconnu, et à sa propre souffrance et à sa vieille misère, la jeunesse d'âme invincible qui le condamne à son véritable destin. Je me tais. J'en ai trop dit à son gré, pas assez au regard des autres. Si nous connaissions tous les lois du génie, nous le verrions toujours aborder sa tâche dans l'énergie du désespoir, sachant que la joie dort dans le sein de cette terrible mère.

Si vous le voyiez dans la rue, sous les averses, avec son allure fuyarde, son dos voûté, son chapeau sur les yeux, ses belles petites mains pâles, ce visage de kalmouk dont les cheveux plats encombrent le front, vous sentiriez passer le drame qui pousse vers l'étoile le mage en quête de repos. Il est moins Juif que Tartare si l'on s'en tient au type physique. Si l'on sait ses mœurs errantes, aussi Tartare que Juif. Il marche vers un horizon qui se déplace sans cesse, et dont ses courses nocturnes, ses brusques fuites, symboliseraient à la fois le besoin d'échapper à soi-même et de rencontrer, au tournant de la route, une stabilité qui se dérobe toujours. Slave aussi, de par cet abîme qu'il porte, cette soif de saisir quelque chose de trop mouvant pour pouvoir y poser la main. D'où lui vient son génie de peintre, si rare dans le proche Orient, et à peu près inconnu chez les Juifs ? On songe aux teinturiers, céramistes, corroyeurs tartares, au peuple des tentes vendant sur son passage les produits de son industrie vagabonde où l'Asie immémoriale, sensuelle, dansante, musicienne aboutit. Mais il y a peut-être autre chose, cette transposition de forces créatrices qui inonde aujourd'hui le génie du peuple juif, jusque-là refoulé dans la banque et le petit commerce, se heurtant vingt siècles aux remparts élevés entre lui et le monde, banni de la culture, banni du luxe suggestif, banni de la liberté dans la multitude des choses, – puis libre brusquement d'aller, de venir, de réformer, de critiquer, et dès lors envahissant métiers, sensations, jugements naguère interdits et y introduisant d'un bond son incomparable puissance dont la compression séculaire n'a fait que tremper le ressort, accroître l'élasticité, multiplier dans la méditation l'âpreté et le lyrisme. J'ignore si cette explication vaut quelque chose. Nous ne pouvons que constater. Complètement ou partiellement Juif, un grand peintre est sorti du ghetto de Minsk.

Le Juif, du moins, peut-il se retrouver dans sa peinture ? C'est difficile à dire, puisqu'il qu'il n'y a pas de peinture juive. Mais le Sémite, partout où il est mêlé aux autres races, les a marquées d'une empreinte brûlante, qui se retrouve dans leurs langages figurés. Il y a quelque chose de commun à l'art des Assyriens, des Phéniciens, des Arabes, des Maures, des Espagnols, un conflit furieux entre le génie du désert en qui l'abstraction règne et le génie des peuples complémentaires que l'objet attire et retient. De là une ardeur sensuelle où le feu de l'esprit fait éclater le drame et qui se manifeste si souvent par une espèce de cruauté. De là un sinistre consentement au règne de la férocité et de l'horreur. Il y a de cela chez cet homme doux, mais entier. Il s'adressait jadis pour les peindre à des femmes laides, et grotesquement accoutrées, comme s'il eût craint de se déployer dans l'activité et la joie, comme s'il eût voulu demander aux plus misérables choses d'approuver son désespoir. Il en plaisante aujourd'hui. Mais n'y avait-il pas là quelque sadisme ? Inconscient, bien entendu. Il ne recherche pas une volupté physique dans la souffrance d'autrui. Il ne songe pas au passage de la vie à la mort des bêtes écorchées et des poulets plumés qu'il peint. C'est dans la viande déjà morte qu'il trouve sa joie sensuelle. Mais il faut tout de même que cette viande ait saigné, qu'on voie encore perler des larmes rouges au niveau des plumes arrachées, qu'il surprenne des taches suspectes affleurant sous l'or jaunâtre de la peau, que les gemmes vertes ou bleues de ce qui reste des ailes se teignent de pourpre gluante. Il pend ses volailles mortes par le cou, le bec ouvert, la langue et l'œil saillants, les coruscations merveilleuses des crêtes et des fanons gonflés encore et suintants des sucs à jamais figés. Parfois, elles sont clouées des deux ailes, le cou pendant, leur nudité molle et chaude éclaboussée de taches rouges, et font songer à quelque crucifixion liturgique pour je ne sais quel holocauste aux appétits sacrés de l'animal humain. Cruauté qui ne vient pas de l'esprit, mais du cœur, obéissance aux forces inexorables qui nous rivent aux nécessités de la mort. Dans cette virulence instinctive du Juif, que sa plastique trahit à son insu après sa littérature, n'y aurait-il pas aussi un élément plus subtil, visible alors dans la syntaxe linéaire et chromatique même qui bouscule sans cesse le style, la morale, l'esthétique, l'habitude du public ? Celui-ci, qu'on peut rattacher aux plus grands maîtres par sa matière exprimée dans ses épaisseurs, son contenu, ses exsudats, sa participation obscure à la vie universelle, ne semble-t-il pas cependant dilacérer et triturer dans un ordre nouveau toutes les harmonies classiques, qu'il jette pantelantes devant lui, qu'il barbouille de leur propre sang, de leur graisse déjà rance, qu'il couvre de sanies rutilantes où jouent les irisations des humeurs ?

III

« Un saint de la peinture », dit Waldemar George[a]. Mais oui. Un saint qui, comme tous ceux qui marquèrent dans la sainteté, a souvent, et beaucoup péché, et cherche sa rédemption dans la peinture. Et peut-être aussi, sans le savoir, celle du genre humain. C'est là qu'il faut se garder d'oublier que le sang juif brûle ses veines. Dès qu'il s'agit de sa mission, il est aussi impitoyable que les puissances cachées qui la lui dictent. Je crois que cet Oriental d'Europe représente un grand moment de la peinture – peut-être une peinture athée comme celle de l'Occident depuis quatre siècles, mais non plus comme elle naturiste par le dehors, et intellectuelle. Elle tend à créer de l'intérieur un organisme nouveau avec les seuls éléments du réel. Peut-être pointe en elle la mystique de l'avenir, mystique sans support confessionnel. Les cubistes avaient essayé d'un subjectivisme rationaliste. Cet objectivisme sensualiste me semble mieux répondre à la fois aux traditions européennes en voie de rénovation et aux traditions asiatiques en veine de fécondation. Comme les cubistes reculent dans un passé déjà lointain devant cette peinture ardente qui n'a rien à voir avec la raison, ni même avec le raisonnement, et met à nu avec violence le cœur battant du monde tout sanglant dans la cage grillagée où nous voulions l'emprisonner ! Peut-on rénover autrement que par le cœur le rationalisme d'Europe ? Jésus, qui était raisonnable, savait que non. Soutine est l'un des plus sûrs artisans d'une délivrance qui vient des profondeurs vivantes de nous tous. Cette mer d'harmonies tragiques flottant sur une forme qui se cherche, sur une architecture qui titube, ressemble à l'ossature psychique et sociale embryonnaire que Dostoïewsky pressentait et que la Révolution russe tente d'introduire dans la loi, et au-dessous et dans le vide de laquelle roulent les abîmes

a. « Soutine » (*Le Triangle,* Paris, 1928).

insondables des intuitions, des impulsions, des contradictions aspirant à s'accorder dans un organisme inconnu.

Ce qu'il y a d'étrange là-dedans, c'est que Soutine n'a rien d'un primitif, comme tant d'autres qui, décidés à faire appel aux Barbares, se déguisent le plus sérieusement du monde en Tahitiens, en nègres, en douaniers, en marchands de frites, en troglodytes, en imagiers. J'ai eu l'occasion de voir, à côté d'une toile de Soutine, une toile de Rousseau, primitif authentique. Impossible d'imaginer contraste plus accusé, et d'ailleurs plus involontaire. Le primitif, comme toujours, accumule autour d'un sentiment candide des formes rudimentaires concourant toutes à le manifester. Le peintre évolué, comme toujours, organise un monde complet, envisagé dans son ensemble, autour non plus d'un sentiment, mais d'un objet. Rencontre singulière ici. Le primitif paraissait le sage, l'évolué semblait le fou. C'est que le primitif appartenait à un peuple qui descend – l'Europe, – l'évolué à un peuple qui monte – l'Eurasie. Et que le primitif, qui n'avait aucune culture, reflète inconsciemment les idées et les habitudes de ce peuple découragé, tandis que l'évolué, confusément imprégné des cultures de ce peuple découragé, emprunte à son peuple vivant l'impétuosité de sa jeunesse. Cet échange est plein de leçons. Nous ne sommes guère plus bons, ici, qu'à décorer, et être décorés. Eux construisent un monde, et ce monde ne nous plaît pas. Un bœuf écorché, un poulet sanglant, y songez-vous ? Dans un salon ! Ces formes charnues et juteuses où pourrit le vieil univers, où le nouvel univers germe, en feraient éclater les murs. « Ni réaction, ni révolution. » A la bonne heure ! Il ne s'agit que de dérouler sur les cloisons des gammes plastiques ou chromatiques qui ne réagissent que contre l'amour. Mais cette étonnante nature, dont les entrailles remuent, dont le cœur bat à grands coups sourds ! Cet homme qui n'est rien qu'un peintre, qui est anéanti dans la peinture, qui monte de la peinture comme un enfant jaillit du ventre chaud, comme une société émerge d'une mer de sang ? N'est-ce donc pas un fou essayant de s'évader du monde normal auquel nous consentons, tous sages que nous sommes, pour nous soumettre à ses visions grotesques, ou tragiques, on ne sait trop quelle décomposition fangeuse des êtres et des choses où nous risquons l'enlisement ? Mais non, je vous l'assure. C'est un démiurge, encore à demi foudroyé, essayant de couler la matière unanime qui le brûle de son feu, en des organes profonds qu'il tord et torture pour que ce feu s'épanche et se répande plus loin que nos yeux, plus loin que nos intelligences, jusqu'aux foyers mystiques de notre spiritualité. Il nous rend avec candeur la substance même du monde, que la raison occidentale avait oubliée.

Au fond, quels que soient les essais anarchiques où se débat cette « raison », masquant sous les systèmes les plus compliqués la misère de ses dessous, elle s'applique toujours à ce souci de perfection formelle que l'hellénisme a introduit en Europe, et de perfection morale que le christianisme y a développé. Mais elle a perdu de vue les sources de cette double perfection, c'est-à-dire l'objet et l'homme. Rien que cela. Elle patauge dans ses abstractions alambiquées dont les meilleurs ne parviennent à dégager que d'agréables associations de lignes et de tons, où les gens de bonne compagnie trouvent des correspondances étroites avec leurs habitudes de vivre ou de penser. Les meilleures réalisations sorties du fauvisme et du cubisme par exemple – je mets Derain à part pour sa puissance – ne sont que des thèmes nouveaux dont le canon grec est, sinon l'origine directe, du moins un point de départ analogue, d'intention décorative. C'est encore là cette « Beauté » avec laquelle, pourtant, le cœur humain n'a rien à voir, sinon comme prétexte possible de ses réalisations expressives. Si les Grecs, et l'Europe à leur suite, ont eu le sentiment passionné des formes anatomiquement parfaites, il n'y a aucune raison pour que d'autres sentiments passionnés des apparences ne nous permettent pas de les pénétrer jusqu'à l'âme qui les habite. Il n'y a aucune raison pour que l'ordre à établir dans l'expression de ces sentiments ait éternellement pour base une eurythmie identique, ou même semblable à celle qu'ont découverte les Grecs. Les Assyriens, les Égyptiens, les Égéens, les Chinois, les Hindous, les Mexicains, les Khmers, les Français du Moyen Age ont dégagé d'une même passion de vivre, des équilibres différents. La

> seule chose qu'il est désastreux d'oublier, c'est la matière tressaillante, sœur, image, modèle, symbole de la nôtre propre, de celle qui remue en nous et qui est à la fois, grâce au mouvement intérieur qui nous la révèle, la source, le refuge, le témoignage et le royaume de l'esprit. Il s'agit bien de peindre clair, ou foncé, et de « construire » avec des formes abstraitement imaginées, ou « décantées »! Aussi bien bâti qu'on le veuille, un édifice intellectuel sans matériaux éprouvés où le maçon s'est écorché les mains et rompu les épaules, est une architecture de papier que l'espace vide. Claire ou foncée, une peinture sans matière est un feu dans le jour, que le jour absorbe, et empêche d'apercevoir. Tandis que les colorations que couve et recèle la matière, colorations généralement sombres d'ailleurs, sont un feu dans les ténèbres, qu'il éclaire. Un organisme embryonnaire de Soutine – visage humain, vêtement, paysage, nature morte – dégage une chaleur profonde, qui fait paraître pâle la flamme vive des décors chromatiques les plus éclatants, parce qu'elle ne va pas d'une surface à un regard, mais d'une émotion poignante que l'amour des choses habite, à un cœur. C'est sa propre chair déchirée qui saigne sur la muraille quand, après cent tentatives vaines de l'arracher de sa souffrance, il consent enfin qu'on l'y cloue après avoir fui pour ne plus la voir.

Tous les passages de *L'Art moderne* sur Soutine ont été ajoutés en 1935.

On revient avec le paragraphe suivant à la version de 1921, qui a seulement été allongée de quelques lignes finales en 1924. Élie Faure avait pourtant regretté, quand son livre était sous presse, de n'avoir pas assez mis en valeur des forces neuves comme le cubisme, en qui il voyait depuis 1912 le symptôme d'un besoin général de reconstruction. Il s'y était plus longuement attardé dans une conférence prononcée en Belgique le 22 mars 1921 (1) :

(1) « La crise de l'individualisme », *L'Art libre* (Bruxelles), avril 1921, repris dans *L'Arbre d'Eden* sous le titre « Architecture et individualisme ».

Malgré leur échec presque complet dans le domaine des réalisations, les moyens révolutionnaires qui conçoivent abstraitement une architecture plastique à imposer à la peinture, me semblent plus intéressants que la tentative de restauration du classicisme, comme me semblent plus féconds sinon par les remèdes proposés, du moins par leurs tendances générales, les moyens sociaux et politiques qui prennent leur source dans l'intuition mystique de l'avenir et non dans la connaissance méticuleuse du passé. Le « cubisme », qui s'est appuyé – du moins à ses débuts –, sur le mot fameux de Cézanne, ramenant à des formes géométriques toutes les formes naturelles en est l'exemple le plus récent, le plus célèbre et le plus typique à la fois. Il est l'effort le plus net et le plus général qu'ait donné, depuis la Renaissance, l'esprit d'une génération – non isolé, non personnel comme celui de Cézanne, mais collectif, indiscipliné, systématique – vers une conception non plus impulsive et sentimentale, mais architectonique de l'objet. Il va même, par amour des lois qui président à la structure de l'objet, jusqu'à supprimer l'objet pour n'exprimer que ces lois. Et c'est un événement tout à fait capital, que la résurrection, depuis un demi-siècle, de la grande décoration, annonçait et préparait d'ailleurs – dans l'instinct et le sentiment, il est vrai, et non dans le raisonnement et la doctrine –, ce qui annonce selon moi en même temps la fin du règne de l'individu et de la peinture et le commencement, sur le terrain social renouvelé de fond en comble, du règne de l'architecture et des collectivités, ou, si l'étroitesse du mot vous choque, du poème des idées mystiques et des masses en action.

Ne vous étonnez pas qu'individualisme et peinture se présentent en même temps à mon esprit presque au point de s'y confondre. La peinture, dans le monde antique comme dans le monde renaissant, est toujours apparue à l'heure où l'individu se refusait à accepter plus longtemps une subordination trop passive à un système social qui lui semblait perdre chaque jour un peu plus de sa puissance d'illusion. La peinture est le langage de l'esprit qui vit et agit, le drame de la solitude. La lutte antithétique de la lumière et de l'ombre, la recherche des plans non plus dans la réalité de l'espace mais dans la vie secrète de l'esprit, l'organisation subtile des valeurs et des passages, qui est le signe du besoin de l'équilibre intellectuel, l'extrême enchevêtrement des relations chromatiques, tout cela exprime évidemment la complexité d'une âme en proie au tourment de découvrir seule un système du monde où la faillite de l'espérance universelle l'entraîne à s'attacher, sous peine de déchoir dans les mensonges d'une religion ou d'une morale ayant dépouillé sa jeunesse. Mais, une fois cet équilibre conquis, et par des moyens qui ne se renouvellent plus dès que les relations matérielles des objets entre eux, des objets avec l'espace et des objets avec l'homme sont établis, le fond de l'impasse apparaît. Quand la peinture a retrouvé la structure de l'univers, au point de rejoindre la musique dans l'interprétation toute en ondes fuyantes, renaissantes, enchevêtrées, mais toujours logique et continue, qu'elle en donne, elle ne peut aller plus loin, elle meurt ou se transforme au point de ne plus être la peinture. Et elle ne peut se transformer qu'en cédant à l'architecture même la fonction d'édifier l'abri commun que tous les grands individus aperçoivent à l'extrémité des avenues qu'ils ont suivies séparément.

Le cubisme en soi m'apparaît donc comme une erreur. Mais j'y vois, je le répète, un symptôme émouvant. Construire, oui, là est le bon chemin. Seulement, il est trop tard pour la peinture qui a perdu en se dispersant, avec l'esprit même de l'homme, dans l'enquête universelle, la dissociation et l'analyse, les instruments individuels de la construction. Et un peu trop tôt pour l'architecture qui n'en a pas encore rassemblé les instruments sociaux. Les peintres qui soumettent actuellement la peinture aux moyens de l'architecture commettent, en sens inverse, l'erreur des architectes qui, lors de la décadence du style ogival, par exemple, quand allait naître la peinture, réduisaient l'architecture au moyen de la peinture par le désir qu'ils en avaient. Cela ne veut pas dire, n'est-ce pas, que la culture architecturale ne soit pas nécessaire au peintre. Elle l'est plus que jamais, mais à condition que le peintre ne perde pas de vue que

> l'art de bâtir et l'art de peindre n'ont ni les mêmes procédés, ni les mêmes destinations. De ce que la culture géométrique, par exemple, est nécessaire au développement logique de l'esprit, cela ne signifie en rien qu'un banquier, un médecin, un négociant, un avocat soient tenus de s'exprimer en termes géométriques. Le vrai, c'est que l'individu ne peut tenter d'assouvir par la peinture des désirs généraux qui ont l'architecture pour objet.

C'est parce que le cubisme lui paraît une erreur qu'il ne se décide pas, finalement, à augmenter cette page de *L'Art moderne.* Il lui reconnaîtra seulement le mérite d'avoir orienté les esprits vers des formes qui se réaliseront non pas dans la peinture, mais dans l'architecture :

> Il a avorté, certes, en tant que réalisation plastique, mais il a réussi en tant qu'introduction au règne d'un esprit architectural, hors des sensibilités et des modes (1).
>
> D'une manière générale, je reste convaincu que le mouvement né du cubisme se meurt, en France du moins, ou plutôt qu'il est passé dans les esprits pour quitter le domaine de la peinture – que je persiste à croire finie, du moins pour le moment – et se manifester en d'autres domaines (2).

Malgré ces réticences, il détache du mouvement certaines personnalités comme Picasso, dont il sera question plus loin, ou Braque ; mais il fait la connaissance de celui-ci en 1924 et s'intéresse à son œuvre au moment où elle s'éloigne du cubisme. Le seul, en fin de compte, à qui il aura consacré un texte, est le sculpteur Jacques Lipchitz dont il préface une exposition en décembre 1935 (3) :

(1) « Agonie de la peinture », texte reproduit plus loin.
(2) Lettre à Pach, 24 sept. 1935, *O.C.* p. 1120.
(3) Préface au catalogue d'une exposition à New York, reprise dans *Beaux-Arts* (« Le sculpteur Jacques Lipchitz à New York »), 27 déc. 1935.

Les libres jeux des formes dans cette étendue demeurée primitive et par conséquent inséparable de la pensée dont les vieux sculpteurs d'Océanie, d'Afrique et d'Amérique nous manifestent la puissance, n'ont pas révélé le « cubisme » à lui-même. C'est au contraire le cubisme qui nous les a révélés. Jacques Lipchitz croit, et je crois comme lui, que le cubisme – ou plus précisément l'état d'âme qu'a dénoncé et libéré le cubisme – naît aujourd'hui. Cette doctrine avait rassemblé gauchement dans les quelques années qui ont précédé et suivi la guerre, les rudiments grammaticaux de ses constructions théoriques. Elle avait procédé à l'aération de l'intelligence pour préparer les voies à une sensibilité renouvelée qui pût briser les chaînes des préjugés scolastiques d'« imitation de la nature ». L'art nègre, l'art polynésien ou aztèque, est en effet « cubiste » d'essence, puisqu'il sait construire des êtres capables d'affirmer leur existence imaginaire dans l'espace, avec des éléments de formes étrangères les unes aux autres. Ne serait-ce point là, d'ailleurs, la définition de l'architecture, en qui tous les autres arts sont virtuellement contenus ? Et la musique par ses assemblages abstraits de masses sonores que charpentent tant d'instruments différents, n'a-t-elle pas le pouvoir de précipiter dans la durée cette conception si ancienne, mais jusque-là réservée à la seule imagination, d'une harmonie générale qui domine l'objet et l'utilise pour ses fins au lieu de lui obéir ?

Nous nous trouvons, vis-à-vis du « cubisme », dans la situation où se trouvait le public de Paolo Uccello vis-à-vis de sa perspective. Nous ne comprenons pas encore, parce que les formes réalisées par le cubisme faisaient songer, quand il est apparu, à des individus tâtonnant dans les ténèbres à la recherche les uns des autres. Certes, un homme comme Piero della Francesca réalisait pleinement ce qu'Uccello avait cherché avec une passion qui confinait au désespoir, mais il y apportait une telle ivresse vivante, avant la fixation définitive d'une science perspective qui devait si vite aboutir à la formule d'école, qu'on n'a pu pénétrer que de nos jours la signification de cette œuvre monumentale. L'effort de Picasso, qui m'apparaît plutôt comme un essayiste génial que comme un véritable créateur, se situe, vis-à-vis des œuvres que nous apportera sans doute un avenir dont il serait malaisé de prévoir les réalisations, dans une position voisine de celui d'Uccello relativement au peintre d'Ombrie. L'homme d'aujourd'hui commence à fabriquer des armes qui peuvent transformer un agitateur en poète et, prenons-y bien garde, aussi bien dans le domaine esthétique que dans le domaine social, inséparables l'un de l'autre parce que leur évolution n'est pas seulement parallèle, mais solidaire à tous égards, ou plus exactement commune. Sans le savoir, sans le vouloir, il a déjà créé de toutes pièces ce que j'ai cru devoir appeler, voici déjà pas mal d'années, l'architecture *mobilière* – la locomotive, l'auto, le transatlantique, l'avion – en assemblant des éléments aussi disparates que ceux de l'architecture statique, pour édifier une forme nouvelle, et vivante, et, par le moyen de cette forme qu'il précipite dans l'espace, s'emparer du temps. Le cinéma s'impose chaque jour un peu plus comme le symbole concret de cet art nouveau où les éléments rythmiques et les éléments plastiques fusionnent pour exprimer l'étroite interdépendance des sensations simultanées et des sensations successives. En somme, comme une musique qui nous touche par l'intermédiaire de l'œil.

L'activité unanime s'empare avidement des matériaux de création que lui fournissent la psychologie et la science pour édifier un nouvel univers. Voilà le phénomène essentiel qui fait si grande notre époque. Lipchitz nous apparaît ainsi, dans le domaine esthétique, comme un de ces aventuriers non seulement imprévisible par la génération précédente mais incompréhensible pour elle, qui lance des formes inattendues dans un devenir en instance comme un navire sur la mer ou un avion dans le ciel. Que les dangereux rétrogrades qui accusent ce temps de manquer d'âme veuillent bien regarder de ce côté-là. Ils verront naître, de la conjonction des techniques et des sensibilités qu'elles ont réveillées et utilisées, une spiritualité nouvelle, peut-être même un spiritualisme nouveau. Certes, on doit renoncer à décrire les constructions soi-disant abstraites que nous propose ce sculpteur. On ne peut guère émettre sur elles que des idées générales, précisément parce qu'elles ne sont point abstraites bien que n'empruntant rien à l'anecdote, à l'accident, ni même à l'imitation des êtres et des choses objectivement considérés. Mais plus encore que les statues d'Égypte, sur lesquelles il est si difficile de discourir, grâce à leur puissance statique dépouillée de tout incident que l'esprit est contraint de subir sans la pouvoir analyser, les créations de Lipchitz expriment une réalité intérieure sans contacts autres qu'harmoniques avec le monde phénoménal. Tout au plus pourrions-nous évoquer quelque musique aérienne visible qui rejoindrait, comme la musique elle-même, par ses ondulations, ses fuites, ses essors, ses balancements dans l'espace, les forces qui circulent dans cet espace pour solidariser à la mélodie silencieuse des sphères la mélodie secrète des atomes obéissants. Aucun de ces commentaires sentimentaux ou pittoresques qui furent naguère la pitance de la critique ne peut s'accrocher aux saillies de ces solides soutenus. Nous sommes contraints d'accepter ou de refuser en bloc le bloc qu'il nous présente, et qui n'est autre chose qu'une combinaison de volumes imbriqués et de surfaces continues dont les arêtes et les creux demandent à la lumière de modeler et de moduler la vie expressive qu'ils infligent à l'ensemble monumental. Un couple enlacé, par exemple, dont les membres se prolongent les uns par les autres sans solution de continuité dans la même unité plastique, ressemble à quelque tortue gigantesque, et j'avoue avoir cru, au premier regard, qu'il s'agissait en effet d'une tortue. Or, il n'a pas « voulu cela ». Le hasard seul l'a conduit à cette étrange rencontre. Mais dans ce hasard est la preuve de la vérité harmonique que cette œuvre nous apporte en vertu de la logique interne et irrécusable des formes. Ce qu'il a voulu, c'est découvrir et mettre en valeur cette logique elle-même, parce qu'elle seule peut nous orienter vers les lois de l'art de construire, en dégageant d'une combinaison de formes naturellement animées d'une vie indépendante, des rapports susceptibles de constituer, par leur fusion plastique et spirituelle, un être absolument inédit.

Devant les œuvres de Lipchitz, je songe invinciblement à ces surprenantes galeries ostéologiques, où nous éprouvons l'obsession d'une forme possible qui n'y est pas réellement présente, mais qu'on peut obtenir par l'assemblage rationnel des innombrables éléments qui nous y environnent. Voyez l'imbrication des tenons et des mortaises, des sphères et des cavités, des plans et des leviers osseux si parfaitement nécessités par leur rôle même, voyez l'harmonieux équilibre des poussées et des pesées. La logique fonctionnelle du squelette est telle, qu'elle suggère au spectateur la possibilité de combinaisons infinies, à condition qu'il ait d'abord pénétré, par les comparaisons intuitives ou raisonnées que lui proposent ces innombrables ossements, l'impératif vital de cette logique même. Devant les plus belles œuvres de Lipchitz – le *Couple, Harpistes,* l'*Ange et Jacob,* le *Chant des Voyelles* – on éprouve la même impression que devant les fragments d'un de ces monstres harmonieux appartenant à une espèce anéantie. Ainsi projette-t-il dans un devenir indéterminé des *créatures* non apparues parmi les hommes mais logiquement possibles, cela par un renversement paradoxal de ce qu'on peut observer dans ces mêmes musées où des formes aujourd'hui éteintes pour toujours paraissent aussi vraisemblables que les formes encore existantes et revêtent, par une étrange fortune analogique, des aspects voisins de ceux que Lipchitz inflige aux monstres composites émanés de son esprit. A l'aide d'éléments empruntés à des individus multiples, il construit une forme unique, et plausible qui plus est.

C'est son droit, car, j'y reviens, là précisément est la loi organique de la musique et de l'architecture – ou même du lyrisme verbal – et par conséquent, pour les arts plastiques, une voie certes dangereuse mais prodigieusement riche, et presque inépuisable, en possibilités. Il nous apporte le squelette parfaitement conditionné d'un univers qui s'organiserait comme s'organise la cathédrale – autre création de l'esprit – autour des nervures combinées qui soutiennent le vaisseau. N'oubliez pas que nous sommes tous comme suspendus entre deux mondes, l'un en pleine dissolution dont on peut ramasser les ruines qui s'accumulent, les pièces de la charpente disloquée, le second en pleine genèse, auquel chacun de nous a le droit de proposer, pour l'utilisation des pièces, un assemblage nouveau. Je ne crois pas qu'on puisse prétendre à une ambition plus haute que de forger une colonne vertébrale à l'intelligence d'un univers à peine sorti de ses limbes où nous devons consentir à nous intégrer, sous peine d'abdiquer l'esprit. A un univers naissant correspond, sinon encore une harmonie nouvelle, du moins des groupements de rapports harmoniques qui nous délivrent l'illusion de conquérir, au cœur du chaos et du drame, une nouvelle certitude et une nouvelle liberté.

Les valeurs tactiles changent comme les valeurs sociales. Et l'acceptation virile de ce changement est le meilleur moyen dont nous disposons pour demeurer dans la tradition la plus profondément humaine, qui n'est autre que de chercher les relations permanentes entre les formes, leur milieu et l'esprit que sollicitent ces formes et que modèle ce milieu. J'irai plus loin. Jacques Lipchitz ne trahit pas la tradition française à qui il appartient par sa volonté et sa culture, en faveur d'une tradition universelle dont son œuvre pourrait tout aussi bien se réclamer, car la tradition française – et j'invoque ici la croisée d'ogive, le cartésianisme, les trois unités, les jardins de Le Nôtre, le système métrique – m'apparaît, plus que toute autre au cours de l'Histoire, comme résolue à organiser sur des données intellectuelles un monde méthodiquement et logiquement conçu. Certes, on peut aimer ou ne pas aimer l'art de Lipchitz, et je dirai même qu'il n'est aucun moyen terme où se réfugier entre les deux extrêmes de ce choix. Cependant, il s'agit là d'un sculpteur authentique, ce qui est extrêmement rare. L'importance d'un artiste ne se peut mesurer qu'à l'intensité du désir, qu'exprime son œuvre même, d'échapper à la tyrannie de la formule pour retrouver sous elle la véritable tradition. Je vous convie au noble spectacle de la lutte qui se livre entre l'atmosphère spirituelle la plus chaotique qui ait jamais été et qui change sans cesse de formes et de suggestions, et une libre intelligence qui s'efforce de stabiliser l'univers.

On aura remarqué que dans ce chapitre de *L'Art moderne,* Élie Faure ne distingue pas clairement cubisme et art abstrait. A notre connaissance, on ne trouve nulle part dans son œuvre les noms de Delaunay ou Mondrian ; il a perdu de vue Kandinsky, dont il avait remarqué « l'impressionnisme à fleur de peau » au Salon d'Automne de 1904 (1), et qui ne fera d'ailleurs sa première exposition personnelle à Paris qu'en 1929; et s'il mentionne, dans ce chapitre, « les essais russes de cubisme collectif », il ne nomme jamais Malevitch. Il faut évidemment tenir compte des dates de *L'Art moderne,* dont Élie Faure a vu la dernière édition en 1926, quatre ans avant la première exposition internationale d'art abstrait à Paris. Mais il est évident que les tendances abstraites du cubisme, déjà, ne lui conviennent pas. Il faut relire les pages de *L'Art médiéval* sur l'Islam pour comprendre sa méfiance devant l'abstraction pure, qui risque de figer très vite la création artistique dans la formule. C'est ce qu'il craint pour l'art moderne quand il préface l'exposition internationale de Genève (2) en décembre 1920 :

> Un langage volontairement international, abstrait, conventionnel, idéographique, tomberait en quelques années dans l'immobilité et la stupeur.

L'art mondial en serait uniformisé :

> Allons-nous, oui ou non, à la suite du mouvement exceptionnel qui s'est produit depuis quelque trente ans vers l'universalisation de la curiosité et de la culture et vers l'unification de la science, au-devant d'une forme d'expression

(1) « Le Salon d'Automne », 1904, *loc. cit.*
(2) Cette préface est reprise sous le titre « Confrontation » dans *L'Arbre d'Eden, O.C.* p. 291.

> telle que bientôt nous ne puissions plus reconnaître l'origine de ses diverses manifestations ? L'abstraction systématisée va-t-elle régner dans les âmes au point de déterminer tous les visages qu'elles nous présenteront et de s'exprimer au moyen d'une sorte d'algèbre idéographique où la sensibilité du créateur et celle du spectateur n'auront plus qu'une très faible part (1)?

Et surtout, Élie Faure veut un art non pas exactement réaliste (on a vu ses réserves sur Courbet), mais qui prenne sa source dans la réalité et dise les rapports de l'homme au monde. Or « la peinture actuelle s'élance dans l'abstrait, l'austère abstrait, et prend, par horreur janséniste du sentiment et de la sensation, une attitude didactique... (2) ».

Aussi n'a-t-il pas retenu dans les rééditions de *L'Art moderne,* ni dans aucun de ses livres, le nom de Morgan Russell à qui, par amitié sans doute, il a consacré un article dans *La Revue de l'Époque* en juillet 1921. Morgan Russell avait créé le synchromisme en 1913 avec son compatriote Macdonald Wright, sous l'influence de Delaunay :

Morgan Russell

> Morgan Russell n'a pas échappé au tourment contemporain. On sait ce qu'il exige des artistes. S'ils n'obéissent pas à quelque système, nul ne les prend au sérieux. Si ce système apparaît dans leur œuvre, le succès les guette. S'ils l'exposent par écrit, on les sacre grands.
>
> Morgan Russell n'a eu qu'un tort, c'est de ne pas s'en tenir à son premier système. Il serait célèbre aujourd'hui.

(1) Préface de 1923, *L'Art moderne,* premier volume.
(2) *L'Arbre d'Eden, O.C.* p. 286.

S'il avait écrit sur lui-même dans les Revues, les marchands assiégeraient sa porte. Mais Morgan Russell cherche et Morgan Russell ne trouve pas, car, au contraire de la parole biblique, qui cherche ne trouve pas. Qui cherche souffre, et progresse, et croit trouver, mais ne trouve pas, ou du moins s'imagine qu'il n'a pas trouvé, et trouvera l'heure suivante. Ne plaignez pas Morgan Russell.

Ne plaignez pas Morgan Russell. S'il ne s'est pas tenu à son premier système, on sent du moins, dans ses dernières idées, l'impulsion originelle et originale qu'elles en ont reçue. Le *synchromnisme,* me disait-il, car, s'il n'adresse pas d'épîtres aux Béotiens, il se confie assez volontiers et même très volontiers à ses amis, le *synchronisme* est parti « d'un désir de donner à la couleur des directions rythmiques, de composer de telle sorte les juxtapositions des couleurs que le spectateur puisse voguer sur des courbes de couleurs dans la surface et la profondeur du tableau ». Après tout, cela peut se défendre, et si les volumes de Rubens et de Tintoret servaient de dessous à ces ondes rythmiques, il n'y aurait là rien de nouveau. Le nouveau, pour Morgan Russell, c'est l'absence du sujet, c'est-à-dire une condition qui peut conduire la peinture au plan de la musique pure et lui permettre d'exprimer, indépendamment de toute impression objective, des sentiments de joie, ou de tristesse, ou d'énergie que le rythme chromatique installe dans l'âme du spectateur. Cette prise de possession spirituelle de l'espace vide de formes animées mais tout retentissant d'ondoiements mélodiques qui y promènent et bercent l'esprit non plus par l'intermédiaire de l'ouïe mais par celui de la vue, l'a conduit à concevoir l'espace matériel lui-même comme un clavier géant, où, à l'aide de la lumière électrique captée, colorée, dirigée, conjuguée, entre croisée par rayons, gerbes et faisceaux dans l'atmosphère, il composerait des synchromies spatiales dont nos moyens techniques – d'ailleurs sans cesse accrus – limiteraient seuls la complexité et la splendeur. Américain pauvre, Morgan Russell attend le riche Américain capable d'élever son cœur jusqu'au seuil de ces fêtes et de ces drames aériens.

J'y vois d'autant moins d'inconvénients que cette idée

surgit avec les premiers mots du premier chant de l'épopée mécanique du monde que les Américains, probablement, sont appelés à vivre dans les rangs les plus avancés des peuples de la terre. Morgan Russell à qui son visage rasé, à grands plans simples, ses yeux bleus et doux, ses longs cheveux blonds flottant sur les épaules, impriment le double sceau de l'énergie pratique et du rêve un peu fou qu'un rire ingénu et charmant, une gaieté enfantine, une candeur constante dans le geste et le mot amalgament l'un à l'autre dans une unité victorieuse, Morgan Russell m'apparaît comme une incarnation symbolique de cette civilisation embryonnaire qui reconstruira peut-être quelque religion grandiose munie d'un squelette de fer, d'ailes d'aluminium et d'entrailles de cuivre où rouleront les Océans.

Aussi sent-on très nettement en lui la présence d'un esprit religieux qui ne cherche qu'un prétexte pour se manifester. Il voit fort bien la liberté que le cadre religieux où l'Antiquité et le Moyen Age renfermaient l'artiste, assurait à la réalisation et à l'expansion de son être en le dispensant des recherches transcendantales pour le diriger tout entier vers les formes que lui révélait son émotion. Bien que partageant tout à fait son avis sur ce point, je ne suis pas très sûr qu'il aille là où il conviendrait d'aller, dès que, tournant le dos à ses projets de trituration de l'espace, il regarde vers le passé et songe à emprunter aux mythes grecs, aux fables juives, aux légendes des Noirs, des Aztèques, des Esquimaux, au Brahmanisme, au Bouddhisme, à l'imagination puissante de notre Rabelais, les symboles peut-être usés des idées humaines à leur aurore. Il est vrai que l'histoire de l'homme, l'histoire entière de l'homme, nous ne la connaissons que d'hier, et que la connaissance de ses sources communes, de ses vastes correspondances, de la solidarité unanime et mystérieuse qu'elle commence à nous montrer, peut nous conduire à un renouvellement radical de l'interprétation de ces symboles, redevenus pour nous vivants. Surtout, si, comme on en suit très réellement la tendance chez Morgan Russell, elle fait entrer dans cette poussière inanimée les conquêtes spirituelles de l'angoisse formidable qui définit l'homme d'aujourd'hui. Il reproche au dessin classique « par spirales et rayons » de comporter l'idée d'un commencement et d'une fin, d'une « action en ligne droite ». Les symétries mouvantes des Chinois lui semblent évoquer « l'idée de l'éternité et de l'immuable » dans le ruissellement universel des apparences. Et ce sont ces équilibres dynamiques qu'il tente de reconstituer dans ses dieux chevauchant l'espace et ses théories de musiciens et de danseurs. Toujours l'espace. Il n'en veut qu'à l'espace. Et l'épopée, qu'il compte peindre, de la durée qui se perd derrière lui, apparaît comme l'un des pôles du grand balancement rythmique dont l'autre pôle est l'étendue qui s'enfonce devant lui.

De tous ces mouvements émerge l'inclassable Picasso. Il est dommage que ses lettres à Élie Faure soient perdues, et que celles d'Élie Faure (une dizaine entre 1920 et 1936) soient encore inaccessibles dans les archives de l'hôtel Salé, car on sait peu de chose de leurs relations, si ce n'est que Picasso a fait un portrait d'Élie Faure daté du 14 juin 1922. Quelques mois plus tard, dans le numéro d'août-septembre des *Feuillets d'Art,* paraît un article d'Élie Faure sur les dessins de Picasso (1) :

Dessins de Picasso

I

Picasso est un grand criminel. C'est lui qui, en partie, est responsable du désarroi actuel de la peinture. Nos esthéticiens, certes, me diront que la peinture ne fut jamais plus saine et plus sûre d'elle-même, plus maîtresse de ses lendemains. Et je me garderai d'y contredire, n'étant pas esthéticien. Mais qu'on m'accorde, alors, que pour en arriver

(1) Ce texte paraît au même moment dans *L'Arbre d'Eden.*

à cette invincible assurance, elle aura traversé de durs moments. Et ces durs moments, c'est à Picasso, plus encore qu'à Matisse, qu'elle les doit. Puisqu'elle se prétend sauvée, qu'elle lui en rende grâces. Car il a eu l'énergie, après l'avoir précipitée, pour son bien, dans un tourbillon presque mortel, de la ramener sur la rive. Ce grand criminel est aussi un grand capitaine et, qui plus est, un bon nageur. Toutes choses qui ne sont pas incompatibles.

C'est à partir de lui, surtout, que les jeunes gens se sont avisés de regarder en eux pour imaginer le dehors, au lieu, comme leurs aînés, de regarder le dehors pour s'imaginer eux-mêmes. Et comme, en eux, ils n'ont pas distingué grand-chose, on sait ce qu'il en advint. Là fut son crime. Mais Michel-Ange aussi a commis un crime, et Rembrandt, et Delacroix, et Cézanne. Et quelques autres. Picasso est dangereux. C'est donc un maître. Nous sommes trop près de ce maître pour en évaluer la taille. Nous ne connaissons pas le nombre des victimes qu'il fera pour tremper quelques esprits, ni la trempe de ces esprits, ni pendant combien de temps il fera encore des victimes. Or, je ne sais pas d'autre moyen de mesurer la grandeur.

Picasso n'est pas seulement dangereux. Il est déconcertant. Il n'est pas facile, de si près, de parler de lui, car il change. Jusqu'ici, quand il accrochait son esprit à l'élément pittoresque du monde il prenait, comme tous ceux qui font cela, un aspect d'autant plus facile à déterminer qu'il était moins son aspect propre, qu'il se caractérisait davantage par des événements qui ne se passaient pas en lui. Il est aisé d'attirer le curieux par le spectacle du cirque, de la bohème, de la misère, de peindre des pantins et des malades, des romanichels et des pitres, d'efflanquer le pauvre, de farder le paillasse, de faire saillir les os du cheval de la roulotte et de crever le tambour. Mais qu'il est plus difficile, pour un très grand civilisé, un des plus rares esprits d'une des plus rares époques, d'organiser toutes ses émotions, toutes ses sensations, tous ses sentiments autour du germe héréditaire qu'il a découvert un beau jour, tapi au plus secret de l'inconscient, et d'être soi-même un bohème, un pantin de l'intelligence, un pauvre qui demande à Dieu la charité du génie, un malade arrachant à la vie l'équilibre de la raison ! Picasso s'est fait clown. Il invente sans cesse la vie poétique et fantasque à la manière de Shakespeare, Empereur des Clowns. Si on le compare à Degas, par exemple, qui regarda sans bienveillance les danseuses danser, ou à Lautrec qui jouit de leur dégradation et de la sienne, on saisit la distance qui le sépare d'eux, distance énorme, qui est celle d'un spectateur cruel ou pessimiste à un acteur à la fois lucide et enivré. Picasso danse avec ses danseuses. Comme elles sur la pointe de leur orteil tendu, il tourne et vire et fait des voltes sur la pointe de son crayon. Je ne connais, dans l'art contemporain, personne de plus débarrassé que Picasso de tout ce qui est étranger à la joie, à la souffrance, à la liberté de s'exprimer, si ce n'est Charlie Chaplin, cinémime. C'est à Charlot que Picasso me fait penser. Je ne vois guère, dans la peinture, qu'un homme à qui le comparer de ce point de vue-là. Et c'est précisément son compatriote, Goya.

On n'a pas assez dit la profonde subtilité de la peinture espagnole, dont on n'a vu que la rudesse, l'âpreté, la sauvagerie apparente, parfois l'éclat, en l'abordant surtout, comme il convient, par le « sujet » : mendiants, pouilleux, estropiés, martyrs, princes moroses et malades, terre aride, garrot, charognes, nains et monstres, chevaux étripés. Le jeu intérieur des harmonies échappe en général aux plus perspicaces. Dans l'atmospshère au premier abord grise et roussâtre et uniforme de l'Espagne, un regard exercé voit des échanges harmoniques d'une incroyable finesse. Ces gris sont faits de la pelure et de la pulpe des oranges, du tremblement d'azur et d'argent des mirages, des fantômes dans la poussière, de l'ombre des roses sur l'eau. Velazquez et Goya surtout, parfois Zurbaran, entre les peintres espagnols, jouent, dans les plus étroites limites de la gamme la moins étendue, une prodigieuse musique, toute en passages insensibles, en ondulations de couleurs enchevêtrées les unes dans les autres, en demi-tons, en quarts de tons, comme la mélopée arabe. C'est cette subtilité qui apparente Picasso aux maîtres de son pays. Mais, chose singulière – unique dans l'art espagnol – et due peut-être à sa transplantation précoce et à son origine en partie italienne, elle se trahit chez lui bien plutôt par la ligne que par la couleur. Picasso, avant tout, est un « dessinateur ». Je sais bien que ce terme-là, comme celui de « coloriste » qu'on lui opposait autrefois, est quelque peu tombé en désuétude. Cependant il est commode. Et je demande la permission de m'en servir.

II

Cette faculté particulière que possède Picasso d'exprimer la forme par le trait ne s'est d'ailleurs pas développée chez lui dès l'origine. On sait comment on a désigné ses commencements : il y a eu *l'époque bleue,* puis *l'époque rose,* fleurs pâles, un peu fanées, hautains, mélancoliques souvenirs des colorations éteintes, et si rares, qui rôdent, comme un murmure à peine perceptible au milieu de l'universel silence, dans la solitude grisâtre des plaines andalouses ou des plateaux castillans. C'est donc que le coloriste, discret d'ailleurs et même un peu timide, essayait de définir, et montrait quelque hésitation à adopter la gamme personnelle qui dénoncerait sa présence. Déjà cependant, la ligne disloquée qui accusait la maigreur et la sécheresse des formes annonçait que le peintre, bien qu'il ne fût pas suffisamment attiré par la valeur plastique même de l'objet, cherchait à définir par le contour ses caractères pittoresques. Il faisait songer à Greco. Plus tard, dans la série rose, à Renoir – dont il a fait, au crayon, de bien savoureuses copies –, le modelé apparaissant alors entre les ondulations moins anguleuses du trait qui tentait, assez péniblement, à s'organiser en arabesque. Et brusquement ce fut la crise : conduit, par l'étude de l'objet, à définir sa structure, Picasso, à peu près à la même heure que Braque, se lançait courageusement à la recherche des dimensions de l'espace seules capables, semblait-il, d'exprimer, par l'édification d'une équivalence plastique, le sens global et complet de la forme restituée selon tous ses plans et sous tous ses profils à la fois. Courageusement. Et peut-être aussi quelque peu ironiquement. Car un jour, quand tous ses disciples furent bien empêtrés de théories et de systèmes et tout à fait certains d'avoir trouvé la voie définitive, il quitta l'espace absolu pour rentrer, par sa porte à lui, dans l'espace relatif. Il fait encore du cubisme, certes, et même fort plaisant à l'œil, et, par un renversement paradoxal des choses, paraissant être devenu l'asile de ses plus rares dons de coloriste – alors qu'avant tout il lui a servi à rompre et à assouplir son dessin –, mais le cubisme, il le dit lui-même, n'est plus que son « laboratoire ». C'est là qu'enfermé seul, loin des palabres de cénacle et à coup sûr plus indifférent à leurs solutions définitives qu'aux vues parfois utiles qui s'y échangent, il poursuit des exercices – disons calligrammatiques – en alchimiste passionné mais un peu distant. Il est resté tout à fait libre. Il fait de ses expériences exactement ce qu'il veut. Et la fin dernière de la peinture le laisse visiblement froid. C'est l'affaire de ses disciples. C'est l'affaire, en tous temps, en tous pays, en toutes matières, de tous les disciples. Les initiateurs sont d'une autre trempe. Leurs aventures les libèrent. Elles asservissent les autres, parce que ceux-ci ne voient qu'un objet à définir pour toujours là où l'aventurier de race voit un moyen de goûter une heure de joie en accroissant du même coup sa connaissance, sa force, et par conséquent ses droits.

Donc, depuis le cubisme, et peut-être un peu grâce à lui – car non seulement il a pu y rompre son esprit à l'enchevêtrement des plans et des lignes, mais aussi y perdre un reste d'asservissement trop étroit à l'imitation de l'objet, Picasso danse sur la pointe aiguë de son crayon. Il le dit presque expressément : « On a assez écrit en prose. Écrivons en vers. » La forme n'a plus pour lui qu'un sens plastique, rien de plus. Et elle devient d'autant plus vivante, plus expressive et même, s'il est bien entendu qu'on consente d'abord à enlever a ce mot toute espèce de sens anecdotique, plus pittoresque. Quelles que soient les déformations qu'on fasse subir à l'objet, s'il est vivant – spirituellement vivant – il est beau. Et, s'il est beau, on peut lui découvrir toutes les significations, même littéraires, même sentimentales, même morales qu'on voudra. Il a acquis une réalité universelle. Création nouvelle, et complète, il est sur le plan même de la Création.

Le trait de Picasso serpente, comme l'intelligence même dans la confusion du chaos, choisissant, éliminant, appuyant, exagérant, visant incessamment à établir, au milieu des éléments du monde tous au même plan dès l'abord, un monument linéaire parfaitement équilibré. En somme c'est l'arabesque *arabe,* signe idéographique manifestant que l'esprit est enfin parvenu à la pleine possession de toutes les forces aveugles et de toutes les formes confuses, pour lui faire exprimer une musique spirituelle qui précisément est l'indice de cette pleine possession. Mais Picasso, tout de même, est un Occidental. Je n'en veux pour preuve que la puissance qu'il a eue, avec Matisse et Derain, d'annexer à l'Occident les Ballets russes, ce qui est tant pis pour les Ballets russes et – peut-être – tant mieux pour l'Occident... Vous vous souvenez : quelques traits, perdus dans l'étendue grise et orange, quelques noirs, quelques jaunes, quelques rouges en mouvement, et la sombre et subtile Espagne apparut... Picasso est un Occidental : son arabesque, loin d'exprimer abstraitement le sens géométrique – et d'ailleurs arbitraire – de la forme vivante, entraîne la forme vivante, et, tout en l'introduisant, avec tous ses droits, dans la haute spiritualité, contraint cette spiritualité à accepter la forme vivante comme élément complémentaire de son existence durable. L'écueil de l'arabesque pure est de ne pouvoir s'échapper d'un cercle intellectuel monotone qui la conduit fatalement à la formule et à la mort. Ici, l'émotion persiste, puisque l'objet reste présent, et la vie réelle laisse à la vie imaginaire le loisir d'entreprendre la conquête ininterrompue de ses domaines infinis.

III

Ce qu'il enchaîne et tord dans cette arabesque tournante, ce sont des jambes et des bras, des torses et des cous, des mains, – mains magistrales, et monstrueuses, à qui il fait dire ce qu'il veut. Sa recherche de l'unité plastique – ce souci de tous les maîtres – le conduit à enchevêtrer dans la même ondulation continue et rythmique des lignes balancées, imbriquées, contrastées, dont le prétexte est la vie agissante et mouvante de la forme – de la forme humaine surtout – et qui semble, bien que sa fonction y soit visible, un bloc architectural. L'étrange même, c'est que cet enchaînement spirituel souligne jusqu'à la fonction, et que la logique esthétique détermine, dans le plus dépouillé et le plus noble des langages, le sens charnel de l'objet. Enfants qui tètent, paysans qui dorment, après l'étreinte, sur la paille, baigneuses au bord de la mer ou nageant au milieu des vagues, danseuses, la vérité des gestes est si rigoureuse, il y a si peu, autour de chacun d'eux, d'éléments inutiles surajoutés que, comme chez Rembrandt, comme chez Giotto, maîtres de l'organisation des groupes – ou, comme on dit à l'École, de la « composition », – l'évidence immédiate, essentielle du « sujet » représenté apparaît du premier coup. Picasso démontre, comme eux, que la composition est organique en forçant les gestes les plus simples de la plus ordinaire humanité à entrer dans un système d'équilibre plastique aussi serré, aussi pur, aussi nu que l'intelligence.

Il y parvient, en dépit de la complication apparente de son esprit, par les moyens les plus simples. Sa ligne, à la façon d'une corde sonore, vibre d'ondes, de renflements ou de silences. Loin d'essayer, comme par exemple Renoir, qui ne se recommence pas, de partir des surfaces colorées pour rencontrer, puis pour contourner le volume, il part du contour même pour atteindre les surfaces par l'intermédiaire du volume. Il n'exprime pas ce volume, il le suggère par le trait. Je crois que c'est assez nouveau. On pense à Ingres, certes. Mais la forme d'Ingres, si belle qu'elle soit, est bourgeoisement conçue, et à peu près jamais par rapport aux formes voisines. Ou alors il se trompe complètement, attiré qu'il est par le souci presque exclusif de l'expression réaliste, voire érotique, qui masque à peu près toujours, ou même supprime à son profit la structure et par conséquent la noblesse des ensembles monumentaux. Chez Picasso, ces ensembles dominent : un groupe de danseuses rappelle un assemblage de rameaux, enchevêtrés, tordus, serpentant comme des flammes, ramenant les masses et les lignes, par leur système d'équilibre, à une forme générale dont dépend chaque geste, à qui chaque geste aboutit. Ces combinaisons ondulantes jouent en dedans d'une surface qu'on peut inscrire dans un rectangle ou un carré, ou d'une profondeur qu'on peut enfermer dans un cube, – si le mot ne vous effraie pas. S'il quitte le crayon pour le pinceau, s'il dresse par exemple une de ces figures massives, isolées – portrait ou nu – où semblent aboutir ses dernières recherches, l'équilibre monumental est encore plus évident : on dirait qu'il l'obtient exclusivement par des instruments de mesure, comme on bâtit une maison.

Par là, par cette harmonie continue d'un ensemble de mouvements toujours jaillissant d'une source rythmique commune et enfermés dans une masse toujours réductible à un volume géométrique au moins approximatif, Picasso me fait penser au cinéma, surtout à certaines scènes prodigieusement harmoniques qu'exprime le ralentisseur. Je songe à une patineuse, vêtue d'un maillot, à qui j'ai vu exécuter des cercles, des voltes, des balancements et des pirouettes décomposées par ce merveilleux instrument. Elle donnait l'impression d'être sans cesse à la poursuite de son centre de gravité. Et quelle que fût la lenteur apparente de cette poursuite, son harmonie s'imposait à la façon de la musique, comme un mouvement sans arrêt. Il n'y avait pas, dans le déroulement de l'arabesque mobile une seule rupture, un seul heurt, un seul soubresaut même qui en suspendît le cours. Le dernier style de Picasso me fait songer à cette impression d'harmonie serpentante et mouvante saisie au vol et schématisée dans le trait.

Le style. Toujours le style. Le parti pris despotique d'enfermer le monde des formes dans un système intellectuel logique et si fortement conçu qu'il définisse au premier choc un temps, un peuple, un homme. Picasso y pense sans cesse et ramène à ce centre toutes ses sensations éparses, tous ses souvenirs confus. Il est l'artiste de ces jours qui y tend avec le plus d'acharnement et de constance. Les caractères de l'objet, ses fonctions, ses rapports, il enferme tout cela dans une écriture lisible qui livre, sans la décrire et sans qu'on puisse la décrire, sa conception de l'univers. Il garde ainsi tout son mystère qu'on ne peut pas plus pénétrer que celui de tous les maîtres, qu'on peut seulement constater, et évoquer quelquefois. On ne parvient jamais au style

> sans ces déformations qu'on lui reproche, comme on les a reprochées successivement à tous ceux qui, contre les hommes, ont fini, avec le temps, par révéler aux hommes un système cohérent. Car ces déformations, comme, dans le discours, les mots les plus cruels et les plus drus, ramènent l'esprit toujours aux mêmes points sanglants, pantelants, organiques qu'on impose finalement aux autres à force de le vouloir. On parle de caricature : dans la caricature, le caractère poussé trop loin et dans un sens trop unilatéral déraille. Le style intervient, au contraire, pour incorporer le caractère à la logique structurale de la forme à réaliser.
>
> Le style de Picasso est âpre, et même un peu aride et sec. Il semble qu'il y ait en lui de l'amateur, du jongleur, du sorcier, et même quelquefois du mystificateur. Ses harmonies, ses équilibres s'organisent dans le jeu précis et silencieux d'un mécanisme intellectuel d'aristocratique tenue, qui fait songer à ces objets modernes où tout est acier et nickel, verre, laque, vernis, bois amer, et de cœur dur, dont le feuillage est noir, cyprès, laurier, buis ou ébène.

A la fois déconcerté et fasciné, Élie Faure allonge de deux pages, en 1923, le passage trop bref de sa première édition. Mais il n'ajoutera plus rien dans les suivantes. Il est encore séduit en 1925, quand il se représente Picasso

> comme un équilibriste étourdissant, dont les voltes, les sauts périlleux, les entrechats dans l'espace, donnent tout le temps l'impression qu'il va se rompre l'échine, ce qui fait qu'on regarde en bas pour découvrir son cadavre, mais qu'on n'y voit que son orteil, sur la pointe duquel il tourne en souriant (1).

Mais à partir de 1928, il le considère comme un « essayiste plastique » plutôt qu'un peintre, et s'il s'inquiète d'abord des disciples médiocres que son exemple peut

(1) « Memories of a self-taught man », *loc. cit.*

encourager, il considère vite que son influence décroît pour avoir été trop intellectuelle, et qu'elle est responsable au contraire de la faveur dont jouissent, par réaction, la naïveté du douanier Rousseau ou la sensualité de Bonnard.

André Derain, sur qui le chapitre se clôt, répond mieux au goût d'Élie Faure pour des œuvres très construites. La première édition ne lui consacre que quelques lignes, mais quand Faure le rencontre en janvier 1921, Derain lui produit une forte impression. L'article paru dans *Feuillets d'Art* en mai 1922 témoigne de l'estime croissante que lui porte alors Élie Faure :

ANDRÉ DERAIN

I

Il fait songer à quelque mastodonte, jamais pressé, jamais inquiet, sûr de sa force, sûr de sa masse. Sûr de son droit, que lui assurent cette force et cette masse. Il a des mouvements paisibles, lents. De lents réflexes. Il est comme tous les peintres, bons ou mauvais. Il ressemble à sa peinture. Je pourrais dire – ce serait plus naturel – que sa peinture lui ressemble. Mais non. Quand on connaît un homme, on ne connaît pas sa peinture. D'abord, il pourrait n'en pas faire. Il pourrait être meunier, ou archiviste, ou agent d'assurances, ou boucher. Tandis qu'on connaît le peintre, quand on a vu la peinture. Celle-là est sans mouvements – je ne dis pas sans mouvement – et lente. Comme lui elle parle peu, et paraît sinon froide, du moins fermée. Elle ne se livre pas au premier abord, surtout au premier venu. Lui non plus. Mais, après un long temps, comme elle, il s'anime en dedans, sans gestes, sans presser le mot. La communion possible ouvre en lui des sources puissantes, insoupçonnables du dehors et qui s'épanchent et s'étalent, d'un flot toujours tranquille, mais large, irrésistible, continu.

Où qu'il se trouve, où qu'on le trouve il est le même, dans son atelier, dans la rue, à la terrasse du café. Est-ce assez dire qu'il est simple? Non. Il est si massif, il semble si endormi qu'on s'étonne, quand on ne le connaît pas encore, qu'il puisse y avoir tant de jugement essentiel dans ce colosse négligé, tant de sagesse malicieuse sous ce masque un peu pâteux de César débonnaire dont l'œil ne brille que par éclairs très courts. Il sue l'équilibre certes, si je puis dire, mais quel? Il y a de grosses gens qui font du sport, par hygiène, ou goût, et en qui l'on devine une magnifique harmonie entre le dedans et le dehors. Mais ce n'est pas à dire que le dedans soit remarquable. Je sais des jeux grandioses, au contraire, qu'il est presque miraculeux, pour une génération qui fut, comme la mienne, dédaigneuse du corps, malade, mangée d'inquiétude, méprisant le sport, et même la santé, de voir liés à des occupations extérieures dont le bien-être du corps semble le principal objet. Nous sommes restés romantiques, que nous le voulions ou non. C'est-à-dire chrétiens. Que celui-là, dont l'œuvre spirituelle est puissante et s'épure chaque jour aille à la pêche et à la chasse, conduise son auto, aime la marche, l'escrime, la boxe, le grand air, il faut, pour ne pas le très bien comprendre, que nous soyons fâcheusement habitués à considérer comme solidaires l'un de l'autre l'ascétisme et la méditation. La France, spécialement l'Ile-de-France, a cependant le privilège de ces santés en profondeur. Je pense au père Corot, au petit bourgeois Chardin, à Barye le tailleur de pierre, aux imagiers du vieux temps. A Paris, on est élevé dans la rue la plus amusée, la plus narquoise, la plus sage du monde. On ne se prend pas au sérieux. Alors, sans se forcer, on consent à se bien porter si ça n'est pas impossible. On consent à ne pas s'efforcer de marquer par des vêtements singuliers, un visage fatal ou un isolement farouche qu'on ne pense pas comme son concierge, son coiffeur, son marchand de tableaux ou son banquier. Car, si on gagne bien sa vie, pourquoi, je vous le demande, n'aurait-on pas un banquier?

Ce n'est pas que Derain n'ait jamais palabré dans les cafés qu'il fréquente – qu'il fréquente même beaucoup – ni foncé, tête basse, dans les abstractions et les systèmes. « *J'ai été,* dit-il, *plus... que les autres.* » C'est beaucoup dire. Et ça ne doit pas être vrai. Mais l'aveu est bon à faire.

Il met « les autres » dans une situation d'autant plus fâcheuse vis-à-vis de qui le fait, qu'ils se réclament souvent de lui. Il délivre qui le fait, et nous tous, et jusqu'aux « autres », s'ils le veulent. La pensée n'est qu'action. Qui explique, dès qu'il parle, sans créer, est condamné à une souffrance stérile, ou au ridicule. Quoi qu'il ait dit, ou fait jadis, il est impossible de ne pas accorder une attention spéciale à qui désormais se moque d'avoir ou de ne pas avoir « du génie », parce qu'il est délivré du tourment de prétendre apporter aux hommes quelque chose d'absolument nouveau. Derain goûte au moins le repos de n'avoir que lui à trouver. Il touche à cette espèce de fatalisme, qui est de consentir à être ce qu'on est, rien au delà parce que ce n'est pas possible, et, si c'est possible, rien en deçà. Il y a une sagesse de conquête plus difficile que d'être sage, si l'on veut. C'est d'accepter de se mouvoir dans les limites, d'ailleurs inconnues, de soi-même. Et de tracer ces limites dans l'œuvre de chaque jour.

II

Cette œuvre, au premier abord, était en effet assez inquiétante. Jusqu'à la guerre – et même jusqu'après la guerre, – elle avait deux dimensions, pas d'épaisseur, des profils maigres, quelque chose de souffrant, bien que de très fortement expressif, une tension pénible, un peu hargneuse, sans doute l'anxiété d'une recherche incessante, en somme un aspect primitif. Il semble que l'homme d'aujourd'hui, inondé d'intelligence, connaissant tout l'effort antérieur des hommes, partout sur la vaste terre et dans la plus lointaine profondeur des siècles, soit contraint de repasser par toutes les étapes et d'essayer, tour à tour, toutes les directions de l'esprit. Drame puissant, très éloigné de la tâche du primitif d'autrefois, ignorant, croyant, muni d'œillères, dépourvu d'esprit critique, regardant devant lui et rien que devant lui, marchant coude à coude avec tous ceux de son chantier, faisant tomber de la forme entrevue un voile par génération... Très éloigné de la tâche du peintre européen moderne, greffant son tempérament propre sur la tradition acceptée, locale, nationale au plus, introduisant sur un thème permanent des variations concentriques. Mais, de nos jours, quelle victoire que de prendre soudain racine en ses instincts multipliés où l'orage ne se sent plus que dans l'ondulation calme des surfaces expressives ! Songez qu'il a fallu, avec les autres, tournoyer dans le remous. Il a fallu quitter les Grecs classiques pour les Grecs archaïques, subir l'action de l'austère et subtile synthèse égyptienne, le formidable attrait du sensualisme hindou. Il a fallu éprouver la solidité de la méditation chinoise, la séduction et la virtuosité japonaise, l'ivresse bestiale et rythmée du nègre et du mexicain. Il a fallu épuiser tour à tour le naturalisme, le romantisme, le classicisme, le mysticisme français. Il a fallu gravir, à la suite de Rubens, l'arabesque matérielle qui tord les arbres et les chairs dans la lumière et le brouillard. Il a fallu descendre, avec Rembrandt, dans l'ombre qui glisse entre les formes pour définir leur solidarité organique et sentimentale. Il a fallu suivre la grande ligne italienne qui démontre leur continuité à la manière d'une voix mêlée au chant des flûtes, à la houle des harpes, au pleur des violons. Il a fallu surprendre, après les Espagnols, la palpitation des fleurs, des fards, des bijoux, dans l'espace et le crépuscule... Œuvre inquiétante, oui, puisque, à peu près brusquement, elle a pris un aspect adulte. On pense, à propos d'elle, à la maturation des fruits, aigres, secs de longs mois, ligneux, âpres, impossibles à arracher de l'arbre, puis dorés, lourds de sucre, lourds de jus en quelques jours. La longue méditation a de ces surprises. Qui de nous – intuitifs – n'a connu ces illuminations subites, où des idées embryonnaires ou flottantes jusque-là prennent une éclatante fermeté ?

On commence, en effet, à ne plus retrouver la source première de ces lames de fond qui affleurent encore au niveau des plans et des masses où s'affirme, avec une si puissante maîtrise, la forme actuelle de Derain. La tradition reprend et se soude au point même où, dans les derniers disparus des grands maîtres de France, elle était parvenue par l'évolution naturelle qui est commune aux plantes et à l'esprit. Derain consent à renouer la chaîne, ce qui est, très probablement, plus malaisé que de la rompre. Si le souvenir lointain d'Ambrogio Lorenzetti a surnagé longtemps dans ses paysages, par exemple, Corot y apparaît encore quelquefois, par ces lignes et ces bouquets d'arbres qui semblent comme suspendus au-dessus des vallonnements de la terre : mais, chez Derain, arbres, vallonnements, tous les accidents du sol et de l'espace sont, bien plus visiblement que chez Corot, un signe symbolique autour duquel le visage de la planète, avant de se projeter sur la toile, s'organise dans l'esprit où il revêt, tous les jours davantage, un caractère monumental. Si d'autre part, dans les figures, la matrice égyptienne ou grecque reste quelque peu sensible, comme un noyau dans le fruit, un écho déjà affaibli de Cézanne, un écho plus accentué et plus prolongé de Renoir y sonnent encore, suivant un chemin circulaire qui la contourne et tente, dans les fonds où s'ébauche une transparence, d'en découvrir et d'en décrire la troisième dimension : mais là aussi, la forme, la couleur, la mise en équilibre dans l'espace prennent un caractère conceptuel qui n'est plus visible chez Renoir. Je ne sais trop si ce parfum de didactisme qui persiste à peine chez Derain est le signe de nos temps tragiques où l'homme puissant, pour affirmer son caractère, est obligé, dans le tourbillon éperdu de toutes les valeurs en déroute, de se définir avant que de s'exprimer, ou s'il est l'étape décisive qui précède la liberté. Derain est jeune : son propre avenir répondra.

En tout cas, il est curieux de constater que Derain ne craint pas, comme presque tous les jeunes gens ou même les hommes d'aujourd'hui avant la quarantième année, de subir et même d'avouer l'action des maîtres, y compris les maîtres récents, sur sa sensibilité. Non qu'il soit tout à fait le seul : l'influence de Renoir – le Renoir des dernières années – est évidente chez les deux peintres qui, depuis Matisse, possèdent le plus grand prestige, Derain et Picasso. C'est consolant, surtout si, par delà Renoir où tous deux se rejoignent, on constate qu'ils remontent l'un et l'autre à des départs qui paraissent antagonistes aux âmes pauvres : Delacroix pour Derain, Ingres pour Picasso. Il faut que les novateurs à tout crin en prennent leur parti, et je souhaite que ce leur soit facile si je leur concède ceci : un grand peintre n'a le droit de reprendre la tradition qu'après avoir traversé la révolution, qui n'est que la recherche de sa propre réalité. Ceux qui obéissent immédiatement à la tradition ne prennent aucun intérêt à eux-mêmes. Ils n'aperçoivent de la tradition que ses caractères extérieurs, et par conséquent la travestissent. Il faut, pour la trouver, atteindre la réalité spirituelle de chacun des hommes qui la vivent dans un accord émouvant, parce que chacun d'eux ne parvient à l'héroïsme que le jour où il avoue qu'il est un homme, rien de plus et rien de moins.

Ce rôle d'assimilateur central qu'on reproche à Derain de jouer et qui risque de définir sa forte personnalité dans l'avenir, Raphaël l'a tenu vis-à-vis de l'Italie entière qui l'environnait et le précédait. En est-il moins grand pour cela ? Dangereux, certes. Mais moins grand ? Il a été, durant deux siècles, la source de toute peinture. Ingres y est revenu après plus de cent ans d'oubli et sa gloire, de nos jours, s'épure. Rubens, qui faisait entrer dans l'âme même de la Flandre l'effort italien, n'a-t-il pas animé, pendant trois cents ans, toute la peinture européenne ? Poussin, qui s'assimilait cet effort pour l'incorporer à l'esprit architecturé et méthodique de la France, n'inflige-t-il pas à l'art d'aujourd'hui une direction distante, mais certaine ? Velazquez, qui résumait les maîtres de Venise pour introduire dans l'espace espagnol ses modulations subtiles et ramener leur orchestration formidable à son essence harmonique, n'a-t-il pas exercé sur le naturalisme et l'impressionnisme français une influence décisive en attendant que, par son entremise, nous ayons compris Greco ? Renoir, hier, n'a-t-il pas fait entrer cet impressionnisme et tous les éléments les plus sensuels que l'art français traditionnel avait versés à notre intelligence, dans la forme pleine et circulaire qui définit pour nous ce que les Grecs ont laissé de plus pur ? La profonde assimilation accroît le rayonnement. C'est elle qui fait pénétrer dans la masse spirituelle d'un peuple, et par ce peuple, du monde, des multitudes de vies et de pensées éparses qui, sans elle, végéteraient et mourraient rapidement sur place. Le fleuve est fait de dix rivières qui portent par lui, à la mer, la terre et la végétation et le reflet des ciels de cent régions diverses. Sa puissance s'accentue en proportion du nombre, de la majesté, de la masse, de la richesse en alluvions des affluents qu'il reçoit.

III

Je ne suis pas éloigné d'attribuer à la guerre ce consentement magnanime du peintre à reprendre, ou plutôt à prendre sa place dans la chaîne de la tradition, et sa brusque maturité. En tout cas c'est tout de suite après la guerre qu'une conception cohérente est soudain apparue, sans artifices oratoires, dans l'objet qu'il représentait. Est-ce hasard ?

André Derain, peintre, a fait sept ans de « service militaire », et là-dessus quatre ans de guerre, – le tout comme simple soldat. N'en déplaise aux littérateurs qui ont considéré la guerre comme une « parenthèse » dans leur vie – le mot fut écrit, et plusieurs fois – je crois cela très important. Il faut qu'une vie soit bien haute, bien inaccessiblement haute, pour qu'un drame aussi formidable reste hors de cette vie, n'y ajoute rien, n'en retranche rien, ne remue rien des choses cachées qui l'habitent, n'élève pas ces choses au niveau d'une conscience obligée, par nécessité, de juger les événements. En vérité je les admire, ceux à qui la guerre n'apprit rien, surtout quand ils ont fait la guerre : j'admire leur supériorité innée et imperfectible.

Derain n'a pas fait un croquis à la guerre. Je dis : pas un. Il a fait la guerre. Il n'a pas travaillé de son métier de peintre pendant la guerre. Il a fait le métier de guerrier. Il a couché dans la boue. Les poignets cassés, les reins moulus, il a conduit et désembourbé des camions sous le feu. Il a vu des hommes souffrir. Il a vu des hommes mourir. Il a vu des hommes tuer d'autres hommes. Il a participé à tuer d'autres hommes. Je ne sais pas au juste ce que le travail de la main peut apprendre à un peintre. Mais je me doute de ce que risque de lui apprendre celui des nerfs, de la tête, du cœur. Je sais – il me l'a dit, et je comprends bien mieux ceci que les lamentations humanitaires, – je sais qu'il a beaucoup moins souffert de sa misère et de l'horreur que de se dire : « Cette guerre ne finira pas. Je ne peindrai plus jamais. » Je sais aussi qu'il a eu peur, comme tous. Je sais qu'il a eu des minutes d'exaltation héroïque – ou simplement nerveuse, – comme tous. Je sais que s'il avait pu fuir, comme le fit jadis Cézanne, il aurait peut-être fui, ainsi que la très grande majorité d'entre nous. Seulement il ne le pouvait pas. Personne ne le pouvait : *Liberté, Égalité, Fraternité.* Il était bon que, sous Louis XIV, ceux qui aimaient l'aventure participassent à celle de la guerre, laissant ceux qui ne l'aimaient pas à l'atelier, à la charrue ou simplement au coin du feu. Mais voilà. La démocratie est venue. Un cerbère à trois têtes est aux portes de son paradis. Derain n'y est pour rien, ni vous, ni moi. Il a donc pris le parti le plus sage, qui est d'être un rouage perdu de la catastrophe unanime, et, une fois pris ce parti, d'utiliser ladite catastrophe au mieux de son développement spirituel.

Il est absurde d'attendre de la guerre une amélioration morale de l'homme. Mais la guerre renseigne puissamment sur eux-mêmes ceux qui veulent être renseignés sur eux-mêmes. Derain n'est pas pour ou contre la suppression de la guerre. Ni de l'amour. Ni de l'hiver. Ni des volcans. Ni des marées. Il a seulement constaté qu'il apprenait à la guerre, sur les réalités permanentes du cœur, sur les directions constantes de l'esprit. La guerre l'a ennobli – il l'avoue – parce qu'on est obligé, quand on fait vraiment la guerre, de souffrir avec un grand nombre d'autres hommes, de la même souffrance qu'eux. La guerre a approfondi les sources principales de ses méditations, parce qu'on est obligé, par la guerre, de se poser sur le fait de mourir, qui est singulier, sur le fait de vivre, qui l'est plus encore, sur l'amour, sur l'amitié, sur la pitié, sur la justice, un certain nombre de questions d'un caractère impérieux, soudain, imprévu. D'autres ont peint tout le temps de la guerre, qui ne peignent pas mieux qu'avant, parce qu'ils voulaient peindre la guerre. Lui n'a pas peint, ni la guerre, ni autre chose. Mais la guerre lui a fait faire des découvertes dans la peinture, parce qu'elle lui a fait faire des découvertes en lui.

Il est très simple. Il juge très simplement. Jugement conquis. Simplicité conquise. La guerre était encore du sport, pour ce colosse que sa masse encombre un peu. Va donc pour le sport. Va donc pour la guerre, puisque c'est l'heure de la guerre, comme, d'autres fois, c'est l'heure du repas, l'heure du lever, l'heure du coucher, l'heure de peindre. L'heure de la marche ou de l'auto. La guerre, ce n'est donc pas l'heure de peindre. Tant pis, certes. Ou tant mieux. Car cette sagesse sauvera le peintre, comme l'a peut-être sauvé, quand il se laissait aller à théoriser et systématiser, l'heure de l'apéritif, qui n'est pas propice à l'écriture. S'il eût écrit, peut-être eût-il, comme tant d'autres, voulu justifier ses écrits. A vingt ans, on se croit héroïque, parce qu'on ne parle ni ne veut parler comme les autres. Mais à quarante ans on est brave, parce qu'on consent, au risque de ressembler aux autres, à être semblable à soi.

IV

J'ai peut-être trop insisté sur les reproches que font à Derain tous les pauvres qui s'imaginent ne rien devoir aux riches, pas même leur pauvreté. Mais c'est que ces reproches définissent presque à eux seuls sa peinture et le rôle *régulateur* (dit Salmon) qu'elle joue vis-à-vis de nous. La forme en est si concentrée, et même si condensée, qu'il est à peu près impossible de la pénétrer, par suite de la décrire. Nul accident ne permet de s'y accrocher, nul pittoresque de s'y attarder, nulle circonstance de s'y complaire. C'est un bloc fermé, bien évidemment objectif du point de vue sentimental si, du point de vue plastique, il est le fruit compact d'une méditation silencieuse et puissante et reporte à l'objet la décision d'une solide intelligence dont on retrouve, dans le corps athlétique du peintre, l'équilibre et la santé. La majesté de ses derniers ouvrages est due à cette concentration lente de tous les éléments sensibles dans l'esprit où s'élabore un de ces univers résumé, complet, circulaire qui est nous-mêmes, en vérité, et qui fait de chacun de nous, s'il veut apprendre à lire en lui, comme une cristallisation de l'infini confus et diffus qui l'entoure. On peut en dire autant de toute œuvre magistrale. Sans doute. Mais, chez

Derain, la densité de la peinture est telle, qu'elle donne l'impression physique d'agglomérer le monde ambiant dont les molécules éparses paraissent aspirer à se plonger en elle pour serrer et durcir le grain de son tissu. Elle s'isole, d'elle-même, avec une sorte d'obstination. L'arbre, dans le paysage, ne paraît être là que pour résumer et ramasser la solitude. Le bouquet de fleurs émerge de l'ombre, qu'il accumule en ses pétales sombres. Leur éclat absorbe la nuit. Les figures ont un air de bronze d'où la cire perdue filtrerait comme une sueur, par endroits. Je cherche, dans un dictionnaire de poche, le sens primitif du mot « fruste » et voici ce que j'y lis : « se dit d'une médaille ou d'une sculpture effacée par le temps ». C'est cela, et je ne crois pas que cela soit volontaire. Ou alors, ce serait bien moins émouvant. J'écoute mes sens, qui sont pris. Notre temps est beaucoup plus grave qu'on ne le croit généralement. Entre l'esprit du boulevard et le drame social ou guerrier qui se joue, il y a des hommes solitaires où croît une splendeur terrible et qui ne peuvent la manifester que par des œuvres dépouillées, non polies, monumentales, où l'avenir lira probablement le sens réel de ces jours. Je crois qu'André Derain, bien qu'il fréquente les cafés, boxe et fume la pipe et que sa peinture atteigne déjà de gros prix, est de ces rares hommes-là.

Je me souviens du jour où j'ai eu pour la première fois, devant une peinture de Derain, la sensation d'être en présence d'une force vraiment élémentaire, peut-être par contraste avec la salle où brillait la fleur extrême et déjà flétrie d'une civilisation de serre, épaules nues, diamants et perles, habits noirs, ennui profond qui flotte, fausse culture exaspérée et répandue, avec la poudre et les parfums, dans un abîme de lumières. L'Opéra. Une grande poupée tournait devant la *Boutique fantasque,* presque sinistre face à cette accumulation unique de richesse matérielle et de misère d'esprit. Le pantin bourré de son, en ses trois petits tours, donne la mesure de la foire. Ce n'était qu'une introduction, à mes yeux du moins, car je ne suis pas du tout sûr que cela eût, dans l'intention de Derain, un sens symbolique quelconque. Le rideau levé, voici le contraste puissant, plastique d'abord, rien que plastique, et, parce que plastique, sentimental à mes yeux – toujours et rien qu'à mes yeux – avec la fuite épouvantable des heures et la vanité des gens placés de l'autre côté de la rampe : un paysage de madrépore, un énorme récif, orange et rouge, noir peut-être, saisi au fond des eaux par quelque puissante lumière, une force éternelle, incrustée, par ses racines organiques, dans le terrain primitif. J'ai eu depuis, en présence d'autres paysages de Derain, cette impression coralline de quelque fond sous-marin immobilisé par les coquillages et le calcaire et tout étincelant de sel.

Qu'on prenne garde. Cette apparence d'unité – et non d'uniformité – que le génie plastique a le pouvoir d'infliger à la substance si diverse du monde, n'est pas le signe de l'impuissance à l'exprimer, mais le signe, au contraire, de la puissance à s'y découvrir et à y mettre en valeur la spiritualité la plus haute. Que la chair et les étoffes, la pierre et le bois, l'air et les plantes prennent, comme chez Renoir, l'apparence irrésistible d'une géante fleur fruitée, ou, comme chez Derain, d'un bloc minéral découvert dans quelque planète inconnue, cela ne signifie nullement que la chair et les étoffes, la pierre et le bois, l'air et les plantes perdent les qualités propres qui les différencient et les définissent à nos yeux. Au contraire. Par le mystère des rapports transposés mais demeurés exacts, et de l'esprit qui les découvre et les accuse, ces qualités prennent leur véritable accent et la subtile parenté mutuelle qui donne à leur association la vie, quelle que soit d'ailleurs la matière employée – bronze ou marbre, terre ou gravure, peinture ou mine de plomb – plonge et se perd, par passages insensibles, dans leur originelle et organique unité. Voici des dentelles légères autour d'un beau visage féminin, ou des cheveux épars sculptés par une arête de lumière et l'on dirait d'un délicat réseau d'argent flottant autour d'un sombre airain. Voici une face pensive, avec de grands yeux fixes, et l'on dirait quelque laque profond sous la coulée duquel, dans la masse obscure de la forme, s'assoupit de proche en proche la sonorité d'un métal. Je sais des figures si fermes qu'elles semblent taillées dans quelque cristal dur qu'une flamme invisible saturerait de ses irradiations. Cette chevelure d'or brun entoure de sa lueur un front et des tempes qui paraissent taillés dans une lave à peine échappée d'un volcan. La splendide couleur, immobile et sourde, un peu morne, a comme une vie intérieure, tapie, et ne dépassant pas les limites de l'objet. Elle rayonne sans éclat, comme un bloc d'étain mat que le feu commence à rougir.

V

Sur une table, dans un coin de son atelier, j'ai découvert un crâne de lion. Une joie virile m'a pris. Cet amour, qu'il avoue, pour les formes éternelles du squelette, vivant par son implacable logique, alors qu'il est l'image et le symbole de la mort, est à mes yeux la preuve que Derain connaît le secret qui ouvre décidément la porte de l'esprit, parce qu'il conduit son détenteur au besoin permanent de découvrir et d'accuser l'analogie universelle. Le squelette, à qui sait le voir, révèle et maintient agissantes en lui toutes les grandes lois plastiques : silence et énergie des plans, netteté, pureté, décision des profils, asymétrie mais équilibre des organes pairs dont la fonction détermine et accuse les masses, mouvement ininterrompu des surfaces expressives, continuité des courbes que l'unité de l'organisme nécessite. Toutes ces grandes lois, quand une fois on les a découvertes dans l'ordre rigoureux de ces charpentes animales parcourues de crêtes rocheuses par les lignes des insertions musculaires, creusées de ravins par le poids des viscères, striées de vallées par le cheminement des faisceaux de tendons, de nerfs ou d'artères, fleuries par les dents, on les retrouve sans efforts dans l'architecture de la planète que le feu souterrain a soulevée d'ondulations rythmiques, amenant avec précision, là où la gorge s'ouvre, où le mamelon se dessine, où la plaine s'étend, la rivière, le bouquet d'arbres, le vignoble et le labour. La poursuite passionnée de l'organisation systématique de notre vue de l'univers est le moyen le plus efficace dont nous disposions pour le comprendre utilement et l'exprimer avec force. Parisien comme Corot, comme Barye, comme Chardin, ce solide garçon, qui semble progresser dans l'intelligence des choses et s'installer dans le bon sens avec la même fermeté qu'il a pour poser ses pieds sur la route et saisir une chaise pour s'asseoir et causer un peu, parle de ces trois-là, surtout, pour dire en de claires et belles paroles son émoi qu'ils aient su trouver dans la structure de la terre italienne, le fonctionnement des leviers osseux et des muscles, la densité des fruits, des œufs, du pain, la justification d'une égale simplicité à en dégager l'harmonie, la cohésion et l'accent. Parisien comme Corot, comme Barye, comme Chardin, il a renoncé à être un nègre, ce qui est peut-être, après tout, la meilleure manière d'accepter que les nègres soient.

Ces magnifiques peintures laissent dans le souvenir une impression massive, mais indestructible, ainsi qu'une borne sphérique qui marquerait une étape importante sur le chemin que nous suivons. J'ignore leur destin. Nous ignorons tout du destin des choses que nous aimons précisément parce que nous croyons y saisir, dans la minute essentielle qui les révèle à nos cœurs, un fragment de cette figure impérissable où fuit et se dérobe l'objet de notre désir. Mortels, et le sachant, nous voudrions qu'un peu de nous restât fixé comme une empreinte aux choses où nous avons cru voir battre et saigner l'éternité. C'est tout, je crois, tout l'avenir, toute l'espérance, toute la mystique, tout Dieu. Parce que c'est tout, il n'y a pas de drame spirituel plus poignant, mais aussi plus enivrant et plus fécond que celui-là. Qu'un homme ait la puissance de susciter ce drame en quelques âmes, je ne vois pas qu'il puisse exiger, de la passion qu'il a de vivre dans le souvenir des hommes, une plus haute promesse. Et pour qu'il reste calme et fort, je ne le lui souhaite pas.

La seconde édition de *L'Art moderne,* préparée en 1923, ajoute plus d'une page sur Derain, et présente la reproduction d'une toile qu'Élie Faure venait de lui acheter, un portrait de bohémienne. En 1935 enfin, deux dernières phrases forment la conclusion de ce chapitre.

Le printemps. – Post-scriptum

Le dernier chapitre de « La genèse contemporaine » s'est enrichi en 1923 de deux ajouts sur le cinéma, dont l'un était relégué en note dans l'appendice :

> J'ai peur que la multiplication des talents à laquelle on assiste aujourd'hui marque la fin de la grande école française du dix-neuvième siècle. D'ailleurs, la peinture et la sculpture sont peut-être condamnées à disparaître dans leur forme et leur destination actuelles. La complexité de l'âme et des moyens de l'homme d'aujourd'hui s'accroît de jour en jour. Qui peut prévoir la destinée d'un instrument tel que le cinématographe, par exemple ? Comme la peinture symphonique a succédé à la peinture mélodique en teintes plates, on peut se représenter une sorte de symphonie cinématographique succédant à la symphonie immobile réalisée par les Vénitiens, les Hollandais, les Espagnols ou les Français. Imagine-t-on la puissance d'exaltation lyrique que pourrait donner à l'esprit une succession d'images colorées peintes par un Michel-Ange, ou un Tintoret, ou un Rubens, ou un Rembrandt, ou un Goya, ou un Delacroix, et précipitées dans le drame du mouvement et de la durée par un appareil enregistreur ?

En 1935, Élie Faure a intégré la dernière phrase dans son texte et supprimé la note.

Il est curieux que le début de cette note n'ait pas été conservé, car Élie Faure y envisage la possible fin de la peinture, qu'il prédit beaucoup plus fermement dans d'autres textes que *L'Art moderne,* et ce depuis 1921. Il avait projeté, en 1923, d'ajouter à son livre un chapitre intitulé « Divagations sur le futur », où l'on peut penser qu'il aurait développé beaucoup plus méthodiquement ce que suggère « Le printemps » – le remplacement de la peinture par des formes d'art collectives comme le cinéma, la machine, l'architecture ou la fresque murale. Les articles qu'il a écrits sur ces modes d'expression formeraient à eux seuls plusieurs volumes, et sont donc trop nombreux pour être insérés ici. Élie Faure lui-même n'a pas jugé bon d'en augmenter son livre, qui conclut donc l'*Histoire de l'Art* sans s'engager sur l'avenir.

C'est pourquoi le « Post-scriptum » de 1935 observe une égale prudence en finissant sur « les peintres que nous aimons ». Mais l'histoire de ce texte en dit long. Sa première version, à peine différente, a paru en anglais dans *The Dial* en octobre 1924 pour rendre compte d'un recueil publié aux États-Unis sur l'art contemporain, *Living Art*. Élie Faure a repris cet article en 1926 sous le titre « Peinture d'aujourd'hui » dans les *Cahiers d'Art*. En 1935, il y a ajouté les passages sur Soutine et en a fait ce « Post-scriptum ». Il n'avait donc rien de nouveau à dire sur la peinture (si l'on excepte Soutine) depuis onze ans. Ou plutôt, la peinture n'avait plus rien à lui dire :

> Je reste aussi pessimiste que ces dernières années en ce qui concerne la peinture française, et peut-être même mondiale. Le dernier salon d'automne ne m'a pas fait changer d'avis. Tout cela est plein de choses « pas mal », assez artistes, très intelligentes, mais il n'y a rien là de mâle, de fort et de neuf. Ce sont tous des dilettantes. Et quant à la génération précédente, je reste convaincu qu'elle a eu pour tâche de dissocier la peinture (Picasso, Matisse, Dufy, etc.) d'un côté et de préparer de l'autre (Derain, Braque, etc.) les matériaux d'un édifice qui n'aura plus rien à voir avec la peinture proprement dite, mais consacrera le triomphe de l'architecture. Rivera et vous êtes au fond de mon avis, puisque vous revenez à la fresque qui est une dépendance de l'architecture (1).

(1) Lettre à Walter Pach, 29 nov. 1935, *O.C.* p. 1122.

Il dresse un ultime bilan en juin 1937, quelques mois avant sa mort, lors de l'exposition « Les Maîtres de l'art indépendant » au Petit-Palais (1) :

1895-1937

L'avenir sera indulgent aux peintres qui vécurent au crépuscule du dernier siècle et durant le premier quart du nôtre, parce qu'une fantaisie extrême, une curiosité turbulente et universelle, le désir de briser des rythmes épuisés, le tourment d'ouvrir des voies nouvelles ne leur auront pas manqué. Il sera dur pour la peinture même, parce qu'elle aura échoué dans la tâche de rassembler ces qualités éparpillées. Il dira qu'elle ne se distingue en rien de l'agonie de toutes les grandes écoles, qui commence dans l'abondance des talents pour finir dans la banalité des caractères.

Il est significatif que notre XIXe siècle, l'un des plus grands de la peinture, ait abouti à un mouvement double de dispersion et de concentration, dont le premier a si vite glissé à l'anarchie plastique et littéraire et dont le second, à mon sens, ne fut qu'une expression symbolique des constructions sociales que traduisent la croissance du syndicalisme et l'apparition de l'architecture industrielle mobilière et immobilière. Il y a deux sortes d'intelligences, celle qui critique et détruit, celle qui embrasse et construit, la seconde n'étant peut-être qu'une réaction du subconscient contre les scrupules trop lucides de la première. Or, si chacune d'elles est nécessaire au développement de l'autre, il peut arriver que l'une aboutisse à la négation de ses propres moyens et à la méconnaissance de ses propres expressions et que l'autre, en affirmant ses moyens et ses expressions, démontre que son règne s'efface devant de nouveaux modes et de nouveaux artisans des activités humaines.

Je m'explique. Si Cézanne et Renoir qui ont tenté, pour réédifier la peinture, de remonter à ses sources, sortaient d'un mouvement qui ruinait ses grandes conquêtes par la décomposition volontaire de la lumière et de la couleur,

(1) *Le Point,* n° 3, juin 1937.

Seurat qui s'attelait, sur un autre plan, à la même tentative, appartenait avec Signac et Cross à un groupe en partie responsable de cette ruine par son analyse systématique de ces éléments. Action double, qui s'est poursuivie dans la même fièvre entre le début de ce siècle et la guerre. Le « fauvisme » n'est au fond que l'aboutissement logique de la poussée vers les surfaces colorées qui prend naissance avec Manet, s'étend avec l'impressionnisme, se fige avec le néo-impressionnisme et introduit avec Matisse, dans la peinture occidentale, les procédés chers aux potiers, aux tapissiers, aux laqueurs, aux peintures sur verre d'Orient. Quant au « cubisme », issu de la poussée vers les structures intérieures que font prévoir les plans abrupts et les édifices colorés de Cézanne, les volumes tournants de Renoir, les formes monumentales de Seurat, il va si loin dans sa tentative d'anonymat architectonique qu'il supprime jusqu'à la raison d'être de la peinture, art avant tout individuel, et situe les expressions réelles des « équivalences plastiques » dans le travail des simples bâtisseurs. L'œuvre de Braque donne la parole aux maçons, l'œuvre de Léger aux ingénieurs, l'œuvre de Jeanneret aux architectes de l'école Le Corbusier.

L'influence de Picasso décroît pour avoir tourné trop exclusivement dans le cercle de l'intelligence. Il n'a jamais été un « constructeur », ni tout à fait un poète, comme il l'a affirmé lui-même, mais un *essayiste* de la peinture, extraordinaire d'invention bien que condamné par ses thuriféraires à les faire méditer devant chaque œuvre nouvelle, tâche aussi triste que de faire rire, au cirque, son public de chaque soir. Pensée profonde, mais trop abstraite, qui a précipité tous les jeunes peintres, effrayés des embûches qu'elle accumulait sous leurs pas, vers le retour à l'instinct. Picasso est responsable de la faveur nouvelle de Bonnard qui restitue à chacun la liberté d'être lui-même – ou rien du tout. Il ne faut pas oublier qu'à l'heure où le néo-impressionnisme dogmatisait ses découvertes, Bonnard, Vuillard, Roussel, Albert André laissaient leur sensation – je ne dis pas leur impression – la plus fraîche suivre la pente que Renoir leur montrait déjà. Bonnard a parcouru les ruines de l'impressionnisme pour y surprendre la poussée des graminées, y découvrir des lézards dans les intervalles des pierres, y obliger les papillons et les abeilles à s'envoler des corolles qui les couvrent de leur tapis.

Pendant que Bonnard et ses amis se retrouvaient dans l'innocence émerveillée de la solitude et de l'amour, des échanges s'effectuaient entre constructeurs et analystes dont nous avons d'autre part montré les origines communes. Derain bénéficiait des deux expériences, ce qui lui assure encore cette puissance équilibrée autour de qui eût pu se centrer la peinture, si la peinture renonçait à sa raison d'être, cet individualisme qui échoue avec elle sur le terrain artistique, comme le libéralisme échoue sur le terrain économique et l'idéalisme sur le terrain social. Rouault, Segonzac aboutissaient, en dehors de l'une et de l'autre, à un éclectisme où l'humeur sombre du premier et la nature heureuse du second demandent à la trituration de la couleur des violences de modelé et des beautés de matière qui n'apportent à la peinture que deux tempéraments nouveaux – ce qui n'est point négligeable. Maria Blanchard, Charles Pequin surprenaient dans la tradition française qui va de Fouquet à Corot, avec Poussin et Chardin à son centre, le secret d'une spiritualisation insinuante à qui la toile peinte emprunte ces sonorités prolongées que la musique est prête à recueillir. La Fresnaye, La Patellière, Emmanuel Gondouin surtout, introduisaient dans l'art du décor ces désirs d'évasion et ces besoins de discipline où les deux tendances de la peinture pourraient fusionner. Quant à Dufy, dont l'œuvre fourmille de qualités décoratives primesautières parfois, le plus souvent trop rusées, ne dirait-on pas que la peinture l'abandonne parce qu'il s'abandonne lui-même aux futilités de la chronique, de la mode, de l'événement quotidien ? Individualités séduisantes, mais pas assez impérieuses pour contraindre l'art de peindre à s'engager sur leurs pas.

Que deviennent en effet les théories et les systèmes ? Impressionnisme, pointillisme, fauvisme, cubisme, où êtes-vous ? La ruée de l'Europe sur Montparnasse se noie dans une anarchie spirituelle à qui le renversement des valeurs sociales pourra seul nous arracher. Gromaire apporte bien à la communauté les vrais enseignements de la peinture nordique, mais un didactisme visible l'isole du flot vivant. Le futurisme italien ne nous a rien donné, qu'un émigré volontaire, Modigliani, venu à l'école française pour libérer à son contact ses admirables dons de stylisation chromatique et linéaire. Les apports de Chagall, de Pascin, Orientaux de souche sémitique, comme Modigliani et Soutine, tendent à créer entre l'illustration et la peinture une confusion dont celle-ci souffre déjà. On a prétendu faire de Soutine le dernier cri de l'expressionnisme allemand, qui a capitulé sur l'autel du surréalisme, lui-même en train d'agoniser. Or, il s'agit d'un peintre pur, le plus pur des peintres vivants, dont l'incorporation de la couleur la plus aristocratique à la matière la plus riche suffit à marquer la trace. Est-ce de là que sortira la nouvelle peinture, ou d'une synthèse à venir de cette forme titubante avec la ligne de Derain, un peu académique par endroits? Je crois plutôt que toutes ces flammes ressemblent aux dernières, si hautes et fuligineuses, qui s'élèvent par spasmes brusques d'un foyer mourant. La faveur de primitifs tels qu'Utrillo, dont j'admire la qualité, l'aventure de Rousseau, cette négation miraculeuse de toute évolution sociale logique n'expriment que notre besoin éperdu de s'attacher à un art authentique avant que l'ordre actuel ne croule et qu'un ordre inédit prépare des émotions, des sensibilités, des disciplines imprévues. Il est singulier que celui de tous dont l'art est le plus dogmatique, André Lhote, soit peut-être aussi celui dont l'œuvre critique paraîtra la plus vivante, étant restée très objective, ou même sceptique, alors que sa peinture tente de justifier son discours.

Même et surtout si l'on tient compte de cette phalange serrée d'individualités captivantes, mais anarchiques, où est la synthèse espérée? Le maçon, je le répète. Et non ce bon « réalisme » actuel, si conformiste et si sage, qui ne fait de mal à personne sinon à ceux qui le pratiquent et à ceux, en presque aussi grand nombre, qui le prennent au sérieux.

Mais comme la diplomatie l'oblige à une certaine retenue dans cet article de circonstance, mieux vaut relire ceux qu'il a écrits plus librement, par exemple « La crise de l'individualisme » dont la première partie dresse en 1921 un tableau qui reste étonnamment actuel :

> Il y a encore, il y aura encore des peintres, beaucoup de peintres. Mais la peinture est finie.
>
> On ne me croira pas. La peinture jouit-elle jamais d'une faveur comparable? Connaissez-vous quelqu'un qui ne fasse pas de la peinture? Jusqu'aux marchands de tableaux. Ils ne sont pas seulement dans le temple, ils commentent – ou même rédigent – les saints Livres. Ils fondent des usines de peinture, d'où le tableau en série commence à sortir. Tous les hommes qui ne font pas de la peinture écrivent sur la peinture; aussi ceux qui en font, et ces derniers, d'ailleurs, fort bien. Le peintre-critique gouverne la danse et la mode, la littérature et le théâtre, et la diplomatie probablement. Paris devient ce que fut Athènes, Alexandrie, plus tard Bruges, au XVe siècle, Florence au XVIe, Rome au XVIIe. Mais mille fois plus important qu'Athènes, Alexandrie, Bruges, Florence et Rome réunies, tout au moins en quantité. Car l'unification vertigineuse du sytème nerveux du globe multiplie l'attraction de Paris. Paris est la foire de la peinture. On y fabrique et vend de la peinture, l'étranger de partout y vient s'initier à la peinture, s'approvisionner de peinture, trafiquer sur la peinture. Un siècle de grandeur plastique, en France, a provoqué la pullulation parasitaire sur le colosse déclinant, phénomène constant, nécessaire, et je dirai même sacré si vous n'y voyez pas d'inconvénient.
>
> Dix mille peintres ont du talent. Beaucoup plus, et je ne crois pas exagérer en disant : cent mille se croient du génie. A vingt-cinq ans on a un nom et pour se faire un nom une saison suffit. En une année, on exhibe ses œuvres dans trente endroits publics. Car les Salons, ces marchés d'esclaves, ne suffisent plus à leur tâche. Chaque jour, dans Paris, trois expositions collectives ou particulières distribuent leurs

prospectus. On ne s'étonne plus de voir, un beau matin, la boutique de sa mercière transformée en magasin de peinture. La même semaine, tel peintre a quatre toiles dans l'un de ces boxes étroits où règne une obscurité d'ailleurs sans inconvénients, puisqu'on ne cultive plus l'agrément de la couleur, six aquarelles dans un autre, huit dessins dans un troisième. Car on expose ses dessins, voire ses projets de dessins. Entre-temps, on adresse une Épître aux Béotiens. On écrit ou conférencie, pour expliquer ses intentions, convaincu qu'à dater du jour où paraît le manifeste, le monde sera changé. Puissance ingénue d'une illusion égocentriste commune à tous, et sans précédent, où l'on voit l'individualisme, lequel a créé la peinture, tuer la peinture sous l'acharnement de ses excès : aux cinq cents vernissages annuels, chacun des cent mille peintres qui exposent est convaincu que ce jour-là, précisément ce jour-là, il forcera la gloire à se pencher sur lui. Et le plus fort, c'est qu'il n'a qu'à demi tort de le croire : la gloire, de nos jours, a pris le masque du succès.

Cette ruée vers une renommée qui ne va plus, ce qui ne la rend pas moins ardente et candide, sans la sanction immédiate de l'or, – il faut vivre, et c'est malaisé, – a pour corollaire l'instabilité des systèmes. Haletantes, les esthétiques roulent les unes sur les autres, chacune poignardant dans le dos la précédente, qui l'empêche de passer. Entre deux bocks, dans des cafés spéciaux, on invente des esthétiques qui ont ceci en commun à toutes les esthétiques, qu'elles détruisent de fond en comble non seulement l'esthétique, mais les œuvres d'art qui ne répondent pas à la dernière esthétique inventée. On a condamné le romantisme au nom du réalisme, le réalisme au nom du naturalisme, le naturalisme au nom du symbolisme, le symbolisme au nom de l'impressionnisme, l'impressionnisme au nom du cubisme. Et j'en oublie. Le pas titubant de l'esthète se fait de plus en plus précipité. Les gloires les plus hautes – et les plus justifiées – durent de moins en moins longtemps. Nos besoins actuels nous masquent nos besoins passés et prennent figure de lois, et de lois définitives. Nous parlons comme des vieillards qui condamnent leurs instincts morts.

On n'évolue plus, on ne s'adapte plus, on change. Et c'est plus naturel. Les plus fermes chancellent. Les plus sages n'y voient plus clair. Dans la cohue brutale où les ambitions les plus vulgaires se mêlent ou se heurtent aux travestissements les plus réussis de la culture, aux jeux les plus audacieux de l'intelligence, le spectateur ne sait plus ce qu'il dit, ni ce qu'il fait, ni ce qu'il voit. Il s'imagine le savoir, certes. Mais les mots ont perdu leur sens, ou plutôt chacun en a plusieurs. Parmi les cent talents incontestables qui éclosent tous les ans, il n'est plus possible de choisir. Il n'est plus possible de distinguer l'ingénuité de l'adresse. Il n'est plus possible de séparer la mode passionnée de la foi vive. Car la mode est passionnée, même si elle dure un jour. Il n'est plus possible de dédaigner ce qui passe au profit de ce qui demeure, parce qu'il n'est pas un système, même ingénieux, qui reste viable, s'il n'est charpenté de partout par une armature religieuse ou sociale plongeant dans la profondeur des besoins de tous les hommes parmi lesquels il survient, – et nul n'aperçoit encore où est l'embryon du système répondant à ces besoins. Le grand individu lui-même dont le rôle, à toutes les époques anarchiques semblables à la nôtre, a toujours été de rassembler en lui, pour les ordonner selon lui et les exprimer selon lui, les éléments dispersés de la dernière foi commune aux hommes qui le précédaient, le grand individu lui-même, de nos jours, ne suffit plus à sa tâche. Désorbité, découragé, il flotte. Il ne sait plus où aller. Et il manque la gloire pour ne pas mendier le succès (1).

Publié dans une revue belge, cet article semble être passé inaperçu en France, bien qu'Élie Faure l'ait repris dans *L'Arbre d'Eden*. Au contraire, « Agonie de la peinture », que René Huyghe accepte dans sa revue *L'Amour de l'Art* en juin 1931, provoque un tollé général :

(1) « La crise de l'individualisme », *loc. cit.*, première partie.

L'AGONIE DE LA PEINTURE

I

Je ne m'attarderai pas à vous exposer le phénomène dont Paris, depuis quelques années, est devenu et reste le théâtre. Il est connu du monde entier, puisque c'est du monde entier que peintres, graveurs, sculpteurs, dessinateurs, illustrateurs se sont dirigés sur Paris pour s'initier aux arcanes de l'art moderne dans le quartier naguère fort humble qui s'étend entre la gare Montparnasse, l'Observatoire et le jardin du Luxembourg. Montparnasse, il est vrai, constituait un nom symbolique. Mais tout de même, il ne fût jamais venu à l'idée de personne, dans les premières années du XXe siècle, que les muses y adopteraient réellement, comme chambre à coucher, salon et salle à manger, les petits logements qu'on y trouve et les cafés qui les entourent. Le Dôme, la Coupole, la Rotonde sont aujourd'hui plus connus aux antipodes de Paris que le Louvre et Notre-Dame, et il est bon qu'il en soit ainsi : mieux vaut devoir sa réputation à quelque chose de vivant qu'à quelque chose de momifié. Il ne peut être que flatteur pour un Français de constater que la région centrale de la rive gauche de la Seine, hier encore si déserte, est devenue le lieu de rendez-vous des artistes Chinois et Afrikanders, Hindous et Sud-Américains, Japonais et Yankees, Arabes et Peaux-Rouges, Russes et Espagnols, Italiens et Polonais, Australiens et Scandinaves, Canadiens et Nègres, Yougoslaves et Lithuaniens, Mexicains et Persans, Égyptiens et Tchécoslovaques. Le phénomène, étant donné son envergure, dépasse de très loin les causes immédiates qui l'ont provoqué. Il ne peut, dans un avenir proche, qui est déjà du présent à bien des égards, se limiter aux résultats des mouvements analogues qui ont fait successivement d'Athènes, d'Alexandrie, du Paris médiéval, de Bruges, de Florence, de Rome, de Venise, le foyer européen des doctrines et de l'imagination esthétiques. Il devient un centre de rayonnement politique, moral, spirituel. C'est un grand bonheur pour lui, et sans doute pour le monde, car, du point de vue artistique pur, j'ai l'impression que la demi-faillite le menace, comme elle a frappé avant lui l'art dérivé d'Athènes, d'Alexandrie, du

Paris médiéval, de Bruges, de Florence, de Rome, de Venise. Je veux dire que s'il en sort des confrontations plus ou moins fécondes pour le développement des relations et des idées entre les différents peuples qui s'y rencontrent, le résultat sera moins fécond pour la puissance et l'originalité de l'art proprement dit, car il aboutit la plupart du temps à priver chacun de ceux qui viennent s'y initier, du caractère et des traditions propres à leur éducation et à leur race. Exemple : la révélation de l'art mexicain, de l'art péruvien, de l'art nègre, de l'art polynésien, de l'art khmer, de l'art javanais, de l'art chinois, de l'art hindou a bouleversé de fond en comble la mentalité européenne et en particulier française en la dirigeant tour à tour vers l'imitation de formes admirables certes, mais qui ne répondaient ni à ses moyens, ni à ses besoins, ni à son rôle dans le monde et a par conséquent détruit très rapidement l'unité et la continuité de son action. En revanche, elle a confié à ces formes une dignité universelle et préparé le monde à les admettre au trésor commun des siècles humains au même titre que l'art égyptien, grec, chrétien, ou renaissant. Il en est ainsi de toute conquête morale digne de ce nom. Elle détruit pour réédifier.

Si donc j'envisage avec optimisme le désordre de cette foire en me plaçant sur le terrain de l'activité mondiale, je me vois obligé de le juger avec pessimisme en me plaçant au point de vue beaucoup plus limité de l'art français contemporain. Il a été littéralement enseveli sous l'avalanche. Et c'est pourtant lui, comme toujours, mais comme toujours aussi à son insu, qui l'avait appelée et rendue fatale. Ce n'est pas sans raison que j'ai évoqué Athènes, Alexandrie, Florence et autres villes d'art illustres. Comme il était arrivé à propos d'elles, c'est la grandeur même de l'art français au siècle précédent qui a aspiré, en quelque sorte, les énergies esthétiques du monde entier en état d'attente anxieuse. Cézanne, Renoir, Rodin vers le commencement de celui-ci, sont devenus soudain des gloires mondiales, mais ils n'étaient eux-mêmes que l'aboutissement d'un mouvement admirable qui avait pris naissance au lendemain de l'expansion révolutionnaire victorieuse du peuple français sur l'Europe et avait fourni à la langue plastique, par l'intermédiaire de dix ou vingt peintres ou sculpteurs de génie, un tribut capital de révélations nouvelles dans les idées et les réalisations. Inutile de les nommer.

Mais qu'arrive-t-il, quand un mouvement de cette vigueur attire à lui les sensibilités en attente en dehors de son foyer même, car il faut bien le remarquer, avant le Dôme et la Rotonde, dès la seconde moitié du XIXe siècle, l'ascension de la sève française avait déjà annexé à son efflorescence toute ce qui pressentait en Europe et même en Amérique qu'un phénomène humain de valeur universelle s'accomplissait à Paris, les Anglo-Saxons Whistler et Sisley, l'Allemand Liebermann, le Belge Stevens, surtout les Hollandais Constantin Guys, Jongkind, Vincent van Gogh. Il arrive que parvenu lui-même au bout de son élan déjà ralenti, désuni, c'est lui qui subit à son tour l'action des apports étranges venus pour prendre le mot d'ordre, c'est lui qui réfléchit, hésite, se laisse plus ou moins vite séduire et détourner de son chemin. Jongkind a fortement agi sur l'impressionnisme, Van Gogh sur les courants qui l'ont suivi. Après eux, l'inondation continue n'a guère laissé intacts que des îlots solitaires, quelque peu perdus dans ses eaux. Je considère d'ores et déjà que la grande école française, par suite de ces événements en apparence, mais sans doute surtout grâce à sa lassitude même, a virtuellement achevé sa tâche. Le spectacle de Paris, depuis la guerre, le démontre avec évidence. Non que les talents manquent à la France, il s'en faut. Au contraire, ils surabondent, ce qui est à mon sens la marque incontestable de la fin d'une ère morale, dont on reconnaît l'épuisement au règne de la facilité et de la vulgarisation, à l'activité mondaine succédant aux efforts solitaires, à la mode et au goût presque unanimement conquis s'installant partout sur les positions ménagées par la puissance créatrice, à l'avènement décisif de l'intérêt, de l'argent, du luxe, là où luttaient auparavant, pour une victoire silencieuse, la foi, le désintéressement, l'effacement plus ou moins volontaire. Nous avons vu sous nos yeux le mercantilisme, l'intrigue, la démangeaison du succès, évincer le caractère, la générosité et le tourment de la gloire ou de la sainteté ignorés de ceux même qu'elle marque, et qui définissaient les hommes dont on nous a conté l'histoire ou que nous avons connus personnellement, Corot et Daumier, Barye et Puvis de Chavannes, Millet et Rousseau, les impressionnistes, Cézanne et Renoir. Même Ingres et Delacroix comblés d'honneur l'un et l'autre, mais se refusant à la moindre concession, à la moindre équivoque, celui-là par entêtement, par tempérament doctrinaire, par esprit de domination, celui-ci par conscience profonde de son rôle, mépris des contingences et aristocratisme né.

Est-il bien nécessaire de décrire ce milieu nouveau, dont est responsable la transformation de Paris en bourse et marché de la peinture, après avoir été foyer de l'activité créatrice désintéressée ? Tout le monde peut, avec quelque bonne volonté, se consacrer à la peinture, soit pour en faire, soit pour en disserter, soit pour en acheter, soit pour en vendre, souvent en même temps en faire, en discuter, en acheter ou en vendre. Pullulation de peintres, pullulation d'illustrateurs, comme à toute époque où l'élégance l'emporte sur la force constructive, pullulation de tableaux, pullulation de talents, pullulation d'idées, pullulation d'ouvrages et d'articles sur la peinture ou les peintres, y compris cent éphèbes géniaux qui trouvent ça tout naturel, pullulation de commerçants, de courtiers, d'amateurs, de capitalistes en quête de placements fructueux. Mêlée furieuse d'appétits. Cabotinisme croissant. Excitation débile où commence à naître le reflux de la dépression. Poursuite de plus en plus essoufflée d'un fantôme de plus en plus inconsistant. Écoles durant de huit jours à six mois que fonde le premier venu s'il a quelque malice et qui font beaucoup de bruit, grâce aux badauds toujours si vite assemblés à Paris. Toute agonie abonde en parasites.

II

En vérité, je crois que nous assistons ici non seulement à l'agonie de la peinture française, mais de la peinture en général. Il y a encore de vrais peintres, certes, et il y en aura encore, mais l'admirable instrument d'individualisme lyrique qu'est la peinture me semble frappé à mort. Qu'on ne me dise pas que nous en avons encore besoin. Je ne le crois pas. La peinture, chassée de ces intérieurs clairs et nets qu'on habite d'ailleurs de moins en moins pour courir les routes, chassée de ces châteaux ou cathédrales modernes qui s'appellent usine, gare, transatlantique, palace-hôtel, peu à peu débusquée de ses positions statiques par le dynamisme du cinéma et de la radiodiffusion, a cessé de représenter une utilité sociale. Il faut le dire nettement. Non, nous n'en avons pas besoin. Et c'est, je le crois bien, parce que tout le monde en fait, parce que l'on voit les enfants eux-mêmes, délivrés du carcan des magisters, s'y livrer avec une fraîcheur délicieuse de sentiment, que nous n'en avons plus besoin. Il semble qu'elle passe tout entière du domaine des buts idéalistes à atteindre pour la manifestation des grands rêves et des grands desseins, au domaine des moyens pratiques à introduire en chacun de nous pour s'exprimer à son gré dans une langue devenue commune, à la portée de tous, comme l'écriture, pour des usages quotidiens, et plus portée à développer chacun de nous en vue de tâches plus générales à accomplir, qu'à manifester quelques êtres exceptionnels dans un territoire restreint et accessible à une seule élite. Qu'on ne hausse pas les épaules. Ce n'est pas la première fois qu'un art cesserait d'être, ou n'occuperait plus qu'une place secondaire parce qu'il ne répondrait plus à des exigences communes. La gravure et le bas-relief ont disparu depuis quelque vingt-cinq mille ans des grottes habitées par les tribus chasseresses de l'Europe du Sud-Ouest. Le récit chanté et rythmé qui groupait autour du conteur les peuples primitifs il y a trente siècles, a perdu, même pour les Orientaux, le sens héroïque qu'il a signifié si longtemps. Plus de mégalithes dans les landes bretonnes, le druide et le barde ayant déposé leur faucille et jeté leur harpe à la mer. Plus d'hypogées gravées et peintes au flanc des falaises nilotiques, le culte de la mort s'étant peu à peu perdu. Pour les mêmes raisons, plus de statuettes en terre cuite dans les tombes de Tanagra et les nécropoles chinoises. Plus de sculpture rupestre aux Indes, la marée mystique du brahmanisme et du bouddhisme, qui exigeait ces démonstrations éclatantes, ayant rapidement baissé. Plus de fresques au mur des cryptes italiennes, le sentiment chrétien s'étant peu à peu émoussé ou ayant trouvé pour s'épancher un autre langage que celui qui touchait le cœur par l'intermédiaire des yeux. Plus de vitrail au flanc des cathédrales françaises, plus de mosaïque aux voûtes des temples byzantins, le sens et le goût du mystère ayant accompli avec la croyance à des paradis extra-terrestres un divorce peut-être définitif. Donc bientôt plus de peinture, le poème individuel rentrant peu à peu dans la foule. Plus d'architecture religieuse même, pas plus en Orient qu'en Occident, celle qu'on élève étant depuis longtemps dépouillée de sa beauté parce que vidée de sa vertu. Il n'y a de vraiment religieux à notre époque, du moins en Occident, que cette force exaltante qui le pousse à bâtir des monuments industriels, stables ou mobiles, à tracer des routes, à lancer des ponts, à construire des autos, des navires, des avions, splendide développement de la confiance de l'homme en son destin, qui serviront un jour de cadres à l'insertion d'une mystique nouvelle, et unanime, que nous offrira peut-être un jour l'accord de la science spéculative occidentale et d'un Orient ressuscité, et dont le Cinéma et la radiodiffusion propageront probablement la Grâce.

L'œuvre de Cézanne signifiait-elle autre chose ? N'était-ce pas l'annonce faite aux hommes, par une personnalité formidable, d'une sorte d'art impersonnel qui ne déclencherait pas, comme on l'a cru, le renouvellement de la peinture, mais bien plutôt l'hommage instructif de la peinture à l'œuvre monumentale que l'humanité avait commencé de construire et dont elle pressentait la généralisation, de même que l'art de Renoir paraissait résumer la peinture ancienne, comme une offrande à l'effort accompli par les vieux maîtres, tous deux réagissant contre la dissociation impressionniste dont ils sortaient cependant, mais en qui tous deux apercevaient les premiers symptômes d'agonie ? Seurat n'a-t-il pas transporté dans une statique architecturale rigoureuse la volonté cézannienne de ramener la peinture au souci exclusif d'accuser les plans en dégageant la matière chromatique des contingences individuelles, anecdotiques et pittoresques ? N'a-t-on pas l'impression que le plus grand peintre français vivant, André Derain, bien plutôt qu'il ne maintient les traditions de la peinture française devant la ruée déferlante des peintres de tous pays et des esthétiques en lutte, revendique plutôt le droit à la vie de la pensée, de la méthode et de la nationalité françaises dans le chaos universel, et que le monument imposant qu'il élève ne signifie en aucune façon la résurrection de la peinture, mais le changement de front des sensibilités désaxées cherchant à se grouper autour d'un effort collectif ? Bien plus qu'à se complaire, comme il n'y a pas très longtemps, à de libres excursions dans toutes les directions de la fantaisie individuelle, tendance que l'art de Bonnard, si frais, si spirituel, si tendre, si décidé à mettre de côté toute discipline, toute construction systématique pour vagabonder parmi les êtres et les fleurs, représente depuis trente ans avec tant de charme et de spontanéité ? Je connais beaucoup de jeunes peintres, tous pleins de talent et de vie, passionnés de création, assez purs d'autre part et peu mêlés aux combinaisons des marchands ou s'efforçant de s'y soustraire. Eh bien ! dans la crise économique universelle, alors qu'il n'est question pour presque aucun de ceux qui en souffrent, ingénieurs, industriels, avocats, chimistes, architectes, médecins, agronomes, cinéastes, d'adopter un autre métier, on sent, et ils avouent leur inquiétude. Ils cherchent une profession. Ils se demandent si vraiment la peinture exprime encore un besoin général, si elle pourra encore demain non pas même les enrichir, mais les nourrir, s'ils ne doivent pas obéir à d'inéluctables nécessités sociales qui sont en marche et déjà pénètrent la réalité. Tous adorent le cinéma. Les plus doués d'entre eux cherchent le moyen d'en faire. N'est-ce pas l'indice capital, entre tant d'autres, de la substitution d'une forme naissante de langage collectif à une forme épuisée de langage personnel ?

Ici, j'ouvre une parenthèse, pour illustrer mon discours d'une image qui en appuiera l'argumentation. Car les relations de la famille avec la société, bien que devenues plus incohérentes, constituent encore tout de même le moyen de voir un peu plus clair dans ce qui se passe autour de nous. Depuis quelques années le bourgeois français, et peut-être même européen, poussait son fils à faire de la peinture. Car la peinture nourrissait maintenant son homme, et fort bien, et il n'était pas rare qu'à vingt-cinq ans, tel jeune maître promenât sur les routes de France dans sa Citroën, voire dans sa Talbot, le père et la mère extasiés. Notez que je ne vois nul inconvénient à ce que la peinture nourrisse son homme, à condition que cet homme soit fait pour la peinture, et non la peinture pour lui. Mais on prétend qu'il y avait, avant la crise, et qu'il y a peut-être encore à l'heure actuelle, quarante mille peintres à Paris, sans compter les amateurs, ni, eût dit Rabelais, les femmes et les petits enfants. Croyez-vous que les besoins spirituels auxquels pourrait répondre encore la peinture exigent ce chiffre-là ? Il régnait donc hier, il règne encore sûrement aujourd'hui une disproportion monstreuse entre le nombre des peintres et les possibilités de développement de la peinture. Et ce phénomène antisocial nous ramène à la réhabilitation du bourgeois de 1830. Il y avait, en 1830, pas mal de jeunes romantiques – pas quarante mille à vrai dire, mais peut-être quatre cents, – pour qui le métier de peintre consistait à fumer des narghilés et à boire du punch en considérant le modèle nu avec une avidité pas toujours d'ordre esthétique, dans un atelier meublé à l'orientale où des amis se livraient à un assaut d'escrime entre le départ du poète à manifestes retentissants et l'arrivée du virtuose à la mode. Le père de Corot, qui dirigeait un magasin de modes, était-il tenu de savoir que ce grand garçon gauche, timide comme une pucelle, très boute-en-train d'ailleurs, gai, bon vivant, ce qui est une préparation fort convenable à une existence semblable, était un peintre né ? Et avait-il si tort, en tant que père, de lui interdire ce métier ? Ne connaissait-il pas dans ses relations commerciales dix pères qui avaient agi comme lui, et dont l'enfant prodigue revenait, après quelques mois, auner le drap, peser le poivre, tenir la comptabilité dans la boutique paternelle ? Le bourgeois de 1830 était un bon citoyen, et le père Corot le meilleur de tous. Il faut détourner de la peinture qui n'est pas né pour être peintre. Qui est né pour être peintre fera de la peinture envers et contre tous. Et peut-être d'autant meilleure que son instinct vivant aura été plus longuement et obstinément comprimé.

III

Fermons la parenthèse et remontons plus haut, avant la guerre même qui paraît avoir apporté, dans le conflit entre la civilisation qui meurt et la civilisation qui s'ébauche, la nécessité d'un choix décisif. Quels sont les peintres encore vivants qui régnaient à cette époque sur l'opinion des esthètes, venus de tous les points du monde à seule fin d'édifier dans les cafés de Montparnasse cent théories ou systèmes renversés le lendemain, mais entretenaient tout de même dans ce milieu intelligent, mobile, nerveux, passionné, une fermentation si riche ? Bonnard, qu'on recommence à aimer aujourd'hui, était presque oublié. Derain, annexé au fauvisme, ne s'était pas encore défini. Soutine, qui apporte à mon avis dans le conflit des idées l'élément tragique d'un tempérament indifférent aux abstractions et déchiré jusqu'à ses plus intimes fibres par le drame ambiant qu'il exprime en harmonies ensanglantées, gluantes d'humeurs, tressautantes de meurtrissures, ne s'était pas encore relevé. Seuls Picasso d'un côté, Matisse de l'autre, représentaient les deux pôles des esthétiques en lutte, l'un cherchant dans la sensation colorée une sorte d'alchimie concrète qui pût extraire de la forme le maximum de richesse chromatique qu'elle enferme, l'autre demandant à ses arabesques linéaires de le conduire à des édifices abstraits – qu'il baptisait poésie, et qui sont en effet poésie – dont le premier souci était de ne plus rien devoir à « la nature », mais tout à l'esprit désormais maître absolu d'inventer, de construire, de donner la vie aux idées. D'un côté un Occidental parvenu à l'extrémité de la longue enquête européenne. De l'autre un Oriental désensualisé par le génie sémitique et parvenu à l'extrémité de la rêverie asiate. Qu'est-il advenu de ces deux efforts, dont je me garderai de nier la noblesse, la puissance de réalisation pour l'œuvre respective de chacun, la puissance d'action sur tous les artistes qui les ont subies, et je crois bien qu'il s'agit des artistes du monde entier.

Matisse n'a fait que porter à un degré de sublimation supérieur toutes les conquêtes de l'impressionnisme, et, pour remonter plus haut que lui, de Manet, oubliant la substance intime des choses, la caractérisation des matières et des visages pour élever sur le vide des harmonies absolues qui, par une rencontre singulière, ont porté la peinture occidentale au-devant des céramistes chinois et des tapissiers persans. Picasso a abouti à engager la moitié des peintres en des sentiers arbitrairement tracés dans l'espace pur qui ne les ont conduits à rien. Mais par là même il obéissait sans le savoir à l'instinct qui porte l'Orient à adopter pour son salut les constructions utilitaires de la pensée scientifique. Le cubisme en est effectivement sorti. Il a avorté, certes, en tant qu'introduction au règne d'un esprit architectural, hors des sensibilités et des modes. En somme, ces deux peintres ont accompli une nouvelle étape de l'action engagée par Cézanne et par Renoir, mais alors analytique, appuyée, systématisée, décidée à distiller par Matisse tous les secrets de la vieille peinture que Renoir avait résumée d'instinct et à exposer, par Picasso, les exigences de la civilisation nouvelle, que Cézanne avait symbolisées plastiquement à son insu. Braque est allé de l'un à l'autre, en introduisant dans les rythmes abstraits imaginés par Picasso une équivalence plus austère des extraordinaires subtilités harmoniques que Matisse avait inventées.

Je n'ai pas à me demander ici ce qui restera de ces maîtres – car ce sont des maîtres jusque dans leurs erreurs et leurs recherches outrancières – ni à apprécier les désastres qu'ils ont provoqués dans la peinture elle-même et les voies qu'ils ont ouvertes dans l'esprit désintéressé de ses fins. Il semble qu'ils soient l'un et l'autre parvenus au bout de la voie qu'ils ont ouverte et qui est peut être bien une impasse, comme toutes les fois qu'une intention par trop systématisée guide la main. Le premier a atteint une qualité chromatique inouïe, il a tendu sur la peinture un réseau d'harmonies spatiales qui se passe de tout support, une musique atmosphérique inhumaine certes, mais irrésistible qui, je ne saurais trop le répéter, a aplani sur les pas de l'Orient l'accueil que nous lui avons fait, mais accule le peintre à des besognes de pure virtuosité, rôle bien difficile et bien ingrat à tenir. Le second ne cesse de se livrer à des exercices intellectuels non moins extraordinaires, qui lui ont permis d'élever des édifices artificiels détruits, reconstruits comme des jouets, une voltige linéaire dans un espace irréel qui certes, cela aussi je le répète, introduit de plain-pied l'Orient dans l'imprévu d'un monde où la science soupçonne, découvre, décrit même de nouvelles dimensions, mais attache un boulet au talon de l'abstracteur de quintessence, condamné à fournir chaque jour à son public un nouveau thème de pensée, comme un pitre doit faire rire le sien chaque soir. On comprend mieux, devant ces danses éperdues sur des œufs et des pointes d'aiguilles, le succès du douanier Rousseau, copiant la nature avec une imagination si fraîche qu'il la transpose constamment sans s'en apercevoir, ouvrant ses yeux surpris devant l'innocence du monde, ressaisissant la pureté du cœur entière au milieu d'une anarchie intellectuelle et plastique qui n'aperçoit plus d'autre voie possible que l'imitation stupide des formes primitives ou la poursuite essoufflée de systèmes aussitôt détruits que hâtivement édifiés dans la poussière des controverses absconses, – jamais l'émotion pure et simple, jamais l'amour de l'objet, jamais la communication directe de la sensibilité vivante avec la vie universelle, jamais l'éducation patiente de l'esprit par la rencontre et l'accord de l'intuition spirituelle avec la connaissance fervente du dehors.

La recherche du style pour le style est une erreur fondamentale, je serais tenté de dire tragique, et qui fera juger ce temps avec sévérité. Le style, c'est l'accent unanime que prennent toutes les manifestations esthétiques d'une époque qui croit à quelque réalité morale, spirituelle ou sociale commune à tous les hommes de cette époque. Il nécessite donc avant tout un état d'innocence, celui précisément que nous aimons chez Rousseau ou chez un peintre vagabond et impulsif tel qu'Utrillo. C'est cet état d'innocence qui explique l'invasion des femmes dans la peinture aussi bien que dans les lettres, car les femmes, même dans le vice, gardent une sorte de candeur sensuelle qui est proche de celle du cœur. C'est encore lui qui explique l'attrait que nous éprouvons pour cet art féminin, même quand il manque de science, même quand il manque de plasticité, même quand il est d'une qualité de valeurs ou de couleurs discutable, si sa fraîcheur, sa spontanéité, sa simplicité et jusqu'à sa malice naturelle nous frappent, ce qui est souvent le cas. Les peintres trop intelligents nous ont dégoûtés de la peinture. Nous ne nous demandons plus, devant ces œuvres de femmes, si telle ou telle durera, si telle ou telle nous révèle un héros, ou un saint, ou quelque grande idée en marche, ou une étape décisive à franchir. Nous jouissons d'elle avec simplicité, et c'est déjà quelque chose. Et nous ne pouvons nous empêcher de nous souvenir devant elle que ce sont les femmes, à toutes les heures critiques, qui ont sauvé l'esprit du monde en revenant par le plus court chemin aux commandements du cœur. Et aussi que ce mouvement des femmes vers le simple et le direct dans le domaine du sentiment est toujours et ne peut être que contemporain du mouvement de quelques rares hommes vers le simple et le direct dans le domaine de la raison pratique et du bon sens. Je ne puis pas ne pas faire un rapprochement entre nos temps anxieux où nous sentons tous, devant l'émancipation morale des femmes et la puissance croissante des mouvements populaires, l'approche d'une foi, et par suite d'une société nouvelles, et d'autre part la fin du monde antique où, surgissant du naufrage de la fortune et de la puissance matérielle des autocraties et des oligarchies déclinantes, le christianisme naissait dans le cœur des femmes et des pauvres gens. Et je ne puis pas non plus ne pas me souvenir que les grands travaux de la Rome impériale, cirques, ponts, aqueducs, théâtres, routes dallées, le plus bel effort d'architecture utilitaire qui ait jamais été accompli, étaient contemporains de notre nouvelle innocence comme sont contemporains de notre nouvelle innocence les grands travaux du tiers état agonisant, usines, barrages, viaducs, navires, ports, automobiles, entreprises géantes de cinéma et d'aviation. Il me semble que la science exacte, aussi bien que la science appliquée, tendent à refaire notre candeur en opposant à nos complications sentimentales et à notre psychologie labyrinthique des solutions simples, des réponses tranchantes, la standardisation rationnelle de nos efforts trop dispersés et la mécanisation logique de nos gestes trop désunis. La solution, en matière artistique, n'est pas plus dans le retour aux Grecs, aux Romains même, à l'art classique qui tentent en ce moment à Paris de reprendre le dessus sur les esthétiques africaines, polynésiennes ou précolombiennes, qu'on ne peut la trouver, en matière politique, dans le retour aux autocraties décidément condamnées, au moins dans leurs formes définitives, ou en matière religieuse, dans le retour qu'on préconise avec une sorte de résignation, et plutôt par peur que par foi, au catholicisme – admirable édifice qui tombe en ruine et dont la restauration ne pourrait s'adapter aux exigences d'une société en genèse et d'une mystique en devenir.

Nous voici revenus, par un détour nécessaire, à la peinture monumentale de Cézanne et à la borne posée par Derain à nos dérèglements plastiques. Ces œuvres, je le répète, ont une signification symbolique. La science expérimentale, la science spéculative, la science appliquée construisent un monument impersonnel qui tend peu à peu à l'anonymat et dont la généralisation à travers le monde coïncide partout étroitement avec l'apparition d'une méthode inexorable de construction économique et de construction sociale. Le rôle de l'individualisme décline, à mesure que l'individu s'intègre plus étroitement à cet effort collectif. Ce n'est pas d'hier qu'on s'est aperçu de la beauté croissante, preuve d'une soumission de plus en plus consentie à son rôle, de l'architecture immobilière et mobilière que les ingénieurs substituent de plus en plus rapidement aux bâtisses extravagantes des architectes proprement dits, perdus, noyés, submergés comme les peintres eux-mêmes dans les imitations composites de l'art grec, égyptien, romain, byzantin, ogival, arabe, mésopotamien, aztèque, renaissant, et dont quelques-uns, en Hollande, avec Berlage et ses élèves, en Allemagne avec Loos et ses élèves, en France avec Auguste Perret et plus récemment avec Le Corbusier, sont allés demander aux ingénieurs du ciment armé et du fer des leçons de logique, de simplicité, de probité, d'adaptation de l'œuvre à sa véritable fin. Comme toujours quand le chaos règne, il s'agit de conquérir une nouvelle innocence, et la science et ses applications, avec les leçons d'honnêteté intellectuelle qu'elles nous donnent, constituent le meilleur instrument dont nous disposions aujourd'hui pour procéder à cette besogne d'hygiène mentale. Il y a plus de pureté vraie et d'ingénuité créatrice dans les hangars d'Orly et le pont de Plougastel, dus à l'ingénieur Freyssinet, que dans tous les efforts, aussi sincères qu'on le veuille, des théologiens clercs et laïques assemblés. Ces travaux d'art, et bien d'autres, et de plus en plus nombreux dans le vaste monde, se solidarisent de façon chaque jour plus étroite non seulement avec les monuments utilitaires des Romains, mais avec tous ceux des époques profondément pénétrées de cette foi unanime, d'ailleurs quelconque, qui fait la force des sociétés et la vertu créatrice des mystiques, pyramides et temples égyptiens, ziggourats assyriennes, observatoires chaldéens, pagodes chinoises, cathédrales, mosquées, forteresses de la chrétienté et de l'Islam. Voilà pourquoi je pense que la peinture et la sculpture sont destinées à disparaître bientôt, ou à tout le moins à s'intégrer humblement dans les cadres inexorables de l'architecture mobilière et immobilière qui a déjà conquis le monde grâce aux besoins auxquels elle répond. Et que le Cinéma constitue, si je puis dire, l'organe de remplacement que leur disparition appelle, pour répondre aux impératifs de notre sensibilité par des caractères sociaux exactement identiques à ceux de cette nouvelle architecture, qui prétend satisfaire à une standardisation universelle, à des lois économiques générales, à des rythmes collectifs, à des exigences multitudinaires de production et de consommation, à des moyens mécaniques, enfin à une confrontation de plus en plus complexe de ses ressources avec les facultés lyriques et les possibilités mystiques des peuples.

Le scandale est tel qu'Élie Faure doit s'expliquer à nouveau lorsqu'il rentre, l'année suivante, de son périple autour du monde (1).

(1) *L'Amour de l'Art,* juin 1932.

AGONIE DE LA PEINTURE

CONCLUSION D'UNE POLÉMIQUE

Je me vois obligé, par les leçons que je recueille au cours d'un voyage circumterrestre trop rapide, mais fort édifiant, de revenir sur l'article que j'avais donné en juin dernier dans cette Revue, et qui m'a valu tant d'invectives. Innocent que j'étais. Je m'imaginais que quelques-uns parmi les quarante mille peintres dont il était question au cours de mon étude, ne se reconnaissaient pas dans le tableau que je traçais de leur activité fort honorable, mais suspendue dans le vide, à mon sens. Il faut croire que je m'étais trompé puisque, à ma connaissance, aucun d'entre eux n'a cru devoir se ranger publiquement à mes côtés.

Au reste, m'ont-ils bien compris ? En constatant qu'il y avait trop de peintres pour une époque qui semble avoir besoin, avant tout, d'ingénieurs et d'architectes – de *constructeurs,* là ! – n'ai-je pas dit, ou fait entendre, que la peinture pourrait bien prendre le caractère d'un graphisme courant, à la portée de tous, comme l'écriture même, mais qu'elle devait pour participer à l'effort commun qui s'annonce un peu partout, renoncer au moins momentanément au rôle d'art impérial qu'elle jouait depuis trois cents ans, et surtout depuis un siècle ? N'ai-je pas dit, ou fait entendre, que le tableau de chevalet devait rendre au grand art dont il est issu l'hommage d'une disparition aussi rapide que possible, pour revenir à l'impersonnalité réconfortante d'auxiliaire du bâtiment ? N'ai-je pas tenté de montrer que le cubisme avait constitué une sorte de tentative collective de ce retour à des formules architectoniques, et que l'art de Matisse et de Picasso, le premier par ses recherches efficaces d'harmonies chromatiques désintéressées qui nous reconduisent au métier des céramistes et tapissiers asiatiques, le second par ses combinaisons linéaires qui font revivre l'effort des décorateurs arabes, nous ramenaient l'un et l'autre à envisager l'objet non plus en fonction du sentiment individuel mais de l'intérêt collectif ? N'ai-je pas invoqué l'exemple de Derain revenant à un art monumental, mais plus porté à tirer de l'étude des mouvements antérieurs une architecture formelle qu'à en dégager, comme Cézanne, une espèce d'essence architectonique de la matière et de la couleur? On a récemment comparé Braque à un peintre en bâtiment et cela me paraît juste. Mais n'est-ce pas le peintre en bâtiment qui demeure notre sauvegarde, et n'allons-nous pas assister à sa réhabilitation?

Ce que j'ai vu au Mexique, au Japon, en Chine, me porterait à croire. Au Mexique, tout peintre en bâtiment est un merveilleux décorateur, même quand il se borne à badigeonner un mur. Y a-t-il entente entre tous ceux de la corporation, ou l'accord spontané – comme celui d'un chœur populaire – naît-il de leur seul instinct? Je l'ignore. Toujours est-il qu'à Mexico, à Puebla, à Cuernavaca, vous vous trouverez en présence de rues et de quartiers entiers dont les murs peints d'ocre et de jaune, de rouge brique et de bleu pâle, de turquoise ou d'orangé forment une toile immense dont l'harmonie semble préméditée et qui font ressembler, du haut du campanile ou d'une terrasse, ces villes à un champ de fleurs. Pas une faute de goût, pas un hiatus, pas une dissonance. J'ai vu un mur de vingt mètres carrés badigeonné d'ocre rouge avec quatre seuls motifs ornementaux bleu paon, grands chacun comme une assiette. On eût dit une estampe persane gigantesque, et je suis bien certain que son auteur ne s'en doute pas. De plus, la fresque abonde à la porte des boutiques, dans les villas, dans les pulquerias, peintures naïves qui retracent des paysages familiers ou des scènes populaires et qui font songer invinciblement à notre Douanier national. Art anonyme, dont il fut chez nous le précurseur, mais dont il avait emprunté la hantise très probablement au Mexique même, où il servit dans le corps expéditionnaire français. Art anonyme. Comme aux temps des basiliques, des cathédrales, des mosquées, des pagodes, de la sculpture rupestre de l'Inde ou du Honan. Art des mosaïstes, des verriers, des imagiers et fresquistes. Art des ouvriers du bâtiment. Art humble, art sacré que ceux qui ont gardé quelque dignité et quelque amour appellent de leurs vœux. Art qui n'a plus rien à voir avec les expositions, les salons, les médailles, les jurys, les cénacles et les systèmes. Métier heureux et lent de peintre, et non plus exhibitionnisme pressé. Les seuls artistes qui ont un nom, au Mexique, Orozco et Rivera, un grand poète tragique, un grand poète épique, ne font et ne veulent faire que de la peinture murale, se réclament de l'artisanat, tournent le dos à l'art officiel. Ils vont chercher leurs auxiliaires parmi les gâcheurs de plâtre et les gamins de la rue, dont j'ai vu des fresques que pas un décorateur d'Europe ne saurait exécuter, la vigueur expressive, la franchise et la naïveté étant leurs caractères principaux.

Au Japon, le moins doué mais le plus énergique des peuples de l'Orient, c'est à peu près le même spectacle qu'à Paris, et il est aussi triste. Expositions presque permanentes, où de pauvres gens éperdus, désorientés, se laissent cahoter et tirailler entre l'imitation de leurs vieux maîtres nationaux et l'imitation de la peinture occidentale, soit, en transposant l'un des termes, exactement ce qui se passe sur le marché parisien. Je n'ai trouvé le langage spontané que je souhaite et qui paraît alors être passé comme une écriture courante dans les réflexes mêmes de la sensibilité nationale, que dans un petit restaurant de Tokyo où l'avocat, le médecin, le commerçant, le journaliste, client de la maison, lâche sa verve et sa fantaisie et peint pour la patronne du lieu, en souvenir de son passage, qui un homard, qui un poisson, qui une fleur, qui une libellule, qui une branche de lilas. En Chine, peuple profondément et saintement artiste depuis des temps immémoriaux, le spectacle est plus impressionnant et rappelle le Mexique. La fresque reparaît sur les murs des boutiques. J'ai découvert par hasard, dans un magasin de fourrures, cinq à six peintures murales qui rappelaient Carpaccio, avec plus de franchise et de naturel, une harmonie aussi parfaite, et bien entendu par l'intermédiaire de scènes, de paysages et de rythmes chinois. J'ai appris que le peintre en bâtiment qui avait créé ces chefs-d'œuvre vivait encore, et qu'il était vieux et aveugle. Je n'ai pu le retrouver et le déplore, car il doit être dans la misère, comme les deux tiers des Chinois. Quant à la poterie, ainsi d'ailleurs qu'au Mexique, vous n'avez qu'à vous promener le long des rues populaires, dans les quartiers sordides de Souchou, par exemple, ou de Hou-tchéou.

La forme est restée aussi belle, aussi pure et sobre, le décor peint à la main aussi frais et fleuri qu'au temps des Songs. Inutile de consacrer cent mille francs à vous procurer un chef-d'œuvre classique. Vous en trouverez cent mille à vingt cents ou un dollar pièce.

Ce n'est donc pas seulement en Occident que la peinture et l'art en général semblent évoluer vers des rythmes architecturaux. En Orient le même symptôme se constate, mais beaucoup plus émouvant, sinon plus significatif, parce qu'il reste un témoignage de la permanence du vieux fonds populaire essentiellement constructeur, simple, anonyme, tandis qu'il annonce chez nous un effort presque désespéré, bien qu'en réalité inconscient. Nous retournons tous, dans le monde, à l'anonymat, comme aux grandes époques, et c'est bien. Nous passons unanimement d'une civilisation individualiste à une civilisation collective ou – si le mot vous gêne – symphoniste, qu'annonce le retour offensif de l'art populaire et de l'action des ingénieurs. C'est une preuve nouvelle de la réalité rythmique alternante que j'ai tenté de montrer dans l'un de mes livres[a]. Si vous me permettez de vous le rappeler, cela vous dispensera de le lire. L'histoire est une série ininterrompue d'alternances qui se présentent à nous sous forme d'intégrations par l'amour et de désintégrations par la connaissance. Ce dernier rythme, instauré par la Renaissance, a pris fin et l'effort d'ensemble, je le pense, est sur le point de commencer.

Est-il nécessaire de démontrer, devant le retour de faveur des arts primitifs – nègres, précolombiens – et des arts populaires encore existant, devant la réapparition de la logique et du bon sens en architecture, devant la naissance si drue en Europe et en Amérique de la construction utilitaire mobilière et immobilière, devant le surgissement sur New York et Chicago des derniers et admirables gratte-ciel, – je songe à l'*Irving Trust C°* – est-il nécessaire de démontrer pourquoi le mouvement d'intégration est nécessaire, et pourquoi il se produit dans le monde entier ? Et dans tous les domaines, scientifique, technique, économique, sen-

a. *L'Esprit des Formes.*

timental ? La science et la philosophie ne s'accordent-elles pas pour reconstituer d'instinct, sur le terrain relativiste, une cosmogonie analogue aux cosmogonies anciennes, sur qui la religion et la société reposaient – soit une conception unitaire de l'univers ? La technique les y seconde avec une puissance sans précédent, en dotant l'humanité entière d'un appareil circulatoire et d'un système nerveux communs, qui font passer cette unité du domaine de la spéculation dans celui de la sensation. L'économique participe à ce travail de reconcentration dans la plus large mesure en exigeant, pour obtenir un rendement plus efficace dont la machine et le standard sont l'expression, le regroupement des efforts individuels jusque-là dispersés dans l'artisanat. Enfin le sentiment, éparpillé dans les individus que la Renaissance, la Réforme et la Révolution avaient séparés les uns des autres, veut échapper à sa propre solitude et profiter de la coopération nécessaire des idées, des techniques et des intérêts pour recréer à la manière de l'orchestre, où toute harmonie personnelle se multiplie par ses voisines, la solidarité et la cohérence entre les individus.

L'un de mes contradicteurs, et non des moindres, m'a reproché d'être vieux jeu, de ne pas apercevoir l'élément « immatériel » – je crois que c'est le mot dont il s'est servi, et sinon je m'en excuse, mais c'en était en tout cas le sens – qui fait du Parthénon un édifice plus émouvant qu'un avion ou un navire, ou le Colisée ou le pont du Gard. Soit. Je pourrais lui répondre que cette impression « spirituelle » tient sans doute à une rencontre heureuse entre le bonheur des proportions de l'édifice et l'exaltation, ou, s'il y tient, la foi du bâtisseur. Mais je préfère remonter aux sources. Aux sources utilitaires, où les ingénieurs romains, les architectes du pont Valentré de Cahors, du palais des papes d'Avignon, les inventeurs de la croisée d'ogive, les bâtisseurs du pont royal des Tuileries, se rencontrent avec les constructeurs chinois de la porte du palais impérial de Pékin, de la grande muraille, de l'esplanade du temple du Ciel et ceux qui ont édifié les pyramides d'Égypte et les pyramides toltèques. Où donc commence cet élément « immatériel », et quand l'utile cesse-t-il ? Je serais curieux de l'apprendre. N'y aurait-il pas, de l'un à l'autre, la relation qui existe entre l'arbre et sa fleur, dont nous ne pouvons apercevoir la ligne de séparation, tout simplement parce qu'elle n'est pas ? On voit encore, dans les campagnes grecques, des maisons de paysans dont le type date de la plus haute antiquité : quatre murs, un toit de chaume incliné dépassant leur faîte et que quatre, ou six, ou huit poutres verticales soutiennent en s'appuyant à une pierre qui repose sur le sol. Dessinez cet édifice. Vous obtiendrez le Parthénon. Et je défie le plus subtil archéologue, comme le plus grand poète, de me dire à quel moment apparaît l'« âme » dans la stylisation de cette humble cabane construite pour les besoins du corps avec la collaboration progressivement développée de l'intelligence – et parfois l'élan du cœur.

Il faudra quelques années pour que ses principaux adversaires reconnaissent qu'il avait raison :

J'oubliais de vous dire que quatre critiques d'art, Ozenfant, Tériade, Fosca et Cl. Roger-Marx ont écrit que j'avais eu raison de dénoncer l'agonie de la peinture. Les trois premiers m'avaient violemment et même grossièrement éreinté quand mon article avait paru. Ainsi va le monde (1).

Ici finit pour Élie Faure l'histoire de la peinture, mais certainement pas l'histoire de l'art. Car, bien qu'il ait fait des emprunts à Hegel, il ne l'a pas suivi jusqu'à *la mort de l'art,* et cela explique aussi qu'il n'ait pas été convaincu par *l'anti-art* des dadaïstes. L'art, pour cet humaniste, ne finira qu'avec l'homme (2). Seules changent ses formes

(1) Lettre à Walter Pach, 29 nov. 1935, *O.C.* p. 1122.

(2) Les éditions de 1921 à 1926 contenaient ce paragraphe isolé sur une page entre la fin du texte et l'appendice :

« J'ai fini l'*Histoire de l'Art,* qui est l'histoire de l'homme. J'ai écouté avec reconnaissance toutes les voix que, depuis dix mille ans, l'homme a prises pour me parler. Si l'écho de ces voix s'entend quelquefois entre ces pages, c'est que je l'ai aimé tel qu'il est, et aussi tel qu'il voudrait

dominantes, selon les époques et les états de la société, en une histoire cyclique dont la première partie de *L'Esprit des Formes* décrira les rythmes.

Martine Chatelain-Courtois.

être. Je vais mourir. Les hommes vivent. Je crois en eux. Leur aventure ne prendra fin qu'avec l'aventure de la terre, et, la terre morte, continuera peut-être ailleurs. Ce n'est qu'un moment d'elle que j'ai raconté dans ce livre. Mais tout moment vivant contient toute la vie. Quiconque participe avec confiance à l'aventure des hommes a sa part d'immortalité. »

Index des noms cités

Dossier

Table des illustrations

Table des matières

Tome I.

Tome II.

Impression Aubin Imprimeur,
le 16 avril 1992.
Dépôt légal : avril 1992.
1er dépôt légal dans la collection : mars 1988.
Numéro d'imprimeur : L 40085.

ISBN 2-07-032474-5/Imprimé en France
Précédemment publié aux Éditions Denoël
ISBN 2-207-10076-6

55685